O FIM
DA MORTE

CIXIN LIU

•

O FIM
DA MORTE

TRADUÇÃO
Leonardo Alves

7ª reimpressão

Copyright © 2010 by 刘慈欣 (Liu Cixin)

Mediante acordo com China Educational Publications Import & Export Corporation Ltd.
Todos os direitos reservados.

Traduzido da edição americana (Death's End)

*Grafia atualizada segundo o Acordo Ortográfico da Língua Portuguesa de 1990,
que entrou em vigor no Brasil em 2009.*

Título original
死神永生

Capa
Claudia Espínola de Carvalho

Crédito das imagens
Capa: Triff/ Shutterstock
Quarta capa e orelhas: Zakharchuk/ Shutterstock

Preparação
Milena Vargas

Revisão
Renata Lopes Del Nero
Dan Duplat

Dados Internacionais de Catalogação na Publicação (CIP)
(Câmara Brasileira do Livro, SP, Brasil)

Liu, Cixin
    O fim da morte / Cixin Liu ; tradução Leonardo Alves. – 1ª ed. – Rio de Janeiro : Suma, 2019.

    Título original: Death's End.
    ISBN 978-85-5651-074-7

    1. Ficção científica 2. Ficção chinesa – Escritores chineses I. Título.

18-19009   CDD–895.13

Índice para catálogo sistemático:
1. Ficção científica : Literatura chinesa   895.13

Iolanda Rodrigues Biode – Bibliotecária – CRB-8/10014

Todos os direitos desta edição reservados à
EDITORA SCHWARCZ S.A.
Praça Floriano, 19, sala 3001 — Cinelândia
20031-050 — Rio de Janeiro — RJ
Telefone: (21) 3993-7510
www.companhiadasletras.com.br
www.blogdacompanhia.com.br
facebook.com/editorasuma
instagram.com/editorasuma
twitter.com/Suma_BR

PERSONAGENS DE *O PROBLEMA DOS TRÊS CORPOS* E *A FLORESTA SOMBRIA*

Os nomes chineses são escritos com o sobrenome na frente.

Ye Wenjie	Física cuja família foi perseguida durante a Revolução Cultural. Ela iniciou contato com Trissolaris e precipitou a Crise Trissolariana.
Yang Dong	Física; filha de Ye Wenjie.
Ding Yi	Pesquisador de física teórica e o primeiro ser humano a fazer contato com as gotas trissolarianas; namorado de Yang Dong.
Zhang Beihai	Oficial da Frota Asiática que roubou a nave *Seleção Natural* durante a Batalha do Fim dos Tempos e, assim, preservou uma centelha de esperança para a humanidade em sua hora mais sombria. Talvez um dos primeiros oficiais a compreender a natureza das batalhas sombrias.
Say	Secretária-geral da ONU durante a Crise Trissolariana.
Manuel Rey Diaz	Barreira; propôs o plano da bomba de hidrogênio gigante como defesa contra os trissolarianos.
Luo Ji	Barreira, descobridor da teoria da floresta sombria; criador da dissuasão por floresta sombria.

TABELA DE ERAS

Era Comum
Dias atuais-201X E.C.

Era da Crise
201X-2208

Era da Dissuasão
2208-2270

Era Pós-Dissuasão
2270-2272

Era da Transmissão
2272-2332

Era da Casamata
2333-2400

Era da Galáxia
2273-indeterminado

Era do Domínio Negro para o Sistema DX3906
2687-18906416

Cronologia para o Universo 647
18906416-...

TRECHO EXTRAÍDO DO PREFÁCIO DE *UM PASSADO ALÉM DO TEMPO*

Creio que este relato devesse ser chamado de *história*; mas, como só posso contar com minhas lembranças, ele carece de rigor.

Nem mesmo seria certo chamá-lo de *passado*, pois os acontecimentos descritos nestas páginas não ocorreram no passado, não estão acontecendo agora nem acontecerão no futuro.

Não quero registrar os detalhes. Apenas um quadro, para um conto ou uma recordação do passado. Uma quantidade abundante de detalhes já foi preservada. Encerrados em garrafas flutuantes, espero que alcancem o novo universo e persistam nele.

Por isso escrevi apenas um quadro; algum dia, pode ser que com este quadro seja mais fácil preencher todas as lacunas. Evidentemente, essa tarefa não caberá a nós. Só espero que um dia ela chegue para alguém.

Lamento que esse dia não tenha acontecido no passado, não exista no presente nem vá existir no futuro.

Desloco o sol a oeste, e, à medida que o ângulo da luz se altera, as gotas de orvalho nas mudas do campo brilham como se incontáveis olhos se abrissem de repente. Sombreio o sol para que o crepúsculo chegue mais cedo; depois, fico olhando para a minha silhueta no horizonte distante, diante do pôr do sol.

Aceno para a silhueta; a silhueta retribui. Olhando para a minha sombra, sinto-me jovem de novo.

Que época deliciosa, perfeita para recordar.

PARTE I

MAIO DE 1453 E.C.
A MORTE DO MAGO

Parando para se recompor, Constantino XI afastou a pilha de mapas da defesa da cidade colocada à sua frente, apertou o roupão roxo em volta do corpo e esperou.

Foi bem a tempo: o tremor aconteceu no momento em que ele imaginou, um terremoto poderoso e violento que parecia brotar das profundezas da terra. Os candelabros de prata vibraram e ressoaram, e flocos de poeira que por mil anos haviam coberto o Grande Palácio se agitaram e caíram na direção das chamas das velas, onde explodiram em pequenas faíscas.

A cada três horas — o tempo necessário para os otomanos recarregarem uma das bombardas monstruosas projetadas pelo engenheiro Orban —, bolas de pedra de quinhentos quilos sacudiam os muros de Constantinopla. Aqueles eram os muros mais fortes do mundo: construídos por Teodósio II no século V, tinham sido reforçados e ampliados em várias ocasiões, e eram o principal motivo por que a corte de Bizâncio sobrevivera a tantos inimigos poderosos.

Mas cada golpe das imensas bolas de pedra cravava buracos na barreira, como mordidas de um gigante invisível. O imperador conseguia imaginar a cena: enquanto os destroços da explosão se espalhavam pelo ar, centenas de soldados e cidadãos corriam até a nova ferida nos muros como um exército de formigas valentes debaixo de um céu coberto de poeira. Preenchiam o vão com o que encontrassem: pedaços retirados de outras construções na cidade, sacas de linho cheias de terra, valiosos tapetes árabes... Ele até imaginava a nuvem de poeira, embebida da luz do pôr do sol, pairando lentamente sobre Constantinopla como um manto dourado.

Nas cinco semanas em que a cidade permanecera sitiada, tais tremores aconteciam sete vezes por dia, a intervalos tão regulares quanto as batidas de um relógio colossal. Era o tempo e o ritmo de outro mundo, o tempo dos pagãos. Comparado a esses tremores, o soar do relógio com a águia de duas cabeças ali no canto, uma representação do tempo da Cristandade, parecia débil.

Os tremores pararam. Depois de um tempo, e com esforço, o imperador Constantino voltou a pensar na realidade à sua frente. Fez um gesto para avisar ao guarda que estava pronto para receber o visitante.

Frantzes, um dos ministros de maior confiança do imperador, entrou seguido por uma figura esbelta e frágil.

— Esta é Helena. — Frantzes deu um passo para o lado, revelando a mulher.

O imperador olhou-a. As nobres de Constantinopla tinham preferência por roupas ornamentadas com elementos decorativos elaborados, mas as plebeias usavam trajes brancos de corte simples e indistinto que cobriam o corpo até os tornozelos. Essa Helena parecia uma mistura das duas coisas. Em vez de uma túnica bordada com filigranas de ouro, ela usava um vestido branco de plebeia coberto por um luxuoso manto; no entanto, em vez do roxo e do vermelho reservados para a nobreza, o manto era tingido de amarelo. Seu rosto era encantador e sensual, trazendo à memória a imagem de uma flor que preferiria apodrecer diante de olhares adoradores a definhar em solidão.

Uma prostituta, provavelmente bastante bem-sucedida.

Ela estava trêmula. Seus olhos permaneceram baixos, mas o imperador percebeu que traziam um brilho fervoroso, indicando um entusiasmo e uma devoção raros para sua classe.

— Você alega ter poderes mágicos? — perguntou o imperador.

Ele queria terminar aquilo o mais rápido possível. Frantzes costumava ser meticuloso. Dos cerca de oito mil soldados encarregados da defesa de Constantinopla naquele momento, só uma pequena parcela vinha do exército regulamentar, e cerca de dois mil eram mercenários genoveses. Frantzes tinha sido o responsável por recrutar o restante, aos poucos, entre a população da cidade. Embora o imperador não tivesse nenhum interesse especial por essa sua nova ideia, o histórico do competente ministro lhe garantira pelo menos uma audiência.

— Sim, posso matar o sultão. — A voz plácida de Helena tremulou como fios de seda soprados pela brisa.

Cinco dias antes, diante do palácio, ela exigira ver o imperador. Quando os guardas tentaram dispensá-la, a mulher apresentara um pequeno pacote que os abalou. Não sabiam ao certo o que estavam vendo, mas sabiam que não era algo que ela devesse ter. Em vez de a levarem ao imperador, eles a detiveram e interrogaram a fim de descobrir como havia conseguido o objeto. Sua confissão se confirmara, e então ela fora levada diante de Frantzes.

Frantzes sacou um pequeno embrulho, afastou o tecido de linho e depositou o conteúdo na mesa do imperador.

O olhar do soberano foi tão estupefato quanto o dos soldados cinco dias antes. Mas ele reconheceu imediatamente o que estava diante de seus olhos.

Mais de nove séculos antes, durante o reinado de Justiniano, o Grande, artesãos habilidosos tinham forjado dois cálices de ouro puro, cravejados de pedras preciosas e dotados de um brilho tão fulgurante que era capaz de capturar a alma. Os dois cálices eram idênticos, salvo pela disposição e pelo formato das pedras. Um deles ficara em posse de vários imperadores bizantinos, e o outro fora escondido com outros tesouros em uma câmara secreta entre os alicerces da Hagia Sophia em 537 E.C., quando a grande igreja foi reconstruída.

O brilho do cálice que o imperador conhecia no Grande Palácio havia diminuído com o passar do tempo, mas o que se encontrava à sua frente agora brilhava tão intensamente que parecia ter sido forjado no dia anterior.

A princípio, ninguém acreditara na confissão de Helena, imaginando que ela provavelmente roubara o cálice de um de seus clientes ricos. Embora muitos conhecessem a câmara secreta sob a grande igreja, poucos sabiam sua localização exata. De resto, a câmara estava abrigada em meio a pedras gigantescas nas profundezas dos alicerces, sem acesso por nenhuma porta ou túnel. Devia ser impossível entrar lá sem um esforço de engenharia colossal.

Quatro dias antes, no entanto, o imperador ordenara que os artefatos preciosos da cidade fossem recolhidos para o caso de Constantinopla cair. Na verdade, foi uma medida desesperada, já que ele sabia muito bem que os turcos haviam bloqueado todas as rotas para a cidade, e não seria possível fugir com os tesouros.

Trinta homens precisaram trabalhar sem parar por três dias para entrar na câmara secreta, protegida por pedras tão imensas quanto as das paredes da Grande Pirâmide de Quéops. No meio da câmara havia um enorme sarcófago de pedra lacrado com doze argolas grossas de ferro entrecruzadas. Foi preciso mais um dia para serrar as argolas, até que cinco homens vigiados por muitos guardas finalmente conseguiram levantar a tampa do sarcófago.

Os olhares foram de espanto, não pelos tesouros e objetos sagrados que haviam passado quase mil anos escondidos, mas pelo cacho de uvas, ainda fresco, que tinha sido colocado no alto da pilha.

Cinco dias antes, Helena alegara ter deixado um cacho de uvas no sarcófago, e, tal como ela declarara, metade das uvas tinha sido comida, restando apenas sete.

Os trabalhadores conferiram os tesouros recuperados pela lista encontrada no interior da tampa do sarcófago; estava tudo ali, exceto o cálice. Se o objeto já não tivesse sido apresentado por Helena, e por sua vez ela não tivesse dado aquela declaração, todas as pessoas dentro da câmara teriam sido executadas, ainda que jurassem que a câmara secreta e o sarcófago estavam intactos.

— Como você o retirou? — perguntou o imperador.

O corpo de Helena estremeceu ainda mais. Aparentemente, a magia não lhe proporcionava uma sensação de segurança. Ela encarou o imperador com um olhar aterrorizado e se obrigou a dar uma resposta.

— Aqueles lugares... Eu vejo... Eu vejo... — ela penou para encontrar a palavra certa. — ... abertos...

— Pode fazer uma demonstração? Tire algo de dentro de um recipiente fechado.

Helena balançou a cabeça, silenciada pelo pavor; ela lançou um olhar de súplica para Frantzes.

— Ela disse que só pode exercer sua magia em um lugar específico — declarou Frantzes. — Mas não pode revelar o local, e ninguém pode segui-la. Caso contrário, a magia perderá o poder para sempre.

Helena fez um gesto afirmativo com a cabeça, vigorosamente.

— Na Europa, você já teria sido queimada na fogueira — disse o imperador.

Helena se jogou ao chão e abraçou os joelhos. A pequena silhueta parecia a de uma criança.

— Você sabe matar? — insistiu o imperador.

Mas Helena apenas tremia. Após pedidos persistentes de Frantzes, ela por fim assentiu.

— Certo — disse o imperador para Frantzes. — Teste-a.

Frantzes conduziu Helena por uma longa escadaria. Tochas lançavam fracos círculos de luz de seus suportes nas paredes. Debaixo de cada uma delas havia dois soldados armados, e suas armaduras refletiam a luz e formavam desenhos tremulantes nas paredes.

Os dois enfim chegaram a um porão escuro. Helena apertou o manto com força em volta do corpo. Era ali que o palácio armazenava gelo para o verão.

O porão estava sem gelo agora. Um prisioneiro se encolheu sob a tocha no canto; pelas suas vestimentas, era um oficial anatoliano. Seus olhos ferozes como os de um lobo encararam Frantzes e Helena por trás das grades de ferro.

— Vê esse homem? — perguntou Frantzes.

Helena assentiu.

Frantzes lhe entregou uma bolsa de couro de carneiro.

— Pode ir agora. Volte com a cabeça dele antes do amanhecer.

Helena retirou da bolsa uma cimitarra, que cintilou à luz das tochas como a lua crescente. Devolveu-a a Frantzes.

— Não preciso disso.

Depois, ela subiu a escadaria com passos silenciosos. Conforme passava pelos círculos de luz das tochas, pareceu mudar de forma — às vezes uma mulher, às vezes um gato —, até que sua sombra desapareceu.

Frantzes se virou para um dos oficiais.

— Aumente a segurança. — Ele apontou para o prisioneiro. — Mantenha-o sob observação constante.

Assim que o oficial saiu, Frantzes acenou com a mão, e um homem emergiu da escuridão, vestido com um manto negro de frade.

— Não chegue perto demais — disse Frantzes. — Ainda que você a perca de vista, não permita em hipótese alguma que ela o descubra.

O frade assentiu e subiu a escada tão silenciosamente quanto Helena.

Naquela noite, Constantino dormiu tão mal quanto nos outros dias do cerco a Constantinopla: os solavancos das bombardas pesadas o acordavam a cada disparo, no momento em que estava prestes a adormecer. Antes do raiar do sol, ele foi para seu gabinete, onde Frantzes o esperava.

O imperador já havia esquecido a bruxa. Ao contrário de seu pai, Manuel II, e do irmão mais velho, João VIII, Constantino era pragmático e entendia que líderes que investiam toda a fé em milagres tendiam a sofrer fins prematuros.

Frantzes gesticulou junto à porta, e Helena entrou sem fazer ruído. Ela parecia tão assustada quanto em seu primeiro encontro com o imperador, e sua mão tremia quando ela ergueu a bolsa de couro de carneiro.

Assim que Constantino viu a bolsa, soube que fora uma perda de tempo. A bolsa estava murcha, e não pingava sangue. Era óbvio que não continha a cabeça do prisioneiro.

Mas a expressão no rosto de Frantzes não era de decepção. Na verdade, ele parecia distraído, confuso, como se atordoado por um sonho.

— Ela não obteve o que queríamos, não foi? — perguntou o imperador.

Frantzes pegou a bolsa de Helena, colocou-a sobre a mesa do imperador e a abriu. Ele encarou o soberano como se visse um fantasma.

— Quase.

O imperador olhou dentro da bolsa. No fundo, havia algo cinzento e macio, como um pedaço velho de sebo. Frantzes aproximou um candelabro.

— É o cérebro do anatoliano.

— Ela abriu o crânio dele? — Constantino lançou um olhar para Helena. Ela tremia sob o manto como um ratinho assustado.

— Não, o cadáver do prisioneiro parecia intacto. Vinte homens se alternaram em grupos de cinco para vigiá-lo, observando-o sempre de ângulos diferentes. Os guardas do porão também estavam em alerta total; nem um mosquito teria conseguido entrar. — Frantzes se calou, como se a própria lembrança o abalasse.

Assentindo, o imperador lhe pediu para continuar.

— Duas horas depois que ela saiu, o prisioneiro começou a sofrer convulsões e caiu morto. Entre os guardas que presenciaram a cena havia um médico grego experiente, e soldados veteranos de muitas batalhas... ninguém se lembrava de ter visto alguém morrer daquele jeito. Uma hora depois, ela voltou e lhes mostrou esta bolsa. Só então o médico grego abriu o crânio do cadáver. Estava vazio.

Constantino observou o cérebro na bolsa: estava completo, sem qualquer sinal de dano. Aquele órgão frágil devia ter sido retirado com extremo cuidado. Constantino observou os dedos de Helena, que remexiam na gola do manto. Ele imaginou aqueles dedos finos se estendendo, colhendo um cogumelo no meio do mato, uma flor fresca da ponta de um galho...

O imperador ergueu os olhos para a parede, como se observasse algo se erguer no horizonte do outro lado. O palácio se sacudiu com um novo impacto das bombardas gigantescas, mas, pela primeira vez, ele não sentiu os tremores.

Se realmente existem milagres, agora é hora de vê-los se manifestarem.

Constantinopla estava em uma situação desesperada, mas ainda havia esperança. Depois de cinco semanas de guerra sangrenta, o inimigo também havia sofrido grandes baixas. Em alguns lugares, os corpos dos turcos formavam montes tão altos quanto as muralhas, e os atacantes estavam tão exaustos quanto os defensores. Dias antes, uma frota corajosa de Gênova conseguira atravessar o bloqueio no Bósforo e entrara no Corno de Ouro, trazendo preciosos recursos e auxílio. Todos acreditaram que aquela seria a vanguarda de mais reforços do resto da Cristandade.

O moral estava baixo nos acampamentos otomanos. A maioria dos comandantes nutria o desejo secreto de aceitar a trégua oferecida pela corte bizantina e recuar. Um único homem impedia os otomanos de recuarem.

Ele era fluente em latim, conhecia arte e ciência, tinha habilidade para a guerra; não hesitara ao afogar o irmão em uma banheira para garantir o próprio acesso ao trono; decapitara uma bela e jovem escrava diante das tropas para demonstrar que mulheres não o tentariam... O sultão Mehmed II era o eixo em torno do qual giravam as engrenagens da máquina de guerra otomana. Se ele caísse, a máquina ruiria.

Talvez um milagre realmente tenha se manifestado.

— Qual o seu preço? — perguntou o imperador. Ele continuou olhando para a parede.

— Quero ser lembrada. — Helena estava preparada para essa pergunta.

Constantino assentiu. Dinheiro ou tesouros não exerciam nenhuma atração sobre aquela mulher; nenhum cofre, nenhuma tranca poderia impedi-la de obter o que desejasse. Ainda assim, uma prostituta queria honra.

— Você é descendente dos cruzados?

— Sou. — Ela se calou por um instante, e então acrescentou com cuidado: — Não da quarta.

O imperador colocou a mão sobre a cabeça de Helena, e ela se ajoelhou.

— Vá, criança. Se você matar Mehmed II, será a salvadora de Constantinopla, para sempre lembrada como santa. Uma mulher sagrada da Cidade Sagrada.

Ao entardecer, Frantzes levou Helena para as muralhas perto do Portão de São Romano.

Próximo à muralha, a areia do chão enegrecia com o sangue dos mortos; havia cadáveres espalhados por toda parte, como se tivessem caído do céu. Pouco mais ao longe, a fumaça branca dos canhões imensos flutuava sobre o campo de batalha, com leveza e graça incongruentes. Mais distantes, os acampamentos otomanos se estendiam a perder de vista, uma floresta cerrada de estandartes tremulando na brisa úmida do mar sob um céu de chumbo.

Na direção oposta, navios de guerra otomanos cobriam o Bósforo como um campo de cravos pretos de ferro que fixavam a superfície azul do mar.

Helena fechou os olhos. *Este é o meu campo de batalha; esta é a minha guerra.*

Lendas de sua infância, histórias de seus ancestrais contadas por seu pai emergiram em sua mente: na Europa, do outro lado do Bósforo, havia um povoado na Provença. Um dia, uma nuvem baixou sobre o povoado e liberou um exército de crianças com cruzes vermelhas brilhando em sua armadura. Elas eram lideradas por um anjo. O ancestral de Helena, um homem do povoado, havia respondido ao chamado e navegara pelo Mediterrâneo para lutar por Deus na Terra Santa. Ele havia progredido na hierarquia e se tornara cavaleiro templário. Mais tarde, viera para Constantinopla e conhecera uma bela mulher, uma guerreira santa; eles se apaixonaram e geraram aquela família gloriosa...

Depois, mais velha, ela descobriu a verdade. As linhas gerais da história estavam certas: seu ancestral de fato havia participado da Cruzada das Crianças. Foi logo depois que a peste devastou os povoados, e ele se alistara na esperança de encher a barriga. Quando o homem saiu do navio, viu-se no Egito, onde, com mais de dez mil crianças, foi vendido como escravo. Depois de muitos anos cativo, ele fugiu e acabou chegando a Constantinopla, onde de fato conheceu uma guerreira, uma cavaleira santa. No entanto, o destino dela não foi muito melhor. O Império Bizantino nutria a esperança de que as forças da Cristandade combatessem os infiéis. Porém, o que eles receberam foi um exército de mulheres fracas e pobres como mendigos. A corte bizantina se recusou a equipar essas "guerreiras santas", e as cavaleiras se tornaram prostitutas.

Por mais de cem anos, a família "gloriosa" de Helena mal conseguira se sustentar. Na geração do pai dela, a pobreza da família tornara-se ainda mais extrema. Faminta, Helena retomara o ofício de sua ancestral ilustre, mas, quando seu pai descobriu, espancou-a e disse que a mataria se a flagrasse mais uma vez... a menos que ela trouxesse seus clientes para casa a fim de que ele pudesse negociar um preço melhor e guardar o dinheiro "para ela".

Helena saiu de casa e começou a se sustentar e seguir na vida por conta própria. Ela estivera em Jerusalém e Trebizonda, e chegara até a visitar Veneza. Não tinha mais fome e usava belas roupas. Mas sabia que não era diferente de uma folha de grama em meio à lama da estrada: impossível de distinguir da sujeira, e pisoteada pelos viajantes.

Mas então Deus lhe concedeu um milagre.

Mesmo assim, ela não obteve o mesmo que Joana d'Arc, outra mulher dotada de inspiração divina. O que a Donzela de Orleans recebera de Deus? Apenas uma espada. Mas Deus dera a Helena algo que faria dela a mulher mais santa de todas, exceto por Maria...

— Veja, ali está o acampamento de *el-Fatih*, o Conquistador. — Frantzes apontou para longe, do alto do Portão de São Romano.

Helena seguiu o gesto com o olhar e assentiu.

Frantzes lhe entregou outra bolsa de couro de carneiro.

— Aí dentro há três retratos dele, em ângulos e roupas diferentes. Também coloquei uma faca, e será necessária. Vamos precisar da cabeça inteira, não só do cérebro. É melhor você esperar até o anoitecer. Ele não estará na barraca durante o dia.

Helena aceitou a bolsa.

— Não esqueça o meu aviso.

— Claro.

Não me siga. Não entre no lugar aonde devo ir. Caso contrário, a magia deixará de funcionar, para sempre.

O espião que a seguira da primeira vez, disfarçado de frade, dissera a Frantzes que Helena havia sido muito cuidadosa, fazendo várias curvas e dando voltas até chegar ao bairro de Blaquerna, a parte da cidade que sofria o maior peso do bombardeio dos canhões turcos.

O espião a observara entrar nas ruínas de um minarete que antigamente fazia parte de uma mesquita. Quando Constantino dera a ordem para destruir as mesquitas da cidade, aquela torre específica fora deixada de lado porque, durante a última epidemia da peste, alguns homens doentes tinham corrido para dentro dela e morrido, e ninguém queria chegar muito perto. Durante o cerco, um balaço perdido de canhão destruíra a metade superior do minarete.

Seguindo a exigência de Frantzes, o espião não entrou no local. Mas conversou com dois soldados que haviam estado lá antes que a torre fosse atingida pelo projétil. Eles disseram ao espião que pretendiam instalar um posto de vigia no topo da estrutura, mas desistiram ao constatar que ela não tinha altura suficiente. Conforme relataram, lá dentro não havia nada além de alguns corpos decompostos que já eram praticamente esqueletos.

Dessa vez, Frantzes não mandou ninguém atrás de Helena. Observou-a abrir caminho por entre os soldados apinhados no alto da muralha. Em meio às armaduras incrustadas de sujeira e sangue, o manto colorido da mulher sobressaía. Mas os soldados exaustos a ignoraram. Ela desceu da muralha e, sem fazer qualquer esforço óbvio de despistar um possível seguidor, seguiu para Blaquerna.

A noite caiu.

Constantino fitava a poça de água que evaporava no chão, uma metáfora para sua esperança minguante.

A poça fora deixada por uma dúzia de espiões. Na segunda-feira anterior, trajando uniformes e turbantes das forças otomanas, eles haviam se esgueirado com um veleiro minúsculo pelo bloqueio para dar as boas-vindas à frota europeia que estaria a caminho a fim de romper o cerco a Constantinopla. Mas seus homens viram apenas o vazio do mar Egeu, sem sequer uma sombra da suposta frota. Decepcionados, atravessaram de volta o bloqueio para trazer ao imperador a notícia terrível.

Constantino afinal entendeu que o prometido auxílio da Europa não passava de um sonho. Os reis da Cristandade haviam decidido abandonar friamente Constantinopla aos infiéis depois que a cidade sagrada resistira às ondas de maometanos por tantos séculos.

Gritos ansiosos do lado de fora alcançaram seus ouvidos. Um guarda entrou e anunciou um eclipse lunar: péssimo augúrio. Dizia-se que Constantinopla jamais cairia enquanto a lua brilhasse.

Pela fresta estreita da janela, Constantino observou a lua desaparecer nas sombras, como se entrasse em uma sepultura celeste. Ele tinha certeza, sem saber exatamente a razão, que Helena não voltaria, e que nunca veria a cabeça de seu inimigo.

Um dia se passou; e uma noite. Não houve notícia de Helena.

Frantzes e seus homens desmontaram dos cavalos diante do minarete em Blaquerna.

Estavam todos em choque.

Sob a luz fria e branca da lua nascente, o minarete parecia inteiro: o topo pontudo se erguia para o céu estrelado.

O espião jurou que o minarete não tinha a parte superior quando estivera ali antes. Outros oficiais e soldados, que conheciam a região, corroboraram a informação.

Mas Frantzes encarava o espião com fúria gélida. Por maior que fosse a quantidade de testemunhas dispostas a jurar em contrário, ele sem dúvida estava mentindo: o minarete inteiro era prova irrefutável. No entanto, Frantzes não tinha tempo para aplicar punições; agora que a cidade estava prestes a cair, ninguém escaparia da fúria do Conquistador.

Um soldado que se mantinha afastado sabia que o topo do minarete não fora destruído por um tiro de canhão. Duas semanas antes, em uma manhã, ele encontrara o pedaço desaparecido. Não houvera disparos de canhão na noite anterior, e ele se lembrava de não ter visto destroços no chão em volta do minarete. Os dois soldados que estavam com ele naquela manhã haviam morrido em batalha. No entanto, ao ver a expressão no rosto de Frantzes, ele preferiu não falar nada.

Frantzes e seus homens entraram pela parte inferior do minarete. Até o espião que Frantzes tinha certeza de ser um mentiroso foi junto. Eles viram os restos dos corpos das vítimas da peste que tinham sido espalhados por cachorros selvagens nas ruínas, mas não havia sinal de vida.

Subiram a escada. Sob a luz bruxuleante das tochas no segundo andar, viram Helena encolhida debaixo de uma janela. Ela parecia dormir, mas seus olhos semicerrados refletiam a luz das tochas. As roupas estavam rasgadas e sujas, e o cabelo, desgrenhado; havia alguns arranhões ensanguentados no rosto, talvez provocados por ela mesma.

Frantzes olhou os arredores. Estavam no topo do minarete, um espaço cônico vazio. Ele observou a camada grossa de poeira que cobria tudo, mas havia algumas falhas na poeira, como se Helena, assim como eles, tivesse acabado de chegar.

Ela acordou e, agarrando-se às paredes com as mãos, se levantou. O luar que entrava pela janela transformava o emaranhado de cabelo em volta de seu rosto em uma auréola de prata. Ela arregalou os olhos e pareceu se esforçar para retornar ao presente. Mas então voltou a fechar os olhos, como se tentasse permanecer em um sonho.

— O que você está fazendo aqui? — gritou Frantzes para ela.

— Eu... eu não consigo ir *lá*.

— Onde?

Com os olhos ainda semicerrados, como se tentasse saborear a memória tal qual uma criança que se agarra a um brinquedo adorado que não quer perder, Helena respondeu:

— É tão grande o espaço lá. Tão confortável... — Ela abriu os olhos e observou o entorno, horrorizada. — Mas aqui parece o lado de dentro de um caixão, tanto no minarete quanto lá fora. Tenho que ir para *lá*!

— E sua missão?

— Espere! — Helena fez o sinal da cruz. — Espere!

Frantzes apontou para fora da janela.

— É tarde demais para esperar.

Ondas de barulho os atingiam. Para o ouvido atento, era possível distinguir duas origens.

Uma vinha do lado de fora da cidade. Mehmed II havia decidido lançar a última ofensiva contra Constantinopla no dia seguinte. Naquele momento, o jovem sultão estava cavalgando pelos acampamentos otomanos, prometendo aos soldados que só queria dominar Constantinopla — o tesouro e as mulheres pertenceriam a seu exército, e, depois da queda da cidade, os soldados teriam três dias para saquear à vontade. Todos os soldados festejaram a promessa do sultão, e o som de trombetas e tambores completaram a alegria. Esse barulho de celebração, combinado com a fumaça e as faíscas saltando das fogueiras na frente dos acampamentos, cobriu Constantinopla como uma onda opressora de morte.

O ruído que vinha de dentro de Constantinopla, no entanto, era lúgubre e contido. Todos os cidadãos tinham percorrido a cidade e se reunido na Hagia Sophia para uma última missa. Esta cena jamais acontecera e nunca voltaria a acontecer em toda a história do cristianismo: acompanhados de hinos solenes, à luz de velas fracas, o imperador bizantino, o patriarca de Constantinopla, cristãos ortodoxos do Oriente e católicos da Itália, soldados com armadura completa, comerciantes e marinheiros de Veneza e Gênova e uma multidão de cidadãos comuns se congregaram diante de Deus para se preparar para a batalha final de suas vidas.

Frantzes sabia que seu plano havia fracassado. Talvez Helena não passasse de uma farsa habilidosa e não fosse dotada de magia — essa possibilidade era a mais promissora, de longe. Mas havia uma alternativa, mais perigosa: ela de fato era dotada de magia e havia alcançado Mehmed II, que lhe dera outra missão.

Afinal, o que o Império Bizantino, cambaleando à beira da ruína, poderia oferecer a ela? A promessa do imperador de transformá-la em santa não tinha grandes chances de ser cumprida: tanto Constantinopla quanto Roma dificilmente canonizariam uma bruxa e prostituta. O mais provável era que ela tivesse voltado com dois alvos novos. Constantino e ele próprio.

Orban, o engenheiro húngaro, não era um bom exemplo disso? Ele viera antes a Constantinopla com o projeto de seus canhões gigantes, mas o imperador não tinha dinheiro para pagar seu salário, e muito menos para financiar a construção de máquinas tão monstruosas. Então ele fora a Mehmed II, e o bombardeio diário servia como um lembrete constante de sua traição.

Frantzes olhou para o espião, que imediatamente sacou a espada e cravou-a no peito de Helena. A espada atravessou o corpo e ficou presa em uma rachadura na parede atrás dela. O espião tentou puxá-la, mas não conseguiu. Helena apoiou as mãos no cabo. O espião soltou a arma, sem querer encostar nas mãos dela.

Frantzes saiu com seus homens.

Helena não emitiu ruído algum ao ser executada. Aos poucos, sua cabeça pendeu, e a auréola prateada formada pelo luar em suas mechas mergulhou em escuridão. O brilho da lua iluminou uma pequena área do chão no interior escuro do minarete, onde um fio de sangue corria como uma serpente fina e negra.

Nos instantes que precederam a grande batalha, todos os sons, dentro ou fora da cidade, se extinguiram. O Império Romano do Oriente viveu seu último dia neste planeta, na interseção da Europa com a Ásia, da terra com o mar.

No segundo andar do minarete, a maga morreu cravada na parede. Ela talvez tenha sido a única maga de verdade em toda a história da humanidade. Infelizmente, dez horas antes, a era da magia, por mais breve que tenha sido, também havia chegado ao fim.

A era da magia começou às quatro da tarde do dia 3 de maio de 1453, quando o fragmento pluridimensional cruzou com a Terra pela primeira vez. E acabou às nove da noite de 28 de maio de 1453, quando o fragmento abandonou a Terra. Depois de vinte e cinco dias e cinco horas, o mundo voltou à órbita normal.

Na noite de 29 de maio, Constantinopla caiu.

Quando a chacina terrível daquele dia estava chegando ao inevitável fim, Constantino, diante das massas de otomanos que avançavam, gritou:

— A cidade caiu e ainda estou vivo.

Então, ele arrancou o manto imperial e sacou a espada para enfrentar as hordas que se aproximavam. Sua armadura prateada brilhou por um instante como um pedaço de papel-alumínio jogado em uma bacia de ácido sulfúrico vermelho-escuro, depois desapareceu.

Só muitos anos depois a importância histórica da queda de Constantinopla ficaria evidente. Para a maioria das pessoas, a associação mais óbvia era que o evento marcou o último suspiro do Império Romano. Bizâncio era uma ranhura de mil anos deixada na terra pelas rodas da Roma Antiga e, embora tenha desfrutado de esplendor por algum tempo, finalmente evaporou como uma poça de água ao sol. Antigamente, os romanos relaxavam e assobiavam em suas termas grandiosas e magníficas, acreditando que seu império, como o granito nas paredes das piscinas em que eles boiavam, duraria para sempre.

Nenhum banquete era eterno. Tudo tinha fim. Tudo.

ERA DA CRISE, ANO 1
A ESCOLHA PELA VIDA

Yang Dong queria se salvar, mas ela sabia que havia pouca esperança.

Estava na sacada do andar mais alto do centro de controle, observando o acelerador de partículas desativado. Dali, podia enxergar toda a circunferência de vinte quilômetros do colisor. Ao contrário da prática mais comum, o aro do colisor não era um túnel subterrâneo; ficava inserido em um tubo de concreto acima da superfície. O complexo parecia um ponto final gigantesco ao pôr do sol.*

Ele fica no fim de que frase? Espero que só no fim da física.

Antes, Yang Dong tinha uma crença básica: a vida e o mundo talvez fossem feios, mas, no limite das escalas micro e macro, tudo era harmonioso e belo. O mundo da vida cotidiana nada mais era que espuma flutuando no oceano perfeito da realidade profunda. Agora, contudo, parecia que o mundo cotidiano era uma bela concha: as microrrealidades que ele continha e as macrorrealidades que o continham eram muito mais feias e caóticas que a própria concha.

Assustadoras demais.

Seria melhor se ela conseguisse parar de pensar nessas coisas. Podia escolher uma carreira que não tivesse nada a ver com física, podia se casar, ter filhos e levar uma vida pacata e conformada como inúmeras outras pessoas. É claro que, para ela, uma vida assim seria apenas meia vida.

Algo mais perturbava Yang Dong: sua mãe, Ye Wenjie. Sem querer, ela descobrira no computador da mãe algumas mensagens codificadas com criptografia pesada. Isso provocou uma intensa curiosidade em Yang.

Como muitos idosos, a mãe de Yang não estava familiarizada com os detalhes da web e de seu próprio computador, por isso só havia deletado os documentos criptografados em vez de destruí-los digitalmente. Ela não sabia que seria fácil recuperar os dados mesmo se o disco rígido fosse reformatado.

---

* O ponto final chinês é assim: ∘

Pela primeira vez na vida, Yang Dong escondeu um segredo da mãe e recuperou a informação dos documentos deletados. Foram dias até conseguir ler tudo, e nesse tempo Yang Dong descobriu uma quantidade espantosa de detalhes sobre o mundo de Trissolaris e o segredo entre sua mãe e os extraterrestres.

Yang Dong ficou chocada. A mãe com quem havia contado durante quase a vida inteira na verdade era uma mulher que ela não conhecia, alguém que sequer acreditava que existisse no mundo. Ela não se atrevia a confrontá-la, jamais, porque, assim que tocasse no assunto, a transformação da mãe dentro de sua mente estaria completa, irreversível. Era melhor fingir que a mãe ainda era a pessoa que ela sempre conhecera e continuar a vida do mesmo jeito. É claro que, para Yang, uma vida assim seria apenas meia vida.

Será que era mesmo tão ruim viver só meia vida? Por onde quer que olhasse, ela via uma quantidade considerável de pessoas à sua volta que viviam apenas meias vidas. Se a pessoa fosse boa em esquecer e se adaptar, era possível se contentar com meia vida, e até ser feliz.

Mas, com o fim da física e o segredo da mãe, Yang havia perdido duas meias vidas, o que totalizava uma vida inteira. O que lhe restava?

Yang Dong se apoiou no guarda-corpo e olhou para o abismo abaixo, apavorada e atraída ao mesmo tempo. Ela sentiu o guarda-corpo tremer ao suportar mais de seu peso, e deu um passo para trás como se tivesse levado um choque. Não se atrevia a ficar mais tempo ali. Virou-se para voltar pela sala do terminal.

Era ali que o centro mantinha os terminais do supercomputador usado para analisar os dados produzidos no colisor. Alguns dias antes, todos os terminais haviam sido desativados, mas agora alguns estavam ligados. Era um pequeno consolo para Yang Dong, mas ela sabia que aquilo já não tinha nenhuma relação com o acelerador de partículas — o supercomputador passara a ser usado para outros projetos.

Só um jovem estava na sala, e ele se levantou quando Yang Dong entrou. Usava óculos de armação grossa bem verde, uma aparência diferente. Yang explicou que só estava ali para buscar alguns objetos pessoais, mas assim que Óculos Verdes ouviu seu nome, animou-se e explicou o programa que estava sendo executado nos terminais.

Era um modelo matemático da Terra. Ao contrário de projetos semelhantes do passado, esse modelo combinava fatores de biologia, geologia, astronomia, ciências atmosféricas e oceanografia, entre outras áreas de conhecimento, para simular a evolução da superfície terrestre do passado ao futuro.

Óculos Verdes chamou a atenção dela para algumas telas grandes, que não exibiam colunas de números subindo sem parar nem curvas rastejando em um diagrama; mostravam retratos luminosos, cheios de cor, como uma vista do alto para continentes e oceanos. Óculos Verdes manipulou o mouse e aproximou a imagem em alguns lugares para mostrar detalhes de um rio ou bosque.

Yang Dong sentiu o sopro da natureza se infiltrar naquele lugar que antes fora dominado por números abstratos e teorias. Sentiu como se estivesse sendo libertada do cativeiro.

Depois da explicação de Óculos Verdes, Yang Dong recolheu seus pertences, despediu-se com educação e se virou para ir embora. Sentiu Óculos Verdes observá-la por trás, mas estava acostumada a isso nos homens, então, em vez de se irritar, sentiu-se reconfortada, como se o olhar dele fosse a luz do sol no inverno. Ela foi dominada por um desejo súbito de se comunicar com outras pessoas.

Virou-se para Óculos Verdes.

— Você acredita em Deus?

Yang Dong ficou chocada com a própria pergunta. Mas, considerando o modelo exibido nos terminais, não era uma questão totalmente fora de propósito.

Óculos Verdes também parecia espantado. Depois de um tempo, ele enfim conseguiu fechar a boca e perguntar, com cuidado:

— A que tipo de "Deus" você se refere?

— Só Deus. — Aquela sensação avassaladora de exaustão tinha voltado. Ela não tinha paciência para explicar mais.

— Não.

Yang apontou para as telas grandes.

— Mas os parâmetros físicos que regem a existência da vida são absolutamente impiedosos. Veja o exemplo da água em estado líquido: ela só pode existir em uma faixa estreita de temperaturas. Considerando o universo como um todo, fica ainda mais evidente: se os parâmetros do Big Bang tivessem sido sequer um milhão de bilionésimo diferentes, nós não teríamos elementos pesados e, portanto, não teríamos vida. Isso não é uma prova nítida de design inteligente?

Óculos Verdes balançou a cabeça.

— Não sei o suficiente sobre o Big Bang para comentar, mas você se engana quanto ao ambiente na Terra. A Terra gerou a vida, mas a vida também transformou a Terra. O ambiente atual em nosso planeta é resultado das interações entre as duas. — Ele pegou o mouse e começou a clicar. — Vamos fazer uma simulação.

Ele abriu um painel de configurações em uma das telas grandes, uma janela cheia de campos densos de números. Desmarcou uma caixa perto do topo, e todos os campos ficaram cinza.

— Vamos desmarcar a opção de "vida" e observar como a Terra teria evoluído sem ela. Vou ajustar a simulação para resolução baixa, para não perder muito tempo com o processamento.

Yang Dong olhou para outro terminal e viu que o supercomputador estava funcionando em capacidade máxima. Uma máquina como aquela consumia tanta eletricidade quanto uma pequena cidade, mas ela não mandou Óculos Verdes parar.

Um planeta recém-formado surgiu na tela grande. A superfície ainda estava incandescente, como se fosse um pedaço de carvão saído da fornalha. O tempo passou no ritmo das eras geológicas, e o planeta se resfriou gradualmente. A cor e as formas na superfície se deslocaram devagar em um movimento hipnótico. Alguns minutos depois, a tela foi ocupada por um planeta alaranjado, indicando o fim do processo de simulação.

— As computações foram feitas na resolução mais baixa; para fazer com mais precisão, demoraria mais de um mês.

Óculos Verdes mexeu o mouse e ampliou a superfície do planeta. A imagem flutuou por cima de um vasto deserto, por cima de um grupo de montanhas imensas com formato estranho, por cima de uma depressão redonda que parecia uma cratera.

— O que estamos olhando? — perguntou Yang Dong.

— A Terra. Sem vida, é assim que a superfície do planeta seria agora.

— Mas... cadê os oceanos?

— Não existem oceanos. Nem rios. A superfície toda é seca.

— Você está dizendo que, sem vida, a água não existiria na Terra em estado líquido?

— A realidade provavelmente seria ainda mais chocante. Lembre que esta é uma simulação em baixa resolução, mas pelo menos dá para ver o tamanho do impacto que a vida teve na condição atual da Terra.

— Mas...

— Você acha que a vida é apenas uma concha frágil, fina e macia pendurada na superfície deste planeta?

— Não é?

— Só se você ignorar o poder do tempo. Se uma colônia de formigas mover constantemente detritos do tamanho de grãos de arroz, em um bilhão de anos elas removeriam todo o monte Tai. Considerando uma quantidade suficiente de tempo, a vida é mais forte do que metal e pedra, mais poderosa que ciclones e vulcões.

— Mas a formação de montanhas depende de forças geológicas!

— Não necessariamente. A vida pode não ser capaz de erguer montanhas, mas pode alterar a distribuição de cordilheiras. Digamos que existem três montanhas, e que duas delas são cobertas de vegetação. A que não tem cobertura logo será aplainada pela erosão. Esse "logo" significa algo na ordem de milhões de anos, um piscar de olhos em termos geológicos.

— Então como os oceanos desapareceram?

— Nós teríamos que examinar os arquivos da simulação, o que daria muito trabalho. No entanto, posso fazer um palpite aproximado: plantas, animais e bactérias desempenharam papéis importantes na composição atual da nossa atmosfera. Sem a vida, a atmosfera teria sido muito diferente. É possível que essa atmosfera não fosse capaz de proteger a superfície da Terra contra os ventos solares e raios ultravioleta, e os oceanos evaporariam. Em pouco tempo, o efeito estufa transformaria a atmosfera terrestre em uma cópia da de Vênus, e depois, com o tempo, o vapor de água se dissiparia no espaço. Depois de bilhões de anos, a Terra secaria.

Yang Dong não disse nada enquanto contemplava aquela casca amarela do planeta.

— Portanto, a Terra em que vivemos hoje é um lar que a vida construiu para si mesma. Não tem nada a ver com Deus.

Óculos Verdes abriu os braços como se quisesse abraçar a tela grande, nitidamente satisfeito com sua própria eloquência.

Yang Dong não estava muito disposta a discutir o assunto, mas, assim que Óculos Verdes desmarcou a opção de vida no painel de configurações, uma ideia passou por sua cabeça.

Ela fez a segunda pergunta assustadora:

— E o universo?

— O universo?

— Se usarmos um modelo matemático semelhante para simular o universo inteiro e desmarcarmos a opção de vida, qual seria o resultado para a aparência do universo?

Óculos Verdes pensou por um instante.

— Seria igual. Quando falei dos efeitos da vida no ambiente, eram limitados à Terra. Mas, falando do universo, a vida é excepcionalmente rara, e seu impacto na evolução do universo não é significativo.

Yang Dong se conteve. Ela se despediu de novo e se esforçou para abrir um sorriso educado. Saiu do edifício e levantou a cabeça para observar o céu noturno cravejado de estrelas.

Por causa dos documentos secretos de sua mãe, ela sabia que a vida não era tão rara no universo. Na verdade, o universo estava abarrotado.

Quanto o universo foi transformado pela vida?

Uma onda de terror ameaçou tomar conta dela.

Yang Dong sabia que não podia mais se salvar. Ela tentou parar de pensar, tentou dirigir a mente para uma escuridão vazia, mas uma nova pergunta insistia em atormentá-la: *a Natureza é mesmo natural?*

ERA DA CRISE, ANO 4
YUN TIANMING

Depois de sua visita regular a Yun Tianming, o dr. Zhang deixou-lhe um jornal com a justificativa de que, após tanto tempo internado, ele precisava saber o que estava acontecendo no mundo. O quarto de Tianming tinha uma televisão, então ele ficou confuso, pensando que talvez o médico estivesse se referindo a alguma outra coisa.

Tianming leu o jornal e chegou à seguinte conclusão: comparando com a época anterior à sua internação, as notícias sobre Trissolaris e a Organização Terra-Trissolaris (OTT) já não dominavam tudo. Havia pelo menos algumas matérias que não tinham nada a ver com a crise. A tendência da humanidade a se concentrar no aqui e agora se estabeleceu, e as preocupações com circunstâncias que só aconteceriam dali a quatro séculos cederam espaço para pensamentos sobre a vida no presente.

Não era nenhuma surpresa. Ele tentou lembrar o que estava acontecendo quatrocentos anos antes: a China estava sob a Dinastia Ming, e ele achava — não tinha certeza — que Nurhaci havia acabado de fundar o império que substituiria os Ming depois de matar milhões de pessoas. A Idade das Trevas havia terminado pouco antes no Ocidente; a máquina a vapor ainda levaria mais de um século para surgir; e, quanto à eletricidade, seria preciso esperar trezentos anos. Se alguém na época tivesse se preocupado com a vida dali a quatrocentos anos, seria motivo de piada. Era tão ridículo se preocupar com o futuro quanto lamentar o passado.

Quanto ao próprio Tianming, com base na evolução de sua doença, ele nem teria que se preocupar com o ano seguinte.

Mas uma notícia chamou sua atenção. Estava na primeira página:

Sessão especial da Terceira Comissão Permanente do Congresso Nacional Popular aprova Lei da Eutanásia

Tianming ficou confuso. A sessão legislativa especial tinha sido convocada para lidar com a Crise Trissolariana, mas essa lei parecia não ter relação com a crise.

Por que o dr. Zhang queria que eu visse essa notícia?

Um ataque de tosse o obrigou a deixar o jornal de lado e tentar dormir um pouco.

No dia seguinte, a TV também mostrava entrevistas e reportagens sobre a lei da eutanásia, mas o público não parecia muito interessado.

Tianming não conseguiu dormir direito naquela noite: ele tossiu, teve dificuldade para respirar, sentiu fraqueza e náusea por causa da quimioterapia. O paciente que estava no leito vizinho se sentou na beira da cama de Tianming e segurou a máscara de oxigênio para ele. Seu sobrenome era Li, e todo mundo o chamava de "Lao Li", *Velho Li*.

Lao Li olhou para os outros dois pacientes internados no mesmo quarto para conferir se eles estavam dormindo e disse:

— Tianming, vou sair mais cedo.

— Você teve alta?

— Não. É aquela lei.

Tianming se sentou.

— Mas por quê? Seus filhos são tão solícitos e preocupados...

— É exatamente por isso que decidi fazer. Se esta situação se arrastar por muito mais tempo, eles vão ter que vender suas casas. Para quê? No fim, não há cura. Preciso ser responsável em nome dos meus filhos e dos filhos deles.

Lao Li deu um suspiro, tocou de leve o braço de Tianming e voltou para sua cama.

Olhando para a sombra das árvores balançando projetada na cortina, aos poucos Tianming pegou no sono. Pela primeira vez desde que ficou doente, ele teve um sonho tranquilo.

Estava sentado em um pequeno barco de origami que flutuava em uma água plácida, sem remos. O céu era cinza-escuro e enevoado. Uma garoa fresca caía, mas a chuva não parecia chegar à superfície da água, que se mantinha lisa como um espelho. A água, também cinza, se fundia com o céu em todas as direções. Não havia horizonte, nem margem...

Quando acordou, de manhã, Tianming ficou impressionado por que, em seu sonho, ele tinha certeza absoluta de que *ali* sempre estaria garoando, a superfície sempre seria lisa, e o céu sempre seria cinza-escuro e enevoado.

O hospital estava prestes a realizar o procedimento que Lao Li solicitara.

Houve muitos debates internos até os jornais e noticiários se decidirem pelo verbo "realizar". "Executar" obviamente era inadequado; "cumprir" também soava mal; "concluir" parecia dar a entender que a morte já era uma certeza, o que também não era exatamente verdade.

O dr. Zhang perguntou se Tianming se sentia forte o bastante para comparecer à cerimônia de eutanásia de Lao Li. O médico se apressou a acrescentar que, como aquele seria o primeiro caso de eutanásia na cidade, era melhor que estivessem presentes representantes de diversos grupos de interesse, incluindo alguém em nome de outros pacientes. Não havia nenhuma outra intenção.

Mas Tianming não conseguiu ignorar a sensação de que o pedido trazia, sim, uma mensagem oculta. Apesar disso, como o dr. Zhang sempre cuidara bem dele, Tianming aceitou.

Depois, de repente ele se deu conta de que o rosto e o nome do dr. Zhang eram familiares — será que ele já conhecia o médico antes de ser internado? —, mas não se lembrava exatamente de onde. O fato de que ele não tivera essa sensação de reconhecimento antes se justificava porque as interações entre eles haviam se limitado a conversas sobre a doença e o tratamento. A forma de o médico falar e agir enquanto exercia seu trabalho era diferente de quando ele falava como uma pessoa comum.

Não havia nenhum parente de Lao Li para presenciar o procedimento. Ele não comunicara sua decisão à família e pedira que o Gabinete de Assuntos Civis do município — e não o hospital — os informasse depois. A nova lei permitia que ele fizesse dessa maneira.

Muitos repórteres compareceram, mas a maioria foi mantida longe da cena. O quarto de eutanásia foi adaptado a partir de um quarto no setor de emergência do hospital. Uma das paredes era um espelho falso para que os observadores pudessem acompanhar o que acontecia lá dentro, mas o paciente não conseguia vê-los.

Tianming abriu caminho pela multidão de observadores até ficar bem na frente do espelho falso. Assim que viu o interior do quarto de eutanásia, foi tomado por uma onda de medo e mal-estar. Ele sentiu ânsia de vômito.

Quem quer que tivesse sido responsável pela decoração daquele quarto havia se esforçado bastante: cortinas novas e bonitas nas janelas, flores frescas em vasos, e vários corações de papel cor-de-rosa nas paredes. Mas a tentativa bem-intencionada de humanizar a situação produzira o exato oposto disso: o clima pavoroso da morte se misturava a uma alegria sinistra, como se estivessem tentando transformar uma tumba em quarto de núpcias.

Lao Li estava deitado na cama no centro do quarto e parecia em paz. Tianming se deu conta de que eles não chegaram a se despedir e sentiu um aperto no coração. Havia dois tabeliães lá dentro, finalizando a parte formal do procedimento. Depois que Lao Li assinou os documentos, os tabeliães saíram.

Outro homem entrou para explicar a Lao Li as etapas específicas do processo. Ele usava jaleco, mas não ficou claro se era um médico. O homem apontou para a tela grande ao pé da cama e perguntou se Lao Li conseguia ler o que estava escrito nela. Lao Li fez que sim. Então o homem pediu para Lao Li usar o mouse ao lado da cama e clicar nos botões da tela e explicou que, se tivesse dificuldade, havia outros métodos de interação disponíveis. Lao Li experimentou o mouse e indicou que estava funcionando bem.

Tianming se lembrou de quando Lao Li lhe dissera que nunca havia usado computadores. Sempre que precisava de dinheiro, ele ia na boca do caixa. Devia ser a primeira vez que usava um mouse na vida.

O homem de jaleco disse para Lao Li que uma pergunta apareceria na tela, e que a mesma pergunta se repetiria cinco vezes. Cada vez que a tela exibisse a pergunta, haveria seis botões embaixo, com números de zero a cinco. Se Lao Li desejasse dar uma resposta afirmativa, ele teria que clicar no número indicado nas instruções da tela, que mudariam aleatoriamente a cada vez que a pergunta aparecesse. Se Lao Li desejasse dar uma resposta negativa, só precisava clicar em zero, e o procedimento pararia imediatamente. Não haveria nenhum botão de "Sim" ou "Não".

Ele explicou que o propósito dessa complexidade no procedimento era evitar uma situação em que o paciente se limitasse a apertar o mesmo botão sem refletir na resposta todas as vezes.

Uma enfermeira entrou no quarto e inseriu uma agulha no braço esquerdo de Lao Li. O tubo atrás da agulha estava ligado a um injetor automático mais ou menos do tamanho de um laptop. O homem de jaleco tirou um embrulho lacrado, abriu as camadas de película protetora e revelou uma pequena ampola de vidro cheia de um líquido amarelado.

Com muito cuidado, ele encheu o injetor com o líquido e saiu com a enfermeira.

Lao Li ficou sozinho no quarto.

A tela exibiu a pergunta, e uma voz feminina suave e gentil a leu:

> Você deseja dar fim à sua vida? Para sim, aperte 3. Para não, aperte 0.

Lao Li apertou 3.

> Você deseja dar fim à sua vida? Para sim, aperte 5. Para não, aperte 0.

Lao Li apertou 5.

O processo se repetiu mais duas vezes. E então:

> Você deseja dar fim à sua vida? Esta é a última consulta. Para sim, aperte 4. Para não, aperte 0.

Tianming sentiu uma onda de tristeza que o deixou tonto e quase desmaiou. Nem quando sua mãe morreu ele sentiu tanta dor e raiva. Quis gritar para Lao Li apertar 0, quebrar o espelho, esganar aquela voz.

Mas Lao Li apertou 4.

Sem qualquer ruído, o injetor se ativou. Tianming viu a coluna de líquido amarelado no tubo de vidro diminuir até desaparecer. Lao Li não se mexeu em nenhum momento. Só fechou os olhos e dormiu.

A multidão em volta de Tianming se dissipou, mas ele não saiu do lugar, com a mão apoiada no vidro. Não estava olhando para o corpo sem vida deitado lá dentro. Seus olhos estavam abertos, mas ele não estava olhando para nada.

— Ele não sentiu dor. — A voz do dr. Zhang veio em um sussurro que pareceu o zumbido de um mosquito. Tianming sentiu uma mão repousar em seu ombro esquerdo. — É uma mistura de uma dose cavalar de barbitona, relaxantes musculares e cloreto de potássio. A barbitona faz efeito primeiro e mergulha o paciente em um sono profundo, o relaxante muscular interrompe a respiração e o cloreto de potássio para o coração. O processo todo leva no máximo vinte ou trinta segundos.

Depois de um tempo, a mão do dr. Zhang soltou seu ombro, e Tianming ouviu os passos dele se afastando. Mas não se virou.

De repente, ele se lembrou de onde conhecia o médico.

— Doutor — disse Tianming em voz baixa. Os passos pararam. Tianming continuou sem se virar. — Você conhece a minha irmã, não é?

A resposta veio depois de uma longa pausa.

— Sim. Nós éramos colegas de turma no ensino médio. Lembro de ter te visto algumas vezes quando você era pequeno.

Tianming saiu do edifício principal do hospital com passos mecânicos. Tudo estava claro agora. O dr. Zhang trabalhava para sua irmã; sua irmã queria que ele morresse. Não, queria que ele "realizasse o procedimento".

Embora Tianming relembrasse com frequência a infância feliz ao lado da irmã, eles tinham se distanciado com o passar dos anos. Não havia nenhum conflito explícito entre os dois, nem qualquer sentimento de mágoa. Mas eles passaram a se encarar como pessoas completamente distintas, e cada um se sentia desprezado pelo outro.

A irmã dele era astuta, mas não inteligente, e se casara com um homem igual. Eles não eram bem-sucedidos em suas carreiras, e apesar dos dois filhos crescidos não tinham condições de comprar uma casa. Como a casa dos sogros dela não tinha espaço para todo mundo, a família agora morava com o pai de Tianming.

Tianming, por sua vez, era solitário. Não tivera mais sucesso que a irmã na vida pessoal ou no trabalho. Sempre morara sozinho em dormitórios que pertenciam à empresa em que ele trabalhava, e deixara a responsabilidade de cuidar do pai debilitado totalmente nas mãos da irmã.

De repente, Tianming compreendeu o raciocínio dela. O plano de saúde não cobria todas as despesas da internação, e, quanto mais a situação se prolongasse, maior seria a conta. O pai deles vinha pagando com suas economias, mas ele nunca oferecera esse dinheiro para ajudar a irmã de Tianming a comprar uma casa para a família — um caso nítido de favoritismo. Do ponto de vista da irmã, o pai deles estava gastando dinheiro que devia ser dela. Além do mais, era um desperdício gastar com tratamentos que só prolongariam a doença, sem curá-la. Se Tianming escolhesse a eutanásia, a herança de sua irmã seria preservada, e ele sofreria menos.

O céu estava encoberto por uma névoa cinza-escura, exatamente como no sonho. Contemplando esse cinza infinito, Tianming soltou um longo suspiro.

Tudo bem. Se você quer que eu morra, eu morro.

Ele pensou no livro *O veredicto* de Franz Kafka, em que um pai amaldiçoa o filho e o condena à morte. O filho aceita com a mesma facilidade de alguém que aceita tirar o lixo ou fechar a porta, e sai da casa, corre pelas ruas até a ponte e se joga da balaustrada para a morte. Mais tarde, Kafka revelou a seu biógrafo que, quando escreveu essa cena, estava pensando em "uma forte ejaculação".

Tianming agora entendia Kafka, o homem de chapéu-coco e valise, o homem que caminhou em silêncio pelas ruas escuras de Praga mais de um século antes, o homem que era tão solitário quanto ele próprio.

Alguém esperava Tianming quando ele voltou ao quarto no hospital: Hu Wen, um colega da faculdade.

Wen era o que mais se aproximava da noção que Tianming possuía de um amigo dos tempos de faculdade, mas o que eles tinham não era exatamente amizade. Wen era uma daquelas pessoas que se davam bem com todo mundo e sabiam o nome de todos; mas até para ele Tianming fazia parte do círculo de contatos mais periféricos. Eles não se falavam desde a formatura.

Wen não levou flores nem nada do tipo; trazia apenas uma caixa de papelão cheia de latas de bebida.

Depois de uma breve e constrangida troca de cumprimentos, Wen fez uma pergunta que pegou Tianming de surpresa.

— Você se lembra daquele passeio que nós fizemos quando éramos calouros? Daquela primeira vez em que saímos todos como um grupo?

Claro que Tianming lembrava. Tinha sido a primeira vez que Cheng Xin se sentara ao seu lado, que falara com ele.

Se ela não tivesse tomado a iniciativa, Tianming duvidava que tivesse criado coragem para falar com ela nos quatro anos da faculdade. No passeio, ele se sentara sozinho, olhando para a vastidão da represa de Miyun, nos arredores de Beijing. Ela se sentara ao seu lado e começara a falar.

Enquanto os dois conversavam, ela jogava pedrinhas na represa. A conversa circulou pelos assuntos típicos de colegas que começam a se conhecer, mas Tianming ainda se lembrava de cada palavra. Depois de algum tempo, Cheng Xin fez um barquinho de origami com uma folha de papel e o depositou na água. Uma brisa levou o barco embora lentamente até ele virar um pontinho minúsculo distante...

O dia mais bonito da época da faculdade tinha uma aura dourada em sua memória. Na verdade, o tempo não estava muito bom naquele dia: caía uma garoa leve, a superfície da represa estava coberta de marolas, e as mãos deles estavam molhadas pelas pedrinhas que jogavam. Mas, desde então, Tianming se apaixonou por dias de garoa, se apaixonou pelo cheiro de terra úmida e pedras molhadas, e de tempos em tempos ele fazia barcos de origami e os deixava na mesinha de cabeceira.

De repente ele se perguntou se o mundo daquele sonho pacífico tinha sido um resultado de sua memória.

Mas Wen queria falar do que aconteceu depois naquele passeio — acontecimentos que não causaram nenhuma grande impressão em Tianming. No entanto, com a insistência de Wen, ele conseguiu resgatar aquelas lembranças difusas.

Alguns amigos de Cheng Xin tinham aparecido e a chamaram. Depois, Wen se sentou ao lado de Tianming.

Não fique se achando muito. Ela é gentil com todo mundo.

Claro que Tianming sabia disso. Mas então Wen viu a garrafa de água mineral na mão de Tianming e mudou de assunto.

O que você está bebendo?

A água dentro da garrafa era verde, e havia pedaços de grama e folhas boiando nela.

Amassei algumas ervas e misturei à água. É uma bebida muito orgânica.

Ele estava de bom humor, por isso estava mais falante do que o normal.

Talvez algum dia eu abra uma empresa para fabricar esta bebida. Com certeza vai fazer sucesso.

O gosto deve ser horrível.

Você acha que cigarro e álcool têm um gosto muito bom? Até a coca-cola provavelmente tinha gosto de remédio na primeira vez que você bebeu. Tudo que é viciante é assim.

— Meu amigo, essa conversa mudou a minha vida! — disse Wen. Ele abriu a caixa de papelão e tirou uma lata. Era pintada de verde por fora, com o desenho de uma pradaria. A marca era "Tormenta Verde".

Wen abriu a lata e a entregou para Tianming, que tomou um gole; era aromática, um sabor de ervas, com toque amargo. Ele fechou os olhos e voltou à margem da represa naquele dia de garoa, e Cheng Xin estava ao seu lado...

— Esta é uma versão especial. A receita para o mercado é mais doce — disse Wen.

— Vende bem?

— Muito bem! O maior obstáculo agora é o custo. Você talvez imagine que grama é barato, mas, até eu conseguir aumentar a escala, é mais caro que frutas ou castanhas. Além disso, para que seja seguro beber, os ingredientes precisam passar por um processo de pasteurização que é complicado. Mas a perspectiva é fantástica. Tenho muitos investidores interessados, e a Huiyuan Juice quer comprar minha empresa. Que se fodam.

Tianming olhou para Wen sem saber o que dizer. Wen havia se formado em engenharia aeroespacial, mas acabara se tornando empreendedor na indústria de bebidas. Ele era alguém que fazia coisas, que realizava coisas. A vida pertencia a pessoas assim. Mas pessoas como Tianming só podiam ver a vida passar e deixá-las para trás, abandonadas.

— Estou em dívida com você — disse Wen. Ele entregou três cartões de crédito e um pedaço de papel a Tianming. Olhou para os lados, chegou mais perto e sussurrou: — A conta tem três milhões de yuans. A senha está no papel.

— Eu nunca patenteei nada — disse Tianming.

— Mas a ideia foi sua. Sem você, não existiria Tormenta Verde. Se você concordar, nós ficamos quites, pelo menos legalmente. Mas, pela nossa amizade, eu sempre vou estar em dívida com você.

— Você não me deve nada, nem pela lei nem por nada.

— Você tem que aceitar. Eu sei que você precisa de dinheiro.

Tianming não falou mais nada. A quantia era astronômica, mas ele não ficou empolgado. O dinheiro não o salvaria.

Ainda assim, esperança é um bicho teimoso. Depois que Hu Wen saiu, ele pediu para falar com um médico. Não queria o dr. Zhang; depois de muito esforço, conseguiu ser atendido pelo diretor-assistente do hospital, um oncologista famoso.

— Se dinheiro não fosse problema, eu teria chance de cura?

O médico idoso abriu o prontuário de Tianming no computador e, depois de algum tempo, balançou a cabeça.

— O câncer se espalhou pelo seu corpo a partir dos pulmões. Cirurgia não vai resolver; só podemos fazer quimioterapia e radiação, técnicas conservadoras. Mesmo com dinheiro... Meu jovem, lembre-se do ditado: o médico só pode curar as doenças que precisam ser curadas; Buda só pode salvar aqueles que precisam ser salvos. — O último resquício de esperança morreu para Tianming, e seu coração ficou em paz. Na mesma tarde, ele preencheu o formulário de solicitação de eutanásia.

Entregou o formulário para o dr. Zhang. O médico pareceu sofrer algum conflito moral interno e não encarou Tianming nos olhos. Mas falou que Tianming podia interromper a quimioterapia; não fazia sentido ele continuar sofrendo.

A única questão que Tianming ainda tinha que resolver era decidir como gastar o dinheiro de Wen. O "certo" seria dar tudo para o pai e deixar que ele distribuísse o dinheiro para o resto da família. Mas seria o mesmo que dar o dinheiro todo para a irmã, e Tianming não queria fazer isso. Ele já ia morrer, como ela queria; não achava que lhe devia mais nada.

Ele se perguntou se tinha algum sonho nunca realizado. Seria bom passear pelo mundo em um cruzeiro de luxo... mas seu corpo não aguentaria, e não lhe restava muito tempo. Que pena. Ele teria gostado de se deitar em um convés ensolarado e repensar a vida enquanto contemplava o mar hipnótico. Ou poderia pisar o solo de algum país desconhecido em dia de garoa, ficar sentado perto de algum lago pequeno e jogar pedrinhas molhadas na superfície cheia de marolas...

Mais uma vez, pensou em Cheng Xin. Ultimamente, Tianming vinha pensando cada vez mais nela.

À noite, Tianming viu uma reportagem na TV:

A décima segunda sessão do Conselho de Defesa Planetária da ONU sancionou a Resolução 479, que institui o Projeto Nosso Destino nas Estrelas. Um comitê formado pelo Programa da ONU para o Desenvolvimento, pelo Comitê de Recursos Naturais e pela Unesco está autorizado a implementar o projeto imediatamente.

O site oficial chinês para o Projeto Nosso Destino nas Estrelas começa a funcionar hoje à tarde. Segundo um representante da sede local do PNUD, o projeto aceitará lances de indivíduos e empresas, mas não considerará lances de organizações não governamentais...

Tianming se levantou e falou para a enfermeira que queria caminhar. Mas, como já era noite, a enfermeira não o deixou sair. Ele voltou para o quarto escuro, abriu as cortinas e subiu o vidro da janela. O novo paciente no leito antigo de Lao Li resmungou.

Tianming olhou para fora. As luzes da cidade projetavam uma aura sobre o céu noturno, mas ainda era possível enxergar alguns pontos prateados.

Ele sabia o que queria fazer com o dinheiro: ia comprar uma estrela para Cheng Xin.

TRECHO EXTRAÍDO DE *UM PASSADO ALÉM DO TEMPO*
INFANTILISMO NO INÍCIO DA CRISE

Muito do que aconteceu nos primeiros vinte anos da Era da Crise foi incompreensível para os que vieram antes e para os que vieram depois; historiadores resumiram o período com o rótulo "Infantilismo da Crise".

Pensava-se que o Infantilismo fosse uma reação a uma ameaça sem precedentes contra toda a civilização. Isso talvez fosse verdade para alguns indivíduos, mas era uma explicação simples demais para se aplicar à humanidade como um todo.

O impacto da Crise Trissolariana na sociedade foi muito mais profundo do que as pessoas imaginaram. Para usar algumas analogias imperfeitas: em termos de biologia, equivalia ao momento em que os antepassados dos mamíferos saíram do mar para a terra; em termos de religião, era equiparável a quando Adão e Eva foram banidos do Éden; em termos de história e sociologia... não existe nenhuma analogia adequada, nem imperfeita. Em comparação com a Crise Trissolariana, tudo que a civilização humana havia vivido até ali não era nada. A Crise abalou os alicerces da cultura, da política, da religião, da economia. Embora o impacto chegasse ao cerne mais profundo da civilização, sua influência se manifestou primeiro na superfície. É possível que a causa básica do Infantilismo da Crise seja encontrada na interação entre essas manifestações e a tremenda inércia do conservadorismo inerente à sociedade humana.

Os exemplos clássicos do Infantilismo da Crise foram o Projeto Barreiras e o Projeto Nosso Destino nas Estrelas, ambos esforços internacionais sob a chancela das Nações Unidas — iniciativas que em pouco tempo se tornaram incompreensíveis para qualquer pessoa fora daquele período. O Projeto Barreiras transformou a história, e sua influência permeou o rumo da civilização a tal ponto que é preciso tratá-lo em outro capítulo. Os mesmos elementos que levaram ao nascimento do colossal Projeto Barreiras também conceberam, simultaneamente, o Projeto Nosso Destino nas Estrelas. Porém, esse segundo projeto minguou pouco após seu lançamento, e nunca mais se ouviu falar dele.

Eram duas as principais motivações por trás do Projeto Nosso Destino nas Estrelas: a primeira, aumentar o poder da ONU no início da Crise; a segunda, a gênese e popularidade do Escapismo.

A Crise Trissolariana foi a primeira vez em que a humanidade se viu diante de um inimigo em comum, e, naturalmente, muitos depositaram suas esperanças na ONU. Até os mais conservadores concordavam que a ONU devia ser reformada completamente e receber mais poderes e recursos. Radicais e idealistas insistiam na criação de uma União Terrestre e na conversão da ONU em governo mundial.

Países menores, especialmente, defendiam que o status da ONU fosse elevado porque viam na Crise uma oportunidade de obter mais auxílio tecnológico e econômico. Já a reação das grandes potências foi de frieza. Na realidade, depois da Crise, todas as grandes potências investiram muito em defesa espacial. Parte do motivo foi que elas se deram conta de que a contribuição para a defesa espacial se tornaria a base da força nacional e do status político no futuro das relações internacionais; mas isso também se deveu ao fato de que sempre houvera o desejo de investir em pesquisa de base em tão larga escala, mas, com as demandas internas de suas populações e as restrições impostas pela política internacional no passado, esses esforços não eram práticos. Em certo sentido, a Crise Trissolariana proporcionou aos líderes das grandes potências uma oportunidade semelhante à que Kennedy teve com a Guerra Fria — semelhante, mas superior por algumas ordens de magnitude. Todas as grandes potências relutavam em submeter seus esforços à égide das Nações Unidas, contudo, devido ao clamor crescente por uma globalização verdadeira, elas foram obrigadas a firmar com a ONU alguns compromissos simbólicos e políticos que não tinham a menor intenção de honrar. O sistema de defesa espacial mútuo promovido pela ONU, por exemplo, recebeu pouco apoio concreto das grandes potências.

Na história do início da Era da Crise, a secretária-geral da ONU, Say, foi uma personagem crucial. Ela acreditava que havia chegado o momento de uma nova ONU e defendia a transformação da instituição, que antes era pouco mais que um ponto de encontro para as grandes potências e um fórum internacional, em um organismo político independente com o poder de dirigir de fato a construção das defesas do Sistema Solar.

Para alcançar essa meta, a ONU precisaria de recursos suficientes, um requisito que parecia impossível cumprir diante das realidades das relações internacionais. O Projeto Nosso Destino nas Estrelas foi uma iniciativa de Say para adquirir recursos para a ONU. Resultados à parte, a própria iniciativa comprovava a inteligência política e a imaginação da secretária-geral.

Os fundamentos do projeto repousavam no Tratado do Espaço, que era produto da política pré-Crise. Com base nos princípios contemplados na Convenção sobre o Direito do Mar e no Tratado da Antártida, o Tratado do Espaço foi negociado e formulado durante um longo período. Mas o Tratado do Espaço pré-Crise se limitava aos recursos dentro do Cinturão de Kuiper; a Crise Trissolariana obrigara as nações do planeta a dirigir os olhos para pontos mais distantes.

Como os seres humanos não haviam conseguido sequer pôr os pés em Marte ainda, qualquer debate sobre o espaço sideral era inútil, pelo menos antes do prazo de validade do Tratado do Espaço cinquenta anos depois de sua criação. Mas as grandes potências encararam o Tratado como o palco ideal para o teatro político e acrescentaram disposições referentes a recursos fora do Sistema Solar. A emenda determinava que o desenvolvimento de recursos naturais fora do Cinturão de Kuiper, e outras atividades econômicas associadas a eles, teriam que ser conduzidos sob a chancela das Nações Unidas. E incluía uma quantidade extraordinária de detalhes para definir "recursos naturais", mas, basicamente, a expressão se referia a recursos ainda não ocupados por civilizações não humanas. Esse tratado também oferecia a primeira definição jurídica do direito internacional para "civilização". Ao longo da história, esse documento foi chamado de Emenda da Crise.

A segunda motivação que levou ao Projeto Nosso Destino nas Estrelas foi o Escapismo. Na época, o movimento escapista ainda se encontrava em fase inicial, e suas consequências não eram claras, a tal ponto que muitos ainda o consideravam uma opção válida para a humanidade em crise. Nessas condições, outras estrelas, especialmente as que tivessem planetas, se tornaram valiosas.

De acordo com a resolução inicial que propôs o Projeto Nosso Destino nas Estrelas, a ONU leiloaria os direitos a certas estrelas e seus planetas. O público-alvo desse leilão seria composto por países, empresas, ONGs e indivíduos, e a renda obtida seria usada para financiar a pesquisa de base da ONU para um sistema de defesa do Sistema Solar. A secretária-geral Say explicou que o universo tinha estrelas em abundância. Havia mais de trezentas mil estrelas a até cem anos-luz do Sistema Solar, e mais de dez milhões a até mil anos-luz. Um cálculo conservador sugeria que pelo menos dez por cento dessas estrelas possuíam planetas. Leiloar uma pequena parcela delas não afetaria muito o futuro do desenvolvimento espacial.

Essa peculiar resolução da ONU atraiu muito interesse e atenção. Os membros permanentes do Conselho de Defesa Planetária (CDP) ponderaram sobre a questão, mas cada um decidiu que sua adoção não produziria consequências adversas no futuro próximo. Por outro lado, votar contra ela custaria alto em meio ao clima político prevalente na comunidade internacional. Ainda assim, após debates e concessões, a versão definitiva da resolução aprovada se limitava a estrelas a mais de cem anos-luz de distância.

O projeto foi interrompido logo que começou por um motivo bem simples: ninguém comprou as estrelas. Ao todo, apenas dezessete estrelas foram leiloadas, e todas pelo lance inicial. A onu arrecadou um total de apenas cerca de quarenta milhões de dólares.

Nenhum dos compradores jamais se identificou. As pessoas especularam por que alguém gastaria tanto dinheiro para adquirir um documento inútil — ainda que o documento supostamente tivesse valor legal. Talvez fosse bacana ser proprietário de outro mundo, mas de que isso servia quando só era possível vê-lo, mas não tocá-lo? Na verdade, algumas das estrelas não eram sequer visíveis a olho nu.

Say nunca considerou o projeto um fracasso. Ela alegava que o resultado foi exatamente o que ela havia previsto. Em essência, o Projeto Nosso Destino nas Estrelas era uma proclamação política da onu.

O projeto logo foi esquecido. Um exemplo clássico do comportamento irregular da sociedade humana no início da Crise.

ERA DA CRISE, ANO 4
YUN TIANMING

Um dia depois de decidir comprar uma estrela para Cheng Xin, Yun Tianming ligou para o telefone indicado no site da sede chinesa do Projeto Nosso Destino nas Estrelas.

Em seguida ele ligou para Hu Wen, para conseguir algumas informações básicas sobre Cheng Xin: endereço de contato, número de identidade etc. Estava preparado para várias reações possíveis de Wen ao ouvir seu pedido — sarcasmo, pena, espanto. Mas, depois de um longo silêncio, só ouviu um suspiro fraco.

— Não tem problema — disse Wen. — Mas ela provavelmente não está na China agora.

— Só não diga para ela que sou eu que estou perguntando.

— Não se preocupe. Não vou perguntar diretamente.

No dia seguinte, Tianming recebeu uma mensagem de Wen com todas as informações que havia pedido, mas nada sobre a situação profissional de Cheng Xin. Wen explicou que ninguém sabia para onde Cheng Xin tinha ido depois de sair da Academia de Tecnologia Aeroespacial no ano anterior. Tianming reparou que havia dois endereços de correspondência: um em Shanghai e outro em Nova York.

À tarde, ele pediu permissão ao dr. Zhang para sair do hospital e cuidar de uma questão pessoal. O médico quis acompanhá-lo, mas Tianming insistiu em ir sozinho.

Ele pegou um táxi e chegou à sede da Unesco em Beijing. Depois da Crise, todas as unidades da ONU em Beijing tiveram expansão acelerada, e a Unesco agora ocupava a maior parte de um edifício de escritórios depois do Quarto Anel Rodoviário.

Tianming foi recebido por um mapa estelar gigantesco ao entrar na espaçosa sede do Projeto Nosso Destino nas Estrelas. Linhas prateadas ligavam as estrelas em constelações diante de um fundo completamente negro. Ele viu que o mapa estava sendo exibido em uma tela de alta resolução, e um computador próximo permitia buscas e aproximações da imagem. A única pessoa ali era uma recepcionista.

Ele se apresentou, e a recepcionista saiu às pressas e voltou com uma mulher loira.

— Esta é a diretora da Unesco Beijing — explicou a recepcionista. — E também é uma das responsáveis pela implementação do Projeto Nosso Destino nas Estrelas na região Ásia-Pacífico.

A diretora pareceu muito feliz de ver Tianming. Ela pegou sua mão e lhe disse, em chinês fluente, que ele era o primeiro indivíduo chinês a expressar interesse em adquirir uma estrela. Ela teria preferido uma cerimônia para gerar o máximo possível de cobertura da imprensa, mas acataria o desejo de privacidade dele. Pareceu lamentar muito o fato de não poder aproveitar uma oportunidade maravilhosa de divulgar o projeto.

Não se preocupe, pensou Tianming. *Nenhum outro chinês vai ser tão burro quanto eu.*

Um homem de meia-idade, bem-vestido, entrou na sala. A diretora o apresentou como dr. He, um pesquisador do Observatório de Beijing. O astrônomo ajudaria Tianming com os detalhes da compra. Depois que a diretora saiu, o dr. He ofereceu uma cadeira para Tianming e pediu que lhe servissem chá.

— O senhor está se sentindo bem? — perguntou ele.

Tianming sabia que não parecia exatamente saudável. Mas, depois de parar com a quimioterapia — que tinha sido uma tortura —, vinha se sentindo muito melhor, quase como se tivesse ganhado uma vida nova. Ele ignorou a pergunta do dr. He e repetiu o pedido que já havia feito por telefone.

— Quero comprar uma estrela para presentear alguém. A escritura da estrela deve ser registrada no nome da beneficiária. Não darei nenhuma informação pessoal minha, e quero que minha identidade seja mantida em segredo.

— Não tem nenhum problema. O senhor faz ideia de que tipo de estrela quer comprar?

— O mais perto possível da Terra. Uma com planetas. De preferência, planetas semelhantes à Terra — disse Tianming, observando o mapa estelar.

O dr. He balançou a cabeça.

— Considerando o valor que o senhor informou, seria impossível. Os lances iniciais para estrelas com esses requisitos são altos demais. O senhor só pode comprar uma estrela sem planetas, e não será muito próxima. Deixe-me explicar: a quantia que o senhor está oferecendo é baixa demais até para estrelas estéreis. Mas, depois do seu contato ontem, e levando em conta o fato de que é a primeira pessoa na China a demonstrar interesse, decidimos abaixar o lance inicial de uma das estrelas para o valor oferecido. — Ele mexeu o mouse para ampliar uma região do mapa. — É esta. Diga que sim, e ela é sua.

— A que distância fica?

— Cerca de 286,5 anos-luz daqui.

— É longe demais.

O dr. He riu.

— Dá para ver que o senhor não é um completo ignorante sobre astronomia. Pense no seguinte: faz mesmo diferença se ela fica a 286 anos-luz ou a 286 milhões de anos-luz?

Tianming refletiu. O astrônomo tinha razão. Não fazia diferença.

— Essa estrela tem uma vantagem enorme — disse o dr. He. — Ela é visível a olho nu. Na minha opinião, a estética é o mais importante quando se compra uma estrela. É muito melhor possuir uma estrela distante que pode ser vista do que uma próxima que não pode. É muito melhor ter uma estrela estéril que pode ser vista do que uma com planetas que não dá. No fim das contas, nós só podemos olhar para elas. Não é?

Tianming assentiu. *Cheng Xin poderá ver a estrela. Que bom.*

— Qual é o nome dela?

— A estrela foi catalogada pela primeira vez por Tycho Brahe há séculos, mas nunca recebeu um nome comum. Só tem um número.

O dr. He mexeu o ponteiro do mouse até o ponto luminoso, e uma série de letras e números surgiu ao lado: dx3906. Então o astrônomo explicou pacientemente a Tianming o significado das letras e dos números, o tipo da estrela, a magnitude absoluta e a aparente, a posição na sequência principal etc.

A papelada da compra não tomou muito tempo. Dois tabeliães trabalharam com o dr. He para garantir que estivesse tudo certo. E então a diretora apareceu de novo, acompanhada de dois representantes do pnud e do Comitê de Recursos Naturais da onu. A recepcionista trouxe uma garrafa de champanhe, e todo mundo comemorou.

A diretora declarou que a escritura da dx3906 estava no nome de Cheng Xin e ofereceu a Tianming uma pasta preta de couro que parecia cara.

— Sua estrela.

Depois que as autoridades saíram, o dr. He se virou para Tianming.

— Não me responda se não quiser, mas imagino que o senhor tenha comprado a estrela para uma garota, certo?

Tianming hesitou por um instante, mas então assentiu com a cabeça.

— Garota de sorte! — O dr. He suspirou. — É bom ter dinheiro.

— Ah, por favor! — disse a recepcionista. Ela mostrou a língua para o dr. He. — Dinheiro? Mesmo se tivesse três bilhões de yuans, você compraria uma estrela para sua namorada? Ha! Não esqueci o que você disse anteontem.

O dr. He pareceu um pouco constrangido. Na verdade, o astrônomo ficou com medo de que ela deixasse escapar o que ele achava do Projeto Nosso Destino nas Estrelas: *Esse golpe da ONU já foi dado por um monte de vigaristas mais de dez anos atrás. Na época, eles vendiam terrenos na Lua e em Marte. Só por milagre alguém vai cair nessa de novo!*

Felizmente, a recepcionista seguiu por outra linha.

— Isso não é só pelo dinheiro. É pelo *romance*. Romance! Será que você entende isso?

Ao longo do processo da compra, de vez em quando a jovem havia lançado olhares para Tianming, como se ele fosse um personagem saído de um conto de fadas. A princípio, a expressão dela tinha sido de curiosidade, e depois de espanto e admiração. Por fim, quando ele recebeu a pasta de couro com a escritura, o rosto dela se encheu de inveja.

O dr. He tentou mudar de assunto.

— Vamos enviar os documentos formais para a beneficiária o quanto antes. Conforme suas instruções, não revelaremos nenhuma informação sobre o senhor. Bom, mesmo se quiséssemos, não podemos... eu nem sei seu nome! — Ele se levantou e olhou pela janela. Já estava escuro. — Agora, posso levá-lo para ver sua estrela... desculpe, quis dizer a estrela que o senhor comprou para ela.

— Dá para ver de cima deste prédio?

— Não. Aqui na cidade tem muita poluição luminosa. Temos que ir para a periferia. Se não estiver se sentindo bem, podemos deixar para outro dia.

— Vamos agora. Quero muito ver.

Eles dirigiram por mais de duas horas, até deixar para trás o mar luminoso que era Beijing. Para evitar os faróis de outros carros, o dr. He saiu da estrada e seguiu pelo campo. Depois, ele desligou os faróis e os dois saíram do carro. Naquele céu de fim de outono, as estrelas estavam especialmente brilhantes.

— Está vendo a Ursa Menor? Imagine uma linha diagonal atravessando o quadrilátero daquelas quatro estrelas e continue. Isso, nessa direção. Está vendo aquelas três estrelas formando um triângulo achatado? Trace uma linha a partir do ápice, perpendicular à base, e vá seguindo. Está vendo? Logo ali. Aquela é a sua estrela... a estrela que o senhor deu para ela.

Tianming apontou para uma estrela e depois outra, mas o dr. He disse que não era nenhuma delas.

— Fica entre essas duas, um pouco para o sul. A magnitude aparente é de 5,5. Normalmente, só alguém treinado conseguiria encontrá-la. Mas o tempo hoje está perfeito, então o senhor deve conseguir ver. Tente o seguinte: não a procure diretamente. Desloque a vista um pouco para o lado. Sua visão periférica tende a ser mais sensível para pontos de luz fracos. Quando achar, focalize-a de novo...

Com a ajuda do dr. He, Tianming finalmente viu a DX3906. Era muito fraca, e sempre que sua atenção vacilava ele precisava procurá-la de novo. Embora em geral as pessoas achassem que as estrelas são prateadas, observações cuidadosas revelaram que elas são de cores diferentes. A DX3906 era vermelho-escura.

O dr. He prometeu fornecer alguns materiais a Tianming para ajudá-lo a achar a estrela em outras estações.

— O senhor tem muita sorte, assim como a garota que recebeu seu presente — disse o dr. He.

— Acho que eu não posso me considerar muito sortudo. Vou morrer logo.

O dr. He não pareceu se surpreender com a revelação. Ele acendeu um cigarro e fumou em silêncio.

— Ainda assim — disse ele, depois de um tempo —, acho que o senhor é abençoado. A maioria das pessoas deixa para contemplar o universo para além deste nosso mundo só na hora de morrer.

Tianming olhou para o dr. He por um instante, e então olhou de novo para o céu e achou a DX3906 com facilidade. A fumaça do cigarro do dr. He flutuou diante de seus olhos, e a estrela fraca bruxuleou através do véu. *Quando ela a encontrar, eu já terei deixado este mundo há muito tempo.*

É claro que a estrela que ele viu e a estrela que ela veria eram apenas uma imagem de 286 anos de idade. O débil feixe de luz precisara atravessar três séculos para chegar às retinas deles. Outros 286 teriam que se passar para que a luz da estrela no momento atual chegasse à Terra. A essa altura, Cheng Xin já teria virado poeira há muito tempo.

Como será a vida dela? Talvez ela lembre que, no mar de estrelas, existe uma que é dela.

Eram as últimas horas da vida de Tianming.

Ele queria observar algo especial naquele dia, mas não havia nada. Acordou às sete, como de costume; um feixe de luz do sol caía no mesmo lugar de sempre na parede; o tempo não estava ótimo, mas também nada muito ruim; o céu tinha o mesmo tom azul-cinzento; o carvalho do lado de fora da janela estava nu (e não, por exemplo, aferrado a uma única folha simbólica). Até o café da manhã foi igual.

Foi um dia como qualquer outro em seus vinte e oito anos, onze meses e seis dias de vida.

Como Lao Li, Tianming não comunicou sua decisão à família. Chegou a tentar escrever uma carta para ser entregue ao pai após o procedimento, mas desistiu por não conseguir pensar no que dizer.

Às dez, entrou sozinho no quarto de eutanásia, tão calmo como se estivesse indo para a consulta do dia. Ele era a quarta pessoa da cidade a realizar o procedimento, então não havia muito interesse da mídia. Só cinco pessoas estavam dentro do quarto: dois tabeliães, um diretor, uma enfermeira e um administrador do hospital. O dr. Zhang não estava lá.

Ele poderia ir em paz.

A seu pedido, o quarto não havia sido decorado. À sua volta, só as paredes brancas simples de um quarto hospitalar como qualquer outro. Ele se sentiu à vontade.

Explicou ao diretor que conhecia o procedimento e não precisava dele. O diretor assentiu e foi para trás da parede de vidro. Os tabeliães terminaram as pendências com Tianming e o deixaram a sós com a enfermeira. A enfermeira já não exibia a ansiedade e o medo que tivera que superar na primeira vez. Ao penetrar a veia dele com a agulha, seus movimentos foram firmes e delicados. Tianming sentiu um vínculo estranho com a enfermeira: afinal, ela seria a última pessoa ao seu lado neste mundo. Lamentou não saber quem havia feito seu parto vinte e nove anos antes. Aquele obstetra e essa enfermeira faziam parte do pequeno grupo de pessoas que genuinamente haviam tentado ajudá-lo ao longo da vida. Ele queria agradecer a elas.

— Obrigado.

A enfermeira sorriu para ele e saiu com os passos silenciosos de um gato.

Você deseja dar fim à sua vida? Para sim, aperte 5. Para não, aperte 0.

Ele havia nascido em uma família de intelectuais, mas seus pais não tinham tino para a política nem traquejo social e não chegaram a ser bem-sucedidos. Embora não vivessem como pessoas da elite, eles haviam insistido em dar a Tianming uma educação digna da elite. Ele só podia ler clássicos da literatura e ouvir música erudita; seus amigos tinham que pertencer a famílias cultas e refinadas. Os pais disseram a Tianming que todas as pessoas à sua volta eram vulgares, preocupadas com banalidades. Em contraste, os interesses deles eram muito superiores.

Durante o ensino básico, Tianming chegou a fazer alguns amigos, mas nunca os convidava para brincar em casa. Sabia que os pais não permitiriam que ele fizesse amizade com crianças tão "vulgares". Quando estava no ensino fundamental, seus pais intensificaram a pressão para uma educação de elite, e ele acabou se tornando totalmente solitário. Foi também nessa época que os pais se divorciaram, depois que o pai dele conheceu uma corretora de seguros mais jovem. E a mãe dele mais tarde se casou com um empreiteiro rico.

Portanto, tanto o pai quanto a mãe terminaram com o mesmo tipo de pessoa "vulgar" que eles haviam ensinado Tianming a evitar, e finalmente se deram conta de que não tinham autoridade moral para impor o tipo de educação que queriam. Mas o que tinham feito com Tianming até então foi suficiente. Ele não conseguiria se livrar de sua criação, que era como um par de algemas com molas: quanto mais tentava se libertar, mais ela o prendia. Ao longo do ensino médio, ele foi ficando cada vez mais solitário, cada vez mais sensível, mais distante das outras pessoas.

Todas as lembranças que ele tinha da infância e da juventude eram cinzentas.

Ele apertou 5.

>Você deseja dar fim à sua vida? Para sim, aperte 2. Para não, aperte 0.

Ele havia imaginado que a faculdade seria um lugar assustador: um ambiente novo e desconhecido; um grupo novo e desconhecido; mais questões com as quais ele teria que tentar se adaptar. E, lá dentro, viu que tudo praticamente correspondia às suas expectativas.

Até que ele conheceu Cheng Xin.

Tianming já havia sentido atração por garotas antes, mas não daquele jeito. Teve a impressão de que tudo à sua volta, que antes era frio e estranho, recebera uma calorosa infusão de luz. A princípio, ele não entendeu de onde a luz tinha vindo. Foi como se o sol tivesse surgido no meio de uma camada pesada de nuvens, apenas um disco sutil para quem observasse. Só quando esse sol sumia é que as pessoas se davam conta de que ele era a fonte de toda a luz do dia. O sol de Tianming desapareceu no início do feriado prolongado do Dia Nacional, quando Cheng Xin viajou de volta para casa. Tianming sentiu que tudo à sua volta ficou escuro e cinza.

Ele tinha quase certeza de que não era o único rapaz a se sentir assim em relação a Cheng Xin. Mas não sofria como os outros, porque não tinha a menor esperança para sua angústia. Sabia que as garotas não gostavam do jeito retraído dele, de sua sensibilidade. Ele só podia observá-la de longe, desfrutar a cálida luz que ela emanava, apreciar em silêncio a beleza da primavera.

No início, Tianming tinha a impressão de que Cheng Xin era taciturna. Mulheres bonitas raramente se comportavam com reticência, mas Cheng Xin não era frígida. Ela falava pouco, mas escutava de verdade. Quando conversava com alguém, seu olhar tranquilo e concentrado demonstrava ao interlocutor a importância que ele tinha para ela.

Cheng Xin era diferente das garotas bonitas com quem Tianming havia estudado no ensino médio. Ela não ignorava sua existência. Sempre que o via, sorria e o cumprimentava. Algumas vezes, quando os colegas combinavam passeios e festas, os organizadores — de propósito ou não — esqueciam Tianming. Mas Cheng Xin o procurava e o convidava. Mais tarde, ela foi uma das primeiras pessoas entre seus colegas a chamá-lo apenas de "Tianming", sem o sobrenome. Nas interações que eles tiveram — por mais limitadas que fossem —, a impressão mais forte que Cheng Xin causou no coração de Tianming foi a sensação de que ela era a única pessoa que compreendia suas vulnerabilidades e parecia se importar com a dor que ele poderia sofrer.

Mas Tianming nunca criou expectativas. Era exatamente como Hu Wen tinha dito: Cheng Xin era gentil com todo mundo.

Um episódio específico se destacou na mente de Tianming: ele estava subindo uma trilha com alguns colegas em uma pequena montanha. De repente, Cheng Xin parou, se abaixou e pegou algo entre as pedras da trilha. Tianming viu que era uma lagarta feia, flácida e viscosa, retorcendo-se entre seus dedos delicados. Uma garota que estava ao lado dela gritou: *Que nojo! Por que você encostou nisso?* Mas Cheng Xin depositou cuidadosamente a lagarta na grama ao lado da trilha. *Alguém pode pisar nela.*

Na verdade, Tianming havia conversado muito poucas vezes com Cheng Xin. Durante os quatro anos da faculdade, só se lembrava de terem se falado a sós em uma ou outra ocasião.

Era uma noite fresca no começo do verão. Tianming havia subido até a varanda sobre a biblioteca, seu lugar preferido. Poucos alunos iam lá, e ele podia ficar sozinho com seus pensamentos. Depois de uma chuva de verão, o céu noturno estava limpo. Até a Via Láctea, que não costumava ser visível dali, brilhava.

— Parece mesmo uma estrada de leite!*

Tianming olhou para a pessoa que tinha falado. Uma brisa agitava o cabelo de Cheng Xin, o que o fazia lembrar daquele sonho. Então, os dois ficaram observando a galáxia juntos.

— Tantas estrelas. Parece uma nuvem — disse Tianming.

Cheng Xin se virou para ele e apontou para o campus e a cidade abaixo.

— Aqui embaixo também é muito bonito. Lembre-se, nós vivemos aqui, não na galáxia distante.

— Mas não estamos estudando engenharia aeroespacial? Nosso objetivo é sair da Terra.

— Mas só para que possamos melhorar a vida aqui, não abandonar o planeta.

---

* Alguns leitores ocidentais podem ficar com a impressão de que o nome da galáxia em chinês também é "Via Láctea". Não é. Na verdade, o nome chinês é *Yinhe*, ou "Rio de Prata". No entanto, todos os chineses estudam inglês por anos na escola.

Tianming entendeu que a intenção de Cheng Xin tinha sido fazer um comentário gentil sobre seu jeito retraído e solitário. Ele nunca estivera tão perto dela. Talvez estivesse só imaginando, mas achava que podia sentir o calor do corpo de Cheng Xin. Ele queria que o vento mudasse de direção para que alguns fios de seu cabelo lhe tocassem o rosto.

Os quatro anos na graduação chegaram ao fim. Tianming não tinha passado para o mestrado, mas Cheng Xin fora aprovada sem dificuldade para o programa de pós-graduação na universidade deles. Depois da formatura, ela foi passar o verão com a família, mas Tianming continuou no campus. Seu único objetivo era vê-la mais uma vez no começo do novo ano letivo. Como não podia mais ficar no alojamento universitário, ele alugou um quarto ali perto e tentou arranjar algum emprego na cidade. Enviou inúmeros currículos e fez uma entrevista atrás da outra, mas não deu em nada. Quando ele percebeu, o verão já tinha acabado.

Tianming voltou ao campus, mas não achou Cheng Xin. Depois de sondar cuidadosamente, descobriu que ela e o orientador haviam ido para o instituto de pós-graduação da universidade na Academia de Tecnologia Aeroespacial em Shanghai, onde ela concluiria seus estudos. No mesmo dia, Tianming conseguiu uma vaga em uma empresa nova criada para lidar com transferência de tecnologia aeroespacial de uso civil que precisava desesperadamente de engenheiros capacitados. Foi assim que o sol de Tianming o deixou. Com um coração invernal, ele entrou na vida real da sociedade.

Apertou 2.

> Você deseja dar fim à sua vida? Para sim, aperte 4. Para não, aperte 0.

Logo depois de começar a trabalhar, ele se sentira feliz por um tempo. Descobriu que, em comparação com seus colegas competitivos na faculdade, as pessoas no mundo profissional eram muito mais tolerantes e fáceis de lidar. Chegou até a pensar que seus dias de isolamento e retraimento tinham acabado. Mas, após se dar mal em algumas situações políticas no escritório e em acordos infelizes, compreendeu as crueldades do mundo real e começou a sentir saudade da vida universitária. Mais uma vez, ele se retraiu para dentro da concha e se isolou da multidão. Obviamente, as consequências para sua carreira foram desastrosas. Até na empresa estatal onde ele trabalhava, o ambiente era muito competitivo. Quem ficava na sua não tinha a menor chance de evoluir. Ano após ano, ele foi ficando mais e mais para trás.

Nesse período, Tianming namorou duas mulheres, mas os relacionamentos não duraram muito. O problema não era que seu coração pertencesse a Cheng Xin:

ela sempre seria o sol atrás do céu nublado. Ele só queria olhar para ela, sentir sua luz e seu calor. Não se atrevia a sonhar em dar um passo na direção dela. Nunca sequer procurou notícias. Imaginava, considerando a inteligência de Cheng Xin, que ela faria doutorado, mas não especulava sobre sua vida pessoal. A principal barreira entre ele e as mulheres era sua própria personalidade retraída. Ele se esforçava para construir a própria vida, mas era difícil demais.

Em essência, Tianming não era feito para viver em sociedade, nem fora dela. Carecia da habilidade para prosperar na sociedade, mas também dos recursos para ignorá-la. O máximo que podia fazer era se manter no limite, sofrendo. Ele não fazia a menor ideia do que fazer com sua vida.

Mas aí ele viu o fim da estrada.

Apertou 4.

> Você deseja dar fim à sua vida? Para sim, aperte 1. Para não, aperte 0.

Quando veio o diagnóstico de câncer no pulmão, a doença já estava em estágio avançado. Talvez tivesse havido algum erro de diagnóstico no passado. Seu câncer de pulmão era do tipo que se espalha rapidamente pelo corpo, então não lhe restava muito tempo de vida.

Ao sair do hospital, ele não estava com medo. Sua única emoção era solidão. Sua alienação havia se acumulado, mas fora contida por uma represa invisível. Era uma espécie de equilíbrio que dava para suportar. No entanto, agora, a represa havia desabado, e o peso dos anos de solidão acumulada o afogava como um oceano sombrio. Foi insuportável.

Ele quis ver Cheng Xin.

Sem hesitar, comprou uma passagem de avião e foi para Shanghai na mesma tarde. Quando o táxi chegou ao destino, seu fervor arrefecera um pouco. Ele disse a si mesmo que, já que estava prestes a morrer, não devia incomodá-la. Só queria vê-la de longe, como um homem que se afoga e tenta respirar uma última vez antes de afundar para sempre.

Parado diante do portão da Academia de Tecnologia Aeroespacial, ele se acalmou mais ainda. Percebeu que suas últimas ações tinham sido irracionais. Mesmo se Cheng Xin tivesse feito doutorado, àquela altura ela já teria terminado seus estudos e talvez nem estivesse trabalhando mais ali. Ele falou com o segurança na frente da porta e descobriu que mais de vinte mil pessoas trabalhavam na academia, e que se Tianming quisesse achar alguém seria preciso saber exatamente de que departamento a pessoa era. Ele havia perdido contato com os colegas da faculdade e não sabia de nenhuma outra informação para dar ao segurança.

Estava se sentindo fraco e sem ar, por isso se sentou um pouco afastado do portão.

Ainda era possível que Cheng Xin trabalhasse ali. O expediente estava quase terminando, e, se ele esperasse, talvez a visse.

O portão do complexo da academia era muito largo. Enormes caracteres dourados gravados no muro preto baixo perto dele anunciavam o nome oficial do lugar, que se expandira muito desde a época da fundação. Será que um complexo tão grande não teria mais de uma entrada? Com esforço, ele se levantou e perguntou de novo para o segurança. Realmente, havia outras quatro entradas.

Devagar, ele voltou para onde estava, se sentou e esperou. Não tinha escolha.

A probabilidade era baixa: Cheng Xin ainda precisaria estar trabalhando ali depois de se formar; deveria estar no escritório, não viajando a trabalho; quando acabasse o expediente, ela teria que sair por aquela porta, e não pelas outras quatro.

Aquele momento parecia todo o resto da vida de Tianming: uma vigília dedicada à espera de um raio extremamente frágil de esperança.

Chegou o fim do expediente. As pessoas começaram a sair do complexo: algumas andavam, outras iam de bicicleta, outras de carro. O fluxo de gente e veículos aumentou, e depois minguou. Após uma hora, restavam poucos retardatários.

Cheng Xin não apareceu.

Tianming sabia que não teria deixado de vê-la, mesmo se ela estivesse de carro. Isso significava que ela não trabalhava mais ali, ou talvez não tivesse ido trabalhar no dia, ou talvez tivesse saído por outra porta.

O pôr do sol esticava as sombras de prédios e árvores, como vários braços estendidos na direção dele, cheios de pena.

Ele continuou ali até escurecer completamente. Não se lembrava do táxi que o levou de volta ao aeroporto, nem de pegar o voo para sua própria cidade, nem de chegar ao alojamento individual mantido pela empresa.

Já se sentia morto.

Apertou 1.

> Você deseja dar fim à sua vida? Esta é a última consulta. Para sim, aperte 3. Para não, aperte 0.

Como ele queria que fosse seu epitáfio? Não sabia nem se teria um túmulo. Jazigos perto de Beijing eram caros. Mesmo se seu pai quisesse comprar um, sua irmã provavelmente não concordaria — ela, que ainda estava *viva*, nem casa tinha! O mais provável era que suas cinzas fossem armazenadas em um nicho na parede do Cemitério Popular Babaoshan. Mas, se ele tivesse uma lápide, gostaria que dissesse:

Ele veio; ele amou; ele deu a ela uma estrela; ele se foi.
Apertou 3.

Houve certa comoção do outro lado do espelho. Bem quando Tianming estava apertando o botão do mouse, a porta do quarto de eutanásia se abriu de repente e um grupo de pessoas entrou correndo.

O primeiro foi o diretor, que voou até o botão para desligar o injetor automático. O executivo do hospital que o seguia arrancou o aparelho da tomada. Depois entrou a enfermeira, que puxou o tubo preso à agulha no braço de Tianming com tanta força que ele fez uma careta de dor quando a agulha saiu.

Todo mundo se aglomerou em volta do tubo para examiná-lo.

— Foi por pouco! As drogas não entraram nele — disse alguém.

A enfermeira então começou a fazer um curativo no braço esquerdo ensanguentado de Tianming.

Só uma pessoa continuava fora do quarto de eutanásia, à porta.

Mas, para Tianming, o mundo inteiro parecia mais luminoso: Cheng Xin.

Tianming sentiu a umidade no peito — as lágrimas de Cheng Xin haviam molhado suas roupas.

Quando a viu, achou que ela não havia mudado em nada. Mas depois percebeu que o cabelo estava mais curto — caía só até o pescoço, não chegava mais aos ombros. As pontas formavam belos cachos. Ele ainda não tinha coragem de erguer a mão e tocar aquele cabelo que tanto desejara.

Sou mesmo um inútil. Mas ele se sentia no céu.

O silêncio parecia a paz do paraíso, e Tianming queria que esse silêncio durasse. *Você não pode me salvar*, disse a ela, dentro da cabeça. *Vou lhe dar atenção e não pedirei a eutanásia. Mas vou acabar no mesmo lugar, de qualquer jeito. Espero que você aceite a estrela que lhe dei e seja feliz.*

Cheng Xin pareceu escutar esse discurso interno. Ela levantou a cabeça. Seus olhos nunca estiveram tão perto, mais do que ele jamais se atrevera a sonhar. Aqueles olhos, ainda mais belos por causa das lágrimas, partiram o coração de Tianming.

Mas, quando ela finalmente falou, suas palavras foram uma surpresa completa.

— Tianming, você sabia que a lei da eutanásia foi aprovada especificamente para você?

ERA DA CRISE, ANOS 1 A 4
CHENG XIN

O começo da Crise Trissolariana coincidiu com o fim da pós-graduação de Cheng Xin, e ela foi selecionada para participar da força-tarefa envolvida no desenvolvimento do sistema de propulsão que seria usado na geração seguinte de foguetes Longa Marcha. Para as outras pessoas, parecia o emprego perfeito: importante e cheio de renome.

Mas Cheng Xin não tinha mais entusiasmo pela profissão que havia escolhido. Com o tempo, ela passara a comparar foguetes químicos às chaminés gigantescas do início da Era Industrial. As pessoas agora viam os foguetes com a mesma reverência, achando que eles representavam a Era Espacial. Mas, se a humanidade dependesse de foguetes químicos, nunca se tornaria capaz de navegar realmente pelo espaço.

A Crise Trissolariana apenas reforçara esse fato. Tentar desenvolver um sistema de defesa para o Sistema Solar com base em foguetes químicos era uma loucura absoluta. Cheng Xin se esforçara para diversificar sua formação, matriculando-se em algumas disciplinas de propulsão nuclear. Depois da Crise, todos os aspectos do trabalho no sistema aeroespacial se aceleraram, e até o projeto de avião espacial de primeira geração, que por muito tempo fora postergado, obteve aprovação. A força-tarefa dela também tinha sido encarregada de criar o protótipo dos motores que seriam usados por esse avião no espaço. O futuro profissional de Cheng Xin parecia brilhante: sua competência era reconhecida, e, no sistema aeroespacial da China, a maioria dos engenheiros-chefes começava a carreira com projetos de propulsão. Porém, como ela acreditava que foguetes químicos eram uma tecnologia obsoleta, não achava que chegaria muito longe no longo prazo. Avançar na direção errada era pior do que não fazer nada, mas seu trabalho exigia toda a sua atenção e energia. Sentia-se extremamente frustrada.

Então surgiu uma oportunidade de deixar os foguetes químicos para trás. As Nações Unidas começaram a criar várias agências relacionadas à defesa planetária.

Ao contrário das antigas agências da ONU, as novas respondiam diretamente ao CDP e empregavam especialistas de diversos países. O sistema aeroespacial chinês enviou muita gente, e uma autoridade do alto escalão do país ofereceu um cargo novo a Cheng Xin: assessora do diretor do Centro de Planejamento Tecnológico da Agência de Inteligência Estratégica do CDP. Até então, os serviços de informação da humanidade contra os trissolarianos tinham se concentrado apenas na OTT, mas a Agência de Inteligência Estratégica do CDP, ou AIE, dedicaria seus esforços diretamente à Frota Trissolariana e ao próprio planeta Trissolaris. A agência precisava de profissionais com boa formação técnica em tecnologia aeroespacial.

Cheng Xin aceitou sem pensar duas vezes.

A AIE ficava em um prédio antigo de seis andares perto da sede da ONU. Construído no final do século XVIII, o prédio era robusto e bem-feito, como um bloco maciço de granito. Quando Cheng Xin entrou lá pela primeira vez, depois de voar pelo oceano Pacífico, sentiu um calafrio, como se estivesse adentrando um castelo. O lugar não era nada do que ela havia esperado de uma agência de inteligência responsável pelo mundo inteiro; parecia mais um ambiente onde se planejavam complôs bizantinos.

O edifício estava praticamente vazio; ela foi uma das primeiras pessoas a se apresentar para o serviço. Em um escritório cheio de móveis por montar e caixas de papelão recém-abertas, ela conheceu seu chefe, o diretor do Centro de Planejamento Tecnológico da AIE.

Mikhail Vadimov tinha quarenta e poucos anos, era musculoso e alto, e falava inglês com um sotaque russo forte. Cheng Xin demorou um instante para se dar conta de que ele estava falando inglês. Ele se sentou em uma caixa de papelão e reclamou que havia trabalhado por mais de uma década na indústria aeroespacial e não precisava de auxílio técnico. Todos os países estavam ansiosos para encher a AIE com seu pessoal, mas muito menos dispostos a dar dinheiro de fato. E aí aparentemente ele percebeu que estava falando com uma jovem cheia de esperança que começava a ficar um pouco deprimida com o discurso, então tentou consolá-la:

— Se esta agência conseguir fazer história, o que é bastante possível, ainda que provavelmente a história não seja boa, nós dois seremos lembrados como as duas primeiras pessoas a chegar!

Cheng Xin se animou com o fato de que tanto ela quanto seu chefe haviam trabalhado na indústria aeroespacial. Perguntou a Vadimov em que ele tinha trabalhado. Ele descreveu sua passagem pelo programa de ônibus espaciais Buran; depois, comentou que tinha servido como engenheiro-chefe executivo de certa espaçonave de carga; mas, em seguida, suas explicações começaram a ficar vagas. Ele disse ter passado alguns anos trabalhando com diplomacia e mais tarde entrou em "um departamento" que "fazia o mesmo tipo de coisa que estamos fazendo agora".

— É melhor não fazer muitas perguntas sobre o currículo de seus futuros colegas, tudo bem? — disse Vadimov. — O chefe também está aqui. A sala dele fica lá em cima. É bom você dar uma passada lá e se apresentar, mas não tome muito do tempo dele.

Quando entrou na espaçosa sala do chefe da AIE, Cheng Xin foi recebida pelo cheiro forte de fumaça de charuto. Havia uma grande pintura pendurada na parede. Um céu de chumbo e uma terra escura e coberta de neve ocupavam a maior parte do quadro; ao longe, onde as nuvens encontravam a neve, escondiam-se algumas formas escuras. Uma observação mais atenta revelava que eram prédios sujos, em sua maioria casas térreas de madeira entre algumas casas de estilo europeu com dois ou três andares. Considerando o formato do rio no primeiro plano e outros detalhes geográficos, aquilo era um retrato de Nova York no início do século XVIII. A principal impressão que o quadro passava era de frio, o que Cheng Xin achou que combinava bastante com a pessoa sentada debaixo dele.

Ao lado do quadro grande havia um menor. O elemento principal era uma espada antiga com guarda dourada em cruz e uma lâmina brilhante, segurada por uma mão com manopla de bronze — só aparecia o antebraço. A mão usava a espada para pegar uma coroa de flores vermelhas, brancas e amarelas que flutuava na água. Em contraste com o quadro maior, esse era colorido e vivo, mas também irradiava um ar lúgubre. Cheng Xin reparou que havia manchas de sangue nas flores brancas da coroa.

O americano Thomas Wade, chefe da AIE, era muito mais novo do que Cheng Xin esperava — ele parecia mais jovem do que Vadimov. Também era mais bonito, com traços muito clássicos. Mais tarde, ela chegaria à conclusão de que a aparência clássica se devia sobretudo ao rosto inexpressivo de Wade, como uma estátua fria e sem vida saída do quadro frio atrás dele. Wade não parecia ocupado — a mesa à sua frente estava totalmente vazia, sem qualquer sinal de computador ou folhas de papel. Ele levantou os olhos quando ela entrou, mas quase imediatamente voltou a contemplar o charuto em sua mão.

Cheng Xin se apresentou e expressou a satisfação de ter a chance de pesquisar com ele, e continuou falando até Wade erguer os olhos para encará-la.

Cheng Xin teve a impressão de ver exaustão e preguiça naqueles olhos, mas havia também algo mais profundo, algo penetrante que a desconcertava. Um sorriso surgiu no rosto de Wade, como água que sai de uma rachadura na superfície congelada de um rio; não havia nenhum calor de fato nele, e não a ajudou a relaxar.

Ela tentou reagir com um sorriso também, mas as primeiras palavras que saíram da boca de Wade paralisaram seu rosto e o corpo inteiro.

— Você venderia sua mãe para um puteiro?

Cheng Xin balançou a cabeça, mas ela não estava nem tentando responder à pergunta; estava apavorada por não ter entendido o que ele tinha falado. Mas Wade fez um gesto de dispensa com o charuto para ela.

— Obrigado. Vá fazer o que precisa ser feito.

Quando ela contou a Vadimov o que tinha acontecido, Vadimov riu.

— É só um bordão que era comum no nosso... ramo. Ouvi dizer que começou na Segunda Guerra Mundial. Os veteranos falavam isso para brincar com os novatos. A ideia é a seguinte: nossa profissão é a única da Terra em que mentiras e traição fazem parte da essência do trabalho. Nós temos que ser... flexíveis em relação a normas de ética típicas. A AIE é formada por dois tipos de gente: algumas pessoas são especialistas técnicos como você; outras são veteranas de diversos serviços de inteligência do mundo inteiro. Esses dois grupos pensam e agem de forma diferente. A parte boa é que eu conheço os dois lados e posso te ajudar a se acostumar.

— Mas nosso inimigo é Trissolaris. Não tem nada a ver com inteligência tradicional.

— Algumas coisas não mudam.

Em poucos dias, outros novos funcionários da AIE se apresentaram para o trabalho. A maioria veio de países-membros permanentes do CDP.

Eles se tratavam com educação, mas não havia confiança. Os especialistas técnicos eram reservados e se comportavam como se estivessem permanentemente em guarda contra possíveis ladrões. Os veteranos de inteligência eram amistosos e sociáveis — mas pareciam sempre em busca de algo para roubar.

Foi exatamente como Vadimov previra: aquelas pessoas estavam muito mais interessadas em espiar umas às outras do que em obter informações sobre Trissolaris.

Dois dias depois da chegada de Cheng Xin, a AIE realizou a primeira reunião geral da equipe, embora nem todos estivessem presentes. Além de Wade, o chefe da AIE, havia três chefes-assistentes: um da China, um da França e um do Reino Unido.

O chefe-assistente Yu Weiming foi o primeiro a falar. Cheng Xin não fazia a menor ideia do tipo de trabalho que ele havia feito na China — e seu rosto era do tipo que só dava para lembrar depois de várias reuniões. Felizmente, ele não tinha o hábito — comum entre burocratas chineses — de fazer discursos longos e convolutos. Embora só estivesse repetindo chavões sobre a missão da AIE, pelo menos ele foi sucinto.

O chefe-assistente Yu disse que compreendia que todos na AIE haviam sido enviados por seus próprios países e, portanto, tinham lealdade dividida. A AIE não exigia, nem se iludia, que as pessoas pusessem a lealdade à agência acima dos deveres que cada um tinha para com seus países. No entanto, como a tarefa da AIE era proteger toda a raça humana, ele esperava que os presentes pelo menos tentassem buscar um equilíbrio adequado entre as duas coisas. Considerando que a AIE trabalharia diretamente contra a ameaça de Trissolaris, a agência devia se tornar a mais unida de todas as instituições recém-criadas.

Durante o discurso do assistente-chefe Yu, Cheng Xin reparou que Wade estava empurrando as pernas da mesa com os pés e afastando lentamente a cadeira, como se não quisesse estar ali. Depois, sempre que alguém lhe pedia para dizer algumas palavras, ele balançava a cabeça e se recusava.

Por fim, quando todo mundo que queria discursar havia falado, ele se pronunciou. Apontando para a pilha de caixas e de artigos de escritório novos na sala de reuniões, disse:

— Eu gostaria que os demais de vocês cuidassem destas questões por conta própria. — Aparentemente, estava se referindo aos detalhes administrativos de colocar a agência para funcionar. — Por favor, não tomem meu tempo, nem o deles. — Ele apontou para Vadimov e sua equipe. — Preciso que todos do Centro de Planejamento Tecnológico com experiência em engenharia aeroespacial fiquem. Os demais estão dispensados.

Cerca de doze pessoas ficaram para trás na sala de reuniões agora bem mais vazia. Assim que as pesadas portas de carvalho se fecharam, Wade soltou a bomba.

— A AIE precisa enviar uma sonda espiã para a Frota Trissolariana.

Os funcionários se entreolharam, chocados. Cheng Xin também ficou surpresa. Com certeza ela esperara se envolver logo com uma quantidade considerável de trabalho técnico, mas não havia imaginado que seria de modo tão direto e rápido. Considerando que a AIE acabara de se formar e que ainda não havia escritórios nacionais ou regionais, a agência não parecia preparada para assumir projetos grandes. Mas o maior choque foi a ousadia da proposta de Wade: os desafios técnicos e outras barreiras pareciam insuperáveis.

— Quais são os requisitos técnicos? — perguntou Vadimov. Ele foi o único que pareceu achar o anúncio de Wade normal.

— Consultei em particular os representantes dos membros permanentes do CDP, mas a ideia ainda não foi apresentada formalmente. Pelo que sei, o CDP está interessado principalmente em um requisito, e é algo de que fazem questão: a sonda precisa chegar a um por cento da velocidade da luz. Cada membro permanente do CDP tem suas opiniões sobre outros parâmetros, mas estou certo de que vão chegar a algum acordo durante as conversas oficiais.

Um especialista da Nasa se pronunciou.

— Deixe-me ver se entendi. Considerando esses parâmetros, e se só nos preocuparmos com aceleração e não considerarmos nenhum modo de desacelerar a sonda, ela levará dois ou três séculos para chegar à Nuvem de Oort. Lá, interceptará e examinará a Frota Trissolariana em desaceleração. Desculpe, mas isso me parece um projeto mais adequado para o futuro.

Wade balançou a cabeça.

— Com aqueles sófons voando para lá e para cá na velocidade da luz, espiando-nos constantemente e bloqueando toda a nossa pesquisa de base em física, não sabemos mais se faremos algum progresso significativo no futuro. Se a humanidade está fadada a rastejar feito uma lesma pelo espaço, é melhor começarmos o mais rápido possível.

Cheng Xin desconfiava de que o plano de Wade tinha motivação política, pelo menos em parte. O primeiro esforço da humanidade para fazer contato ativo com uma civilização extraterrestre daria status à AIE.

— Mas, considerando o estado atual da tecnologia de voo espacial, levaríamos vinte ou trinta mil anos para chegar à Nuvem de Oort. Ainda que lancemos a sonda agora, não conseguiríamos nos afastar muito da porta da Terra quando a Frota Trissolariana chegar daqui a quatrocentos anos.

— É exatamente por isso que a sonda precisa alcançar um por cento da velocidade da luz.

— Você está falando de multiplicar por cem nossa velocidade máxima atual! Para isso, seria preciso uma propulsão totalmente nova. Não temos como alcançar esse nível de aceleração com a tecnologia atual, e não existe motivo para esperar um avanço técnico importante no futuro próximo. Essa proposta é fundamentalmente impossível.

Wade deu um murro na mesa.

— Você esquece que agora temos recursos! Antes, o voo espacial era um luxo, mas agora é uma necessidade absoluta. Podemos pedir recursos muito superiores ao que antes só podíamos imaginar. Podemos despejar recursos nesse problema até dobrarmos as leis da física. Partam para a força bruta, se necessário, mas precisamos acelerar a sonda para um por cento da velocidade da luz!

Por instinto, Vadimov passou os olhos pelo cômodo. Wade olhou para ele.

— Não se preocupe. Aqui não tem nenhum repórter ou gente de fora.

Vadimov riu.

— Por favor, não se ofenda. Mas, se dissermos que queremos despejar recursos no problema até dobrarmos as leis da física, a agência vai ser motivo de piada no mundo todo. Por favor, não repita isso na frente do CDP.

— Já sei que vocês todos estão rindo de mim.

Todo mundo ficou quieto. As pessoas só queriam que a reunião acabasse. Wade olhou para eles, um de cada vez, e então dirigiu o olhar para Cheng Xin.

— Não, nem todos. Ela não está rindo. — Ele apontou para Cheng Xin. — Cheng, o que você acha?

Sob o olhar intenso de Wade, Cheng Xin teve a sensação de que ele estava apontando uma espada, não o dedo. Ela olhou para os lados, angustiada. Quem era *ela* para falar alguma coisa?

— Precisamos implementar DM aqui — disse Wade.

Cheng Xin ficou ainda mais confusa. DM? Dia da marmota? Direção de marketing?

— Mas você é chinesa! Como não sabe o que é DM?

Cheng Xin olhou para os outros cinco chineses na sala; eles pareciam igualmente confusos.

— Durante a Guerra da Coreia, os americanos descobriram que até os soldados chineses comuns capturados pareciam saber muito da estratégia de campanha de suas próprias forças. Os comandantes apresentavam os planos de batalha para a tropa debater em massa, na esperança de melhorá-los. É claro que, se vocês forem capturados pelos trissolarianos no futuro, não queremos que saibam *tanto*.

Alguns dos presentes riram. Cheng Xin finalmente entendeu que DM significava "democracia militar". As outras pessoas na sala de reuniões apoiaram com entusiasmo a proposta de Wade. Claro, aqueles especialistas renomados não esperavam que uma mera assessora técnica tivesse ideias brilhantes, mas eram quase todos homens, e eles achavam que, se lhe dessem uma chance de falar, teriam a desculpa perfeita para apreciar seus atributos físicos. Cheng Xin sempre tentara se vestir de forma conservadora, mas tinha que lidar com esse tipo de assédio constantemente.

— Eu tenho uma ideia... — começou Cheng Xin.

— Uma ideia para dobrar as leis da física? — Quem falou foi uma francesa mais velha chamada Camille, uma consultora muito respeitada e experiente da Agência Europeia Espacial. Ela olhou para Cheng Xin com desdém, como se a chinesa não tivesse o direito de estar ali.

— Bom, é mais para *contornar* as leis da física. — Cheng Xin deu um sorriso educado para Camille. — O recurso mais promissor ao nosso alcance é o estoque de armamento nuclear no mundo inteiro. Se não fizermos nenhum avanço técnico, essas bombas são a fonte de energia mais potente que podemos lançar ao espaço. Imaginem uma nave ou sonda equipada com vela de radiação, semelhante a uma vela solar: uma película fina capaz de ser propelida por radiação. Se fizermos explosões nucleares periódicas atrás da vela...

Algumas risadinhas. Camille foi a mais estridente.

— Minha cara, você pintou para nós uma cena de desenho animado. Sua nave espacial voa cheia de bombas nucleares e tem uma vela gigantesca. Dentro da nave, um herói que é a cara do Arnold Schwarzenegger. Ele joga as bombas atrás da nave, onde elas explodem para fazê-la avançar. Ah, *grande ideia*! — O resto da sala aderiu ao deboche, e ela continuou. — Talvez você precise dar uma olhada nos seus exercícios do primeiro ano da faculdade. Mas me diga: em primeiro lugar, quantas bombas nucleares sua nave terá que transportar? Em segundo, com essa razão empuxo-peso, qual vai ser a aceleração possível?

— Ela não chegou a dobrar as leis da física, mas atendeu ao outro aspecto da exigência do chefe — disse outro consultor especialista. — Mas é uma pena ver uma moça tão bonita cair na ilusão da força bruta. — A onda de riso continuou em um crescendo.

— As bombas não ficarão na nave — respondeu Cheng Xin, com calma. As risadas pararam de repente; foi como se ela tivesse segurado um prato de percussão que estava vibrando. — A sonda será composta por um núcleo minúsculo equipado com sensores e ligado a uma vela grande, mas a massa total será leve como uma pluma. Será fácil propeli-la com radiação a partir de detonações nucleares extraveiculares.

A sala de reuniões ficou muito quieta. Todo mundo estava se perguntando onde as bombas ficariam. Enquanto os outros debochavam de Cheng Xin, a postura de Wade tinha permanecido fria e impassível. Mas depois aquele sorriso, como água vazando de uma rachadura no gelo, voltou a aparecer gradualmente em seu rosto.

Cheng Xin pegou alguns copos de papel do bebedouro atrás de si e os enfileirou na mesa.

— Podemos usar foguetes químicos tradicionais para lançar as bombas nucleares com antecedência e distribuí-las ao longo do primeiro segmento da rota da sonda. — Ela pegou um lápis e avançou com a ponta ao longo da linha, indo de copo em copo. — Sempre que a sonda passar por uma bomba, nós a detonamos bem atrás da vela, acelerando-a cada vez mais.

Os homens tiraram os olhos do corpo de Cheng Xin. Finalmente estavam dispostos a levar sua proposta a sério. Só Camille continuava encarando-a como se olhasse uma estranha.

— Podemos chamar essa técnica de "propulsão em percurso". Esse segmento inicial é a parte da aceleração e só se estende por uma pequena fração da rota total. Fazendo um cálculo muito por alto, se usarmos mil bombas nucleares, elas podem ser distribuídas ao longo de uma rota de cerca de cinco unidades astronômicas entre a Terra e a órbita de Júpiter. Ou poderíamos até comprimi-la mais e distribuir as bombas até a órbita de Marte. Isso com certeza é possível com nossa tecnologia atual.

O silêncio foi interrompido por alguns cochichos. Aos poucos, as vozes foram ficando mais altas e empolgadas, como uma garoa se transformando em tempestade.

— Você não inventou isso agora, foi? — perguntou Wade. Ele havia prestado muita atenção ao debate.

Cheng Xin sorriu para ele.

— Eu me baseei em uma ideia antiga da área aeroespacial. Stanislaw Ulam sugeriu algo parecido em 1946. Chamava-se propulsão por pulso nuclear.

— Dra. Cheng — disse Camille —, nós sabemos o que é propulsão por pulso nuclear. Mas todas aquelas ideias iniciais exigiam que o combustível fosse transportado pela própria nave. A ideia de distribuir o combustível ao longo da rota da nave é uma invenção sua. Eu pelo menos nunca tinha ouvido a respeito antes.

A conversa ficou acalorada. Os especialistas reunidos avançaram sobre a ideia como uma matilha de lobos esfomeados diante de um pedaço de carne fresca.

Wade esmurrou a mesa de novo.

— Chega! Não se prendam a detalhes por enquanto. Não estamos avaliando a viabilidade; só estamos tentando determinar se vale a pena estudar a viabilidade da ideia. Concentrem-se em barreiras de nível geral.

— O melhor aspecto dessa proposta é que é fácil começar — disse Vadimov, depois de um rápido silêncio.

Todos entenderam de imediato a que Vadimov se referia. O primeiro passo no plano de Cheng Xin envolvia lançar uma grande quantidade de bombas nucleares em órbita ao redor da Terra. A humanidade não apenas já possuía essa tecnologia, como as bombas também já se encontravam em veículos de lançamento: seria fácil adaptar os ICBM em uso para esse fim. Peacekeepers americanos, Topols russos e Dongfengs chineses podiam lançar diretamente suas ogivas para órbitas baixas. Daria para usar até mísseis balísticos de alcance médio, se recebessem foguetes de reforço adicionais. Em comparação com os planos de desarmamento nuclear pós-Crise que exigiam a destruição dos mísseis, aquele seria muito mais barato.

— Excelente. Por enquanto, vamos dar uma pausa na ideia de propulsão em percurso de Cheng Xin. Mais alguma proposta? — Wade passou os olhos pela sala.

Algumas pessoas pareceram interessadas em falar, mas acabaram decidindo ficar quietas. Ninguém achava ter uma ideia comparável à de Cheng Xin. Com o tempo, todos os olhares se concentraram nela de novo, mas, dessa vez, o motivo era completamente diferente.

— Vamos nos reunir mais duas vezes para trocar ideias e ver se conseguimos bolar outras opções. Mas também podemos começar o estudo de viabilidade da propulsão em percurso. Vamos precisar de um codinome.

— Como a velocidade da sonda aumentaria a cada bomba explodida, é um pouco como subir um lance de escada — disse Vadimov. — Sugiro que chamemos de Programa Escadaria. Além da exigência de superar um por cento da velocidade da luz, outro parâmetro que precisamos considerar é a massa da sonda.

— Uma vela de radiação pode ser muito fina e leve. Com base no estado atual da ciência dos materiais, podemos construir uma vela de cerca de cinquenta quilômetros quadrados e limitar a massa a cinquenta quilogramas. Esse tamanho deve ser suficiente. — Quem falou foi um especialista russo que havia dirigido um experimento fracassado com vela solar.

— Então o crucial será a massa da própria sonda.

Todos voltaram os olhos para outro homem na sala, o engenheiro-chefe da sonda Cassini-Huygens.

— Se incluirmos alguns sensores básicos e levarmos em conta a antena necessária e a fonte de energia radioisotópica para transmitir informações da Nuvem de Oort, uns dois ou três mil quilos devem bastar.

— Não! — Vadimov balançou a cabeça. — Tem que ser como Cheng Xin falou: leve como uma pluma.

— Se usarmos só os sensores mais básicos, talvez mil quilos bastem. Não garanto que funcione... vocês não estão me dando quase nada.

— Você vai ter que dar um jeito — disse Wade. — Incluindo a vela, a massa da sonda inteira não pode exceder uma tonelada métrica. Dedicaremos toda a força da raça humana à propulsão de mil quilos. Vamos torcer para que isso seja leve o bastante.

Ao longo da semana seguinte, Cheng Xin só dormiu em aviões. Como integrante da força-tarefa liderada por Vadimov, ela foi de uma agência espacial a outra nos Estados Unidos, na China, na Rússia e na Europa para coordenar o estudo de viabilidade do Programa Escadaria. Cheng Xin teve a chance de viajar para mais lugares do que em toda a sua vida até então, mas não pôde conhecer nenhum ponto turístico além do que era possível ver da janela de carros e salas de reuniões.

A princípio, eles haviam imaginado que conseguiriam convencer todas as agências espaciais a realizar um estudo de viabilidade conjunto, mas isso se revelou um exercício político impossível. No fim das contas, cada agência realizou uma análise independente. A vantagem dessa opção era que a AIE podia comparar os quatro estudos para obter um resultado mais preciso, mas também representava uma quantidade de trabalho muito maior. Cheng Xin batalhou nesse projeto mais do que em toda sua vida profissional — afinal, era uma criação sua.

Os quatro estudos de viabilidade logo chegaram a conclusões preliminares muito semelhantes. A boa notícia era que a área da vela de radiação podia ser reduzida para vinte e cinco quilômetros quadrados, e, com materiais ainda mais avançados, a massa poderia diminuir para vinte quilos.

Mas então veio uma notícia muito ruim: para atender ao requisito de um por cento da velocidade da luz, a massa da sonda inteira precisaria ser reduzida em oitenta por cento — para apenas duzentos quilos. Excluindo-se a massa reservada para a vela, restavam apenas cento e oitenta quilos para sensores e dispositivos de comunicação.

A expressão no rosto de Wade não mudou.

— Não fique triste. Tenho uma notícia ainda pior: na última sessão do CDP, a proposta do Programa Escadaria foi rejeitada.

Dos sete membros permanentes do CDP, quatro votaram contra. A motivação deles foi surpreendentemente semelhante. Ao contrário dos especialistas técnicos da AIE com formação em engenharia aeroespacial, os embaixadores não estavam interessados na tecnologia de propulsão. Argumentaram que o valor como instrumento de inteligência da sonda era limitado demais — nas palavras do embaixador americano, "praticamente nulo".

Isso ocorria porque a sonda proposta não tinha como desacelerar. Mesmo considerando o fato de que a Frota Trissolariana estaria em desaceleração, a sonda e a frota se cruzariam a uma velocidade relativa de cerca de cinco por cento da velocidade da luz (se a sonda não fosse capturada pela frota). A janela para obtenção de informações seria extremamente breve. Como sua massa reduzida inviabilizava sensores ativos como radares, a sonda estaria limitada a sensores passivos, principalmente sinais eletromagnéticos. Levando em conta o estado avançado da tecnologia trissolariana, era quase certo que o inimigo não estivesse usando radiação eletromagnética, e sim sistemas como neutrinos ou ondas gravitacionais — técnicas que superavam a capacidade tecnológica atual da humanidade.

Além do mais, devido à presença dos sófons, o plano de enviar uma sonda seria completamente óbvio para o inimigo, e por isso a probabilidade de obter informações valiosas era nula. Considerando o imenso investimento que seria necessário para executar o plano, os benefícios eram ínfimos. A maior parte do valor do plano era estritamente simbólico, e as grandes potências não estavam interessadas nisso. Os outros três membros permanentes do CDP votaram a favor só porque estavam interessados na tecnologia de propulsão.

— E o CDP tem razão — disse Wade.

Todo mundo ficou em luto silencioso pelo Programa Escadaria. Cheng Xin foi quem mais lamentou, mas ela se consolou com o fato de que, sendo uma jovem sem nenhum currículo de realizações, ter chegado tão longe com sua primeira ideia original não era tão ruim. Sem dúvida ela havia superado suas próprias expectativas.

— Srta. Cheng, você parece infeliz — disse Wade. — Parece achar que vamos abandonar o Programa Escadaria.

Todo mundo se virou para encarar Wade, sem palavras.

— Nós *não* vamos parar. — Wade se levantou e caminhou pela sala de reuniões. — A partir de agora, seja com o Programa Escadaria ou com qualquer outro plano, vocês só param quando *eu* mandar. Entendido? — Ele abandonou o tom indiferente costumeiro e começou a gritar como uma fera selvagem. — Vamos adiante! Adiante! Vamos adiante e não paramos por nada!

Wade estava de pé atrás de Cheng Xin. Ela sentiu como se um vulcão tivesse acabado de explodir nas suas costas e se retraiu, quase gritando também.

— Qual é o próximo passo? — perguntou Vadimov.

— Vamos mandar uma pessoa.

Wade retomou a voz calma e impassível. Ainda em choque com o rompante dele, todos na sala levaram algum tempo para entender o que Wade queria dizer. Ele não estava falando de mandar alguém ao CDP, e sim para fora do Sistema Solar. Sua proposta era enviar um batedor vivo à gélida e desolada Nuvem de Oort, a um ano-luz de distância, para espiar a Frota Trissolariana.

Ele empurrou a perna da mesa com o pé e virou a cadeira de costas para se sentar atrás de todos enquanto os outros continuavam a discutir. Mas ninguém falou nada. Foi uma reprise da reunião da semana anterior, quando Wade havia apresentado a proposta de enviar uma sonda até a Frota Trissolariana. Todo mundo tentou digerir as palavras dele e desvendar a charada. Pouco depois, começaram a ver que a ideia não era tão ridícula quanto tinha parecido a princípio.

Hibernação era uma tecnologia relativamente madura. Uma pessoa poderia realizar a viagem em animação suspensa. Considerando alguém de setenta quilos, restariam cento e dez para o equipamento de hibernação e o casco — que teria a aparência de um caixão. Mas e depois? Dois séculos mais tarde, quando a sonda encontrasse a Frota Trissolariana, como eles fariam para acordar essa pessoa, e o que ela poderia fazer?

Esses pensamentos circularam pela cabeça dos presentes, mas ninguém se pronunciou. Wade, no entanto, parecia ter lido a mente de todo mundo.

— Precisamos enviar um representante da humanidade para os braços do inimigo — disse ele.

— Para isso, a Frota Trissolariana teria que capturar a sonda — disse Vadimov. — E preservar nosso espião.

— Isso é muito provável. — Wade olhou para cima. — Não é?

Todo mundo dentro da sala de reuniões entendeu que Wade estava falando com os sófons que pairavam em volta deles feito fantasmas. A quatro anos-luz de distância, naquele mundo remoto, outros seres invisíveis também haviam "comparecido" à reunião. As pessoas tendiam a esquecer a presença dos sófons. E, quando lembravam, elas sentiam não só medo, mas também certa insignificância, como se fossem formigas sob a lupa de alguma criança cruel e brincalhona. Era muito difícil continuar confiante quando se tinha consciência de que o inimigo saberia de quaisquer planos muito antes que eles fossem explicados a um supervisor. Os seres humanos precisavam se esforçar para se adaptar a essa modalidade de guerra, de completa transparência diante do inimigo.

Agora, contudo, Wade parecia ter mudado ligeiramente a situação. Na hipótese dele, o fato de que o inimigo conhecia o plano era uma vantagem. Os trissolarianos saberiam cada detalhe da trajetória da sonda e poderiam interceptá-la com facilidade. Mesmo com todas as informações dos sófons sobre a humanidade, certamente os trissolarianos ainda estariam interessados em capturar um espécime vivo para estudar de perto.

De acordo com os princípios tradicionais de inteligência na guerra, o envio de um espião de identidade conhecida era um gesto inútil. Mas aquela guerra era diferente. O envio de um representante da humanidade para a Frota Trissolariana era um gesto valente por si só, e não fazia diferença se os trissolarianos soubessem a identidade do indivíduo com antecedência. A AIE nem precisava decidir o que o espião precisaria fazer ao chegar lá: desde que a pessoa pudesse ser inserida em segurança na frota, as possibilidades eram infinitas. Considerando o raciocínio transparente dos trissolarianos e sua vulnerabilidade a estratagemas, a ideia de Wade se tornou ainda mais atraente.

Precisamos enviar um representante da humanidade para os braços do inimigo.

TRECHO EXTRAÍDO DE *UM PASSADO ALÉM DO TEMPO*
HIBERNAÇÃO: PELA PRIMEIRA VEZ O SER HUMANO ATRAVESSA O TEMPO

Uma tecnologia nova pode transformar a sociedade, mas, quando essa tecnologia ainda está na infância, muito poucas pessoas são capazes de perceber todo o seu potencial. Por exemplo, quando o computador foi inventado, ele não passava de uma ferramenta capaz de aumentar a eficiência de processos, e havia quem achasse que cinco computadores bastariam para o mundo inteiro. Foi o mesmo com a hibernação artificial. Antes de se tornar uma realidade, as pessoas só achavam que seria um meio de permitir que pacientes com doenças terminais buscassem a cura no futuro. Com um pouco mais de imaginação, elas poderiam achar que seria útil para viagens interestelares. Mas, assim que se tornou real, ao observá-la pelas lentes da sociologia, era possível ver que transformaria completamente a face da civilização humana.

Isso se baseava em uma única ideia: *amanhã será melhor*.

Era uma fé relativamente nova, produto dos últimos séculos que precederam a Crise. Antes, tal ideia de progresso teria sido ridicularizada. A Europa medieval era materialmente inferior à Roma clássica de mil anos antes, e também era intelectualmente reprimida. Na China, a vida das pessoas era pior durante as dinastias Wei, Jin, do Sul e do Norte, se comparada com a vida na Dinastia Han, mais antiga, e as dinastias Yuan e Ming eram muito piores do que a Tang e a Song. Mas, com a Revolução Industrial, o progresso se tornou uma característica constante da sociedade, e a fé da humanidade no futuro se fortaleceu.

Essa fé chegou ao ápice às vésperas da Crise Trissolariana. Já fazia algum tempo que a Guerra Fria havia acabado, e, embora persistissem problemas como a degradação ambiental, eles eram apenas incômodos. Os confortos materiais da vida se aprimoravam a um ritmo acelerado, e a tendência parecia estar ganhando velocidade. Se alguém fizesse uma pesquisa sobre a visão que as pessoas tinham do futuro, talvez as respostas variassem para como o mundo seria dali a dez anos, mas poucos duvidavam que, depois de um século, a humanidade estaria vivendo no paraíso. Era fácil acreditar nisso: bastava comparar a própria vida atual com a vida de seus antepassados cem anos antes!

Se era possível hibernar, por que persistir no presente?

Sob a ótica da sociologia, a descoberta biotecnológica da clonagem humana era muito menos complicada do que a hibernação. A clonagem suscitava questionamentos morais, mas era um problema que abalava sobretudo quem tinha uma perspectiva moral inspirada no cristianismo. Já os problemas suscitados pela hibernação eram de ordem prática e afetavam toda a raça humana. Quando a tecnologia passasse a ser comercializada com sucesso, quem tivesse condições a usaria para viajar direto ao paraíso, enquanto o resto da humanidade seria obrigado a continuar no presente, que em comparação era deprimente, para construir esse paraíso. Porém, ainda mais problemático era o aspecto mais sedutor que o futuro proporcionava: o fim da morte.

Com o avanço rápido da biologia moderna, as pessoas passaram a acreditar que o fim da morte seria alcançado em mais um ou dois séculos. Se isso acontecesse, quem optasse pela hibernação subiria os primeiros degraus rumo à vida eterna. Pela primeira vez na história, a morte deixava de ser justa. As consequências eram inimagináveis.

A situação era análoga às condições atrozes do Escapismo pós-Crise. Mais tarde, os historiadores viriam a chamá-la de Escapismo Inicial ou Escapismo Temporal. Dessa forma, mesmo antes da Crise, governos do mundo inteiro reprimiam a tecnologia de hibernação com ainda mais empenho do que a de clonagem.

Mas a Crise Trissolariana mudou tudo. Da noite para o dia, o paraíso do futuro se transformou no inferno na Terra. Nem pacientes com doenças terminais achavam o futuro atraente: quando acordassem, talvez o mundo estivesse mergulhado em um mar de fogo, e então eles não seriam capazes de encontrar sequer uma aspirina.

Portanto, após a Crise, a hibernação pôde se desenvolver sem restrições. Em pouco tempo, a tecnologia se tornou comercialmente viável, e a raça humana se viu em posse da primeira ferramenta que lhe permitiria transpor grandes intervalos de tempo.

ERA DA CRISE, ANOS 1 A 4
CHENG XIN

Cheng Xin foi a Sanya, na ilha Hainan, para pesquisar sobre hibernação.

Essa ilha tropical parecia um local estranho para instalar o maior centro de pesquisa em hibernação do mundo, administrado pela Academia Chinesa de Ciências Médicas. Embora no continente estivessem no meio do inverno, ali vigorava a primavera.

O centro de hibernação era um edifício branco escondido em uma densa vegetação. Cerca de uma dúzia de indivíduos estava participando de testes de hibernação experimental de curto prazo. Até o momento, ninguém havia sido submetido à hibernação com a intenção de transpor séculos.

A primeira pergunta de Cheng Xin foi se seria possível reduzir a cem quilos o equipamento necessário para sustentar a hibernação.

O diretor do centro de pesquisa riu.

— Cem quilos? Seria sorte conseguir diminuir para cem toneladas!

O diretor estava exagerando, mas só um pouco. Ele apresentou o centro a Cheng Xin, e ela constatou que a hibernação artificial não era exatamente igual à imagem popular que se tinha da tecnologia. Em primeiro lugar, não tinha a ver com temperaturas ultrabaixas. O procedimento substituía o sangue do corpo por um crioprotetor anticongelante e depois baixava a temperatura do corpo para cinquenta graus Celsius negativos. Com a ajuda de um sistema cardiopulmonar externo, os órgãos do corpo mantinham um nível de atividade biológica extremamente baixo.

— É como o modo de suspensão em um computador — disse o diretor.

O sistema inteiro — tanque de hibernação, sistema de manutenção de vida, equipamento de refrigeração — pesava cerca de três toneladas.

Ao debater junto do pessoal técnico do centro sobre possíveis maneiras de miniaturizar a estrutura de hibernação, ela de repente se deu conta de um detalhe: se a temperatura do corpo precisava ser de cerca de cinquenta graus Celsius negativos, então, no ambiente gélido do espaço sideral, a câmara de hibernação teria que ser aquecida, não resfriada. Na longa viagem através do espaço transnetuniano, principalmente, a temperatura externa chegaria perto do zero absoluto. Em comparação, cinquenta graus Celsius negativos pareceriam o calor de uma fornalha. Considerando que a viagem levaria de um a dois séculos, a solução mais prática seria aquecimento por radioisótopos. A brincadeira do diretor sobre as cem toneladas, portanto, não estava muito longe da verdade.

Cheng Xin voltou à sede da AIE e apresentou seu relatório. Depois que sintetizou todos os resultados relevantes da pesquisa, a equipe voltou a mergulhar no desânimo. Mas, dessa vez, eles lançaram olhares de esperança para Wade.

— O que vocês estão olhando? Eu não sou Deus! — Wade passou os olhos pela sala de reuniões. — Por que vocês acham que seus países os mandaram para cá? Para receber um salário e me dar notícias ruins? Eu não sei a solução. Encontrar soluções é trabalho de vocês! — Ele empurrou a mesa, e sua cadeira deslizou mais do que nunca para trás. Ignorando a proibição de não fumar na sala de reuniões, ele acendeu um charuto.

Os presentes dirigiram sua atenção de volta para os novos especialistas em hibernação na sala. Nenhum deles disse nada, mas também nem tentaram disfarçar a raiva e a frustração de profissionais que se veem diante de extremistas ignorantes que pedem algo impossível.

— Talvez... — Cheng Xin olhou para os lados, hesitante. Ela ainda não estava acostumada com DM.

— Adiante! Vamos adiante e não paramos por nada! — Wade cuspiu fumaça na direção dela junto com suas palavras.

— Talvez... não precisemos mandar uma pessoa viva.

Os outros membros da equipe olharam para ela, e se entreolharam, e depois se voltaram para os especialistas em hibernação. Eles balançaram a cabeça, sem entender o que Cheng Xin queria dizer.

— Poderíamos submeter alguém a um congelamento rápido até duzentos graus Celsius negativos ou menos e depois lançar o corpo. Não precisaríamos de sistemas de manutenção de vida ou de aquecimento, e a cápsula com o corpo poderia ser muito pequena e leve. A massa total não deve passar de cento e dez quilogramas. Para nós, um corpo assim é um cadáver, mas talvez não seja para os trissolarianos.

— Muito bom — disse Wade, assentindo para ela. Essa era a primeira vez que Cheng Xin o via elogiar algum subordinado desde que o conhecera.

— Você está falando de criopreservação, não de hibernação — disse um dos especialistas. — A maior barreira para reanimar um corpo congelado é evitar que cristais de gelo danifiquem as células durante o processo de descongelamento.

É como descongelar tofu: ele acaba virando uma esponja. Ah, acho que quase ninguém aqui deve ter comido tofu congelado. — O especialista, que era chinês, sorriu para os rostos ocidentais confusos à sua volta. — No entanto, talvez os trissolarianos conheçam técnicas que evitem esse dano. Talvez eles possam restaurar o corpo a uma temperatura normal em um tempo extremamente curto: um milissegundo, ou até um microssegundo. Não sabemos fazer isso, pelo menos não sem vaporizar o corpo no processo.

Cheng Xin não estava prestando muita atenção na conversa. Sua mente se concentrou em outra coisa: quem seria o picolé lançado às profundezas do espaço a menos duzentos graus de temperatura? Ela estava tentando muito avançar sem se preocupar com as consequências, mas os calafrios diante do pensamento eram inevitáveis.

A versão mais recente do Programa Escadaria foi submetida à votação mais uma vez na última sessão do CDP. Conversas particulares entre Wade e os embaixadores das várias nações inspiraram otimismo. Como o plano modificado representaria o primeiro contato direto entre a humanidade e uma civilização extraterrestre, ele tinha um significado qualitativamente distinto do mero envio de uma sonda. Além do mais, a pessoa enviada aos trissolarianos poderia ser considerada uma bomba-relógio inserida no coração do inimigo. Mediante a aplicação habilidosa da superioridade humana absoluta no uso de truques e artimanhas, a pessoa poderia mudar o rumo de toda a guerra.

Como naquela noite a sessão especial da Assembleia Geral anunciaria o Projeto Barreiras ao mundo, a sessão do CDP atrasou mais de uma hora. O pessoal da AIE esperava do lado de fora do Salão da Assembleia Geral. Nas sessões anteriores do CDP, só Wade e Vadimov tiveram permissão de comparecer, enquanto os outros precisavam ficar do lado de fora, esperando que os chamassem caso alguém pedisse explicações técnicas em alguma área específica. Mas, dessa vez, Wade pediu que Cheng Xin entrasse com ele e Vadimov na sessão do CDP, uma grande honra para uma mera assessora técnica.

Após a conclusão do anúncio da Assembleia Geral, Cheng Xin e os outros observaram um homem cercado por um enxame de repórteres passar pelo saguão e sair do prédio por outra porta — evidentemente era uma das recém-reveladas Barreiras. Como todos da AIE estavam concentrados no Programa Escadaria, a maioria não estava interessada nas Barreiras, e só alguns saíram do prédio para dar uma olhada no sujeito. Portanto, quando aconteceu o famoso atentado contra Luo Ji, ninguém da AIE ouviu o disparo; eles só viram a comoção súbita pelas portas de vidro. Cheng Xin e os outros correram para fora do prédio e imediatamente foram ofuscados pelos potentes holofotes dos helicópteros que sobrevoavam a área.

— Meu Deus, uma das Barreiras foi assassinada! — Um dos colegas de Cheng Xin chegou correndo. — Ouvi dizer que levou vários tiros. Na cabeça!

— Quem são as Barreiras? — perguntou Wade. Seu tom não indicava nenhum interesse especial.

— Também não sei bem. Acho que três deles fazem parte de uma lista de candidatos famosos. Mas esse quarto, o que foi baleado, era um dos seus. — Ele apontou para Cheng Xin. — Mas ninguém tinha ouvido falar dele. É só um cara qualquer.

— Nesta época extraordinária, ninguém é "só um cara qualquer" — disse Wade. — Qualquer pessoa aleatória pode receber de repente uma grande responsabilidade, e qualquer pessoa importante pode ser substituída a qualquer momento. — Ele olhou de Cheng Xin para Vadimov. Então, um secretário do CDP o chamou.

— Ele está me ameaçando — sussurrou Vadimov para Cheng Xin. — Ontem ele fez um escândalo e me falou que você poderia me substituir tranquilamente.

— Mikhail, eu...

Vadimov ergueu a mão para interrompê-la. A luz forte do holofote de um dos helicópteros atravessou sua palma e revelou o sangue sob a pele.

— Ele não estava brincando. Nossa agência não precisa se ater a processos normais de recursos humanos. Você é firme, calma, trabalhadora e também criativa; demonstra uma noção de responsabilidade muito além de seu cargo oficial. Essa combinação de qualidades é rara para alguém da sua idade. Xin, é sério, fico feliz que você possa me substituir... mas você *não* pode fazer *exatamente* o que eu faço. — Ele olhou para o caos que os cercava. — Você não venderia sua mãe a um puteiro. Você ainda é uma criança, no que diz respeito a esse aspecto da nossa profissão. Espero fervorosamente que permaneça assim para sempre.

Camille veio até eles com uma pilha de papéis. Cheng Xin imaginou que fosse o relatório provisório de viabilidade do Programa Escadaria. Camille segurou o documento por alguns instantes, mas, em vez de entregar para um deles, jogou tudo no chão.

— Fodam-se! — berrou Camille. Mesmo com o estrondo dos helicópteros sobre eles, algumas pessoas se viraram para olhar. — Porcos malditos que não sabem fazer nada além de se foder aqui na lama!

— De quem você está falando? — perguntou Vadimov.

— Todo mundo! A raça humana! Há meio século, nós andamos na Lua. Mas agora não temos nada, não podemos mudar nada!

Cheng Xin se abaixou e pegou o documento. Realmente, era o relatório provisório de viabilidade. Ela e Vadimov folhearam as páginas, mas era um texto extremamente técnico e denso. Wade também havia voltado ao grupo deles — o secretário do CDP o informara de que a sessão começaria em quinze minutos.

Camille se acalmou um pouco diante do chefe da AIE.

— A Nasa realizou dois testes pequenos com propulsão por pulso nuclear no espaço, e os resultados estão no relatório. Basicamente, a nave que estamos propondo ainda é pesada demais para atingir a velocidade necessária. Pelos cálculos deles, a massa do conjunto todo tem que ser cinco por cento do que estamos considerando. Cinco por cento! São dez quilos!

"Mas esperem, que eles também nos deram uma notícia *boa*. A vela, vejam só, pode ser reduzida a menos de dez quilos. Eles ficaram com pena de nós e disseram que podemos ter uma carga útil de meio quilo. Mas esse é o limite máximo, porque qualquer acréscimo à carga exigirá cabos mais grossos para prender a vela. Cada grama adicional à carga útil representa mais três gramas de cabeamento. Assim, só nos cabe meio quilo. Ha-ha, é exatamente o que nosso anjo tinha previsto: leve como uma pluma!"

Wade sorriu.

— Podíamos mandar Monnier, a gatinha da minha mãe. Mas acho que até ela teria que perder metade do peso.

Sempre que as pessoas pareciam satisfeitas e envolvidas com o trabalho, Wade parecia melancólico; quando os outros estavam arrasados, ele relaxava e brincava. A princípio, Cheng Xin tinha atribuído essa peculiaridade a parte do estilo de liderança dele. Mas Vadimov lhe dissera que ela não sabia interpretar as pessoas. O comportamento de Wade não tinha nada a ver com estilo de liderança ou motivação de tropas — ele só gostava de ver as pessoas perderem as esperanças, mesmo se fosse um dos que deviam se desesperar. Ele sentia prazer com o desespero alheio. Cheng Xin ficara surpresa ao ver que Vadimov, que sempre tentava falar bem de outras pessoas, tinha essa opinião. Mas, no momento, realmente parecia que Wade estava sentindo prazer com o sofrimento dos três.

Cheng Xin se sentiu fraca. Os dias de exaustão a atingiram todos de uma vez, e ela caiu no gramado.

— Levante-se — disse Wade.

Pela primeira vez, Cheng Xin se recusou a obedecer a uma ordem dele. Ela continuou no chão.

— Estou cansada. — Sua voz estava dura.

— Você, e você — disse Wade, apontando para Camille e Cheng Xin. — Vocês não têm permissão para se descontrolar assim no futuro. Devem seguir adiante, adiante e sem parar por nada!

— Não temos para onde avançar — disse Vadimov. — Temos que desistir.

— O motivo pelo qual vocês acham que não há por onde avançar é que não sabem ignorar as consequências.

— E a sessão do CDP? Cancelamos?

— Não, vamos seguir como se nada tivesse acontecido. Mas não podemos preparar documentos novos, então teremos que apresentar oralmente o plano novo.

— Que plano novo? Um gato de quinhentos gramas?

— Claro que não.

Os olhos de Vadimov e Camille se iluminaram. Cheng Xin também parecia ter recuperado as forças. Ela se levantou.

Acompanhada de uma escolta militar e helicópteros, uma ambulância saiu com a Quarta Barreira. Diante das luzes de Nova York, a silhueta de Wade parecia um fantasma negro, e seus olhos brilhavam com uma luz fria.

— Vamos enviar só um cérebro — disse ele.

TRECHO EXTRAÍDO DE *UM PASSADO ALÉM DO TEMPO*
PROGRAMA ESCADARIA

No século XIV, durante a Dinastia Ming, a marinha chinesa inventou uma arma chamada Huolong Chu Shui, que significa literalmente "dragão de fogo que sai da água". Era um foguete de pólvora multiestágios semelhante aos mísseis antinavio da Era Comum. O míssil propriamente dito (Huolong) era incrementado com foguetes de reforço. Ao ser lançado, o míssil era impulsionado pelos foguetes logo acima da superfície da água até o navio inimigo. Quando o combustível dos foguetes se consumia, um conjunto de foguetes menores armazenados dentro do míssil se acendia e era disparado pela frente, causando grandes danos às embarcações inimigas.

A guerra na Antiguidade também viu o uso de bestas de repetição, precursoras das metralhadoras da Era Comum, que apareceram tanto no Ocidente quanto no Oriente, e versões chinesas foram descobertas em tumbas que remetiam ao século IV a.C.

Esses dois armamentos eram esforços voltados para encontrar usos inovadores para tecnologias primitivas, de modo a demonstrar um poder inexistente no período em que foram inventados.

Em retrospecto, o Programa Escadaria, implementado no início da Era da Crise, foi um avanço similar. Usando apenas a tecnologia primitiva disponível na época, ele conseguiu fazer uma pequena sonda alcançar um por cento da velocidade da luz. Essa realização teria sido impossível sem tecnologias que só surgiriam um século e meio mais tarde.

Na época do Programa Escadaria, os seres humanos já haviam lançado com sucesso algumas naves espaciais para fora do Sistema Solar e aterrissado sondas em satélites de Netuno. Portanto, a tecnologia necessária para distribuir bombas nucleares ao longo do trecho de aceleração da rota da sonda se encontrava relativamente madura. Mas o controle da trajetória da sonda e a sincronização perfeita das detonações representaram um grande desafio técnico.

Cada bomba precisava ser detonada exatamente quando a vela de radiação passasse. A distância entre as bombas e a vela no momento da explosão variava de três mil a dez mil metros, dependendo da potência da bomba. À medida que a velocidade da sonda aumentava, a sincronia tinha que ser mais exata. No entanto, até mesmo quando a vela atingisse um por cento da velocidade da luz, a margem de erro ainda era superior à ordem dos nanossegundos, algo perfeitamente possível com a tecnologia da época.

A sonda propriamente dita não possuía motor. Sua navegação era determinada exclusivamente pela posição relativa das bombas detonadas. Cada bomba na rota era equipada com pequenos propulsores de ajuste de posição. Quando a vela passava por uma bomba, a distância entre elas era de apenas algumas centenas de metros. Ao ajustá-la, era possível alterar o ângulo entre a vela e a força de propulsão gerada pela explosão nuclear e, assim, controlar a direção do voo.

A vela de radiação era uma película fina, e a única maneira de transportar a carga útil era arrastá-la dentro de uma cápsula. Dessa forma, o conjunto da sonda parecia um paraquedas gigantesco — exceto pelo detalhe de que esse paraquedas voava "para cima". Para evitar que as explosões nucleares que aconteciam a uma distância de três a dez quilômetros da vela danificassem a carga, os cabos que as ligavam precisavam ser muito longos; cerca de quinhentos quilômetros. Uma camada de material ablativo protegia a carga. Conforme as bombas explodiam, esse material se vaporizava gradualmente, resfriando a cápsula e reduzindo a massa total.

Os cabos eram feitos de um nanomaterial chamado "Lâmina Voadora". Com cerca de um décimo da espessura de um fio de teia de aranha, eram invisíveis a olho nu. Era possível esticar oito gramas do material em um fio de cem quilômetros de comprimento, mas ele tinha resistência suficiente para arrastar a cápsula durante a aceleração e não se romperia com a imensa carga de radiação produzida pelas explosões nucleares.

Obviamente, o Huolong Chu Shui não equivalia de fato a um foguete de dois estágios, e a besta de repetição não era igual a uma metralhadora. Da mesma forma, o Programa Escadaria não seria o início de uma nova Era Espacial. Foi apenas uma tentativa desesperada que aproveitava tudo que a tecnologia limitada da humanidade podia oferecer.

ERA DA CRISE, ANOS 1 A 4
CHENG XIN

O lançamento em massa de mísseis Peacekeeper já estava em andamento havia mais de meia hora. Os rastros de seis mísseis se fundiram e, iluminados pelo luar, formaram um caminho prateado no céu.

A cada cinco minutos, mais uma bola de fogo subia por esse caminho de prata rumo ao firmamento. Sombras de árvores e pessoas corriam pelo chão como ponteiros de relógios. Essa primeira etapa do lançamento envolvia trinta mísseis, que colocavam em órbita trezentas ogivas nucleares com potência a partir de quinhentos quilotons até 2,5 megatons. Ao mesmo tempo, na Rússia e na China, mísseis Topol e Dongfeng também subiam ao céu. O cenário parecia apocalíptico, mas Cheng Xin sabia, pela curvatura dos rastros dos foguetes, que eram lançamentos orbitais, não ataques intercontinentais. Aqueles dispositivos, que poderiam ter matado bilhões de pessoas, jamais retornariam à superfície da Terra. Eles reuniriam seu poder imenso para acelerar uma pluma a um por cento da velocidade da luz.

Cheng Xin sentiu os olhos arderem e se encherem de lágrimas. A cada foguete que subia, seus olhos se transformavam em poços brilhantes de luz. Ela repetiu para si mesma inúmeras vezes que, não importava o que acontecesse depois, já valia a pena ter levado o Programa Escadaria até ali.

Mas os dois homens ao seu lado, Vadimov e Wade, pareciam não se abalar pela cena espetacular diante deles. Eles nem se deram ao trabalho de olhar para cima; só ficaram fumando e conversando em voz baixa. Cheng Xin sabia muito bem sobre o que eles estavam discutindo: quem seria escolhido para o Programa Escadaria.

A última sessão do CDP marcou a primeira vez em que uma resolução fora aprovada com base em uma proposta que não tinha sequer uma formulação por escrito. E Cheng Xin teve a oportunidade de presenciar o poder de argumentação de Wade, normalmente um homem de poucas palavras. Ele defendeu que, partindo do princípio de que os trissolarianos eram capazes de reviver um corpo congelado, então fazia sentido a suposição de que também eram capazes de reviver um único cérebro em condição semelhante e interagir com ele mediante uma interface externa. Certamente tal operação seria trivial para uma civilização capaz de desdobrar um próton em duas dimensões e gravar circuitos na superfície resultante. Em certo sentido, não havia diferença entre um cérebro e uma pessoa inteira: o cérebro abrigava os pensamentos, a personalidade e a memória. E definitivamente controlava a capacidade da pessoa de conceber estratagemas. Se o programa tivesse sucesso, o cérebro ainda seria uma bomba-relógio no coração do inimigo.

Embora os membros do CDP não concordassem plenamente com a noção de que um cérebro equivalia a uma pessoa inteira, não havia nenhuma alternativa, especialmente considerando que o interesse deles pelo Programa Escadaria se baseava sobretudo na tecnologia para acelerar a sonda a um por cento da velocidade da luz. No final, a resolução foi aprovada com cinco votos a favor e duas abstenções.

Com a aprovação do Programa Escadaria, o problema de quem enviar tornou-se uma prioridade. Cheng Xin não tinha coragem de sequer imaginar alguém adequado. Mesmo se o cérebro da pessoa pudesse ser capturado e revivido pelos trissolarianos, a vida depois — se é que uma existência assim poderia ser chamada de vida — seria um pesadelo interminável. Sempre que ela pensava nisso, sentia como se o coração estivesse sendo apertado por uma mão congelada a duzentos graus negativos.

Os outros líderes e realizadores do Programa Escadaria não sofriam as mesmas pontadas de culpa. Se a AIE fosse uma organização de inteligência nacional, a questão teria sido resolvida em um instante. No entanto, a AIE era um comitê coletivo de inteligência formado pelos países-membros do CDP, então, assim que o Programa Escadaria foi revelado para a comunidade internacional, a questão se tornou extremamente delicada.

O problema fundamental era o seguinte: antes do lançamento, o indivíduo teria que ser morto.

Depois que o pânico inicial da Crise se dissipou, aos poucos a política internacional foi dominada por um consenso principal: era importante evitar que a Crise fosse usada como instrumento para destruir a democracia. Os integrantes da AIE foram orientados pelos respectivos governos a redobrar a atenção durante o processo de seleção de participantes em potencial para o Programa Escadaria e não cometer nenhum erro político que gerasse constrangimento para seus países.

Mais uma vez, Wade propôs uma solução peculiar para a dificuldade: promover, através do CDP e, depois, da ONU, a promulgação de leis de eutanásia na maior quantidade possível de países. Mas nem ele tinha certeza de que o plano daria certo.

Dos sete membros permanentes do CDP, três logo aprovaram leis de eutanásia. Mas essas leis determinavam claramente que o procedimento só estaria disponível para pacientes com doenças em estágio terminal. Não era uma situação ideal para o Programa Escadaria, mas parecia o limite máximo do politicamente aceitável.

Portanto, os candidatos para o Programa Escadaria teriam que ser selecionados a partir da população de pessoas com doenças em estágio terminal.

Os estrondos poderosos e as luzes intensas no céu minguaram. O lançamento dos mísseis havia acabado. Wade e alguns outros observadores do CDP entraram em seus carros e foram embora, e só Vadimov e Cheng Xin ficaram para trás.

— Que tal darmos uma olhada na sua estrela? — disse ele.

Quatro dias antes, Cheng Xin havia recebido a escritura da DX3906. Ela ficou completamente surpresa e delirou de alegria. Passou um dia inteiro repetindo para si mesma: *alguém me deu uma estrela, alguém me deu uma estrela, alguém me deu uma estrela...*

Quando foi apresentar um relatório a Wade, sua felicidade era tão evidente que Wade perguntou qual era o problema. Ela mostrou a escritura.

— Um pedaço de papel inútil — disse ele, devolvendo-o para ela. — Se você for esperta, vai diminuir o preço e vender o mais rápido possível. Ou vai acabar sem nada.

Mas Cheng Xin não se deixou abalar pelo cinismo dele — já tinha imaginado o que Wade ia dizer. Ela sabia muito pouco sobre ele além do currículo: o serviço na CIA, o emprego como vice-secretário do Departamento de Segurança Doméstica, e terminava ali. Quanto à vida pessoal, com exceção do fato de que ele tinha mãe, e de que sua mãe tinha uma gata, ela nada sabia. Ninguém sabia. Ela nem sabia onde ele morava. Era como se Wade fosse uma máquina: quando não estava trabalhando, estava desligado em algum lugar desconhecido.

Ela não se conteve e contou sobre a estrela para Vadimov, que a felicitou com muito entusiasmo.

— Pessoas do mundo inteiro devem estar cheias de inveja — disse ele. — Incluindo todas as mulheres vivas e princesas mortas. Você com certeza é a primeira pessoa da história da humanidade a ganhar uma estrela.

Havia alguma felicidade maior do que ganhar uma estrela de alguém que a amava?

— Mas *quem* é ele? — murmurou Cheng Xin.

— Não deve ser muito difícil adivinhar. Em primeiro lugar, deve ser alguém rico. Ele acabou de gastar alguns milhões com um presente simbólico.

Cheng Xin balançou a cabeça. Ela já tivera muitos admiradores e pretendentes, mas nenhum era *tão* rico.

— Também é uma alma culta. Deve se destacar da multidão. — Vadimov suspirou. — E acabou de fazer um gesto romântico que eu acharia ridículo pra cacete se tivesse visto em um livro ou filme.

Cheng Xin também suspirou. Uma Cheng Xin muito mais jovem havia nutrido no passado fantasias coloridas que a Cheng Xin do presente acharia engraçadas. Porém, essa estrela de verdade que apareceu do nada superava em muito aqueles sonhos românticos.

Ela tinha certeza de que não conhecia nenhum homem assim.

Talvez fosse algum admirador secreto distante que decidiu, por impulso, usar uma pequena fração de sua imensa fortuna para satisfazer um capricho, a fim de atender algum desejo que ela jamais entenderia. Mesmo assim, Cheng Xin sentia-se grata.

Naquela noite, ela subiu até o topo do One World Trade Center, ansiosa para ver sua nova estrela. Havia estudado cuidadosamente o material que acompanhava a escritura e explicava o método para encontrá-la. Mas o céu de Nova York estava nublado. No dia seguinte, e no outro, também. As nuvens eram uma mão gigantesca que escondia seu presente para provocá-la. Mas Cheng Xin não ficou decepcionada; sabia que havia ganhado um presente que ninguém poderia lhe roubar. A DX3906 estava neste universo e talvez até durasse mais que a Terra e o Sol. Algum dia conseguiria vê-la.

Ela saiu para a varanda de seu apartamento à noite, olhando o céu e imaginando sua estrela. As luzes da cidade logo abaixo projetavam um brilho amarelo fraco naquela cobertura nublada, mas ela imaginou que sua estrela dava às nuvens uma luminosidade rosada.

Em seu sonho, ela voou sobre a superfície da estrela. Era uma esfera cor-de-rosa, mas, em vez de chamas abrasadoras, ela sentiu o frescor de uma brisa de primavera. Abaixo estava a água límpida de um oceano, e no fundo via o balanço de algas cor-de-rosa...

Quando acordou, ela riu de si mesma. Como profissional do ramo aeroespacial, nem nos sonhos ela conseguia esquecer que a DX3906 não tinha nenhum planeta.

No quarto dia depois de ganhar a estrela, Cheng Xin e alguns outros funcionários da AIE viajaram para Cabo Canaveral para participar da cerimônia de lançamento do primeiro lote de mísseis. Para entrar em órbita, seria preciso tirar proveito da rotação da Terra, e os ICBM haviam sido transferidos de suas bases originais para lá.

Os rastros produzidos pelos mísseis se dissiparam aos poucos sob aquele céu noturno límpido. Cheng Xin e Vadimov releram o guia de observação da estrela.

Os dois tinham alguma formação em astronomia, e logo estavam olhando para a localização aproximada. Mas nenhum dos dois a encontrou.

Vadimov pegou dois pares de binóculos militares. Com eles, foi fácil ver a DX3906. Depois disso, eles conseguiram encontrar a estrela até sem binóculos. Cheng Xin fitou aquele pequeno ponto vermelho, hipnotizada, tentando compreender a distância inimaginável que a separava dela, tentando traduzir a distância em termos que pudessem ser assimilados pela mente humana.

— Se você pusesse meu cérebro na sonda do Programa Escadaria e em direção àquela estrela, ele levaria trinta mil anos para chegar lá.

Cheng Xin não ouviu nenhuma resposta. Quando se virou, viu que Vadimov não estava mais olhando para a estrela com ela; estava apoiado no carro, olhando para o nada. Ela percebeu a expressão angustiada em seu rosto.

— Qual é o problema?

Vadimov ficou em silêncio por um tempo.

— Eu tenho evitado minha obrigação.

— Do que você está falando?

— Sou o melhor candidato para o Programa Escadaria.

Após um instante de choque, Cheng Xin se deu conta de que Vadimov tinha razão: ele tinha muita experiência em engenharia espacial, diplomacia e espionagem, era equilibrado e maduro... Mesmo se eles pudessem ampliar o conjunto de candidatos para incluir indivíduos saudáveis, Vadimov continuaria sendo a melhor opção.

— Mas você está saudável.

— Sim. Mas ainda estou evitando minha responsabilidade.

— Alguém pressionou você? — Cheng Xin pensou em Wade.

— Não, mas eu sei o que preciso fazer; só não fiz. Eu me casei há três anos, e minha filha acabou de fazer o primeiro aniversário. Não tenho medo de morrer, mas minha família é importante para mim. Não quero que elas me vejam me transformar em algo pior do que um cadáver.

— Você *não* tem que fazer isso. A AIE e seu governo não exigiram isso de você, e não podem!

— Sim, mas eu queria lhe dizer... no fim, sou o melhor candidato.

— Mikhail, a humanidade não é só uma abstração. Para amar a humanidade, é preciso começar amando indivíduos, cumprindo nossa responsabilidade para com as pessoas que amamos. Seria absurdo você se sentir culpado por causa disso.

— Obrigado, Cheng Xin. Você merece seu presente. — Vadimov olhou para a estrela de Cheng Xin. — Eu adoraria poder dar uma estrela para minha esposa e minha filha.

Um ponto de luz intensa apareceu no céu, e outro. O brilho deles produzia sombras no solo. Estavam testando a propulsão por pulso nuclear no espaço.

O processo de seleção para o Programa Escadaria estava a todo o vapor, mas o esforço não influenciava diretamente o trabalho de Cheng Xin. Pediram-lhe que ela realizasse algumas tarefas básicas, como avaliar o conhecimento dos candidatos a respeito de engenharia espacial, um requisito fundamental. Como as opções eram limitadas a candidatos que padeciam de doenças terminais, era quase impossível encontrar alguém com a formação necessária. A AIE intensificou os esforços para identificar mais candidatos através de todos os canais disponíveis.

Em Nova York, Cheng Xin recebeu a visita de um colega dos tempos de faculdade. Acabaram conversando sobre o que havia acontecido com o resto da turma, e o amigo mencionou Yun Tianming. Hu Wen lhe contou que Tianming estava com câncer de pulmão em estágio terminal e não tinha muito tempo de vida. Na mesma hora, Cheng Xin entrou em contato com o chefe-assistente Yu para sugerir o nome de Tianming.

Cheng Xin se lembraria desse momento pelo resto da vida. E ela sempre precisaria admitir para si mesma que não chegara a pensar muito em Tianming como pessoa.

Ela tinha que voltar à China a trabalho. A pedido do chefe-assistente, já que havia sido colega de faculdade de Tianming, ela trataria da questão com Tianming em nome da AIE. Ela aceitou, ainda sem pensar muito na questão.

Depois de ouvir a história de Cheng Xin, Tianming se sentou devagar na cama. Cheng Xin pediu para ele se deitar, mas ele disse que gostaria de ficar um pouco sozinho.

Cheng Xin fechou a porta com delicadeza ao sair. Tianming começou a rir histericamente.

Que idiota de merda eu sou! Só porque lhe dei uma estrela como prova de amor, achei que ela me corresponderia? Achei que ela atravessaria o Pacífico para me salvar com suas lágrimas santas? Com que conto de fadas eu estava me iludindo?

Não, Cheng Xin viera lhe pedir para morrer.

Ele fez outra dedução lógica e riu ainda mais, até não conseguir respirar direito. Considerando o momento da chegada de Cheng Xin, ela não tinha como saber que ele já havia escolhido a eutanásia. Em outras palavras, se Tianming já não tivesse tomado essa decisão, ela tentaria convencê-lo a tomá-la. Talvez até o seduzisse, ou o pressionasse, até ele aceitar.

Eutanásia significa "boa morte", mas não havia nada de bom no destino que ela planejara para ele.

Sua irmã o queria morto porque achava que era um desperdício de dinheiro. Tianming conseguia entender isso — e acreditava que ela realmente queria que ele morresse em paz. Já Cheng Xin queria que ele sofresse pela eternidade. Tianming morria de medo do espaço. Como todo mundo que estuda viagens espaciais, ele compreendia a natureza sinistra do espaço melhor do que o público em geral. O inferno não ficava na Terra, mas no céu.

Cheng Xin queria que um pedaço dele, o pedaço que continha sua alma, vagasse para sempre na escuridão daquele abismo frígido e infinito.

Na verdade, essa seria a melhor das hipóteses.

Se os trissolarianos realmente capturassem seu cérebro, como Cheng Xin desejava, o verdadeiro pesadelo começaria. Alienígenas que não tinham absolutamente nada em comum com a humanidade ligariam sensores em seu cérebro e fariam experimentos relacionados aos sentidos. O maior interesse deles seria a sensação de dor, claro, e depois ele passaria por fome, sede, açoitamento, queimaduras, sufocação, choques elétricos, técnicas medievais de tortura, morte por mil cortes...

Mais tarde, vasculhariam sua memória para identificar quais formas de sofrimento ele mais temia. Descobririam uma técnica de tortura que ele tinha lido em um livro de história — primeiro, a vítima era açoitada até não restar sequer um centímetro de sua pele intacto; depois, o corpo da vítima era todo enrolado firmemente em gaze; e, quando a vítima parasse de sangrar, toda a gaze seria arrancada com força, reabrindo todas as feridas ao mesmo tempo — e então enviariam sinais para reproduzir essa tortura no cérebro dele. A vítima naquele livro de história não resistia muito tempo nessas condições, mas o cérebro de Tianming seria incapaz de morrer. O máximo que poderia acontecer era seu cérebro se paralisar em choque. Aos olhos dos trissolarianos, seria como se um computador travasse. Eles simplesmente reiniciariam o cérebro e fariam outra experiência, movidos pela curiosidade ou apenas pelo desejo de entretenimento...

Ele não teria como fugir. Sem mãos ou corpo, não teria condições de cometer suicídio. Seu cérebro pareceria uma bateria, recarregado repetidamente com dor.

Não haveria fim.

Ele urrou de tanto gargalhar.

Cheng Xin abriu a porta.

— Tianming, qual é o problema?

Ele abafou a risada e ficou imóvel como um cadáver.

— Tianming, em nome da Agência de Inteligência Estratégica do CDP-ONU, preciso perguntar se você estaria disposto a assumir sua responsabilidade como membro da raça humana e aceitar esta missão. A decisão é totalmente voluntária. Você tem o direito de recusar.

Ele encarou o rosto de Cheng Xin, sua expressão solene e ansiosa. Ela estava lutando pela humanidade, pela Terra... Mas o que havia de errado naquele cenário à sua volta? A luz do pôr do sol que entrava pela janela batia na parede como uma poça de sangue; o carvalho solitário do lado de fora parecia um conjunto de braços esqueléticos se erguendo do túmulo...

Um ligeiro sorriso — agonizante, melancólico — surgiu nos cantos da boca de Yun Tianming. Gradualmente, o sorriso se expandiu para o resto do rosto.

— É claro que aceito — disse ele.

ERA DA CRISE, ANOS 5 A 7
PROGRAMA ESCADARIA

Mikhail Vadimov morreu. Quando atravessava o rio Harlem na I-95, seu carro bateu nas grades da ponte Alexander Hamilton e mergulhou nas águas abaixo. Demorou mais de um dia até conseguirem recuperar o veículo. Uma autópsia revelou que Vadimov sofria de leucemia; o acidente havia sido resultado de hemorragias retinianas.

Cheng Xin lamentou a morte de Vadimov, que havia cuidado dela como um irmão mais velho e a ajudara a se acostumar à vida em outro país. Ela sentia falta principalmente da generosidade dele. Embora Cheng Xin tivesse chamado atenção por sua inteligência e parecesse brilhar mais do que Vadimov — apesar de ser sua subordinada —, ele nunca demonstrara inveja. Sempre a incentivara a exibir sua genialidade em palcos cada vez maiores.

Na AIE, houve dois tipos de reações à morte de Vadimov. A maior parte do pessoal técnico, como Cheng Xin, ficou de luto pela perda do chefe. Já os especialistas em inteligência pareceram mais chateados porque o corpo de Vadimov não fora recuperado a tempo, de modo que seu cérebro não pôde ser usado.

Aos poucos, uma suspeita se formou na mente de Cheng Xin. Parecia muita coincidência. Ela teve calafrios quando a ideia lhe ocorreu pela primeira vez — era assustador demais, cruel demais, insuportável.

Ela consultou médicos especialistas e descobriu que era possível induzir leucemia intencionalmente. Bastava situar a vítima em um ambiente com quantidade suficiente de radiação. Mas acertar o tempo e a dosagem não era nada trivial. Uma quantidade muito pequena não provocaria a doença a tempo, mas em excesso a vítima morreria pela radiação, e talvez o cérebro fosse danificado. Considerando o tempo, com base no estado adiantado da doença de Vadimov, o complô contra ele teria que ter começado mais ou menos na época em que o CDP começara a promover leis de eutanásia pelo mundo. Se houvesse algum assassino, a pessoa era extremamente habilidosa.

Cheng Xin vasculhou em segredo a sala e o apartamento de Vadimov com um contador Geiger, mas não encontrou nada incomum. Viu o retrato da família de Vadimov que ele mantinha debaixo do travesseiro: sua esposa era uma bailarina onze anos mais nova, e a filhinha deles... Cheng Xin enxugou os olhos.

Certa vez, Vadimov dissera a Cheng Xin que tinha a superstição de nunca deixar fotos de família em cima de mesas ou criados-mudos. Acreditava que elas correriam perigo. Mantinha as fotos escondidas, e só as pegava quando queria olhar para elas.

Sempre que Cheng Xin pensava em Vadimov, lembrava-se também de Yun Tianming. Tianming e outros seis candidatos haviam sido levados para uma base secreta perto da sede da AIE, para uma última bateria de testes, e depois um deles seria selecionado.

Desde que reencontrara Tianming na China, com o tempo Cheng Xin sentira o coração ficar cada vez mais pesado, e ela acabou entrando em depressão. Lembrou-se do dia em que eles se conheceram. Foi logo depois do começo do primeiro semestre na faculdade, quando todos os alunos de engenharia aeroespacial se alternaram para se apresentar. Ela viu Tianming sentado sozinho em um canto. Assim que o viu, ela imediatamente compreendeu a vulnerabilidade e solidão dele. Havia conhecido outros garotos isolados e solitários, mas nunca se sentira daquele jeito: como se tivesse invadido o coração dele e pudesse enxergar seus segredos.

Cheng Xin gostava de rapazes confiantes e otimistas, garotos que pareciam raios de sol, que aqueciam tanto a si mesmos quanto às suas companheiras. Tianming era exatamente o oposto. Mas ela sempre desejara cuidar dele. Em suas interações, ela era cuidadosa, cheia de medo de machucá-lo, mesmo que sem querer. Ela nunca agira de forma tão protetora com outros garotos.

Quando seu amigo viera a Nova York e o nome de Tianming fora mencionado, Cheng Xin descobriu que, embora o tivesse guardado em um canto remoto de sua memória, a imagem dele voltava com uma clareza surpreendente.

Uma noite, ela teve outro pesadelo. Estava de novo em sua estrela, mas as algas vermelhas tinham ficado pretas. E então a estrela implodiu e se tornou um buraco negro, um vazio sem luz no universo. Em volta do buraco negro deslocava-se um pequeno objeto brilhante. Capturado pela gravidade, o objeto jamais conseguiria escapar: era um cérebro congelado.

Cheng Xin acordou e olhou para as luzes de Nova York refletidas em sua cortina. Ela compreendeu o que havia feito.

De um lado, ela apenas transmitira o pedido da AIE; ele podia ter se recusado. Ela o recomendara porque estava tentando proteger a Terra e a civilização humana, e a vida dele estava quase no fim — se ela não tivesse chegado a tempo, ele teria morrido. De certa forma, ela o salvara!

Não havia nada do que se envergonhar, nada que devesse perturbar sua consciência.

Mas ela também compreendeu que era assim que alguém vendia a mãe para um puteiro.

Cheng Xin pensou em hibernação. A tecnologia havia amadurecido a ponto de algumas pessoas — principalmente gente com doenças terminais em busca de uma cura no futuro — já terem mergulhado no longo sono. Tianming tinha uma chance. Considerando seu status social, ele dificilmente teria condições de pagar pela hibernação, mas Cheng Xin poderia ajudá-lo. Era uma possibilidade, uma oportunidade da qual ela o privara.

No dia seguinte, Cheng Xin foi falar com Wade.

Como sempre, Wade encarava o charuto aceso em sua sala. Ela raramente o via realizar as atividades associadas a uma administração convencional: telefonemas, documentos, reuniões etc. Não sabia se Wade chegava a fazer essas coisas em algum momento. Só o via sentado, perdido em pensamentos, sempre perdido em pensamentos.

Cheng Xin explicou que achava o Candidato 5 inadequado. Ela queria retirar sua recomendação e pedir que o homem fosse desconsiderado.

— Por quê? Os resultados dele nos testes foram os melhores.

O comentário de Wade atordoou Cheng Xin e lançou um calafrio por seu coração. Um dos primeiros testes realizados foi submeter cada candidato a uma forma especial de anestesia geral que fazia a pessoa perder sensibilidade em todas as partes do corpo e nos órgãos sensoriais, mas permanecer consciente. A intenção do experimento era simular as circunstâncias de um cérebro que existe fora do corpo. Depois, os examinadores avaliaram a capacidade psicológica do indivíduo de se adaptar a condições alienígenas. Claro que, como os idealizadores do teste não sabiam nada das condições na Frota Trissolariana, a simulação consistiu em uma série de palpites. De modo geral, o teste foi bastante agressivo.

— Mas ele só tem diploma de graduação — disse Cheng Xin.

— Com certeza, você tem mais diplomas — disse Wade. — Mas, se usássemos seu cérebro para esta missão, sem dúvida seria um dos piores cérebros que poderíamos ter escolhido.

— Ele é solitário! Nunca vi ninguém tão retraído. Ele não tem muita capacidade de se ajustar e se adaptar às condições à sua volta.

— Essa é justamente a melhor qualidade do Candidato 5! Você está falando da sociedade humana. Alguém que se sente à vontade nesse ambiente também aprendeu a contar com ele. Uma vez que essa pessoa seja isolada do resto da humanidade e se veja em um ambiente estranho, é muito provável que sofra um colapso fatal. Você é um exemplo perfeito do que estou falando.

Cheng Xin precisava admitir que a lógica de Wade era sólida. Ela provavelmente sofreria um colapso já na simulação.

Ela sabia muito bem que não tinha influência para convencer o chefe da AIE a abdicar de um candidato ao Programa Escadaria. Mas não queria desistir. Criou coragem. Diria o que fosse necessário para salvar Tianming.

— Ele não possui nenhum vínculo significativo na vida. Não tem nenhum senso de responsabilidade para com a raça humana, nem amor.

Ao dizer isso, Cheng Xin se perguntou se era verdade.

— Ah, ele definitivamente tem um vínculo com algo na Terra.

O olhar de Wade continuou no charuto, mas Cheng Xin sentiu a atenção dele se deslocar da ponta acesa para ela, levando consigo um pouco do calor da chama. Para seu alívio, Wade mudou de assunto de repente.

— Outra qualidade excelente do Candidato 5 é a criatividade. Isso compensa a falta de conhecimento técnico. Você sabia que, graças a uma ideia dele, um de seus colegas da faculdade ficou bilionário?

Cheng Xin realmente vira isso na ficha de Tianming — então ela conhecia mesmo alguém muito rico, afinal de contas. Mas ela duvidava que Hu Wen tivesse lhe dado a estrela. A ideia era ridícula. Se ele gostasse dela, teria comprado um carro caro ou um colar de diamantes, não uma estrela.

— Eu estava começando a achar que nenhum dos candidatos chegava perto de ser adequado e estava ficando sem ideias. Mas você reafirmou minha fé no número 5. Obrigado.

Wade finalmente ergueu os olhos para fitar Cheng Xin com aquele sorriso frio e predatório. Como antes, ele parecia sentir prazer com o desespero e a dor dela.

Mas Cheng Xin não perdeu toda a esperança.

Ela compareceu à Cerimônia de Juramento de Lealdade para os candidatos do Programa Escadaria. Em conformidade com o Tratado do Espaço, incluindo a emenda pós-Crise, qualquer indivíduo que usasse recursos da Terra para sair do Sistema Solar para fins de desenvolvimento econômico, emigração, pesquisa científica ou outros propósitos deveria antes prestar um juramento de lealdade para com a raça humana. Todos tinham imaginado que tal disposição só seria usada no futuro distante.

A cerimônia aconteceu no Salão da Assembleia Geral da ONU. Ao contrário da sessão que anunciou o Projeto Barreiras alguns meses antes, essa cerimônia não foi aberta ao público. Além dos sete candidatos do Programa Escadaria, os únicos presentes foram a secretária-geral Say, o presidente rotativo do CDP e alguns observadores — incluindo Cheng Xin e outros membros da AIE empenhados no Programa Escadaria —, que ocuparam os assentos das duas primeiras filas.

A cerimônia não demorou muito. Cada candidato se alternou colocando a mão na bandeira da ONU que a secretária-geral Say segurava e recitando o juramento exigido de ser "leal à raça humana para sempre e nunca realizar qualquer ato que prejudique o bem-estar da humanidade".

Havia quatro candidatos enfileirados antes de Yun Tianming — dois americanos, um russo e um inglês —, e outros dois estavam atrás dele: mais uma americana e um chinês. Todos os candidatos pareciam doentes, e dois tinham que usar cadeira de rodas. Mas eles pareciam animados — semelhantes a lamparinas que produzem uma última labareda antes de consumir as gotas finais de querosene.

Cheng Xin olhou para Tianming. Ele parecia ainda mais magro e pálido em relação à última vez em que o vira, mas muito calmo. Ele não olhou na direção dela.

O juramento dos quatro primeiros candidatos ocorreu sem problemas. Um dos americanos, um físico de cinquenta e poucos anos com câncer de pâncreas, se esforçou para se levantar da cadeira de rodas e subiu ao pódio sozinho. A voz dos candidatos ecoou pelo salão vazio, fraca, mas cheia de dedicação. A única interrupção na rotina foi quando o inglês perguntou se teria permissão para prestar o juramento sobre a Bíblia. O pedido foi concedido.

Chegou a vez de Tianming. Embora Cheng Xin fosse ateia, naquele momento ela quis poder pegar a Bíblia do homem e rezar: *Tianming, por favor, preste o juramento, por favor! Eu sei que você é um homem responsável. Você será fiel à raça humana. Como Wade falou, existem coisas aqui que você não suportaria abandonar...*

Ela viu Tianming subir no tablado, viu-o andar até a secretária-geral Say e, então, fechou os olhos com força.

Não o ouviu repetir o juramento.

Tianming pegou a bandeira azul da ONU de Say e a pendurou de leve no púlpito ao seu lado.

— Não prestarei o juramento. Neste mundo, eu me sinto um estranho. Nunca vivi muita alegria ou felicidade, e não recebi muito amor. Claro, tudo isso pode ser atribuído aos meus defeitos...

Seu tom de voz era plácido, como se ele estivesse revendo a própria vida. Cheng Xin, sentada logo abaixo do tablado, começou a tremer como se aguardasse um julgamento apocalíptico.

— ... mas não prestarei esse juramento. Não afirmo responsabilidade alguma para com a raça humana.

— Então por que o senhor aceitou participar do Programa Escadaria? — perguntou Say. Sua voz era gentil, assim como os olhos que fitavam Tianming.

— Quero ver outro mundo. Quanto a se serei fiel à humanidade, vai depender do tipo de civilização que verei em meio aos trissolarianos.

Say assentiu.

— Seu juramento é totalmente voluntário. O senhor pode passar. Próximo candidato, por favor.

O corpo de Cheng Xin sacudia como se ela tivesse caído em um poço de gelo. Ela mordeu o lábio inferior e se obrigou a não chorar.

Tianming havia passado no último teste.

Wade, sentado na primeira fila, virou-se para olhar para Cheng Xin. Ele se deliciou com ainda mais desespero e dor. Seus olhos pareceram falar com ela.

Agora você entende como ele é.

Mas... e se ele estiver falando a verdade?

Se até nós acreditamos nele, o inimigo também acreditará.

Wade se virou de novo para o pódio, mas logo pareceu se lembrar de algo crucial e olhou de novo para Cheng Xin.

Este jogo é divertido, não é?

A recusa inesperada de Tianming pareceu transformar o clima dentro do salão. A última candidata, uma engenheira americana da Nasa que se chamava Joyner, soropositiva de quarenta e três anos, também se recusou a prestar o juramento. Ela explicou que não queria estar ali, mas se sentira obrigada a ir porque acreditava que, se negasse, seus amigos e familiares a desprezariam e a abandonariam para morrer sozinha. Ninguém sabia se ela estava falando a verdade ou se Tianming a inspirara.

Na noite seguinte, a condição de Joyner se deteriorou de repente. Devido a uma infecção que evoluiu para uma pneumonia, ela parou de respirar e morreu antes do amanhecer. A equipe médica não teve tempo de remover seu cérebro para o congelamento, e ele não pôde ser usado.

Tianming foi escolhido para a missão do Programa Escadaria.

O momento havia chegado. Cheng Xin foi informada de que a condição de Tianming havia se deteriorado de repente. Eles precisavam remover seu cérebro. O procedimento seria realizado no Westchester Medical Center.

Cheng Xin hesitou diante do hospital. Não se atrevia a entrar, mas não era capaz de ir embora. Só podia sofrer. Wade, que estava lá com ela, prosseguiu sozinho até a entrada do hospital. Ele parou, virou-se e admirou sua dor. Então, satisfeito, deu o golpe final.

— Ah, tenho outra surpresa para você: ele te deu a estrela.

Cheng Xin ficou paralisada. Tudo pareceu se transformar à sua volta. O que ela havia visto antes eram apenas sombras; só agora as cores verdadeiras da vida se revelavam. A onda de emoções a fez tropeçar, como se o chão tivesse desaparecido.

Ela correu para dentro do hospital e disparou pelo labirinto de longos corredores até que dois guardas diante da área de neurocirurgia a impediram de passar. Ela tentou abrir caminho à força, mas eles resistiram. Então ela procurou sua identificação, mostrou-a e prosseguiu em sua corrida desabalada rumo à sala de cirurgia. A multidão do lado de fora, surpresa, deixou-a passar. Ela abriu de repente as portas sob as luzes vermelhas acesas.

Era tarde demais.

Um grupo de homens e mulheres de jaleco branco se virou. O corpo já havia sido removido. No centro do cômodo havia uma bancada onde repousava um recipiente cilíndrico isolante de aço inoxidável, com cerca de um metro de altura. Acabara de ser lacrado, e a fumaça branca escorria pela superfície do recipiente, derramava-se pela bancada, caía pela borda como uma minicascata e se acumulava no chão, de onde finalmente se dispersava. No meio da fumaça, o recipiente parecia alienígena.

Cheng Xin se jogou na bancada. Seu gesto perturbou a fumaça branca, e ela se sentiu envolvida por um bolsão de ar frio que se dissipou em instantes. Era como se tivesse tocado por um breve momento aquilo que estava procurando e então o perdesse para outro tempo, outro lugar, para sempre.

Prostrada diante do recipiente de hélio líquido, Cheng Xin soluçou. Sua tristeza preencheu a sala de cirurgia, transbordou do edifício do hospital, inundou Nova York. Acima dela, a tristeza se tornou um lago, e depois um oceano. Por baixo, ela se sentia prestes a se afogar.

Não sabia quanto tempo tinha se passado quando sentiu a mão tocar seu ombro. Talvez a mão estivesse ali havia muito tempo, e talvez o dono da mão também estivesse falando havia muito tempo.

— Há esperança. — Foi a voz de um homem idoso, lenta e gentil. — Há esperança.

Ainda sacudida pelos soluços, Cheng Xin não conseguia respirar. Mas o que a voz disse em seguida chamou sua atenção.

— Pense! Se eles conseguirem reviver aquele cérebro, qual seria o recipiente ideal para abrigá-lo?

A voz não ofereceu clichês vazios, e sim uma ideia concreta.

Ela levantou a cabeça e, através dos olhos cheios de lágrimas, reconheceu o idoso de cabelos brancos: o neurocirurgião mais renomado do mundo, associado à Faculdade de Medicina de Harvard. Ele havia sido o cirurgião-chefe durante o procedimento.

— Seria o corpo que abrigara o cérebro desde sempre. Cada célula daquele cérebro contém todas as informações genéticas necessárias para reconstruir o corpo dele. Poderiam cloná-lo e implantar o cérebro, e, assim, ele voltaria a ser uma pessoa completa.

Cheng Xin olhou para o recipiente de aço inoxidável. Lágrimas corriam por seu rosto, mas ela não se importava. E então ela se recuperou e surpreendeu todo mundo:

— O que ele vai comer?

Ela saiu correndo da sala, com a mesma pressa com que havia chegado.

No dia seguinte, Cheng Xin voltou à sala de Wade e depositou um envelope em sua mesa. Ela parecia tão pálida quanto alguns dos pacientes em estágio terminal.

— Solicito que estas sementes sejam incluídas na cápsula do Programa Escadaria.

Wade abriu o envelope e esvaziou o conteúdo em cima da mesa: mais de uma dúzia de pacotes pequenos. Ele os espalhou com interesse:

— Trigo, milho, batatas, e estes são... algumas hortaliças, não é? Hum, isto é pimenta-malagueta?

Cheng Xin assentiu.

— Uma das preferidas dele.

Wade recolocou todos os pacotes dentro do envelope e o empurrou na mesa.

— Não.

— Por quê? Eles pesam só dezoito gramas ao todo.

— Precisamos nos esforçar para eliminar até mesmo 0,18 grama de massa excedente.

— É só fingir que o cérebro dele pesa dezoito gramas a mais!

— Mas *não* pesa, não é? Esse acréscimo ao peso resultaria em uma velocidade de cruzeiro final menor para a sonda espacial e atrasaria o encontro com a Frota Trissolariana em muitos anos. — Aquele sorriso frio apareceu de novo no rosto de Wade. — Além do mais, ele é só um cérebro agora... não tem boca, não tem estômago. Para que isso serviria? Não acredite naquele conto de fadas de clonagem. Eles vão só colocar o cérebro dentro de uma bela incubadora e o manterão vivo.

Cheng Xin teve vontade de arrancar o charuto da mão de Wade e apagá-lo no rosto dele. Mas se conteve.

— Vou passar por cima de você e fazer a solicitação com alguém que tenha mais autoridade.

— Não vai adiantar. E aí?

— Aí, vou pedir demissão.

— Não vou permitir. Você ainda tem utilidade para a AIE.

Cheng Xin riu com desgosto.

— Você não pode me impedir. Nunca foi meu chefe de verdade.

— Você não vai fazer nada que eu não permita.

Cheng Xin se virou e começou a se afastar.

— O Programa Escadaria precisa enviar ao futuro alguém que conheça Yun Tianming.

Cheng Xin parou.

— No entanto, essa pessoa precisa fazer parte da AIE e estar sob meu comando. Você se interessa? Ou quer entregar a carta de demissão agora?

Cheng Xin continuou andando, mas seu passo ficou mais lento. Por fim, ela parou pela segunda vez. A voz de Wade soou de novo.

— É melhor você ter certeza da sua decisão agora.

— Aceito ir para o futuro — disse Cheng Xin. Ela se apoiou no batente da porta para se equilibrar. Não se virou.

A única chance que Cheng Xin teve de ver a cápsula do Programa Escadaria foi quando a vela de radiação se desdobrou em órbita. A vela gigantesca, com vinte e cinco quilômetros quadrados de área, refletiu por um instante a luz do sol na Terra. Cheng Xin já estava em Shanghai e viu um ponto luminoso vermelho-alaranjado aparecer no breu do céu e desvanecer gradualmente. Cinco minutos depois, já não estava lá, como um olho que se materializou do nada para observar a Terra e depois, lentamente, fechou a pálpebra. A jornada da embarcação em sua aceleração para fora do Sistema Solar não seria visível a olho nu.

Cheng Xin se consolou com o fato de que as sementes foram junto com Tianming — não bem as sementes dela, mas sementes selecionadas cuidadosamente pelo departamento de agricultura espacial.

A vela gigante tinha 9,3 quilos de massa. Quatro cabos de quinhentos quilômetros a ligavam à cápsula espacial, cujo diâmetro era de apenas quarenta e cinco centímetros. Uma camada de material ablativo recobria a cápsula, e a massa total no lançamento era de oitocentos e cinquenta gramas. Após a fase de aceleração, a massa da cápsula seria reduzida a quinhentos e dez gramas.

A fase de aceleração se estendia desde a Terra até a órbita de Júpiter. O total de mil e quatro bombas nucleares estava distribuído ao longo da rota, do qual dois terços eram bombas de fissão, e as demais, de fusão. Eram como uma fileira de minas que seriam acionadas pela cápsula em sua passagem. Diversas sondas também estavam distribuídas na mesma rota para monitorar a direção e a velocidade da cápsula e coordenar pequenos ajustes às posições das bombas remanescentes.

Como os batimentos de um coração, as detonações nucleares consecutivas iluminavam o espaço atrás da vela com intensos clarões, e uma tempestade de radiação impulsionava essa pluma adiante. Quando a cápsula se aproximou da órbita de Júpiter e a 997ª bomba nuclear explodiu, sondas de monitoramento demonstraram que ela havia alcançado um por cento da velocidade da luz.

Foi nesse momento que aconteceu o acidente. A análise do espectro de frequência da luz refletida pela vela de radiação mostrou que a vela havia começado a se embolar, talvez devido ao rompimento de um dos cabos. No entanto, a 998ª bomba explodiu antes que fosse possível fazer ajustes, e a cápsula se desviou da rota prevista. À medida que a vela continuava a se embolar, sua imagem de radar minguou depressa, e ela desapareceu do sistema de monitoramento. Sem parâmetros precisos de sua trajetória, ela jamais voltaria a ser encontrada.

Com o tempo, a trajetória se desviaria cada vez mais da projeção. A esperança de que interceptasse a Frota Trissolariana diminuiu. Com base na última estimativa de direção, ela passaria por outra estrela depois de seis mil anos e sairia da Via Láctea em cinco milhões de anos.

Pelo menos o Programa Escadaria foi um sucesso parcial. Pela primeira vez, um objeto produzido pela humanidade havia sido acelerado a uma velocidade quase relativística.

Já não havia motivo para enviar Cheng Xin ao futuro, mas a AIE mesmo assim pediu que ela entrasse em animação suspensa. Sua missão agora seria agir como oficial de ligação junto ao Programa Escadaria do futuro. Se a intenção era que essa iniciativa pioneira ajudasse os esforços de engenharia aeroespacial da humanidade dali a dois séculos, era preciso que alguém com uma compreensão profunda do projeto estivesse presente para explicar os dados mortos e interpretar os documentos mudos. É claro que talvez ela só tenha sido enviada por vaidade, por um desejo de que o Programa Escadaria não fosse esquecido. Outros grandes projetos contemporâneos de engenharia haviam feito esforços semelhantes para enviar agentes ao futuro por motivos semelhantes.

Se o futuro desejasse julgar nossos esforços, então pelo menos agora era possível enviar alguém para explicar os equívocos que a passagem do tempo produzia.

Conforme a consciência de Cheng Xin se dissipava no frio, ela se aferrou a um raio consolador: como Tianming, ela flutuaria à deriva durante séculos por um abismo infinito.

PARTE II

ERA DA DISSUASÃO, ANO 12
ERA DE BRONZE

Agora era possível ver a Terra a olho nu pela janela da *Era de Bronze*. À medida que a nave desacelerava, quem não estava a serviço veio ao espaço aberto da popa para observar a Terra pelas escotilhas largas.

Àquela distância, a Terra ainda parecia uma estrela, mas era possível ver um tom sutil de azul na luz. A última fase da desaceleração havia começado, e, quando o motor estelar foi ativado, a tripulação, que estivera flutuando em gravidade zero, pairou na direção das escotilhas como folhas caindo no outono, até enfim pousarem nas largas chapas de vidro. A gravidade artificial gerada pela desaceleração aumentou aos poucos até alcançar 1 G. As escotilhas agora eram o chão, e as pessoas deitadas sentiam o peso como se fosse o abraço da Mãe Terra diante delas. A alegria ecoava pela câmara.

— Chegamos em casa!
— Você acredita?
— Vou ver meus filhos de novo.
— Vamos poder ter filhos!

Quando a *Era de Bronze* saiu do Sistema Solar, a lei determinara que só poderia nascer alguém a bordo se outra pessoa morresse.

— Ela disse que me esperaria.
— Se você ainda quiser ela! Você agora é um herói da raça humana; vai ser perseguido por um bando de mulheres bonitas.
— Ah, eu não vejo bandos de garotas há *séculos*!
— Não parece que tudo o que vivemos foi um sonho?
— Sinto que estou sonhando agora.
— Eu morro de pavor do espaço.
— Eu também. Vou me aposentar assim que chegarmos. Vou comprar uma fazenda e passar o resto da vida em terra firme.

Fazia catorze anos desde a destruição completa da frota combinada da Terra. Os sobreviventes, após batalhas de escuridão devastadoras, interromperam todo contato com o planeta natal. No entanto, um ano e meio depois, a *Era de Bronze* continuava a receber transmissões da Terra, principalmente comunicações de rádio da superfície, assim como algumas transmissões destinadas ao espaço.

E então, no começo de novembro do ano 208 da Era da Crise, todas as transmissões de rádio da Terra cessaram. Todas as frequências se calaram, como se a Terra fosse uma lâmpada que tivesse se apagado de repente.

TRECHO EXTRAÍDO DE *UM PASSADO ALÉM DO TEMPO*
NICTOILOFOBIA

Quando a humanidade enfim descobriu que o universo era uma floresta sombria onde todos caçavam uns aos outros, a criança que antigamente gritava junto à fogueira em busca de contato apagou o fogo e ficou tremendo na escuridão. Até uma faísca a apavorava.

Nos primeiros dias, mesmo telefones celulares foram proibidos, e as antenas do mundo inteiro foram desativadas compulsoriamente. Essa decisão, que em outros tempos teria causado revolta nas ruas, obteve amplo apoio popular.

Aos poucos, conforme a razão se restabelecia, também se restabeleceram as redes móveis, mas com rigorosas restrições à emissão de radiação eletromagnética. Todas as comunicações via rádio tinham que operar em potência mínima, e qualquer infrator corria o risco de ser julgado por crimes contra a humanidade.

Obviamente, a maioria das pessoas compreendeu que essas reações eram excessivas e insignificantes. O ápice da projeção de sinais eletromagnéticos da Terra ao espaço havia ocorrido durante a era dos sinais analógicos, quando as torres de transmissão de rádio e televisão operavam com alta potência. Mas, com a difusão das comunicações digitais, as transmissões eram feitas via cabos e fibra óptica, e até as transmissões de rádio para sinais digitais demandavam muito menos potência do que antes. O volume de radiação eletromagnética que saía do planeta para o espaço havia se reduzido tanto que alguns cientistas da era pré--Crise receavam que a Terra jamais fosse encontrada por alienígenas amigáveis.

Além disso, ondas eletromagnéticas são o método mais primitivo e menos eficiente do universo para transmitir informações. Ondas de rádio se atenuam e se degradam rapidamente na vastidão do espaço, e a maior parte dos sinais eletromagnéticos que saía da Terra não poderia ser recebida além de dois anos--luz de distância.

Somente algo como a transmissão de Ye Wenjie, que dependia da força do Sol para servir de antena, poderia ser captado por ouvidos nas estrelas.

À medida que a tecnologia humana evoluiu, dois métodos muito mais eficientes de sinalização se desenvolveram: neutrinos e ondas gravitacionais. Este segundo foi o principal método de dissuasão que a humanidade viria a empregar contra Trissolaris.

A teoria da floresta sombria exerceu profundo impacto na civilização humana. Aquela criança sentada junto às cinzas da fogueira deu as costas ao otimismo e se voltou para o isolamento e a paranoia, uma eremita no universo.

ERA DA DISSUASÃO, ANO 12
ERA DE BRONZE

A maior parte da tripulação da *Era de Bronze* atribuiu a interrupção súbita de sinais da Terra à conquista absoluta do Sistema Solar por Trissolaris. A nave acelerou e se dirigiu para uma estrela com planetas terrestres a vinte e seis anos-luz de distância.

Mas, dez dias depois, a *Era de Bronze* recebeu uma transmissão por rádio do Comando da Frota. A transmissão havia sido enviada ao mesmo tempo para a *Era de Bronze* e para a *Espaço Azul*, que estava na outra extremidade do Sistema Solar. Ela ofereceu um breve relato do que havia acontecido na Terra e os informou da criação bem-sucedida de um sistema de dissuasão como defesa contra Trissolaris. As duas naves receberam ordens de voltar à Terra imediatamente. A Terra correra um grande risco para enviar a mensagem às naves perdidas; ela não seria reenviada.

A princípio, a *Era de Bronze* se recusou a acreditar na mensagem — não era possível que fosse uma armadilha criada pelos conquistadores do Sistema Solar? A nave parou de acelerar e enviou repetidos pedidos de confirmação à Terra. O planeta se manteve em silêncio, e não houve resposta.

Quando a *Era de Bronze* estava prestes a retomar a aceleração para longe de casa, aconteceu o inimaginável: um sófon se abriu em poucas dimensões na nave, estabelecendo um canal de comunicação quântica com a Terra. A tripulação finalmente recebeu a confirmação de tudo o que havia acontecido.

Os tripulantes descobriram que, estando entre os únicos sobreviventes do holocausto sofrido pelas forças espaciais conjuntas da Terra, eram heróis da humanidade. O mundo inteiro aguardava seu retorno com palpitante ansiedade. O Comando da Frota concedeu a todos os tripulantes as maiores honras militares.

A *Era de Bronze* começou a viagem de volta. A nave se encontrava no espaço sideral, a cerca de vinte e três unidades astronômicas da Terra, muito além do Cinturão de Kuiper, mas ainda longe da Nuvem de Oort. Como navegava quase à velocidade máxima, a desaceleração consumiu a maior parte de seu combustível de fusão. A viagem de volta teve que ser feita a uma velocidade de cruzeiro baixa e levou onze anos.

Quando finalmente se aproximaram da Terra, um pequeno ponto branco surgiu diante deles e logo cresceu. Era *Gravidade*, a nave que havia sido enviada para receber a *Era de Bronze*.

A *Gravidade* foi a primeira belonave estelar construída após a Batalha do Fim dos Tempos. As naves espaciais da Era da Dissuasão já não eram mais construídas ao longo de uma estrutura básica fixa. A maioria das embarcações de grande porte era composta por diversos módulos que podiam ser dispostos em uma variedade de configurações. Mas a *Gravidade* era uma exceção. Parecia um cilindro branco, tão regular que tinha uma aparência irreal, como se fosse uma forma geométrica básica lançada ao espaço por um programa de criação de modelos matemáticos, mais um ideal platônico que uma realidade.

Se a tripulação da *Era de Bronze* tivesse visto as antenas de ondas gravitacionais na Terra, teria reconhecido a *Gravidade* como uma réplica quase perfeita. Na verdade, todo o casco da nave era uma grande antena de ondas gravitacionais. Como suas irmãs gêmeas na superfície da Terra, a belonave era capaz de transmitir instantaneamente mensagens por ondas gravitacionais a todos os cantos do universo. Essas antenas de ondas gravitacionais na Terra e no espaço integravam o sistema de dissuasão por floresta sombria da humanidade contra Trissolaris.

Depois de mais um dia de aproximação, a *Era de Bronze*, acompanhada pela *Gravidade*, entrou em órbita geossíncrona e flutuou lentamente até o espaçoporto orbital. A tripulação da *Era de Bronze* via uma multidão reunida no amplo setor de hábitat do espaçoporto, como se fosse a cerimônia de abertura dos Jogos Olímpicos ou a aglomeração de hadjis em Meca. A nave pairou através de uma nevasca colorida de buquês. Os tripulantes procuraram seus entes queridos na multidão. Todos pareciam estar com os olhos cheios de lágrimas, gritando de alegria.

Com um último tremor, a *Era de Bronze* parou completamente. O comandante transmitiu um relatório de situação ao Comando da Frota e declarou sua intenção de deixar um efetivo reduzido na nave. O Comando da Frota respondeu que a prioridade era reunir rapidamente todos os tripulantes às suas famílias. Não seria necessário deixar ninguém na nave. Outro comandante da frota embarcou com uma pequena equipe de serviço, que cumprimentou a todos com abraços comovidos.

Não dava para saber, pelo uniforme da equipe de serviço, a qual das três frotas espaciais o grupo pertencia, mas eles explicaram aos tripulantes que a nova Frota do Sistema Solar era uma só força unificada, e que todos os que haviam tomado parte na Batalha do Fim dos Tempos — incluindo os homens e as mulheres na *Era de Bronze* — teriam funções importantes na nova frota.

— Em nossa geração, vamos conquistar Trissolaris e abrir um segundo sistema solar para a humanidade colonizar! — disse o comandante da frota.

Algumas pessoas responderam que achavam o espaço assustador demais e que preferiam ficar na Terra. O comandante da frota disse que era perfeitamente aceitável. Como eram heróis da humanidade, eles teriam a liberdade de escolher o caminho que desejassem. No entanto, depois de descansar um pouco, talvez mudassem de ideia. Ele, pelo menos, tinha esperança de ver aquela famosa nave em ação outra vez.

A tripulação da *Era de Bronze* começou a desembarcar. Eles entraram na região habitável do espaçoporto por um longo túnel. O espaço sideral se abria ao redor da tripulação. Em contraste com o ar da nave, o dali tinha um aroma fresco e adocicado, como o ar depois de uma tempestade. Diante do globo azul rotatório que era a Terra, os gritos alegres de boas-vindas da multidão encheram a área ampla.

A pedido do comandante da frota, o comandante da *Era de Bronze* realizou uma chamada. Por insistência do comandante da frota, tiveram que a repetir para confirmar que todos os tripulantes haviam desembarcado e se encontravam presentes.

E depois, silêncio.

Embora a multidão festiva continuasse dançando e acenando, não faziam nenhum barulho. A única voz que todos da *Era de Bronze* ouviram foi a do comandante da frota. Seu rosto exibia um sorriso gentil, mas, naquele silêncio sinistro, sua voz pareceu afiada como a lâmina de uma espada.

— Neste momento informo que vocês foram expulsos das forças armadas e não são mais membros da Frota do Sistema Solar. Mas a mácula que vocês impuseram à frota jamais será desfeita! Nunca mais verão seus familiares, porque eles não têm a menor vontade de vê-los. Seus pais têm vergonha, e a maioria de seus cônjuges já se divorciou de vocês há muito tempo. Embora seus filhos não tenham sido discriminados pela sociedade, na última década eles cresceram sob a sombra de sua desgraça. Eles os desprezam! Vocês agora serão transferidos ao sistema judiciário da Frota Internacional.

O comandante da frota saiu com sua equipe. No mesmo instante, a multidão festiva desapareceu e deu lugar à escuridão. Alguns holofotes flutuantes revelaram que a tripulação da *Era de Bronze* estava cercada por fileiras de soldados armados. Posicionados em plataformas em volta da praça ampla, eles apontavam as armas para a tripulação.

Alguns tripulantes se viraram e viram que os buquês de flores que flutuavam em volta da nave eram reais, não imagens holográficas. Mas agora faziam a *Era de Bronze* parecer um caixão gigantesco prestes a ser sepultado.

A energia foi interrompida nas botas magnéticas dos tripulantes, e eles flutuaram em queda livre, como alvos indefesos em um estande de tiro.

Uma voz fria saiu de algum lugar.

— Todos os tripulantes armados devem entregar suas armas imediatamente. Se não colaborarem, não seremos capazes de garantir sua segurança. Vocês estão presos por homicídio doloso e crimes contra a humanidade.

ERA DA DISSUASÃO, ANO 13
JULGAMENTO

O caso da *Era de Bronze* foi julgado por uma corte marcial da Frota do Sistema Solar. Embora as principais bases da Frota Internacional estivessem perto da órbita de Marte, no cinturão de asteroides e na órbita de Júpiter, o interesse da Terra Internacional era tão intenso que o julgamento foi conduzido na base da frota em órbita geossíncrona.

Em deferência aos diversos observadores da Terra, a base girava para produzir gravidade artificial. Do lado de fora das amplas janelas do tribunal se sucediam a Terra azul, o Sol luminoso e o brilho prateado das estrelas, uma metáfora cósmica da disputa de valores. O julgamento durou um mês sob essa alternância de luz e sombra. Trechos de sua transcrição seguem abaixo.

Neil Scott, sexo masculino, 45, capitão de mar e guerra, comandante da *Era de Bronze*
JUIZ: Vamos voltar às circunstâncias que antecederam a decisão de atacar a *Quantum*.
SCOTT: Repito: o ataque foi decisão minha, e eu dei a ordem. Não a discuti antes com nenhum outro oficial a bordo da *Era de Bronze*.
JUIZ: Você vem tentando repetidamente assumir toda a responsabilidade. No entanto, essa não é uma opção sensata, nem para você nem para quem você está tentando proteger.
ACUSAÇÃO: Já confirmamos que foi realizada uma votação entre todos os tripulantes antes do ataque.
SCOTT: Como expliquei, dos 1775 tripulantes, apenas cinquenta e nove foram a favor do ataque. A votação não serviu de motivação nem base para minha decisão de atacar.
JUIZ: Você pode apresentar uma lista com esses cinquenta e nove nomes?
SCOTT: A votação foi realizada de forma anônima pela rede interna da nave. Vocês podem examinar os diários de bordo e batalha para confirmar.

acusação: Mais mentiras. Temos muitas provas de que a votação não foi anônima. Além disso, o resultado diverge completamente da sua descrição. Você falsificou os diários depois.

juiz: Precisamos que você apresente o registro verdadeiro da votação.

scott: Não tenho o que vocês querem. O resultado que descrevi é a verdade.

juiz: Lembre-se, sr. Neil Scott, de que, se continuar obstruindo a investigação deste tribunal, vai prejudicar os membros inocentes de sua tripulação. Alguns tripulantes de fato votaram contra o ataque, mas, sem as provas que apenas você pode apresentar, não temos condições de exonerá-los e seremos obrigados a declarar todos os oficiais, praças e civis a bordo da *Era de Bronze*, homens e mulheres, culpados.

scott: Do que você está falando? Você é um juiz de verdade? Isto é um tribunal de verdade? E a presunção de inocência?

juiz: A presunção de inocência não se aplica a crimes contra a humanidade. Este princípio do direito internacional foi estabelecido no início da Era da Crise. A intenção é garantir que os traidores da humanidade não saiam impunes.

scott: Nós não traímos a humanidade! Onde vocês estavam quando lutamos pela Terra?

acusação: Vocês definitivamente são traidores! Enquanto a ott de dois séculos atrás só traiu os interesses da humanidade, hoje vocês traíram nossos princípios morais mais elementares, um crime muito pior.

scott: [*silêncio*]

juiz: Quero que compreenda as consequências de forjar provas. No início deste julgamento, você leu uma declaração em nome de todos os réus expressando remorso pela morte dos 1847 homens e mulheres a bordo da *Quantum*. Agora é o momento de demonstrar esse remorso.

scott: [*depois de longo silêncio*] Tudo bem. Vou apresentar os resultados verdadeiros. Vocês poderão recuperar a contagem de votos em um arquivo criptografado nos diários de bordo da *Era de Bronze*.

acusação: Começaremos o trabalho imediatamente. Pode me dar uma estimativa de quantas pessoas votaram a favor do ataque à *Quantum*?

scott: Mil seiscentas e setenta. Noventa e quatro por cento da tripulação.

juiz: Ordem! Ordem no tribunal! Aviso que o público precisa se manter em silêncio durante esta sessão.

scott: Mas não teria feito diferença. Eu atacaria ainda que menos da metade tivesse votado a favor. A decisão final era minha.

acusação: Bela tentativa. Mas a *Era de Bronze* não era como as naves mais novas na outra extremidade do Sistema Solar, como a *Seleção Natural*. O sistema de inteligência artificial da sua nave era primitivo. Sem a colaboração das pessoas sob seu comando, você não teria sido capaz de executar o ataque sozinho.

Sebastian Schneider, sexo masculino, 31, capitão de corveta, encarregado dos sistemas de aquisição de alvo e padrões de ataque a bordo da *Era de Bronze*
ACUSAÇÃO: Com exceção do comandante, você era o único oficial com autorização do sistema para impedir ou interromper qualquer ataque.
SCHNEIDER: Correto.
JUIZ: E você não fez isso.
SCHNEIDER: Não.
JUIZ: O que passou pela sua cabeça naquele momento?
SCHNEIDER: Naquele instante — não no momento do ataque, mas quando me dei conta de que a *Era de Bronze* nunca voltaria para casa, quando a nave se tornou meu mundo inteiro —, eu mudei. Não houve nenhuma transição; eu simplesmente me transformei dos pés à cabeça. Foi como o lendário selo mental.
JUIZ: Você acha mesmo que isso é possível? Que sua nave estava equipada com selos mentais?
SCHNEIDER: Claro que não. Foi uma metáfora. O próprio espaço é uma espécie de selo mental... Naquele instante, desisti da minha individualidade. Minha existência só teria significado se a coletividade sobrevivesse... Não sei explicar melhor que isso. Não espero que o senhor entenda, Meritíssimo. Mesmo se o senhor embarcasse na *Era de Bronze* e viajasse até vinte mil UA do Sistema Solar, ou mais longe ainda, ainda assim o senhor não entenderia.
JUIZ: Por quê?
SCHNEIDER: Porque o senhor saberia que tem para onde voltar! Sua alma teria permanecido na Terra. Somente se o espaço atrás da nave se tornasse um abismo infinito — somente se o Sol, a Terra e tudo o mais fosse engolido pelo vazio — o senhor poderia compreender a transformação pela qual eu passei.

Eu sou da Califórnia. Em 1967, pelo calendário antigo, um professor de ensino médio da minha cidade chamado Ron Jones fez algo interessante... por favor, não me interrompa. Obrigado.

A fim de ajudar seus alunos a compreenderem o nazismo e o totalitarismo, ele tentou simular uma sociedade totalitária com seus alunos. Bastaram apenas cinco dias para que tivesse sucesso e a turma se tornasse um Estado fascista em miniatura. Todos os alunos aceitaram abrir mão da própria individualidade e da liberdade, uniram-se à coletividade suprema e perseguiram os objetivos da coletividade com fervor religioso. No final, esse experimento pedagógico que começou como um jogo inofensivo quase fugiu ao controle. Os alemães fizeram um filme inspirado no experimento de Jones, e a história também virou livro: "A terceira onda". Quando nós, a bordo da *Era de Bronze*, descobrimos que estávamos fadados a vagar para sempre pelo espaço, também formamos um Estado totalitário. Sabe quanto tempo demorou?

Cinco minutos.

Isso mesmo. Quando a reunião geral começou, em cinco minutos os valores fundamentais dessa sociedade totalitária já haviam recebido apoio da imensa maioria da tripulação. Então, estou falando, quando os seres humanos se perdem no espaço, leva apenas cinco minutos para chegar ao totalitarismo.

Boris Rovinski, sexo masculino, 36, capitão de fragata, imediato da *Era de Bronze*
JUIZ: Você liderou a primeira equipe de abordagem à *Quantum* após o ataque?
ROVINSKI: Sim.
JUIZ: Houve algum sobrevivente?
ROVINSKI: Nenhum.
JUIZ: Você poderia descrever a cena?
ROVINSKI: Os indivíduos a bordo morreram por causa das ondas infrassônicas geradas quando o casco da *Quantum* foi atingido pelos pulsos eletromagnéticos da bomba H. Os corpos estavam bem preservados e não exibiam nenhum sinal externo de dano.
JUIZ: O que vocês fizeram com os corpos?
ROVINSKI: Construímos um monumento para eles, assim como na *Espaço Azul*.
JUIZ: Quer dizer que vocês deixaram os corpos no monumento?
ROVINSKI: Não. E duvido que o monumento da *Espaço Azul* também tivesse algum corpo.
JUIZ: Você não respondeu. Eu perguntei o que vocês fizeram com os corpos.
ROVINSKI: Nós os usamos para reabastecer as reservas de comida da *Era de Bronze*.
JUIZ: Todos?
ROVINSKI: Todos.
JUIZ: De quem foi a decisão de transformar os corpos em comida?
ROVINSKI: Não... não me lembro. Pareceu algo natural na hora. Fiquei responsável pelas operações de logística e suporte a bordo da nave e supervisionei o armazenamento e a distribuição dos corpos.
JUIZ: Como os corpos foram consumidos?
ROVINSKI: Não fizemos nada de especial. Eles foram misturados às hortaliças e às carnes no sistema de biorreciclagem e, depois, cozidos.
JUIZ: Quem ingeriu essa comida?
ROVINSKI: Todo mundo. Todos a bordo da *Era de Bronze* tinham que comer em um dos quatro refeitórios, e só havia uma fonte de comida.
JUIZ: Eles sabiam o que estavam comendo?
ROVINSKI: Claro.
JUIZ: E como reagiram?

ROVINSKI: Imagino que alguns tenham ficado incomodados. Mas ninguém reclamou. Ah, lembro que uma vez eu estava comendo no refeitório dos oficiais e ouvi alguém dizer "Obrigado, Carol Joiner".
JUIZ: O que ele quis dizer?
ROVINSKI: Carol Joiner era a oficial de comunicações da *Quantum*. Ele estava comendo um pedaço dela.
JUIZ: Como ele sabia?
ROVINSKI: Todos nós recebemos uma cápsula de rastreamento e identificação mais ou menos do tamanho de um grão de arroz. Ela era implantada sob a pele no braço esquerdo. Às vezes o processo de cozimento não a removia. Imagino que ele tenha encontrado uma no prato e usado seu comunicador para ler a informação.
JUIZ: Ordem! Ordem no tribunal! Por favor, retirem as pessoas que desmaiaram. Sr. Rovinski, vocês com certeza compreendiam que estavam violando as leis mais fundamentais que definem nossa humanidade, não?
ROVINSKI: Nós estávamos sujeitos a uma moral diferente, que vocês não compreendem. Durante a Batalha do Fim dos Tempos, a *Era de Bronze* teve que exceder os parâmetros de aceleração originais. Os sistemas de energia sofreram sobrecarga, e os sistemas de manutenção de vida ficaram desativados por quase duas horas, provocando extensos danos por toda a nave. Foi preciso fazer os consertos lentamente. Enquanto isso, os sistemas de hibernação também foram afetados, e só tínhamos condições de suprir as necessidades de quinhentas pessoas. Mas havia mais de mil a bordo, então, se não introduzíssemos novas fontes de nutrição, metade da população teria morrido de fome.

Mesmo sem essas restrições, considerando a viagem interminável que nos aguardava, abandonar tamanho estoque precioso de proteínas no espaço teria sido realmente imperdoável...

Não estou tentando me defender, nem defender mais ninguém na *Era de Bronze*. Agora que recuperei o raciocínio dos seres humanos presos à Terra, é muito difícil para mim dizer estas palavras. Muito difícil.

Declaração final do comandante Neil Scott
Não tenho muito a dizer além desta advertência.

A vida atingiu um marco evolucionário quando saiu do oceano para a terra, mas aqueles primeiros peixes que saíram para a terra deixaram de ser peixes.

Da mesma forma, quando os seres humanos realmente saem para o espaço e se libertam da Terra, eles deixam de ser humanos. Então, para vocês todos, digo o seguinte: quando pensarem em sair para o espaço sideral sem olhar para trás, por favor, reflitam. O preço que vocês terão que pagar é muito maior do que vocês jamais imaginariam.

* * *

No fim, o comandante Neil Scott e outros seis oficiais de alta patente foram considerados culpados de homicídio e crimes contra a humanidade e condenados à prisão perpétua. Dos demais 1768 tripulantes, apenas 138 foram considerados inocentes. Todos os outros receberam penas que iam de vinte a trezentos anos.

A prisão da Frota Internacional ficava no cinturão de asteroides, entre as órbitas de Marte e Júpiter. Portanto, os prisioneiros teriam que sair da Terra de novo. Embora a *Era de Bronze* estivesse em órbita geossíncrona, os prisioneiros estavam fadados a jamais percorrer os últimos trinta mil quilômetros daquela viagem de 350 bilhões de quilômetros de volta para casa.

Conforme a nave de transporte dos prisioneiros acelerava, mais uma vez eles pairaram e caíram nas escotilhas da popa, como folhas secas que jamais chegariam à raiz da árvore. Olharam para fora e viram o globo azul que assombrara seus sonhos encolher e, de novo, se tornar só mais uma estrela.

Antes de saírem da base da frota, o ex-capitão de fragata Rovinski, o ex-capitão de corveta Schneider e mais uma dúzia de oficiais voltaram escoltados à *Era de Bronze* pela última vez para auxiliar com alguns detalhes da transferência da nave para a nova tripulação.

Aquela nave havia sido o mundo deles por mais de uma década. Eles tinham decorado cuidadosamente o interior com hologramas de planícies, florestas e oceanos, cultivaram jardins de verdade e construíram tanques de pesca e chafarizes, transformando-a em um lar genuíno. Mas, agora, tudo isso fora removido. Todos os rastros da existência deles na nave tinham sido eliminados. A *Era de Bronze* voltara a ser só uma fria belonave estelar.

Todos que eles encontravam pelos corredores os encaravam com olhares frios ou simplesmente os ignoravam. Quando prestavam continência, as pessoas faziam questão de manter o olhar bem firme, para deixar claro para os prisioneiros que a saudação era dirigida apenas para os soldados que os escoltavam.

Schneider foi levado a uma cabine esférica para tratar de detalhes técnicos do sistema de aquisição de alvo da nave com três oficiais. Os oficiais trataram Schneider como se ele fosse um computador. Fizeram perguntas sem qualquer emoção na voz e esperaram as respostas. Não havia o menor traço sequer de educação, nenhuma palavra desnecessária.

A sessão levou apenas uma hora. Schneider tocou a interface flutuante de controle algumas vezes, como se estivesse fechando janelas por hábito. De repente, ele pisou com força na parede esférica da cabine e se lançou para a outra extremidade do recinto. Ao mesmo tempo, as paredes se deslocaram e dividiram a cabine em duas metades. Os três oficiais e o soldado da escolta ficaram presos em uma delas, e Schneider ficou sozinho na outra.

Schneider abriu uma janela flutuante. Tocou nela, e seus dedos eram um borrão. Era a interface de controle do sistema de comunicação. Ele ativou a potente antena de comunicação interestelar da nave.

Um *pop* fraco. Um pequeno buraco surgiu na parede, e a cabine se encheu de fumaça branca. O cano da arma do soldado entrou pelo buraco, apontado para Schneider.

— Última chance. Pare imediatamente o que está fazendo e abra a porta.

— *Espaço Azul*, aqui é *Era de Bronze* — disse Schneider, com a voz baixa. Ele sabia que a distância que sua mensagem percorreria não tinha nada a ver com volume.

Um raio laser atravessou o peito de Schneider. Vapor vermelho de sangue emergiu do buraco. Cercado por uma névoa vermelha formada por seu próprio sangue, Schneider grunhiu suas últimas palavras:

— Não voltem. Aqui não é mais seu lar!

A *Espaço Azul* costumava reagir às tentativas de contato da Terra com mais hesitação e desconfiança do que a *Era de Bronze*, por isso só havia desacelerado lentamente. Portanto, quando recebeu o alerta da *Era de Bronze*, ainda estava saindo do Sistema Solar.

Depois do alerta de Schneider, a *Espaço Azul* parou de desacelerar e voltou a avançar a toda a velocidade.

Quando a Terra recebeu o informe dos sófons de Trissolaris, as duas civilizações passaram a ter um inimigo em comum pela primeira vez na história.

A Terra e Trissolaris encontraram consolo no fato de que a *Espaço Azul* não tinha condições de realizar dissuasão por floresta sombria contra os dois mundos. Mesmo se tentasse transmitir a localização dos dois sistemas solares ao universo usando plena potência, seria quase impossível que alguém escutasse. Para chegar à Estrela de Barnard, a mais próxima que a *Espaço Azul* poderia usar como superantena para reproduzir o feito de Ye Wenjie, demoraria trezentos anos. No entanto, a nave não havia alterado o curso para a Estrela de Barnard. Continuava seguindo em direção à NH558J2, aonde só chegaria em mais de dois mil anos.

A *Gravidade*, a única nave do Sistema Solar capaz de uma viagem interestelar, logo começou a perseguir a *Espaço Azul*. Trissolaris sugeriu enviar uma gota veloz — o nome oficial era sonda espacial de interação forte — para perseguir e destruir a *Espaço Azul*. Mas a Terra se recusou terminantemente. Pelo ponto de vista da humanidade, a *Espaço Azul* devia ser tratada como questão interna. A Batalha do Fim dos Tempos era o maior trauma da humanidade, e, passada mais de uma década, a dor não havia diminuído nem um pouco. Permitir outro ataque de gota contra seres humanos seria politicamente inaceitável. Embora os tripulantes da *Espaço Azul* tivessem se tornado alienígenas aos olhos de quase todos, só a humanidade deveria ter o direito de fazer-lhes justiça.

Levando em conta a quantidade de tempo que levaria até a *Espaço Azul* se tornar uma ameaça, os trissolarianos cederam. No entanto, ressaltaram que, como a *Gravidade* tinha a capacidade de transmitir ondas gravitacionais, a segurança dela era questão de vida ou morte para eles. Assim, gotas seriam enviadas a título de escolta, mas também para garantir uma vantagem absoluta contra a *Espaço Azul*.

Portanto, a *Gravidade* navegava em formação com duas gotas posicionadas a alguns milhares de metros de distância. O contraste entre o tamanho dos dois tipos de nave era absurdo. Se alguém recuasse o bastante para ver toda a dimensão da *Gravidade*, as gotas seriam invisíveis. E se alguém se aproximasse o bastante de uma gota para observá-la, a superfície lisa refletiria nitidamente a imagem da *Gravidade*.

A *Gravidade* foi construída cerca de uma década depois da *Espaço Azul*. Exceto pela antena de ondas gravitacionais, ela não era muito mais avançada. Os sistemas de propulsão, por exemplo, eram só ligeiramente mais potentes que os da *Espaço Azul*. A confiança da *Gravidade* no sucesso da caçada se devia à sua extrema vantagem em matéria de reservas de combustível.

Ainda assim, com base na velocidade e aceleração atual das naves, a *Gravidade* levaria cinquenta anos para alcançar a *Espaço Azul*.

ERA DA DISSUASÃO, ANO 61
PORTADOR DA ESPADA

Cheng Xin olhou para sua estrela do alto de uma árvore gigantesca. Tinha sido ela o motivo de irem acordá-la.

Durante a breve existência do Projeto Nosso Destino nas Estrelas, ao todo quinze indivíduos adquiriram dezessete estrelas. Com exceção de Cheng Xin, todos os outros proprietários se perderam na história, e foi impossível encontrar herdeiros legítimos. A Grande Ravina agiu como uma peneira colossal, e muitas pessoas não conseguiram atravessá-la. Agora, Cheng Xin era a única pessoa com direito de propriedade sobre uma estrela.

Embora a humanidade ainda não tivesse começado a tentar alcançar nenhuma estrela fora do Sistema Solar, o ritmo acelerado do progresso tecnológico permitira que estrelas a menos de trezentos anos-luz da Terra deixassem de ter um valor meramente simbólico. Descobriu-se que a DX3906, a estrela de Cheng Xin, na verdade tinha planetas. Dos dois já encontrados, um parecia muito semelhante à Terra em termos de massa, órbita e análise espectrográfica da atmosfera. Como resultado, o valor da estrela subiu a proporções estratosféricas. Todos ficaram surpresos quando se revelou que a estrela já tinha dona.

A ONU e a Frota do Sistema Solar queriam retomar a posse da DX3906, mas a única maneira legal de fazer isso seria um acordo com a proprietária para transferir a escritura. Por esse motivo, Cheng Xin foi despertada de seu sono após 264 anos de hibernação.

A primeira coisa que ela descobriu ao sair da hibernação foi o seguinte: como ela imaginara, não havia absolutamente nenhuma novidade a respeito do Programa Escadaria. Os trissolarianos não tinham interceptado a sonda, e ninguém fazia a menor ideia do paradeiro dela. O Programa Escadaria fora esquecido pela história, e o cérebro de Tianming se perdera na vastidão do espaço. Mas aquele homem, que se fundira ao vazio, havia deixado um mundo real, sólido, para sua amada, um mundo composto por uma estrela e dois planetas.

Uma astrônoma com ph.D. chamada "艾" AA* havia descoberto os planetas que orbitavam a DX3906. Para a tese de doutorado, ela desenvolvera uma técnica nova que usava uma estrela como lente gravitacional na observação de outra.

Para Cheng Xin, AA parecia um pássaro cheio de vida voando à sua volta sem parar. AA disse a Cheng Xin que conhecia pessoas como ela, que tinham vindo do passado — as chamadas "pessoas da Era Comum", em referência ao calendário antigo —, já que seu orientador no doutorado era um físico da mesma época. Por sua familiaridade com pessoas da Era Comum, ela havia sido chamada pela Agência de Desenvolvimento Espacial da ONU para atuar como oficial de ligação junto a Cheng Xin, seu primeiro emprego depois do doutorado.

O pedido da ONU e da frota de abrir mão da estrela gerou um problema para Cheng Xin. Ela se sentia culpada por ser proprietária de um mundo inteiro, mas a angustiava pensar em vender um presente que alguém lhe dera por amor. Ela lhes propôs abrir mão de qualquer direito de posse sobre a DX3906 e manter a escritura somente como lembrança, mas lhe disseram que seria impossível. A lei proibia que autoridades recebessem uma propriedade tão valiosa sem oferecer compensação ao proprietário original, então insistiram em um contrato de compra e venda. Cheng Xin se recusou.

Depois de muita reflexão, ela fez uma nova proposta: venderia os dois planetas, mas continuaria dona da estrela. Também assinaria um acordo com a ONU e a frota para conceder à humanidade o direito de usar a energia produzida pela estrela. Os advogados por fim chegaram à conclusão de que a proposta era aceitável.

AA disse a Cheng Xin que, como só estava vendendo os planetas, o valor oferecido pela ONU seria muito menor. Ainda assim, era uma quantia astronômica, e ela precisaria estabelecer uma empresa para administrá-la devidamente.

— Você quer a minha ajuda para administrar sua empresa? — perguntou AA.

Cheng Xin aceitou, e AA ligou imediatamente para a Agência de Desenvolvimento Espacial da ONU e pediu demissão.

— Agora eu trabalho para você — disse ela —, então gostaria de conversar sobre seus interesses. Você está louca?! Entre todas as alternativas, você escolheu a *pior*. Podia ter vendido a estrela e os planetas, e teria se tornado uma das pessoas mais ricas do universo! Ou podia ter se recusado a vender e manter o Sistema Solar inteiro: a proteção que a lei dá à propriedade privada é absoluta, e ninguém poderia tirá-lo de você. E depois você poderia entrar em hibernação e acordar só quando fosse possível voar até a DX3906. E aí poderia ir para lá! Tanto espaço! O oceano, os continentes... você pode fazer o que quiser, claro, mas deveria me levar junto...

---

* A grafia deste nome combina caracteres chineses e letras latinas: "艾" é o sobrenome e se pronuncia "Ai".

— Já me decidi — disse Cheng Xin. — Quase três séculos nos separam. Não espero que nos entendamos logo de cara.

— Tudo bem. — AA suspirou. — Mas você deveria rever sua ideia de dever e consciência. O dever te fez abrir mão dos planetas, e a consciência fez guardar para si a estrela. E o dever também te fez abrir mão da produção de energia da estrela. Você é como meu orientador do doutorado, uma daquelas pessoas do passado afligidas pelo conflito entre dois ideais. Mas, na nossa época, a consciência e o dever não são ideais: qualquer um dos dois em excesso é considerado uma doença mental chamada distúrbio de personalidade por pressão social. Você precisa se tratar.

Apesar do brilho das luzes na cidade abaixo, Cheng Xin encontrou facilmente a DX3906. O ar estava muito mais limpo do que no século XXI. Ela parou de observar o céu noturno e prestou atenção à realidade à sua volta: ela e AA pareciam duas formigas em cima de uma árvore de Natal acesa e estavam cercadas por uma floresta de árvores de Natal. Edifícios iluminados pendiam dos galhos como folhas. Mas aquela cidade gigantesca era construída sobre a terra, não debaixo. Graças à paz da Era da Dissuasão, a segunda fase cavernícola da humanidade havia chegado ao fim.

Elas caminharam pelo galho até a ponta. Cada ramo da árvore era uma avenida movimentada cheia de janelas flutuantes translúcidas abarrotadas de informações. Aquilo fazia a rua parecer um rio multicolorido. De vez em quando, uma ou duas janelas se afastavam do trânsito na pista e as acompanhavam por um tempo e, como Cheng Xin e AA não demonstravam interesse, voltavam para a correnteza. Todos os prédios naquela rua-galho estavam pendurados abaixo delas. Como aquele era o galho mais alto, o céu estrelado se estendia bem acima das duas. Se estivessem caminhando por um dos galhos inferiores, ficariam cercadas pelas construções luminosas penduradas no galho acima e se sentiriam como insetos minúsculos voando por uma floresta idílica onde cada folha e fruta cintilava e brilhava.

Cheng Xin olhou para os pedestres na rua: uma mulher, duas mulheres, um grupo de mulheres, outra mulher, três mulheres — eram todas mulheres, todas belas. Vestidas com roupas bonitas e brilhantes, pareciam ninfas naquela floresta mágica. De vez em quando, passavam por pessoas mais velhas, cuja beleza permanecia imune à idade. Ao chegarem ao fim do galho, observando o mar de luzes abaixo, Cheng Xin fez a pergunta que a intrigava há dias.

— Onde estão os homens? — Nos poucos dias que se passaram desde a reanimação, ela não havia visto um homem sequer.

— Como assim? Tem homem em todo canto. — AA apontou para as pessoas em volta delas. — Ali: está vendo o homem apoiado na balaustrada? E tem três ali. E dois vindo na nossa direção.

Cheng Xin olhou. Os indivíduos que AA indicou tinham um lindo rosto liso, cabelos longos que caíam sobre os ombros, corpo esbelto e macio — como se seus ossos fossem feitos de banana. Os movimentos eram graciosos e sutis, e suas vozes, que a brisa levava até ela, eram delicadas e ternas... No século de Cheng Xin, aquelas pessoas teriam sido consideradas ultrafemininas.

Após alguns instantes, ela finalmente compreendeu. Já fazia muito tempo que a tendência era óbvia. A década de 1980 provavelmente havia sido o último período em que a masculinidade nos termos tradicionais era considerada um ideal. Depois, a sociedade e a moda começaram a dar preferência a homens que apresentassem qualidades tipicamente femininas. Cheng Xin se lembrou dos astros do pop orientais que à primeira vista ela achava que pareciam meninas bonitas. A Grande Ravina interrompeu essa tendência na evolução da sociedade humana, mas o meio século de paz e tranquilidade proporcionado pela Era da Dissuasão a acelerou.

— Pessoas da Era Comum costumam ter dificuldade para distinguir homens e mulheres, no começo — disse AA. — Mas vou te ensinar um truque. Preste atenção à maneira como as pessoas olham para você. Uma beleza clássica como a sua é muito atraente.

Cheng Xin a encarou, um pouco corada.

— Não, não! — AA riu. — Eu sou mesmo mulher, e não gosto de você nesse sentido. Mas, juro, não vejo nada bonito nos homens da sua era. Grosseiros, selvagens, sujos... é como se não tivessem evoluído. Você vai se acostumar e apreciar esta era de beleza.

Quase três séculos antes, quando Cheng Xin havia se preparado para a hibernação, ela imaginara as inúmeras dificuldades que enfrentaria no futuro, mas aquilo a pegou de surpresa. Ela se perguntou como seria passar o resto da vida naquele mundo feminino... e ficou melancólica. Olhou para cima e procurou sua estrela.

— Você está pensando nele de novo, não é? — AA pegou-a pelos ombros. — Mesmo se ele não tivesse ido para o espaço, se tivesse passado o resto da vida com você, os netos dos seus netos já estariam mortos hoje. Esta é uma nova era; uma nova vida. Esqueça o passado!

Cheng Xin tentou seguir o conselho de AA e se obrigou a voltar ao presente. Fazia só alguns dias que ela havia chegado, e tinha acabado de assimilar muito por alto a história dos últimos três séculos. O que mais a chocara havia sido o equilíbrio estratégico entre os humanos e os trissolarianos como resultado da dissuasão por floresta sombria.

Um pensamento lhe ocorreu de repente: *Um mundo dedicado à feminilidade... mas em que isso afeta a dissuasão?*

Cheng Xin e AA voltaram pelo galho. De novo elas foram seguidas por algumas janelas flutuantes de informações, e dessa vez uma delas chamou a atenção de Cheng Xin. A janela exibiu um homem, nitidamente um homem do passado: mal-ajambrado, esquálido, cabelo bagunçado, parado ao lado de uma lápide preta. O homem e a lápide estavam mergulhados em sombras, mas os olhos dele pareciam brilhar com uma luz refletida de algum lugar. Uma linha de texto surgiu na parte de baixo da tela:

Na época dele, um assassino seria condenado à morte.

Cheng Xin achou que o rosto do homem lhe era familiar, mas, antes que conseguisse ver direito, a imagem desapareceu. No lugar dela veio uma mulher de meia-idade — bom, pelo menos Cheng Xin achava que fosse uma mulher. Com roupas formais sem brilho, que para Cheng Xin lembravam trajes de políticos, ela estava no meio de um discurso. O texto de antes era parte das legendas da fala dela.

A janela pareceu perceber o interesse de Cheng Xin. Expandiu-se e começou a reproduzir o áudio junto com o vídeo. A voz da política era bonita e delicada, como se as palavras estivessem unidas por fios de algodão-doce. Mas o conteúdo do discurso era assustador.

— Por que a pena de morte? Resposta: porque ele matou. Mas essa é apenas uma das opções corretas.

"Outra resposta correta seria: porque ele matou pouco. Matar uma pessoa é assassinato; matar algumas pessoas ou dezenas também; então o assassinato de milhares ou dezenas de milhares deveria ser punido com a morte mil vezes. E se for mais do que isso? Centenas de milhares? Pena de morte, não é? No entanto, aqueles entre vocês que conhecem um pouco de história estão começando a hesitar.

"E se ele matou milhões? Garanto que alguém que tenha feito isso jamais seria considerado assassino. Na verdade, talvez ninguém sequer considere que essa pessoa tenha agido contra a lei. Se vocês não acreditam em mim, é só estudarem a história! Quando alguém mata milhões de pessoas, é considerado um 'grande' homem, um herói.

"E se esse sujeito destruísse um mundo inteiro e matasse todos os seres vivos de lá... ele seria aclamado como salvador!"

— Estão falando de Luo Ji — disse AA. — Querem que ele seja julgado.

— Por quê?

— É complicado. Mas, basicamente, é por causa daquele mundo, do mundo cuja localização ele anunciou para o universo, e que acabou sendo destruído.

Não sabemos se existia vida naquele mundo... É possível. Então estão acusando ele de supostamente ter cometido mundicídio, o crime mais grave previsto pela nossa legislação.

— Ei, você deve ser Cheng Xin!

Ela levou um susto com a voz. Vinha da janela flutuante à sua frente. A política na tela olhava para Cheng Xin, o rosto cheio de alegria e surpresa, como se estivesse vendo uma velha amiga.

— Você é a proprietária daquele mundo distante! Como um raio de esperança, você trouxe a beleza de sua era até nós. Sendo a única humana de todos os tempos a possuir um mundo inteiro, você também salvará este. Todos acreditamos em você. Ah, desculpe, eu devia me apresentar...

AA chutou a janela e a desligou. Cheng Xin ficou absolutamente pasma com o nível tecnológico da era. Ela não fazia ideia de como sua imagem fora transmitida à oradora, nem de como a oradora conseguira distingui-la dentre os bilhões de pessoas que assistiam ao seu discurso.

AA acelerou o passo para ficar na frente de Cheng Xin e passou a andar de costas enquanto elas conversavam.

— Você teria destruído um mundo para criar esta forma de dissuasão? E, mais importante, se o inimigo não fosse dissuadido, você apertaria o botão para garantir a destruição de dois mundos?

— Essa pergunta é inútil. Eu jamais me colocaria nessa situação.

AA parou e segurou os ombros de Cheng Xin. Passou alguns instantes encarando-a.

— Sério? Não?

— Claro que não. Não consigo pensar em nenhum destino mais pavoroso do que ficar nessa situação. Muito pior que morrer.

Ela não entendeu por que AA parecia tão séria, mas AA assentiu.

— Isso me deixa mais tranquila... Que tal conversarmos mais amanhã? Você está cansada e precisa repousar. A recuperação completa pós-hibernação leva uma semana.

Na manhã seguinte, Cheng Xin recebeu uma ligação de AA.

Ela surgiu na tela e parecia entusiasmada.

— Quero te fazer uma surpresa, vou te levar a um lugar legal. Suba. O carro está no topo da árvore.

Cheng Xin subiu e viu um carro voador com a porta aberta. Ela entrou, mas não viu AA. A porta deslizante se fechou sem fazer barulho, e o banco se moldou em volta do seu corpo, acomodando-a com a firmeza de uma mão. O carro decolou com leveza e se fundiu ao fluxo do trânsito da cidade-floresta.

Ainda era cedo, e feixes cintilantes de luz do sol, quase paralelos ao solo, penetravam o carro à medida que ele atravessava a floresta. Aos poucos, as árvores gigantes escassearam até sumirem de vez. Sob o céu azul, Cheng Xin via apenas planícies e bosques, um mosaico verde inebriante.

Depois do início da Era da Dissuasão, a maior parte das indústrias pesadas fora transferida para o espaço em órbita, e a ecologia natural da Terra se recuperou. A superfície do planeta agora se aproximava da que existia nos tempos pré-Revolução Industrial. Devido a uma diminuição da população e ao aumento da produção alimentícia industrializada, parte considerável da terra cultivável pôde permanecer desocupada e voltar ao estado natural. O planeta Terra estava se transformando em um parque gigantesco.

Esse mundo bonito parecia irreal para Cheng Xin. Embora tivesse sido reanimada da hibernação, a sensação era de que aquilo tudo era um sonho.

Meia hora depois, o carro pousou e a porta se abriu automaticamente. Cheng Xin saiu, e o carro flutuou e foi embora. Quando a turbulência das turbinas passou, o silêncio reinou absoluto, interrompido de tempos em tempos por cantos de pássaros distantes. Cheng Xin olhou à volta e se viu no meio de um conjunto de edifícios abandonados. Pareciam prédios residenciais da Era Comum. A metade de baixo de cada um estava coberta de trepadeiras.

Aquela imagem do passado cheia de vida verde em uma nova era deu a Cheng Xin a noção de realidade de que ela estava sentindo falta.

Ela chamou AA, mas foi uma voz masculina que respondeu.

— Oi.

Ela se virou e viu um homem na varanda coberta de trepadeiras do segundo andar de um prédio. Ele não era como os homens bonitos e suaves daquela época, mas como os homens do passado. Cheng Xin achou que devia estar sonhando de novo, uma continuação de seu pesadelo da Era Comum.

Era Thomas Wade. Ele usava um casaco de couro preto, mas parecia um pouco mais velho do que ela se lembrava. Talvez tivesse entrado em hibernação depois de Cheng Xin, ou talvez tivesse despertado antes dela, ou as duas coisas.

Os olhos de Cheng Xin se concentraram na mão direita de Wade. A mão, coberta por uma luva de couro preta, segurava uma arma antiga da Era Comum apontada para ela.

— Estas balas foram projetadas para funcionar debaixo d'água — disse Wade. — Feitas para durar bastante tempo. Mas já faz mais de duzentos e setenta anos. Quem sabe se vão funcionar? — Aquele sorriso familiar, que ele exibia quando se deliciava com o desespero alheio, apareceu em seu rosto.

Um clarão. Uma explosão. Cheng Xin sentiu o golpe forte no ombro esquerdo, e a força a jogou contra a parede em ruínas atrás dela. A trepadeira densa abafou grande parte do barulho do tiro. Pássaros continuavam a chilrear ao longe.

— Não posso usar uma arma moderna — disse Wade. — Todos os disparos são registrados automaticamente nos bancos de dados públicos de segurança hoje em dia. — Ele falava com o mesmo tom de voz sereno que havia usado para tratar de questões de rotina com ela.

— Por quê? — Cheng Xin não sentiu dor. Seu ombro esquerdo parecia dormente, como se não fizesse parte de seu corpo.

— Quero ser o Portador da Espada. Você é minha concorrente, e vai ganhar. Não tenho ressentimentos contra você. Acredite se quiser, estou me sentindo péssimo agora.

— Você matou Vadimov? — perguntou ela. Saía sangue do canto de sua boca.

— Matei. O Programa Escadaria precisava dele. E agora meu novo plano não precisa de você. Como ele, você também é muito boa, mas está no meu caminho. Tenho que seguir em frente, não posso pensar nas consequências.

Outro tiro. A bala atravessou o lado esquerdo do abdome de Cheng Xin. Ela ainda não sentia dor, mas a dormência não permitiu que continuasse de pé. Ela deslizou pela parede, deixando um rastro vívido de sangue na trepadeira às suas costas.

Wade apertou o gatilho de novo. Finalmente, os quase três séculos de existência afetaram a arma, que não emitiu nenhum ruído. Wade puxou o ferrolho para tirar o cartucho defeituoso da câmara e voltou a apontá-la para Cheng Xin.

O braço direito dele explodiu. Uma nuvem de fumaça branca subiu no ar, e o antebraço direito de Wade não existia mais. Pedaços queimados de osso e carne caíram sobre as folhas verdes diante dele, mas a arma, ilesa, caiu ao chão na frente do prédio. Wade não se mexeu. Deu uma olhada no que restava de seu braço direito e então olhou para cima. Uma viatura policial descia em sua direção.

À medida que a viatura se aproximava do solo, alguns policiais armados saltaram para fora e caíram no mato denso que tremulava sob a turbulência das turbinas. Pareciam mulheres esbeltas e ágeis.

A última pessoa a sair da viatura foi AA. Cheng Xin estava enxergando tudo borrado, mas conseguiu ver o rosto cheio de lágrimas dela e ouvir sua explicação entre os soluços.

— ... forjou uma ligação minha...

Ela foi tomada por uma onda violenta de dor e perdeu os sentidos.

Quando acordou, viu que estava dentro de um carro voador. Uma película a envolvia com firmeza. Não sentia dor, não sentia nem a presença do próprio corpo. Sua consciência começou a se esvair de novo. Com uma voz fraca que ninguém mais conseguiu escutar, ela perguntou:

— O que é um Portador da Espada?

TRECHO DE *UM PASSADO ALÉM DO TEMPO*
O FANTASMA DAS BARREIRAS:
O PORTADOR DA ESPADA

Sem sombra de dúvida, a dissuasão por floresta sombria que Luo Ji criou contra Trissolaris foi uma grande conquista, mas o Projeto Barreiras que a originou foi considerado uma ação infantil ridícula. A humanidade, como uma criança que acaba de entrar na sociedade, havia gritado contra o universo sinistro, aterrorizada e confusa. Quando Luo Ji transferiu para a ONU e a Frota do Sistema Solar o controle sobre o sistema de dissuasão, todos acharam que o Projeto Barreiras, um pedaço lendário da história, estava encerrado.

As pessoas voltaram a atenção para a dissuasão propriamente dita, e assim se criou um novo campo de pesquisa: a teoria dos jogos de dissuasão.

Os principais elementos da dissuasão eram os seguintes: o dissuasor e o dissuadido (na dissuasão por floresta sombria, a humanidade e Trissolaris); a ameaça (o envio da localização de Trissolaris a fim de garantir a destruição dos dois mundos); o controlador (a pessoa ou organização em posse do dispositivo de transmissão); e a meta (obrigar Trissolaris a abandonar o plano de invasão e compartilhar tecnologia com a humanidade).

Quando o resultado da dissuasão é a completa destruição tanto do dissuasor quanto do dissuadido, diz-se que o sistema se encontra em estado de dissuasão absoluta.

Em comparação com outros tipos de dissuasão, a dissuasão absoluta se distingue pelo fato de que, caso ela fracasse, a execução da ameaça não salvaria o dissuasor.

Portanto, o fator crucial para o sucesso da dissuasão absoluta era uma certeza quase total por parte do dissuadido de que a ameaça será cumprida se o dissuadido frustrar os objetivos do dissuasor. Essa probabilidade, também chamada grau de dissuasão, é um parâmetro importante na teoria dos jogos de dissuasão. O grau de dissuasão precisa ser superior a oitenta por cento para que o dissuasor tenha sucesso.

Mas as pessoas logo descobriram um fato desalentador: se a autoridade para executar a ameaça na dissuasão por floresta sombria coubesse à humanidade como um todo, então o grau de dissuasão seria quase zero.

É difícil pedir à humanidade para adotar uma medida que causaria a destruição de dois mundos: a decisão violaria princípios e valores morais arraigados. Com as condições específicas da dissuasão por floresta sombria, a tarefa era ainda mais complicada. Se a dissuasão fracassasse, a humanidade só sobreviveria por mais uma geração. De certa forma, ninguém seria afetado pessoalmente. Mas, caso a dissuasão não tivesse sucesso e a ameaça de transmissão fosse executada, a destruição poderia chegar a qualquer momento, uma situação muito pior do que se a ameaça não fosse executada. Portanto, caso a dissuasão fracassasse, seria fácil prever a reação da humanidade como um todo.

Mas era impossível prever a reação de um indivíduo.

O sucesso da dissuasão por floresta sombria se fundamentava na imprevisibilidade de Luo Ji como indivíduo. Se a dissuasão fracassasse, as ações dele seriam orientadas por sua própria personalidade e psicologia. Mesmo se ele agisse de forma racional, talvez seus próprios interesses não combinassem perfeitamente com os da humanidade. No início da Era da Dissuasão, os dois mundos analisaram cuidadosamente a personalidade de Luo Ji e elaboraram modelos matemáticos detalhados. Teóricos humanos e trissolarianos dos jogos de dissuasão chegaram a conclusões incrivelmente semelhantes: dependendo do estado mental de Luo Ji no momento do fracasso da dissuasão, o grau de dissuasão de Luo Ji variava de 91,9 a 98,4 por cento. Trissolaris não queria apostar nisso.

É claro que uma análise tão cuidadosa não foi possível logo após a criação da dissuasão por floresta sombria. Mas a humanidade chegou depressa a essa conclusão de forma intuitiva, e a ONU e a Frota do Sistema Solar devolveram a Luo Ji a autoridade de ativar o sistema de dissuasão como se fosse uma batata quente. O processo todo, desde que Luo Ji transferiu a autoridade até recebê-la de volta, levou um total de dezoito horas. Mas isso teria sido tempo suficiente para que as gotas destruíssem o círculo de bombas nucleares ao redor do Sol e privassem a humanidade da capacidade de transmitir a localização dos mundos. A inação dos trissolarianos nesse período é considerada por muitos o maior erro estratégico deles na guerra, e a humanidade, suando frio, pôde respirar fundo.

Desde então, o poder de ativar o sistema de dissuasão por floresta sombria sempre coubera a Luo Ji. Primeiro, a mão dele segurava o gatilho para detonar o círculo solar de bombas nucleares e, depois, passou a segurar o gatilho da transmissão de ondas gravitacionais.

A dissuasão por floresta sombria pairou sobre o mundo como a Espada de Dâmocles, e Luo Ji era o fio de cabelo que sustentava a espada. Portanto, ele veio a ser chamado de Portador da Espada.

No fim das contas, o Projeto Barreiras não acabou relegado à história. A humanidade não conseguiria fugir do fantasma das Barreiras.

Embora o Projeto Barreiras fosse uma anomalia sem precedentes na história da humanidade, tanto a dissuasão por floresta sombria quanto o Portador da Espada tinham precursores. A garantia de destruição mútua praticada pela Otan e pelo Pacto de Varsóvia durante a Guerra Fria era um exemplo de dissuasão absoluta. Em 1974, a União Soviética iniciou o Sistema Perímetro (em russo, Система Периметр), ou "Mão Morta". A intenção era assegurar que a União Soviética tivesse capacidade viável de retaliação caso um primeiro ataque liderado pelos americanos eliminasse o governo soviético e os centros do alto-comando militar. Ele se baseava em um sistema de monitoramento que coletava sinais de explosões nucleares dentro do território da União Soviética; todos os dados eram transmitidos a um computador central, que os interpretava e decidia lançar ou não o arsenal nuclear.

O núcleo do sistema era uma sala de controle subterrânea secreta. Se o sistema determinasse a necessidade de contra-ataque, o operador do turno deveria iniciá-lo.

Em 2009, um oficial que havia trabalhado nessa sala décadas antes contou a um repórter que, na época, era um tenente de vinte e cinco anos recém-saído da Academia Militar de Frunze. Se o sistema determinasse a necessidade de ataque, ele seria a última etapa antes da destruição total do mundo. Naquele momento, era provável que a União Soviética e o Leste Europeu estivessem mergulhados em um mar de chamas, e todos que ele amava na superfície certamente estariam mortos. Se ele apertasse o botão, a América do Norte também se tornaria um inferno na Terra em meia hora, e o inverno nuclear subsequente extinguiria a humanidade. O destino da civilização humana repousaria em suas mãos.

Mais tarde, ele ouviu muitas vezes esta pergunta: se o momento realmente chegasse, você teria apertado o botão?

O primeiro Portador da Espada da história respondeu: *Não sei.*

A humanidade esperava que houvesse um final feliz para a dissuasão por floresta sombria, assim como na garantia de destruição mútua do século xx.

O tempo passou nesse equilíbrio estranho. Fazia sessenta anos que a dissuasão estava em vigor, e Luo Ji, agora centenário, ainda detinha o gatilho que iniciaria a transmissão. E sua imagem em meio ao povo também havia se transformado gradualmente.

Os gaviões que queriam adotar a linha dura contra Trissolaris não gostavam dele. Perto do início da Era da Dissuasão, exigiram a imposição de condições severas a Trissolaris, com o objetivo de desarmar completamente os trissolarianos. Algumas das propostas eram absurdas. Por exemplo, uma das ideias era o programa de "reassentamento nu", que obrigaria todos os trissolarianos a serem desidratados e transportados por naves cargueiras até a Nuvem de Oort, onde então seriam recolhidos por naves humanas e trazidos ao Sistema Solar para serem armazenados em desidratatórios em Marte ou na Lua. Depois, se os trissolarianos atendessem a certas condições, seriam reidratados em lotes reduzidos.

As pombas também não gostavam de Luo Ji. A maior preocupação delas era se a estrela 187J3x1, cuja localização tinha sido anunciada por ele, possuíra planetas dotados de vida e civilização. Nenhum astrônomo dos dois mundos foi capaz de oferecer uma resposta definitiva a essa questão; era impossível provar qualquer das hipóteses. Mas era certo que Luo Ji podia ser considerado suspeito de haver cometido mundicídio. As pombas acreditavam que, para que a humanidade e os trissolarianos pudessem coexistir em paz, os alicerces dessa existência deviam ser direitos "humanos" universais — em outras palavras, o reconhecimento de que todos os seres civilizados do universo tinham direitos fundamentais invioláveis. Para que esse ideal pudesse se realizar, Luo Ji precisava ser julgado.

Luo Ji ignorava a todos. Ele manteve o gatilho do sistema de transmissão de ondas gravitacionais e permaneceu silenciosamente no posto de Portador da Espada por meio século.

A humanidade descobriu que qualquer medida em relação aos trissolarianos precisava levar em consideração o Portador da Espada. Sem sua anuência, nenhuma medida humana teria efeito em Trissolaris. Assim, o Portador da Espada se tornou um poderoso ditador, de maneira muito semelhante ao que acontecera com as Barreiras.

Com o tempo, Luo Ji passou a ser visto como um monstro irracional e um déspota mundicida.

As pessoas se deram conta de que a Era da Dissuasão era um período estranho. Por um lado, a sociedade humana tinha se elevado a patamares inéditos de civilização: os direitos humanos e a democracia eram supremos no mundo todo. Por outro, o sistema inteiro existia à sombra de um ditador. Especialistas acreditavam que, embora normalmente a ciência e a tecnologia contribuíssem para a eliminação do totalitarismo, também podiam dar origem a um novo totalitarismo em caso de crises que ameaçavam a existência da civilização. Em Estados totalitários tradicionais, o ditador só podia exercer seu controle por intermediários, o que resultava em incerteza e pouca eficiência. Portanto, nunca na história da humanidade houve uma sociedade totalitária absoluta. Mas a tecnologia possibilitou o surgimento desse supertotalitarismo, e tanto as Barreiras quanto o Portador da Espada eram exemplos inquietantes disso. A combinação de supertecnologia e supercrise poderia devolver a humanidade à Idade das Trevas.

Mas a maioria das pessoas também acreditava na necessidade da dissuasão. Quando os sófons desbloquearam o progresso da tecnologia humana e os trissolarianos começaram a transferir conhecimento aos seres humanos, a ciência da Terra passou a avançar a grandes saltos. No entanto, em comparação com Trissolaris, a Terra ainda estava atrasada por uma ou duas eras tecnológicas. Desativar o sistema de dissuasão só seria considerado quando os dois mundos se encontrassem em níveis aproximados de tecnologia.

Havia outra opção: transferir o controle do sistema de dissuasão a uma inteligência artificial. Essa alternativa havia sido considerada seriamente, e muito esforço foi dedicado ao estudo de sua viabilidade. A maior vantagem era o grau de dissuasão extremamente alto. Mas, no fim das contas, ela não foi adotada. A ideia de entregar o destino de dois mundos a uma máquina era assustadora. Simulações demonstraram que inteligências artificiais tendiam a tomar decisões erradas diante das condições complexas de dissuasão — o que não era surpresa, visto que um discernimento apropriado exigia mais do que raciocínio lógico. Além do mais, a transição de ditadura humana para ditadura mecânica não teria tranquilizado ninguém, e em termos de política era pior. Por fim, os sófons poderiam interferir com os processos de raciocínio da inteligência artificial. Embora jamais se tenha descoberto qualquer indício de interferência nesse sentido, a mera possibilidade tornava a opção inconcebível.

O meio-termo seria mudar o Portador da Espada. Mesmo sem levar em consideração as questões acima, Luo Ji já era um centenário. Sua capacidade de raciocínio e sua saúde psicológica estavam cada vez mais incertas, e as pessoas começavam a se angustiar com o fato de que o destino de dois mundos repousava em suas mãos.

ERA DA DISSUASÃO, ANO 61
O PORTADOR DA ESPADA

A recuperação de Cheng Xin foi rápida. Os médicos disseram que, mesmo se ela tivesse sido atingida por todas as dez balas de sete milímetros da arma, e mesmo se seu coração tivesse sido destruído, a medicina moderna seria capaz de revivê-la e deixá-la nova em folha — mas, se o cérebro fosse atingido, a situação seria outra.

A polícia disse que o último caso de assassinato no mundo acontecera vinte e oito anos antes, e fazia quase quarenta anos desde o último assassinato naquela cidade. A polícia não tinha muita prática com o trabalho de prevenção e investigação de homicídios, motivo pelo qual Wade quase fora bem-sucedido. Outro candidato ao posto de Portador da Espada havia alertado a polícia. Mas o concorrente de Wade não ofereceu nenhuma prova, só a suspeita da intenção de Wade com base em certa sensibilidade que não costumava ser levada em conta na era atual. A polícia, incerta quanto à acusação, perdeu muito tempo. Só agiu quando descobriu que Wade havia forjado uma ligação de AA.

Muita gente foi ver Cheng Xin no hospital: autoridades do governo, da ONU e da Frota do Sistema Solar; pessoas comuns; e, claro, AA e seus amigos. A essa altura, Cheng Xin já conseguia distinguir os homens das mulheres sem dificuldade, e estava se acostumando à aparência completamente feminina dos homens modernos, percebendo neles uma elegância que os de sua época não tinham. Ainda assim, não os achava atraentes.

O mundo já não parecia mais tão estranho, e Cheng Xin desejava conhecê-lo melhor, mas foi obrigada a continuar no quarto do hospital.

Um dia, AA foi visitá-la e lhe passou um filme holográfico. A obra, chamada *Conto de fadas no Yang-Tsé*, tinha ganhado o Oscar de Melhor Filme daquele ano. A história era baseada em uma canção composta em estilo busuanzi pelo poeta Li Zhiyi, da Dinastia Song:

Você mora em uma ponta do Yang-Tsé, eu na outra.

Penso em você a cada dia, meu amor, e não podemos nos ver. Bebemos do mesmo rio...

O filme era ambientado em uma era dourada genérica e contava a história de duas pessoas que se amavam. Uma delas morava na nascente do Yang-Tsé, e a outra, na foz. O casal passava o filme inteiro separado; nunca conseguiam se ver, nem sequer em uma cena de imaginação. Mas o amor deles era apresentado com muita tristeza e dramaticidade. A fotografia também era maravilhosa: o contraste entre a elegância e a sofisticação do delta inferior do Yang-Tsé e o vigor e a força do planalto tibetano se complementavam, formando uma combinação que Cheng Xin achou inebriante. O filme não era grosseiro como as produções comerciais de sua época. A história fluía com a naturalidade do próprio Yang-Tsé e a absorveu sem dificuldade.

Estou em uma extremidade do Rio do Tempo, pensou Cheng Xin, *mas a outra agora está vazia...*

O filme estimulou o interesse dela pela cultura daquela nova era. Quando estava bem o bastante para caminhar, AA levou-a para ver exposições e shows. Cheng Xin se lembrava nitidamente de ter ido à Fábrica 798 e à Bienal de Shanghai para ver obras estranhas de "arte contemporânea" e mal conseguia imaginar quanto a arte teria evoluído nos três séculos que passara dormindo. Mas os quadros que viu na exposição eram todos realistas — cores bonitas cheias de vitalidade e emoção. Sentiu como se cada pintura fosse um coração, batendo delicadamente entre a beleza da natureza e a da humanidade. Quanto à música, achou que tudo parecia sinfonia clássica e lembrava o Yang-Tsé do filme: imponente e poderoso, mas também calmo e tranquilizante. Ela ficou observando o fluxo do rio até parecer que a água tinha parado de correr e que era ela quem corria em direção à nascente muito, muito distante...

A arte e a cultura daquela era não tinham nada a ver com o que ela havia imaginado, mas também não eram um simples retorno ao estilo clássico. Mais pareciam uma sublimação crescente do pós-modernismo, erigidas sobre um novo alicerce estético. Por exemplo, *Conto de fadas no Yang-Tsé* tinha metáforas profundas para o espaço, o tempo e o universo. Mas o que mais impressionou Cheng Xin foi a ausência do desespero sombrio e da barulheira bizarra tão presentes na cultura pós-moderna e na arte do século XXI. Tudo isso fora substituído por uma serenidade e um otimismo calorosos.

— Adoro a sua era — disse Cheng Xin. — Estou surpresa.

— Você ficaria ainda mais surpresa se conhecesse os artistas por trás desses filmes, dessas pinturas e melodias. São todos trissolarianos a quatro anos-luz daqui. — AA gargalhou ao ver o queixo caído de Cheng Xin.

TRECHO DE *UM PASSADO ALÉM DO TEMPO*
REFLEXO CULTURAL

Depois do advento da dissuasão, foi fundada a Academia Mundial de Ciências — uma organização internacional do mesmo nível da ONU — para receber e interpretar as informações científicas e técnicas transmitidas por Trissolaris à Terra.

A princípio, as pessoas imaginaram que Trissolaris só forneceria fragmentos esporádicos e desconexos de conhecimento sob muita pressão, e rechearia com mentiras e desinformação o pouco que pretendesse oferecer, a fim de que os cientistas da Terra tivessem que vasculhar cuidadosamente por tudo em busca de pepitas de verdade. Mas Trissolaris superou essa expectativa. Ao longo de um breve período, transmitiu sistematicamente uma quantidade imensa de conhecimento. O tesouro consistia sobretudo em informações científicas básicas, incluindo matemática, física, cosmologia, biologia molecular das formas de vida trissolarianas, entre outras coisas. Cada disciplina era um sistema completo.

O conhecimento era tão vasto, aliás, que soterrou completamente a comunidade científica da Terra. Trissolaris então ofereceu orientação contínua para o estudo e a absorção desse conhecimento. Durante algum tempo, o mundo inteiro parecia uma universidade gigante. Quando os sófons interromperam a interferência nos aceleradores de partículas, os cientistas terrestres puderam confirmar por experimentos as ideias elementares da física de Trissolaris, permitindo que a humanidade ganhasse confiança na veracidade das revelações. Os trissolarianos reclamaram diversas vezes que a humanidade estava absorvendo o conhecimento novo muito devagar. Os alienígenas pareciam ansiosos para que a Terra os alcançasse em termos de nível científico — pelo menos nas ciências de base.

Diante de uma reação tão curiosa, os humanos conceberam várias hipóteses. A teoria mais plausível postulava que os trissolarianos compreendiam a vantagem de acelerar o ritmo do desenvolvimento científico da humanidade e queriam obter novos conhecimentos através de nós. A Terra estava sendo tratada como uma bateria de conhecimento: quando terminasse de ser carregada com as informações trissolarianas, poderia fornecer mais energia.

Os trissolarianos explicaram da seguinte forma o seu comportamento: estavam oferecendo aquele generoso presente em forma de conhecimento por respeito à civilização terráquea. Afirmaram que Trissolaris havia recebido ainda mais benefícios da Terra. A cultura humana dera novos olhos a eles, permitira que vissem sentidos mais profundos na vida e na civilização e reconhecessem a beleza da natureza e da humanidade de formas que não compreendiam antes. A cultura humana se alastrara por Trissolaris e estava provocando transformações rápidas e profundas na sociedade, levando a diversas revoluções em meio século e mudando a estrutura social e o sistema político do planeta de modo a ficarem mais parecidos com os da Terra. Os valores da humanidade foram aceitos e respeitados naquele mundo distante, e todos os trissolarianos estavam apaixonados pela cultura humana.

No início, os humanos encaravam essas alegações com ceticismo, mas a onda incrível de reflexo cultural que se seguiu pareceu provar que era tudo verdade.

Além das informações científicas, depois do décimo ano da Era da Dissuasão Trissolaris começou a transmitir produções artísticas e culturais feitas aos moldes de criações humanas: filmes, romances, poemas, músicas, quadros etc. Incrivelmente, as imitações não tinham nada de grosseiro ou infantil; as primeiras criações dos trissolarianos já eram sofisticadas obras de arte. Na academia, esse fenômeno recebeu o nome de reflexo cultural. A civilização humana agora possuía um espelho no universo, que proporcionava uma compreensão de si mesma a partir de uma nova perspectiva. Nos dez anos seguintes, o reflexo cultural de Trissolaris ganhou popularidade na Terra e começou a tomar o lugar da cultura nativa decadente, que havia perdido o vigor. O reflexo cultural se tornou a fonte onde os pensadores buscavam novas ideias culturais e estéticas.

Naqueles dias, sem nenhuma informação específica seria muito difícil distinguir se a autoria de um filme ou livro era trissolariana ou terrestre. Os personagens nas criações artísticas de Trissolaris eram todos humanos, e as histórias eram ambientadas na Terra, sem qualquer sinal da origem alienígena. Isso parecia uma confirmação poderosa da aceitação da cultura terrestre por Trissolaris. Ao mesmo tempo, a própria Trissolaris permanecia envolta em mistério, e quase nenhum detalhe sobre o mundo propriamente dito foi transmitido. Os trissolarianos explicaram que sua própria cultura nativa grosseira não estava pronta para ser exibida aos seres humanos. Considerando a enorme diferença entre a biologia e o ambiente natural dos dois mundos, uma demonstração poderia estabelecer barreiras inesperadas no intercâmbio precioso que estava ocorrendo.

A humanidade estava feliz de ver que tudo se desenvolvia em uma direção positiva. Um raio de luz brilhou neste canto da floresta sombria.

ERA DA DISSUASÃO, ANO 61
PORTADOR DA ESPADA

No dia em que Cheng Xin recebeu alta, AA lhe disse que Sófon queria conhecê-la.

Cheng Xin entendeu que ela não estava se referindo às partículas subatômicas dotadas de inteligência que tinham sido enviadas de Trissolaris, mas a uma mulher, uma robô desenvolvida com o que havia de mais avançado na humanidade sobre inteligência artificial e tecnologia biônica. Ela era controlada pelos sófons e agia na função de embaixadora trissolariana na Terra. Sua aparência permitia um intercâmbio mais natural entre os dois mundos do que se os sófons se manifestassem abrindo-se em dimensões inferiores.

Sófon morava em uma árvore gigante na periferia da cidade. Vistas do carro voador, as folhas na árvore pareciam escassas como no fim do outono. Sófon residia no galho mais alto, onde havia uma única folha pendurada, uma residência elegante feita de bambu e cercada por uma nuvem branca. O céu estava limpo, e era evidente que a neblina era gerada pela casa de Sófon.

Cheng Xin e AA caminharam pelo galho até chegarem à ponta. A rua era cercada de pedrinhas lisas, e elas viram gramado verdejante dos dois lados. Desceram uma escada em espiral até a casa, onde foram recebidas por Sófon. O lindo quimono japonês naquele corpo diminuto lembrava uma camada de flores desabrochadas, mas, quando Cheng Xin viu seu rosto, as flores pareceram perder a cor. Cheng Xin não conseguia conceber beleza mais perfeita que aquela, uma beleza animada por uma alma enérgica. Ela sorriu, e foi como se uma brisa agitasse um lago na primavera e os delicados raios do sol se partissem em mil fragmentos que ondulavam levemente. Sófon fez uma reverência lenta para elas, e foi como se toda a sua silhueta representasse o caractere chinês 柔, ou *suave*, tanto em formato quanto em sentido.

— Bem-vindas, bem-vindas! Eu queria visitar sua estimada residência, mas não teria sido possível lhes oferecer adequadamente a Cerimônia do Chá. Por favor, aceitem minhas humildes desculpas. Estou muito contente por vê-las. — Sófon fez mais uma reverência. Sua voz era gentil e suave como seu corpo, praticamente inaudível, mas possuía um charme irresistível, como se qualquer outra voz tivesse que parar e recuar quando ela falasse.

As duas a acompanharam até o quintal. As pequenas flores brancas no coque dela estremeceram, e de vez em quando Sófon se virava e sorria. Cheng Xin tinha esquecido completamente que aquela era uma invasora alienígena controlada por um mundo poderoso a quatro anos-luz de distância. Tudo o que ela via era uma mulher linda, notável por sua extraordinária feminilidade, como uma cápsula de corante concentrado capaz de tingir um lago inteiro de rosa.

Havia bambuzais dos dois lados da trilha que atravessava o quintal. Uma neblina branca os cercava, ondulante, chegando mais ou menos à cintura delas. Passaram por uma pequena ponte de madeira sobre um riacho suave, e Sófon deu um passo para o lado, fez uma reverência e as levou para dentro da saleta. O cômodo tinha uma decoração puramente oriental, cheia de luz natural e aberturas amplas nas quatro paredes, de modo que o espaço parecia um pavilhão. Elas viam o céu azul e as nuvens brancas lá fora, que eram geradas pela própria casa e se dissipavam em fiapos. Havia uma pequena xilogravura japonesa *ukiyo-ê* na parede, junto com um leque decorado com uma pintura chinesa de paisagem. Todo o lugar exalava um ar de elegância simples.

Sófon esperou até Cheng Xin e AA se acomodarem nos tatames e então se sentou de forma sistemática. Metodicamente, ela dispôs à sua frente os utensílios para a Cerimônia do Chá.

— Você precisa ter paciência — sussurrou AA no ouvido de Cheng Xin. — Vai demorar duas horas até podermos beber.

Sófon retirou um pano branco imaculado do quimono e começou a esfregar os materiais igualmente imaculados. Primeiro, ela esfregou cada concha de chá — colheres delicadas com cabo longo esculpidas em pedaços maciços de bambu. Então, esfregou cada tigela de porcelana e cobre. Com uma concha de bambu, ela transferiu a água límpida de nascente de um recipiente de cerâmica para uma chaleira e a colocou sobre um fogareiro refinado de cobre para ferver. Em seguida, recolheu chá-verde em pó do reservatório e pôs nas tigelas, remexendo-o com um batedor de bambu em movimentos circulares...

Realizou cada gesto de maneira lenta e cuidadosa, e até repetiu alguns passos. Só o processo de esfregar os materiais da cerimônia do chá levou quase vinte minutos. Era nítido que Sófon executava aqueles gestos não pelo resultado, mas pelo significado cerimonial.

Mas Cheng Xin não ficou entediada. Os movimentos graciosos e delicados de Sófon produziam nela um efeito hipnótico. De vez em quando, uma brisa leve soprava pelo cômodo, e os braços pálidos de Sófon pareciam se mexer não por iniciativa própria, mas em sintonia com o vento. As mãos, lisas como jade, pareciam acariciar não os materiais de preparo do chá, mas algo mais macio, leve, diáfano... como o *tempo*. Sim, ela estava acariciando o tempo. O tempo se tornou maleável e deslizava lentamente, como a névoa que pairava em meio aos bambuzais. Ali o tempo era outro. Ali, a história de sangue e fogo tinha desaparecido, e o mundo das preocupações cotidianas recuou para algum lugar muito distante. Só restavam as nuvens, o bambuzal e a fragrância do chá. Elas haviam atingido *wa kei sei jaku* — harmonia, respeito, pureza e tranquilidade, os quatro princípios da Cerimônia do Chá.

Depois de um período de duração indefinida, o chá ficou pronto. Após mais uma série de atos cerimoniosos complicados, Sófon finalmente entregou as tigelas para Cheng Xin e AA. Cheng Xin bebericou o líquido verdejante. Uma sensação fragrante e amarga se disseminou por seu corpo, e a mente pareceu se desanuviar.

— Quando nós, mulheres, nos juntamos, o mundo é muito bonito. — A voz de Sófon ainda era lenta e branda, quase inaudível. — Mas nosso mundo também é muito frágil. Nós, mulheres, precisamos protegê-lo com cuidado. — Ela então fez uma reverência profunda, e sua voz se encheu de empolgação. — Obrigada desde já por seu cuidado! Obrigada!

Cheng Xin entendeu muito bem o sentido do que não foi dito, assim como o significado verdadeiro da cerimônia.

A reunião seguinte trouxe Cheng Xin de volta para a realidade complexa que a cercava.

Um dia depois da visita a Sófon, seis homens da Era Comum foram vê-la. Eram os candidatos que disputavam o posto de Luo Ji como Portador da Espada. Tinham entre trinta e quatro e sessenta e oito anos. Em comparação com o início da Era da Dissuasão, menos pessoas da Era Comum estavam saindo da hibernação agora, mas eles ainda compunham uma camada significativa da população. Todos tinham alguma dificuldade para se reintegrar à sociedade moderna. A maioria dos homens da Era Comum tentava, de forma consciente ou não, assumir uma aparência e personalidade mais feminina a fim de se adaptar à nova sociedade. Mas os seis homens diante de Cheng Xin se aferravam obstinadamente às antiquadas aparências e personalidade masculinas. Ela teria se sentido mais à vontade se os tivesse conhecido alguns dias antes, mas agora só se sentia oprimida.

Ela não viu nenhum raio de luz nos olhos deles; suas expressões pareciam máscaras que disfarçavam as emoções verdadeiras. Cheng Xin teve a sensação de que estava diante de uma muralha feita com seis pedras frias e duras. O peso da muralha, embrutecida e reforçada pela passagem dos anos, provocou-lhe calafrios e pareceu-lhe trazer uma insinuação de morte e sangue.

Antes de tudo, ela agradeceu ao candidato que havia alertado a polícia. E foi sincera — afinal, ele havia salvado sua vida. O homem de quarenta e oito anos se chamava Bi Yunfeng e, no passado, fora um dos projetistas do maior colisor de partículas do mundo. Como Cheng Xin, havia sido enviado ao futuro para atuar como oficial de ligação na esperança de que o colisor de partículas fosse reativado quando a humanidade rompesse a trava imposta pelos sófons. Infelizmente, nenhum dos aceleradores de partículas construídos na época dele sobreviveu até a Era da Dissuasão.

— Espero que eu não tenha cometido um erro — disse ele. Talvez estivesse tentando fazer uma piada, mas Cheng Xin e os outros não riram.

— Estamos aqui para convencê-la a não disputar o posto de Portador da Espada — outro homem foi direto ao ponto.

Seu nome era Cao Bin, e ele tinha trinta e quatro anos, o mais jovem dos candidatos. No início da Crise Trissolariana, havia sido um físico, colega do famoso Ding Yi. Quando se revelou a verdade sobre a trava dos sófons nas pesquisas de base, ele ficou decepcionado com a noção de que a física havia se tornado um jogo de matemática carente de base experimental e entrou em hibernação para esperar até que a trava fosse removida.

— Se eu declarar minha candidatura, vocês acham que vou ganhar? — perguntou Cheng Xin. Ela se fazia essa pergunta constantemente desde que voltara da casa de Sófon. Mal conseguira dormir.

— Se você declarar, é quase certo que vai ganhar — disse Ivan Antonov.

O belo russo era o segundo mais novo dos candidatos, com quarenta e três anos. Seu currículo era impressionante: fora o vice-almirante mais jovem da Marinha da Rússia e, mais tarde, tornara-se o segundo em comando da Frota do Báltico. Ele havia entrado em hibernação devido a uma doença terminal.

— Eu tenho muita força de dissuasão? — perguntou Cheng Xin, sorrindo.

— Você é qualificada. Já serviu na AIE. Ao longo dos últimos séculos, essa agência reuniu uma quantidade enorme de informações sobre Trissolaris. Antes da Batalha do Fim dos Tempos, até alertou as frotas humanas sobre o ataque iminente da gota, mas o alerta foi ignorado. Hoje em dia, a AIE é vista como uma organização lendária. Além disso, você é a única humana a possuir outro mundo, o que te dá o poder de salvar este... Não importa que o salto de lógica seja problemático; é assim que o público pensa...

— Deixe-me ir direto à questão — disse um homem careca, interrompendo Antonov.

Seu nome era A. J. Hopkins, ou pelo menos era assim que ele dizia se chamar. Sua identidade havia se perdido completamente quando ele foi reanimado da hibernação, e ele se recusava a divulgar qualquer informação pessoal, sem sequer se dar ao trabalho de inventar nada. Por isso, era difícil para ele se tornar um cidadão do novo mundo — embora o passado misterioso também contribuísse para que ele fosse um concorrente forte. Ele e Antonov eram vistos como os candidatos com maior força de dissuasão.

— Aos olhos do público, o Portador da Espada ideal é assim: precisa ser capaz de apavorar os trissolarianos sem apavorar as pessoas na Terra. Como essa combinação não existe, as pessoas tendem a preferir alguém que não as apavore. Você não as assusta porque é mulher, e ainda por cima uma mulher com aparência angelical. Aqueles frouxos são mais ingênuos do que as crianças da nossa época; só conseguem enxergar qualidades superficiais... Escute, todo mundo acha que as coisas estão andando às mil maravilhas, e que estamos prestes a alcançar paz e amor universais. A dissuasão não é mais tão importante, então eles querem que a espada fique nas mãos de alguém mais gentil.

— Mas não é verdade? — perguntou Cheng Xin. O tom de desdém de Hopkins a irritava.

Os seis homens não responderam, mas trocaram olhares entre si. Esses olhares agora pareciam mais sombrios e frios. Ali, no meio deles, Cheng Xin sentiu como se estivesse no fundo de um poço. Ela estremeceu.

— Filha, você não é adequada para se tornar a Portadora da Espada. — Quem falou foi o candidato mais velho, de sessenta e oito anos. Antes de hibernar, ele havia sido o vice-ministro de Relações Exteriores da Coreia do Sul. — Você não tem nenhuma experiência política, é jovem, não tem critérios para avaliar corretamente as situações, e não possui as qualidades psicológicas para ser Portadora da Espada. Você só tem gentileza e noção de responsabilidade.

O último candidato, um advogado experiente, se pronunciou.

— Acho que na verdade você não quer ser a Portadora da Espada. Deve saber os sacrifícios que teria que fazer.

Essa última declaração calou Cheng Xin. Ela havia acabado de descobrir o que Luo Ji tinha suportado durante a Era da Dissuasão.

Quando os seis candidatos foram embora, AA disse:

— Não acho que o que o Portador da Espada tem possa ser chamado de vida. É pior do que o inferno. Por que esses homens da Era Comum querem isso?

— O poder de ter na ponta dos dedos o destino de toda a humanidade e de mais uma raça é muito tentador para alguns homens daquela época. Alguns passam a vida inteira nessa busca. Torna-se uma obsessão.

— E você também é obcecada?

Cheng Xin não falou nada. Nada mais era tão simples.

— É difícil imaginar um homem tão sinistro, louco, pervertido — disse AA, referindo-se a Wade.

— Ele não é o mais perigoso.

Era verdade. Wade não se esforçava muito para esconder sua crueldade. As camadas e camadas de disfarces que as pessoas da Era Comum usavam para ocultar suas verdadeiras intenções e emoções eram inimagináveis para AA e seus contemporâneos. Quem poderia saber o que havia por trás daquelas máscaras frias e inexpressivas dos seis homens? Quem saberia se um deles não era outra Ye Wenjie, outro Zhang Beihai? Ou, mais assustador ainda, e se todos eles fossem?

Aquele belo mundo revelou sua fragilidade a Cheng Xin, como uma linda bolha de sabão flutuando por um espinheiro: bastaria um único toque para destruir tudo.

Uma semana depois, Cheng Xin foi à sede da ONU para a cerimônia de transferência dos dois planetas no sistema da estrela DX3906.

Depois, o presidente do CDP foi falar com ela. Em nome da ONU e da Frota do Sistema Solar, ele pediu-lhe que declarasse sua candidatura ao posto de Portador da Espada. Explicou que havia incertezas a respeito dos seis candidatos atuais. A eleição de qualquer um deles produziria pânico em massa, já que uma parcela considerável da população acreditava que todos representavam um enorme perigo e uma ameaça. As consequências da eleição de qualquer um deles eram imprevisíveis. Para tornar as coisas ainda mais instáveis, todos os candidatos viam Trissolaris com desconfiança e exibiam tendências agressivas em relação ao planeta. Se um deles fosse eleito, o segundo Portador da Espada talvez colaborasse com os extremistas da Terra e da Frota Internacional para impor políticas mais duras aos trissolarianos e exigir mais concessões. Essa ação poderia interromper a paz que vinha se desenvolvendo e o intercâmbio científico e cultural entre os dois mundos, o que levaria a um desastre...

Mas Cheng Xin poderia evitar tudo isso.

Com o fim da segunda fase cavernícola da humanidade, a sede da ONU voltara ao endereço antigo. Ela conhecia o local: a fachada do Secretariado tinha a mesma aparência de três séculos antes, e até as esculturas na praça haviam sido preservadas perfeitamente, assim como o gramado. Cheng Xin parou para relembrar a noite tumultuosa de duzentos e setenta anos antes: o anúncio do Projeto Barreiras; o atentado contra Luo Ji; a multidão caótica debaixo dos holofotes inquietos; seu cabelo sacudido pelo vento dos helicópteros; a partida da ambulância, suas luzes vermelhas e as sirenes gritando... Era como se tudo tivesse acontecido no dia anterior. Wade estava de costas para as luzes de Nova York e murmurou a frase que transformara a vida dela: "Vamos enviar só um cérebro".

Não fosse essa declaração, Cheng Xin nada teria a ver com o que estava acontecendo naquele momento. Ela seria uma mulher comum e teria morrido mais de dois séculos antes. Todos os seus rastros teriam desaparecido completamente na correnteza do longo rio do tempo. Com sorte, sua décima geração de descendentes agora estaria esperando a eleição do segundo Portador da Espada.

Mas ela estava viva. Contemplou a multidão na praça. Um holograma de sua imagem flutuava sobre as pessoas como uma nuvem colorida. Uma mãe jovem se aproximou de Cheng Xin e lhe entregou seu bebê, que tinha só alguns meses. O bebê riu e ela o segurou, tocou com o rosto aquelas bochechas macias. Seu coração se suavizou, e ela sentiu como se estivesse segurando o mundo inteiro, um mundo novo tão lindo e frágil quanto o bebê em seus braços.

— Olhem, ela é como Maria, a mãe de Jesus! — gritou a jovem mãe para a multidão. Ela se virou para Cheng Xin e juntou as mãos. Lágrimas escorriam de seus olhos. — Ah, madona bela e bondosa, proteja este mundo! Não deixe que aqueles homens selvagens e sedentos de sangue destruam toda a beleza daqui.

A multidão gritou de alegria. O bebê nos braços de Cheng Xin se assustou e começou a chorar. Ela o segurou com mais força.

Eu tenho escolha?

A resposta veio, sem margem para dúvidas.

Não. Nenhuma.

Eram três os motivos.

O primeiro era que ser declarada uma salvadora era exatamente o mesmo que ser empurrada para a guilhotina: não havia nenhuma opção. Isso havia acontecido com Luo Ji, e agora era a vez dela.

O segundo era que aquela jovem mãe e o embrulho macio e quente nos braços de Cheng Xin a fizeram compreender algo. Pela primeira vez, ela entendeu o que sentia em relação àquele mundo novo: instinto materno. Nunca experimentara essa emoção durante a Era Comum. Em seu inconsciente, cada pessoa naquele mundo era como um filho, e ela não suportava vê-las sofrer. Antes, confundira o sentimento com uma noção de responsabilidade. Mas não, o instinto materno não era passível de racionalização; era inescapável.

O terceiro fato se erguia diante dela como um muro intransponível. Mesmo se os dois outros motivos não existissem, essa muralha continuaria ali: Yun Tianming.

Aquela situação era um inferno, um abismo infinito, o mesmo abismo em que Yun Tianming havia mergulhado por ela. Cheng Xin não podia recuar agora. Precisava aceitar o carma. Era sua vez.

Cheng Xin vivera uma infância repleta do amor de sua mãe, mas apenas isso. Tinha perguntado pelo pai. Ao contrário de outras mães solo, a sua respondeu tranquilamente. Disse que não sabia e, depois de um suspiro, acrescentou que gostaria de saber. Cheng Xin também perguntou de onde ela tinha vindo, e sua mãe disse que ela havia sido encontrada.

Não era mentira. Cheng Xin realmente tinha sido encontrada. Sua mãe nunca se casara, mas, certa noite, durante um passeio com o namorado da época, ela viu um bebê de três meses abandonado em um banco no parque, junto com uma mamadeira cheia de leite, mil yuans e um pedaço de papel com a data de nascimento da menina. A intenção original de sua mãe e do namorado era levar a criança à polícia, que a entregaria para o gabinete de assuntos civis da cidade, que por sua vez enviaria a menina a um orfanato.

Mas ela decidiu levar a bebê para casa e ir à polícia na manhã seguinte. Talvez tenha sido a experiência de ser mãe por uma noite, ou talvez algum outro motivo, mas, no dia seguinte, ela descobriu que não conseguiria se separar da criança. Sempre que pensava em se afastar daquela vida jovem, seu coração doía, então decidiu adotá-la.

O namorado a largou por isso. Ao longo da década seguinte, ela teve quatro ou cinco namorados, mas todos acabaram deixando-a por causa da criança. Mais tarde, Cheng Xin descobriu que nenhum dos homens havia expressado objeção à escolha de sua mãe de adotá-la, mas, sempre que um deles demonstrava qualquer sinal de impaciência ou ignorância, ela terminava o namoro. Sua mãe se recusava a permitir que Cheng Xin sofresse qualquer mal.

Quando era menina, nunca achou que sua família fosse incompleta. Na verdade, para ela era exatamente como devia ser: um mundo pequeno composto de mãe e filha. Nesse mundo pequeno havia tanto amor, tanta alegria, que ela até desconfiava que o acréscimo de um pai fosse dispensável. Com o tempo, começou a sentir falta do amor de um pai — a princípio, foi só uma sensação vaga, mas a dor se tornou cada vez mais forte. Foi então que sua mãe encontrou um pai para ela, um homem muito gentil e cheio de amor e responsabilidade. Ele se apaixonou pela mãe de Cheng Xin principalmente devido ao tamanho do amor dela pela filha. E, assim, um segundo sol surgiu na vida dela. Seu pequeno mundo finalmente estava completo, e seus pais não tiveram mais filhos.

Mais tarde, Cheng Xin saiu de casa para ir à faculdade. Depois, sua vida se tornou um cavalo selvagem que a levou para cada vez mais longe, até que, no fim, precisou se afastar deles não só no espaço, mas também no tempo — teve que ser enviada ao futuro.

A noite em que ela saiu da casa dos pais pela última vez ficaria gravada em sua mente para sempre. Ela mentira para eles, dizendo que voltaria no dia seguinte — não suportava a ideia de dizer adeus, então acabou saindo sem falar nada. Mas parecia que eles sabiam a verdade.

Sua mãe segurou sua mão e disse:

— Querida, nós três estamos juntos por amor...

Cheng Xin passou aquela noite parada diante da janela dos pais. Em sua mente, as últimas palavras da mãe se repetiam na brisa noturna, nas estrelas cintilantes e em tudo o mais.

Três séculos mais tarde, ela finalmente estava pronta para fazer algo por amor.

— Vou me candidatar ao posto de Portador da Espada — disse à jovem mãe.

ERA DA DISSUASÃO, ANO 62
GRAVIDADE, NOS ARREDORES DA NUVEM DE OORT

Fazia meio século que a *Gravidade* vinha perseguindo a *Espaço Azul*.

Ela finalmente se aproximara do alvo. Restavam apenas três UA entre a presa e o caçador. Em comparação com o 1,5 ano-luz que as duas naves haviam percorrido, eram meros centímetros.

Uma década antes, a *Gravidade* havia atravessado a Nuvem de Oort. Essa região, cerca de um ano-luz distante do Sol, nos limites do Sistema Solar, era onde nasciam os cometas. A *Espaço Azul* e a *Gravidade* eram as primeiras naves humanas a cruzar essa fronteira. Mas aquilo não parecia nem um pouco com uma nuvem. De vez em quando uma bola de rocha e gelo — um cometa sem cauda — passava a dezenas ou centenas de milhares de quilômetros, invisível a olho nu.

Quando a *Gravidade* deixou a Nuvem de Oort para trás, adentrou o verdadeiro espaço sideral. Dali, o Sol parecia só mais uma estrela atrás da nave. O astro perdera todo peso de realidade e se tornara uma ilusão. Em todas as direções, só se via um abismo infinito, e os únicos objetos cuja existência podia ser estabelecida pelos sentidos eram as duas gotas voando em formação com a *Gravidade*. As gotas acompanhavam a nave a cerca de cinco quilômetros de distância, quase invisíveis a olho nu. A tripulação a bordo da *Gravidade* gostava de observá-las com telescópios para obter alguma dose de conforto em meio ao vazio sem fim. Em certo sentido, olhá-las era o mesmo que olhar para si mesmo. A superfície espelhada das gotas refletia uma imagem da *Gravidade*. As dimensões eram um pouco distorcidas, mas, graças à superfície absolutamente lisa, a imagem era bastante nítida. Com um telescópio de magnificação suficiente, os observadores podiam até identificar a janela onde estavam, e o próprio rosto no reflexo.

A maioria dos mais de cem oficiais e praças a bordo da *Gravidade* não sentiu essa solidão porque havia passado a maior parte dos últimos cinquenta anos em hibernação. Em condições normais de cruzeiro, bastavam apenas de cinco a dez tripulantes em serviço. Com o rodízio da hibernação, em geral cada pessoa servia por três a cinco anos.

Toda a perseguição era um jogo complexo de aceleração entre a *Gravidade* e a *Espaço Azul*. Em primeiro lugar, a *Espaço Azul* não podia acelerar continuamente, pois isso lhe custaria precioso combustível e acabaria por incapacitá-la. Ainda que com isso fosse conseguir despistar a *Gravidade*, esgotar todo o combustível seria suicídio no vácuo infinito do espaço sideral. Embora a reserva da *Gravidade* fosse maior que a da *Espaço Azul*, ela também tinha limitações. Como precisava estar preparada para a viagem de volta, seu combustível tinha que ser dividido igualmente em quatro partes: a aceleração para sair do Sistema Solar; a desaceleração antes de alcançar seu destino; a aceleração para entrar no Sistema Solar; e a desaceleração antes de chegar à Terra. Portanto, a quantidade disponível para a aceleração durante a perseguição era apenas um quarto do total das reservas. Com base em cálculos das manobras anteriores da *Espaço Azul* e informações obtidas pelos sófons, a *Gravidade* tinha uma noção bem precisa do tamanho das reservas de combustível da *Espaço Azul*, que por sua vez não tinha informação alguma sobre o estoque da outra. Portanto, nesse jogo, a *Gravidade* conhecia todas as cartas na mão da *Espaço Azul*, mas a *Espaço Azul* sofria na ignorância. Durante sua missão, a *Gravidade* manteve uma velocidade constante mais alta do que a da *Espaço Azul*, mas nenhuma se aproximou da velocidade máxima. Além disso, vinte e cinco anos depois do início da caçada, a *Espaço Azul* parou de acelerar, talvez por receio de consumir combustível demais.

Durante o meio século de caçada, a *Gravidade* tentou diversas vezes se comunicar com a outra nave e explicar que era inútil fugir. Ainda que de alguma forma a tripulação da *Espaço Azul* conseguisse escapar dos perseguidores da Terra, as gotas a alcançariam e a destruiriam. Mas, se seus tripulantes voltassem à Terra, teriam um julgamento justo. Caso se rendessem, poderiam abreviar muito a perseguição. Mas a *Espaço Azul* ignorou todas as tentativas de contato.

Um ano antes, quando as duas naves estavam separadas por trinta UA, aconteceu algo não exatamente inesperado: a *Gravidade* e as duas gotas que a acompanhavam entraram em uma região do espaço onde os sófons perderam o elo quântico com Trissolaris, pondo fim às comunicações em tempo real com a Terra. A *Gravidade* teria que se limitar a usar apenas neutrinos e rádio. Suas transmissões agora levavam um ano e três meses para chegar à Terra, e a nave precisaria esperar o mesmo período até receber uma resposta.

TRECHO DE *UM PASSADO ALÉM DO TEMPO*
MAIS PROVAS INDIRETAS A FAVOR DA FLORESTA SOMBRIA: REGIÕES OPACAS ANTISSÓFONS

No início da Era da Crise, quando Trissolaris enviou os sófons à Terra, lançaram também seis deles quase à velocidade da luz para explorar outras regiões da galáxia.

Todos esses sófons entraram em regiões opacas e perderam o contato com a fonte. O que durou mais chegou a percorrer sete anos-luz. Outros sófons lançados depois tiveram o mesmo destino. A região opaca mais próxima, a apenas 1,3 ano-luz da Terra, foi a que os sófons que acompanhavam a *Gravidade* encontraram.

Quando o entrelaçamento quântico entre os sófons se rompia, era impossível restabelecê-lo. Qualquer sófon que entrasse em uma região opaca se perdia para sempre.

Para Trissolaris, ainda era um mistério que interferência seria capaz de agir sobre eles: talvez fosse um fenômeno natural, ou talvez artificial. Tanto os cientistas trissolarianos quanto os da Terra tendiam a acreditar na segunda opção.

Antes de perderem o contato, os sófons só conseguiram explorar duas estrelas próximas com planetas. Nenhum dos dois sistemas exibiu sinais de vida ou civilização. Mas a Terra e Trissolaris chegaram à conclusão de que foi justamente devido a essa desolação que os sófons puderam se aproximar.

Portanto, mesmo no meio da Era da Dissuasão, o restante do universo permanecia oculto dos dois mundos por um véu misterioso. Aparentemente, a existência dessas regiões opacas constituía uma prova indireta da natureza de floresta sombria do universo: algo estava impedindo que o cosmo fosse transparente.

ERA DA DISSUASÃO, ANO 62
GRAVIDADE, NOS ARREDORES DA NUVEM DE OORT

A perda dos sófons não comprometeu a missão da *Gravidade*, ainda que o trabalho tenha ficado muito mais difícil. Antes, os sófons podiam entrar livremente na *Espaço Azul* e relatar o que acontecia lá dentro; agora, a *Espaço Azul* parecia uma caixa lacrada. Além disso, as gotas perderam a capacidade de se comunicar em tempo real com Trissolaris e foram obrigadas a usar apenas a própria inteligência artificial. Isso produziu resultados imprevisíveis.

O comandante da *Gravidade* decidiu que não podia mais esperar. Ordenou que a *Gravidade* acelerasse.

Quando a *Gravidade* começou a se aproximar, a *Espaço Azul* entrou em contato com seus caçadores pela primeira vez e propôs um plano: dois terços da tripulação da *Espaço Azul* — incluindo os principais suspeitos — seriam enviados à *Gravidade* em botes espaciais se o restante da tripulação tivesse permissão de seguir viagem rumo às profundezas do espaço. Dessa forma, a vanguarda e a semente da humanidade seriam preservadas, mantendo a esperança de mais explorações.

A recusa da *Gravidade* foi veemente. Toda a tripulação da *Espaço Azul* era considerada suspeita de ter cometido assassinato, e todos teriam que se submeter a julgamento. O espaço os transformara a tal ponto que eles não faziam mais parte da raça humana. Em hipótese alguma seriam autorizados a "representá-la" na exploração do espaço.

Aparentemente, a *Espaço Azul* percebeu que seria inútil fugir ou resistir. Se só estivessem sendo perseguidos por uma nave humana, teriam pelo menos alguma chance caso decidissem enfrentá-la. Mas as duas gotas alteravam o cálculo estratégico. Para elas, a *Espaço Azul* não passava de um alvo de papel, e não havia escapatória. Quando as duas naves estavam separadas por apenas quinze UA, a *Espaço Azul* anunciou a rendição e começou a desacelerar à potência máxima. A distância entre as naves logo diminuiu, e parecia que a longa caçada finalmente estava no fim.

A tripulação da *Gravidade* saiu da hibernação e preparou a nave para o combate. A embarcação, antes silenciosa e vazia, voltou a se encher de gente.

Os que haviam sido reanimados se viram diante de uma situação em que o alvo estava quase ao alcance, mas a comunicação em tempo real com a Terra não era mais possível. Contudo, essa impossibilidade não os aproximou da tripulação da *Espaço Azul* em termos espirituais. Pelo contrário: como uma criança que se perdeu dos pais, a tripulação passou a desconfiar ainda mais daquelas crianças solitárias bagunceiras. Todo mundo queria capturar a *Espaço Azul* o mais rápido possível e voltar para casa. Embora as duas tripulações estivessem na gélida vastidão do espaço, viajando na mesma direção aproximadamente à mesma velocidade, havia uma enorme diferença entre aquelas naves: a *Gravidade* tinha uma âncora espiritual, e a *Espaço Azul* estava à deriva.

Noventa e oito horas após a reanimação dos tripulantes, o dr. West, psiquiatra da *Gravidade*, recebeu o primeiro paciente. O médico se surpreendeu com a visita do capitão de fragata Devon. A ficha indica que o oficial tinha a maior pontuação de estabilidade de toda a tripulação. Devon era o chefe das forças de segurança a bordo da *Gravidade*, e seria responsabilidade dele desarmar a *Espaço Azul* e prender os tripulantes quando a nave fosse apreendida. Os homens a bordo da *Gravidade* faziam parte da última geração da Terra que ainda parecia masculina, e a aparência de Devon era a mais masculina entre todos. Às vezes achavam que ele tinha nascido na Era Comum. Ele havia defendido em muitas ocasiões a adoção de medidas duras contra os suspeitos, sugerindo que a pena de morte devia ser restabelecida.

— Doutor, eu sei que posso contar com sua discrição — disse Devon, cuidadosamente. O tom dele contrastava com seu estilo agressivo habitual. — Eu sei que o que vou dizer agora vai parecer engraçado.

— Comandante, como profissional, não rio de ninguém.

— Ontem, aproximadamente à hora estelar 436 950, saí da Sala de Reuniões Quatro e segui pelo Corredor Dezessete até meu camarote. Quando me aproximava do Centro de Inteligência, um tenente veio na minha direção, ou pelo menos um homem vestido com um uniforme de tenente da Força Espacial. Naquele horário, todo mundo que não estivesse em serviço devia estar dormindo. Mas não achei tão estranho encontrar alguém no corredor. Só que... — Devon balançou a cabeça e olhou para o nada, como se tentasse se lembrar de um sonho.

— Qual era o problema?

— O homem passou por mim no corredor. Ele me prestou continência, e olhei para ele...

Devon parou de novo, e o médico assentiu para que ele continuasse.

— Era... era o capitão de corveta Park Ui-gun, o comandante dos fuzileiros da *Espaço Azul*.

— Da *Espaço Azul*, nosso alvo? — West falou com um tom calmo, sem fazer qualquer insinuação de surpresa.

Devon não respondeu.

— Doutor, você sabe que parte do meu trabalho é monitorar o interior da *Espaço Azul* pelas imagens em tempo real transmitidas pelos sófons. Eu conheço a tripulação daquela nave melhor do que a nossa. Sei como é o capitão Park Ui-gun.

— Talvez fosse alguém parecido da nossa tripulação.

— Não, não tem ninguém parecido, e eu conheço todos aqui. Além disso... depois da continência, ele passou por mim inexpressivo. Parei ali, chocado. Quando me virei, o corredor estava vazio.

— Quando você foi reanimado da hibernação?

— Há três anos. Eu tinha que ficar de olho nas atividades a bordo do nosso alvo. Antes, também fui um dos últimos a entrar em hibernação.

— Então você deve ter presenciado o momento em que entramos na região opaca antissófons.

— Claro.

— Antes disso, você passou tanto tempo observando os tripulantes a bordo da *Espaço Azul* que acredito que deva ter tido a sensação de estar lá, e não aqui na *Gravidade*.

— É, doutor. Tive essa sensação muitas vezes.

— E então a transmissão das imagens de vigilância foi interrompida. Você não podia ver mais nada de lá. E estava cansado... Comandante, é simples. Acredite: é normal. Sugiro um pouco mais de repouso. Agora temos muita gente para realizar os trabalhos necessários.

— Doutor, eu sou um dos sobreviventes da Batalha do Fim dos Tempos. Depois que minha nave explodiu, fiquei encolhido em uma cápsula de fuga do tamanho da sua mesa, à deriva na altura da órbita de Netuno. Quando me resgataram, eu estava quase morto, mas minha mente continuava sã, e nunca sofri nenhum delírio... Acredito que vi o que vi. — Devon se levantou para sair. Quando chegou à porta, ele se virou. — Se eu vir aquele miserável de novo, onde quer que seja, vou matá-lo.

Algum tempo depois, houve um acidente na Área Ecológica Três — um tubo de nutrientes se rompeu. Era feito de fibra de carbono e, como não sofria nenhuma pressão, a probabilidade de defeito era muito baixa. O técnico ecológico Ivantsov atravessou a plantação aeropônica, cerrada como uma floresta tropical, e viu que alguém já havia fechado a válvula da tubulação rompida e estavam limpando o caldo amarelo de nutrientes.

Ivantsov ficou paralisado ao ver o tubo danificado.

— Isso... foi causado por um micrometeoroide!

Alguém riu. Ivantsov era um técnico prudente e tinha muita experiência, o que fez o comentário parecer mais engraçado ainda. Todas as áreas ecológicas se encontravam no meio da nave. A Área Ecológica Três ficava a dezenas de metros da seção mais próxima do casco exterior.

— Trabalhei durante mais de dez anos em manutenção de áreas externas e sei qual é a aparência de um choque de micrometeoroide! Aqui, dá para ver os indícios típicos de ablação por alta temperatura nas margens do dano.

Ivantsov examinou atentamente o interior do tubo; depois, pediu que um técnico removesse uma secção circular em volta do dano e ampliasse a imagem. O burburinho morreu quando todos viram a imagem com magnificação de mil vezes. No revestimento do tubo havia partículas pretas minúsculas, com alguns mícrons de diâmetro. Essas partículas brilhavam como olhos hostis naquela imagem ampliada. Todo mundo sabia o que estava vendo. O meteoroide devia ter cem mícrons de diâmetro. Ele se estilhaçara ao atravessar o tubo, e os fragmentos se cravaram na superfície do outro lado da rachadura.

Todos ergueram os olhos ao mesmo tempo.

O teto sobre o tubo danificado parecia liso e intacto. Sem contar que havia dezenas, centenas de anteparos de espessura variada entre onde estavam e o espaço. Uma ruptura por impacto em qualquer dos anteparos teria ocasionado um alerta de alto nível.

Mas o micrometeoroide precisava ter vindo do espaço. Considerando as condições da ruptura, o micrometeoroide havia atingido o tubo a uma velocidade relativa de trinta mil metros por segundo. Teria sido impossível acelerar um projétil a essa velocidade no interior da nave, e muito menos no interior da área ecológica.

— Parece um fantasma — murmurou um primeiro-tenente chamado Ike, e então saiu. As palavras que ele escolheu não foram vãs: cerca de dez horas antes, ele havia visto outro fantasma, maior.

Ike tentava dormir em seu camarote quando viu uma abertura redonda aparecer na parede diante de sua cama. Tinha cerca de um metro de largura e ocupava o espaço onde antes estava uma paisagem do Havaí. De fato, muitos dos anteparos na nave eram móveis e maleáveis, então portas podiam aparecer em qualquer lugar, mas uma abertura circular como aquela era impossível. Além disso, as paredes do camarote de oficiais do baixo escalão eram metálicas e não tinham essa capacidade de deformação. Ao examinar mais de perto, Ike constatou que a borda da abertura era perfeitamente lisa e refletora como um espelho.

Embora fosse estranho encontrar aquele buraco, Ike chegou a ficar satisfeito ao vê-lo. Sua vizinha era a primeira-tenente Vera.

Verenskaya era a técnica responsável pelo sistema de inteligência artificial a bordo da *Gravidade*. Ike vinha tentando convencer a bela russa a ter um encontro romântico com ele, mas ela não demonstrara interesse. Ike ainda se lembrava da última tentativa, dois dias antes.

Ele e Verenskaya tinham terminado seus turnos. Como sempre, voltaram juntos ao alojamento dos oficiais, e, chegando à porta de Verenskaya, Ike tentou acompanhá-la para dentro do camarote. Ela o impediu.

— Poxa, querida — disse Ike. — Só uma visitinha. Uma boa vizinha me convidaria pelo menos uma vez. O pessoal vai achar que não sou homem de verdade.

Verenskaya fechou a cara.

— Qualquer homem de verdade nesta nave está preocupado demais com a missão para cogitar levar para a cama toda mulher que vir pela frente.

— Preocupado com o quê? Depois que a gente pegar aqueles assassinos, o perigo vai acabar. Vai ser pura felicidade!

— Eles não são assassinos! Sem a dissuasão, a *Espaço Azul* seria a única esperança da humanidade. Apesar disso, agora nós nos aliamos aos inimigos da raça humana para caçá-la. Você não sente vergonha?

— Hm... Docinho, se você pensa assim... por que você...

— Por que eu entrei nesta missão? É o que você quer saber? Que tal ir me denunciar para o psiquiatra e o comandante? Eles vão me colocar em hibernação compulsória, e quando voltarmos eu vou ser expulsa da frota. Isso é tudo o que eu queria!

Verenskaya bateu a porta na cara dele.

No entanto, aquele buraco era a desculpa perfeita para Ike entrar no camarote da colega. Ele soltou o cinto antiflutuação e se sentou na cama, mas parou ao ver que a parte de baixo da abertura redonda também atingira o topo da cômoda apoiada na parede. A borda do que restava da cômoda agora também estava totalmente lisa e refletora, como a borda do círculo. Era como se uma faca invisível tivesse cortado a cômoda e tudo que havia ali dentro, incluindo as pilhas de roupas dobradas. A superfície espelhada do corte transversal chegava à borda da abertura circular, e toda a superfície refletora parecia a parte de dentro de uma esfera.

Ike deu impulso na cama e começou a flutuar, sem peso. Ao olhar pela abertura, quase deu um grito de medo. *É um pesadelo, não é possível!*

Pelo buraco, ele via que parte da cama de Verenskaya, colada à parede do camarote, também havia desaparecido. As canelas de Verenskaya tinham sido cortadas. Embora o corte transversal da cama e das pernas tivesse o mesmo aspecto liso e refletor, como se estivesse coberto por uma camada de mercúrio, os músculos e ossos de Verenskaya estavam aparentes. Mas ela parecia bem. Continuava dormindo profundamente, e seus seios firmes subiam e desciam devagar com a respiração. Em outras circunstâncias, Ike teria admirado a cena, mas no momento a única coisa que sentia era um pavor sobrenatural. Quando se acalmou e olhou com mais atenção, viu que o corte transversal das pernas de Verenskaya e da cama também formava uma superfície esférica que se encaixava na abertura redonda.

Ele estava olhando para um espaço em forma de bolha com cerca de um metro de diâmetro que apagava tudo o que tocava.

Ike pegou um arco de violino do criado-mudo e, com mão trêmula, inseriu-o na bolha. A parte do arco que entrou desapareceu, mas a crina continuou tensa. Ele puxou o arco de volta e viu que estava ileso. Mas sentia-se aliviado por não ter tentado atravessar o buraco — quem garantia que ele chegaria intacto do outro lado?

Tentou ficar calmo e pensar na explicação mais racional para aquela cena bizarra. Então tomou uma decisão que considerou sábia: vestiu o gorro de dormir e voltou para a cama. Prendeu o cinto antiflutuação e programou o gorro para meia hora.

Meia hora depois, ele acordou e a bolha continuava lá.

Então ele programou o gorro para dali a uma hora. Quando acordou de novo, a bolha e o buraco na parede haviam sumido. A paisagem havaiana tinha voltado para a parede, e tudo estava exatamente como antes.

Mas Ike ficou preocupado com Verenskaya. Ele saiu correndo de seu camarote e parou na frente da porta dela. Em vez de apertar a campainha, esmurrou a porta. Só conseguia pensar na imagem assustadora de Verenskaya na cama, à beira da morte, com as pernas decepadas.

Levou um tempo para a porta se abrir, e uma Verenskaya ainda sonolenta exigiu uma explicação.

— Vim ver se você estava... bem. — O olhar de Ike percorreu o corpo dela, e viu que as belas pernas de Verenskaya estavam inteiras sob a barra da camisola.

— Idiota! — Verenskaya bateu a porta na cara dele.

Depois de voltar para seu camarote, Ike vestiu o gorro de dormir e o programou para oito horas. A única opção sensata era ficar quieto sobre o que tinha visto e não falar nada. Devido à missão especial da *Gravidade*, o estado psicológico da tripulação — em especial dos oficiais — era monitorado constantemente. Do efetivo completo de pouco mais de cem almas a bordo, havia uma força especial de monitoramento psicológico composta de mais de uma dúzia de pessoas. Alguns tripulantes se perguntavam se a *Gravidade* era uma nave estelar ou um hospital psiquiátrico. E havia também West, o irritante psiquiatra civil que só pensava em termos de distúrbios mentais e doenças e bloqueios, e dizia-se que ele obrigaria uma privada entupida a fazer terapia. O processo de avaliação mental a bordo da *Gravidade* era extremamente rigoroso, e até ligeiros distúrbios psicológicos resultavam em hibernação compulsória do paciente. Ike morria de medo de perder o iminente encontro histórico das duas naves. Se isso acontecesse, as garotas não o considerariam herói quando a nave voltasse para a Terra dali a cinquenta anos.

No entanto, a antipatia de Ike pela força psicológica e pelo dr. West diminuíra ligeiramente. Ele sempre tivera a impressão de que viviam fazendo tempestade em copo de água, mas nunca imaginara que fosse possível ter delírios tão realistas.

Em comparação com o pequeno delírio de Ike, o episódio sobrenatural do sargento Liu Xiaoming podia ser considerado espetacular.

Liu estava realizando uma inspeção de rotina no casco exterior. A operação consistia em pilotar um pequeno bote espacial a certa distância da *Gravidade* a fim de avaliar se o casco apresentava qualquer anomalia, como sinais de impacto de meteoro. Era uma atividade antiga e obsoleta que já não se fazia tão necessária e era pouco realizada. A nave contava com inúmeros sensores que monitoravam o casco o tempo todo; qualquer problema deveria ser detectado imediatamente. Além do mais, a operação só podia ser realizada em velocidade de cruzeiro, não em fases de aceleração ou desaceleração. Durante a aproximação com a *Espaço Azul*, as acelerações e desacelerações para correções de percurso eram frequentes. Foi em uma das raras ocasiões em que a nave mantinha velocidade de cruzeiro que o sargento Liu recebeu ordem de aproveitar a oportunidade.

Liu tirou o bote do atracadouro no centro da nave e pairou tranquilamente para fora da *Gravidade* até chegar a distância suficiente para enxergar a nave inteira. O casco gigantesco era banhado pela luz da galáxia. Diferentemente de quando a maior parte da tripulação hiberna, vazava luz de todas as escotilhas, dando à *Gravidade* um aspecto ainda mais magnífico.

Mas Liu percebeu algo inacreditável: o formato da *Gravidade* era um cilindro perfeito, mas, naquele momento, a parte de trás terminava em um plano inclinado! A nave também estava muito menor — cerca de vinte por cento mais curta.

Ele fechou os olhos e voltou a abri-los segundos depois. A *Gravidade* continuava sem um pedaço. Sentiu arrepios. A nave gigantesca à sua frente era um organismo integrado. Se a parte de trás desaparecesse de repente, os sistemas de distribuição de energia sofreriam um colapso catastrófico, e a nave logo explodiria. Mas nada disso estava acontecendo. A nave seguia viagem sem problemas, suspensa no espaço. Não houve nenhum alerta no rádio ou nas telas do painel.

Ele apertou o botão do intercomunicador e se preparou para relatar a cena, mas desligou o canal. Lembrou as palavras de um espacial experiente que tinha participado da Batalha do Fim dos Tempos: "Sua intuição não é confiável no espaço. Se precisar agir com base nela, conte de um a cem primeiro. Ou pelo menos de um a dez".

Liu fechou os olhos e começou a contar. Quando chegou a dez, abriu os olhos. A nave continuava sem a parte de trás. Ele fechou os olhos e retomou a contagem; estava respirando mais rápido, mas se esforçou para relembrar o treinamento e se obrigou a se acalmar. Abriu os olhos ao chegar a trinta, e dessa vez a *Gravidade* estava completa. Fechou os olhos de novo, deu um suspiro e esperou até o coração desacelerar.

Ele pilotou o bote até a popa da nave, onde viu os três exaustores imensos do motor por fusão. O motor estava desativado, e o reator de fusão era mantido na potência mínima, por isso havia apenas um ligeiro brilho vermelho nos exaustores, o que o fez pensar nas nuvens da Terra durante o pôr do sol.

O sargento Liu ficou feliz de não ter reportado nada. Um oficial poderia ser submetido a terapia, mas um praça como ele seria obrigado a entrar em hibernação. Como Ike, Liu Xiaoming não queria voltar para a Terra como um inútil.

O dr. West foi ver Guan Yifan, um pesquisador civil que trabalhava no observatório na popa. Guan tinha um camarote no centro da nave, mas raramente o usava. Passava a maior parte do tempo no observatório e pedia as refeições aos robôs de bordo. A tripulação o chamava de "ermitão da popa".

O observatório era uma pequena cabine esférica onde Guan dormia e trabalhava. Ele estava desarrumado, o cabelo crescido e a barba por fazer, mas ainda parecia relativamente jovem. Quando West o viu, Guan estava flutuando no meio da cabine com aspecto inquieto: suor na testa, olhos ansiosos, a mão puxando constantemente a gola da camisa, como se não conseguisse respirar direito.

— Já avisei pelo intercomunicador: estou trabalhando e não tenho tempo para visitas.

— Foi justamente por causa dos sinais de distúrbio mental na sua ligação que vim vê-lo.

— Não faço parte da força espacial. Desde que eu não represente nenhum perigo para a nave ou para a tripulação, você não tem nenhuma autoridade sobre mim.

— Tudo bem. Vou embora. — West se virou. — Só não acredito que uma pessoa claustrofóbica seja capaz de trabalhar aqui sem problemas.

Guan gritou para West ficar, mas West o ignorou. Como o médico esperava, Guan correu atrás dele e o segurou.

— Como você sabia? Eu sou mesmo... claustrofóbico. Sinto-me preso dentro de um tubo estreito, e às vezes é como se estivesse sendo espremido entre duas chapas de ferro até ficar fino como uma folha...

— Não me surpreende. Olhe onde você está. — O médico apontou para a cabine. Parecia um ovo minúsculo acomodado em um ninho de cabos e canos. — Você pesquisa fenômenos em uma escala imensa, mas fica confinado no espaço mais ínfimo. E há quanto tempo está aqui? Já faz quatro anos desde que saiu da hibernação, não é?

— Não estou reclamando. A missão da *Gravidade* é levar fugitivos à justiça, e não fazer exploração científica. Já sou grato por ter esse espaço que seja... A verdade é que minha claustrofobia não tem nada a ver com isto.

— Que tal fazermos uma caminhada na Praça Um? Vai ajudar.

O médico puxou Guan Yifan, e os dois flutuaram na direção da proa. Se a nave estivesse acelerando, ir da popa à proa seria o mesmo que escalar um poço de um quilômetro de altura, mas, com a ausência de gravidade causada pela velocidade de cruzeiro, o percurso era muito mais fácil. A Praça Um ficava na proa da nave cilíndrica, sob uma cúpula semiesférica transparente. Estar ali era como ficar no meio do espaço. Em comparação com as projeções holográficas do mapa estelar nas paredes das cabines esféricas, aquele lugar provocava um efeito de dessubstancialização ainda mais forte.

"Efeito de dessubstancialização" era um conceito da psicologia astronáutica. Os seres humanos na Terra eram cercados por objetos, então, para o inconsciente, o mundo tinha uma imagem material e substancial. No entanto, no espaço sideral, longe do Sistema Solar, as estrelas não passavam de pontos distantes de luz, e a galáxia era apenas uma névoa luminosa. Para os sentidos e a mente, o mundo perdia a materialidade, e era o espaço vazio que dominava. No inconsciente de um viajante espacial, a imagem do mundo se dessubstancializava. Esse modelo mental era a base da psicologia astronáutica. Em termos psicológicos, a nave se tornava a única entidade material do universo. Abaixo da velocidade da luz, o movimento da nave era imperceptível, e o universo se tornava uma galeria de arte infinita e vazia. Ali, as estrelas eram ilusões, e a nave era o único objeto em exibição. Isso produzia uma sensação profunda de solidão e poderia causar delírios do inconsciente segundo os quais o viajante seria um "superobservador" rumo ao único "objeto em exibição". Essa sensação de completa exposição podia acarretar passividade e ansiedade.

Portanto, muitos dos efeitos psicológicos negativos causados por viagens no espaço sideral se deviam à abertura extrema do ambiente externo. Na vasta experiência profissional de West, uma claustrofobia como a de Guan Yifan era extremamente rara. West achou mais estranho ainda o fato de Guan não parecer sentir alívio sob o imenso céu aberto da Praça Um; a inquietação provocada por sua claustrofobia não diminuiu em nada. Isso corroborou a declaração de Guan de que sua claustrofobia não tinha nada a ver com o espaço confinado de seu observatório. West ficou ainda mais interessado no caso.

— Você não está se sentindo melhor?

— Não, nem um pouco. Estou me sentindo preso. Tudo aqui é tão... fechado.

Guan olhou para o céu estrelado e depois concentrou a atenção à sua frente, na direção em que a *Gravidade* estava viajando. O médico sabia que ele estava procurando a *Espaço Azul*. As duas naves estavam separadas por apenas cem mil quilômetros e voavam aproximadamente à mesma velocidade. Na escala do espaço sideral, elas estavam praticamente voando em formação. Os comandantes das duas naves já negociavam os detalhes técnicos da atracação, mas a *Espaço Azul* ainda se encontrava longe demais para ser visível a olho nu. As gotas também eram invisíveis. Com base no acordo firmado com Trissolaris meio século antes, elas haviam se deslocado para uma posição a cerca de trezentos mil quilômetros da *Gravidade* e da *Espaço Azul*. As duas naves e as gotas formavam um triângulo isósceles estreito.

Guan Yifan voltou o olhar para West.

— Ontem à noite eu tive um sonho. Fui para um lugar, um lugar *muito* aberto, de um jeito que você nem pode imaginar. Quando acordei, a realidade pareceu muito fechada e apertada, e eu fiquei claustrofóbico. É como se logo depois de nascer você fosse trancado em uma caixa pequena, e aí não se importa porque é só o que você conhece. Mas, se em algum momento lhe fosse permitido sair e depois o trancassem de novo, a sensação mudaria completamente.

— Fale um pouco mais sobre o lugar no seu sonho.

Guan deu um sorriso misterioso para o médico.

— Eu poderia descrevê-lo para outros cientistas nesta nave, e talvez até para os da *Espaço Azul*. Mas não para você. Não é pessoal, doutor, mas não suporto a postura dos seus colegas de profissão: se vocês acham que alguém tem um distúrbio mental, tudo que a pessoa fala é tratado como o delírio de uma mente enferma.

— Mas você acabou de me falar que foi um sonho.

Guan balançou a cabeça, tentando se lembrar.

— Não sei se foi sonho; não sei se eu estava acordado. Às vezes, a gente acha que acabou de acordar de um sonho e aí descobre que ainda está sonhando; ou então a gente está acordado, mas parece sonho.

— A segunda situação é extremamente rara. Se você sentiu isso, então é quase certamente um sintoma de distúrbio mental. Ah, desculpe, agora você ficou chateado comigo de novo.

— Não, não. Na verdade, acho que somos muito parecidos. Nós dois temos objetos de observação. Você observa o insano, e eu observo o universo. Como você, também tenho meus critérios para avaliar a saúde dos objetos que observo: harmonia e beleza, em termos matemáticos.

— É claro que os objetos que você observa são saudáveis.

— Você se engana, doutor. — Guan apontou para o brilho da Via Láctea, mas seu olhar continuou em West, como se um monstro houvesse aparecido de repente. — Lá fora existe um paciente mentalmente são preso em um corpo paraplégico!

— Por quê?

Guan se encolheu e abraçou os joelhos. Esse movimento fez seu corpo rodopiar lentamente. A magnífica Via Láctea girava à sua volta, e ele se viu no centro do universo.

— Por causa da velocidade da luz. O universo conhecido tem cerca de dezesseis bilhões de anos-luz de largura, e está em contínua expansão. Mas a velocidade da luz só atinge trezentos mil quilômetros por segundo, um passo de tartaruga. Isso significa que a luz não pode ir de uma extremidade do universo à outra. Como nada se move mais rápido que a luz, é impossível que qualquer informação ou força motiva viaje de uma ponta do universo à outra. Se o universo fosse uma pessoa, os sinais neurais não alcançariam o corpo inteiro; o cérebro não saberia da existência dos membros, e os membros não saberiam da existência do cérebro. Essa não é a definição de paraplegia? A imagem na minha mente é pior ainda: o universo é um cadáver inchando.

— Interessante, dr. Guan, muito interessante!

— Além dos trezentos mil quilômetros por segundo da velocidade da luz, existe outro sintoma baseado em uma ordem de três.

— Como assim?

— As três dimensões. Segundo a teoria das cordas, com a exceção do tempo, o universo tem dez dimensões. Mas só três são acessíveis na escala macroscópica, e são elas que formam o nosso mundo. Todas as outras estão fechadas no domínio quântico.

— Acho que a teoria das cordas fornece uma explicação.

— Algumas pessoas acham que só quando duas cordas se encontram e algumas qualidades são anuladas as dimensões se abrem na escala macroscópica, e que as dimensões acima da terceira nunca terão chance de se encontrar... Não gosto muito dessa explicação. Não é matematicamente bela. Como eu disse, é a síndrome de três e trezentos mil do universo.

— Que causa você propõe?

Guan deu uma gargalhada e passou o braço pelos ombros do médico.

— Excelente pergunta! Duvido que alguém tenha chegado a esse ponto. Com certeza existe alguma causa essencial, e talvez seja a verdade mais pavorosa que a ciência pode revelar. Mas... doutor, quem você acha que eu sou? Sou um mero observador encolhido na traseira de uma nave espacial, e sou só um pesquisador-assistente. — Ele soltou os ombros de West e, olhando para a galáxia, deu um longo suspiro. — Fiquei mais tempo em hibernação do que todos os outros tripulantes. Quando saímos da Terra, eu tinha só vinte e seis anos, e agora tenho só trinta e um. Mas, para mim, o universo já deixou de ser uma fonte de beleza e fé e se transformou em um cadáver inchado. Eu me sinto velho. Não sinto mais nenhuma atração pelas estrelas. Quero ir para casa.

Ao contrário de Guan Yifan, West tinha passado a maior parte da viagem acordado. Ele sempre acreditara que, para preservar a saúde mental de outras pessoas, precisava manter as próprias emoções sob controle. Mas agora, ao relembrar seu próprio meio século de viagem, ele sentia como se seu coração tivesse levado um golpe, e seus olhos se encheram de água.

— Meu amigo, eu também estou velho.

Como se em resposta àquela conversa, as sirenes de alerta de batalha estrondaram, e foi como se todo o céu estrelado gritasse. Informações de advertência apareceram nas janelas flutuantes acima da praça. As janelas sobrepostas pipocavam uma atrás da outra e logo cobriram toda a Via Láctea como nuvens coloridas.

— Ataque de gota! — disse West para o confuso Guan Yifan. — As duas estão acelerando. Uma está indo na direção da *Espaço Azul* e a outra na nossa!

Guan olhou para os lados, procurando instintivamente algum lugar para se segurar caso a nave acelerasse. Mas não havia nada por perto. Ele acabou se segurando ao médico.

West segurou as mãos dele.

— Não vai dar tempo para manobras evasivas. Só temos alguns segundos de vida.

Depois de um breve instante de pânico, os dois sentiram um alívio inesperado. Ficaram felizes de saber que a morte chegaria tão rápido que nem daria tempo de sentir medo. Talvez aquela conversa sobre o universo tivesse sido a melhor preparação para a morte.

Os dois pensaram na mesma coisa, mas foi Guan quem falou primeiro:

— Parece que nem eu nem você vamos ter que nos preocupar mais com nossos pacientes.

ERA DA DISSUASÃO, ANO 62
28 DE NOVEMBRO, 16H A 16H17:
CENTRO DE DISSUASÃO

O elevador de alta velocidade continuou descendo, e parecia que mais e mais camadas de terra depositavam todo o seu peso sobre o coração de Cheng Xin.

Meio ano antes, uma sessão conjunta da ONU com a Frota do Sistema Solar a havia escolhido como sucessora de Luo Ji no cargo de Portadora da Espada e lhe dera autoridade para controlar o sistema de dissuasão por ondas gravitacionais. Ela havia recebido duas vezes mais votos do que o segundo colocado. E agora estava indo para o Centro de Dissuasão no deserto de Gobi, onde seria realizada a cerimônia de transferência de autoridade de dissuasão.

O Centro de Dissuasão era a estrutura artificial mais profunda da história da humanidade, a cerca de quarenta e cinco quilômetros abaixo da superfície. A instalação ficava abaixo da crosta terrestre, para além da descontinuidade de Mohorovičić, no manto da Terra. A pressão e a temperatura ali eram muito maiores do que na crosta, e o estrato em volta de Cheng Xin era composto sobretudo de peridotito sólido rígido.

O elevador levou quase vinte minutos para terminar a descida. Ao sair, Cheng Xin chegou a uma porta preta de aço. Uma linha de texto branco na porta informava o nome oficial do Centro de Dissuasão: Estação de Controle Zero do Sistema de Controle de Transmissão Universal de Ondas Gravitacionais. As insígnias da ONU e da Frota do Sistema Solar estavam gravadas no aço.

Aquela estrutura ultraprofunda era muito complexa. Possuía o próprio sistema de ventilação independente e não tinha ligação direta com a atmosfera acima da superfície — caso contrário, a forte pressão produzida pela profundidade de quarenta e cinco quilômetros seria muito incômoda. Era equipada também com um potente sistema de resfriamento, capaz de resistir à temperatura elevada, de quase quinhentos graus Celsius, do manto terrestre.

No entanto, Cheng Xin só via o vazio. Aparentemente, todas as paredes da entrada podiam funcionar como telas eletrônicas, mas não exibiam nada além de branco, como se a instalação ainda não estivesse em uso. Meio século antes, quando o Centro de Dissuasão foi projetado, Luo Ji fora consultado, mas ele só havia feito um único pedido:

Simples como um túmulo.

A cerimônia de transferência foi uma ocasião solene, mas a maior parte dela fora realizada na superfície, quarenta e cinco quilômetros acima. Lá, todos os líderes da Terra Internacional e da Frota Internacional, representando toda a humanidade, se reuniram e observaram Cheng Xin entrar no elevador. Só duas pessoas acompanhariam a transferência definitiva: o presidente do CDP e o chefe do estado-maior da Frota do Sistema Solar, representando as duas instituições diretamente responsáveis pelo sistema de dissuasão.

O presidente do CDP apontou para o saguão vazio e explicou a Cheng Xin que o espaço poderia ser redecorado de acordo com suas preferências. Se ela quisesse, poderia ter um gramado, plantas, um chafariz etc. Ela poderia até ter uma simulação holográfica de cenas da superfície.

— Não queremos que você viva como ele — disse o chefe do estado-maior.

Talvez por causa da farda, Cheng Xin via nele traços de homens do passado, e suas palavras a confortaram um pouco. Mas o grande peso sobre seu coração, vasto como os quarenta e cinco quilômetros de terra acima dela, não diminuiu.

TRECHO DE *UM PASSADO ALÉM DO TEMPO*
A DECISÃO DA PORTADORA DA ESPADA: DEZ MINUTOS ENTRE A EXISTÊNCIA E A ANIQUILAÇÃO

O primeiro sistema de dissuasão por floresta sombria consistia em mais de três mil bombas atômicas envoltas em uma película oleosa em órbita em torno do Sol. Após a detonação, a película faria o Sol piscar e transmitir a localização de Trissolaris ao universo. Embora o sistema fosse grandioso, era extremamente instável. Quando as gotas pararam de bloquear a radiação eletromagnética do Sol, imediatamente foi implementado um sistema de transmissão que usava o astro como superantena para reforçar o sistema de dissuasão por bombas nucleares.

Para esses dois sistemas, o meio de transmissão era a radiação eletromagnética, incluindo a luz visível. Hoje sabemos que essa é a técnica mais rudimentar de comunicação interestelar, o equivalente do espaço aos sinais de fumaça. Como ondas eletromagnéticas se degradam e distorcem rapidamente, o alcance da sua transmissão é limitado.

Na época do estabelecimento da dissuasão, a humanidade já possuía uma compreensão básica da tecnologia de detecção de ondas gravitacionais e neutrinos, mas não era capaz de modular e transmitir. Essas foram as primeiras tecnologias que os seres humanos exigiram receber de Trissolaris. Em comparação com a comunicação quântica, tais tecnologias ainda eram primitivas, já que tanto as ondas gravitacionais quanto os neutrinos eram limitados pela velocidade da luz, ainda que fossem muito superiores às ondas eletromagnéticas.

Esses dois meios de transmissão tinham uma taxa de degradação relativamente lenta e um alcance muito alto. Os neutrinos, particularmente, não interagiam com quase nada. Em tese, um feixe modulado de neutrinos podia transmitir informações até a outra ponta do universo, e a degradação e a distorção resultantes não prejudicariam a decodificação da mensagem. Mas, enquanto os neutrinos precisavam ser emitidos em uma direção específica, as ondas gravitacionais eram onidirecionais, por isso elas se tornaram o principal método de dissuasão por floresta sombria.

O princípio fundamental da transmissão de ondas gravitacionais consistia na vibração de uma corda longa feita de um material extremamente denso. A antena ideal seria composta por uma grande quantidade de buracos negros interconectados, de modo a formar uma corrente que, com suas vibrações, gerasse ondas gravitacionais. Mas nem mesmo a tecnologia de Trissolaris chegava a esse nível, então a humanidade teve que construir a corda vibratória a partir de matéria degenerada. A matéria degenerada extremamente densa reunia uma massa imensa em filamentos de poucos nanômetros de espessura. Uma única corda ocupava uma área minúscula da antena gigantesca, e a maior parte da estrutura servia para sustentar e proteger a corda ultradensa. Portanto, a massa total da antena não era nada excepcional.

A matéria degenerada que formava a corda vibratória ocorria naturalmente em anãs brancas e estrelas de nêutrons. Em condições normais, essa substância se degradava naturalmente com o tempo e se tornava matéria comum. Filamentos artificiais normalmente tinham meia-vida de cerca de cinquenta anos, e depois desse período a antena perdia a eficácia. Portanto, a cada meio século, as antenas precisavam ser renovadas.

No início da dissuasão por ondas gravitacionais, a prioridade estratégica máxima era garantir o poder de dissuasão. O plano era construir cem estações de transmissão em locais diversos em todos os continentes. No entanto, a comunicação por ondas gravitacionais tinha um problema: era impossível miniaturizar o equipamento de transmissão. A fabricação daquelas antenas gigantescas e complexas era extremamente cara, por isso apenas vinte e três transmissores gravitacionais foram construídos. Mas outro fator acabou fazendo a preocupação com a garantia do poder de dissuasão perder força.

Durante a Era da Dissuasão, a OTT desapareceu gradualmente, mas outro tipo de organização extremista surgiu. Eram pessoas que acreditavam na causa da supremacia humana e exigiam a total aniquilação de Trissolaris. Uma das maiores organizações entre essas se intitulava "Filhos da Terra". No ano 6 da Era da Dissuasão, mais de trezentos "Filhos da Terra" atacaram uma estação de transmissão de ondas gravitacionais na Antártida com o objetivo de assumir o controle do transmissor. Equipados com armamento avançado, como minibombas nucleares infrassônicas, e auxiliados por agentes infiltrados na própria estação, os invasores quase tiveram sucesso. Se as forças defensoras da estação não tivessem destruído a antena a tempo, as consequências teriam sido desastrosas.

O incidente deixou os dois mundos apavorados. As pessoas começaram a se dar conta do grande perigo que os transmissores de ondas gravitacionais representavam, e Trissolaris exigiu que a Terra impusesse controles rigorosos sobre a tecnologia de transmissão de ondas gravitacionais. Então, das vinte e três estações, restaram apenas quatro. Três eram terrestres, situadas na Ásia, na América do Norte e na Europa, e a última era a nave espacial *Gravidade*.

Todos os transmissores usavam um gatilho ativo, porque já não era necessário recorrer a dispositivos de homem morto como o usado no sistema de bombas nucleares em torno do Sol. Luo Ji havia estabelecido a dissuasão por conta própria, mas agora, se o Portador da Espada fosse morto, era possível que outra pessoa assumisse.

A princípio, as antenas gigantescas de ondas gravitacionais precisavam ser instaladas na superfície. Com o avanço da tecnologia, no ano 12 da Era da Dissuasão, as três antenas terrestres e os respectivos sistemas de apoio foram transferidos para o subterrâneo. No entanto, era de conhecimento geral que a instalação dos transmissores e do centro de controle sob a superfície da Terra só serviria de proteção contra ameaças originadas pela própria humanidade, mas seria inútil em caso de ataque de Trissolaris. Como as gotas eram feitas com materiais de interação forte, não havia muita diferença entre dezenas de quilômetros de rocha e dezenas de quilômetros de líquido, e isso de pouco adiantaria para conter o avanço delas.

Quando a Terra estabeleceu a dissuasão, observações confirmaram o desvio de curso da frota invasora de Trissolaris. Com a atenuação da ameaça, a maioria das pessoas voltou a atenção ao paradeiro das dez gotas que já haviam alcançado o Sistema Solar. Trissolaris insistiu que quatro delas permanecessem no sistema, dando como justificativa a possibilidade de que os transmissores de ondas gravitacionais fossem capturados por facções extremistas da humanidade, e que portanto Trissolaris devia ter o poder de adotar medidas para proteger os dois mundos caso isso acontecesse. A Terra aceitou com relutância, mas exigiu que as quatro gotas ficassem fora do Cinturão de Kuiper. Além disso, cada gota deveria ser acompanhada de uma sonda humana, para que fosse possível saber a qualquer momento sua localização e órbita. Assim, em caso de ataque de gota, a Terra teria cerca de cinquenta horas para reagir. Dessas quatro gotas, duas seguiram a *Gravidade* na caça à *Espaço Azul*, e apenas duas continuaram perto do Cinturão de Kuiper.

Ninguém sabia onde estavam as outras seis.

Trissolaris alegava que tinham saído do Sistema Solar e voltado para a Frota Trissolariana, mas ninguém na Terra acreditou.

Os trissolarianos já não eram mais criaturas de raciocínio transparente. Ao longo dos últimos dois séculos, haviam aprendido muito sobre pensamento estratégico — mentiras, artimanhas e golpes. É possível que esse tenha sido o maior benefício que eles adquiriram ao estudar a cultura humana.

A maioria das pessoas tinha certeza de que as seis gotas estavam escondidas em algum ponto dentro do Sistema Solar. Mas, como eram minúsculas, rápidas e indetectáveis por radar, era extremamente difícil encontrá-las e monitorá-las. Mesmo se espalhasse películas de óleo ou usasse outras técnicas avançadas de detecção, a humanidade só poderia encontrá-las se elas se aproximassem a 0,1 UA da Terra, ou quinze milhões de quilômetros. Fora dessa esfera, elas podiam circular livremente.

Voando à velocidade máxima, uma gota levaria dez minutos para percorrer quinze milhões de quilômetros.

Era esse o tempo que o Portador da Espada teria para se decidir caso a dissuasão por floresta sombria fracassasse.

ERA DA DISSUASÃO, ANO 62
28 DE NOVEMBRO, 16H A 16H17:
CENTRO DE DISSUASÃO

A porta de aço de um metro de espessura se abriu com um ruído grave e Cheng Xin entrou no coração do sistema de dissuasão por floresta sombria.

Foi recebida por mais vazio e amplitude. Era um salão semicircular, e ela se viu diante de uma parede curva. A superfície era translúcida como gelo. O chão e o teto eram totalmente brancos. O primeiro pensamento que lhe ocorreu foi que estava diante de um olho vazio, sem íris, que projetava uma sensação desolada de perda.

E então ela viu Luo Ji.

Estava sentado de pernas cruzadas no chão, no meio do salão branco, de frente para a parede curva. A brancura onipresente fazia um forte contraste com seu terno Zhongshan preto. Sentado ali, ele parecia um T invertido, uma âncora solitária na praia, imóvel em meio aos ventos do tempo que rugiam sobre ele e diante das ondas estrepitosas da eternidade, esperando estoicamente um navio que partira e jamais voltaria. Na mão direita, ele tinha uma fita vermelha, o cabo de sua espada: o gatilho para a transmissão de ondas gravitacionais. Sua presença proporcionava uma íris ao olho vazio do cômodo. Embora fosse apenas um ponto negro, ele aplacava a sensação desolada de perda, dando ao olho uma alma. Luo Ji estava virado para a parede, com os olhos ocultos, e não reagiu aos visitantes.

Dizem que o mestre Batuo, o fundador do Templo Shaolin, meditara durante dez anos diante de uma parede, até que sua sombra ficasse gravada na pedra. Nesse caso, Luo Ji poderia ter gravado sua própria sombra naquela parede cinco vezes.

O presidente do CDP sinalizou para que Cheng Xin e o chefe de estado-maior da frota parassem.

— Ainda faltam dez minutos para a transferência — sussurrou ele.

Nos dez últimos minutos dos cinquenta e quatro anos de sua carreira como Portador da Espada, Luo Ji permaneceu estoico.

No começo da Era da Dissuasão, ele havia desfrutado um breve período de felicidade. Reencontrara a esposa, Zhuang Yan, e a filha, Xia Xia, e revivera a alegria de dois séculos antes. Mas, depois de dois anos, Zhuang Yan deixou Luo Ji e levou a filha. Eram muitos os boatos sobre ela. Uma versão famosa dizia o seguinte: embora Luo Ji ainda fosse visto pelo público como um salvador, sua imagem já havia se transformado na mente das pessoas que ele mais amava. Aos poucos, Zhuang Yan se deu conta de que vivia com um homem que já havia aniquilado um mundo e detinha em mãos o destino de outros dois. Era um monstro estranho que a deixava apavorada, e por isso ela foi embora com a filha. Segundo outro relato popular, a iniciativa de deixá-las havia sido de Luo Ji, para que pudessem ter uma vida normal. Ninguém sabia aonde a mulher e a filha tinham ido — provavelmente ainda estavam vivas, levando uma existência tranquila e comum em algum lugar.

A família o deixara na época em que os transmissores de ondas gravitacionais substituíram as bombas nucleares em torno do Sol como método de dissuasão. Depois disso, Luo Ji embarcou em sua longa carreira como Portador da Espada.

Nessa arena cósmica, ele não lutava com as manobras elaboradas da esgrima chinesa, que mais tendiam para dança do que para guerra, e tampouco com os trejeitos da esgrima ocidental, concebida para exibir a habilidade do espadachim, mas com os golpes mortíferos do *kenjutsu* japonês. No Japão, as lutas genuínas com espadas geralmente terminavam depois de um embate muito breve que durava no máximo dois segundos. Quando enfim ocorria o único contato entre as espadas, um dos lados já estava caído em uma poça de sangue. Mas, antes desse instante, os adversários se encaravam como estátuas, às vezes por até dez segundos. Durante a disputa, a arma do espadachim não se encontrava em suas mãos, mas em seu coração. O coração-espada, transformado pelo olhar, penetrava as profundezas da alma do inimigo. O vencedor de fato era definido nesse processo: no silêncio suspenso entre os dois espadachins, as lâminas de seus espíritos se digladiavam como trovões mudos. Antes que houvesse qualquer golpe, a vitória e a derrota, a vida e a morte já estavam decididas.

Luo Ji encarava a parede branca com um olhar igualmente intenso, dirigido a um mundo a quatro anos-luz de distância. Ele sabia que os sófons poderiam mostrar seu olhar ao inimigo, e seu olhar era carregado com a frieza do submundo e o peso das rochas acima dele, carregado com a determinação de sacrificar tudo. Esse olhar fazia o coração dos inimigos vacilar e os obrigava a desistir de qualquer impulso irrefletido.

Sempre havia um fim ao olhar dos espadachins, um último momento de verdade na disputa. Para Luo Ji, um dos participantes nesse confronto universal, o momento em que a espada seria usada pela primeira e última vez talvez nunca acontecesse.

Mas também podia acontecer dali a um segundo.

E assim Luo Ji e Trissolaris se encararam por cinquenta e quatro anos. Luo Ji, antes um homem irresponsável e despreocupado, havia se tornado uma verdadeira barreira, que por mais de meio século resistira ao invasor; era o protetor da civilização terrestre que, por cinco décadas, estivera pronto para desferir o golpe fatal a qualquer momento.

Nesse período, Luo Ji permanecera calado, sem proferir uma única palavra. Na verdade, uma pessoa perderia o dom da fala se passasse dez ou quinze anos sem dizer nada. Talvez ainda fosse capaz de compreender idiomas, mas não conseguiria falar. Certamente, Luo Ji não podia falar mais; tudo o que tinha para dizer, ele punha em seu olhar para a parede. Ele próprio se transformara em uma máquina de dissuasão, uma mina de contato prestes a explodir a qualquer momento durante os longos anos do último meio século, mantendo o precário equilíbrio de terror entre dois mundos.

— É hora de transferir a autoridade máxima sobre o sistema de transmissão universal de ondas gravitacionais — disse o presidente do CDP solenemente, rompendo o silêncio.

Luo Ji não se mexeu da posição em que estava. O chefe do estado-maior da frota se aproximou, com a intenção de ajudá-lo a se levantar, mas Luo ergueu uma das mãos para impedi-lo. Cheng Xin reparou que o movimento do braço foi forte, enérgico, sem qualquer sinal da hesitação que seria de se esperar em uma pessoa centenária. Em seguida, Luo Ji se levantou sozinho, com firmeza. Cheng Xin ficou surpresa de ver que ele não apoiou as mãos no chão para impulsionar o corpo ao descruzar as pernas. Era um movimento difícil até mesmo para os muito jovens.

— Sr. Luo, esta é Cheng Xin, sua sucessora. Por favor, entregue o gatilho a ela.

Luo Ji se ergueu e manteve as costas eretas. Olhou para a parede branca, a qual contemplara por mais de meio século, por mais alguns segundos. E então fez uma ligeira reverência.

Ele estava prestando sua homenagem ao inimigo. Depois de se encararem através de um abismo de quatro anos-luz por meio século, eles partilhavam um vínculo do destino.

Finalmente ele se virou para Cheng Xin. O antigo Portador da Espada se encontrou com a nova Portadora, em silêncio. Os olhares se cruzaram por um único instante, em que Cheng Xin sentiu como se um raio penetrante de luz transpassasse a noite escura de sua alma. Naquele olhar, ela se sentiu leve e fina como uma folha de papel, e até transparente. Era impossível imaginar que iluminação aquele velho diante dela havia obtido após cinquenta e quatro anos encarando a parede. Pensou que talvez seus pensamentos estivessem se precipitando, tornando-

-se densos e pesados como a crosta terrestre sobre eles, ou etéreos como o céu azul acima. Ela não tinha como saber sem percorrer o mesmo caminho. Exceto por uma profundeza infinita, ela não conseguiu enxergar nada naquele olhar.

Com as duas mãos, Luo Ji entregou o gatilho. Com as duas mãos, Cheng Xin aceitou o objeto mais pesado da história do planeta Terra. E, assim, o fulcro sobre o qual dois mundos se apoiavam passou de um homem de cento e um anos para uma mulher de vinte e nove.

O gatilho ainda retinha o calor da mão de Luo Ji. Realmente parecia o cabo de uma espada. Tinha quatro botões, três de um lado e um na ponta. Para evitar alguma ativação acidental, os botões precisavam ser apertados com força, e em determinada ordem.

Luo Ji deu dois passos para trás e fez um gesto com a cabeça para as três pessoas diante de si. Com passos firmes e fortes, caminhou rumo à porta.

Cheng Xin percebeu que, em todo o processo, ninguém disse uma única palavra de gratidão para ele pelos cinquenta e quatro anos de serviço. Ela não sabia se o presidente do CDP ou o chefe do estado-maior da frota pretendiam falar algo, mas não se lembrava de ter visto em nenhum dos ensaios da cerimônia qualquer demonstração de gratidão ao antigo Portador da Espada.

A humanidade não sentia gratidão por Luo Ji.

No saguão, alguns homens de terno preto o fizeram parar.

— Sr. Luo — disse um deles —, em nome da Promotoria do Tribunal Internacional, viemos informá-lo de que o senhor foi acusado de suspeita de mundicídio. O senhor está preso e será investigado.

Luo Ji não lançou sequer um olhar de relance para eles. Continuou andando na direção do elevador. Os promotores se afastaram por instinto. Talvez Luo Ji nem tivesse percebido a presença deles. A luz penetrante em seus olhos se extinguira, substituída por uma tranquilidade semelhante ao brilho de um pôr do sol. Sua missão de três séculos finalmente acabara, e seus ombros não teriam mais que sustentar o pesado fardo da responsabilidade. A partir daquele momento, mesmo se a humanidade feminizada o considerasse um demônio e um monstro, todos precisavam admitir que sua vitória era inigualável em toda a história da civilização.

A porta de aço havia permanecido aberta, e Cheng Xin ouviu as palavras ditas no saguão. Ela sentiu o impulso de correr até lá e agradecer a Luo Ji, mas se conteve. Arrasada, viu-o desaparecer no elevador.

O presidente do CDP e o chefe do estado-maior da frota também a deixaram sem falar nada.

Com um murmúrio grave, a porta de aço se fechou. Cheng Xin sentiu sua antiga vida se esvair pela fresta cada vez mais estreita da porta, como água descendo por um funil. Quando a porta se fechou de vez, uma nova mulher nasceu.

Ela olhou para o gatilho vermelho em sua mão. Aquilo já fazia parte de seu corpo. A partir daquele momento, seriam inseparáveis. Mesmo durante o sono, ela teria que mantê-lo junto do travesseiro.

Um silêncio sepulcral dominava o salão branco semicircular, como se o tempo estivesse preso ali e não pudesse mais fluir. Realmente parecia um túmulo. Mas aquele era agora o mundo inteiro de Cheng Xin. Ela decidiu que precisava dar vida àquele lugar. Não queria ser como Luo Ji. Não era uma guerreira, uma duelista; era uma mulher e precisaria viver ali por muito tempo — talvez uma década, talvez meio século. Realmente, ela havia passado a vida inteira se preparando para essa missão. E, agora que se via no ponto de partida de sua longa jornada, sentia-se calma.

Mas o destino tinha outros planos. Sua carreira como Portadora da Espada, uma carreira para a qual ela havia se preparado desde que nascera, durou apenas quinze minutos a partir do instante em que ela recebeu o gatilho vermelho.

OS ÚLTIMOS DEZ MINUTOS DA ERA DA DISSUASÃO, ANO 62
28 DE NOVEMBRO, 16H17MIN34 A 16H27MIN58: CENTRO DE DISSUASÃO

A parede branca ficou vermelha feito sangue, como se tivesse sido consumida pelo magma infernal que a cercava. Alerta máximo. Uma linha de texto branco apareceu no fundo vermelho, cada caractere era um grito assustador.

> Detectada aproximação de sondas espaciais de interação forte.
> Quantidade total: 6.
> Uma delas avança em direção ao ponto de Lagrange L1 entre a Terra e o Sol.
> As outras 5 avançam em direção à Terra em formação 1-2-2.
> Velocidade: 25 000 km/s. Tempo previsto de chegada à superfície: 10 minutos.

Cinco números flutuantes surgiram ao lado de Cheng Xin, brilhando com uma luminosidade verde. Eram botões holográficos: ao apertá-los, cada um revelaria uma janela flutuante correspondente com informações mais detalhadas obtidas pelo sistema de alerta que monitorava a região do espaço dentro de um raio de quinze milhões de quilômetros em volta da Terra. O Estado-Maior Geral da Frota do Sistema Solar analisava os dados e retransmitia para a Portadora da Espada.

Mais tarde, a Terra descobriria que as seis gotas haviam permanecido ocultas a pouco mais de quinze milhões de quilômetros de distância, fora da zona de advertência. Três delas haviam usado a interferência solar como camuflagem, e as outras três se misturaram ao lixo espacial em órbita naquela região, principalmente combustível exaurido de antigos reatores de fusão. Mesmo sem essas táticas, teria sido quase impossível para a Terra descobri-las perto da zona de advertência, pois o que se imaginava era que as gotas estivessem escondidas mais longe, no cinturão de asteroides.

O trovão que Luo Ji havia aguardado por meio século chegara cinco minutos depois de sua saída e atingira Cheng Xin.

Ela não se deu ao trabalho de apertar nenhum dos botões holográficos. Não precisava de mais informações.

Compreendeu imediatamente a dimensão de seu erro. Nas profundezas de seu inconsciente, a imagem que tivera da missão de um Portador da Espada sempre havia sido absoluta e definitivamente errada. Claro, sempre havia se preparado para o pior, ou pelo menos tentado. Orientada por especialistas do CDP e da frota, havia estudado detalhadamente o sistema de dissuasão e debatera diversos cenários possíveis com estrategistas. E havia imaginado cenários piores ainda do que aquele.

Mas ela também tinha cometido um erro fatal, um erro que não percebeu, e jamais teria percebido. No entanto, esse erro era também justamente o motivo por que ela havia sido eleita a segunda Portadora da Espada.

Inconscientemente, ela nunca havia aceitado de fato a possibilidade de que precisasse passar por aquelas circunstâncias.

> Distância média da formação de sondas espaciais de interação forte em aproximação: cerca de 14 milhões de quilômetros. A mais próxima está a 13,5 milhões de quilômetros. Tempo previsto de chegada à superfície: 9 minutos.

No inconsciente de Cheng Xin, ela era uma protetora, não uma destruidora; era uma mulher, não uma guerreira. Estava disposta a dedicar o resto da vida a preservar o equilíbrio entre os dois mundos, até que a Terra se fortalecesse com a ciência trissolariana, até que Trissolaris se civilizasse com a cultura terrestre, até que, um dia, uma voz lhe dissesse: "Solte esse gatilho vermelho e volte à superfície. O mundo não precisa mais de dissuasão por floresta sombria, não precisa mais de uma Portadora da Espada".

Quando encarou aquele mundo distante na condição de Portadora da Espada, Cheng Xin, ao contrário de Luo Ji, não sentiu que se tratava de uma disputa de vida ou morte. Para ela, era uma partida de xadrez. Ela se sentaria tranquilamente diante do tabuleiro, pensando em todas as aberturas, calculando todos os ataques do adversário e elaborando as próprias reações. Estava preparada para passar o resto da vida nessa partida.

Mas seus adversários nem se deram ao trabalho de mexer as peças. Eles se limitaram a pegar o tabuleiro e arrebentá-lo em sua cabeça.

No instante em que Cheng Xin aceitou o gatilho vermelho de Luo Ji, as seis gotas começaram a acelerar com força total rumo à Terra. O inimigo não perdeu um segundo sequer.

Distância média da formação de sondas espaciais de interação forte em aproximação: cerca de 13 milhões de quilômetros. A mais próxima está a 12 milhões de quilômetros. Tempo previsto de chegada à superfície: 8 minutos.

Branco.

Distância média da formação de sondas espaciais de interação forte em aproximação: cerca de 11,5 milhões de quilômetros. A mais próxima está a 10,5 milhões de quilômetros. Tempo previsto de chegada à superfície: 7 minutos.

Branco, somente branco e mais nada. Além do salão branco e das letras brancas, tudo à volta de Cheng Xin também ficara totalmente branco. Ela se sentia suspensa em um universo leitoso, como uma bolha de leite com dezesseis bilhões de anos-luz de largura. Nessa vastidão branca, ela não encontrou onde se apoiar.

Distância média da formação de sondas espaciais de interação forte em aproximação: cerca de 10 milhões de quilômetros. A mais próxima está a 9 milhões de quilômetros. Tempo previsto de chegada à superfície: 6 minutos.

O que devia fazer?

Distância média da formação de sondas espaciais de interação forte em aproximação: cerca de 9 milhões de quilômetros. A mais próxima está a 7,5 milhões de quilômetros. Tempo previsto de chegada à superfície: 5 minutos.

A brancura começou a se dissipar. Os quarenta e cinco quilômetros de crosta terrestre acima dela haviam reafirmado sua presença: tempo sedimentar. A camada mais baixa, imediatamente acima do Centro de Dissuasão, provavelmente havia sido depositada há quatro bilhões de anos. A Terra tinha apenas quinhentos milhões. O oceano turvo era jovem, e clarões incessantes de relâmpagos golpeavam sua superfície; o sol era um borrão de luz em um céu enevoado, projetando um reflexo carmesim sobre o mar. A intervalos curtos, outras bolas de luz flamejante cortavam o céu, caindo no mar e traçando longos rastros de fogo; esses impactos de meteoro causaram tsunamis que lançaram ondas gigantescas contra continentes ainda entrecortados por rios de lava, produzindo nuvens de vapor geradas por fogo e água que escureciam o sol...

Em contraste com esse panorama infernal, mas magnífico, a água túrbida engendrava uma história microscópica. Ali, moléculas orgânicas nasciam em meio aos relâmpagos e aos raios cósmicos, e ali colidiam, se fundiam, voltavam a se desmembrar — um prolongado jogo de encaixe ao longo de quinhentos milhões de anos. Por fim, uma sequência de moléculas orgânicas, trêmula, se dividiu em dois segmentos. Os segmentos atraíram outras moléculas à sua volta, até que se formaram duas cópias idênticas da original, e essas se romperam de novo e se replicaram... Nesse jogo de encaixe, a probabilidade de gerar uma sequência de moléculas orgânicas autorreplicante era tão diminuta que seria como se um tornado tivesse levantado uma montanha de sucata metálica e depositado no chão um Mercedes-Benz completo.

Mas aconteceu, e assim começara uma história extraordinária de 3,5 bilhões de anos.

> Distância média da formação de sondas espaciais de interação forte em aproximação: cerca de 7,5 milhões de quilômetros. A mais próxima está a 6 milhões de quilômetros. Tempo previsto de chegada à superfície: 4 minutos.

O éon Arqueano precedeu o Proterozoico, cada um com duração de bilhões de anos. Depois, veio o Paleozoico: os setenta milhões de anos do Cambriano, os sessenta milhões do Ordoviciano, os quarenta milhões do Siluriano, os cinquenta milhões do Devoniano, os sessenta e cinco milhões do Carbonífero e os cinquenta e cinco milhões do Permiano. Depois, o Mesozoico: os trinta e cinco milhões do Triássico, os cinquenta e oito milhões do Jurássico e os setenta milhões do Cretáceo; depois, o Cenozoico: os 64,5 milhões do Terciário e os 2,5 milhões do Quaternário.

E então surgiu a humanidade. Em comparação com os éons que vieram antes, a história da humanidade era apenas um piscar de olhos. Dinastias e eras explodiram como fogos de artifício; a clava de osso lançada ao ar por um macaco se tornou uma nave espacial. Por fim, essa estrada de 3,5 bilhões de anos de comprimento, cheia de desafios e tribulações, parou diante de um ínfimo indivíduo humano, uma única pessoa entre os cem bilhões que já haviam caminhado pela Terra, com um gatilho vermelho na mão.

> Distância média da formação de sondas espaciais de interação forte em aproximação: cerca de 6 milhões de quilômetros. A mais próxima está a 4,5 milhões de quilômetros. Tempo previsto de chegada à superfície: 3 minutos.

Quatro bilhões de anos se acumularam sobre Cheng Xin, sufocando-a. Seu inconsciente tentou chegar à superfície, respirar. Nele, a superfície vicejava, e os seres mais proeminentes eram os répteis gigantes, incluindo os dinossauros. Eles dominavam o solo, numerosos, até o horizonte. Em meio aos dinossauros, entre duas patas e debaixo de suas barrigas, estavam os mamíferos, incluindo os seres humanos. Mais baixo ainda, sob e entre incontáveis pares de pés, debatiam-se correntezas escuras de água: trilobitas e formigas sem fim... No céu, centenas de bilhões de aves formavam um turbilhão escuro que ocultava o firmamento, e às vezes era possível ver pterodátilos gigantescos entre elas...

Tudo era um silêncio mortal. Os olhos eram o mais assustador: os olhos dos dinossauros, os olhos dos trilobitas e das formigas; os olhos das aves e das borboletas; os olhos das bactérias... Só entre os humanos já eram cem bilhões de pares de olhos, uma quantidade igual à das estrelas na Via Láctea. Eram os olhos de homens e mulheres comuns, e os olhos de Da Vinci, Shakespeare e Einstein.

> Distância média da formação de sondas espaciais de interação forte em aproximação: cerca de 4,5 milhões de quilômetros. A mais próxima está a 3 milhões de quilômetros. Tempo previsto de chegada à superfície: 2 minutos.
> Duas das sondas estão se dirigindo à Ásia, outras duas para a América do Norte. A última se dirige à Europa.

Apertar o gatilho encerraria o progresso de 3,5 bilhões de anos. Tudo desapareceria na noite eterna do universo, como se nada daquilo tivesse existido.

Aquele bebê parecia estar de novo nos braços dela: macio, confortável, quente, o rosto úmido, um sorriso doce, chamando a *mamãe*.

> Distância média da formação de sondas espaciais de interação forte em aproximação: cerca de 3 milhões de quilômetros. A mais próxima está a 1,5 milhão de quilômetros, desacelerando rapidamente. Tempo previsto de chegada à superfície: 1 minuto e 30 segundos.

— Não... — gritou Cheng Xin, jogando o gatilho no chão. Ela o viu deslizar pelo piso, como se olhasse para um demônio.

> Sondas espaciais de interação forte aproximando-se da órbita lunar e ainda em desaceleração. Projeção de suas trajetórias indica que os alvos são as estações de transmissão de

> ondas gravitacionais na América do Norte, na Europa e na Ásia, e a Estação de Controle Zero do Sistema de Transmissão Universal de Ondas Gravitacionais. Tempo previsto para impacto com a superfície: 30 segundos.

Como um filamento de teia de aranha, os últimos instantes se estenderam infinitamente. Mas Cheng Xin não vacilou; ela já havia se decidido. A decisão não partiu da razão, mas estava entranhada em seus genes. A origem desses genes remontava a quatro bilhões de anos no passado, o instante em que essa decisão fora tomada. Os bilhões de anos que se seguiram só a reforçaram. Certa ou errada, ela sabia que não havia alternativa.

Era bom saber que a libertação era iminente.

Um grande solavanco a fez cair ao chão: as gotas haviam penetrado a crosta. Ela sentiu como se as rochas sólidas à sua volta tivessem desaparecido e o Centro de Dissuasão estivesse sobre um tambor colossal. Ela fechou os olhos e imaginou uma gota atravessando a crosta como um peixe na água, esperando a chegada daquele demônio perfeitamente liso vindo em velocidade cósmica para transformá-la, junto com tudo à sua volta, em lava derretida.

Mas os tremores pararam depois de algumas convulsões violentas, como um percussionista performando as batidas finais da melodia.

A luz vermelha na tela se apagou, dando lugar ao fundo branco de antes. O salão parecia mais claro e aberto. Surgiram algumas linhas de texto preto.

> Transmissor de ondas gravitacionais da América do Norte destruído.
> Transmissor de ondas gravitacionais da Europa destruído.
> Transmissor de ondas gravitacionais da Ásia destruído.
> Função de radioamplificação solar suprimida em todas as frequências.

O silêncio voltou a reinar supremo, exceto pelo fraco som de água correndo em algum lugar. Um cano havia estourado durante os tremores.

Cheng Xin entendeu que o terremoto tinha sido causado pelo ataque da gota no transmissor da Ásia. A antena ficava a cerca de vinte quilômetros dali, também enterrada a uma grande profundidade.

As gotas nem se deram ao trabalho de atacar a Portadora da Espada.

O texto preto sumiu. Depois de alguns instantes de vazio, uma última tela de texto apareceu gradualmente:

> Sistema de transmissão universal de ondas gravitacionais irrecuperável. Dissuasão por floresta sombria encerrada.

ERA PÓS-DISSUASÃO, PRIMEIRA HORA
UM MUNDO PERDIDO

Cheng Xin subiu no elevador até a superfície. Ao sair da estação, viu a praça onde uma hora antes havia acontecido a cerimônia de transferência da autoridade de dissuasão. Não havia mais ninguém lá, apenas as longas sombras projetadas pelos mastros. As bandeiras da ONU e da Frota do Sistema Solar ocupavam os dois mais altos, e atrás delas estavam as bandeiras das várias nações, que continuavam a tremular com tranquilidade na brisa leve. Atrás delas se encontrava o deserto de Gobi. Alguns pássaros cantavam em tamargueiras perto dali. Ao longe, ela viu as imensas montanhas Qilian, e a neve em alguns dos picos lhes conferia uma aura prateada.

Tudo parecia igual, mas o mundo já não pertencia aos humanos.

Cheng Xin não sabia o que fazer. Ninguém entrara em contato com ela após o fim da dissuasão. A Portadora da Espada não existia mais, assim como a dissuasão.

Ela avançou sem rumo. Quando saiu pelos portões do complexo, dois guardas prestaram continência. Ela estava com medo de encarar as pessoas, mas não viu nada além de curiosidade nos olhos dos homens — eles ainda não sabiam o que havia acontecido. O regulamento permitia que a Portadora da Espada fosse à superfície por períodos breves, e eles provavelmente imaginaram que ela havia subido para investigar os tremores. Cheng Xin viu alguns oficiais parados perto de um veículo voador estacionado ali perto. Não estavam olhando para ela, e sim para a direção de onde havia saído. Um dos oficiais apontou para o espaço atrás de Cheng Xin.

Ela se virou e viu a nuvem em forma de cogumelo no horizonte. Formada pela terra e por detritos arremessados das profundezas, parecia muito densa, quase sólida. A imagem contrastava tanto com aquela paisagem serena que parecia uma montagem ruim de Photoshop. Após uma observação mais atenta, pensou na imagem de um busto feio exibindo uma expressão estranha ao pôr do sol. Era o lugar onde a gota havia penetrado a Terra.

Alguém gritou o nome dela. Cheng Xin se virou e viu que 艾AA corria em sua direção. Vestida com um casaco branco, os cabelos ao vento, ela se esforçou para recuperar o fôlego e disse que tinha vindo vê-la, mas que os guardas não queriam deixá-la entrar.

— Trouxe flores para sua casa nova — disse AA, apontando para seu carro estacionado. Então, ela se virou para a nuvem. — Aquilo é um vulcão? Foi o que causou o terremoto de agora há pouco?

Cheng Xin sentiu vontade de abraçá-la e chorar, mas se controlou. Queria adiar o momento em que aquela menina feliz descobriria a verdade, queria deixar que as reverberações do período bom que acabara de terminar durassem um pouco mais.

TRECHO DE *UM PASSADO ALÉM DO TEMPO*
REFLEXÕES SOBRE O FRACASSO DA DISSUASÃO POR FLORESTA SOMBRIA

O fator mais importante para o fracasso da dissuasão foi, evidentemente, a eleição da pessoa errada como Portadora da Espada. Esse tópico será abordado em um capítulo específico. Por enquanto, concentremo-nos nas vulnerabilidades técnicas no projeto do sistema que contribuíram para o resultado.

Após o fracasso, a primeira causa identificada pela maioria das pessoas foi a pequena quantidade de transmissores de ondas gravitacionais, e portanto a culpa recaiu nas autoridades do início da Era da Dissuasão, que desativaram dezenove dos vinte e três transmissores construídos. Mas essa reação demonstrava uma incapacidade de compreensão do cerne do problema. Com base em dados obtidos durante o ataque das gotas, cada uma levou pouco mais de dez segundos, em média, para penetrar a crosta terrestre e destruir um transmissor. Ainda que os cem transmissores dos planos originais tivessem sido construídos e instalados, as gotas não teriam demorado muito para destruir o sistema todo.

O fator crucial era que o sistema *podia* ser destruído. A humanidade tivera a oportunidade de construir um sistema de transmissão universal de ondas gravitacionais que fosse indestrutível, mas não a aproveitara.

O problema não era a quantidade de transmissores, mas sua localização.

Imagine se os vinte e três transmissores não tivessem sido instalados na superfície ou no subterrâneo terrestre, mas no espaço — ou seja, vinte e três naves como a *Gravidade*. Em geral, as naves ficariam espalhadas pelo Sistema Solar. Mesmo se as gotas realizassem um ataque surpresa, seria difícil destruir todas. Pelo menos uma delas teria tempo de fugir para o espaço sideral.

Isso aumentaria em muito o grau de dissuasão do sistema como um todo sem depender da figura do Portador da Espada. Os trissolarianos saberiam que dispunham de uma quantidade insuficiente de forças no Sistema Solar para destruir completamente o sistema de dissuasão e teriam agido com muito mais comedimento.

Lamentavelmente, só havia uma *Gravidade*.

Houve dois motivos para que não se construíssem mais naves com transmissores: em primeiro lugar, o ataque dos "Filhos da Terra" ao transmissor na Antártida. Naves espaciais eram consideradas ainda mais vulneráveis às ameaças de humanos extremistas do que bases subterrâneas. Em segundo, a economia. Como as antenas de ondas gravitacionais eram imensas, elas precisavam servir de casco para a nave. Portanto, os materiais usados em sua construção tinham que satisfazer os requisitos necessários para viagens espaciais, o que aumentava em muitas vezes os custos. Só a *Gravidade* havia custado quase o equivalente ao total gasto nos vinte e três transmissores terrestres. Além disso, o casco da nave não poderia ser renovado; quando a corda vibratória de matéria degenerada que percorria toda a nave chegasse ao fim de sua meia-vida de cinquenta anos, seria preciso construir outra nave de ondas gravitacionais.

Mas a raiz mais profunda do problema só podia ser atribuída à mente humana. Um fato que nunca chegou a ser declarado explicitamente, e talvez nem mesmo compreendido de maneira consciente, era que naves de ondas gravitacionais eram poderosas demais — tão poderosas que apavoravam seus criadores. Se alguma coisa — como um ataque de gotas — as obrigasse a fugir para o espaço sideral, e se elas nunca mais pudessem voltar ao Sistema Solar devido à presença de ameaças inimigas, elas se tornariam cópias da *Espaço Azul* ou da *Era de Bronze*, ou algo ainda mais terrível. Cada nave de ondas gravitacionais, tripulada por pessoas não mais humanas, também deteria o poder de transmissão universal (ainda que dentro do limite da meia-vida da corda vibratória), controlando, assim, o destino da humanidade. Haveria para sempre uma instabilidade assustadora espalhada entre as estrelas.

Em sua essência, esse medo era causado pela própria dissuasão por floresta sombria. Era típico da dissuasão definitiva: o dissuasor e o dissuadido partilhavam do mesmo terror pela dissuasão.

ERA PÓS-DISSUASÃO, PRIMEIRA HORA
UM MUNDO PERDIDO

Cheng Xin foi até os oficiais e pediu que a levassem ao local da erupção. Um tenente-coronel responsável pela segurança no complexo imediatamente enviou dois carros voadores: um para levá-la, outro para transportar alguns guardas como escolta. Cheng Xin pediu que AA a esperasse, mas AA insistiu em ir com ela.

Os carros voadores pairaram pouco acima do solo e seguiram devagar em direção à nuvem em formato de cogumelo. AA perguntou ao motorista qual era o problema, mas ele não soube dizer. O vulcão tinha explodido duas vezes em um intervalo de poucos minutos. Ele achava que devia ser a primeira vez na história que um vulcão entrava em erupção dentro do território chinês.

Ele não tinha como imaginar que aquele "vulcão" antes ocultara o fulcro estratégico do mundo: a antena de ondas gravitacionais. A primeira erupção foi causada pelo impacto da gota ao penetrar a crosta terrestre. Após destruir a antena, ela voltou pelo mesmo caminho e emergiu do solo, causando a segunda erupção. As explosões foram resultado da tremenda descarga de energia cinética das gotas no solo, não da erupção de material do manto terrestre, por isso foram muito breves. Devido à velocidade extremamente alta, foi impossível ver a gota a olho nu nos momentos de entrada e saída.

O Gobi estava cravejado por pequenos buracos fumegantes na trajetória do veículo: minicrateras causadas pelo impacto de lava e rocha aquecida que haviam sido lançadas pela erupção. Conforme o carro avançava, os buracos foram ficando mais numerosos, e uma camada densa de fumaça recobria o deserto, revelando algumas tamargueiras em chamas aqui e ali. Embora poucas pessoas morassem ali, de vez em quando viam edifícios antigos destruídos pelos tremores. A paisagem toda lembrava um campo de batalha onde um conflito acabara de terminar.

A essa altura, a nuvem já havia se dissipado um pouco e não parecia mais um cogumelo — estava mais para uma cabeleira desgrenhada com as pontas coloridas de vermelho pelo pôr do sol. Uma barreira de segurança impedia a aproximação dos veículos, então eles precisaram pousar. Mas Cheng Xin insistiu, e os guardas liberaram a passagem. Os soldados não sabiam que o mundo já havia sido derrotado e ainda respeitavam a autoridade dela como Portadora da Espada. No entanto, barraram AA e, por mais que ela gritasse e gesticulasse, não a deixaram entrar.

O vento constante já havia dispersado a maior parte da poeira, mas a fumaça fragmentava a luz do poente em uma série bruxuleante de sombras. Cheng Xin andou por cerca de cem metros sob elas até chegar à borda de uma cratera gigantesca. Afunilada, tinha quarenta ou cinquenta metros de diâmetro no centro profundo. Nuvens de fumaça branca ainda emergiam lá de dentro, e o fundo emitia uma luminosidade avermelhada incandescente: um lago de lava.

Quarenta e cinco quilômetros abaixo dali, a antena de ondas gravitacionais, um cilindro com mil e quinhentos metros de comprimento e cinquenta de diâmetro, suspensa com levitação magnética dentro de uma caverna subterrânea, fora completamente destruída e engolida pela lava ardente.

O destino dela devia ter sido o mesmo. Teria sido o melhor fim para uma Portadora da Espada que renunciara ao poder de dissuadir.

A luminosidade vermelha no fundo da cratera atraía Cheng Xin. Só mais um passo, e ela conseguiria a libertação que tanto desejava. Sentindo as ondas de calor fustigarem-lhe o rosto, ela contemplou o lago vermelho-escuro, hipnotizada, até que uma gargalhada às suas costas a despertou do transe.

Cheng Xin se virou. À luz vacilante que penetrava a fumaça, um vulto esbelto se aproximou. Ela só reconheceu a recém-chegada quando estava muito perto: Sófon.

Exceto pelo lindo rosto pálido, a robô parecia completamente diferente da outra vez em que Cheng Xin a vira. A estampa em suas roupas era camuflada para o deserto, e seu cabelo, antes amarrado em um coque impecável decorado com flores, estava curto e eficiente. Em seu pescoço pendia um cachecol preto de ninja, e nas costas havia uma *katana* comprida. Ela parecia valente e heroica, mas a extrema feminilidade que projetava não havia desaparecido completamente: sua postura e seus movimentos ainda eram delicados e suaves como água, mas agora também eram infundidos de um ar glamoroso de assassinato e morte, como uma lâmina flexível, mas letal. Nem mesmo o calor que vazava da cratera era capaz de anular a frieza que ela projetava.

— Você agiu exatamente como previmos — disse Sófon, com expressão de desdém. — Não se recrimine tanto. O fato é que você foi escolhida pela humanidade, e foi ela quem escolheu esse resultado. Entre todos os integrantes da raça humana, você é a única inocente.

O coração de Cheng Xin deu um salto. Ela não se sentia consolada, mas precisava admitir que aquele lindo demônio tinha o poder de penetrar sua alma.

Cheng Xin viu AA se aproximar. Aparentemente, ela havia descoberto ou adivinhado a verdade. Seus olhos ardiam de fúria quando encarou Sófon. Ela pegou uma pedra com as duas mãos e golpeou a parte de trás da cabeça da robô. Mas Sófon se virou e afastou a pedra como se fosse um mosquito. AA xingou Sófon com todos os palavrões que conseguiu lembrar e fez menção de pegar outra pedra. Sófon desembainhou a *katana* às suas costas, afastando a suplicante Cheng Xin com a outra mão sem a menor dificuldade, e girou a espada. Ela cortou o ar, mais rápida do que as pás de um ventilador, com um farfalhar alto. Quando a lâmina parou, mechas de cabelo haviam caído da cabeça de AA. Ela ficou completamente imóvel, apavorada, com os ombros encolhidos.

Cheng Xin se lembrou de ter visto a *katana* de Sófon na casa-folha oriental mergulhada em neblina e nuvens. Na ocasião, tanto a espada quanto outras duas lâminas menores repousavam em um suporte de madeira refinado perto da mesa de chá e pareciam mais decorativas do que mortíferas.

— Por quê? — murmurou Cheng Xin, como se estivesse falando sozinha.

— Porque o universo não é um conto de fadas.

Racionalmente, Cheng Xin compreendeu que, caso o equilíbrio preservado pela dissuasão tivesse continuado, a humanidade teria o melhor futuro, não Trissolaris. Mas, em seu inconsciente, o universo ainda era um conto de fadas, um conto de fadas sobre o amor. Seu maior erro foi não encarar o problema pela perspectiva do inimigo.

Pelo olhar de Sófon, Cheng Xin finalmente entendeu por que sua vida fora poupada.

Como o sistema de transmissão de ondas gravitacionais havia sido destruído e a capacidade de ampliação de ondas de rádio do Sol fora suprimida, Cheng Xin não representava ameaça alguma. Por outro lado, se por uma remota probabilidade os seres humanos ainda tivessem algum outro método de transmissão universal que Trissolaris desconhecesse, a eliminação da Portadora da Espada poderia fazer outra pessoa ativá-lo. Porém, enquanto a Portadora permanecesse viva, a probabilidade de isso acontecer era praticamente nula: outras pessoas teriam motivo e desculpa para não assumir a responsabilidade.

Em vez de dissuasora, Cheng Xin se transformara em escudo. O inimigo a havia desvendado completamente.

Ela era um conto de fadas.

— Não comemore tão depressa — disse AA para Sófon, tendo recobrado um pouco de coragem. — Ainda temos a *Gravidade*.

Sófon guardou a *katana* na bainha em suas costas com um único movimento perfeito.

— Garota boba, a *Gravidade* foi destruída. Aconteceu há uma hora, durante a passagem do gatilho, a um ano-luz daqui. Infelizmente, não posso lhes mostrar os destroços porque os sófons estão em uma zona opaca.

Os trissolarianos tinham passado muito tempo planejando e se preparando para aquele momento. Fazia cinco meses que o horário exato da passagem fora decidido, antes de os sófons que acompanhavam a *Gravidade* entrarem na zona opaca. As duas gotas com a *Gravidade* já haviam recebido a ordem de destruir a nave assim que acontecesse.

— Vou embora — disse Sófon. — Por favor, transmita ao dr. Luo Ji o profundo respeito de toda Trissolaris. Ele foi um dissuasor poderoso, um grande guerreiro. Ah, e se tiver chance transmita também ao sr. Thomas Wade nossos pêsames.

Cheng Xin olhou para ela, surpresa.

— Em nossos estudos de personalidade, você apresentou um grau de dissuasão em torno de dez por cento, como uma minhoca rastejando no chão. O grau de dissuasão de Luo Ji era constante e de cerca de noventa por cento, como uma cobra temível prestes a dar o bote. Mas Wade... — Sófon olhou para sol que se punha atrás da fumaça, agora quase todo mergulhado no horizonte. Um toque de terror correu por seus olhos. Ela balançou a cabeça vigorosamente, como se tentasse afugentar uma miragem imaginária. — Ele não mostrava curva alguma. Quaisquer que fossem os parâmetros ambientais, seu grau de dissuasão não baixava de cem por cento! Que demônio! Se ele tivesse se tornado o Portador da Espada, nada disso seria possível. Esta paz teria que continuar. Nós já havíamos esperado sessenta e dois anos, mas teríamos que esperar mais ainda, talvez outros cinquenta anos, ou até mais. E aí Trissolaris estaria diante de uma Terra com o mesmo nível de tecnologia e poder que nós. Teríamos que fazer concessões... Porém, sabíamos que a humanidade escolheria você.

Sófon se afastou, andando a passos largos. Ela parou a alguma distância e se virou, gritando para Cheng Xin e AA, que continuavam caladas.

— Preparem-se para ir para a Austrália, insetos miseráveis.

ERA PÓS-DISSUASÃO, DIA 60
UM MUNDO PERDIDO

Trinta e oito dias após o fim da dissuasão, a estação de observação Ringier-Fitzroy, localizada na periferia externa do cinturão de asteroides, descobriu quatrocentos e quinze novos rastros na nuvem de poeira interestelar perto do sistema estelar de Trissolaris. Aparentemente, Trissolaris enviara uma segunda frota rumo ao Sistema Solar.

Fazia cinco anos que essa segunda frota saíra de Trissolaris, e quatro desde que passara pela nuvem de poeira. Isso foi um grande risco para os trissolarianos — se eles não conseguissem destruir o sistema de dissuasão por floresta sombria da humanidade, a descoberta dessa nova frota poderia resultar na ativação dos transmissores. Isso indicava que, cinco anos antes, Trissolaris já havia percebido a diferença na maneira como a humanidade encarava a dissuasão por floresta sombria e previra corretamente que tipo de pessoa seria eleito para assumir a posição de Portador da Espada.

A história parecia ter sido reiniciada; um novo ciclo começara.

O fim da dissuasão voltou a lançar o futuro da humanidade nas trevas, mas, assim como na primeira crise, mais de duzentos anos antes, as pessoas não associaram essa escuridão ao seu próprio destino individual. Com base na análise dos rastros, a velocidade da Segunda Frota Trissolariana não era tão diferente da velocidade da primeira. Mesmo se conseguisse acelerar mais, a frota ainda levaria pelo menos dois ou três séculos para chegar ao Sistema Solar. Todo mundo poderia viver a vida inteira em paz. Após as lições da Grande Ravina, nunca mais a humanidade moderna sacrificaria o presente em nome do futuro.

Mas, dessa vez, os humanos não tiveram tanta sorte.

Três dias depois de a Segunda Frota Trissolariana sair da nuvem interestelar, o sistema de observação detectou quatrocentos e quinze rastros na segunda nuvem. Não havia como esses rastros pertencerem a outra frota. A Primeira Frota Trissolariana tinha levado cinco anos entre as duas primeiras nuvens, enquanto a Segunda levara apenas seis dias.

Os trissolarianos haviam alcançado a velocidade da luz.

Análises dos rastros na segunda nuvem interestelar confirmaram que eles continuavam a percorrê-la à velocidade da luz. A uma velocidade tão alta, os rastros produzidos pelo impacto das naves se tornavam particularmente visíveis.

Parecia que a frota havia atingido a velocidade da luz assim que saiu da primeira nuvem; não foi possível distinguir uma fase de aceleração.

Se fosse verdade, então a Segunda Frota Trissolariana já devia estar quase chegando ao Sistema Solar. Por meio de telescópios de tamanho médio, foi possível ver uma faixa composta de quatrocentos e quinze pontos luminosos intensos a cerca de seis mil UA da Terra. Eram as luzes geradas pela desaceleração. Aparentemente, os sistemas de propulsão das naves eram convencionais. A velocidade da frota agora era de apenas quinze por cento da velocidade da luz. Evidentemente, essa era a velocidade máxima que possibilitaria que as naves desacelerassem em segurança antes de chegar ao Sistema Solar. Com base na velocidade e desaceleração observadas, a Segunda Frota Trissolariana chegaria à periferia do Sistema Solar em um ano.

Isso foi um pouco intrigante. Era como se as naves trissolarianas fossem capazes de entrar e sair da velocidade da luz em períodos extremamente curtos, mas preferissem não fazê-lo muito perto do sistema estelar de Trissolaris ou do Sistema Solar. Depois de sair do planeta de origem, as naves passaram um ano inteiro acelerando por meios convencionais, até chegarem a seis mil UA de Trissolaris, e só então entraram na velocidade da luz. Igualmente, saíram da velocidade da luz quando atingiram a mesma distância do Sistema Solar e voltaram à aceleração convencional. Se tivessem permanecido na velocidade da luz, a distância teria sido percorrida em um mês, mas a frota decidiu percorrê-la em um ano. Assim, a viagem da Segunda Frota Trissolariana levaria dois anos a mais.

Parecia haver só uma explicação para essa decisão curiosa: o desejo de não prejudicar nenhum dos dois sistemas durante o processo de entrada e saída na velocidade da luz. Aparentemente, a distância segura era de duzentas vezes a distância entre Netuno e o Sol. Isso sugeria que a energia gerada pelos motores superava a emissão de uma estrela por duas ordens de magnitude, o que era inimaginável.

TRECHO DE *UM PASSADO ALÉM DO TEMPO* EXPLOSÃO TECNOLÓGICA EM TRISSOLARIS

O momento exato em que o ritmo do progresso tecnológico em Trissolaris passara de constante a explosivo era um mistério. Alguns pesquisadores acreditavam que a aceleração começou antes da Era da Crise; outros, que o salto só aconteceu na Era da Dissuasão. No entanto, havia certo consenso quanto às causas.

Em primeiro lugar, a civilização terrestre produzira um impacto tremendo em Trissolaris — nesse aspecto, pelo menos, os trissolarianos provavelmente não haviam mentido. Desde a chegada do primeiro sófon, o imenso aporte de cultura humana ocasionara mudanças profundas naquele planeta, e os trissolarianos se identificaram com alguns valores humanos. A sociedade deles destruiu as barreiras ao progresso científico impostas pelo sistema político autoritário que havia sido adotado em reação às eras caóticas, estimulou a liberdade de pensamento e começou a respeitar a figura do indivíduo. É possível que tais mudanças tenham inspirado naquele mundo distante movimentos ideológicos transformadores semelhantes ao Renascimento, levando a saltos no progresso científico e tecnológico. Provavelmente foi um período glorioso na história de Trissolaris, mas os detalhes não são conhecidos.

A segunda possibilidade era apenas uma hipótese: as missões exploratórias dos sófons que haviam sido enviados para outras direções no universo renderam frutos, ao contrário do que os trissolarianos alegaram. Antes de atingirem as zonas opacas, era possível que tivessem encontrado pelo menos mais um mundo civilizado. Se fosse verdade, então talvez Trissolaris tivesse obtido não só conhecimento tecnológico dessa outra civilização, mas também informações importantes sobre a condição de floresta sombria do universo. Nesse caso, Trissolaris superaria em muito a Terra em todas as áreas de conhecimento.

ERA PÓS-DISSUASÃO, DIA 60
UM MUNDO PERDIDO

Sófon apareceu pela primeira vez desde o fim da dissuasão. Ainda com roupa de estampa camuflada e com a *katana* às costas, ela anunciou ao mundo que a Segunda Frota Trissolariana chegaria em quatro anos para concluir a conquista total do Sistema Solar.

A política de Trissolaris para a humanidade mudara desde a primeira crise. Sófon declarou que Trissolaris não pretendia mais exterminar a civilização humana, e que criaria reservas para os seres humanos no Sistema Solar — especificamente, a humanidade teria permissão para viver na Austrália e em um terço da superfície de Marte. Isso preservaria o espaço básico necessário para ela.

A fim de preparar a conquista trissolariana dali a quatro anos, Sófon anunciou que a humanidade deveria começar de imediato o reassentamento. Para concretizar o que ela chamou de "mutilação" da humanidade e evitar o ressurgimento da dissuasão por floresta sombria ou ameaças semelhantes no futuro, a humanidade teria que ser desarmada e se reassentaria "despida". A existência de qualquer equipamento pesado ou indústria no interior das reservas seria proibida, e o reassentamento teria que ser concluído em um ano.

Os hábitats humanos em Marte e no espaço poderiam acomodar cerca de três milhões de indivíduos, no máximo; portanto, o principal destino seria a Austrália.

A maioria das pessoas, no entanto, ainda se aferrava à ilusão de que teria pelo menos uma geração de vida tranquila. Após o pronunciamento de Sófon, nenhum país respondeu, e ninguém emigrou de fato.

Cinco dias depois dessa histórica "Proclamação de Reservas", uma das cinco gotas que patrulhavam a atmosfera terrestre atacou três cidades grandes na Ásia, na Europa e na América do Norte. O objetivo desses ataques não foi destruir as cidades, e sim provocar terror. A gota atravessou gigantescas florestas de cidades, colidindo com qualquer edifício suspenso que estivesse no caminho. Os edifícios atingidos se incendiaram e caíram centenas de metros, como frutas podres. Mais de trezentas mil pessoas morreram no maior desastre desde a Batalha do Fim dos Tempos.

As pessoas finalmente compreenderam que, para as gotas, o mundo humano era frágil como um ovo sob uma pedra. Qualquer cidade e construção de grande porte era indefesa. Se os trissolarianos quisessem, poderiam devastar cidade após cidade, até que toda a superfície da Terra fosse uma grande ruína.

Na realidade, os seres humanos estavam se esforçando para compensar essa desvantagem. A humanidade logo percebeu que apenas materiais de interação forte (MIF) podiam ser usados como defesa contra as gotas. Antes do encerramento da dissuasão, instituições de pesquisa na Terra e na frota já eram capazes de produzir pequenas quantidades desse tipo de material em laboratório, mas ainda levaria anos até que fosse possível fabricá-lo e aplicá-lo em larga escala. Se a humanidade tivesse mais dez anos à disposição, a produção de grandes quantidades de MIF seria uma realidade. Embora os sistemas de propulsão utilizados pelas gotas ainda fossem muito superiores à capacidade humana, pelo menos seria possível construir mísseis convencionais que as destruiriam por absoluta vantagem numérica. Ou os MIF poderiam ser usados na construção de placas de proteção. Ainda que as gotas se atrevessem a atacar tais escudos, se tornariam cartuchos de uso único.

Infelizmente, agora nada disso se tornaria realidade.

Sófon fez outro pronunciamento explicando que Trissolaris havia mudado sua política de extermínio da humanidade por amor e respeito à civilização humana. O reassentamento na Austrália causaria certo sofrimento, e isso era inevitável, mas duraria apenas três ou quatro anos. Depois da chegada da Segunda Frota Trissolariana, os conquistadores poderiam ajudar os quatro bilhões de pessoas na Austrália a viver de forma confortável. Os conquistadores também ajudariam a humanidade a construir hábitats extras em Marte e no espaço. Cinco anos após a chegada da Frota Trissolariana, a humanidade poderia começar movimentos migratórios em grande escala para Marte e para o espaço, e estimava-se que o processo duraria quinze anos. A essa altura, a humanidade contaria com um espaço de acomodação adequado, e as duas civilizações começariam uma vida de coexistência pacífica.

Mas tudo isso dependia do sucesso do reassentamento inicial na Austrália. Se o esforço de realocação não começasse imediatamente, as gotas continuariam atacando as cidades. Após o término do prazo de um ano, qualquer humano encontrado fora das reservas seria exterminado como invasor do território trissolariano. Se os humanos saíssem das cidades e se espalhassem pelos continentes, as cinco gotas não conseguiriam localizar e matar cada indivíduo, é claro. Mas, sem dúvida, a Segunda Frota Trissolariana que chegaria em quatro anos conseguiria.

— A gloriosa e resplandecente civilização da Terra proporcionou à humanidade esta chance de sobrevivência — disse Sófon. — Por favor, valorizem-na.

E assim começou o Grande Reassentamento de toda a humanidade na Austrália.

ERA PÓS-DISSUASÃO, ANO 2
AUSTRÁLIA

Cheng Xin parou diante da casa do Ancião Fraisse e contemplou o Grande Deserto de Vitória sob o calor. Abrigos simples recém-concluídos se apinhavam até onde a vista alcançava. Ao sol do meio-dia, as construções de chapas metálicas e tábuas de compensado pareciam ao mesmo tempo novas e frágeis, como bonecos de origami espalhados na areia.

Quando James Cook chegara à Austrália, cinco séculos antes, jamais teria imaginado que, um dia, toda a humanidade seria reunida naquele continente vasto e vazio.

Cheng Xin e 艾AA tinham ido para lá com a primeira leva de migrantes forçados. Cheng Xin poderia ter ido a uma cidade grande como Canberra ou Sydney para levar uma vida relativamente confortável, mas insistira em viver como uma migrante comum e fora à zona de reassentamento interior nos desertos perto de Warburton, onde as condições eram mais difíceis. Ela ficou comovida quando AA, que também podia ter ido a uma cidade grande, insistiu em acompanhá-la.

A vida era difícil na zona de reassentamento. No início, quando ainda havia poucas pessoas lá, era tolerável. O assédio dos outros era muito mais difícil de suportar do que as privações materiais. A princípio, Cheng Xin e AA ocupavam sozinhas um dos abrigos. Mas, conforme chegavam novos migrantes, mais pessoas foram sendo acomodadas com elas, até a casa ficar abarrotada com um total de oito mulheres. Todas as outras tinham nascido durante a paradisíaca Era da Dissuasão. Ali, elas tiveram que enfrentar, pela primeira vez na vida, racionamento de água e comida, paredes inertes que não transmitiam informações, cômodos sem ar-condicionado, banheiros e chuveiros públicos, beliches... Era uma sociedade de igualdade absoluta: o dinheiro não tinha valor algum ali, e todos recebiam exatamente a mesma porção de mantimentos. Elas só haviam visto tais medidas de austeridade em filmes históricos, e a vida nas zonas de reassentamento parecia um inferno. Evidentemente, Cheng Xin se tornou alvo da fúria delas.

As mulheres a insultavam gratuitamente e a acusavam de ser um peso — afinal, ela não conseguira dissuadir Trissolaris. Seu pecado mais grave tinha sido desistir assim que recebera a advertência: se ela tivesse ativado a transmissão de ondas gravitacionais, os trissolarianos teriam fugido em pânico, e pelo menos a humanidade poderia aproveitar mais algumas décadas de felicidade. Mesmo se a transmissão causasse a destruição imediata da Terra, teria sido melhor do que viver naquelas condições.

No começo, as agressões eram apenas verbais, mas logo se tornaram físicas, e elas passaram a roubar os pertences de Cheng Xin. AA fez o máximo para proteger a amiga. Ela enfrentava as outras mulheres, às vezes mais de uma vez por dia. Em uma ocasião, pegou a mais cruel pelo cabelo e bateu com sua cabeça na beirada de uma cama até o rosto ficar todo ensanguentado. Depois disso, todas deixaram Cheng Xin e AA em paz.

Mas a hostilidade contra Cheng Xin não se limitava às companheiras do abrigo: os migrantes das casas vizinhas também passavam para agredi-la. Às vezes, jogavam pedras; às vezes, uma turba cercava a casa e gritava insultos.

Cheng Xin recebia com equanimidade todas as agressões. Na verdade, aquilo até a consolava. Pelo seu fracasso como Portadora da Espada, ela acreditava que era mais do que merecido.

A situação persistiu até que um idoso chamado Fraisse veio convidar a ela e AA para morar com ele. Fraisse era um aborígene com mais de oitenta anos, mas ainda cheio de saúde e energia, e seu rosto negro era coberto por uma barba branca. Por ser nativo, ele recebera permissão temporária de continuar com sua própria casa. Durante a Era Comum, havia dirigido uma organização dedicada à preservação da cultura aborígene, e no início da Era da Crise ele entrara em hibernação para retomar sua obra no futuro. Quando foi reanimado, descobriu que sua previsão havia se concretizado: os aborígenes australianos e sua cultura estavam prestes a desaparecer.

A casa de Fraisse, construída ainda no século XXI, era antiga, mas robusta, e ficava perto de um belo arvoredo. Quando Cheng Xin e AA se mudaram, a vida delas ficou muito mais estável. E, principalmente, o idoso lhes proporcionava tranquilidade de espírito. Ele não nutria os sentimentos típicos de raiva intensa e ódio profundo pelos trissolarianos; na realidade, praticamente nunca falava da crise. Só dizia que "Tudo que as pessoas fazem, os deuses lembram".

Verdade. Até as *pessoas* ainda se lembravam de tudo que as pessoas faziam. Cinco séculos antes, homens civilizados da Terra — muitos dos quais tinham sido criminosos na Europa — chegaram àquele continente e mataram aborígenes nas florestas por esporte. Mais tarde, mesmo quando descobriram que as presas caçadas eram homens e mulheres, não animais, a chacina continuou. Os povos aborígenes haviam habitado aquela terra imensa por dezenas de milhares de anos. Na época da chegada do homem branco, a população nativa era de mais de meio milhão de pessoas, mas esse número logo caiu para trinta mil refugiados, obrigados a escapar para o desolado deserto ocidental para sobreviver...

As pessoas prestaram atenção ao anúncio de Sófon sobre o estabelecimento de "reservas". O momento lembrou o destino trágico dos povos indígenas da América do Norte, outro continente distante onde a chegada de homens civilizados da Terra foi acompanhada de sofrimento.

Quando AA chegou à casa de Fraisse, tudo naquela construção antiga despertava sua curiosidade. Parecia um museu de cultura aborígene. Por todos os lados, havia pinturas em pedra e madeira, instrumentos musicais feitos de ripas e troncos ocos, saias de palha trançada, bumerangues, lanças e outros objetos. AA se interessou principalmente por algumas vasilhas de tinta feitas de argila branca e vermelha e de ocra amarela. Ela percebeu na mesma hora para que serviam e, após mergulhar os dedos nas vasilhas, começou a pintar o próprio rosto. E então imitou uma dança tribal que tinha visto em algum lugar, acompanhando os movimentos com sons ameaçadores.

— Aquelas escrotas que moravam com a gente teriam morrido de medo disso — disse ela.

Fraisse riu e balançou a cabeça. Ele explicou que AA não estava imitando os povos aborígenes da Austrália, mas os maoris da Nova Zelândia. Era comum estrangeiros confundirem os dois povos, mas os aborígenes australianos eram pacíficos, enquanto os maoris eram guerreiros temíveis. Ainda assim, ela não estava imitando corretamente e não conseguiu captar o espírito dos maoris. Fraisse então pintou uma máscara impressionante no próprio rosto e tirou a camisa, revelando um tórax escuro e músculos fortes que não condiziam com sua idade avançada. Ele pegou uma *taiaha* a um canto e começou a dançar um *haka* de guerra genuíno.

Cheng Xin e AA ficaram fascinadas. A habitual postura gentil de Fraisse desapareceu, e ele se transformou em um demônio ameaçador assombroso. Seu corpo parecia infundido de uma força magnífica. Cada grito e pisada fazia o vidro das janelas sacudirem, e as mulheres estremeceram. Mas o que mais as espantou foi os olhos dele: aqueles globos escancarados despejavam frieza assassina e fúria flamejante, unindo a força dos tufões e relâmpagos da Oceania. Seu olhar poderoso parecia projetar sons devastadores: "Não fuja! Vou matar você! Vou comer você!".

Quando o *haka* terminou, Fraisse voltou a ser a mesma pessoa gentil de antes.

— Para um guerreiro maori, o mais importante é prender o olhar do inimigo. Ele precisa derrotar o inimigo primeiro com os olhos, e só então matá-lo com a *taiaha*. — Ele virou-se até ficar na frente de Cheng Xin. — Minha filha, você não conseguiu prender o olhar do inimigo. — Em seguida, ele a tocou com delicadeza no ombro. — Mas não foi culpa sua. Realmente não foi.

Até Cheng Xin ficou surpresa com o que fez no dia seguinte. Ela foi visitar Wade.
    Ele estava cobrindo as janelas de um abrigo com tábuas de compensado para que a construção pudesse servir de depósito. Uma das mangas de sua roupa estava vazia. Naquela era, teria sido muito fácil adquirir uma prótese idêntica a um braço de verdade, mas, por algum motivo, ele não quisera.
    Os outros dois prisioneiros — nitidamente também homens da Era Comum — assobiaram para Cheng Xin. Mas, quando se deram conta de quem ela tinha ido visitar, os dois se calaram e continuaram trabalhando sem erguer os olhos.
    Cheng Xin se aproximou de Wade e se surpreendeu um pouco ao ver que, embora estivesse cumprindo a pena em condições duras, ele parecia muito melhor do que da última vez em que o vira. Tinha feito a barba, e seu cabelo estava bem penteado. Os prisioneiros da época não usavam uniformes, mas sua camisa branca era a mais limpa de todas ali, mais até do que a dos guardas. Com alguns pregos colocados entre os lábios, ele puxava um de cada vez com a mão esquerda e os cravava nas tábuas com golpes fortes e precisos do martelo. Wade lançou um olhar indiferente para Cheng Xin e continuou trabalhando.
    Ela percebeu logo que ele não havia desistido. Suas ambições, seus ideais, suas tramoias, e o que quer que seu coração escondesse, que ela não conhecia... ele não havia desistido de nada.
    Cheng Xin estendeu a mão para Wade. Ele olhou de novo para ela, abaixou o martelo, cuspiu os pregos e os depositou na mão dela. Cheng Xin então começou a lhe dar um prego por vez, até Wade acabar de martelar todos.
    — Vá embora — disse ele.
    Pegou outro punhado de pregos da caixa de ferramentas. Não os entregou para Cheng Xin, nem os colocou na boca. Em vez disso, deixou-os no chão perto dos pés.
    — Eu... só... — Cheng Xin não sabia o que dizer.
    — Estou falando para você ir embora da Austrália. — Os lábios de Wade mal se mexeram quando ele sussurrou. Seu olhar continuava na tábua de madeira. Qualquer pessoa um pouco mais distante imaginaria que ele estava concentrado no trabalho. — Rápido, antes que o reassentamento termine.
    Como tantas outras vezes, três séculos antes, Wade conseguira abalar Cheng Xin com uma única frase. Era sempre como se ele jogasse um novelo embolado de barbante que ela precisava desenrolar camada por camada para compreender o

sentido complexo por trás. Mas, dessa vez, as palavras de Wade lhe deram calafrios. Ela não teve coragem nem de começar a desenrolar a charada.

— Vá. — Wade não lhe deu chance de fazer nenhuma pergunta. E então se virou para ela e mais uma vez revelou aquele sorriso especial, como uma rachadura em um lago congelado. — *Agora* estou falando para você sair desta casa.

No caminho de volta a Warburton, Cheng Xin viu os abrigos apinhados estendendo-se até o horizonte, viu a multidão atarefada trabalhando nas frestas entre eles. De repente, ela sentiu sua visão de deslocar, como se estivesse observando tudo de fora do mundo, e tudo que ela viu se transformou em um formigueiro buliçoso. Um terror indefinível tomou conta dela, e o intenso sol australiano pareceu frio como uma chuva de inverno.

Três meses depois do início do Grande Reassentamento, mais de um bilhão de pessoas já haviam sido realocadas na Austrália. Ao mesmo tempo, os governos nacionais do mundo inteiro começaram a se transferir para grandes cidades australianas. A ONU instalou sua sede em Sydney. Cada governo conduziu o reassentamento de seus próprios cidadãos, enquanto a Comissão de Reassentamento da ONU coordenava os trabalhos. No novo território, os migrantes se agruparam em distritos conforme seus países de origem, e a Austrália se tornou uma réplica em miniatura do planeta inteiro. Com exceção do nome das maiores cidades, antigos topônimos foram abandonados. Agora, "Nova York", "Tóquio" e "Shanghai" não passavam de acampamentos de refugiados cheios de abrigos de construção simples.

Nenhum governo nacional, nem a ONU, tinha experiência com reassentamentos daquela proporção, e logo começaram a surgir dificuldades e situações perigosas.

Primeiro foi o problema da acomodação. Os líderes logo constataram que, mesmo se todos os materiais de construção do mundo fossem transportados para a Austrália e o espaço *per capita* fosse limitado à área ocupada por uma cama, não seria possível abrigar nem um quinto da população mundial total. Quando a Austrália atingiu a marca de quinhentos milhões de migrantes, já não havia mais materiais de construção. Foi preciso recorrer à instalação de barracas grandes, cada uma do tamanho de um estádio e com capacidade para mais de dez mil pessoas. Mas, com péssimas condições sanitárias e uma existência tão difícil, epidemias eram uma ameaça constante.

Havia também falta de comida. As fábricas agrícolas da Austrália estavam longe de dar conta da demanda da população, e era preciso transportar comida do resto do mundo. Conforme a população no continente aumentava, a distribuição de comida ficou cada vez mais complexa e sujeita a atrasos.

Porém, o maior perigo era a perspectiva de perda da ordem social. Nas zonas de reassentamento, a sociedade da hiperinformação desapareceu. Os recém-chegados cutucavam paredes, mesas de cabeceira e a própria roupa até se darem conta de que tudo era inerte, sem conexão. Não se podia garantir nem sequer comunicações elementares. As pessoas só obtinham notícias sobre o mundo através de canais muito limitados. Para uma população acostumada a um mundo superconectado cheio de informação, era como se tivesse ficado cega. Os governos modernos perderam todas as técnicas de comunicação de massa e liderança e não sabiam como preservar a ordem em uma sociedade extremamente populosa.

Ao mesmo tempo, o reassentamento também estava sendo organizado no espaço.

No fim da Era da Dissuasão, havia cerca de 1,5 milhão de pessoas morando no espaço. Aproximadamente meio milhão de espaciais faziam parte da Terra Internacional, ocupando estações e cidades em órbita acima do planeta ou em bases lunares. O restante integrava a Frota do Sistema Solar e se distribuía por bases em Marte ou em volta de Júpiter, assim como em naves militares em patrulha pelo Sistema Solar.

A maior parte dos espaciais da Terra Internacional morava abaixo da órbita da Lua. Eles foram obrigados a voltar à Terra e migrar para a Austrália.

O restante se mudou para a base marciana, que Trissolaris havia determinado como a segunda reserva humana.

Após a Batalha do Fim dos Tempos, a Frota do Sistema Solar nunca recuperara o tamanho anterior. Mesmo ao fim da Era da Dissuasão, a frota mal ultrapassava cem belonaves estelares. Apesar do progresso tecnológico, a velocidade máxima das naves nunca aumentou, pois a propulsão por fusão já havia alcançado o limite. A vantagem absoluta das naves trissolarianas não consistia apenas na capacidade de atingir a velocidade da luz, mas, o que era mais assustador, na capacidade de saltar à velocidade da luz sem passar por um processo extenso de aceleração. A fim de atingir meros quinze por cento da velocidade da luz, as naves humanas precisavam acelerar por um ano e levar em conta a taxa de consumo de combustível e a necessidade de reservar combustível para a viagem de volta. Em comparação com as naves trissolarianas, as terrestres eram lentas como lesmas.

Quando a dissuasão foi anulada, as belonaves estelares da Frota do Sistema Solar tiveram a chance de fugir para o espaço sideral. Se as cento e poucas naves tivessem se lançado em várias direções a plenos motores, as oito gotas não teriam conseguido capturar todas. Mas nem uma nave sequer fez isso; todas obedeceram a Sófon e voltaram à órbita de Marte, e por um motivo simples: o reassentamento em Marte não era como o da Austrália. Dentro do hábitat isolado da base marciana, um milhão de pessoas poderia levar uma existência civilizada confortável. A base havia sido projetada para acomodar as necessidades de longo prazo de uma população desse tamanho. Sem sombra de dúvida, era melhor do que passar o resto da vida vagando pelo espaço.

Trissolaris permaneceu em alerta com os humanos de Marte. As duas gotas que haviam voltado do Cinturão de Kuiper passavam a maior parte do tempo em patrulha pelo espaço acima da cidade marciana. Ao contrário do processo de reassentamento na superfície da Terra, e apesar do desarmamento imposto à Frota do Sistema Solar, as pessoas em Marte ainda tinham acesso à tecnologia moderna — necessária para a preservação das condições de vida dentro da cidade. Mas as pessoas em Marte não se atreviam a se aventurar na construção de um transmissor de ondas gravitacionais. Os sófons certamente detectariam uma iniciativa de grande porte como essa, e as pessoas não haviam esquecido o horror da Batalha do Fim dos Tempos. A base marciana era frágil como cristal, e a despressurização causada pelo impacto de uma única gota teria sido desastrosa.

O processo de reassentamento no espaço foi concluído em três meses. Exceto pela base em Marte, não havia mais presença espacial da humanidade no Sistema Solar, sem contar as cidades e naves vazias que continuavam em órbita em volta da Terra, de Marte e Júpiter, e espalhadas pelo cinturão de asteroides. Elas pareciam um cemitério metálico silencioso, onde estavam sepultados a glória e os sonhos da raça humana.

Da segurança da casa de Fraisse, Cheng Xin só se informava sobre a situação no resto do mundo pela televisão. Um dia, ela assistiu a uma transmissão ao vivo de um centro de distribuição de alimentos. A transmissão holográfica passou a impressão de que ela estava no meio de tudo. A tecnologia exigia conexões de banda ultralarga e, ultimamente, era reservada apenas a notícias extremamente importantes. A maioria das transmissões era feita em simples imagens bidimensionais.

O centro de distribuição ficava em Carnegie, nos limites do deserto. Na tela holográfica, surgiu uma barraca gigantesca, como se fosse meia casca de ovo quebrada no chão do deserto, e um fluxo de pessoas escorria para fora como se fosse a clara. A multidão estava correndo porque um novo carregamento de comida tinha acabado de chegar. Dois veículos voadores de transporte, pequenos, mas potentes, balançavam uma rede com um cubo imenso de alimentos embalados.

Depois que o primeiro veículo depositou cuidadosamente a carga, a multidão avançou como uma enchente sobre uma barragem destruída e logo cobriu o monte de alimentos. A barreira de segurança formada por algumas dúzias de soldados ruiu no mesmo instante, e os poucos agentes responsáveis pela distribuição de alimentos voltaram apavorados para o veículo flutuante. O monte de comida desapareceu sob a multidão como uma bola de neve arremessada em um lago de águas turvas.

A imagem foi aproximada. Pessoas estavam arrancando comida de outras que a haviam tirado do monte. As sacas de alimento, como grãos de arroz em um formigueiro, foram destroçadas em um instante, e a turba lutou por qualquer coisa que caísse. O segundo veículo depositou outro volume em um espaço vazio um pouco mais afastado. Dessa vez, não havia nenhum soldado para fazer a segurança, e os agentes da distribuição não tiveram coragem de sair do veículo. A multidão avançou sobre esse volume novo como limalhas em um ímã e logo o cobriu.

Um vulto verde, esbelto e ágil saltou para fora do veículo e pousou com elegância sobre o monte de comida cerca de dez metros abaixo. A multidão parou. Todos viram que o vulto parado sobre a comida era Sófon. Ela ainda usava estampa camuflada, e o cachecol preto em volta de seu pescoço se debatia ao vento quente, contrastando com aquele rosto pálido.

— Façam fila! — gritou Sófon.

A imagem se aproximou de novo. Os belos olhos de Sófon encararam a multidão. Sua voz era muito alta, e dava para escutar por cima do ruído dos motores do veículo. Mas a turba abaixo dela só hesitou por um instante e logo voltou a se agitar. As pessoas mais próximas da comida começaram a rasgar a rede em busca das sacas. A multidão ficou mais agressiva, e os mais ousados começaram a escalar o monte de comida, ignorando Sófon.

— Vermes inúteis! Por que vocês não vêm aqui para manter a ordem? — Sófon levantou a cabeça e gritou para o veículo de transporte. Da porta aberta do veículo, alguns representantes estarrecidos da Comissão de Reassentamento da ONU olhavam para baixo. — Onde estão seus exércitos? Sua polícia? E as armas que permitimos que vocês trouxessem? Onde está sua *responsabilidade*?

O presidente da Comissão de Reassentamento se segurava à porta do veículo com uma das mãos, e acenou com a outra para Sófon, balançando a cabeça, sem ação.

Sófon desembainhou a *katana*. Com movimentos rápidos imperceptíveis, ela traçou três arcos e cortou em seis pedaços três dos homens que estavam escalando o monte de comida. Os três golpes letais foram idênticos: descendo do ombro esquerdo para o lado direito do quadril. Os seis pedaços caíram, e as vísceras se derramaram para fora em uma chuva de sangue sobre as outras pessoas. Em meio a gritos de terror, ela saltou do monte de comida e desceu brandindo a espada e matando rapidamente mais de uma dúzia de indivíduos. Os refugiados se afastaram dela como se uma gota de detergente tivesse caído no meio de uma tigela engordurada, dissolvendo uma área à sua volta. Os corpos que restaram nessa área vazia também estavam rasgados do ombro esquerdo ao quadril direito, um método que garantia o derramamento máximo de sangue e órgãos.

Ao verem uma violência tão extrema, muitas pessoas desmaiaram. Quando Sófon começou a andar, as pessoas correram. Era como se ela estivesse envolvida por um campo de força invisível, que repelia a turba e mantinha o espaço vazio ao seu redor. Ela parou depois de alguns passos, e a multidão ficou paralisada.

— Façam fila — disse Sófon. Seu tom era delicado.

A turba caótica logo se organizou em uma longa fila sinuosa, como se as pessoas estivessem sendo dispostas por um algoritmo. A fila se estendia até a barraca gigantesca e a contornava.

Sófon pulou de novo sobre o monte de comida e apontou para a fila com a *katana* ensanguentada.

— A era de liberdade degenerada da humanidade acabou. Se vocês quiserem sobreviver aqui, terão que reaprender sobre coletividade e resgatar a dignidade de sua raça!

Cheng Xin não conseguiu dormir naquela noite. Sem fazer barulho, ela saiu do quarto.

Era tarde, e uma luz fraca iluminava os degraus da varanda: Fraisse estava fumando. Em seus joelhos havia um *didgeridoo*, um instrumento aborígene feito com um galho grosso oco com cerca de um metro de comprimento. Ele o tocava um pouco todas as noites. O som do *didgeridoo* era um gemido grave, robusto, trepidante, e não parecia tanto uma melodia, mas sim os roncos do próprio solo. Toda noite, AA e Cheng Xin dormiam escutando-o tocar.

Cheng Xin se sentou ao lado de Fraisse. Ela gostava da companhia do velho. Sua transcendência diante de uma realidade miserável acalmava a dor de seu coração arrasado. Ele nunca via televisão e parecia não prestar a menor atenção ao que acontecia no resto do mundo. À noite, raramente voltava ao quarto, preferindo dormir apoiado à porta e acordar quando sentia o corpo se aquecer com o sol nascente. Fazia isso até em noites de chuva, dizendo que era mais confortável do que dormir em uma cama. Uma vez, ele disse que, se os cretinos do governo o tirassem de casa, ele não se mudaria para as zonas de reassentamento; iria para a mata e construiria um abrigo de capim trançado. AA disse que, em sua idade avançada, esse plano não era realista, mas ele rebateu que, se seus antepassados conseguiram viver assim, ele também conseguiria. Os antepassados dele haviam saído da Ásia e atravessado o Pacífico em canoas desde a quarta era glacial. Isso tinha acontecido quarenta mil anos antes, quando a Grécia e o Egito não existiam nem como conceitos. No século XXI, ele havia sido um médico rico, com seu próprio consultório em Melbourne. Após sair da hibernação durante a Era da Dissuasão, também levara a vida confortável de um homem moderno. Mas, quando começou o Grande Reassentamento, foi como se alguma coisa em seu corpo tivesse despertado. Ele sentiu como se estivesse se transformando em uma criatura da terra e das florestas e se deu conta de que realmente precisava de muito pouco para viver. Dormir ao relento era bom — na verdade, era muito confortável.

Fraisse disse que não sabia se isso era um sinal.

Cheng Xin contemplou a zona de reassentamento ao longe. Naquela hora da noite, as luzes eram escassas, e as fileiras intermináveis de abrigos transmitiam uma rara tranquilidade. Ela foi tomada por uma sensação estranha, como se testemunhasse outra era de migração, a Austrália de cinco séculos antes. As pessoas que dormiam naquelas casas eram vaqueiros e rancheiros grosseiros, e ela conseguia até sentir o aroma de feno, o odor de estrume de cavalo. Cheng Xin falou da sensação curiosa para Fraisse.

— Não havia tanta gente aqui naquela época — respondeu ele. — Dizem que, se um homem branco quisesse comprar terra de outro homem branco, ele só precisava pagar o valor de uma caixa de uísque e cavalgar desde o amanhecer até o pôr do sol. A área que ele contornasse seria propriedade sua.

A imagem que Cheng Xin fazia da Austrália era a que havia visto em um filme antigo com o nome do país. Naquele filme, o herói e a heroína atravessavam a paisagem espetacular do norte australiano conduzindo um rebanho. No entanto, o filme não se passava na época de imigração da Austrália, e sim durante a Segunda Guerra Mundial — ainda um passado recente na juventude dela, mas, para os tempos atuais, história antiga. Ela sentiu uma pontada de tristeza ao se dar conta de que provavelmente já fazia mais de dois séculos desde que Hugh Jackman e Nicole Kidman haviam morrido. E então ela pensou em como a imagem de Wade trabalhando naquele abrigo a fazia lembrar o herói do filme.

Ao pensar em Wade, Cheng Xin repetiu para Fraisse o que ele dissera. Ela havia hesitado em contar, pois não queria perturbar aquele estado de espírito transcendente.

— Conheço esse homem — disse Fraisse. — Minha filha, o que eu posso falar é que você deveria dar ouvidos a ele. Mas é impossível sair da Austrália. Não se preocupe. É inútil refletir sobre o que não pode ser feito.

Era verdade. Seria muito difícil sair da Austrália. Além das gotas em constante vigilância, Sófon havia recrutado sua própria força naval de humanos. Qualquer aeronave ou navio não submergível que saísse da Austrália com refugiados seria atacado imediatamente. E, conforme o prazo de Sófon se aproximava, eram poucos os que queriam tentar voltar para seus países de origem. Embora as condições na Austrália fossem difíceis, ainda eram melhores do que a morte certa. Havia um caso de fuga clandestina aqui e ali, mas Cheng Xin era uma figura pública, e essa opção seria impossível.

Ela não se preocupou com esses detalhes. O que quer que acontecesse, não iria embora.

Aparentemente, Fraisse queria mudar de assunto, mas o silêncio de Cheng Xin na escuridão o incitou a falar mais.

— Sou ortopedista. Você provavelmente sabe que, quando um osso se quebra, fica mais forte depois da regeneração porque se forma um calo em volta da fratura. O corpo, diante da oportunidade de compensar uma ausência, pode agir de forma excessiva e se recuperar até atingir um ponto em que a qualidade reposta é superior à de outras pessoas que nunca sofreram essa perda. — Ele apontou para o céu. — Em comparação com os humanos, os trissolarianos careciam de algo. Você acha que eles também exageraram na compensação? Até que ponto? Ninguém sabe.

Cheng Xin ficou chocada com a ideia. Mas Fraisse não estava interessado em continuar a conversa. Ele olhou para o céu estrelado e começou a recitar poemas em voz baixa, que falavam de sonhos de outrora, de confianças perdidas e armas destruídas, do fim de povos e estilos de vida.

Cheng Xin sentiu o mesmo que sentia quando Fraisse tocava o *didgeridoo*.

— É a obra de Jack Davis, um poeta aborígene do século xx.

O idoso se apoiou no batente da porta e, depois de alguns minutos, começou a roncar. Cheng Xin continuou sentada sob as estrelas — que não se desviaram nem um milímetro da trajetória habitual, apesar das reviravoltas no mundo abaixo — até o sol amanhecer no leste.

Seis meses após o início do Grande Reassentamento, metade da população mundial, ou 2,1 bilhões de pessoas, já havia se mudado para a Austrália.

Crises suprimidas começaram a vir à tona. O Massacre de Canberra, sete meses após o início do reassentamento, foi apenas o começo de uma série de pesadelos.

Sófon exigira que o reassentamento humano fosse "despido". Durante a Era da Dissuasão, os defensores da linha dura na Terra também propuseram uma política similar para a futura migração dos trissolarianos ao Sistema Solar. Com a exceção de materiais de construção e ferramentas necessárias para a concepção de novas fábricas agrícolas, assim como equipamentos médicos e outros artigos de necessidade básica, a população realocada não tinha permissão para levar nenhum equipamento pesado de uso militar ou civil. As forças militares enviadas pelos países às zonas de reassentamento só podiam levar as armas leves necessárias para a manutenção da ordem. A humanidade seria totalmente desarmada.

Mas o governo australiano era isento — o país teve permissão para continuar com tudo, incluindo o arsenal de suas forças armadas. Assim, o país que desde o surgimento havia permanecido na periferia das relações internacionais se tornou a força hegemônica mundial.

Ninguém criticou a postura do governo australiano na primeira fase do processo. O governo e a população fizeram todo o possível para ajudar o trânsito de imigrantes. Mas, conforme o fluxo de refugiados do mundo todo inundava a Austrália, o país — o único que tinha um continente só para si — mudou de postura. A população nativa reclamava incessantemente, e a eleição de um novo governo levou à instauração de políticas de austeridade contra os novos habitantes. Os membros do novo governo logo descobriram que sua vantagem sobre o resto do mundo era comparável à vantagem de Trissolaris sobre a Terra. Os migrantes que chegaram em levas posteriores foram enviados para o interior desolado, enquanto os cobiçados locais ricos, como a litorânea New South Wales, eram "territórios reservados" exclusivamente para australianos. Canberra e Sydney foram classificadas como "cidades reservadas", também vedadas a imigrantes. A única cidade grande que permitia a entrada de imigrantes era Melbourne. O governo australiano também assumiu uma postura ditatorial em relação ao restante do mundo, considerando-se superior à ONU e aos outros governos nacionais.

Embora os migrantes não tivessem permissão para se instalar em New South Wales, era impossível impedir sua entrada como turistas. Muitos deles se dirigiram a Sydney a fim de satisfazer seu desejo intenso pela vida urbana — mesmo que não pudessem se estabelecer, vagar pelas ruas de Sydney como mendigos era melhor do que morar nas zonas de reassentamento. Ali, pelo menos, eles sentiam que ainda faziam parte de uma sociedade civilizada. Sydney logo ficou superpopulosa, e o governo australiano decidiu expulsar todos os migrantes à força e proibir visitas à cidade. A polícia e o exército reprimiram a ocupação de refugiados, e houve mortes.

O Incidente de Sydney foi o estopim para a fúria acumulada da população migrante contra o governo australiano, e mais de cem milhões de pessoas invadiram New South Wales, avançando rumo a Sydney. Diante de um tsunami de pessoas revoltadas, o exército australiano bateu em retirada. Dezenas de milhões tomaram Sydney e a saquearam tal como uma infestação de formigas devorando uma carcaça, e deixaram apenas um esqueleto seco para trás. Sydney foi consumida pelas chamas e se transformou em uma terra sem lei, uma floresta de terror. Para os que continuaram ali, a vida se tornou pior do que nas zonas de reassentamento.

Depois, o alvo seguinte da turba de refugiados foi Canberra, a cerca de duzentos quilômetros de distância. Como Canberra era a capital da Austrália, mais ou menos metade dos governos nacionais também havia se instalado na cidade.

Até a ONU tinha acabado de transferir a sede de Sydney para lá. A fim de proteger esses governos, o exército não teve escolha e foi obrigado a atirar contra a multidão. Foram mais de meio milhão de mortos, e a maioria das pessoas não pereceu nas mãos das forças armadas da Austrália, mas de fome e sede, ou pisoteada pela fuga descontrolada de cem milhões de refugiados. Durante o caos, que se prolongou por mais de dez dias, dezenas de milhões de pessoas ficaram sem acesso a comida e água potável.

A sociedade de populações reassentadas sofreu transformações profundas. As pessoas perceberam que, naquele continente abarrotado e faminto, a democracia era um terror ainda pior do que o despotismo. Todos ansiavam por ordem e um governo forte. A ordem social que existira ruiu. O povo só queria que o governo lhes providenciasse comida, água e espaço suficiente para comportar uma cama; nada mais importava. Aos poucos, a sociedade de migrantes sucumbiu à sedução do totalitarismo, como a superfície de um lago no meio de uma onda de ar polar gelado. As palavras que Sófon dissera após matar aquelas pessoas diante do centro de distribuição de alimentos — "A era de liberdade degenerada da humanidade acabou" — se tornaram um bordão popular, e os sedimentos rejeitados da história das ideias, como o fascismo, rastejaram para fora de seus túmulos até a superfície e encontraram eco. O poder das religiões também se recuperou, e as pessoas se organizaram em diversos credos e cultos. Foi assim que a teocracia, um zumbi ainda mais antigo que o totalitarismo, ganhou vida de novo.

O resultado inevitável das políticas totalitaristas é a guerra. Conflitos entre as nações se tornaram mais frequentes. A princípio, eram motivados por comida e água, mas em pouco tempo evoluíram para a promoção de disputas por espaço. Depois do Massacre de Canberra, as forças armadas da Austrália se tornaram um grande poder de dissuasão no Reassentamento Internacional. A pedido da ONU, o exército australiano passou a manter a ordem internacional à força. Sem ele, teria eclodido uma versão em solo australiano de guerra mundial — e, assim como alguém havia previsto no século XX, essa teria sido uma guerra travada com paus e pedras. Nessa época, os diversos exércitos nacionais — exceto o da Austrália — nem sequer tinham condições de equipar suas forças com armamento de combate corpo a corpo. As armas mais comuns eram porretes feitos com as varas de metal usadas em construções, e até antigas espadas de museu voltaram ao uso.

Naqueles tempos sombrios, a cada dia inúmeras pessoas despertavam incrédulas ao constatar que aquela era a realidade. Em um semestre, a sociedade humana regredira a tal ponto que já estava com um pé na Idade Média.

A única coisa que impediu os indivíduos e a sociedade como um todo de se desintegrarem totalmente foi a aproximação da Segunda Frota Trissolariana. A essa altura, a frota já havia atravessado o Cinturão de Kuiper. Em noites sem nuvens, às vezes era possível ver até as chamas das naves em desaceleração a olho nu. A esperança de toda a humanidade agora repousava naqueles quatrocentos e quinze pontos de luz fraca. Todos se lembravam da promessa de Sófon e sonhavam que a chegada da frota traria uma vida confortável e serena para as pessoas no continente. Um demônio do passado se transformara em anjo de salvação e no único suporte espiritual da humanidade. As pessoas rezavam por esse acontecimento.

À medida que o processo de reassentamento continuava, as cidades dos continentes fora da Austrália foram escurecendo uma a uma, transformando-se em carcaças vazias e silenciosas. Era como um restaurante luxuoso que apaga as luzes após a saída do último freguês.

No nono mês do Grande Reassentamento, já havia 3,4 bilhões de pessoas na Austrália. Conforme as condições de vida se deterioravam, o processo teve uma pausa temporária. As gotas voltaram a atacar cidades, e Sófon repetiu sua ameaça: após o término do prazo de um ano, o extermínio de todos os seres humanos fora das reservas começaria. A Austrália agora parecia um camburão viajando por uma estrada rumo a um lugar de onde jamais voltaria: a jaula já estava lotada com a quantidade de prisioneiros que transportava, mas ainda faltava capturar setecentos milhões de pessoas.

Sófon considerou as dificuldades que resultariam da migração do restante da população e propôs uma solução: a Nova Zelândia e outras ilhas vizinhas poderiam ser usadas como zonas de transição. A sugestão funcionou, e, nos dois meses e meio seguintes, outros seiscentos e trinta milhões de refugiados entraram na Austrália pela zona de transição.

Por fim, três dias antes do término do prazo, os últimos três milhões de refugiados saíram da Nova Zelândia em barcos e aviões para a Austrália.

O Grande Reassentamento foi concluído.

A Austrália agora acomodava a imensa maioria da população humana: 4,16 bilhões de pessoas. Fora desse continente, havia cerca de oito milhões de indivíduos, que se dividiam em três grupos: um milhão na base em Marte, cinco milhões na Força de Segurança da Terra e por volta de dois milhões no Movimento de Resistência da Terra. Havia uma pequena quantidade de gente pelo mundo que, por motivos diversos, não pôde migrar, mas não se sabia o número exato.

Sófon havia recrutado a Força de Segurança da Terra para monitorar o processo de reassentamento. Ela prometeu que quem se alistasse não teria que migrar para a Austrália e que, com o tempo, essas pessoas poderiam viver livres em territórios conquistados de Trissolaris. Muita gente se candidatou ansiosamente, e a contagem final foi de mais de um bilhão de inscrições on-line. Dessas, vinte milhões de pessoas foram chamadas para entrevistas, e, no fim, cinco milhões foram aceitas na FST. Esses poucos felizardos não deram a menor atenção aos olhares de desdém e aos cuspes que outros humanos lançavam em sua direção — eles sabiam que muitos dos que cuspiam também tinham se candidatado.

Havia quem comparasse a Força de Segurança da Terra à Organização Terra-Trissolaris de três séculos antes, mas as duas eram essencialmente distintas. A OTT era composta por combatentes em uma guerra santa, mas os recrutas da FST só queriam escapar do reassentamento e viver com conforto.

A FST se dividia em três regimentos — Asiático, Europeu e Norte-Americano — que herdaram todo o equipamento militar deixado para trás pelos exércitos nacionais durante o reassentamento. No começo do processo, a FST agia com certa moderação, limitando-se a seguir as ordens de Sófon para acompanhar o progresso de migração em diversos países e proteger a infraestrutura básica das cidades e regiões contra saques e sabotagens. Mas, com a intensificação das dificuldades na Austrália, o reassentamento não progrediu a um ritmo que Sófon considerasse satisfatório. Devido às suas exigências e ameaças constantes, a FST ficou mais frenética e recorreu à violência em larga escala para impor o reassentamento. Nesse período, a FST matou quase um milhão de pessoas. Por fim, quando acabou o prazo do reassentamento, Sófon deu ordem para que exterminassem todos os seres humanos fora das reservas. Então, os agentes da FST se transformaram em demônios. Com carros voadores e fuzis a laser, eles cruzavam cidades e campos vazios como falcões e mergulhavam para matar quem encontrassem.

Por sua vez, o Movimento de Resistência da Terra representava o que havia de melhor na humanidade, forjado nas chamas do desastre. Era composto por uma quantidade tão grande de divisões locais que era impossível confirmar seu tamanho exato. Ao todo, estimava-se que fosse formado por 1,5 a dois milhões de integrantes. Escondidos em montanhas isoladas e túneis profundos sob as cidades, eles combatiam a FST com táticas de guerrilha e aguardavam a chance de travar a guerra definitiva quando os invasores trissolarianos finalmente chegassem, dali a quatro anos. Em comparação com todos os outros movimentos insurgentes na história da humanidade, sem dúvida o Movimento de Resistência da Terra foi o que mais se sacrificou. Como a FST contava com a ajuda de Sófon e das gotas, todas as incursões do movimento eram missões suicidas. As condições em que eles lutavam também os impediam de reunir forças, e a FST os eliminava célula a célula.

A composição do Movimento de Resistência da Terra era complexa e incluía indivíduos de todos os estratos sociais. Uma grande parcela deles vinha da Era Comum. Todos os outros seis candidatos a Portador da Espada ocupavam posições de comando na resistência. Ao final do período de reassentamento, três deles haviam morrido em ação: restavam apenas Bi Yunfeng, o engenheiro de aceleradores de partículas, o físico Cao Bing, e Ivan Antonov, o antigo vice-almirante russo.

Todos os insurgentes sabiam estar travando uma guerra perdida. O instante da chegada da Segunda Frota Trissolariana seria o momento de sua aniquilação total. Famintos, vestidos com trapos, escondidos em cavernas nas montanhas e no esgoto das cidades, esses guerreiros lutavam pelos últimos resquícios de dignidade da raça humana. Sua existência era o único ponto luminoso naquele que foi o período mais sombrio da história da humanidade.

Uma série de estrondos despertou Cheng Xin ao amanhecer. Ela não havia dormido bem durante a noite devido ao barulho constante de refugiados chegando. Sabia que não era mais a época das tempestades, e, depois dos estrondos, o silêncio predominou do lado de fora. Ela estremeceu, saiu da cama, vestiu as roupas e saiu. Quase tropeçou no vulto adormecido de Fraisse na porta. Ele lançou-lhe um olhar de relance cheio de sono e se recostou de novo no batente para voltar ao cochilo.

Lá fora estava praticamente escuro. Havia muita gente olhando na direção leste, ansiosa, cochichando. Cheng Xin seguiu os olhares e viu uma coluna grossa de fumaça preta no horizonte, como se o pálido sol nascente tivesse sido destroçado.

Ouvindo as pessoas, Cheng Xin conseguiu averiguar que, por volta de uma hora antes, a FST tinha começado uma série de ataques aéreos pela Austrália. Aparentemente, os principais alvos eram sistemas elétricos, portos e equipamentos de transporte de larga escala. A coluna de fumaça vinha de uma usina nuclear que fora destruída a cerca de cinco quilômetros dali. As pessoas olhavam apavoradas para cima e viam cinco rastros brancos se estenderem pelo céu azul-escuro: bombardeiros.

Cheng Xin entrou. AA também estava acordada, e ligara a televisão. Mas Cheng Xin não parou para assistir — não precisava de mais informações. Já fazia quase um ano que ela rezava constantemente para que aquele momento nunca chegasse. Havia se tornado extremamente sensível, e até o sinal mais insignificante a levaria à conclusão certa. Assim que foi despertada pelos estrondos, já sabia o que havia acontecido.

Mais uma vez, Wade tinha razão.

Cheng Xin percebeu que estava preparada para aquele momento. Sem pensar, ela já sabia o que era necessário fazer. Disse a AA que precisava ir ao governo da cidade e pegou uma bicicleta — o meio de transporte mais conveniente nas zonas de reassentamento. Levou também água e comida, pois sabia que seria muito improvável conseguir realizar seu objetivo, e teria que viajar por bastante tempo.

Ela atravessou as ruas apinhadas em direção ao governo da cidade. As diversas nações haviam transplantado seus próprios sistemas administrativos para as zonas de reassentamento, e a de Cheng Xin era composta de pessoas transferidas de uma cidade de tamanho médio na região noroeste da China. O governo dessa cidade ocupava uma barraca grande a cerca de dois quilômetros de distância, e ela podia ver seu topo branco ao longe.

Houve um grande afluxo de refugiados nas duas últimas semanas da reta final do reassentamento. Não houve tempo de distribuí-los por zonas que correspondessem às suas origens, então eles foram instalados onde houvesse espaço. Portanto, a zona de Cheng Xin estava cheia de gente de outras cidades, regiões e províncias, e até de outros países. Com os setecentos milhões de refugiados enfiados na Austrália nos últimos dois meses, as zonas de reassentamento já lotadas ficaram ainda mais insuportáveis.

Ela viu amontoados de pertences espalhados dos dois lados da rua. Os recém-chegados não tinham onde morar e dormiam ao relento. Haviam despertado com as explosões e estavam olhando ansiosos na direção da coluna de fumaça. A luz do amanhecer cobria tudo com uma aura azulada sutil, deixando o rosto das pessoas ainda mais pálido. De novo Cheng Xin teve a sensação perturbadora de contemplar um formigueiro. Enquanto avançava entre os rostos pálidos, seu inconsciente se angustiava com o temor de que o sol não nascesse nunca mais.

Seu corpo foi tomado por uma onda de náusea e fraqueza. Ela apertou os freios, parou na beira da rua e vomitou, e seus olhos se encheram de água. Seu estômago se convulsionou até se acalmar. Ela ouviu uma criança chorar ali perto e, ao levantar os olhos, avistou uma mãe encolhida no meio de um monte de farrapos, abraçando um bebê. Abatida, despenteada, ela permanecia imóvel, com o olhar fixo no leste, enquanto a criança a puxava. O amanhecer iluminou seus olhos, que refletiam apenas perda e embotamento.

Cheng Xin pensou em outra mãe, bonita, saudável e cheia de vida, entregando-lhe seu bebê diante do edifício da ONU... Onde estariam aquela mulher e a criança agora?

Ao se aproximar da barraca que abrigava o governo da cidade, foi obrigada a desmontar da bicicleta e se enfiar no meio da multidão. Aquele lugar estava sempre lotado, mas agora havia mais gente ainda tentando descobrir o que tinha acontecido. Cheng Xin precisou explicar quem era ao guarda que vigiava a entrada para poder passar. O soldado não a conhecia e precisou conferir seu cartão de identidade no sistema. Quando confirmou, seu olhar ficou gravado a fogo na memória de Cheng Xin.

Por que nós escolhemos você naquela época?

O interior da barraca do governo fazia lembrar a era da hiperinformação. Janelas holográficas flutuavam pelo espaço imenso, pairando acima de funcionários e autoridades. Aparentemente, muitos deles tinham passado a noite em claro e estavam exaustos, mas continuavam muito atarefados. Uma grande quantidade de departamentos se acumulava ali e disputava espaço, e veio à mente de Cheng Xin a imagem dos pregões de Wall Street na Era Comum. As pessoas tocavam ou escreviam nas janelas que pairavam à sua frente, e depois elas flutuavam automaticamente para o funcionário seguinte no processo. Essas janelas luminosas pareciam fantasmas de uma época recém-acabada, e era ali o lugar de seu repouso final.

Dentro de uma sala minúscula formada por divisórias de compensado, Cheng Xin viu o prefeito. Era um homem muito jovem, e seu belo rosto feminizado tinha o mesmo aspecto exausto dos outros. Parecia um pouco atordoado e perdido, como se a carga que lhe fora imposta fosse excessiva para a capacidade de sua frágil geração. Uma janela de informações muito grande apareceu em uma das paredes, exibindo a imagem de alguma cidade. A maioria dos edifícios naquela janela parecia antiga e convencional, e só se via alguns edifícios-árvores aqui e ali — evidentemente, era uma cidade de tamanho médio. Cheng Xin percebeu que a imagem não era estática: de vez em quando passavam carros voadores pelo céu, e lá também parecia ser bem cedo pela manhã. Ela se deu conta de que a tela simulava a vista de uma janela de escritório, então talvez aquela fosse a imagem do lugar onde o prefeito morava e trabalhava antes do Grande Reassentamento.

Ele olhou para Cheng Xin, e foi como se seus olhos dissessem: *por que escolhemos você?* Mesmo assim, foi educado e perguntou como poderia ajudá-la.

— Preciso entrar em contato com Sófon — disse ela.

O prefeito balançou a cabeça, mas o pedido inesperado havia afastado um pouco da exaustão. Ele parecia sério.

— Não é possível. Em primeiro lugar, este departamento está muito baixo na hierarquia para fazer contato direto com ela. Nem o governo da província tem autoridade para isso. Ninguém sabe em que lugar da Terra ela está agora. Além disso, a comunicação com o mundo exterior está extremamente difícil. Acabamos de perder o contato com o governo da província, e estamos prestes a ficar sem eletricidade.

— Você pode me mandar para Canberra?

— Não posso disponibilizar uma aeronave, mas posso enviar um veículo terrestre. Contudo, isso talvez seja mais lento do que ir andando. Srta. Cheng, recomendo fortemente que espere. O caos se espalhou por todos os lados, e é muito perigoso. As cidades estão sendo bombardeadas... Acredite se quiser, aqui está relativamente pacífico.

Como não existia nenhum sistema de energia sem fio, não era possível usar carros voadores nas zonas de reassentamento. Só havia aeronaves e veículos terrestres com propulsão própria, mas as estradas tinham ficado completamente intransponíveis.

Assim que saiu do governo da cidade, Cheng Xin ouviu outra explosão. Mais uma coluna de fumaça surgiu em outra direção, e a multidão, que antes estava apenas ansiosa, ficou agitada. Ela abriu caminho por entre as pessoas e encontrou sua bicicleta. Teria que pedalar por mais de cinquenta quilômetros para chegar ao governo da província e tentar entrar em contato com Sófon. Se não conseguisse, precisaria tentar ir para Canberra.

De um jeito ou de outro, não desistiria.

A multidão se aquietou quando uma imensa janela de informações apareceu acima da barraca do governo, quase da largura da tenda. Ela só era usada quando o governo precisava transmitir notícias de extrema importância. Como a transmissão de energia não era estável, a janela piscava, mas, sob o céu escuro da madrugada, as imagens eram muito nítidas.

A janela exibiu a Câmara Parlamentar de Canberra. Embora a construção tivesse terminado em 1988, as pessoas ainda se referiam a ela como a "nova" Câmara. De longe, o edifício parecia um bunker instalado em uma colina, e sobre ele repousava o que talvez fosse o mastro mais alto do mundo. Com mais de oitenta metros de altura, o mastro também era suspenso por quatro vigas de aço gigantescas. A intenção original era simbolizar estabilidade, mas agora elas pareciam a estrutura de uma grande tenda. A bandeira da ONU tremulava acima do edifício: a ONU transferira a sede para lá depois da Revolta de Sydney.

Cheng Xin sentiu como se uma mão imensa se fechasse em volta de seu coração. Ela entendeu que o Dia do Juízo Final havia chegado.

A imagem mudou para o interior da Câmara dos Deputados, que estava ocupada por todos os líderes da Terra Internacional e da Frota Internacional. Sófon havia convocado uma sessão de emergência da Assembleia Geral da ONU.

Sófon estava diante do púlpito, ainda com os trajes de estampa camuflada e cachecol preto, mas sem a *katana*. Em seu rosto não havia nem sinal da crueldade glamorosa com que todos tinham se acostumado ao longo do último ano; na verdade, sua beleza parecia radiante. Ela fez uma reverência aos líderes reunidos da humanidade, e Cheng Xin viu mais uma vez a anfitriã gentil que ela havia conhecido dois anos antes na Cerimônia do Chá.

— O Grande Reassentamento foi concluído! — Sófon fez outra reverência. — Obrigada! Agradeço a todos vocês. Esta foi uma grande realização, comparável à odisseia de seus ancestrais africanos, dezenas de milhares de anos atrás. Uma nova era começou para nossas duas civilizações!

Todos na Câmara dos Deputados viraram a cabeça com ansiedade quando algo explodiu do lado de fora do edifício. Os quatro focos de luz que pendiam do teto balançaram, e as sombras também, como se o prédio estivesse prestes a desabar. Mas Sófon continuou falando:

— Antes que a magnífica Frota Trissolariana chegue para lhes trazer uma vida nova e feliz, todos precisarão resistir a um período difícil que vai durar três meses. Espero que a humanidade se saia tão bem quanto no Grande Reassentamento.

"Neste instante, proclamo a total separação entre a Reserva Australiana e o mundo exterior. Sete sondas espaciais de interação forte e a Força de Segurança da Terra aplicarão um bloqueio absoluto. Qualquer pessoa que tentar sair da Austrália será tratada como invasora de Trissolaris e exterminada sem piedade!

"A mutilação da Terra continuará. Ao longo dos próximos três meses, a reserva será mantida em estado de agricultura de subsistência. O uso de qualquer tecnologia moderna, incluindo eletricidade, está estritamente proibido. Como todos os presentes podem atestar, a Força de Segurança da Terra está eliminando sistematicamente todos os equipamentos geradores de eletricidade da Austrália."

As pessoas em volta de Cheng Xin trocaram olhares incrédulos na esperança de que alguém ajudasse a explicar o que Sófon tinha acabado de dizer.

— Isso é genocídio! — gritou alguém na Câmara dos Deputados. As sombras continuaram balançando, como cadáveres pendurados sobre um cadafalso.

De fato era genocídio.

O projeto de sustentar 4,2 bilhões de pessoas na Austrália era difícil, mas não inconcebível. Mesmo depois do Grande Reassentamento, a densidade populacional na Austrália era de apenas cinquenta pessoas por quilômetro quadrado, menor do que a densidade no Japão antes do Reassentamento.

Mas o plano havia contado com a premissa de fábricas agrícolas de grande eficiência. Durante o processo de reassentamento, uma grande quantidade de fábricas agrícolas tinha sido transferida para a Austrália, e muitas haviam sido reinstaladas e postas para funcionar. Nessas fábricas, plantações geneticamente modificadas cresciam a um ritmo muito maior do que as tradicionais, mas a iluminação natural não fornecia energia suficiente para sustentar a produção, então era necessário usar lâmpadas ultrapotentes. Isso consumia uma enorme quantidade de eletricidade.

Sem eletricidade, as plantações nos tanques de cultivo das fábricas, que dependiam de raios ultravioleta ou de raios X para a realização da fotossíntese, apodreceriam em poucos dias.

A reserva de comida só alimentaria a população de 4,2 bilhões de pessoas por um mês.

— Não compreendo sua reação — disse Sófon ao homem que tinha gritado *genocídio*. A confusão no rosto dela parecia genuína.

— E a comida? Como é que vamos conseguir *comida*? — gritou mais alguém. Ninguém mais temia Sófon. Só restava o desespero.

Sófon passou o olhar pelo salão, observando cada um dos presentes.

— Comida? Olhem à sua volta: vocês estão cercados por comida, comida viva.

O tom de sua voz foi sereno, como se ela estivesse lembrando a humanidade de um estoque que todos haviam esquecido.

Ninguém falou nada. O tão planejado processo de aniquilação havia chegado à fase final. Era tarde demais para palavras.

Sófon continuou.

— A iminente luta pela sobrevivência eliminará a maior parte da humanidade. Quando a frota chegar, daqui a três meses, devem restar cerca de trinta a cinquenta milhões de pessoas neste continente. Os últimos vitoriosos começarão uma vida livre e civilizada dentro da reserva. A chama da civilização terrestre não se apagará, mas persistirá de forma reduzida, como a chama eterna diante de um túmulo.

A arquitetura da Câmara dos Deputados australiana era inspirada na Câmara dos Comuns britânica. Os assentos elevados das galerias públicas ficavam nas laterais, e as cadeiras dos parlamentares — agora ocupadas pelos líderes mundiais — preenchiam a área mais baixa no centro. Os que estavam sentados lá se sentiram dentro de uma cova prestes a ser fechada.

— A mera existência é resultado de uma sorte incrível. Foi assim na Terra no passado, e sempre foi assim neste universo cruel. Mas, em algum momento, os seres humanos começaram a elaborar a ilusão de que tinham *direito* à vida, de que a vida não custa nada. É esse o motivo fundamental da sua derrota. A bandeira da evolução voltará a tremular neste mundo, e agora vocês lutarão pela sobrevivência. Espero que todos os presentes aqui estejam entre os cinquenta milhões de sobreviventes no fim. Espero que vocês consumam a comida, e que não sejam consumidos pela comida.

— *Ahhhhhhh...* — Uma mulher perto de Cheng Xin na multidão deu um grito que rasgou o silêncio como uma lâmina afiada. Mas logo o grito foi engolido por um silêncio mortal.

Cheng Xin sentiu a terra e o céu tombarem à sua volta. Ela não percebeu que havia caído. Só viu o céu empurrar a barraca do governo e a tela holográfica, preenchendo todo o seu campo de visão, e então o chão tocou suas costas, como se tivesse se levantado atrás dela. O céu da madrugada parecia um oceano escuro, e as nuvens de carmesim, iluminadas pelo sol nascente, flutuavam como poças de sangue. Então um ponto preto apareceu na visão dela, expandindo-se depressa, como uma folha de papel pegando fogo em cima de uma vela, até que tudo ficou coberto de sombras obscuras.

Ela se recuperou rapidamente do desmaio. Suas mãos acharam o solo — areia macia —, e, dando impulso, ela se sentou. Segurou o braço esquerdo com a mão direita para verificar se estava bem. Mas o mundo tinha desaparecido. Tudo estava imerso em trevas. Cheng Xin escancarou os olhos, mas não viu nada além de escuridão. Estava cega.

Barulhos a agrediram; ela não sabia dizer quais eram reais e quais eram ilusões: passos que pareciam uma inundação, gritos, soluços e o som indistinto de lamúrias sinistras que pareciam uma ventania soprando por uma floresta morta.

Alguém correu e esbarrou nela, que caiu. Ela se esforçou para se sentar. Escuridão, só restava escuridão diante de seus olhos, densa como breu. Ela se virou na direção que acreditava ser o leste, mas nem pelo olho da mente conseguiu ver o nascer do sol. O que surgiu ali foi uma gigantesca roda escura, despejando luz preta sobre todo o mundo.

Nessa escuridão infinita, ela teve a impressão de ver um par de olhos. Os olhos negros se misturavam às sombras, mas ela sentia sua presença, sentia o olhar. Eram os olhos de Yun Tianming? Ela havia caído no abismo, onde devia encontrá-lo. Ouviu Tianming chamar seu nome. Tentou expulsar da mente aquela voz alucinada, mas o som persistiu. Finalmente, Cheng Xin teve certeza de que a voz era real, pois era uma voz masculina feminizada que só podia fazer parte daquela era.

— Você é a dra. Cheng Xin?

Ela confirmou com um gesto da cabeça. Ou melhor, sentiu o movimento da cabeça. Parecia que seu corpo estava se mexendo por conta própria.

— O que aconteceu com seus olhos? Você não consegue ver?

— Quem é você?

— Sou o comandante de uma unidade especial da Força de Segurança da Terra. Sófon nos enviou para retirá-la da Austrália.

— Aonde vocês vão me levar?

— A qualquer lugar que você quiser. Ela vai tomar conta de você. Mas, claro, ela disse que você teria que aceitar.

Cheng Xin percebeu um novo som. A princípio, achou que fosse outra alucinação: o estrondo de um helicóptero. Embora a humanidade tivesse aprendido a tecnologia de antigravidade, o consumo de energia era alto demais para ser prático. A maioria das aeronaves ainda usava motores tradicionais. Ela sentiu rajadas de vento, prova de que havia algum helicóptero pairando por perto.

— Posso falar com Sófon?

Um objeto foi colocado em sua mão — um telefone celular. Ela apoiou o telefone no ouvido e escutou a voz de Sófon.

— Olá, Portadora da Espada.

— Eu estava procurando você.

— Por quê? Ainda se considera a salvadora do mundo?

Cheng Xin balançou a cabeça lentamente.

— Não. Nunca pensei em mim desse jeito. Só quero salvar duas pessoas. Por favor?

— Quais?

— 艾 AA e Fraisse.

— Ah, sua amiga tagarela e aquele velho aborígene? Você estava me procurando só para pedir isso?

Cheng Xin ficou surpresa. Sófon já conhecia AA, mas como ela sabia quem era Fraisse?

— Sim. Mande as pessoas que você enviou tirarem os dois da Austrália para que possam viver em liberdade.

— Fácil. E você?

— Não precisa se preocupar comigo.

— Você não está vendo o que vai acontecer?

— Não. Não estou vendo nada.

— Quer dizer que ficou cega? Não está comendo bem?

Cheng Xin, AA e Fraisse sempre haviam recebido uma quantidade adequada de mantimentos ao longo do último ano, e a casa de Fraisse nunca fora desapropriada pelo governo. E, depois que ela e AA se mudaram para lá, ninguém a agrediu. Cheng Xin sempre imaginara que estivesse sendo protegida pelo governo local, mas agora se dava conta de que Sófon tinha ficado de olho nela.

Entendia que Sófon era controlada por um grupo de alienígenas a quatro anos-luz de distância, mas ela, como outros seres humanos, sempre encarou Sófon como um indivíduo, uma mulher. Aquela mulher, que estava à frente de um massacre de 4,2 bilhões de pessoas, se preocupava com o bem-estar dela.

— Se você continuar aí, será comida pelos outros.

— Eu sei. — A voz de Cheng Xin era calma.

Foi um suspiro?

— Tudo bem. Um sófon ficará perto de você. Se mudar de ideia ou precisar de ajuda, basta falar. Eu escutarei.

Cheng Xin não disse nada. Nem uma palavra de gratidão.

Alguém a pegou pelo braço — o comandante da Força de Segurança da Terra.

— Recebi ordem de retirar aqueles dois. É melhor você vir conosco, dra. Cheng. Este lugar vai virar o inferno na Terra já, já.

Cheng Xin balançou a cabeça.

— Você sabe onde eles estão? Ótimo. Por favor, vá. Obrigada.

Ela ouviu o helicóptero. A cegueira parecia deixar sua audição especialmente sensível, como um terceiro olho. Ela escutou o helicóptero levantar voo e depois pousar a dois quilômetros de distância. Alguns minutos depois, ele decolou de novo e se distanciou gradualmente.

Cheng Xin fechou os olhos, satisfeita. Olhos abertos ou não, só havia escuridão. Finalmente, seu coração arrasado havia encontrado um pouco de paz, banhado em uma poça de sangue. As sombras impenetráveis se tornaram uma espécie de proteção. Fora da escuridão havia mais terror. O que se manifestara ali fazia o próprio frio tremer, as próprias trevas tropeçarem.

O frenesi ao redor dela se intensificou: sons de gente correndo, se debatendo, disparando armas, praguejando, gritando, morrendo, chorando... *Será que já começaram a comer gente? Não devia ser tão rápido.* Cheng Xin acreditava que, mesmo depois de um mês, quando não haveria mais comida, as pessoas ainda se recusariam a comer umas às outras.

É por isso que a maioria das pessoas vai morrer.

Não importava se os cinquenta milhões de sobreviventes ainda seriam considerados seres humanos ou algo diferente. O conceito de "humanidade" desapareceria.

Agora, era possível uma única linha resumir toda a história da raça humana: saímos da África; caminhamos por setenta mil anos; entramos na Austrália.

Na Austrália, a humanidade voltou às suas origens. Mas não haveria outra viagem. Aquele era o fim.

Um bebê chorava ali perto. Cheng Xin sentiu vontade de segurar aquela vida nova em seus braços. Ela se lembrou do bebê que havia segurado na frente da ONU: macio, quente, um sorriso tão lindo. O instinto materno partiu o coração de Cheng Xin. Ela temeu que o bebê passasse fome.

OS ÚLTIMOS DEZ MINUTOS DA ERA DA DISSUASÃO, ANO 62
28 DE NOVEMBRO, 16H17MIN34 A 16H27MIN58: *GRAVIDADE* E *ESPAÇO AZUL*, ESPAÇO SIDERAL

Quando as sirenes anunciaram o ataque das gotas, só um homem a bordo da *Gravidade* se sentiu aliviado: James Hunter, o mais velho da tripulação. Ele tinha setenta e oito anos, e todos o chamavam de Velho Hunter.

Meio século antes, no Comando da Frota na órbita de Júpiter, o jovem Hunter de vinte e sete anos havia recebido sua missão do chefe do estado-maior.

— Você será o controlador culinário da *Gravidade*.

Esse cargo era só um nome sofisticado para cozinheiro de bordo. Mas, como o preparo de alimentos a bordo de uma belonave era realizado principalmente pela programação da inteligência artificial, a única função do controlador culinário era operar o sistema. De modo geral, isso significava selecionar os ingredientes e inserir o cardápio de cada refeição. A maioria dos controladores culinários era sargento, mas Hunter tinha acabado de ser promovido a capitão; na realidade, ele era o capitão mais jovem da frota. Mas Hunter não ficou surpreso. Sabia qual era seu trabalho de fato.

— Sua verdadeira missão é proteger o transmissor de ondas gravitacionais. Se os oficiais superiores a bordo da *Gravidade* perderem o controle da nave, você deverá destruir o transmissor. Se ocorrer alguma situação inesperada, você poderá usar qualquer meio que julgar necessário para cumprir seu objetivo.

O sistema de transmissão de ondas gravitacionais da *Gravidade* incluía a antena e o controlador. A antena era o casco da nave, impossível de ser destruído, mas, para impedir transmissões, bastaria incapacitar o controlador. Seria impossível construir um novo com os materiais disponíveis na *Gravidade* e na *Espaço Azul*.

Hunter sabia que homens como ele haviam servido nos submarinos nucleares de antigamente. Na época, tanto na União Soviética quanto na Otan, as frotas de submarinos equipados com mísseis balísticos também levavam praças ou oficiais de baixa patente encarregados de funções humildes, mas também com missões desse tipo. Se alguém se arriscasse a tomar o controle de um submarino e dos mísseis que ele transportava, esses homens teriam dado um passo inesperado à frente para adotar medidas drásticas e impedir tais planos.

— Você terá que prestar atenção a tudo que acontece na nave. Sua missão exige que você monitore a situação durante todos os ciclos de serviço. Portanto, você não pode hibernar.

— Não sei se consigo chegar aos cem anos de idade.

— Você só precisa chegar aos oitenta. A essa altura, a corda vibratória de matéria degenerada da nave já terá atingido a meia-vida. O sistema de transmissão de ondas gravitacionais da nave ficará incapacitado, e você terá concluído sua missão. Então, você só precisa evitar a hibernação durante a viagem de ida, mas pode voltar dormindo. Porém, na prática, terá que dedicar a vida inteira a essa missão. Você tem o direito de recusar.

— Eu aceito.

O chefe de estado-maior perguntou algo que os comandantes do passado nem teriam considerado.

— Por quê?

— Durante a Batalha do Fim dos Tempos, eu era um analista de inteligência da AIE a bordo da *Newton*. Escapei em uma cápsula de fuga antes de a gota destruir minha nave. Era o menor modelo de cápsula, mas podia acomodar cinco pessoas. Naquele momento, alguns companheiros de nave vinham na minha direção, e eu estava sozinho na cápsula. Mas a ativei...

— Eu sei. As conclusões da corte marcial foram claras. Você não fez nada de errado. A nave explodiu dez segundos depois de você lançar sua cápsula. Não teve tempo para esperar mais ninguém.

— É. Mas... ainda tenho a sensação de que teria sido melhor ter ficado na *Newton*.

— É compreensível a sensação de culpa por causa de nossos fracassos. Mas agora você tem a chance de salvar bilhões de pessoas.

Os dois ficaram em silêncio por um tempo. Do outro lado da janela da estação espacial, a Grande Mancha Vermelha de Júpiter os encarava como um olho colossal.

— Antes de passar aos detalhes de sua tarefa, quero que compreenda o seguinte: sua prioridade é evitar que o sistema caia em mãos erradas. Quando não puder determinar o nível de risco com segurança, será melhor tender a favor da destruição do sistema, mesmo se depois descobrir que estava enganado. Quando decidir agir, não se preocupe com danos colaterais. Se chegar a tanto, seria aceitável destruir a nave inteira.

Hunter estava no primeiro ciclo de serviço quando a *Gravidade* saiu da Terra. Ao longo daqueles cinco anos, ele tomou com regularidade um pequeno comprimido azul. No fim do ciclo, quando teria que entrar em hibernação, um exame médico revelou que ele tinha coagulopatia cerebrovascular, também conhecida como "doença anti-hibernação". Essa condição rara era assintomática, mas quem a apresentasse não podia entrar em hibernação porque o processo de reanimação causaria extensos danos cerebrais. Era a única condição clínica conhecida que podia impedir alguém de hibernar. Quando o diagnóstico foi confirmado, todos ao redor de Hunter olharam para ele com cara de velório.

Assim, ao longo de toda a viagem, Hunter permanecera acordado. Sempre que as pessoas saíam da hibernação, viam que ele tinha ficado mais velho. Hunter contava para todos os recém-reanimados o que havia acontecido de interessante na dúzia de anos que haviam se passado enquanto eles dormiam. O humilde cozinheiro se tornou a figura mais adorada da nave, popular entre oficiais e praças. Aos poucos, ele se tornou um símbolo da longa jornada da *Gravidade*. Ninguém desconfiava que o sujeito simpático e generoso tinha a mesma patente do comandante da nave e era o único além do próprio comandante com autoridade e poder de destruir a nave em caso de crise.

Durante os primeiros trinta anos de viagem, Hunter teve algumas namoradas. Nesse aspecto, ele contava com uma vantagem sobre o resto da tripulação: podia namorar mulheres de ciclos de serviço diferentes, uma após a outra. Mas, depois de algumas décadas, conforme Hunter virou Velho Hunter, as mulheres, ainda jovens, preferiam tratá-lo só como um amigo que contava histórias interessantes.

Ao longo desse meio século, a única mulher que o Velho Hunter amou de verdade foi Reiko Akihara. Mas, na maior parte do tempo, eles estavam separados por mais de dez milhões de UA, porque a primeiro-tenente Akihara era a navegadora da *Espaço Azul*.

A caçada pela *Espaço Azul* foi o único empreendimento em que a Terra e Trissolaris de fato partilhavam um mesmo objetivo, uma vez que aquela nave solitária avançando pelo espaço sideral era uma ameaça para os dois mundos. Durante a tentativa da Terra de atrair de volta ao planeta as duas naves que haviam sobrevivido às batalhas sombrias, a *Espaço Azul* descobrira a natureza de floresta sombria do universo. Se algum dia ela desenvolvesse a capacidade de transmissão universal, as consequências seriam inimagináveis. Portanto, a caçada recebeu todo o apoio de Trissolaris. Antes de entrar na região opaca, os sófons haviam fornecido à *Gravidade* uma imagem contínua em tempo real do interior de sua presa.

Com o passar das décadas, Hunter foi promovido de segundo-sargento para primeiro-sargento, e depois, com uma promoção especial, tornou-se oficial superior. Partindo de segundo-tenente, ele chegou a capitão-tenente. Mas, mesmo no final, ele nunca recebeu autorização formal para acessar as imagens ao vivo do interior da *Espaço Azul* transmitidas pelos sófons. No entanto, tinha os códigos de acesso a todos os sistemas da nave, e muitas vezes via uma versão em miniatura do vídeo dentro de seu próprio camarote.

Ele viu que a organização social na *Espaço Azul* era completamente diferente da que havia na *Gravidade*. Era militarista, autoritária e regida por uma disciplina rigorosa. Todos dedicavam suas energias espirituais ao coletivo. Ele viu Reiko pela primeira vez dois anos após o início da perseguição, e imediatamente foi conquistado por aquela beleza do Leste Asiático. Passava horas a fio observando-a todos os dias e, às vezes, até achava que conhecia melhor a vida dela que a própria. Mas, no terceiro ano, Reiko entrou em hibernação e só foi reanimada trinta anos depois. Ainda era jovem, mas Hunter já era quase sexagenário.

Na Véspera do Natal, depois de uma grande festa, ele voltou para seu camarote e ligou a transmissão ao vivo da *Espaço Azul*. A imagem começou com um diagrama da complexa estrutura geral da nave. Ele tocou o ponto onde ficava o centro de navegação, e a imagem se ampliou para mostrar Reiko em serviço. Ela estava olhando um grande mapa estelar holográfico, onde uma linha vermelha luminosa traçava a rota da *Espaço Azul*. Atrás via-se uma linha branca que quase encontrava a vermelha, indicando a trajetória da *Gravidade*. Hunter percebeu que a linha branca fazia um ligeiro desvio em relação à trajetória verdadeira da *Gravidade*. Naquele instante, as duas naves ainda estavam separadas por alguns milhares de UA. A essa distância, era difícil monitorar com certeza um alvo pequeno como uma nave espacial. A linha branca provavelmente só indicava um palpite mais aproximado, embora a estimativa de distância entre as duas naves fosse bastante precisa.

Hunter ampliou um pouco mais a imagem. De repente, Reiko se virou para ele e, com um sorriso arrebatador, disse:

— Feliz Natal!

Hunter sabia que Reiko não estava falando com ele, e sim com todos que caçavam sua nave. Ela sabia que estava sendo observada pelos sófons, embora não pudesse enxergar seus perseguidores. Apesar disso, foi um dos momentos mais felizes da vida de Hunter.

Como a tripulação a bordo da *Espaço Azul* era grande, o ciclo de serviço de Reiko não durava muito. Depois de um ano, ela voltou a entrar em hibernação. Hunter estava ansioso para que chegasse o dia em que a *Gravidade* finalmente alcançaria a *Espaço Azul* e ele pudesse encontrar Reiko em pessoa. Infelizmente, sabia que, nesse dia, já estaria com quase oitenta anos. Ele tinha esperança de poder lhe dizer que a amava antes de vê-la ser levada a julgamento.

Durante meio século, Hunter se dedicou fielmente à sua missão. Permaneceu atento a qualquer condição atípica na nave, preparando-se mentalmente para agir em diversas crises hipotéticas. Mas a missão não chegava a pressioná-lo muito. Ele sabia que a *Gravidade* estava sendo acompanhada por outra garantia, muito mais confiável. Como muitos outros tripulantes, ele observava com frequência pelas escotilhas as gotas flutuando ao longe. Mas, em sua perspectiva, elas tinham outro significado. Se alguma coisa incomum acontecesse a bordo da *Gravidade*, especialmente sinais de motim ou tentativas ilícitas de assumir o controle do sistema de transmissão de ondas gravitacionais, ele sabia que as gotas destruiriam a nave. Elas eram muito mais rápidas que ele — uma gota era capaz de acelerar a alguns milhares de metros de distância e atingir o alvo em no máximo cinco segundos.

Agora, a missão de Hunter estava quase no fim. A corda vibratória de matéria degenerada no centro da antena de ondas gravitacionais, com menos de dez nanômetros de espessura e os mesmos mil e quinhentos metros de comprimento do casco, havia quase esgotado sua meia-vida. Em mais dois meses, a densidade da corda ficaria abaixo do mínimo necessário para transmissões de ondas gravitacionais, e o sistema perderia a funcionalidade. A *Gravidade* deixaria de ser uma estação de transmissão vista como ameaça por dois mundos e se tornaria uma nave estelar comum, e o trabalho de Hunter teria acabado. Só então ele revelaria sua verdadeira identidade. Estava curioso para saber se o resto da tripulação o veria com admiração ou repúdio. Fosse como fosse, ele pararia de tomar aqueles comprimidos azuis, e sua coagulopatia cerebrovascular desapareceria. E então ele hibernaria e só seria reanimado na Terra para viver seus últimos dias em uma nova era. Mas só faria isso depois de ver Reiko, o que devia acontecer em breve.

Só que então os sófons ficaram cegos. Durante a viagem, ele havia imaginado centenas de crises possíveis, e essa era uma das piores hipóteses. A perda dos sófons significava que as gotas e Trissolaris não sabiam mais o que estava acontecendo a bordo da *Gravidade*. Caso houvesse um imprevisto, as gotas não reagiriam a tempo. Com isso, a situação era muito mais perigosa, e Hunter sentiu o peso em seus ombros ficar dez vezes maior, como se sua missão tivesse acabado de começar.

Ele passou a prestar ainda mais atenção a tudo que acontecia dentro da nave. Toda a tripulação da *Gravidade* tinha sido reanimada, e com isso o monitoramento era muito mais difícil. Mas Hunter era o único tripulante que todos conheciam, e era popular e tinha muitas relações sociais. Além disso, graças a seu jeito simpático e sua patente insignificante, a maioria das pessoas baixava a guarda quando estava com ele. Os praças e oficiais menos graduados, especialmente, lhe contavam coisas que não se atreveriam a dizer para oficiais superiores ou para a força psicológica. Assim, Hunter podia formar uma ideia completa da situação.

Quando os sófons ficaram cegos, coisas estranhas começaram a acontecer por toda a nave: uma área ecológica no centro foi atingida por um micrometeoroide;

mais de uma pessoa afirmou ter visto aberturas surgirem de repente nos anteparos, seguidas do sumiço de alguns objetos que depois voltavam a aparecer, intactos...

De todas essas ocorrências peculiares, a experiência do capitão de fragata Devon, chefe das forças de segurança, foi a que mais impressionou Hunter. Devon era um dos oficiais superiores a bordo da nave. Normalmente, Hunter não interagia muito com ele. Mas, quando viu Devon procurar o psiquiatra — a quem a maior parte da tripulação evitava —, ele ficou em alerta. Depois de uma garrafa de uísque *vintage*, finalmente convenceu Devon a lhe contar a história de seu evento estranho.

Claro que, exceto o caso do micrometeoroide, a explicação mais razoável para todas as outras ocorrências era que a tripulação estava alucinando. Talvez, por algum motivo desconhecido, a perda dos sófons tivesse acarretado uma espécie de distúrbio mental coletivo — pelo menos foi essa a explicação que o dr. West e a força psicológica encontraram. A missão de Hunter não lhe permitia aceitar passivamente essa explicação; mas, se não fossem alucinações ou um distúrbio mental coletivo, as histórias estranhas que a tripulação estava contando pareceriam impossíveis. No entanto, a missão dele era reagir a impossibilidades que, de alguma forma, se tornassem possíveis.

Apesar da antena imensa, a unidade de controle do transmissor de ondas gravitacionais ocupava pouco espaço. Situado em uma pequena cabine esférica na popa, o controlador era independente e totalmente desligado das outras partes da nave. A cabine esférica parecia um cofre reforçado. Ninguém a bordo da *Gravidade*, nem sequer o comandante, tinha os códigos para entrar nela. Só o Portador da Espada na Terra poderia ativar a transmissão de ondas gravitacionais — nesse caso, um feixe de neutrinos seria transmitido à *Gravidade* e ativaria o transmissor. Naquele instante, levaria um ano para o sinal ir da Terra à nave.

Mas, se a *Gravidade* fosse sequestrada, as medidas de segurança em torno da cabine esférica não durariam muito.

O relógio de pulso de Hunter tinha um botão especial. Se fosse apertado, acionaria uma bomba térmica que vaporizaria tudo dentro da cabine esférica. O trabalho era muito simples: qualquer que fosse a crise, assim que Hunter julgasse que o risco havia ultrapassado determinado limite, ele apertaria o botão e destruiria o controlador, incapacitando o transmissor de ondas gravitacionais.

Em certo sentido, Hunter era um "Antiportador da Espada".

Ele não depositava toda a confiança no botão do relógio e na bomba térmica dentro da cabine, que nunca vira pessoalmente. A melhor opção seria ficar de guarda dia e noite na frente da cabine de controle, mas, obviamente, isso levantaria suspeita, e sua identidade secreta era sua maior vantagem. Ainda assim, Hunter queria ficar o mais perto possível da cabine de controle, então tentava visitar regularmente o observatório astronômico, também situado na popa. Como a tripulação toda havia sido reanimada, ele tinha assistentes para cuidar de suas responsabilidades culinárias, o que o deixava com bastante tempo livre. Além disso, como o dr. Guan Yifan era o único cientista civil a bordo e, portanto, não estava submetido à disciplina militar, ninguém achou estranho que Hunter fosse vê-lo com frequência para dividir as bebidas que conseguia obter graças ao seu cargo. E o dr. Guan, por sua vez, apreciava as bebidas e explicava para Hunter a "síndrome de três e trezentos mil do universo". Não demorou até que Hunter começasse a passar a maior parte do tempo no observatório, a apenas um corredor de vinte metros do controlador do sistema de transmissão de ondas gravitacionais.

Hunter estava indo para o observatório de novo quando passou por Guan Yifan e pelo dr. West, que se dirigiam à proa da nave. Decidiu dar uma olhada na cabine de controle. Quando estava a cerca de dez metros de distância, as sirenes começaram o alerta para o ataque das gotas. Devido ao seu cargo, a janela de informações que apareceu para ele apresentou muito poucos detalhes, mas soube que, naquele momento, as gotas estavam mais longe do que quando haviam voado em formação com a nave. Ele teria de dez a vinte segundos até o impacto.

Nesses instantes finais, o Velho Hunter só sentiu alívio e alegria. Não importava o que acontecesse depois, só que ele teria concluído sua missão. Aguardava ansiosamente não a morte, mas a vitória.

Foi por esse motivo que, depois de meio minuto, quando as sirenes se calaram, Hunter se tornou a única pessoa a bordo que trocou o alívio por um terror extremo. A interrupção do alarme indica, para ele, um sério perigo: naquela situação de grande incerteza, o transmissor de ondas gravitacionais continuava intacto. Sem hesitar, ele apertou o botão no relógio.

Nada aconteceu. Embora a cabine de controle estivesse bem lacrada, ele devia ter sentido os tremores da detonação. Uma linha de texto surgiu na tela do relógio:

Erro: O módulo de autodestruição foi desativado.

Hunter nem mesmo ficou surpreso. Ele já havia intuído, por instinto, que tinha acontecido o pior. Estivera a meros segundos do alívio, mas o alívio nunca chegaria.

Nenhuma das gotas atingiu os respectivos alvos. As duas erraram a *Gravidade* e a *Espaço Azul* por uma distância muito curta — algumas dezenas de metros.

Três minutos após a interrupção do alerta de ataque, Joseph Morovich, comandante da *Gravidade*, finalmente conseguiu reunir os oficiais superiores no centro de combate, e no meio do recinto havia um imenso mapa de situação. Naquele espaço escuro não aparecia nenhuma estrela, só a posição das duas naves e a trajetória de ataque das gotas. As duas linhas brancas compridas pareciam retas, mas os dados indicavam que eram parábolas de curvatura muito baixa. Conforme as duas gotas aceleraram rumo aos alvos, na simulação, as rotas começaram a se desviar. As mudanças eram pequenas, mas cumulativas, e fizeram as gotas errarem o alvo por pouco. Muitos dos oficiais superiores haviam participado da Batalha do Fim dos Tempos, e a lembrança das viradas bruscas que as gotas podiam realizar enquanto se moviam a velocidades extremamente altas ainda lhes causava um pavor terrível. No entanto, as trajetórias no mapa eram completamente diferentes: foi como se as gotas tivessem sido desviadas pela pressão constante de alguma força externa perpendicular aos vetores de ataque.

— Repita a gravação — exigiu o comandante. — Espectro de luz visível.

As estrelas e a galáxia apareceram. Não era mais uma simulação de computador. Em um dos cantos, números luminosos indicavam a passagem do tempo. Todo mundo reviveu o terror de alguns minutos antes, quando só podiam esperar a morte chegar porque manobras evasivas e disparos defensivos de nada adiantariam. Em pouco tempo, os números pararam de mudar. As gotas já haviam ultrapassado as naves, mas, devido à grande velocidade com que estavam se movendo, ninguém conseguiu vê-las.

A imagem começou a exibir uma reprodução em câmera lenta da gravação em alta velocidade. Como demoraria muito para reproduzir a gravação completa, que tinha mais de dez segundos, só foram exibidos os últimos instantes. Os oficiais viram uma gota passar na frente da câmera como um meteoro indistinto diante de um mar de estrelas. A gravação foi reproduzida de novo, e paralisaram a imagem quando a gota estava no meio da tela. A imagem foi ampliada até que a gota ocupasse a maior parte da tela.

Após meio século de viagem em formação com as gotas, todos conheciam muito bem a aparência das sondas, e eles ficaram chocados com o que viram. A gota na tela ainda tinha formato de lágrima, mas a superfície não era mais um espelho perfeito. Agora estava com um tom opaco amarelo-cobre, como se tivesse enferrujado completamente. Era como se um feitiço de juventude eterna tivesse sido anulado e todas as marcas produzidas por três séculos de viagem espacial surgissem de uma só vez. A gota, que antes lembrava um espírito luminoso, tinha se tornado uma granada de artilharia velha à deriva pelo espaço. Nos últimos anos, a comunicação com a Terra dera aos oficiais alguma noção básica sobre os princípios que regiam materiais de interação forte. Eles sabiam que a superfície da gota era preservada dentro de um campo de força por mecanismos internos. Esse campo de força se contrapunha à força eletromagnética entre as partículas, permitindo a emissão de força nuclear intensa. Sem o campo de força, o material de interação forte se tornava um material comum.

As gotas haviam morrido.

Depois, eles analisaram os dados pós-ataque. A simulação indicou que, após ultrapassar a *Gravidade*, a gota seguiu voando ao longo do último vetor, e a misteriosa força perpendicular responsável pelas pequenas alterações de trajetória desapareceu. Mas isso só durou alguns segundos. Depois, as gotas começaram a desacelerar. O computador de análise de combate concluiu que a força de desaceleração da gota era de magnitude igual à força que havia alterado o curso dela. A conclusão óbvia era de que a origem da força havia parado de empurrar a lateral da gota e passara à frente.

Como a gravação foi feita com uma lente telescópica de grande capacidade de magnificação, foi possível ver a parte de trás da gota fugitiva. Ela se virou noventa graus e ficou perpendicular ao sentido de seu movimento, continuando à deriva. Então, começou a desacelerar. A cena seguinte pareceu saída de um conto de fadas — foi bom que o dr. West também estivesse ali, ou teria declarado que os outros estavam alucinando. Um objeto triangular, cerca de duas vezes mais comprido que a gota, apareceu na frente dela. Os oficiais reconheceram imediatamente que era uma nave de transporte da *Espaço Azul*! Para aumentar a potência de propulsão, ao casco da nave tinham sido acrescentados vários pequenos motores por fusão. Embora todos os exaustores dos motores estivessem voltados na direção contrária à da câmera, era possível ver a luz que eles emitiam ao operar à potência máxima. A nave estava empurrando a gota para desacelerá-la. E foi fácil deduzir que ela também tinha sido a origem da força que desviara as gotas dos vetores de ataque.

Após o surgimento da nave de transporte, dois vultos humanos com traje espacial apareceram do outro lado da gota — o lado que estava mais próximo da câmera. Com a desaceleração, os vultos ficaram junto à superfície da gota; um deles segurava uma espécie de instrumento e parecia analisá-la. No passado, as gotas tinham um aspecto quase divino aos olhos da humanidade, criações intangíveis de outro mundo. As únicas pessoas da história que haviam chegado perto de encostar em uma delas foram vaporizadas na Batalha do Fim dos Tempos. Mas, agora, a gota havia perdido todo o mistério. Sem aquele revestimento espelhado, ela parecia comum, decadente, mais antiga e menos avançada que a nave de transporte e os astronautas — alguma antiguidade ou sucata que eles tinham recolhido. Segundos depois, a nave de transporte e os astronautas desapareceram, e a gota morta voltou a ficar sozinha no espaço. Mas ela continuou desacelerando, indicando que a nave ainda a empurrava, só que agora oculta.

— Eles sabem como desativar as gotas! — gritou alguém.

O comandante Morovich só pensou em uma coisa. Como Hunter fizera alguns minutos antes, ele também não hesitou ao apertar o botão em seu relógio. A mensagem de erro surgiu em uma janela de informações vermelha que se abriu no ar:

Erro: O módulo de autodestruição foi desativado.

O comandante saiu correndo do centro de combate em direção à popa. Os outros oficiais foram atrás.

A primeira pessoa da *Gravidade* a chegar à cabine de controle do transmissor de ondas gravitacionais foi o Velho Hunter. Embora não tivesse autorização para entrar lá, ele queria tentar romper a conexão entre o controlador e a antena. Pelo menos isso desativaria o sistema de transmissão por um tempo até ele dar um jeito de destruir o controlador propriamente dito.

Mas já havia alguém lá, examinando a cabine de controle.

Hunter sacou a arma e mirou no homem. O sujeito estava usando um uniforme de primeiro-tenente da *Gravidade*, e não o usado na Batalha do Fim dos Tempos, que era o que Hunter esperava — tinha roubado aquela roupa. Hunter o reconheceu pelas costas.

— Eu sabia que o capitão Devon tinha razão.

O capitão de corveta Park Ui-gun, comandante dos fuzileiros da *Espaço Azul*, se virou. Ele parecia não ter mais de trinta anos, mas seu rosto indicava que havia vivenciado experiências que para todos a bordo da *Gravidade* eram inimagináveis. Estava ligeiramente surpreso. Talvez não esperasse que alguém chegasse ali tão rápido; talvez não esperasse ver Hunter. Porém, manteve a calma. Erguendo parcialmente as mãos, ele disse:

— Por favor, deixe-me explicar.

O Velho Hunter não queria saber de explicação. Não queria saber como aquele homem havia invadido a *Gravidade*, nem se era um homem ou um fantasma. Quaisquer que fossem os fatos, a situação era perigosa demais. Ele só queria destruir a unidade de controle do transmissor. Era o único objetivo de sua vida, e aquele homem da *Espaço Azul* estava no caminho. Ele apertou o gatilho.

A bala atingiu Park no peito, e o impacto o jogou contra a porta da cabine. A arma de Hunter estava carregada com balas especiais projetadas para o uso dentro da nave: não danificariam anteparos ou outros equipamentos, mas também não eram tão letais quanto raios laser. Um pouco de sangue saiu do ferimento, mas Park conseguiu continuar de pé na gravidade zero e enfiou a mão no uniforme ensanguentado para pegar sua arma. Hunter atirou de novo, e outro ferimento surgiu no peito de Park. Saiu mais sangue, flutuando no ar sem gravidade. Hunter então mirou na cabeça de Park, mas não teve chance de dar o terceiro tiro.

Foi esta a cena que recebeu o comandante Morovich e os outros oficiais quando eles chegaram: a arma de Hunter flutuava no ar, longe dele. O corpo do velho cozinheiro estava rígido, seus olhos, abertos e virados para dentro da cabeça, os membros em convulsão. Sangue brotava da boca como um chafariz, aglutinando-se em esferas de tamanhos variados que pairavam ao seu redor como uma nuvem. No meio das esferas translúcidas sanguinolentas havia um objeto vermelho-escuro do tamanho de um punho, com dois tubos dependurados como se fossem caudas.

Ele pulsava no meio do ar de forma ritmada, e, a cada pulsação, mais sangue esguichava das duas caudas tubulares. O objeto se impelia para a frente como uma água-viva rubra nadando no ar.

Era o coração de Hunter.

No confronto de momentos antes, Hunter havia batido com a mão direita no peito e rasgado as roupas desesperadamente. Por isso seu peito estava exposto, e todos viram que a pele estava ilesa, sem um arranhão sequer.

— Ele pode ser salvo se operarmos imediatamente — disse o tenente Park com alguma dificuldade, a voz muito rouca. Ainda saía sangue dos dois ferimentos em seu peito. — Pelo menos os médicos não precisam mais abrir o peito dele para reinserir o coração... Não se mexam! Para eles, tirar o coração ou o cérebro do corpo de vocês é tão fácil quanto puxar uma maçã de um galho. A *Gravidade* foi capturada.

Fuzileiros armados vieram às pressas por outro corredor. A maioria usava os trajes espaciais leves azul-escuros de antes da Batalha do Fim dos Tempos — aparentemente, eram todos da *Espaço Azul*. Os fuzileiros estavam equipados com poderosos fuzis de assalto laser.

O comandante Morovich assentiu para seus oficiais. Eles soltaram as próprias armas sem falar nada. A tripulação da *Espaço Azul* era dez vezes maior que a da *Gravidade*, e só o efetivo de fuzileiros deles tinha mais de cem soldados. Eles poderiam controlar a *Gravidade* facilmente.

Já não havia mais nada que fosse inacreditável. A *Espaço Azul* tinha se transformado em uma belonave sobrenatural armada de magia. A tripulação da *Gravidade* sentiu mais uma vez o mesmo choque da Batalha do Fim dos Tempos.

Mais de mil e quatrocentas pessoas flutuavam no meio do grande salão esférico da *Espaço Azul*. O maior grupo, com mais de mil e duzentos indivíduos, fazia parte da tripulação. Sessenta anos antes, os oficiais e praças da nave também haviam entrado em formação ali para seguir as ordens de Zhang Beihai, e a maioria ainda estava presente. Como bastava um pequeno efetivo de pessoas fora de hibernação para manter a nave durante uma viagem normal em velocidade de cruzeiro, os tripulantes tinham envelhecido apenas de três a cinco anos em média. Não haviam sentido o peso dos anos que se passaram, e as chamas ferozes das batalhas sombrias e os funerais gélidos no espaço continuavam recentes na memória. O restante fazia parte da tripulação de cento e poucas pessoas da *Gravidade*. As duas tripulações — uma grande, outra pequena, com uniformes diferentes e cheias de desconfiança entre si — estavam separadas em dois grupos bastante afastados.

Diante das duas tripulações estavam reunidos os oficiais superiores das naves. O comandante Chu Yan, da *Espaço Azul*, era o que chamava mais atenção. Tinha quarenta e três anos, mas parecia mais novo, e era a imagem perfeita de um militar erudito. De fala e porte calmo e refinado, chegava até a transmitir uma aura de timidez. Mas, na Terra, Chu Yan já era visto como uma lenda. Durante as batalhas sombrias, foi dele a ordem para formar um vácuo no interior da *Espaço Azul*, evitando assim que a tripulação morresse no ataque infrassônico da bomba nuclear. A opinião pública na Terra quanto à classificação das ações da *Espaço Azul* na batalha sombria ainda se dividia entre legítima defesa ou assassinato. Após o estabelecimento da dissuasão por floresta sombria, foi Chu Yan quem resistiu à intensa pressão da maioria a bordo e postergou o retorno da *Espaço Azul*, o que lhes permitiu ter tempo suficiente para que a nave escapasse após o alerta da *Era de Bronze*. Havia muitos outros boatos a respeito dele. Por exemplo, quando a *Seleção Natural* decidiu desertar e fugir da Batalha do Fim dos Tempos, ele foi o único comandante a pedir para persegui-la. Havia quem dissesse que ele tinha segundas intenções, pretendendo sequestrar a *Espaço Azul* e fugir junto com a *Seleção Natural*. Mas, claro, era só um boato.

— Quase toda a tripulação das duas naves está reunida aqui — disse Chu Yan. — Embora ainda haja muito a nos separar, preferimos considerar que todos fazemos parte do mesmo mundo, composto pela *Espaço Azul* e pela *Gravidade*. Antes de planejarmos nosso futuro juntos, precisamos cuidar de um assunto urgente.

Uma grande janela holográfica surgiu no ar, exibindo um lugar no espaço com estrelas esparsas. No meio dessa região havia uma névoa branca sutil, e a névoa estava riscada com centenas de linhas retas paralelas, como cerdas de um pincel. As linhas brancas tinham sido ampliadas, nitidamente, e se destacavam na imagem. Nos últimos dois séculos, as pessoas tinham passado a conhecer muito bem essas "cerdas", e algumas empresas até criaram logomarcas com elas.

— Estes rastros foram observados há oito dias na nuvem de poeira estelar perto de Trissolaris. Por favor, prestem atenção ao vídeo.

Todos observaram a tela, e dava para ver os rastros crescendo na névoa.

— Esse vídeo foi acelerado em quantas vezes? — perguntou um oficial da *Gravidade*.

— Não houve nenhuma aceleração.

A multidão ficou agitada, como uma floresta atingida de repente pela tempestade.

— Fazendo uma estimativa aproximada... estas naves estão voando quase à velocidade da luz — disse o comandante Morovich, da *Gravidade*. Sua voz estava muito tranquila. Ele havia presenciado muitas cenas incríveis nos últimos dois dias.

— É verdade. A Segunda Frota Trissolariana está se encaminhando para a Terra na velocidade da luz e deve chegar em quatro anos. — Chu Yan olhou para a tripulação da *Gravidade* com uma expressão preocupada, como se estivesse triste por ter que dar a notícia. — Depois que vocês saíram, a Terra mergulhou em um sonho de paz e prosperidade universal e se equivocou completamente ao avaliar a situação. Trissolaris estava esperando, com toda a paciência, e agora eles finalmente avançaram.

— Como sabemos se isso é autêntico? — gritou alguém da *Gravidade*.

— Eu garanto! — disse Guan Yifan. Do pequeno grupo diante das duas tripulações, ele era o único que não estava fardado. — Meu observatório também havia detectado esses rastros. Porém, como eu estava concentrado em observações cosmológicas de grande escala, não prestei muita atenção. Mas voltei lá e recuperei os dados gravados. O Sistema Solar, o sistema trissolariano e as nossas naves formam um triângulo escaleno. O lado entre o Sistema Solar e o trissolariano é o mais longo. O lado entre o Sistema Solar e nós é o mais curto. O lado que vai do sistema trissolariano até nós é o de tamanho intermediário. Em outras palavras, o sistema trissolariano está mais próximo de nós do que do Sistema Solar. Daqui a cerca de quarenta dias, a Terra também vai detectar os rastros que estamos vendo.

Chu Yan assumiu a fala:

— Acreditamos que tenha acontecido algo na Terra. Para ser mais específico, aconteceu algo cinco horas atrás, quando as gotas atacaram nossas naves. Com base nas informações fornecidas pela *Gravidade*, esse foi o momento marcado para que o Portador da Espada transferisse a autoridade a seu sucessor. Era a oportunidade que Trissolaris passou meio século esperando. Obviamente, as duas gotas tinham recebido as ordens antes de entrar na zona opaca. Foi um ataque coordenado planejado há muito tempo.

"Assim, minha conclusão é que a paz produzida pela dissuasão por floresta sombria foi rompida. Só existem duas possibilidades: a transmissão universal de ondas gravitacionais foi iniciada, ou não."

Chu Yan tocou no ar e abriu a foto de Cheng Xin na tela holográfica. A imagem da nova Portadora da Espada também havia sido obtida com a *Gravidade*.

Cheng Xin estava diante do Secretariado da ONU com um bebê no colo. A foto tinha sido ampliada até ficar do tamanho das cerdas do "pincel", e o contraste entre as imagens era absoluto. O espaço era formado basicamente por tons de preto e prateado — a profundeza do espaço e a luz fria das estrelas. Mas Cheng Xin parecia uma madona oriental. Ela e o bebê estavam banhados por uma cálida luminosidade dourada, e todos ali presentes sentiram-se mais perto do Sol, uma sensação que eles não vivenciavam havia meio século.

— Acreditamos que a segunda hipótese seja a correta — disse Chu Yan.

— Como eles escolheram uma pessoa assim para ser a Portadora da Espada? — perguntou alguém da *Espaço Azul*.

— Faz sessenta anos desde que vocês saíram de casa — respondeu o comandante Morovich —, e cinquenta para nós. Tudo mudou na Terra. A dissuasão foi um berço confortável, e a humanidade adormeceu nele e regrediu à infância.

— Vocês não sabem que não existem mais homens na Terra? — gritou alguém da *Gravidade*.

— Os humanos na Terra perderam a capacidade de manter a dissuasão por floresta sombria — disse Chu Yan. — Nós havíamos planejado capturar a *Gravidade* e restabelecê-la. Mas acabamos de descobrir que, devido à degradação da antena, a transmissão de ondas gravitacionais só será possível por mais dois meses. Acreditem, isso foi um golpe terrível para todos nós. Só temos uma opção: ativar imediatamente a transmissão universal.

A multidão explodiu. Ao lado da imagem do espaço frio com os rastros da Frota Trissolariana à velocidade da luz, Cheng Xin os observava cheia de amor. As duas imagens simbolizavam as duas alternativas.

— Você está mesmo disposto a cometer mundicídio? — perguntou o comandante Morovich.

Chu Yan manteve a serenidade diante do caos. Ele ignorou o comandante Morovich e se dirigiu à multidão.

— Para nós, a transmissão não terá nenhum efeito. Estamos além do alcance tanto da Terra quanto de Trissolaris.

Todos entenderam. O contato dos sófons com seu planeta natal tinha sido rompido definitivamente, e as gotas foram destruídas. Portanto, a Terra e Trissolaris não tinham como localizá-los. Na vastidão do espaço além da Nuvem de Oort, nem as naves trissolarianas capazes de voar à velocidade da luz poderiam encontrar dois flocos de poeira.

— Então você só quer vingança! — disse um oficial da *Gravidade*.

— Nós *temos* o direito de nos vingar contra Trissolaris. Eles precisam pagar pelos crimes que cometeram. Na guerra, a destruição do inimigo é algo justo e correto. Se minha dedução estiver certa, todos os transmissores de ondas gravitacionais da humanidade foram destruídos, e a Terra agora é território ocupado. É muito provável que a raça humana esteja sofrendo um genocídio.

"Se ativarmos a transmissão universal, a Terra terá uma última chance. Se o Sistema Solar tiver a localização revelada, perderá todo o valor para Trissolaris, porque poderá ser destruído a qualquer momento. Assim, eles seriam obrigados a sair do Sistema Solar, e a frota que está viajando à velocidade da luz teria que se desviar. Podemos salvar a humanidade da aniquilação imediata. Para dar a eles um pouco mais de tempo, nossa transmissão incluirá apenas a localização de Trissolaris."

— Isso é o mesmo que revelar o Sistema Solar! É perto demais.

— Todos sabemos disso, mas é possível que assim a Terra ganhe tempo e mais seres humanos consigam escapar. Se vão fazer isso ou não, a decisão é deles.

— Você está falando de destruir dois mundos! — disse o comandante Morovich. — E um deles é a nossa mãe. Essa decisão é o Juízo Final. Não pode ser tomada de forma leviana.

— Concordo.

Entre as duas janelas de informações surgiu um botão retangular vermelho holográfico com cerca de um metro de comprimento. Embaixo dele havia um número: 0.

Chu Yan continuou.

— Como eu disse antes: juntos, nós somos um mundo. Cada indivíduo neste mundo é uma pessoa comum, mas o destino determinou que fizéssemos o juízo final sobre dois mundos. Essa decisão precisa ser tomada, mas não deve caber a um só indivíduo, nem a um grupo pequeno. Essa decisão será tomada pelo mundo inteiro, através de um referendo. Todos que forem a favor de transmitir ao universo a localização de Trissolaris, por favor, apertem este botão vermelho. Todos que se opuserem ou preferirem se abster, não façam nada.

"Agora, incluindo todos os presentes aqui e os que estão de serviço, a *Espaço Azul* e a *Gravidade* abrigam um total de mil quatrocentos e quinze pessoas. Se os votos a favor forem iguais ou superiores a dois terços desse total, ou novecentos e quarenta e quatro, a transmissão universal começará imediatamente. Caso contrário, não ativaremos o sistema, e a antena se degradará e deixará de funcionar.

"Comecem."

Chu Yan se virou e apertou o botão vermelho gigante que pairava no ar. O botão piscou, e o número embaixo virou de 0 a 1. Depois, os dois imediatos da *Espaço Azul* apertaram o botão rapidamente, um após o outro. A contagem subiu para 3. Em seguida, os outros oficiais superiores da *Espaço Azul*, seguidos pelo restante do corpo de oficiais e pelos praças, formaram uma fila comprida e passaram pelo botão vermelho, apertando várias vezes.

Conforme o botão vermelho piscava, a contagem subia. Eram os últimos batimentos do coração da história, os últimos passos rumo ao ponto final.

Quando o número chegou a 795, Guan Yifan apertou o botão. Ele foi a primeira pessoa da *Gravidade* a votar a favor da transmissão. Depois dele, outros oficiais e praças da *Gravidade* também apertaram.

O número enfim chegou a 943, e uma linha de texto grande surgiu acima do botão:

O próximo voto a favor ativará a transmissão universal.

A pessoa seguinte na fila era um praça. Havia muitos outros atrás dele. O homem pôs a mão na frente do botão, mas não apertou. Esperou até o segundo-tenente logo atrás colocar a própria mão em cima da dele, e depois outras mãos também se juntaram em uma grande pilha.

— Esperem, por favor — disse o comandante Morovich. Ele flutuou até ali e, diante dos olhos de todo mundo, pôs a mão em cima das outras.

Então, dezenas de mãos avançaram juntas, e o botão piscou mais uma vez.

Trezentos e quinze anos haviam se passado desde aquela manhã do século xx em que Ye Wenjie havia apertado outro botão vermelho.

A transmissão de ondas gravitacionais começou. Todos sentiram uma trepidação forte. A sensação não parecia vir de fora, mas de dentro do corpo de cada um, como se cada pessoa tivesse se tornado uma corda vibratória. Esse instrumento de morte tocou só por doze segundos, e depois o silêncio cobriu tudo.

Do lado de fora da nave, a fina membrana do espaço-tempo oscilou com as ondas gravitacionais, como um lago plácido agitado por uma brisa noturna. O juízo de morte para os dois mundos se expandiu pelo cosmo à velocidade da luz.

ERA PÓS-DISSUASÃO, ANO 2
A MANHÃ SEGUINTE AO GRANDE REASSENTAMENTO, AUSTRÁLIA

O barulho à sua volta diminuiu, e Cheng Xin ouviu vozes da janela de informações acima da barraca do governo da cidade. Ela reconheceu a voz de Sófon, acompanhada de outras duas. Mas estava longe demais para entender o que exatamente estava sendo dito. Achou que as vozes estavam lançando um feitiço, porque o barulho em volta dela diminuiu até desaparecer. O mundo pareceu paralisado.

Depois, um tsunami irrompeu por todo lado, e Cheng Xin estremeceu. Fazia algum tempo que ela estava cega, e as imagens do mundo real em sua mente estavam sendo substituídas uma a uma por ilusões. Com o caos repentino, ela teve a sensação de que o Pacífico tinha se levantado e engolido a Austrália toda.

Ela levou alguns segundos até entender que a multidão estava comemorando. *Estão comemorando por quê? Será que todo mundo enlouqueceu?* O clamor não arrefeceu, mas aos poucos deu lugar a conversas. Havia tanta gente falando ao mesmo tempo que parecia que, depois da inundação do continente, uma tempestade estivesse açoitando a superfície do mar. Ela não conseguiu entender nada do que as pessoas estavam falando naquele tumulto.

Mas conseguiu ouvir as palavras "Espaço Azul" e "Gravidade" mais de uma vez.

Aos poucos, sua audição recuperou a sensibilidade, e ela percebeu um som sutil no meio da comoção generalizada: passos. Ela sentiu alguém parar à sua frente.

— Dra. Cheng Xin, qual é o problema com seus olhos? Não está conseguindo enxergar? — Cheng Xin sentiu movimentos no ar. Talvez o homem estivesse agitando as mãos na frente de seus olhos. — O prefeito me mandou buscá-la. Vamos voltar para casa, para a China.

— Não tenho casa — disse Cheng Xin.

A palavra "casa" a atravessou como uma faca, e seu coração, apesar de embrutecido pela dor extrema, convulsionou mais uma vez. Ela pensou naquela noite de inverno três séculos antes, quando saiu de casa; pensou na alvorada que a recebera do lado de fora da janela... Seus pais haviam morrido antes da Grande Ravina. Jamais teriam imaginado onde sua filha tinha ido parar, sacudida pela tormenta do tempo e do destino.

— Não. Todos estão se preparando para voltar para casa. Vamos sair da Austrália e voltar para os lugares de onde viemos.

Cheng Xin levantou a cabeça de repente. Ainda não estava acostumada àquela escuridão obstinada diante de seus olhos escancarados. Tentou distinguir alguma coisa, qualquer coisa.

— O quê?

— A *Gravidade* iniciou a transmissão universal.

Como isso é possível?

— A localização de Trissolaris foi revelada... o que, claro, significa que o Sistema Solar também foi exposto. Os trissolarianos estão fugindo. A Segunda Frota mudou a trajetória para longe do Sistema Solar. Todas as gotas foram embora. Sófon estava explicando que não precisamos mais nos preocupar com a invasão do Sistema Solar. Como o sistema trissolariano, agora aqui é um lugar de morte de onde todos querem fugir.

Como!?

— Vamos voltar para casa. Sófon ordenou que a Força de Segurança da Terra fizesse todos os esforços para auxiliar a evacuação da Austrália. O processo vai ficar mais rápido com o tempo, mas tirar todos os refugiados do continente vai levar de três a seis meses. Você pode ir embora antes. O prefeito quer que eu te leve ao governo da província.

— Foi a *Espaço Azul*?

— Ninguém sabe os detalhes, nem Sófon. Mas Trissolaris recebeu a transmissão universal, e ela foi iniciada há um ano, quando a dissuasão fracassou.

— Você pode me deixar um pouco sozinha?

— Tudo bem, dra. Cheng. Mas você devia estar feliz. Eles fizeram o que você precisava ter feito.

O homem parou de falar, mas Cheng Xin ainda sentia sua presença. A comoção à sua volta se aquietou gradualmente e deu lugar a uma multidão de passos. Os passos escassearam — todos deviam estar saindo da barraca do governo da cidade para fazer os próprios preparativos. Cheng Xin sentiu o mar recuar à sua volta, revelando terra firme por baixo. Ela estava no meio de um continente vazio, a única sobrevivente após o Dilúvio. Seu rosto sentiu um traço de calor: o sol estava nascendo.

ERA PÓS-DISSUASÃO, DIAS 1 A 5
GRAVIDADE E *ESPAÇO AZUL*, ESPAÇO SIDERAL ALÉM DA NUVEM DE OORT

— É possível detectar os pontos de distorção a olho nu — disse Chu Yan. — Mas a melhor maneira é monitorar a radiação eletromagnética. A emissão desses pontos é muito fraca, mas tem um espectro característico. Os sensores comuns das nossas naves são capazes de detectá-los e encontrá-los. Normalmente, um volume de espaço do tamanho de uma nave nesta região contém um ou dois pontos de distorção, mas já encontramos doze de uma só vez. Olha só, agora temos três.

Chu Yan, Morovich e Guan Yifan estavam flutuando por um corredor comprido na *Espaço Azul*. Na frente deles pairava uma janela de informações com um mapa do interior da nave. Três pontos vermelhos cintilavam no mapa, e eles estavam se aproximando de um.

— Ali! — Guan apontou para a frente.

No anteparo diante deles, havia um buraco redondo com cerca de um metro de diâmetro. A borda era lisa, espelhada. Pelo buraco, viram tubos de espessuras diversas. Alguns tinham perdido um pedaço bem no meio. Em dois dos tubos mais grossos, eles viram um líquido correndo. O líquido parecia vir de uma direção, sumir e reaparecer na parte correspondente do tubo do outro lado. Os pedaços ausentes variavam de comprimento, mas, em geral, pareciam formar uma esfera. Com base no formato dos pedaços ausentes, parte da bolha invisível se projetava para o corredor. Morovich e Guan a evitaram cuidadosamente.

Sem demonstrar preocupação, Chu Yan estendeu a mão para dentro da bolha invisível, e metade do braço desapareceu. Ao lado dele, Guan Yifan viu o corte transversal nítido do braço decepado, o mesmo tipo de corte que o tenente Ike vira nas pernas de Vera na *Gravidade*. Chu Yan puxou o braço de volta e mostrou aos espantados Morovich e Guan que continuava ileso. Depois, ele os incentivou a experimentar. Os dois enfiaram a mão com cuidado na bolha invisível. Viram a mão desaparecer, e depois o braço, mas não sentiram nada.

— Vamos entrar — disse Chu Yan.

Então ele pulou para dentro da bolha, como se mergulhasse em uma piscina. Morovich e Guan viram, estarrecidos, o comandante Chu desaparecer da cabeça aos pés. O corte transversal de seu corpo na superfície da bolha invisível mudou de forma depressa, e a borda espelhada do buraco produziu reflexos pelos anteparos como se fossem ondas.

Enquanto Morovich e Guan se encaravam, um par de mãos e antebraços saiu de dentro da bolha e ficou suspenso no ar. As mãos seguraram as deles, e os dois foram puxados para o espaço tetradimensional.

Quem passava por aquela experiência concordava que a sensação de estar em um espaço tetradimensional era indescritível. As pessoas até diziam que era a única circunstância que a língua seria incapaz de traduzir em toda a história da humanidade até então.

Geralmente, as pessoas recorriam à seguinte analogia: imagine uma raça de seres planos que vivem em um retrato bidimensional. Por mais que o retrato seja cheio de cor e detalhes, o povo plano só pode enxergar o perfil do mundo à sua volta. Na perspectiva deles, tudo consiste em segmentos de linha de comprimentos variados. Só quando um desses seres bidimensionais sai do retrato, entra no espaço tridimensional e olha o mundo que ele vê a imagem inteira.

Essa analogia só expressava com um pouco mais de detalhes a qualidade indescritível do espaço tetradimensional.

Uma pessoa que visse o mundo tridimensional a partir de um espaço tetradimensional pela primeira vez percebia de imediato o seguinte: ela nunca havia *visto* o mundo quando estava nele. Se o mundo tridimensional fosse um retrato, a única coisa que ela havia visto até ali era uma imagem lateral estreita: uma linha. Só no espaço tetradimensional era possível ver o retrato todo. Isso poderia ser descrito da seguinte maneira: nada bloqueava o que houvesse por trás. Até o interior de espaços lacrados era aberto. Parece uma mudança simples, mas, quando o mundo aparecia assim, o efeito visual era absolutamente impressionante. Quando não existiam mais barreiras e obstáculos, e tudo estava exposto, os olhos captavam uma quantidade centenas de milhões de vezes maior de informações do que haveria no espaço tridimensional. O cérebro era incapaz de processar tanta informação imediatamente.

Na visão de Morovich e Guan, a *Espaço Azul* era um quadro magnífico e imenso que tinha acabado de se desenrolar. Eles conseguiam ver da popa à proa; conseguiam ver dentro de cada cabine e de cada recinto fechado da nave; conseguiam ver os líquidos fluindo pelo labirinto de tubos, e a bola flamejante de fusão no reator na popa... É claro que as leis de perspectiva ainda funcionavam, e objetos distantes pareciam pouco nítidos, mas tudo estava *visível*.

A partir dessa descrição, quem nunca tivesse passado pela experiência do espaço tetradimensional talvez ficasse com a impressão equivocada de que era possível enxergar tudo *através* do casco. Mas não, ninguém enxergava "através" de nada. Tudo estava exposto, da mesma forma como quando olhamos para um círculo traçado em um pedaço de papel e vemos a parte de dentro do círculo sem olhar "através" de nada. Esse tipo de exposição se estendia por todos os níveis, e a parte mais difícil era descrever como isso se aplicava a objetos sólidos. Era possível ver o interior desses objetos, os anteparos, um pedaço de metal ou uma pedra — dava para ver todos os cortes transversais ao mesmo tempo! Morovich e Guan estavam se afogando em um mar de informações — todos os detalhes do universo se aglomeravam à sua volta e competiam por atenção em cores vívidas.

Eles precisaram aprender a lidar com um fenômeno visual totalmente novo: detalhes ilimitados. No espaço tridimensional, o sistema visual humano lidava com uma quantidade restrita de detalhes. Por maior que fosse a complexidade do ambiente ou do objeto, os elementos visíveis eram limitados. Se houvesse tempo, era possível assimilar a maior parte dos detalhes, um de cada vez. Mas, ao observar o mundo tridimensional a partir de um espaço tetradimensional, todos os detalhes ocultos e obstruídos se revelavam simultaneamente, já que os objetos tridimensionais eram expostos em todos os níveis. Por exemplo, um recipiente fechado: era possível ver não só o que havia dentro dele, mas também o interior dos objetos que ele continha. Essa abertura e exposição infinita resultavam nos detalhes ilimitados à mostra.

Tudo que havia na nave estava exposto aos olhos de Morovich e Guan, mas, mesmo ao observar algum objeto específico, como uma xícara ou uma caneta, eles viam detalhes infinitos, e a quantidade de informações captadas por seu sistema visual era incalculável. Uma vida inteira não bastaria para assimilar o formato de qualquer desses objetos em um espaço tetradimensional. Quando um objeto era revelado em todos os níveis, criava no observador uma sensação vertiginosa de profundidade, como um conjunto de *matrioskas* abrindo-se infinitamente, uma após a outra. Viver preso numa casca de noz e se sentir um rei de espaços infinitos não era mais apenas uma metáfora.

Morovich e Guan se entreolharam, depois se viraram para Chu Yan, que estava ao seu lado. Os corpos revelavam-se em todos os níveis, com detalhes exibidos paralelamente: era possível ver ossos, órgãos, o tutano dentro dos ossos, o sangue fluindo pelos ventrículos e átrios do coração, o abre e fecha das valvas tricúspides. Ao se observarem, eles podiam ver com clareza a estrutura interna dos cristalinos em seus olhos...

A palavra "paralelamente" talvez passe a impressão errada. A localização física das partes do corpo não havia mudado: a pele ainda recobria os órgãos e ossos, e o formato familiar de cada pessoa no espaço tridimensional persistia — mas agora era apenas um mero detalhe em meio a uma quantidade infinita de detalhes visíveis ao mesmo tempo, paralelamente.

— Tomem cuidado ao mexer as mãos — disse Chu Yan. — Há o risco de vocês acabarem cutucando sem querer algum órgão interno, de vocês ou de outra pessoa. Mas, se não fizerem força demais, não faz mal se houver contato. No máximo um pouco de dor ou náusea, e é claro que há risco de infecção. Aliás, só encostem em algo se souberem exatamente onde o objeto está. Neste momento, tudo na nave está exposto: vocês podem encostar em um fio desencapado ou em vapor quente, ou até em circuitos integrados, e provocar panes no sistema. De modo geral, vocês são como deuses no mundo tridimensional, mas precisam se acostumar ao espaço tetradimensional antes de conseguirem usar seus poderes de forma eficaz.

Morovich e Guan logo aprenderam a não encostar nos órgãos internos. Se eles se movimentassem em certa direção, poderiam segurar a mão de outra pessoa, e não os ossos dentro dessa mão. Para pegar os ossos ou órgãos, era preciso fazer esforço em *outra* direção — uma direção inexistente no espaço tridimensional.

Depois, Morovich e Guan fizeram outra descoberta empolgante: conseguiam ver as estrelas em todas as direções. Viam o brilho intenso da Via Láctea estender-se pela noite eterna do universo. Sabiam que continuavam dentro da nave — nenhum deles estava usando traje espacial, e todos respiravam o ar da nave —, mas, na quarta dimensão, estavam expostos ao espaço. Os três veteranos espaciais já haviam realizado inúmeras saídas, mas nunca puderam sentir uma intimidade tão absoluta com o espaço. Durante as saídas, ficavam isolados por no mínimo um traje espacial, mas ali nada os separava. A nave que revelava detalhes infinitos não os abrigava do universo. Na quarta dimensão, a nave voava em paralelo com todo o espaço.

O cérebro, adaptado desde o nascimento para sentir e vivenciar o espaço tridimensional, não era capaz de lidar com a quantidade de informações geradas pelos inúmeros detalhes, e, a princípio, havia o risco de a sobrecarga interromper o processamento. Mas o cérebro logo se acostumou ao ambiente tetradimensional e, sem esforço consciente, aprendeu a ignorar a maior parte dos detalhes, deixando apenas os contornos dos objetos.

Depois da vertigem inicial, Morovich e Guan tiveram outro choque, maior ainda. Quando sua atenção deixou de ser absorvida completamente pela quantidade inesgotável de detalhes ao redor, eles sentiram o próprio espaço, ou melhor, sentiram a quarta dimensão. Mais tarde, as pessoas chamariam isso de "sentido espacial pluridimensional". Quem passava pela experiência tinha dificuldade de traduzir em palavras o sentido espacial pluridimensional. As tentativas de descrição iam na seguinte linha: conceitos como "vastidão" ou "falta de limites" no espaço tridimensional eram replicados infinitamente no espaço tetradimensional em uma direção que não existia no tridimensional. Muitas vezes, recorria-se à analogia de dois espelhos um de frente para o outro: os dois reflexos exibiam uma quantidade ilimitada de espelhos replicados, um corredor de espelhos que se estendia até o infinito. Nessa analogia, cada espelho desse corredor era um espaço tridimensional. Em outras palavras, a vastidão experimentada no espaço tridimensional era apenas um corte transversal da vastidão do espaço tetradimensional. A dificuldade para se descrever o sentido espacial pluridimensional residia no fato de que, para observadores em um espaço tetradimensional, o espaço observado era vazio e uniforme, mas havia certa *profundidade* intraduzível em palavras. Essa *profundidade* não era um elemento de distância: era indissociável de todos os pontos do espaço. A observação de Guan Yifan, mais tarde, tornou-se uma máxima clássica:

— Cada centímetro contém um abismo sem fundo.

A experiência do sentido espacial pluridimensional era um batismo espiritual. Em um instante, conceitos como *liberdade*, *abertura*, *profundidade* e *infinitude* receberam significados totalmente novos.

— É melhor voltarmos — disse Chu Yan. — Os pontos de distorção ficam estáveis por apenas um curto período, depois se deslocam ou desaparecem. Para encontrar novos pontos de distorção, é preciso se movimentar em espaço tetradimensional. Isso é um esforço perigoso para novatos como vocês.

— Como se encontra um ponto de distorção em um espaço tetradimensional? — perguntou Morovich.

— É simples. Pontos de distorção geralmente são esféricos. A luz é refratada dentro da esfera, e os objetos no interior são distorcidos, causando uma ruptura visual na imagem deles. Isso, claro, é só um efeito óptico no espaço tetradimensional, não uma mudança de fato no formato dos objetos. Olhem ali...

Chu Yan apontou na direção de onde tinham vindo. Morovich e Guan viram os tubos de novo, agora também abertos, sendo possível ver nitidamente os líquidos que fluíam no interior. Dentro da região esférica, os tubos estavam curvados e distorcidos, e a esfera lembrava uma gota de orvalho pendurada em uma teia de aranha. No espaço tridimensional, essa mesma região tinha um aspecto diferente. Lá, o ponto de distorção não refratava a luz, então parecia completamente invisível. Sua presença só era perceptível devido ao desaparecimento de objetos que tinham entrado no espaço tetradimensional da bolha.

— Se vocês entrarem aqui de novo, precisam usar um traje espacial. Nem sempre os novatos conseguem determinar corretamente a própria localização, e encontrar um novo ponto de distorção para o retorno pode acabar levando-os a um ponto do lado de fora da nave no espaço tridimensional.

Chu Yan gesticulou para que os dois o seguissem e entrou na gota de orvalho. Em um instante, eles voltaram ao mundo tridimensional, ao corredor dentro da nave, exatamente no mesmo lugar onde, dez minutos antes, haviam entrado no espaço tetradimensional. Na verdade, eles nunca tinham saído — o espaço onde estavam só havia ganhado uma dimensão extra. A abertura redonda no anteparo continuava lá, e todos ainda enxergavam os tubos "quebrados" lá dentro.

Mas, para Morovich e Guan, o mundo já não parecia o mesmo. Para eles, agora o mundo tridimensional era estreito e asfixiante. Guan reagiu ligeiramente melhor — afinal, ele já havia passado pela experiência em um espaço tetradimensional uma vez antes, em estado semiconsciente. Mas Morovich se sentiu claustrofóbico, como se estivesse sendo sufocado.

— É normal. Vocês vão se acostumar. — Chu Yan riu. — Vocês dois agora sabem o verdadeiro significado da vastidão. Mesmo se puserem um traje espacial e saírem da nave, ainda assim vão se sentir confinados.

— Como foi que isso aconteceu? — Morovich afrouxou de repente sua gola e arfou.

— Nós entramos em uma região onde o espaço tem quatro dimensões. Só isso. Nós chamamos essa região de fragmento tetradimensional.

— Mas agora estamos em um espaço tridimensional!

— O espaço tetradimensional contém o tridimensional, assim como o espaço tridimensional contém o bidimensional. Para usar outra analogia: estamos situados dentro de uma folha de papel tridimensional em um espaço tetradimensional.

— Deixe-me propor um modelo — disse Guan, empolgado. — Todo o nosso espaço tridimensional consiste em uma grande folha de papel fina, com dezesseis bilhões de anos-luz de largura. Em algum lugar nessa folha, existe uma bolha de sabão minúscula tetradimensional.

— Perfeito, dr. Guan! — Chu Yan segurou o ombro de Guan, e ele tropeçou na gravidade zero. — Eu estava tentando pensar em uma boa analogia, e você acertou de primeira. É por isso que precisamos de um cosmólogo! Você tem toda razão. Nós estávamos nessa folha de papel tridimensional, rastejando pela superfície. E aí entramos na bolha de sabão. A partir de um ponto de distorção, pudemos sair da superfície do papel e entrar no espaço dentro da bolha.

— Nós estávamos dentro de um espaço tetradimensional agora há pouco, mas nosso corpo continuou tridimensional — disse Morovich.

— Sim. Éramos pessoas tridimensionais planas pairando no espaço tetradimensional. Não sabemos exatamente como nossos organismos podem sobreviver em um espaço tetradimensional, visto que provavelmente ele é regido por outras leis da física. Esse é mais um mistério, dentre muitos outros.

— O que exatamente são pontos de distorção?

— A folha tridimensional não é completamente plana em todos os pontos. Alguns lugares são distorcidos, avançam pela quarta dimensão. Um ponto de distorção é isto: um túnel que liga as dimensões inferiores às superiores. É possível entrar no espaço tetradimensional se pularmos neles.

— Existem muitos pontos de distorção?

— Ah, sim. Eles estão em todo canto. Descobrimos esse segredo mais cedo na *Espaço Azul* porque temos mais gente a bordo, então havia muito mais oportunidades para encontrar pontos de distorção. A *Gravidade*, além de ter uma tripulação menor, também seguia um regime de monitoramento psicológico muito mais rigoroso, e as pessoas que encontravam pontos de distorção não se atreviam a falar disso.

— Todos os pontos são pequenos assim?

— Não. Alguns são muito maiores. Uma vez, observamos que um terço da popa da *Gravidade* tinha mergulhado em espaço tetradimensional e ficou lá por vários minutos. Esse é um mistério que nunca conseguimos resolver: como é que vocês não perceberam nada de estranho?

— Bom, o terço posterior da nave não costuma ter nenhum tripulante. Ah, espere, ele estava lá. — Morovich se virou para Guan Yifan. — Você deve ter sentido aquilo. Acho que fiquei sabendo pelo dr. West.

— Eu estava meio adormecido. Depois, aquele idiota me convenceu de que foi só uma alucinação.

— Não é possível olhar para a quarta dimensão a partir de um espaço tridimensional. Mas *é* possível estar dentro de um espaço tetradimensional e ver tudo que acontece no espaço tridimensional, e afetar objetos nele. Isso nos permitiu preparar uma emboscada para as gotas no espaço tetradimensional. Por mais poderosas que fossem as sondas de interação forte, elas ainda eram objetos tridimensionais. Em certo sentido, tridimensionalidade é sinônimo de fragilidade. Vistas a partir de um espaço tetradimensional, as gotas eram uma pintura aberta, indefesa. Nós nos aproximamos a partir da quarta dimensão e, sem compreender os princípios de funcionamento delas, sabotamos os mecanismos internos, completamente expostos, de forma aleatória.

— Trissolaris sabe da existência do fragmento tetradimensional?

— Acreditamos que não.

— A bolha de sabão... ahn, o fragmento tetradimensional, qual é seu tamanho?

— Não faz muito sentido falar do tamanho de um espaço tetradimensional a partir de um espaço tridimensional. Só podemos estimar o tamanho da projeção do fragmento em três dimensões. Com base em investigações preliminares, achamos que a projeção tridimensional é esférica. Se for verdade, com base nos dados coletados até o momento, ela tem de quarenta a cinquenta UA de raio.

— Mais ou menos o tamanho do Sistema Solar.

A abertura redonda no anteparo perto deles começou a se deslocar lentamente e encolher. Quando estava a pouco mais de dez metros de distância, desapareceu de vez. Mas a janela de informações flutuante perto deles indicou que outros dois pontos de distorção haviam surgido na *Espaço Azul*.

— Como é possível um fragmento tetradimensional aparecer em um espaço tridimensional? — perguntou Guan para si mesmo, à meia-voz.

— Ninguém sabe, doutor. Cabe a você solucionar esse mistério.

Após a descoberta do fragmento tetradimensional, a *Espaço Azul* o tinha explorado e estudado intensamente. O acréscimo da *Gravidade* lhes proporcionou equipamentos e técnicas mais avançadas, por isso as tripulações foram capazes de realizar uma exploração mais abrangente e aprofundada.

No espaço tridimensional, toda aquela região parecia muito vazia e sem qualquer irregularidade. Grande parte da exploração precisava ser realizada no espaço tetradimensional. Enviar sondas no espaço tetradimensional não era nada simples, então a maioria das pesquisas foi feita com um telescópio inserido no fragmento por um ponto de distorção. Era preciso um pouco de prática para manipular um instrumento tridimensional em um espaço de quatro dimensões, e foi necessário um período de adaptação, mas, quando os cientistas pegaram o jeito, fizeram descobertas impressionantes.

Pelo telescópio, encontraram um objeto em formato de anel. Era impossível determinar sua distância a partir da nave, assim como estimar seu tamanho. O palpite mais confiável era de que o diâmetro tridimensional devia ser de oitenta a cem quilômetros, e o anel devia ter uns vinte quilômetros de espessura. Parecia uma aliança gigantesca no espaço. Era possível distinguir traçados complexos semelhantes a circuitos na superfície do anel. Com base naquelas observações, era razoável concluir que o anel havia sido construído por seres inteligentes.

Foi a primeira vez que a humanidade observava outra civilização além da Terra e de Trissolaris.

Mas a constatação mais chocante foi que o "Anel" estava fechado. Ele existia no espaço tetradimensional, mas seu interior não se revelava, ao contrário do que teria acontecido com um objeto tridimensional. Como a parte de dentro estava invisível, aquele devia ser um objeto tetradimensional genuíno. Era também o primeiro objeto tetradimensional genuíno que a humanidade detectara desde a sua entrada no espaço tetradimensional.

A princípio, as pessoas ficaram com medo de sofrer um ataque, mas a superfície do Anel não exibiu nenhum sinal de atividade. Também não foram detectadas emissões de neutrinos ou ondas eletromagnéticas ou gravitacionais. Exceto por seu movimento vagaroso e imponente, o Anel não demonstrava aceleração. A teoria corrente era que aquilo era uma ruína, possivelmente uma cidade espacial ou nave havia muito abandonada.

Mais observações revelaram outros objetos desconhecidos nas profundezas do espaço tetradimensional. Todos eram tetradimensionais, fechados, com formatos e tamanhos diversos, e muitos pareciam artefatos fabricados por raças inteligentes: pirâmides, cruzes, estruturas poliédricas etc. Havia objetos com formas irregulares compostas por outras mais simples, também nitidamente artificiais. O formato de mais de uma dúzia deles era discernível pelo telescópio, mas havia objetos mais distantes que pareciam apenas pontos. Ao todo, foram encontrados mais de cem. Assim como o Anel, nenhum dava mostras de atividade ou emitia qualquer sinal detectável.

Guan Yifan propôs ao comandante Chu o plano de pilotar um bote espacial até o Anel e examiná-lo de perto. Ele queria entrar no Anel, se possível. O comandante rejeitou a ideia terminantemente. Navegar pelo espaço tetradimensional era muito arriscado. Para determinar a localização, seria preciso haver quatro coordenadas, mas os equipamentos do espaço tridimensional só podiam oferecer três. Por isso, os exploradores tridimensionais não seriam capazes de determinar a localização exata de nenhum objeto no espaço tetradimensional. Não era possível aferir a localização ou a distância do Anel com base em instrumentos ou observação direta, então havia o risco de colisão.

Também seria muito difícil encontrar um ponto de distorção para voltar ao espaço tridimensional. Como não era possível determinar uma das quatro coordenadas, a única informação que se saberia a respeito de um ponto de distorção seria sua direção, não a distância em relação ao observador. A tripulação do bote poderia usar um ponto de distorção para voltar ao espaço tridimensional e se ver, surpreendentemente, muito longe da *Espaço Azul*.

Por fim, a maioria das ondas de rádio entre a *Espaço Azul* e o bote vazaria para a quarta dimensão, o que levaria a uma deterioração mais rápida da potência do sinal e provocaria dificuldades de comunicação.

Mais tarde, a *Espaço Azul* e a *Gravidade* sofreram seis impactos de micrometeoroides em um dia. Um micrometeoroide de cento e quarenta nanômetros atingiu e destruiu completamente o controlador de levitação magnética do núcleo do reator de fusão da *Espaço Azul*. Era um sistema crucial da nave. A temperatura no núcleo do reator podia chegar a milhões de graus, o que vaporizaria qualquer material que se aproximasse. Um campo magnético mantinha essa temperatura encerrada dentro da câmara do reator. Se o controlador parasse de funcionar, o núcleo superaquecido do reator poderia escapar do campo magnético e destruir a nave. Por sorte, a unidade de reserva se ativou imediatamente e desligou o reator — que estava operando em potência mínima —, evitando a catástrofe.

Conforme as naves avançavam pelo fragmento tetradimensional, a frequência de impactos com micrometeoroides aumentou, e até meteoroides maiores, visíveis a olho nu, por pouco não as atingiram. Sua velocidade em relação às naves era várias vezes maior que a terceira velocidade cósmica. No espaço tridimensional, as partes cruciais da nave eram cercadas por várias camadas de proteção, mas, ali, estavam expostas à quarta dimensão e completamente indefesas.

Chu Yan decidiu que as duas naves precisavam sair do fragmento tetradimensional. Todo o fragmento estava se distanciando do Sistema Solar, movendo-se na mesma direção da rota das naves; assim, embora a *Espaço Azul* e a *Gravidade* estivessem se afastando do Sistema Solar em alta velocidade, a velocidade relativa em comparação com o fragmento era baixa, então eles haviam entrado ali lentamente. Não haviam avançado muito pelo fragmento, e provavelmente conseguiriam desacelerar e sair sem dificuldade.

Guan Yifan ficou furioso com a decisão.

— O maior mistério do universo está bem à nossa frente. Pode ser que encontremos a resposta para todas as nossas perguntas cosmológicas. Como podemos ir embora?

— Você está falando da sua síndrome de três e trezentos mil? O fragmento me fez lembrar disso.

— Ainda que você só considere o aspecto prático, provavelmente podemos obter conhecimentos e artefatos inimagináveis naquela ruína em forma de anel.

— Essas conquistas só valem se sobrevivermos à provação. Neste instante, as nossas naves poderiam ser aniquiladas a qualquer momento.

Guan deu um suspiro e balançou a cabeça.

— Tudo bem. Mas, antes de sairmos, deixe-me pilotar um bote espacial e explorar o Anel. Só quero uma chance. Você falou em sobrevivência, mas talvez todo o nosso futuro dependa do que eu conseguir descobrir lá!

— Podemos considerar o envio de uma sonda.

— Em um mundo tetradimensional, só um observador vivo pode compreender o que está vendo. Você sabe disso melhor do que eu.

Após um curto debate, o alto-comando das duas naves aprovou a proposta de Guan. A equipe de exploração foi integrada por Guan Yifan, pelo capitão-tenente Zhuo Wen e pelo dr. West. O capitão-tenente Zhuo era o oficial científico a bordo da *Espaço Azul* e tinha uma experiência relativamente grande de navegação em quatro dimensões. O dr. West, por outro lado, só insistiu em ir; seu pedido acabou sendo aprovado porque ele havia estudado o idioma trissolariano antes da viagem.

A maior viagem por espaço tetradimensional feita até aquela ocasião tinha sido o ataque às gotas e à *Gravidade*. Durante o ataque, um bote voara pelo espaço tetradimensional para se aproximar da *Gravidade*, e então três pessoas, incluindo o capitão de corveta Park Ui-gun, entraram na nave por um ponto de distorção em missão de reconhecimento. Depois, mais de sessenta fuzileiros abordaram a *Gravidade* em três levas. O ataque às gotas havia utilizado naves de transporte menores. Mas essa viagem exploratória até o Anel seria muito mais longa.

O bote entrou no espaço tetradimensional por um ponto de distorção entre as duas naves. Na parte de trás do bote, o núcleo do pequeno reator de fusão vermelho-escuro assumiu um tom fraco de azul quando sua potência foi aumentada. Essa chama, junto com as bolas de fogo dos reatores das duas naves maiores, iluminou aquele mundo do infinito vezes o infinito. A *Espaço Azul* e a *Gravidade* recuaram rapidamente, e, conforme o bote penetrava mais e mais o espaço tetradimensional, a sensação espacial pluridimensional se intensificava. Embora já tivesse entrado duas vezes no espaço tetradimensional, o dr. West exclamou:

— Como é grandioso o espírito capaz de apreender tal mundo!

O capitão-tenente Zhuo pilotou o bote com comandos de voz ou deslocando o cursor com o olhar — era bom evitar usar as mãos para não correr o risco de encostar em algum equipamento delicado exposto nas quatro dimensões. A olho nu, o Anel ainda não passava de um ponto quase imperceptível, mas Zhuo manobrou cautelosamente o bote a uma velocidade muito baixa. Devido à dimensão extra imensurável, qualquer estimativa visual de distância era incerta. O Anel podia estar a uma unidade astronômica de distância, ou bem na frente do nariz do bote.

Três horas depois, o bote já havia ultrapassado o recorde de distância percorrida em espaço tetradimensional. O Anel ainda era um ponto. O capitão-tenente Zhuo redobrou a cautela e se preparou para desacelerar com força total e mudar o rumo a qualquer momento. Guan Yifan ficou impaciente e pediu para Zhuo ir mais rápido. Foi quando West deu um grito de surpresa.

O Anel se tornara um anel de fato — de repente. Em um momento, era ainda um ponto; no seguinte, era um anel do tamanho de uma moeda. Não houve nenhum processo gradual.

— Vocês precisam lembrar que somos praticamente cegos na quarta dimensão — disse o capitão-tenente Zhuo. E reduziu a velocidade de novo.

Passaram-se mais duas horas. Se ainda estivessem no espaço tridimensional, eles teriam percorrido cerca de duzentos mil quilômetros.

De repente, o Anel que tinha o tamanho de uma moeda virou uma estrutura gigantesca. O capitão-tenente Zhuo fez uma curva fechada e por pouco conseguiu evitar a colisão. O bote passou pelo Anel traçando um arco no espaço e então desacelerou, deu meia-volta e parou a uma pequena distância da estrutura.

Era a primeira vez que a humanidade chegava perto de um objeto tetradimensional. Assim como o sentido espacial pluridimensional, eles perceberam a magnificência da materialidade pluridimensional. O Anel era completamente lacrado, e eles não conseguiam ver por dentro da superfície, mas tinham uma sensação imensa de profundidade e conteúdo. O que viam não era apenas um Anel, mas uma infinidade de Anéis aglomerados e ocultos. Essa sensação de tetradimensionalidade impactava a alma, era como observar a montanha contida no grão de mostarda das parábolas budistas.

De perto, a superfície do Anel parecia muito diferente das imagens obtidas pelo telescópio. Em vez da luminosidade dourada, ele brilhava com um tom escuro de cobre. Os riscos sutis que tinham parecido circuitos haviam sido produzidos pelo impacto de micrometeoroides na superfície. Não viam ainda sinal algum de atividade, e ele não emitia luz nem radiação. Quando olharam aquela superfície antiga do Anel, todos três sentiram certa familiaridade. Lembraram-se das gotas destruídas e tentaram imaginar aquele Anel tetradimensional enorme com uma superfície lisa espelhada — teria sido uma imagem arrebatadora.

De acordo com o plano preestabelecido, o capitão-tenente Zhuo transmitiu uma mensagem ao Anel por meio de ondas de rádio de média frequência. Era um *bitmap* simples, uma disposição de dados que podia ser interpretada como seis linhas de pontos formando uma sequência de números primos: 2, 3, 5, 7, 11, 13.

Eles não esperavam nenhuma resposta, mas ela chegou imediatamente, tão depressa que ninguém acreditou no que estava vendo. A janela de informações flutuante no meio da cabine exibiu um *bitmap* simples parecido com o que tinham enviado. Também era composto por seis linhas, com os seis números primos seguintes: 17, 19, 23, 29, 31, 37.

No plano original, a mensagem de saudação seria só um experimento; ninguém estava preparado para uma comunicação prolongada. Enquanto os três tripulantes debatiam o que fazer, o Anel enviou um segundo *bitmap*: 1, 3, 5, 7, 11, 13, 4, 2, 1, 5, 9.

E um terceiro: 1, 3, 5, 7, 11, 13, 16, 6, 10, 10, 4, 7.

Um quarto: 1, 3, 5, 7, 11, 13, 19, 5, 1, 15, 4, 8.

Um quinto: 1, 3, 5, 7, 11, 13, 7, 2, 16, 4, 1, 14.

Os *bitmaps* apareciam um depois do outro. Os seis primeiros números eram sempre os números primos enviados como saudação pelo bote. Quanto aos seis números seguintes de cada série, o capitão-tenente Zhuo e o dr. West se viraram para Guan Yifan, o cientista. O cosmólogo olhou para os números que se seguiam na janela flutuante e encolheu os ombros.

— Não estou vendo nenhum padrão.

— Então vamos partir do princípio de que não há padrão. — West apontou para a janela. — Os seis primeiros números foram enviados por nós, então é possível que eles estejam querendo dizer "você". Os seis números seguintes nas transmissões não exibem nenhum padrão reconhecível, então talvez eles estejam se referindo a "tudo". "Tudo sobre você."

— O que eles querem, ou o que isto quer, é saber tudo sobre nós?

— Ou pelo menos uma amostra linguística. Eles querem decodificá-la, estudá-la e então continuar a comunicação conosco.

— Então precisamos enviar o Sistema Rosetta.

— Temos que pedir autorização.

O Sistema Rosetta era um banco de dados desenvolvido para ensinar idiomas da Terra aos trissolarianos. O banco de dados incluía centenas de milhares de páginas de documentos a respeito da história natural e humana da Terra, com uma grande quantidade de vídeos e imagens. Havia também um software para estabelecer ligações entre os símbolos linguísticos e as imagens, de modo que uma civilização alienígena pudesse decodificar e estudar idiomas terrestres.

A nave-mãe autorizou o pedido da equipe exploratória. Mas a memória do computador de bordo do bote não tinha o Sistema Rosetta, e, devido à conexão extremamente tênue entre o bote e a nave, era impossível transmitir um volume de dados tão grande. A única opção era enviá-lo diretamente da nave-mãe ao Anel. Era impossível fazer a transmissão via rádio, mas, felizmente, a *Gravidade* era equipada com um sistema de comunicação via neutrino. Só que eles não sabiam se o Anel tinha capacidade de receber sinais de neutrino.

Três minutos depois de a *Gravidade* transmitir o Sistema Rosetta ao Anel com um feixe de neutrinos, o bote recebeu uma série nova de *bitmaps*. O primeiro era um quadrado perfeito de sessenta e quatro pontos dispostos em linhas de oito; o segundo estava sem um ponto no canto, restando sessenta a três; no terceiro, faltavam dois, restando sessenta e dois...

— É uma contagem regressiva, ou barra de progresso — disse West. — Acho que serve para mostrar que o Sistema Rosetta foi recebido e está sendo decodificado. Nós temos que esperar.

— Por que sessenta e quatro pontos?

— É um número relativamente grande para quem usa base dois. É como o nosso uso do cem para falar de uma grande quantidade na base dez.

O capitão-tenente Zhuo e Guan ficaram felizes por poderem contar com West. O psicólogo de fato parecia ter alguma competência para estabelecer comunicação com inteligências desconhecidas.

Quando a contagem chegou a cinquenta e sete, aconteceu algo animador: o número seguinte não veio em formato de *bitmap*. O Anel transmitiu o número arábico 56.

— Uau, aprende rápido — disse Guan.

O número continuou diminuindo a cada dez segundos, mais ou menos. Minutos depois, a contagem chegou a 0. A última mensagem era formada por quatro caracteres chineses:

Eu sou uma tumba.

O Sistema Rosetta era escrito em um idioma que misturava inglês e chinês. Fazia sentido que o Anel usasse o mesmo idioma para se comunicar com eles. Foi só por acaso que a mensagem continha apenas caracteres chineses. Guan Yifan digitou uma pergunta na janela flutuante e iniciou a conversa entre a humanidade e o Anel.

Esta tumba é de quem?
A tumba de quem a criou.
Isto é uma nave espacial?
Era uma nave espacial. Mas agora está morta, então é uma tumba.
Quem é você? Quem está conversando conosco?
Eu sou a tumba. É a tumba que fala com vocês. Estou morta.
Você está dizendo que é uma nave cuja tripulação morreu? Em outras palavras, você é o sistema de controle da nave?

(Não houve resposta depois disso.)

Podemos ver muitos outros objetos nesta região do espaço. Também são tumbas?
Muitos são tumbas. Os outros serão tumbas em breve. Não conheço todos.
Você veio de longe? Ou sempre esteve aqui?
Vim de longe; eles também vêm de longe, de lugares diferentes longe daqui.
Onde?

(Não houve resposta.)

Você construiu este fragmento tetradimensional?
Vocês me falaram que vieram do mar. Vocês construíram o mar?
O que você quer dizer é que para você, ou pelo menos para seus criadores, este espaço tetradimensional significa o que o mar significa para nós?

Mais para poça. O mar secou.

Por que existem tantas naves, ou tumbas, reunidas em um espaço tão pequeno?

Quando o mar seca, os peixes precisam se reunir em uma poça. A poça também está secando, e todos os peixes vão desaparecer.

Todos os peixes estão aqui?

Os peixes responsáveis pela secagem do mar não estão aqui.

Sentimos muito. O que você disse é muito difícil de compreender.

Os peixes que secaram o mar subiram para a terra antes de fazer isto. Eles passaram de uma floresta sombria para outra floresta sombria.

A última frase pareceu um trovão. Os três tripulantes do bote e todos nas duas naves-mães distantes que estavam acompanhando a conversa por uma conexão fraca estremeceram.

Floresta sombria... o que você quer dizer?

O mesmo que vocês.

Você vai nos atacar?

Sou uma tumba; estou morta; não vou atacar ninguém. Não existe estado de floresta sombria entre espaços de dimensões diferentes. O espaço de menos dimensões não pode ameaçar o espaço de mais dimensões, e os recursos do espaço de menos dimensões não têm utilidade no espaço de mais dimensões. Mas a floresta sombria existe por toda parte entre os que partilham as mesmas dimensões.

Pode nos dar alguma sugestão?

Saiam imediatamente desta poça. Vocês são retratos finos. São frágeis. Se continuarem na poça, vão se tornar tumbas em pouco tempo... Esperem, parece haver peixes em seu bote.

Guan ficou confuso por alguns segundos, então se deu conta de que de fato havia peixes no bote. Ele sempre levava consigo uma esfera ecológica, mais ou menos do tamanho de um punho fechado. A esfera de vidro continha água, um peixe minúsculo e um pouco de alga; juntos, formavam um miniecossistema fechado cuidadosamente planejado. Era o objeto preferido de Guan, por isso ele o levara para aquela aventura. Se não conseguisse voltar, a esfera o acompanharia ao além.

Gosto de peixes. Posso ter?
Como entregamos para você?
Jogue para cá.

Os três vestiram o capacete do traje espacial e abriram a porta do bote. Guan ergueu a esfera ecológica até a altura dos olhos. Cuidadosamente, já que estava no espaço tetradimensional, ele segurou a esfera pela borda tridimensional e olhou para ela uma última vez. Por aquela perspectiva tetradimensional, cada detalhe era revelado, e aquele mundo de vida minúsculo parecia ainda mais complexo, diversificado e colorido. Guan estendeu o braço e arremessou a esfera na direção do Anel. Enquanto olhava, a pequena esfera transparente desapareceu no espaço. Depois, ele fechou a porta e continuou a conversa.

Esta é a única poça no universo?

Não houve resposta. Depois disso, o Anel continuou em silêncio e não reagiu a outros esforços de comunicação.

A *Gravidade* os informou de que a *Espaço Azul* tinha sido atingida por mais micrometeoroides. As duas naves estavam cercadas por uma quantidade cada vez maior de objetos à deriva, incluindo objetos tetradimensionais pequenos, talvez detritos de naves e outros artefatos. O comandante Chu deu ordem para que eles voltassem imediatamente. O plano de abordar o Anel teria que ser abortado.

Como eles agora sabiam a distância até a nave-mãe, a viagem de volta foi duas vezes mais rápida. Em duas horas, se aproximaram da *Espaço Azul* e conseguiram encontrar um ponto de distorção para voltar para casa.

Os exploradores foram tratados como heróis e recebidos com festa — ainda que as descobertas aparentemente não rendessem nenhuma utilidade prática para o futuro das duas naves.

— Dr. Guan — disse o comandante Chu —, como você responderia à última pergunta que fez ao Anel?

— Para retomar a analogia de antes, a probabilidade de termos encontrado a única bolha de sabão com quarenta a cinquenta unidades astronômicas de raio na superfície de uma folha de papel de dezesseis bilhões de anos-luz de largura é tão ínfima que poderia ser zero. Tenho certeza de que existem outras bolhas, provavelmente várias.

— Você acha que vamos encontrar outras no futuro?

— Acho que podemos nos fazer uma pergunta ainda mais interessante: será que já encontramos antes? Pense na Terra: ela passou bilhões de anos voando pelo espaço. Não é possível que no passado ela tenha entrado em um fragmento tetradimensional?

— Teria sido um panorama impressionante. Acho difícil imaginar que a humanidade tenha presenciado isso... Mas me pergunto se os dinossauros poderiam ter achado pontos de distorção...

— Por que existem essas bolhas? Por que existem tantos fragmentos tetradimensionais no espaço tridimensional?

— É um grande mistério.

— Comandante, acho que provavelmente é um segredo sombrio.

A *Espaço Azul* e a *Gravidade* começaram a recuar no fragmento. Conforme aceleravam, a gravidade atraiu as pessoas na direção da popa. Guan Yifan e os oficiais científicos das duas naves tentaram pesquisar o máximo possível sobre o fragmento ao longo dos dias seguintes e passaram quase todo o período em espaço tetradimensional. Isso foi motivado só parcialmente pelas demandas das pesquisas — eles também achavam insuportável a sensação de confinamento e claustrofobia no espaço tridimensional.

No quinto dia após o início da aceleração, todos os que se encontravam dentro de espaço tetradimensional se viram de volta às três dimensões de repente, sem passar por um ponto de distorção. Os sensores eletromagnéticos indicaram que não havia mais pontos de distorção a bordo de nenhuma das duas naves.

A *Espaço Azul* e a *Gravidade* tinham saído do fragmento.

Isso os surpreendeu. Com base em seus cálculos, eles ainda deviam passar mais vinte horas lá dentro. A saída prematura provavelmente se devia a uma destas duas razões: o fragmento havia acelerado na direção contrária ao rumo atual das naves ou estava encolhendo. Os tripulantes acreditavam que a segunda opção era a mais provável. Além dos dados, eles também se lembravam da resposta do Anel:

Quando o mar seca, os peixes precisam se reunir em uma poça.
A poça também está secando, e todos os peixes vão desaparecer.

As duas naves pararam de acelerar e começaram a desacelerar com força total. Por fim, pararam perto da fronteira do fragmento tetradimensional, onde era seguro.

A margem do fragmento tetradimensional era invisível. O espaço diante deles estava vazio, plácido como a superfície de um lago profundo. O mar de estrelas que era a Via Láctea brilhava intensamente, sem qualquer indício de que um grande segredo se escondia ali perto.

Mas eles logo notaram uma paisagem estranha e espetacular: de tempos em tempos, apareciam linhas luminosas no espaço diante das naves. Eram linhas muito finas, e à primeira vista pareciam retas. A olho nu, não apresentavam nenhuma espessura perceptível e se estendiam por cinco a trinta mil quilômetros de comprimento. As linhas surgiam de repente. No começo, emitiam um brilho azul. Depois, a cor se deslocava gradualmente para o vermelho, e as linhas retas se curvavam e se partiam em muitos pedaços, até por fim desaparecerem. Observações revelaram que essas linhas se manifestavam na borda do fragmento, como se uma caneta gigante estivesse constantemente marcando a fronteira.

Eles lançaram uma sonda não tripulada para a região do espaço onde as linhas apareciam, e, por sorte, a sonda conseguiu observar quando uma delas surgiu por perto. A sonda estava a cerca de cem mil quilômetros de distância, voando com velocidade total rumo à linha. Quando chegou ao local, ela já havia se entortado, quebrado e desaparecido. A sonda detectou grande quantidade de hidrogênio e hélio na região, e também um pouco de poeira de elementos pesados, principalmente ferro e silício.

Após analisar os dados, Guan e os oficiais científicos concluíram que as linhas eram criadas por matéria tetradimensional que invadia o espaço tridimensional. Conforme o fragmento encolhia, matéria tetradimensional entrava no espaço tridimensional e se degradava instantaneamente. Embora esses pedaços de matéria ocupassem um volume muito pequeno no espaço tetradimensional, a degradação deles em três dimensões achatava a quarta, fazendo com que aumentassem de volume e se expandissem na forma de linhas retas. Pelos cálculos deles, dezenas de gramas de matéria tetradimensional podiam formar uma linha de quase dez mil quilômetros em um espaço tridimensional.

Com base no ritmo de retração da fronteira do fragmento, a estimativa era de que dali a cerca de vinte dias o Anel também entraria no espaço tridimensional. As duas naves decidiram esperar para observar essa maravilha do universo — eles tinham bastante tempo, afinal. Usando as linhas de degradação luminosas como marcadores, as duas naves avançaram cuidadosamente, mantendo a mesma velocidade da borda do fragmento em retração.

Ao longo das duas semanas seguintes, Guan Yifan ficou profundamente absorto em pensamentos e cálculos, e os oficiais científicos realizaram debates vigorosos. Por fim, chegaram à conclusão de que, com base no conhecimento atual de física teórica, eles não poderiam fazer uma análise aprofundada sobre o fragmento tetradimensional. Mas as teorias desenvolvidas ao longo dos últimos três séculos ao menos permitiam algumas previsões, que foram confirmadas com observações: uma dimensão superior em forma macroscópica se degradava em dimensões inferiores com a mesma inexorabilidade de uma cachoeira que cai por um precipício. A degradação do espaço tetradimensional em três dimensões era a principal causa da redução do fragmento.

Mas a dimensão perdida não desapareceu de fato: apenas se recolheu ao nível microscópico e se tornou uma das sete dimensões encerradas no domínio quântico.

O Anel voltou a ser visível a olho nu. A existência daquela tumba autodeclarada logo seria transferida ao espaço tridimensional.

A *Espaço Azul* e a *Gravidade* pararam de avançar e recuaram trezentos mil quilômetros. Quando o Anel entrasse no espaço tridimensional, o processo de degradação liberaria uma quantidade colossal de energia — era por isso que as linhas de antes tinham sido tão luminosas.

Vinte e dois dias depois, a borda do fragmento ultrapassou o Anel. Assim que a estrutura entrou no espaço tridimensional, o universo pareceu se cortar ao meio. A superfície cortada brilhou intensamente, como se uma estrela de repente tivesse sido esticada em uma linha. Era impossível ver as extremidades a partir das duas naves, mas foi como se Deus tivesse apoiado uma régua-tê sobre o plano do universo e traçado uma linha reta da esquerda para a direita. Observações cuidadosas feitas por instrumentos revelaram que a linha tinha quase uma UA de comprimento, ou cerca de cento e trinta milhões de quilômetros, quase o suficiente para ligar a Terra ao Sol. Em contraste com as outras linhas observadas antes, aquela tinha uma espessura perceptível a até centenas de milhares de quilômetros de distância. A luz emitida pela linha passou de um branco-azulado incandescente para um vermelho morno, depois se apagou gradualmente. A linha propriamente dita também se retorceu e flexionou, rompendo-se em um cinturão de poeira, que já não emitia luz própria, mas parecia infundido da luz das estrelas com um tom prateado sereno. Observadores nas duas naves tiveram uma impressão estranha: o cinturão de poeira lembrava a Via Láctea ao fundo. A cena parecia o flash de uma câmera gigante que tirou um retrato da galáxia. Depois, a foto se revelou lentamente no espaço.

Guan sentiu uma pontada de tristeza diante de um cenário tão majestoso. Ele estava pensando na esfera ecológica que dera ao Anel. A estrutura não tivera muito tempo para desfrutar do presente. Quando o Anel decaiu no espaço tridimensional, suas estruturas tetradimensionais internas foram aniquiladas instantaneamente. As outras naves mortas ou moribundas dentro do fragmento não conseguiriam evitar um destino semelhante. Na vastidão do universo, elas só poderiam persistir por algum tempo naquele recanto minúsculo de quatro dimensões.

Um segredo vasto e sombrio.

A *Espaço Azul* e a *Gravidade* enviaram muitas sondas ao cinturão de poeira. Além de investigações científicas, eles também queriam ver se era possível recolher recursos úteis. O Anel havia se degradado em elementos comuns no espaço tridimensional: sobretudo hidrogênio e hélio. Isso podia ser coletado para servir de combustível de fusão nuclear. No entanto, como tais elementos existiam principalmente em estado gasoso no cinturão, eles se dissiparam depressa, e no fim só foi possível coletar muito pouco. Mas havia também alguns elementos pesados, e eles conseguiram reunir alguns metais úteis.

As duas naves agora precisavam decidir seu próprio futuro. Um conselho temporário formado pela tripulação da *Espaço Azul* e da *Gravidade* anunciou que todos podiam escolher se continuariam a jornada com as naves ou se voltariam ao Sistema Solar.

Uma arca de hibernação independente, impulsionada por um dos sete reatores de fusão das duas naves, seria construída. Qualquer pessoa que desejasse voltar para casa embarcaria nessa arca e voltaria ao Sistema Solar após uma viagem de trinta e cinco anos. As duas naves fariam uma transmissão de neutrinos à Terra para informar a rota da arca de hibernação, de modo que a Terra pudesse enviar naves para recebê-la. Para evitar que Trissolaris localizasse a *Espaço Azul* e a *Gravidade*, a transmissão de neutrinos só seria feita algum tempo depois do começo da viagem da arca. Se a Terra pudesse enviar naves para auxiliar na desaceleração antes de sua chegada ao planeta, uma parcela maior do combustível poderia ser usada para a aceleração, reduzindo o tempo da viagem para entre dez e vinte anos.

Isso se a Terra e o Sistema Solar ainda existissem.

Apenas cerca de duzentas pessoas decidiram voltar. O restante não queria ir para um mundo fadado à destruição; preferiam ficar com a *Espaço Azul* e a *Gravidade* e prosseguir rumo às profundezas desconhecidas do espaço.

Um mês depois, a arca de hibernação e as duas naves partiram em suas novas jornadas. A arca seguiu para o Sistema Solar, enquanto a *Espaço Azul* e a *Gravidade* pretendiam contornar o fragmento tetradimensional, e depois sair em busca de um novo sistema estelar.

O brilho dos reatores de fusão iluminou o cinturão de poeira já esparso e o banhou com uma tonalidade vermelho-dourada, como um pôr do sol caloroso da Terra. Todos, os que voltavam para casa ou os que iam mais longe, sentiram os olhos se encherem de lágrimas quentes. O belo pôr do sol espacial logo se apagou, e a noite eterna recobriu tudo.

As duas sementes de civilização humana continuaram a flutuar pelas profundezas do mar estrelado. Qualquer que fosse o destino que as aguardasse, pelo menos estavam começando de novo.

PARTE III

ERA DA TRANSMISSÃO, ANO 7
CHENG XIN

艾 AA disse a Cheng Xin que seus olhos estavam ainda mais bonitos e brilhosos, e talvez não fosse mentira. Antes, Cheng Xin tinha uma ligeira miopia, mas agora enxergava com extrema nitidez, como se o mundo tivesse recebido uma nova demão de tinta.

Seis anos haviam se passado desde a sua saída da Austrália, mas parecia que as agruras do Grande Reassentamento e dos anos subsequentes não tinham deixado marca alguma em AA. Era como se ela fosse uma planta jovem e flexível, e as durezas do passado escorregassem direto por suas folhas lisas. Naqueles seis anos, a empresa de Cheng Xin se desenvolvera depressa sob a gestão de AA e se tornara uma das forças mais proeminentes no ramo de construção em órbita baixa. Mas AA não parecia uma CEO poderosa; ela mantinha o aspecto de uma mulher jovem, divertida e animada. Claro que isso não era incomum em sua era.

Os seis anos também não tinham tocado Cheng Xin — ela os passara em hibernação. Quando chegaram da Austrália, sua cegueira havia sido examinada e diagnosticada. Começara como um problema psicossomático — resultado de uma perturbação emocional extrema —, mas depois evoluiu para deslocamento de retina e necrose. O tratamento recomendável era produzir retinas clonadas a partir de células-tronco elaboradas com o seu DNA, mas o processo levaria cinco anos. Devido à extrema depressão em que Cheng Xin se encontrava, cinco anos em absoluta escuridão podiam levá-la a um colapso total, por isso os médicos permitiram que ela hibernasse.

O mundo realmente tinha se renovado. Ao receber a notícia da transmissão universal de ondas gravitacionais, o planeta inteiro comemorou. A *Espaço Azul* e a *Gravidade* se tornaram naves míticas salvadoras, e os tripulantes viraram super-heróis, objetos de adoração generalizada. A acusação de que a *Espaço Azul* teria cometido assassinato nas batalhas sombrias foi retirada, substituída pela afirmação de que a nave havia sido atacada e tivera o direito de se defender. Ao mesmo tempo, os integrantes do Movimento de Resistência da Terra que haviam persistido nos esforços desesperados durante o Grande Reassentamento também foram aclamados como heróis. Quando esses rebeldes esfarrapados apareceram diante do público, todos sentiram as lágrimas correrem pelo rosto. A *Espaço Azul*, a *Gravidade* e a Resistência se tornaram símbolos da grandiosidade do espírito humano, e os incontáveis admiradores pareciam acreditar que também possuíam esse mesmo espírito.

Depois, veio a retaliação contra a Força de Segurança da Terra. Em termos objetivos, os benefícios proporcionados pela FST em muito superavam os da Resistência. A FST conseguira proteger as cidades grandes e outros elementos básicos de infraestrutura. Embora seu propósito fosse o bem-estar de Trissolaris, seus esforços permitiram que a recuperação econômica do mundo após o Grande Reassentamento ocorresse em tempo mínimo. Durante a evacuação pós-reassentamento na Austrália, o país quase sucumbiu algumas vezes ao caos absoluto devido à falta de comida e eletricidade, e foi a FST que preservou a ordem e manteve as linhas de abastecimento, garantindo que a evacuação pudesse ser concluída em quatro meses. Nesse período tumultuado, sem a atuação dessa força militar bem equipada o resultado teria sido uma tragédia inconcebível. Mas nenhuma dessas realizações foi levada em conta pelos tribunais que a julgaram. Todos os integrantes da FST foram levados a julgamento, e metade deles foi condenada por crimes contra a humanidade. Durante o Grande Reassentamento, muitos países restabeleceram a pena capital, e a política foi mantida mesmo depois da saída da Austrália. Ao longo desses cinco anos, muitos ex-integrantes da FST foram executados, embora grande parte da multidão que aplaudia essas mortes também tivesse tentado ingressar na força.

Com o tempo, a paz foi restabelecida e as pessoas começaram a reconstruir suas vidas. Como as cidades e a infraestrutura industrial estavam intactas, a recuperação foi rápida. Em dois anos, as cidades conseguiram eliminar as cicatrizes do período de caos e recobraram a prosperidade pré-reassentamento. Todos decidiram aproveitar a vida.

Essa tranquilidade se fundamentava no seguinte: quando Luo Ji havia realizado seu experimento de floresta sombria, passaram-se 157 anos entre a transmissão original das coordenadas da 187J3x1 ao universo e a destruição da estrela. Isso correspondia à expectativa de vida de um humano moderno. Claro, nesse período a taxa de natalidade caiu ao nível mais baixo de toda a história da humanidade, pois ninguém queria trazer uma criança a um mundo fadado a ser destruído. Mas a maioria das pessoas acreditava que poderia passar o resto da vida em paz e com felicidade.

A transmissão de ondas gravitacionais era muito mais potente do que a transmissão de rádio que Luo Ji havia amplificado pelo Sol, mas a humanidade logo se acomodou com esta nova maneira de se consolar: questionando a validade da própria teoria da floresta sombria.

TRECHO DE *UM PASSADO ALÉM DO TEMPO*
DELÍRIO DE PERSEGUIÇÃO CÓSMICA: A ÚLTIMA TENTATIVA DE INVALIDAR A TEORIA DA FLORESTA SOMBRIA

Por mais de sessenta anos — toda a Era da Dissuasão —, a história da humanidade transcorreu no contexto da floresta sombria. Mas os estudiosos sempre a questionaram, e, até o início da Era da Transmissão, nunca houvera qualquer evidência científica que a validasse. Os poucos indícios que existiam careciam de fundamentação rigorosamente científica.

O primeiro indício: o experimento de floresta sombria de Luo Ji que levou à destruição da 187J3x1 e seu respectivo sistema planetário. A suposição de que o sistema havia sido destruído por alguma inteligência extraterrestre sempre fora polêmica. As críticas mais eloquentes eram da própria comunidade astronômica. Eram dois os principais pontos de vista: um lado acreditava que o objeto que atingira a estrela à velocidade da luz não tinha poder suficiente para destruí-la. A morte da 187J3x1, portanto, devia ter sido causada pela ocorrência de uma supernova. Considerando o extenso tempo decorrido entre a transmissão de Luo Ji e a explosão da estrela, era grande a probabilidade de que de fato fosse um caso de morte natural. O outro lado admitia que um objeto viajando à velocidade da luz realmente matara a estrela, mas era bem possível que o "fotoide" fosse um fenômeno natural na galáxia. Embora não se tenham detectado mais fotoides desde então, foram observados outros objetos massivos acelerados a velocidades extremamente altas por forças naturais. Por exemplo, um buraco negro supermassivo perto do centro da galáxia era perfeitamente capaz de acelerar algum objeto pequeno quase à velocidade da luz. Na verdade, o centro da galáxia poderia produzir uma grande quantidade de projéteis assim, mas, devido ao seu tamanho diminuto, eles raramente seriam vistos.

O segundo indício: o terror demonstrado por Trissolaris em relação à dissuasão por floresta sombria. Essa era, até o momento, a prova mais contundente a favor da teoria da floresta sombria, mas a humanidade nada conhecia do processo de raciocínio trissolariano e dos indícios em que se baseava; portanto, em termos científicos, não bastava como prova direta. Era possível que Trissolaris tivesse se submetido a um estado de equilíbrio por dissuasão ante a humanidade por algum motivo desconhecido, até por fim desistir da conquista do Sistema Solar. Muitas hipóteses tentavam explicar esse motivo desconhecido, e, embora nenhuma fosse muito convincente, tampouco eram definitivamente refutáveis. Alguns estudiosos propuseram uma nova teoria de "delírio de perseguição cósmica", segundo a qual os trissolarianos também não tinham provas que confirmassem a teoria da floresta sombria. Entretanto, devido ao ambiente extremamente agressivo em que haviam evoluído, sofriam um complexo coletivo de perseguição da sociedade cósmica. O delírio de perseguição era semelhante às religiões medievais da Terra e não passava de uma fé adotada pela maioria da população de Trissolaris.

O terceiro indício: a confirmação da teoria da floresta sombria fornecida pelo Anel tetradimensional. Era evidente que o Anel tinha obtido as palavras "floresta sombria" no Sistema Rosetta, especificamente na parte que tratava da história da humanidade. Era uma expressão comum em documentos históricos da Era da Dissuasão, e não era surpreendente que o Anel a utilizasse. Porém, no diálogo da equipe exploratória com o Anel, o trecho que abordou o conceito foi muito breve, e o sentido exato era ambíguo. A informação não era suficiente para concluir que o Anel de fato havia compreendido o significado das palavras usadas.

Desde a Era da Dissuasão, o estudo da teoria da floresta sombria havia se tornado uma disciplina independente. Além de pesquisa teórica, os estudiosos também realizavam numerosas observações astronômicas e formulavam diversos modelos matemáticos. No entanto, para a maioria dos pesquisadores, a teoria era ainda uma hipótese que não tinha como ser provada ou refutada. Entre os políticos e o público geral, a teoria da floresta sombria era objeto de crença, e geralmente as pessoas decidiam acreditar nela ou não com base em suas próprias vivências. Após o início da Era da Transmissão, cada vez mais gente passou a tratar a teoria da floresta sombria como um delírio de perseguição cósmica.

ERA DA TRANSMISSÃO, ANO 7
CHENG XIN

Depois que a poeira baixou, a humanidade deixou de se concentrar na transmissão universal e passou a refletir sobre o fim da Era da Dissuasão. Uma verdadeira onda de acusações e críticas contra a Portadora da Espada veio à tona. Se Cheng Xin tivesse ativado a transmissão no início do ataque das gotas, poderia ter no mínimo evitado o desastre do Grande Reassentamento. No entanto, a maior parte da opinião pública culpava o processo de escolha da Portadora da Espada.

A eleição tinha sido um esforço complicado — a opinião pública se tornara pressão política sobre a ONU e a Frota Internacional. As massas debatiam vigorosamente sobre quem era o verdadeiro responsável, mas quase ninguém sugeriu que aquele era o resultado do comportamento de manada de todos os envolvidos. A opinião pública era relativamente piedosa em relação à própria Cheng Xin. Sua imagem positiva lhe conferia alguma proteção, e seu sofrimento como uma pessoa comum durante o Grande Reassentamento inspirou certa dose de compaixão. Muitos tendiam a considerá-la uma vítima.

No fim, a decisão da Portadora da Espada de capitular produziu um grande desvio na história, mas não mudou o curso geral. A transmissão universal acabou sendo ativada posteriormente, e assim, com o tempo, o debate sobre esse período perdeu força. Aos poucos, a opinião pública esqueceu Cheng Xin. Afinal, o mais importante era curtir a vida.

Contudo, para Cheng Xin, a vida se tornou uma tortura sem fim. Embora seus olhos tivessem voltado a enxergar, seu coração continuava mergulhado nas trevas, imerso em um mar de depressão. Ainda que sua dor interna não fosse mais ardente e devastadora, não havia um fim no horizonte. Cada célula de seu corpo parecia inundada de sofrimento e depressão, e ela não conseguia se lembrar de algum dia ter visto a luz do sol. Não falava com ninguém, não procurava saber sobre o mundo exterior, sequer dava atenção à sua empresa em ascensão. Embora gostasse de Cheng Xin, AA vivia ocupada e não podia passar muito tempo com ela. Fraisse era o único que tinha condições de oferecer o apoio de que Cheng Xin precisava.

No período sombrio no fim do Grande Reassentamento, Fraisse e AA tinham sido retirados da Austrália juntos. Ele morou em Shanghai por um tempo, mas não esperou até a evacuação terminar e voltou para sua casa perto de Warburton. Depois que a Austrália retomou a normalidade, ele doou sua casa ao governo para a criação de um museu de cultura aborígene. E então foi viver na floresta, construiu uma pequena barraca e assumiu de vez a vida primitiva de seus antepassados. Apesar de viver ao relento, aparentemente sua saúde física melhorara. O único objeto moderno de conveniência que ele possuía era um telefone celular, que usava para ligar para Cheng Xin algumas vezes por dia.

Essas conversas se resumiam a algumas frases simples:

"Minha filha, o sol está nascendo aqui."

"Minha filha, o pôr do sol é lindo aqui."

"Minha filha, passei o dia recolhendo entulho nos abrigos. Gostaria de ver o deserto voltar a ser como antes."

"Minha filha, está chovendo. Você se lembra do cheiro de ar úmido no deserto?"

Eram duas horas de diferença entre o fuso da Austrália e o da China, e, aos poucos, Cheng Xin se acostumou ao ritmo cotidiano da vida de Fraisse. Sempre que ouvia a voz do velho, ela se imaginava morando também naquela floresta distante cercada pelo deserto, protegida por uma tranquilidade que a isolava de todo o resto do mundo.

Certa noite, o telefone despertou Cheng Xin. Ela viu que a chamada era de Fraisse. Era 1h14 da madrugada na China, 3h14 na Austrália. Fraisse sabia que Cheng Xin tinha insônia e que, sem uma máquina de sono, ela só conseguia dormir duas ou três horas por noite. Ele jamais a incomodaria àquela hora se não fosse uma emergência.

Fraisse parecia ansioso.

— Minha filha, vá lá fora e olhe o céu.

Cheng Xin logo percebeu que estava acontecendo algo estranho. Durante seu sono inquieto, ela se debatera com um pesadelo. O sonho era familiar: uma tumba gigantesca se erguia no centro de uma planície coberta pela escuridão da noite. Um brilho azulado vazava de dentro da tumba e iluminava o solo em volta...

O mesmo tipo de luz azul que cobria o lado de fora.

Ela saiu para a varanda e viu uma estrela azul no céu, mais luminosa que todas as outras. A posição fixa a distinguia das estruturas artificiais que a humanidade colocara em órbita baixa ao redor da Terra. Era uma estrela fora do Sistema Solar. O brilho continuou aumentando, e até superou as luzes urbanas em volta de Cheng Xin, produzindo sombras no solo. Cerca de dois minutos depois, o brilho atingiu seu limite e ficou mais forte até do que uma lua cheia. Já não era possível observá-lo diretamente, e a luz assumiu uma tonalidade branca intensa, iluminando a cidade como se fosse dia.

Cheng Xin reconheceu a estrela. Por quase três séculos, a humanidade olhara mais para ela do que para qualquer outro ponto no firmamento.

Alguém gritou em um edifício-folha vizinho, e houve o som de alguma coisa caindo no chão.

A estrela começou a perder brilho. Escureceu gradualmente até ir do branco ao vermelho e, depois de mais ou menos meia hora, apagou-se.

Cheng Xin não tinha saído com o telefone, mas a janela flutuante de comunicação a acompanhara. Ela ainda estava ouvindo a voz de Fraisse, que havia recuperado a serenidade e transcendência de sempre.

— Minha filha, não tenha medo. O que tiver que ser, será.

Um sonho lindo havia acabado: a teoria da floresta sombria recebera a confirmação definitiva com a aniquilação de Trissolaris.

TRECHO DE *UM PASSADO ALÉM DO TEMPO*
UM NOVO MODELO PARA A FLORESTA SOMBRIA

Trissolaris foi destruída três anos e dez meses após o início da Era da Transmissão. Ninguém esperara que o ataque acontecesse tão pouco tempo depois da transmissão de ondas gravitacionais.

Como Trissolaris sempre estivera sob intensa vigilância, sua extinção rendeu uma grande quantidade de dados. O ataque ao sistema trissolariano foi idêntico ao ocorrido na 187J3x1 de Luo Ji: um objeto pequeno viajando quase à velocidade da luz atingira uma das três estrelas do sistema e a destruíra graças à sua massa relativística ampliada. Na ocasião, Trissolaris havia acabado de começar a translação em torno da estrela, e a explosão do astro aniquilou o planeta.

Quando ativou o transmissor de ondas gravitacionais, a *Gravidade* estava a cerca de três anos-luz de Trissolaris. Levando em conta que ondas gravitacionais se propagam à velocidade da luz, o fotoide devia ter sido lançado a partir de algum ponto mais perto ainda de Trissolaris do que a *Gravidade* — e o lançamento devia ter sido praticamente instantâneo ao recebimento das coordenadas. Isso foi confirmado por observações: o rastro que o fotoide deixara ao atravessar a nuvem de poeira interestelar perto de Trissolaris estava nítido, mas não havia nenhum outro sistema solar naquela região do espaço — a única conclusão possível era que o fotoide tinha sido lançado a partir de uma nave espacial.

O antigo modelo da teoria da floresta sombria sempre se fundamentara em sistemas planetários em torno de estrelas. As pessoas simplesmente partiam do princípio de que ataques a sistemas cujas coordenadas tivessem sido reveladas deviam se originar em outros sistemas planetários. Mas, quando entrou em cena a possibilidade de ataques lançados por naves espaciais, a situação ficou muito mais complexa. Embora a localização das estrelas fosse relativamente conhecida, os humanos não tinham absolutamente nenhuma informação a respeito de naves espaciais construídas por outras raças inteligentes — exceto a Frota Trissolariana. Quantas naves extraterrestres existiam? Com que densidade elas se distribuíam pelo espaço? Que velocidade conseguiam alcançar? Quais eram suas trajetórias? Essas perguntas continuavam sem resposta.

    Já não era possível prever a origem potencial de ataques de floresta sombria, e os ataques poderiam acontecer muito mais depressa do que se imaginava. Com exceção das sobreviventes do sistema trissolariano, a estrela mais próxima do Sistema Solar ficava a seis anos-luz de distância. Mas talvez aquelas naves alienígenas fantasmagóricas estivessem passando perto do Sol naquele instante. A morte, antes apenas um vulto no horizonte, assomava diante dos nossos olhos.

ERA DA TRANSMISSÃO, ANO 7
SÓFON

Pela primeira vez, a humanidade presenciou a extinção de uma civilização e compreendeu que a mesma sina poderia se abater sobre a Terra a qualquer momento. A ameaça de Trissolaris, uma crise que durara quase trezentos anos, se dissipou da noite para o dia, mas deu lugar a um universo ainda mais cruel.

No entanto, ao contrário do que se esperava, não houve histeria em massa. Diante da catástrofe a quatro anos-luz de distância, a sociedade humana ficou estranhamente quieta. Parecia que todos estavam em expectativa, incertos quanto ao que esperar.

Desde a Grande Ravina, apesar das várias reviravoltas ao longo da história, a humanidade como um todo sempre vivera em uma sociedade muito democrática, com considerável bem-estar. Ao longo de dois séculos, a raça humana havia se aferrado a um consenso tácito: por pior que a situação ficasse, *alguém* interviria para ajudá-la. Essa fé quase se esfacelara durante o desastroso Grande Reassentamento, mas, na escuridão absoluta daquela manhã, seis anos antes, acontecera um milagre.

E as pessoas estavam esperando outro.

No terceiro dia após a notícia da destruição de Trissolaris, Sófon convidou Cheng Xin e Luo Ji para tomar chá. Ela disse que não havia nenhuma segunda intenção. Afinal, os dois eram velhos amigos, e ela sentia saudades.

A ONU e a Frota Internacional ficaram profundamente interessadas no encontro. A expectativa e o desorientamento dominante eram um grande perigo. A sociedade humana era frágil como um castelo de areia na praia, passível de desabar com qualquer ventania. Os líderes queriam que os dois ex-Portadores da Espada obtivessem de Sófon informações que tranquilizassem a população. Durante uma sessão de emergência no CDP convocada para esse fim, alguém chegou até a insinuar para Cheng Xin e Luo Ji que, mesmo se não conseguissem essas informações de Sófon, talvez fosse aceitável inventar algumas.

Após a transmissão universal seis anos antes, Sófon se afastara da vida pública. De vez em quando, chegou a fazer algumas aparições, mas apenas na condição de alto-falante inexpressivo para Trissolaris. Ela havia permanecido naquela elegante residência pendurada em uma árvore, ainda que provavelmente tivesse passado a maior parte do tempo em modo de espera.

Cheng Xin encontrou Luo Ji no galho que levava à casa de Sófon. Ele havia passado o Grande Reassentamento com a Resistência. Não atuara diretamente nem liderara missões, mas servira de centro espiritual para os rebeldes. A Força de Segurança da Terra e as gotas tinham se esforçado para encontrá-lo e matá-lo, mas, de alguma forma, ele dera um jeito de continuar escondido. Nem os sófons conseguiram achá-lo.

Na opinião de Cheng Xin, Luo Ji preservara sua postura rígida e fria. Tirando o fato de que o cabelo e a barba pareciam ainda mais brancos sob a brisa, os últimos sete anos não haviam deixado nele nenhuma marca. Mas, sem falar nada, ele sorriu para ela, e o gesto fez Cheng Xin se sentir bem. Luo Ji fazia lembrar Fraisse. Embora os dois fossem completamente diferentes, ambos projetavam um pouco daquela força das montanhas da Era Comum e, naqueles tempos estranhos, passavam a Cheng Xin a sensação de que era possível contar com eles. Wade, o homem maligno da Era Comum, cruel como um lobo e que quase a matara, também era assim — então ela percebeu que confiava até mesmo nele. Era uma sensação curiosa.

Sófon lhes deu as boas-vindas na frente da casa. Mais uma vez, usava um quimono esplêndido, e o coque estava decorado com flores frescas. Aquela ninja terrível com estampa camuflada havia desaparecido por completo, e ela voltara a ser uma mulher que parecia uma nascente borbulhante cercada de flores.

— Bem-vindos, bem-vindos! Eu queria visitar sua estimada residência, mas não teria sido possível lhes oferecer adequadamente a Cerimônia do Chá. Por favor, aceitem minhas humildes desculpas. Estou muito contente por vê-los. — Sófon fez uma reverência para os dois, e suas palavras soaram tão delicadas e brandas quanto no primeiro encontro com Cheng Xin. Ela os guiou pelos bambus no quintal e pela pequena ponte de madeira sobre o riacho suave, até a saleta que lembrava um pavilhão. Ali, os três se sentaram em tatames, e Sófon começou a dispor os utensílios para a Cerimônia do Chá. O tempo passou, tranquilo, e nuvens flutuavam e se desenrolavam no céu azul do lado de fora.

Olhando os movimentos graciosos de Sófon, Cheng Xin sentiu o coração se encher com uma mistura complexa de emoções.

Sim, ela (ou eles?) poderia ter eliminado a humanidade, e em alguns momentos quase havia conseguido. Mas, em cada uma das vezes, a humanidade resgatara a vitória das garras da derrota com tenacidade, astúcia e sorte. Após uma marcha de três séculos, o único resultado de Sófon foi ver seu próprio mundo ser aniquilado em um mar de chamas.

Fazia quatro anos que Sófon sabia da destruição de Trissolaris. Quando a luz da explosão chegou à Terra, três dias antes daquele encontro, ela fizera um rápido discurso à população. Descrevera de forma simples a morte de Trissolaris e não proferiu nenhuma crítica, nenhum juízo sobre a causa — a transmissão de ondas gravitacionais iniciada pelas duas naves humanas. Muitas pessoas desconfiavam que, quatro anos antes, quando Trissolaris fora eliminada, os controladores de Sófon a quatro anos-luz de distância tinham perecido nas chamas, mas os controladores atuais dela provavelmente estavam nas naves da Frota Trissolariana. Durante o discurso, o tom e a expressão de Sófon permaneceram tranquilos. Não era a mesma rigidez que ela havia demonstrado quando atuara apenas como alto-falante, e sim uma manifestação da alma e do espírito de seus controladores, uma dignidade e nobreza diante da aniquilação que a humanidade jamais teria. As pessoas passaram a sentir uma admiração inédita por aquela civilização que havia perdido seu mundo natal.

As informações limitadas fornecidas por Sófon e pelas observações dos cientistas na Terra formaram um esboço da destruição de Trissolaris.

Na ocasião da catástrofe, Trissolaris se encontrava em uma era estável, em órbita a cerca de 0,6 UA de uma das três estrelas do sistema. O fotoide atingiu a estrela e abriu um buraco de cerca de cinquenta mil quilômetros de largura na fotosfera e na zona convectiva, o suficiente para dispor quatro Terras lado a lado. Por coincidência ou por intenção explícita do responsável pelo ataque, o fotoide atingiu a estrela em um ponto onde o astro cruzava com o plano da eclíptica de Trissolaris. Pela perspectiva da superfície do planeta, um ponto extremamente luminoso surgira na superfície do sol. Como uma fornalha com a porta aberta, a radiação poderosa gerada pelo núcleo solar irrompeu pelo buraco, passou pela zona convectiva, pela fotosfera e pela cromosfera e atingiu o planeta em cheio. Todos os seres vivos expostos no hemisfério atingido pela radiação foram completamente incinerados em questão de segundos.

Depois, o buraco expeliu material do núcleo solar, formando uma coluna de fogo de cinquenta mil quilômetros de largura. A temperatura do material expelido era de dezenas de milhões de graus, e, embora parte tenha caído de volta no sol pela atração da gravidade, o restante alcançou velocidade de escape e se lançou ao espaço. Em Trissolaris, foi como se uma árvore de fogo brilhante tivesse crescido na superfície do sol. Aproximadamente quatro horas depois, o material solar expelido chegou a 0,6 UA da superfície do astro, e a ponta da árvore flamejante cruzou com a órbita de Trissolaris. Após outras duas horas, o planeta chegou à ponta da árvore de fogo e continuou passando pelo material solar expelido por cerca de trinta minutos. Nesse intervalo, foi como se o planeta estivesse passando pelo interior do sol — apesar de espalhado pelo espaço, o material jorrado ainda ardia com uma temperatura de dezenas de milhares de graus. Quando saiu da árvore de fogo, Trissolaris brilhava com uma luminosidade rubra. A superfície estava toda liquefeita, coberta por um oceano de lava. Atrás do planeta, um longo rastro branco se estendia pelo espaço — vapor do oceano consumido. O vento solar prolongou o rastro, e o planeta ficou parecendo um cometa de cauda longa.

Todos os sinais de vida em Trissolaris haviam sido eliminados, mas aquele era apenas o pavio queimando antes da catástrofe.

O material solar expelido causou resistência ao movimento do planeta. Após atravessá-lo, Trissolaris ficou mais lento, e sua órbita se encurtou em volta da estrela. A árvore de fogo agiu como uma garra estendida, puxando Trissolaris para baixo a cada translação. Após cerca de dez outras translações, Trissolaris cairia no próprio sol, e a partida de futebol cósmica dos três sóis terminaria. Mas aquele sol não viveria o suficiente para clamar a vitória para si.

A erupção solar também havia diminuído a pressão interna do sol, reduzindo temporariamente a fusão no núcleo. Ele perdeu brilho depressa, até se tornar apenas um contorno difuso. Já a imensa árvore flamejante que crescia em sua superfície parecia cada vez mais deslumbrante, mais luminosa, como um arranhão profundo na película negra do universo. Com a fusão reduzida, a radiação do núcleo deixou de produzir pressão suficiente para resistir ao peso do invólucro solar, e o astro começou a implodir. O invólucro escuro caiu no núcleo, causando uma última explosão.

Foi essa a cena que a humanidade presenciara três dias antes, na Terra.

A explosão solar destruiu tudo no sistema planetário: a imensa maioria das naves e dos hábitats espaciais que tentavam fugir foram vaporizados. As únicas naves em segurança foram as poucas e extremamente sortudas que por acaso estavam atrás dos outros dois sóis, que agiram como escudos.

Depois, os dois sóis sobreviventes formaram um sistema duplo estável, mas nenhum ser vivo contemplaria os amanheceres e anoiteceres constantes. Os restos da estrela explodida e da Trissolaris incinerada formaram dois vastos discos acretivos em torno dos sóis, como dois cemitérios cinzentos.

— Quantos conseguiram escapar? — perguntou Cheng Xin, delicadamente.

— Contando as Frotas Trissolarianas que estavam longe de casa, apenas um milésimo da população total. — A resposta de Sófon tinha um tom ainda mais delicado que a pergunta de Cheng Xin. Ela estava concentrada na Cerimônia do Chá e não levantou a cabeça.

Cheng Xin queria dizer muito mais, palavras de mulher para mulher, mas ela fazia parte da raça humana, e o abismo que agora a separava de Sófon jamais poderia ser superado. Ela passou para as perguntas que os líderes haviam pedido que fizesse. A conversa que se seguiu viria a ser conhecida como Conversa da Cerimônia do Chá e transformaria profundamente o curso da história dali para a frente.

— Quanto tempo nos resta? — perguntou Cheng Xin.

— Não sabemos. O ataque pode acontecer a qualquer momento. Mas, em termos de probabilidade, vocês devem ter um pouco mais de tempo: talvez chegue a um ou dois séculos, como foi com seu experimento anterior. — Sófon lançou um olhar para Luo Ji e endireitou as costas, o rosto impassível.

— Mas...

— A situação de Trissolaris era diferente da do Sistema Solar. Em primeiro lugar, a transmissão incluiu apenas as coordenadas de lá. Para descobrir a existência da Terra a partir disso, é preciso examinar o histórico de comunicação entre os dois mundos desde três séculos atrás. Isso com certeza vai acontecer, mas vai levar tempo. O mais importante é que, de longe, o sistema trissolariano parece muito mais perigoso do que o Sistema Solar.

Cheng Xin olhou em choque para Luo Ji, mas ele não exibiu reação alguma.

— Por quê? — perguntou ela.

Sófon balançou a cabeça vigorosamente.

— Nunca poderemos explicar isso a vocês.

Cheng Xin voltou às perguntas preparadas.

— Os dois ataques que vimos foram feitos com fotoides lançados contra as estrelas. Esse método de ataque é comum? O futuro ataque ao Sistema Solar será semelhante?

— Todos os ataques de floresta sombria partilham de duas características: são casuais; e são econômicos.

— Explique, por favor.

— Esses ataques não fazem parte de uma guerra interestelar. São apenas a eliminação conveniente de possíveis ameaças. "Casual" quer dizer que a única base para o ataque é a revelação da posição do alvo. Não haverá exploração ou reconhecimento do alvo antes do ataque. Para uma supercivilização, esse tipo de exploração custa mais do que um ataque às cegas. "Econômico" quer dizer que o ataque usará o método mais barato: um projétil pequeno e insignificante que libere o potencial destrutivo já existente no sistema-alvo.

— A energia no interior das estrelas.

Sófon fez que sim.

— Isso é o que vimos até o momento.

— Alguma defesa possível?

Sófon sorriu e balançou a cabeça. Respondeu com paciência, como se estivesse falando com uma criança ingênua.

— O universo todo é escuro, mas continuamos iluminados. Somos um pequeno pássaro preso a um galho na floresta sombria, iluminado por um holofote. O ataque poderia vir de qualquer direção, a qualquer momento.

— Mas, com base nos dois ataques que já vimos, talvez seja possível preparar algumas defesas passivas. Algumas naves trissolarianas até sobreviveram no sistema natal atrás dos outros sóis.

— Por favor, acredite. A humanidade não tem chance de sobreviver a um ataque. A única chance de vocês é tentar escapar.

— E nos tornarmos refugiados em meio às estrelas? Mas não vamos conseguir salvar nem um milésimo da nossa população.

— Ainda é melhor que a aniquilação absoluta.

Não de acordo com os nossos valores, pensou Cheng Xin, mas não disse nada.

— Não falemos mais disso. Por favor, não me pergunte mais nada. Já lhes contei tudo que posso. Convidei meus amigos aqui para tomar chá. — Sófon fez uma reverência para os dois e, depois, ofereceu-lhes duas tigelas de chá-verde.

Cheng Xin tinha muitas outras perguntas na lista. Estava ansiosa ao aceitar o chá, mas sabia que seria inútil fazê-las.

Luo Ji, que até então não havia falado nada, estava com um aspecto relaxado. Ele parecia conhecer a Cerimônia do Chá e, segurando a tigela na palma da mão esquerda, girou-a três vezes com a direita antes de dar um gole. Bebeu devagar, deixando o tempo passar em silêncio, e só terminou quando o pôr do sol tingiu as nuvens do lado de fora da janela com um tom amarelo-dourado. E então, lentamente, ele abaixou a tigela e disse suas primeiras palavras:

— Posso fazer algumas perguntas, então?

O respeito que Luo Ji inspirava nos trissolarianos ficou evidente na postura de Sófon. Cheng Xin percebeu de imediato que, ainda que Sófon a tratasse com gentileza e simpatia, ela via Luo Ji com admiração. Sempre que o encarava, seus olhos revelavam suas emoções; ela sempre ficava mais afastada de Luo Ji do que de Cheng Xin, e suas reverências para ele eram mais lentas e profundas.

Em resposta, Sófon fez mais uma reverência.

— Por favor, aguarde.

Ela abaixou os olhos e ficou imóvel, como se estivesse perdida em pensamentos. Cheng Xin sabia que, a anos-luz dali, nas naves da Frota Trissolariana, os controladores de Sófon estavam realizando um debate urgente. Depois de cerca de dois minutos, ela voltou a abrir os olhos.

— Estimado Luo Ji, você pode fazer uma pergunta. Só posso afirmar, negar ou dizer que não sei.

Luo Ji depositou a tigela de chá na mesa. Mas Sófon ergueu a mão, pedindo que ele esperasse.

— Este é um sinal de respeito de nosso mundo para você. Minha resposta será sincera, ainda que possa ser prejudicial aos trissolarianos. Mas você só pode fazer uma pergunta, e minha resposta será uma dessas três opções. Por favor, reflita cuidadosamente antes de falar.

Cheng Xin olhou para Luo Ji, ansiosa, mas ele não hesitou por um segundo sequer.

— Refleti — disse ele, em um tom decidido. — Eis minha pergunta: se Trissolaris deu certos sinais de que era um mundo perigoso ao ser observado de longe, é possível exibir ao universo algum sinal que indique que uma civilização é inofensiva e não representará ameaça alguma a mais ninguém, evitando assim um ataque de floresta sombria? A Terra pode transmitir algum, digamos, "aviso de segurança" ao universo?

Sófon ficou um bom tempo sem responder. Mais uma vez, permaneceu imóvel, meditando com os olhos baixos. Cheng Xin sentiu o tempo passar mais lentamente do que nunca. A cada segundo, sua esperança diminuía, e ela tinha certeza de que a resposta de Sófon seria *não* ou *não sei*. Mas, de repente, Sófon fitou Luo Ji com olhos firmes — ela nunca sequer se atrevera a encará-lo diretamente antes — e respondeu sem a menor dúvida:

— Sim.

— Como? — Cheng Xin não conseguiu se conter.

Sófon desviou o olhar de Luo Ji, balançou a cabeça e voltou a encher as tigelas de chá.

— Não posso falar mais nada. É verdade. Jamais poderei lhes contar nada.

A Conversa da Cerimônia do Chá ofereceu um ínfimo raio de esperança à humanidade expectante: era possível transmitir um aviso de segurança ao cosmo para evitar ataques de floresta sombria.

TRECHO DE *UM PASSADO ALÉM DO TEMPO*
O AVISO DE SEGURANÇA CÓSMICA:
UMA ARTE PERFORMÁTICA SOLITÁRIA

Após a divulgação da conversa entre Sófon, Cheng Xin e Luo Ji, todos começaram a refletir sobre o problema de como transmitir um aviso de segurança. Foram inúmeras as propostas, apresentadas tanto por instituições veneradas como a Academia Mundial de Ciências quanto por humildes escolas primárias. É possível que tenha sido a primeira ocasião na história da humanidade em que toda a espécie concentrou suas energias mentais no mesmo problema prático.

Quanto mais as pessoas pensavam na questão do aviso de segurança, mais ele se tornava uma charada.

As propostas se dividiam em duas categorias gerais: o lado declaratório e o lado automutilador.

O conceito básico do lado declaratório, como o próprio nome sugere, era transmitir ao universo uma proclamação de que a civilização da Terra era inofensiva. O maior esforço se concentrava em como expressar essa mensagem. Mas a maioria das pessoas acreditava que a premissa parecia ingênua. Por melhor que fosse a formulação da mensagem, quem neste universo inclemente acreditaria? O requisito fundamental de um aviso de segurança era conquistar a confiança de infinitas civilizações.

O lado automutilador constituía a opinião da maioria. O raciocínio era que o aviso tinha que representar a verdade, o que sugeria que o aviso exigia tanto "fala" quando "ação". E, desses dois, "ação" era o elemento crucial. A humanidade teria que pagar um preço para viver na floresta sombria e fazer com que a civilização terrestre ficasse verdadeiramente em segurança — em outras palavras, a civilização da Terra teria que se automutilar para eliminar o potencial de ameaça contra outras civilizações.

A maioria dos planos automutiladores se baseava em tecnologia e defendia que a humanidade revertesse a era espacial e a era da informação e fundasse uma sociedade de baixa tecnologia — que dependesse de eletricidade e motores de combustão interna, como no final do século XIX, ou até uma sociedade agrária. Considerando o declínio acelerado da população global, esses planos eram viáveis. Nesse caso, o aviso de segurança seria simplesmente um anúncio de que o nível tecnológico da Terra era baixo.

Ideias mais extremas apresentadas pelo lado automutilador propunham a incapacitação intelectual. Por meio de drogas ou outras técnicas de neuromanipulação, os humanos poderiam reduzir a própria inteligência. Não só isso, mas essa inteligência reduzida poderia ser fixada em gerações posteriores por meio de manipulação genética. O resultado seria a ocorrência natural de uma sociedade pouco tecnológica. A maioria das pessoas ficou revoltada com a sugestão, que continuou circulando. De acordo com seus defensores, transmitir um aviso de segurança devia equivaler a divulgar publicamente a baixa inteligência da humanidade.

Havia outras ideias também. Por exemplo, os proponentes da autodissuasão defendiam a construção de um sistema que, quando fosse ativado, permaneceria além do controle da humanidade. O sistema monitoraria a raça humana em busca de qualquer comportamento incompatível com a natureza segura professada e, caso encontrasse, iniciaria a destruição do mundo.

Foi um prato cheio para a imaginação. Inúmeros planos tentaram se impor: alguns sutis, outros estranhos, e outros ainda sinistros e assustadores como seitas.

Mas nenhum deles captava a essência do aviso de segurança.

Como Sófon observou, uma característica fundamental dos ataques de floresta sombria era a natureza casual. O responsável pelo ataque não se incomodaria em observar o alvo de perto. Todos esses planos incorriam em arte performática sem plateia. Por mais sincera que fosse a apresentação, apenas o executor a veria. Mesmo nas condições mais otimistas — supondo que algumas civilizações, como pais preocupados, quisessem observar a civilização da Terra de perto, talvez até enviando ao Sistema Solar equipamentos de monitoração de longo prazo como os sófons, ainda assim seriam apenas uma pequena parcela da grande quantidade de civilizações existentes no universo. Aos olhos da vasta maioria das civilizações, o Sol não passava de um ponto fraco de luz a muitos e muitos anos-luz de distância, desprovido de qualquer peculiaridade. Essa era a realidade matemática fundamental da floresta sombria cósmica.

Antes, quando a humanidade era muito mais ingênua, alguns cientistas acreditavam que seria possível detectar a presença de civilizações distantes por meio de observação astronômica: por exemplo, pelo espectro de absorção de oxigênio, dióxido de carbono e vapor de água na atmosfera de exoplanetas, ou por emissões eletromagnéticas. Eles cogitaram até conceitos extravagantes, como a busca por sinais de esferas de Dyson. Mas descobrimos que nos encontrávamos em um universo onde cada civilização tentava se esconder. Se não houvesse sinais de inteligência em um sistema solar distante, era possível que a região de fato fosse desolada, mas também podia ser um indício de que a civilização lá era realmente madura.

Na realidade, o aviso de segurança era também uma transmissão universal, e sua mensagem devia garantir a confiança de qualquer receptor.

Tomemos uma estrela distante, um ponto praticamente imperceptível. Qualquer um que a olhasse por acaso diria: ah, aquela estrela é segura; aquela estrela não vai nos ameaçar. Era esse o resultado desejado de um aviso de segurança cósmica.

Absolutamente impossível.

Outro mistério que ninguém parecia capaz de solucionar: por que Sófon não quis dizer à humanidade como transmitir um aviso de segurança?

Era compreensível que os sobreviventes da civilização trissolariana não quisessem mais transferir tecnologia à humanidade. Após a transmissão de ondas gravitacionais, os dois mundos se tornaram alvo da hostilidade de toda a galáxia, ou até do universo. Eles já não eram a maior ameaça um para o outro, e os trissolarianos não podiam perder tempo com a Terra. Quanto mais a Frota Trissolariana se distanciava, mais tênue era o vínculo entre as duas civilizações. No entanto, havia um fato que os trissolarianos e a humanidade não podiam esquecer: tudo que havia acontecido começara com Trissolaris. Eles haviam iniciado a invasão do Sistema Solar e tentado, sem sucesso, cometer genocídio. Se a Terra conseguisse realizar grandes saltos tecnológicos, a vingança seria inevitável. Os humanos provavelmente sairiam em busca do novo lar que os trissolarianos sobreviventes encontrassem nas estrelas, onde quer que fosse, e talvez conseguissem se vingar antes que a Terra fosse destruída por um ataque de floresta sombria.

Mas um aviso de segurança era diferente: se isso pudesse convencer o universo todo de que a Terra era inofensiva, então, por definição, a Terra seria inofensiva para os trissolarianos. Não era isso que eles queriam?

ERA DA TRANSMISSÃO, ANO 7
SÓFON

Embora não houvesse nenhuma pista sobre como enviar um verdadeiro aviso de segurança, e embora qualquer estudo sério apenas confirmasse a impossibilidade desse propósito, era impossível conter o anseio da população. A maioria das pessoas compreendia que nenhuma das propostas apresentadas funcionaria, mas sempre havia quem tentasse implementá-las.

Uma ONG europeia tentou construir uma antena extremamente poderosa que usaria a amplificação solar para transmitir um aviso que eles mesmos tinham esboçado. A polícia os impediu a tempo. As gotas que estavam no Sistema Solar haviam ido embora seis anos antes, e a capacidade de amplificação do Sol não estava mais bloqueada, mas uma transmissão como essa teria sido extremamente perigosa e revelaria a localização da Terra mais rápido ainda.

Outra organização, chamada Salvadores Verdes, contava com milhões de membros. Eles defendiam que a humanidade voltasse a uma existência agrária, proclamando assim a segurança ao universo. Cerca de vinte mil integrantes se mudaram para a Austrália. Nesse continente pouco povoado, onde o Grande Reassentamento era apenas uma lembrança, eles pretendiam estabelecer uma sociedade-modelo. A vida agrária desses Salvadores Verdes foi transmitida continuamente ao resto do mundo. Nessa era, não havia mais nenhum equipamento agrícola tradicional, então as ferramentas que eles usavam tinham que ser produzidas sob encomenda com recursos doados. A Austrália tinha pouca terra cultivável, que era utilizada para produzir alimentos caros e sofisticados, por isso os migrantes foram obrigados a arar regiões desoladas determinadas pelo governo.

A agricultura coletiva desses pioneiros foi abandonada depois de apenas uma semana. Não foi por preguiça dos Salvadores Verdes — o entusiasmo deles já teria bastado para sustentar seus esforços por algum tempo —, mas porque o corpo dos humanos modernos tinha passado por mudanças consideráveis. As pessoas eram mais flexíveis e ágeis do que em gerações anteriores, mas não tinham resistência para trabalhos físicos tediosos e repetitivos. E a aragem de desertos, até mesmo para as antigas sociedades agrárias, era um trabalho extremamente penoso. Depois que os líderes dos Salvadores Verdes expressaram o devido respeito aos antepassados agricultores, o movimento se desintegrou, e a ideia de sociedade-modelo agrária foi abandonada.

Ideias deturpadas acerca do aviso de segurança também levaram a atos terroristas cruéis. Algumas organizações "anti-intelecto" se formaram para impor a proposta de redução da inteligência humana. Uma delas pretendia acrescentar uma grande quantidade de "supressores neurais" na rede de abastecimento de água de Nova York, o que teria provocado dano cerebral permanente. Felizmente, o plano foi descoberto a tempo e ninguém se feriu, mas o abastecimento de água da cidade teve que ser suspenso por algumas horas. É claro que todas essas organizações "anti-intelecto" queriam preservar a inteligência de seus próprios integrantes, alegando que era deles a responsabilidade de serem os últimos detentores de inteligência a fim de criar uma sociedade de humanos pouco inteligentes e atuar como seus supervisores.

Com a ameaça onipresente de morte e o poder de atração que um novo estado de existência exerce, a religião retomou sua posição de destaque na vida social.

Em termos históricos, a descoberta da natureza de floresta sombria do universo causou um impacto enorme na maioria das principais religiões, especialmente o cristianismo. Na verdade, o dano à religião ficou evidente já na Era da Crise. Após a descoberta da civilização trissolariana, os cristãos tiveram que assimilar o fato de que os alienígenas não estavam no Jardim do Éden, e que Deus nunca os mencionara no Gênesis. Por mais de um século, igrejas e teólogos tinham se esforçado para concluir uma nova interpretação da Bíblia e das doutrinas aceitas — e, logo quando estavam prestes a reformar a fé, apareceu o monstro da floresta sombria. As pessoas precisaram aceitar a consciência de que havia muitas civilizações inteligentes no universo, e, se cada civilização tinha um Adão e uma Eva, a população do Éden devia ter sido mais ou menos do mesmo tamanho da população atual da Terra.

Contudo, durante o desastroso Grande Reassentamento, as religiões conquistaram uma sobrevida. Uma crença nova ganhou popularidade: nos últimos setenta anos, a humanidade havia chegado duas vezes à beira da aniquilação total, mas sempre conseguiu escapar milagrosamente. Os dois milagres — a criação da dissuasão por floresta sombria e a ativação do transmissor universal de ondas gravitacionais — tinham muitas características em comum: aconteceram pela atuação de poucos indivíduos; dependiam de uma série de coincidências improváveis (como o fato de que a *Gravidade*, a *Espaço Azul* e as gotas entraram ao mesmo tempo no fragmento tetradimensional)... Tudo isso só podia ser sinal de alguma divindade. Na época das duas crises, os fiéis haviam realizado sessões coletivas de oração. Tinham sido precisamente tais demonstrações fervorosas de fé que enfim levaram à salvação divina — ainda que qual deus tivesse sido o responsável fosse motivo de debates intermináveis.

Assim, a Terra se tornou uma imensa igreja, um planeta de oração. Todos rezavam com níveis inéditos de fé por mais um ato de salvação. O Vaticano celebrou diversas missas globais, e no mundo inteiro as pessoas rezavam sozinhas ou em grupos pequenos. Antes das refeições ou de dormir, cada pessoa no mundo rezava para pedir a mesma coisa: *Senhor, por favor, nos dê um sinal; guie-nos para expressar nossa boa vontade às estrelas; mostre ao cosmo que nós somos inofensivos.*

Uma igreja espacial cosmopolita foi instalada em órbita baixa acima da Terra. Embora fosse chamada de igreja, sua única construção física era uma cruz gigantesca. Ela era formada por duas hastes, uma de vinte e uma de quarenta quilômetros, e brilhava tanto que era visível à noite na superfície da Terra. Os fiéis iam até lá em trajes espaciais para fazer suas preces, e muitas vezes dezenas de milhares de pessoas reuniam-se ao mesmo tempo. Com eles flutuavam também incontáveis velas gigantes capazes de queimar no vácuo, e seu brilho rivalizava com o das estrelas. Vistas da superfície, as velas e a congregação de fiéis pareciam uma nuvem luminosa de poeira espacial. E, a cada noite, incontáveis indivíduos na superfície rezavam para a cruz nas estrelas.

Até a civilização trissolariana se tornou objeto de culto. Ao longo da história, a imagem da civilização de Trissolaris passou por diversas mudanças aos olhos da humanidade. No início da Era da Crise, eles eram invasores alienígenas malignos e poderosos, mas também tinham status de divindade para a OTT. Mais tarde, os trissolarianos deixaram de ser demônios e deuses e passaram a ser *gente*. Com o estabelecimento da dissuasão por floresta sombria, a posição de Trissolaris aos olhos da Terra atingiu o ponto mais baixo, e os trissolarianos se tornaram selvagens incivilizados sujeitos aos caprichos da humanidade. Com o fracasso da dissuasão, os trissolarianos se revelaram conquistadores genocidas. Porém, após a transmissão universal — especialmente depois da destruição de Trissolaris —, eles passaram à condição de vítimas que mereciam compaixão dos humanos, refugiados no mesmo barco.

Após descobrir o conceito de aviso de segurança, a humanidade reagiu de forma unânime: exigiram vigorosamente que Sófon divulgasse como transmitir esse aviso, e também alertaram que a omissão corresponderia a mundicídio. Mas as pessoas logo se deram conta de que raiva e acusações de nada serviriam contra uma civilização que dominava um nível tecnológico muito superior ao da humanidade e que estava se afastando cada vez mais pelo espaço interestelar. Seria muito melhor pedir com educação, o que com o tempo deu lugar a súplicas. Aos poucos, conforme os humanos suplicavam incessantemente em um contexto cultural de religiosidade crescente, a imagem de Trissolaris sofreu nova transformação. Como detinham o segredo da transmissão do aviso de segurança, eles eram anjos da salvação enviados por Deus. A humanidade só não havia recebido ainda a salvação devido a uma expressão insuficiente de fé. Então, os apelos a Sófon viraram preces, e mais uma vez os trissolarianos se tornaram deuses. A residência de Sófon assumiu status de local sagrado, e todos os dias uma grande quantidade de fiéis se aglomerava diante da árvore gigante. No auge dessa fase, a congregação formava um grupo várias vezes maior do que os peregrinos de Meca, um mar interminável de gente. A casa de Sófon pendia a cerca de quatrocentos metros de altura. Do chão, ela parecia minúscula, oculta de tempos em tempos pela nuvem que gerava. Às vezes, Sófon aparecia — a multidão não conseguia enxergar nenhum detalhe, mas dava para ver o quimono parecendo uma pequena flor no meio da nuvem. Esses momentos eram raros e se tornaram sagrados. Na multidão, os seguidores de todas as fés tinham diversas maneiras de expressar devoção: alguns rezavam com mais fervor, outros se ajoelhavam, outros se agachavam e apoiavam a testa no chão. Nessas ocasiões, Sófon fazia uma ligeira reverência à massa humana abaixo e voltava em silêncio para dentro da casa.

— Mesmo se a salvação chegasse agora, não significaria nada — disse Bi Yunfeng. — Não sobrou resquício de dignidade. — Ele havia sido um dos candidatos à posição de Portador da Espada, e também o comandante da divisão asiática do Movimento de Resistência da Terra.

Ainda havia muita gente sensata como ele dedicada a pesquisas aprofundadas sobre o aviso de segurança em todas as ciências. Os exploradores trabalhavam sem cessar, tentando descobrir um método com fundamentos científicos sólidos. Mas, aparentemente, todas as linhas de pesquisa levavam a uma conclusão inevitável: se de fato houvesse alguma forma de transmitir um aviso de segurança, seria necessário um tipo totalmente novo de tecnologia. Essa tecnologia devia ser muito superior ao nível atual da ciência na Terra e do conhecimento humano.

Como uma criança pirracenta, a sociedade humana de novo mudou de postura em relação à *Espaço Azul*, que já desaparecera nas profundezas do espaço. De anjo salvador, ela voltou à condição de nave das trevas, nave de demônios. Havia capturado a *Gravidade* e lançado um feitiço profano de destruição sobre dois mundos. Seus crimes eram imperdoáveis. Era a encarnação de Satã. Os adoradores de Sófon também suplicavam para que a Frota Trissolariana encontrasse e destruísse as duas naves, para garantir a justiça e a dignidade do Senhor. Assim como nas outras preces, Sófon não respondeu.

Ao mesmo tempo, a imagem de Cheng Xin na consciência popular também se transformou gradativamente. Ela já não era mais uma pessoa despreparada para o cargo de Portadora da Espada; voltara a ser uma grande mulher. As pessoas resgataram um conto antigo, de Ivan Turguêniev, chamado "Umbral" e o usaram para descrevê-la. Como a jovem no conto russo, Cheng Xin atravessara o umbral do qual ninguém mais tinha coragem de se aproximar. E então, no momento crucial, suportara um fardo inimaginável e aceitara a humilhação eterna que a acompanharia a partir do momento em que se recusara a enviar o sinal de morte para o cosmo. As pessoas ignoraram as consequências de sua incapacidade de dissuadir; preferiram se concentrar no amor de Cheng Xin pela humanidade, o amor que a deixara cega de tanta dor.

No fundo, o sentimento do público em relação a Cheng Xin era uma reação ao amor materno inconsciente dela. Nessa época sem famílias, o amor materno era uma raridade. O estado paradisíaco de bem-estar social saciava a necessidade que as crianças tinham de amor materno. Mas, agora, a humanidade estava exposta ao universo frio e cruel, onde a foice da morte poderia descer a qualquer momento. O bebê da civilização humana tinha sido abandonado em uma floresta sombria sinistra e assustadora; ele chorava, ansiando pelo toque de uma mãe. Cheng Xin era o alvo perfeito para esse anseio, a encarnação do amor materno. Conforme o sentimento do público em relação a ela se fundia gradualmente à atmosfera cada vez mais impregnada de religiosidade, sua imagem de Nossa Senhora da nova era voltou a ganhar destaque.

Isso representou o fim da vontade de viver de Cheng Xin.

Já fazia muito tempo que para ela a vida tinha se tornado um fardo e uma tortura. Decidira continuar viva porque não queria se esquivar daquilo que precisava suportar — sua existência continuada era o castigo mais justo para seu grande erro, e ela o aceitava. Mas, agora, tinha se transformado em um símbolo cultural perigoso. O culto crescente à sua imagem intensificava a névoa em que a humanidade já estava perdida. Desaparecer de vez seria seu último ato de responsabilidade.

A decisão foi fácil para ela — natural, até. Era como se tivesse passado muito tempo planejando uma longa viagem: finalmente poderia abandonar a labuta diária, e estava pronta para preparar uma mala pequena e ir embora.

Ela pegou um frasco pequeno: o medicamento de hibernação de curto prazo. Só restava uma última cápsula. Era o mesmo medicamento que havia usado para hibernar por seis anos, mas, sem um sistema cardiopulmonar externo para preservar a vida, era letal.

A mente de Cheng Xin estava transparente e vazia como o espaço: nenhuma lembrança, nenhuma sensação. A superfície de sua consciência era lisa como um espelho, refletindo o ocaso de sua vida com a naturalidade de qualquer crepúsculo... Era o certo. Se um mundo podia se transformar em poeira com um estalar de dedos, então o fim da vida de uma pessoa devia ser plácido e indiferente como uma gota de orvalho que cai da ponta de uma folha.

Quando Cheng Xin pegou a cápsula, o telefone tocou. Era Fraisse.

— Minha filha, a lua está muito bonita hoje. Acabei de ver um canguru. Acho que os refugiados não comeram todos.

Fraisse nunca usava a função de vídeo do telefone, como se acreditasse que suas palavras seriam mais vívidas que qualquer imagem. Embora soubesse que ele não podia vê-la, Cheng Xin sorriu.

— Que ótimo, Fraisse. Obrigada.

— Minha filha, tudo vai melhorar. — Fraisse desligou.

Ele não devia ter percebido nada diferente. As conversas sempre eram breves assim.

艾AA também tinha passado lá pela manhã, animada para contar a Cheng Xin que a empresa vencera a licitação de outro grande projeto: a construção de uma cruz ainda maior em órbita geossíncrona.

Cheng Xin se deu conta de que ainda tinha dois amigos. No pesadelo que era esse período curto da história, ela só tinha esses dois únicos amigos verdadeiros. Como eles se sentiriam se ela acabasse com a própria vida? Seu coração transparente e vazio se apertou como se fosse espremido por várias mãos. A superfície plácida do lago em sua mente se estilhaçou, e a luz refletida do sol ardeu como fogo. Sete anos antes, ela não havia sido capaz de apertar aquele botão vermelho diante de toda a humanidade; agora, pensando em seus dois amigos, não conseguia engolir aquela cápsula que acabaria com seu sofrimento. Mais uma vez, ela se deu conta de sua infinita debilidade. Ela não era nada.

Segundos antes, o rio diante dela estivera sólido, e ela poderia ter atravessado facilmente até a outra margem. Mas agora a superfície derretera, e ela teria que nadar pela água gelada e escura. Seria um processo longo e torturante, mas ela acreditava que conseguiria alcançar a outra margem. Talvez hesitasse e se debatesse até a manhã seguinte, mas, no fim, a cápsula seria engolida. Não tinha escolha.

O telefone tocou outra vez. Era Sófon. Ela convidou Cheng Xin e Luo Ji para tomar chá de novo. Queria se despedir.

Devagar, Cheng Xin guardou a cápsula de volta no frasco. Atenderia ao convite. Isso lhe daria tempo para atravessar a nado o rio de dor.

Na manhã seguinte, Cheng Xin e Luo Ji voltaram à residência aérea de Sófon. Uma multidão gigantesca estava reunida centenas de metros abaixo. Na noite anterior, Sófon anunciara ao mundo que iria embora, e a multidão de adoradores estava muito maior do que o normal. Em vez das orações e súplicas de sempre, a congregação estava em silêncio, como se esperasse por algo.

À porta da casa, Sófon os recebeu como sempre.

Dessa vez, a Cerimônia do Chá foi realizada em silêncio. Todos sabiam que já não havia mais nada a dizer entre os dois mundos.

Cheng Xin e Luo Ji sentiam a presença das pessoas abaixo. A expectativa da multidão parecia um gigantesco tapete que absorvia todos os sons e intensificava o silêncio na saleta. Era quase opressivo, como se as nuvens do outro lado da janela tivessem se solidificado. Contudo, os movimentos de Sófon continuavam gentis e graciosos e não havia barulho nem quando os utensílios encostavam na porcelana. Era como se Sófon usasse sua graça e elegância para fazer contraponto ao clima pesado. Passou-se mais de uma hora, mas Cheng Xin e Luo Ji não sentiram o tempo correr.

Sófon estendeu uma tigela de chá para Luo Ji com as duas mãos.

— Vou embora. Espero que vocês dois se cuidem e fiquem bem.

Em seguida, estendeu a tigela de Cheng Xin.

— O universo é grandioso, mas a vida é maior. Talvez o destino volte a nos unir.

Cheng Xin bebericou o chá em silêncio. Fechou os olhos para se concentrar no sabor. Foi como se o amargor límpido permeasse todo o seu corpo, como se ela tivesse ingerido a luz fria das estrelas. Ela bebeu devagar, mas, enfim, terminou.

Cheng Xin e Luo Ji se levantaram para uma última despedida. Sófon os acompanhou até o galho. Eles viram que as nuvens brancas geradas pela casa de Sófon haviam desaparecido pela primeira vez. Abaixo, o mar de pessoas expectantes continuava esperando em silêncio.

— Antes de nos despedirmos, vou concluir minha última missão. É uma mensagem.

Sófon fez uma reverência profunda para os dois. Em seguida, endireitou o corpo e olhou para Cheng Xin.

— Yun Tianming gostaria de vê-la.

TRECHO DE *UM PASSADO ALÉM DO TEMPO*
A LONGA ESCADARIA

Perto do começo da Era da Crise, antes que a Grande Ravina extinguisse o entusiasmo da humanidade, as nações da Terra uniram forças e realizaram uma série de grandes feitos para a defesa do Sistema Solar. Todos esses projetos colossais de engenharia atingiram ou superaram os limites da tecnologia mais avançada da época. Alguns, como o elevador espacial, o teste das bombas estelares em Mercúrio, as descobertas em fusão nuclear controlada, entre outros, haviam ficado registrados na história. Esses projetos formaram uma base sólida para o salto tecnológico que se seguiu à Grande Ravina.

Mas o Projeto Escadaria não foi um desses; ele havia sido esquecido antes mesmo da Grande Ravina. Para os historiadores, o Projeto Escadaria era uma consequência típica da impulsividade que caracterizou o início da Era da Crise, uma aventura mal planejada e executada às pressas. Além do absoluto fracasso em relação aos objetivos propostos, o legado tecnológico foi nulo. A tecnologia espacial que viria a se desenvolver mais tarde seguira um rumo totalmente distinto.

Ninguém imaginaria que, quase três séculos depois, o Projeto Escadaria traria um raio de esperança para uma Terra imersa em desespero.

Provavelmente jamais se saberia como os trissolarianos tinham conseguido interceptar e capturar a sonda com o cérebro de Yun Tianming.

Um dos cabos que ligavam a sonda à vela tinha se rompido perto da órbita de Júpiter. Ela se desviara da trajetória planejada, e a Terra, privada dos parâmetros de voo, a perdera para as profundezas do espaço sem fim. Se os trissolarianos conseguiram recuperá-la depois, devem ter obtido os parâmetros de voo após o rompimento do cabo; caso contrário, nem mesmo a tecnologia avançada de Trissolaris teria sido capaz de localizar um objeto tão pequeno na vastidão do espaço fora do Sistema Solar. A explicação mais provável era que os sófons haviam seguido a sonda do Projeto Escadaria, pelo menos durante a fase de aceleração, para obter os parâmetros finais de voo. Mas não parecia provável que a tivessem seguido por toda a longa viagem. A sonda havia passado pelo Cinturão de Kuiper e pela Nuvem de Oort. Nessas regiões, poderia ter sofrido desaceleração ou desvio de trajetória pela poeira interestelar. Aparentemente, nada disso tinha acontecido, pois dessa forma os trissolarianos não teriam conseguido obter os parâmetros atualizados. Portanto, o sucesso da interceptação exigiu uma dose de sorte.

Era quase absolutamente certo que a sonda tinha sido capturada por uma nave da Primeira Frota Trissolariana — provavelmente a nave que não havia desacelerado. Na época, ela se adiantara ao restante da frota para chegar um século e meio antes das outras — mas, devido à velocidade extremamente alta, não teria conseguido desacelerar a tempo e acabaria passando direto pelo Sistema Solar. O objetivo dessa nave ainda era um mistério. Após o estabelecimento da dissuasão por floresta sombria, essa nave, assim como o restante da Primeira Frota Trissolariana, se desviara. A Terra nunca determinara com precisão os parâmetros de voo, mas, se ela se desviara para a mesma direção do restante da frota, era possível que tivesse encontrado a sonda do Projeto Escadaria. É claro que, ainda assim, havia uma grande distância entre as duas naves; sem parâmetros precisos para a trajetória da sonda, a nave trissolariana jamais a teria encontrado.

Seguindo uma estimativa superficial — a única possível devido à escassez de informações —, a interceptação acontecera de trinta a quarenta anos antes, mas não precedera a Era da Dissuasão.

Era compreensível que a Frota Trissolariana tentasse capturar a sonda do projeto. Até o final, o contato direto entre Trissolaris e a humanidade se limitara às gotas. Eles teriam grande interesse por um espécime humano vivo.

Yun Tianming agora estava a bordo da Primeira Frota Trissolariana. A maioria das naves viajava em direção a Sirius. Não se sabia sua condição exata: talvez seu cérebro tivesse sido implantado em um corpo clonado, ou talvez estivesse isolado em algum recipiente. Mas as pessoas estavam muito mais interessadas em outra questão:

Yun Tianming ainda agia em nome da humanidade?

Essa preocupação era razoável. O fato de que o pedido de Yun Tianming para ver Cheng Xin tinha sido aprovado indicava que ele já estava integrado à sociedade trissolariana, e talvez até possuísse algum status.

Outra questão parecia ainda mais perturbadora: ele havia participado da história recente? Será que os acontecimentos do último século entre os dois mundos tiveram alguma coisa a ver com ele?

Mesmo assim, o nome de Yun Tianming surgira no instante exato em que a civilização terrestre parecia ter perdido as esperanças. Quando a notícia veio a público, a primeira reação das pessoas foi que suas preces tinham sido atendidas: o anjo da salvação finalmente havia chegado.

ERA DA TRANSMISSÃO, ANO 7
YUN TIANMING

Visto pelas escotilhas do elevador, o mundo inteiro de Cheng Xin consistia em um trilho de oitenta centímetros de largura. O trilho se estendia infinitamente acima e abaixo dela, perdendo-se na distância em ambas as direções. Já fazia uma hora que ela estava viajando, e agora via-se a mais de mil quilômetros acima do nível do mar, fora da atmosfera. A Terra abaixo mergulhara na sombra da noite, e os continentes eram apenas vultos indistintos sem substância. O espaço acima era uma escuridão profunda, e a estação terminal, a trinta mil quilômetros de distância, ainda era invisível. A sensação era de que o trilho apontava para uma estrada sem volta.

Apesar de sua formação como engenheira aeroespacial da Era Comum, três séculos antes, era a primeira vez que Cheng Xin ia para o espaço. Os veículos espaciais já não exigiam nenhum treinamento especial, mas, levando em conta a falta de experiência dela, o pessoal do suporte técnico sugeriu que subisse pelo elevador espacial. Como a viagem toda ocorreria a uma velocidade constante, não haveria hipergravidade. E a gravidade dentro do elevador não sofria nenhuma redução perceptível — diminuiria gradualmente até desaparecer por completo na estação terminal em órbita geossíncrona. Àquela altitude, a falta de gravidade só aconteceria em órbita em torno da Terra, não durante a subida. De vez em quando, Cheng Xin via pontinhos distantes em movimento — provavelmente satélites voando na primeira velocidade cósmica.

A superfície do trilho era muito lisa, e era quase impossível distinguir movimento. O vagão do elevador parecia parado. Na verdade, ele estava subindo a mil e quinhentos quilômetros por hora, a mesma velocidade de um jato supersônico. O trajeto até a órbita geossíncrona levaria cerca de vinte horas, o que era uma viagem muito lenta em termos de espaço. Cheng Xin se lembrou de uma conversa na faculdade em que Tianming comentara que, em tese, era perfeitamente possível viajar ao espaço a uma velocidade baixa. Desde que se mantivesse um movimento ascendente constante, seria possível atingir o espaço na velocidade de um carro, ou até andando. Daria até para ir andando até a órbita lunar dessa maneira, ainda que fosse impossível pisar na Lua — a velocidade relativa do satélite para o astronauta seria de mais de três mil quilômetros por hora, e se a pessoa tentasse permanecer em repouso em relação à Lua o resultado seria astronáutica de alta velocidade. Cheng Xin se lembrava nitidamente de que no final ele dissera que seria incrível chegar perto da órbita lunar e ver o satélite colossal passar voando logo acima. E agora ela estava realizando a viagem espacial em baixa velocidade que ele tinha imaginado.

O vagão do elevador tinha formato de cápsula, mas era dividido em quatro conveses. Cheng Xin estava no convés superior, e as outras pessoas ocupavam os três conveses inferiores. Ninguém subiu para incomodá-la. Ela estava na luxuosa cabine executiva, que parecia um quarto de hotel cinco estrelas. Havia uma cama confortável e um chuveiro, mas a suíte era pequena, mais ou menos do tamanho de um alojamento universitário.

Naqueles dias, ela vivia pensando nos tempos da faculdade, pensando em Tianming.

Àquela altitude, o cone de sombra da Terra era mais estreito, então o Sol ficou visível. Todo o lado de fora foi inundado pela luz poderosa e intensa, e as escotilhas ajustaram automaticamente o grau de transparência. Cheng Xin se deitou no sofá e olhou o trilho na escotilha logo acima. Aquela linha reta interminável parecia descer direto da Via Láctea. Ela tentou ver sinais de movimento no trilho, ou pelo menos imaginar que havia. A paisagem era hipnótica, e com o tempo ela acabou dormindo.

Uma voz baixa chamou seu nome, uma voz de homem. Ela viu que estava em um alojamento universitário, dormindo na cama de baixo de um beliche. Mas não havia mais nada no quarto. Um raio de luz correu pela parede, como as luzes da rua dentro de um carro em movimento. Ela olhou pela janela e viu que, atrás do familiar parassol-da-china, o sol corria depressa pelo céu, nascendo e se pondo a intervalos de poucos segundos. Porém, mesmo quando o sol aparecia, o céu continuava preto, e as estrelas brilhavam também. A voz continuou chamando seu nome. Ela queria se levantar e olhar, mas descobriu que seu corpo estava flutuando acima da cama. Livros, xícaras, seu laptop e outros objetos flutuavam à volta...

Cheng Xin acordou assustada e descobriu que realmente estava flutuando, pairando pouco acima do sofá. Ela esticou o braço para se impulsionar de volta, mas acabou se afastando mais ainda sem querer. Subiu até chegar perto da escotilha no teto, e ali ela se virou na gravidade zero e empurrou o vidro, conseguindo voltar ao sofá. Dentro da cabine, tudo parecia como antes, exceto por alguns flocos de poeira que também tinham começado a flutuar e cintilavam com a luz do sol.

Ela percebeu que um representante do CDP tinha subido do convés inferior. Provavelmente era ele quem a estivera chamando antes. Ele a encarou, impressionado.

— Dra. Cheng, esta é sua primeira vez no espaço? — perguntou ele. Cheng Xin fez que sim, e ele sorriu e balançou a cabeça. — Mas você parece uma espacial veterana.

Ela também estava surpresa. Essa primeira experiência na gravidade zero não lhe causou nenhum desconforto ou ansiedade. Ela se sentia relaxada, sem qualquer sintoma de tontura ou náusea. Era como se seu hábitat natural fosse ali, no espaço.

— Estamos quase lá — disse o representante, apontando para o alto.

Cheng Xin olhou para cima. Ela viu o trilho de novo, mas agora era possível enxergar o movimento na superfície — sinal de que estavam desacelerando. No final do trilho, a estação terminal geossíncrona começou a aparecer. Era composta por vários anéis concêntricos ligados por cinco hastes radiais. A estação original era só uma estrutura pequena no centro. Os anéis concêntricos eram acréscimos posteriores, e os periféricos eram os mais recentes. A estrutura toda girava lentamente.

Cheng Xin viu também surgirem outras construções espaciais à sua volta. A aglomeração de estruturas naquela região se devia à proximidade com a estação terminal do elevador, que os engenheiros aproveitavam para transportar os materiais de construção. Eram de formatos diversos e, ao longe, pareciam um punhado de brinquedos complexos — só ao passar perto era possível apreender a imensidão das estruturas. Cheng Xin sabia que uma delas abrigava a sede do Grupo Halo, sua empreiteira espacial. AA estava trabalhando lá naquele momento, mas ela não sabia em qual estrutura.

O vagão do elevador passou por uma armação enorme, e a luz do sol piscou entre as vigas grossas. Quando o vagão saiu pela outra extremidade, a estação terminal já ocupava a maior parte do campo visual, e a Via Láctea reluzia apenas no espaço entre os anéis concêntricos. A imensa estrutura se aproximou, e, à medida que o elevador entrava na estação, tudo foi ficando mais escuro, como se o vagão estivesse passando por um túnel. Alguns minutos depois, o lado de fora foi iluminado por lâmpadas potentes: o vagão estava no saguão do terminal. O saguão girava em volta do vagão, e pela primeira vez Cheng Xin ficou tonta. Mas o vagão se desligou do trilho e ficou seguro à plataforma. Depois de um ligeiro solavanco, começou a girar junto com a estação, e tudo em volta dela pareceu ficar parado de novo.

Acompanhada de quatro pessoas, Cheng Xin saiu para o saguão circular. Como esse vagão era o único na plataforma, o espaço parecia muito vazio. Ela logo sentiu certa familiaridade: embora houvesse janelas de informações flutuando por todos os lados, a estrutura principal do saguão era feita de materiais metálicos raros naquela era, sobretudo ligas de aço inoxidável e chumbo. Ela percebeu que os anos haviam deixado sua marca e se sentiu dentro de uma antiga ferroviária, não no espaço. O elevador espacial que ela havia usado fora o primeiro a ser construído, e a estação terminal, concluída no ano 15 da Era da Crise, estivera em operação por mais de dois séculos, inclusive durante a Grande Ravina. Cheng Xin reparou nos corrimões que atravessavam o saguão, instalados para ajudar as pessoas a se movimentarem na gravidade zero. A maioria era de aço inoxidável, mas havia alguns de cobre. Ao observar a superfície, marcada por incontáveis mãos ao longo de mais de dois séculos de atividade, Cheng Xin pensou nas marcas profundas embaixo dos antigos portões das cidades.

Os corrimões eram resquícios de uma era anterior, já que agora todos usavam pequenos propulsores individuais que podiam ser fixados no cinto ou nos ombros. Eles geravam empuxo suficiente para deslocar as pessoas na gravidade zero e eram operados por um controle portátil. Os companheiros de Cheng Xin tentaram lhe dar uma primeira aula no espaço — como usar os propulsores de gravidade zero. Mas ela preferia se deslocar usando os corrimões. Quando chegaram à saída do saguão principal, Cheng Xin parou para admirar alguns cartazes de propaganda na parede. Eram muito antigos, e a maioria era sobre a construção do aparato de defesa do Sistema Solar. Em um dos cartazes, a figura de um soldado ocupava a maior parte da imagem. Ele usava um uniforme que ela não conhecia, e seus olhos ferozes fitavam o observador. Debaixo dele, uma linha de texto em letras garrafais dizia: *A Terra precisa de você!* Ao lado, havia outro cartaz maior ainda em que pessoas de todas as etnias e nacionalidades estavam de braços dados, formando uma parede sólida. Logo atrás, a bandeira azul da ONU preenchia quase todo o espaço. O texto desse cartaz dizia: *Usaremos nosso corpo para construir uma nova Grande Muralha para o Sistema Solar!* Apesar de seu interesse pelos cartazes, Cheng Xin não os reconhecia. Eles pareciam fazer referência a um estilo mais antigo, lembrando as pessoas de uma época em que ela ainda nem era nascida.

— Estes eram do começo da Grande Ravina — disse um dos representantes do CDP que a acompanhavam.

Tinha sido uma era despótica breve, quando o mundo inteiro fora militarizado antes que tudo, a fé à vida, implodisse... Mas por que aqueles cartazes continuavam ali? Para lembrar? Ou para esquecer?

Cheng Xin e os outros saíram do saguão principal para um corredor comprido, também cilíndrico. Esse corredor se estendia à frente por um bom tempo, e não dava para ver o fim. Ela sabia que era uma das cinco hastes radiais da estação. A princípio, eles se movimentavam em gravidade zero, mas logo apareceu uma "gravidade" na forma de força centrífuga. No começo, a força era muito sutil, mas bastava para incutir uma sensação de pressão vinda de cima: de repente, o corredor se tornou um poço profundo, e, em vez de flutuar, eles estavam caindo. Cheng Xin sentiu um pouco de tontura, mas a parede do "poço" tinha muitos corrimões. Se ela achasse que estava caindo rápido demais, podia se segurar em um deles para desacelerar.

Eles passaram pela interseção da haste com o primeiro anel. Cheng Xin olhou para a direita e para a esquerda e viu que o piso subia nos dois lados, como se ela estivesse no fundo de um vale. Havia um letreiro luminoso em cima das duas entradas do anel: *Primeiro Anel, Gravidade 0,15 G*. A parede do corredor curvo do anel tinha uma série de portas, que abriam e fechavam de tempos em tempos. Cheng Xin viu muitos pedestres. Eles estavam com os pés no chão graças à microgravidade, mas se deslocavam com a ajuda de propulsores.

Depois do primeiro anel, o peso ficou maior, e a queda livre já não era mais segura. Apareceram escadas rolantes na parede do "poço", uma para subir, outra para descer. Cheng Xin observou as pessoas que subiam a escada e reparou que usavam roupas casuais, como se estivessem na Terra. A parede do poço tinha muitas janelas de informações de tamanhos variados, e não eram poucas as que exibiam imagens de Cheng Xin entrando no elevador espacial mais de vinte horas antes. Mas, naquele momento, ela estava de óculos escuros e cercada pelos quatro acompanhantes. Ninguém a reconheceu.

Durante a descida, eles passaram por outros sete anéis concêntricos. Conforme o diâmetro de cada anel aumentava, a curvatura dos corredores laterais se tornava cada vez menos perceptível. Cheng Xin teve a sensação de que estava atravessando as camadas da história. Cada anel mais recente era construído com materiais diferentes dos anteriores, e também parecia mais novo. A cada anel, o método de construção e o estilo de decoração criavam uma cápsula que preservava determinada época: a uniformidade militarista repressora da Grande Ravina; o otimismo e romantismo da segunda metade da Era da Crise; a liberdade e indolência hedonista da Era da Dissuasão. Até o quarto anel, as cabines eram integradas na estrutura circular, mas, a partir do quinto, a estrutura oferecia apenas espaços vazios, que eram preenchidos por construções projetadas e acrescentadas posteriormente, exibindo grande variedade de estilos. Conforme Cheng Xin descia, os sinais de que aquilo era uma estação espacial foram desaparecendo aos poucos, e o ambiente se assemelhava cada vez mais à vida cotidiana da superfície. Quando a comitiva chegou ao oitavo anel, o último da estação, o estilo arquitetônico e a decoração eram idênticos aos de uma pequena cidade na superfície. O corredor parecia um calçadão movimentado. Com a gravidade padrão de 1 G, Cheng Xin quase poderia esquecer que estava no espaço, a trinta e quatro mil quilômetros da Terra.

Mas a paisagem urbana logo desapareceu, pois um pequeno veículo motorizado os levou até um lugar onde eles voltaram a ver o espaço. A entrada do saguão plano estava identificada como "Porto A225", e havia algumas dezenas de naves espaciais pequenas de formatos variados estacionadas na superfície lisa daquela área que parecia uma praça. Um dos lados do saguão era completamente aberto ao espaço e às estrelas que giravam em torno da estação. Não muito longe, uma luz forte se acendeu, iluminando todo o porto. Aos poucos, a luz foi do laranja ao azul, e a nave espacial que havia ligado os motores se elevou acima do piso, acelerou e saiu voando para o espaço pela parte aberta. Cheng Xin estava diante de um milagre tecnológico que tinha se tornado lugar-comum para outras pessoas, mas ela não conseguia entender como era possível manter a atmosfera e a pressão no espaço sem que o ambiente fosse completamente isolado.

Eles passaram pelas naves alinhadas até chegar a um pequeno espaço aberto no final do porto. Ali havia uma única nave pequena — um escaler. Ao lado do veículo, um grupo parecia esperar por ela. A Via Láctea deslizava lentamente pela abertura do porto, e sua luz projetava longas sombras em movimento sob o escaler e as pessoas paradas ao lado, como ponteiros em um relógio gigante.

O grupo ao lado do escaler era a equipe especial reunida pelo CDP e pela frota para aquele encontro. Cheng Xin conhecia a maioria — elas haviam comparecido à cerimônia de passagem do cargo de Portadora da Espada, sete anos antes. O presidente rotativo do CDP e o chefe de estado-maior da frota estavam à frente. O presidente era novo, mas o chefe do estado-maior era o mesmo de antes. Aqueles sete anos, os mais longos da história da humanidade, haviam deixado marcas indeléveis no rosto de cada um. Ninguém falou nada; eles apenas trocaram apertos de mão e rememoraram em silêncio.

Cheng Xin examinou o escaler. Naves espaciais de curto alcance já existiam em vários formatos, mas nenhuma apresentava o famoso perfil aerodinâmico que tinha grande popularidade na imaginação das gerações passadas. Aquele escaler era do formato mais comum: uma esfera. Era tão regular que Cheng Xin nem conseguiu distinguir onde estava o propulsor. O escaler era mais ou menos do mesmo tamanho de um antigo ônibus comum. Não tinha nome, apenas um número de série. Esse veículo comum a levaria para seu encontro com Yun Tianming.

O encontro aconteceria no ponto de equilíbrio entre a gravidade da Terra e a do Sol: um ponto de Lagrange a cerca de 1,5 milhão de quilômetros de distância. Os sófons propiciariam o encontro com sua conexão em tempo real com a Primeira Frota Trissolariana. Haveria áudio e vídeo.

Por que realizar o encontro no espaço? Em uma era que permitia a comunicação via neutrinos, o espaço já não era um lugar tão mais isolado em comparação com a superfície da Terra. Sófon havia explicado que o pedido era simbólico: o encontro deveria acontecer em um ambiente neutro para demonstrar que era independente dos dois mundos. O ponto de Lagrange foi escolhido para que a posição de Cheng Xin pudesse ser relativamente estável. Além do mais, era um antigo costume dos trissolarianos realizar encontros em pontos de equilíbrio entre corpos celestiais.

Até aí Cheng Xin entendia, mas naquele instante ela foi informada de algo muito mais importante.

O chefe do estado-maior da frota a levou para dentro do escaler. Não havia muito espaço ali, só o bastante para quatro pessoas. Assim que os dois se sentaram, metade do casco esférico — a parte de frente para eles — ficou transparente, e a impressão era de que eles estavam dentro do capacete de um traje espacial gigantesco. Um dos motivos para terem escolhido aquele tipo de escaler foi o amplo campo de visão.

As naves espaciais modernas já não tinham controles físicos — eram projeções holográficas —, então o interior da nave era completamente vazio. Se alguém da Era Comum entrasse ali pela primeira vez, pensaria que era um casco oco. Mas Cheng Xin percebeu imediatamente três objetos estranhos, obviamente acréscimos recentes. Eram três círculos presos ao casco na parte de cima da face transparente, pintados de verde, amarelo e vermelho, e lembravam os semáforos de antigamente. O chefe do estado-maior explicou:

— Estas três lâmpadas são controladas por Sófon. Seu encontro será monitorado do começo ao fim pelos trissolarianos. Enquanto eles julgarem que o conteúdo da conversa é aceitável, a luz verde permanecerá acesa. Se quiserem alertá-la de que algum assunto beira o inaceitável, a luz amarela vai se acender.

O chefe do estado-maior se calou por um bom tempo, como se precisasse se preparar, e só depois explicou a luz vermelha.

— Se acharem que você recebeu alguma informação que não devia, a luz vermelha vai se acender.

Ele se virou e apontou para a parte opaca do casco. Cheng Xin viu um pequeno anexo metálico que parecia um antigo peso de balança.

— Esta bomba é controlada por Sófon. Ela será detonada três segundos depois de a luz vermelha se acender.

— O que vai ser destruído? — perguntou Cheng Xin. Ela não estava pensando em si mesma.

— Só o nosso lado do encontro. Você não precisa se preocupar com a segurança de Tianming. Sófon deixou claro que, mesmo se a luz vermelha se acender, só este escaler vai explodir. Tianming não sofrerá. A luz vermelha pode ser acesa durante a conversa. No entanto, mesmo se o encontro for encerrado sem interrupções, os trissolarianos podem analisar a gravação da conversa e decidir ligar a luz vermelha. E agora vou lhe dizer a parte mais importante.

O chefe do estado-maior se calou outra vez.

Cheng Xin manteve o olhar plácido. Ela assentiu, incentivando-o a prosseguir.

— Você precisa se lembrar de que as luzes não vão ser usadas como um semáforo. É possível que eles não emitam nenhuma advertência antes de decidir que você se excedeu. A luz verde pode ficar vermelha imediatamente, sem passar pela amarela.

— Tudo bem. Entendo. — A voz de Cheng Xin era delicada como uma brisa.

— Além do conteúdo da conversa, Sófon também pode acender a luz vermelha se descobrir a presença de equipamentos de gravação ou qualquer meio de transmissão para fora do escaler. Pode ficar tranquila quanto a isso. Examinamos o escaler exaustivamente em busca de equipamentos de gravação e eliminamos todos os aparelhamentos de comunicação a bordo. O sistema de navegação nem é capaz de manter registros. Toda a sua viagem será dirigida pelo sistema de inteligência artificial de bordo, que não se comunicará com o exterior até a sua volta. Dra. Cheng, por favor, pense em tudo o que eu disse e compreenda o que significa.

— Se eu não voltar, vocês não vão receber nada.

— Que bom que você entendeu. É isso que queremos enfatizar. Faça como eles querem e só converse sobre questões pessoais. Não mencione outros assuntos, nem mesmo como insinuações ou metáforas. Lembre-se sempre de que, se você não voltar, a Terra não receberá absolutamente nada.

— Mas, se eu fizer como você disse e voltar, a Terra também não vai receber nada. Não é o que eu quero.

O chefe do estado-maior olhou para Cheng Xin, mas não diretamente, e sim para o reflexo no casco transparente. A imagem dela estava sobreposta ao universo, e seus belos olhos refletiam com serenidade as estrelas. Era como se ela fosse o centro do universo e as estrelas estivessem girando à sua volta. Mais uma vez, ele se obrigou a não dissuadi-la de correr riscos.

Limitou-se a apontar para trás.

— Isto é uma minibomba de hidrogênio. De acordo com o antigo sistema de medição que você conhece, ela tem uma potência de cerca de cinco quilotons. Se... se for mesmo necessário, tudo acabará em um instante. Você não vai sentir nada.

Cheng Xin sorriu para o chefe do estado-maior.

— Obrigada. Eu entendo.

Cinco horas depois, o escaler começou a viagem. A hipergravidade de 3 G empurrou Cheng Xin contra o assento — essa era a aceleração máxima que indivíduos sem treinamento especial podiam suportar. Na janela que exibia a paisagem atrás da nave, ela viu o casco imenso da estação terminal refletindo as chamas do motor do escaler. A pequena embarcação parecia uma fagulha pulando para fora de uma fornalha, mas a estação logo encolheu e se tornou um ponto minúsculo. Só a Terra, ainda imponente, ocupava metade do céu.

A equipe especial avisara várias vezes que o voo propriamente dito seria rotineiro, nada diferente das viagens de avião que ela já havia feito. A distância entre a estação terminal e o ponto de Lagrange era de cerca de 1,5 milhão de quilômetros, ou um centésimo de unidade astronômica. Isso era considerado uma viagem espacial extremamente curta, e a nave em que ela estava era adequada para esses percursos rápidos. Cheng Xin lembrou que, três séculos antes, um dos motivos que a levou a estudar engenharia aeroespacial fora uma grande conquista da humanidade durante o século xx: quinze homens haviam conseguido pisar na Lua. Eles viajaram apenas um quinto da distância que ela estava prestes a percorrer.

Dez minutos depois, Cheng Xin teve a chance de ver o Sol nascer no espaço. O astro se ergueu lentamente acima da borda curva da Terra. Daquela distância, era impossível ver as ondas sobre o Pacífico, e o oceano refletia a luz solar como um espelho. As nuvens pareciam espuma logo acima. Daquele ponto, o Sol estava muito menor que a Terra, como um ovo dourado reluzente emergindo daquele mundo azul-escuro. Quando o Sol terminou de sair do horizonte curvo, o lado da Terra voltado para ele se tornou um crescente gigantesco. Esse crescente era tão luminoso que o resto da Terra se fundiu em uma sombra escura, e foi como se o Sol e o crescente formassem um ícone gigante no meio do espaço. Cheng Xin pensou na imagem como um símbolo de renascimento.

Ela sabia que era possível que aquele fosse seu último amanhecer. No encontro iminente, mesmo se ela e Tianming seguissem fielmente as regras determinadas para a conversa, os trissolarianos distantes podiam não permitir que continuasse viva, e ela não tinha o menor interesse em seguir as regras. Mas achava que tudo estava perfeito; não se arrependia de nada.

Conforme o escaler avançava, a parte iluminada da Terra se expandiu. Cheng Xin viu o contorno dos continentes e encontrou com facilidade a Austrália. Parecia uma folha seca flutuando no Pacífico. O continente emergia da sombra, e o terminadouro estava bem no meio. Era manhã em Warburton, e ela pensou no amanhecer que Fraisse estava vendo no deserto à margem da floresta.

Seu escaler voou acima da Terra. Quando o horizonte curvo enfim desapareceu pela borda do campo de visão, a aceleração parou. A hipergravidade desapareceu, e Cheng Xin sentiu como se os braços que antes a apertavam com força tivessem relaxado. O escaler seguiu em velocidade constante rumo ao Sol, e a luz do astro ofuscou todas as estrelas. O casco transparente se ajustou e escureceu até aplacar a luminosidade do disco solar. Cheng Xin ativou os controles para escurecê-lo mais ainda, até que o Sol parecesse a lua cheia. A viagem ainda levaria mais seis horas. Ela flutuava sem peso, flutuava sob o luar do Sol.

Cinco horas depois, o escaler virou-se cento e oitenta graus e o motor entrou em atividade para desacelerar. Conforme a nave fazia a curva, Cheng Xin viu o Sol se afastar gradualmente, e então as estrelas e a Via Láctea subiram em seu campo de visão como um longo rolo de pergaminho. Quando o escaler parou, a Terra estava de novo no centro de sua visão. O planeta agora parecia ter o mesmo tamanho da Lua vista a partir da superfície da Terra, e a imensidão de algumas horas antes tinha desaparecido. Agora, ela parecia frágil como um feto boiando em um líquido amniótico azul e prestes a sair do útero cálido para a frigidez e a escuridão do espaço.

Com a ativação do motor, a gravidade voltou a envolver Cheng Xin. A desaceleração durou cerca de meia hora, e então o propulsor começou a realizar as manobras de ajuste de precisão. Por fim, a gravidade desapareceu de novo, e tudo ficou imóvel.

Era o ponto de Lagrange. Ali, o escaler era um satélite do Sol, orbitando em sincronia com a Terra.

Cheng Xin conferiu o relógio. A viagem tinha sido muito bem planejada. Ainda faltavam dez minutos para o encontro. O espaço à sua volta estava vazio, e ela se esforçou para esvaziar a mente também. Preparava-se para o trabalho de memorização: a única forma de reter qualquer informação do encontro seria usando seu cérebro. Ela precisava se tornar um gravador de áudio e vídeo sem emoções, para que ao longo das duas horas seguintes pudesse lembrar o máximo possível do que visse e ouvisse.

Ela visualizou a área do espaço onde estava. Ali, a gravidade do Sol se sobrepunha à da Terra e atingia um ponto de equilíbrio, dando àquele lugar uma vacuidade extra em relação a outros pontos no espaço. Ela se encontrava naquele vazio do zero, uma presença solitária e independente sem ligação com qualquer outra parte do cosmo... Dessa forma, conseguiu afastar as emoções complexas de sua consciência até alcançar o estado límpido e transcendental que desejava.

Não muito longe do escaler, um sófon começou a se abrir em menos dimensões. Cheng Xin viu uma esfera com cerca de três ou quatro metros de diâmetro aparecer a alguns metros da sua nave. Ela bloqueava a Terra e ocupava a maior parte do campo de visão. A superfície da esfera era totalmente refletora, e Cheng Xin conseguiu ver nitidamente o reflexo da nave e o próprio. Não sabia se o sófon estivera à espreita dentro do escaler ou se havia acabado de chegar.

O reflexo na superfície desapareceu quando a esfera se tornou translúcida como uma bola de gelo. Em alguns momentos, Cheng Xin teve a impressão de que aquilo parecia um buraco no espaço. Depois, uma quantidade incontável de pontos de luz que pareciam flocos de neve emergiu de dentro da esfera, formando uma imagem inconstante na superfície. Cheng Xin percebeu que era só ruído, como chuvisco em uma televisão sem sinal.

O ruído durou cerca de três minutos e então deu lugar a uma cena situada a anos-luz de distância. Era cristalina, sem qualquer sinal de distorção ou interferência.

Cheng Xin havia imaginado inúmeras hipóteses quanto ao que veria. Talvez fosse apenas voz e texto; talvez visse um cérebro flutuando em um líquido com nutrientes; talvez visse Yun Tianming inteiro. Embora achasse que essa última opção era praticamente impossível, tentou imaginar o ambiente em que Tianming estaria vivendo. Pensou em inúmeros cenários, mas nenhum se aproximou do que viu de fato.

Um trigal dourado banhado pelo sol.

O trigal se estendia por cerca de quatrocentos metros quadrados. A plantação parecia em boas condições, e estava na época da colheita. O solo parecia um pouco sinistro: breu absoluto, e as partículas cintilavam ao sol como uma infinidade de estrelas. Havia uma pá comum cravada no solo preto ao lado do trigal. Parecia perfeitamente banal, e até o cabo tinha aspecto de madeira. Um chapéu de palha feito com colmos de trigo estava pendurado no cabo — ele parecia antigo e muito usado, e a borda da aba tinha algumas pontas soltas. Atrás do trigal havia outra plantação de alguma coisa verde, provavelmente hortaliças. Uma brisa soprou, e o trigo ondulou.

Acima dessa paisagem de solo escuro havia um céu alienígena — na verdade, era uma redoma composta por um emaranhado de canos grossos e finos, todos pintados de cinza-chumbo. Em meio aos milhares de canos, dois ou três brilhavam em um tom de vermelho. A luz deles era muito intensa, e pareciam filamentos incandescentes. As partes expostas desses canos iluminavam os campos e pareciam fornecer energia para as plantações. Cada cano iluminado brilhava só por um instante e voltava a escurecer, enquanto outro cano se acendia mais além. Sempre havia dois ou três canos acesos. O deslocamento das luzes fazia as sombras no campo se deslocarem sem parar também, como se o sol estivesse entrando e saindo das nuvens.

Cheng Xin ficou impressionada com a disposição caótica deles. Não era sinal de descuido; pelo contrário, para criar aquele caos absoluto seria preciso grande esforço e planejamento. Por aquela disposição, era como se qualquer insinuação de padrão fosse tabu. Isso sugeria uma estética completamente incompatível com os valores humanos: padrões eram feios, mas a falta de ordem era bela. Aqueles canos luminosos conferiam a todo o emaranhado uma espécie de vivacidade.

Cheng Xin até se perguntou se a disposição pretendia ser uma representação artística do sol e das nuvens. Mas em seguida ela achou que a disposição evocava um modelo gigantesco do cérebro humano, e os canos que piscavam e brilhavam representavam a formação de cada conexão neural...

Racionalmente, ela precisou rejeitar essas fantasias. Uma explicação muito mais provável era que o sistema não passava de um dispositivo de dispersão de calor, e que a luz que atendia as plantações abaixo era apenas um efeito colateral. Considerando só a aparência, sem compreender o funcionamento, Cheng Xin intuiu que o sistema exibia um ideal de engenharia incompreensível para a humanidade. Ela se sentia confusa, mas também hipnotizada.

Um homem saiu do meio do trigal e veio andando em sua direção. *Tianming*.

Ele usava uma jaqueta prateada, feita com alguma película refletora. Parecia tão velha quanto o chapéu de palha, mas não tinha nenhum detalhe digno de nota. Cheng Xin não conseguiu ver as calças dele no meio do trigo, mas provavelmente eram feitas do mesmo material. Quando ele se aproximou, ela pôde ver melhor o rosto. Parecia jovem, mais ou menos da mesma idade que tinha quando eles se despediram três séculos antes. Mas seu corpo estava em melhor forma, e o rosto era bronzeado. Ele não olhava na direção de Cheng Xin; puxou uma espiga de trigo, esfregou-a entre os dedos, soprou a casca e jogou os grãos na boca. Saiu do campo ainda mastigando. Quando Cheng Xin já estava se perguntando se Tianming tinha percebido sua presença, ele levantou os olhos, sorriu e acenou para ela.

— Oi, Cheng Xin! — disse ele.

Seus olhos exibiam pura alegria, uma alegria muito natural, como um menino camponês trabalhando na lavoura ao cumprimentar uma menina que tinha acabado de voltar do povoado. Os três séculos que haviam se passado pareceram irrelevantes, assim como os anos-luz que os separavam. Eles sempre estiveram juntos. Cheng Xin nunca imaginara isso. O olhar de Tianming a acariciava como mãos delicadas, e ela sentiu os nervos tensos relaxarem ligeiramente.

A luz verde acima da janela se acendeu.

— Oi! — disse Cheng Xin. Uma onda de emoção que havia atravessado três séculos se elevou das profundezas da consciência dela, como um vulcão prestes a entrar em erupção. Mas ela bloqueou com afinco qualquer expressão emocional e repetiu mentalmente para si mesma: *Decore, só decore, decore tudo.* — Você está me vendo?

— Estou. — Tianming sorriu e assentiu, então jogou outro grão de trigo na boca.

— O que você está fazendo?

Tianming pareceu intrigado pela pergunta. Ele indicou o campo.

— Cultivando.

— Para si mesmo?

— Claro. Onde mais eu conseguiria comida?

O Tianming de que Cheng Xin se lembrava era diferente. Durante o Projeto Escadaria, ele tinha sido um paciente esquálido, fraco, em estado terminal; antes, era um universitário solitário, alienado. Mas, embora o Tianming do passado tivesse isolado o próprio coração contra o mundo externo, ele também deixava sua postura sempre muito clara — era possível perceber logo de cara a história básica de sua vida. O Tianming do presente revelava apenas maturidade. Era impossível discernir qualquer detalhe de sua história, ainda que ele decerto tivesse algumas, histórias que provavelmente apresentavam mais reviravoltas, circunstâncias estranhas e cenas espetaculares do que dez *Odisseias*. Três séculos de voo solitário pelas profundezas do espaço, uma vida inimaginável em meio a alienígenas, as incontáveis atribulações e dificuldades sofridas em corpo e espírito — isso tudo não havia deixado marca alguma nele. Restava apenas maturidade, uma maturidade iluminada como as ondulações do trigal dourado à sua volta.

Tianming havia vencido na vida.

— Obrigado pelas sementes que você mandou — disse Tianming. Seu tom era sincero. — Plantei todas. Geração após geração, elas produziram muito. Mas não consegui fazer os pepinos crescerem... são difíceis.

Cheng Xin pensou sobre as palavras de Tianming. *Como ele sabe que eu mandei as sementes? Será que lhe contaram? Ou...*

— Imaginei que você fosse cultivá-las com aeroponia ou hidroponia. Nunca imaginei que haveria terra em uma nave espacial.

Tianming se abaixou e pegou um punhado de terra preta, deixando as partículas se esvaírem por entre os dedos. Os grãos cintilavam ao cair.

— Isto é feito de meteoroides. Terra assim...

A luz verde se apagou, e a luz amarela se acendeu.

Aparentemente, Tianming também viu a advertência. Ele parou, sorriu e levantou a mão. A expressão e o gesto se dirigiam claramente aos que estavam escutando a conversa. A luz amarela se apagou, e a luz verde voltou.

— Quanto tempo faz? — perguntou Cheng Xin. Foi uma pergunta deliberadamente ambígua, que poderia ser interpretada de várias formas: quanto tempo fazia que ele plantava; ou quando tempo fazia desde que o cérebro dele fora implantado em um corpo clonado; ou quanto tempo fazia desde que a sonda do Projeto Escadaria havia sido capturada; ou qualquer outra coisa. Ela queria deixar margem para que ele passasse informações.

— Bastante.

A resposta de Tianming foi mais ambígua ainda. Ele continuava calmo, mas devia ter se apavorado com a luz amarela. Não queria que Cheng Xin se machucasse.

— No começo, eu não sabia nada de agricultura — disse Tianming. — Tentei aprender vendo outros cultivarem. Mas, como você sabe, não existem mais fazendeiros de verdade, então tive que me virar sozinho. Aprendi devagar, por isso é bom eu não comer muito.

A hipótese anterior de Cheng Xin havia sido confirmada. O que Tianming estava dizendo era muito claro: se a Terra ainda tivesse fazendeiros de verdade, ele teria podido observá-los. Em outras palavras, ele era capaz de ver as informações obtidas pelos sófons na Terra! Isso indicava, no mínimo, que Tianming tinha um relacionamento próximo com a sociedade trissolariana.

— O trigo parece muito bom. Está na época da colheita?

— Está. Este ano foi bom.

— Bom?

— Ah, quando os motores funcionam em alta potência, meu ano é bom, senão...

A luz amarela se acendeu.

Outra hipótese confirmada. O emaranhado de canos no teto realmente era um sistema de resfriamento dos motores. Aquela luz vinha do sistema de propulsão por antimatéria da nave.

— Tudo bem, vamos conversar sobre outra coisa. — Cheng Xin sorriu. — Você quer saber o que eu tenho feito? Depois que você se foi...

— Eu sei de tudo. Sempre estive com você.

Tianming falou em um tom calmo e equilibrado, mas o coração de Cheng Xin estremeceu. Sim, ele sempre estivera com ela, observando sua vida pelos sófons. Provavelmente a vira se tornar a Portadora da Espada, lançar aquele gatilho vermelho nos últimos instantes da Era da Dissuasão, sofrer na Austrália, perder a visão devido à dor extrema, até, por fim, pegar aquela pequena cápsula... Ele a acompanhara por todas aquelas provações. Era fácil imaginar que, ao vê-la suportar aquele inferno a anos-luz de distância, ele houvesse sofrido ainda mais. Se soubesse antes que aquele homem que a amava havia cruzado anos-luz para observá-la, ela teria sentido algum consolo. Mas Cheng Xin achou que Tianming estava perdido para sempre na vastidão do espaço, e na maior parte do tempo nunca acreditou que ele ainda existisse.

— Se eu soubesse... — murmurou Cheng Xin, como se falasse sozinha.

— Você não tinha como saber. — Tianming balançou a cabeça.

As emoções que Cheng Xin havia enterrado vieram à tona de novo. Ela se proibiu de chorar.

— Então... e a sua experiência? Você pode me dizer algo? — perguntou Cheng Xin. Foi uma tentativa explícita de obter informações. Mas ela precisava fazer alguma coisa.

— Hmmm, deixe-me pensar... — murmurou Tianming.

A luz amarela se acendeu. Tianming não tinha falado nada ainda. Aquela advertência era séria.

Tianming balançou a cabeça com determinação.

— Não posso contar nada. Absolutamente nada.

Cheng Xin não respondeu. Ela sabia que, no que tocava à sua missão, havia feito todo o possível. Agora só lhe restava esperar e ver o que Tianming queria.

— Não podemos conversar assim — disse Tianming, com um suspiro. E então, com o olhar, ele completou: *para o seu bem*.

Sim, era perigoso demais. A luz amarela já havia se acendido três vezes.

Cheng Xin suspirou. Tianming tinha desistido. Sua missão seria um fracasso. Mas não havia alternativa. Ela compreendeu.

Quando os dois abandonaram a missão, aquele espaço de poucos anos-luz que os continha se tornou o mundo secreto deles. Realmente, os dois não precisavam de linguagem para se comunicar; os olhos eram capazes de dizer tudo o que quisessem. Agora que não estava mais tão concentrada na missão, Cheng Xin conseguia perceber ainda mais significados no olhar de Tianming. Ela se lembrou dos tempos de faculdade, quando ele a olhara muitas vezes daquele jeito. Ele havia sido discreto, mas seus instintos de mulher tinham percebido. Agora, seu olhar era carregado de maturidade, e a luz atravessou anos-luz para cobri-la de calor e felicidade.

Cheng Xin queria que o silêncio durasse para sempre, mas Tianming falou de novo.

— Cheng Xin, você se lembra do que nós fazíamos para passar o tempo quando éramos pequenos?

Cheng Xin balançou a cabeça. A pergunta foi inesperada e incompreensível. *Quando éramos pequenos?* Mas ela conseguiu disfarçar a surpresa.

— Foram tantas noites em que a gente ligava um para o outro e conversava antes de dormir. A gente inventava histórias e contava um ao outro. As histórias que você inventava sempre eram melhores. Quantas histórias nós contamos um para o outro? Pelo menos cem?

— É, acho que foram. Muitas.

No passado, Cheng Xin nunca soubera mentir, mas ela ficou surpresa ao ver que estava se saindo bem.

— Você se lembra de alguma daquelas histórias?

— Não muitas. A minha infância ficou longe.

— Mas não está tão longe de mim. Ao longo desses anos, contei aquelas histórias, as suas e as minhas, várias vezes.

— Para si mesmo?

— Não, para mim não. Vim aqui e senti necessidade de dar algo a este mundo. Mas o quê? Depois de pensar muito, decidi que poderia trazer a infância para este mundo, então contei para eles as nossas histórias. As crianças aqui adoram. Eu até organizei uma coletânea, *Contos de fadas da Terra*, que fez muito sucesso. Esse livro é de nós dois. Não plagiei você; todas as histórias que você me contou ainda estão com o seu nome nos créditos. Por isso, você é uma escritora famosa aqui.

Com base no conhecimento ainda limitado que os humanos tinham a respeito dos trissolarianos, sabia-se que o sexo entre eles consistia em dois indivíduos fundindo os corpos em um só. Depois, o organismo aglutinado se dividia em três a cinco vidas novas. Esses eram os descendentes, as "crianças" a quem Tianming se referia. Mas esses indivíduos herdavam parte das lembranças dos pais e nasciam com relativa maturidade, o que os distinguia das crianças humanas. Os trissolarianos não tinham uma infância de fato. Pesquisadores trissolarianos e humanos acreditavam que essa diferença biológica era uma das bases fundamentais para as grandes divergências entre a cultura e a sociedade das duas civilizações.

Cheng Xin ficou ansiosa outra vez. Ela percebeu que Tianming não tinha desistido, e aquele momento era crucial. Ela precisava fazer algo, mas tinha que tomar muito, muito cuidado. Sorrindo, ela disse:

— Mesmo se não pudermos conversar sobre mais nada, pelo menos dessas histórias nós podemos falar. Elas são só nossas.

— As histórias que eu inventei ou as suas?

— Conte as que eu inventei. Quero resgatar minha infância. — Cheng Xin nem hesitou. Até ela ficou surpresa com a velocidade com que compreendeu o plano de Tianming.

— Tudo bem. Então não vamos falar de mais nada. Só das histórias. Suas histórias. — Tianming abriu as mãos e olhou para cima, nitidamente se dirigindo aos que estavam monitorando a conversa. O sentido estava claro: *Vocês não se opõem a isso, certo? Tudo é seguro.* E então ele se virou para Cheng Xin. — Temos mais ou menos uma hora. Qual história? Hmmm... que tal "O novo pintor real"?

E, assim, Tianming começou a contar a história. Sua voz era grave e reconfortante, como se ele estivesse entoando uma canção antiga. Cheng Xin se esforçou muito para decorar, mas, pouco a pouco, foi absorvida pela história. Passou-se muito tempo conforme Tianming relatava seu conto de fadas. Ele contou três histórias, todas interligadas: "O novo pintor real", "O mar dos Glutões" e "Príncipe Água Profunda". Depois que ele acabou a última história, o sófon exibiu uma contagem regressiva, indicando que só faltava um minuto.

Era hora de se despedir.

Cheng Xin acordou do sonho dos contos de fadas. Seu coração sentiu o golpe, e foi quase insuportável.

— O universo é grandioso, mas a vida é maior. Nós com certeza vamos nos encontrar de novo — disse ela. Só depois de falar percebeu que quase havia repetido a despedida de Sófon.

— Então vamos escolher um lugar para o reencontro, algum lugar que não seja a Terra, algum lugar na Via Láctea.

— Que tal a estrela que você me deu? Nossa estrela. — Cheng Xin nem precisou pensar.

— Tudo bem. Na nossa estrela!

Enquanto eles se olhavam através dos anos-luz, a contagem chegou a zero, e a imagem desapareceu, voltando ao chuvisco de ruído. Então, o sófon aberto voltou a ser totalmente refletor.

A luz verde se apagou. Agora, nenhuma das luzes estava acesa. Cheng Xin sabia que estava à beira da morte. Em uma nave da Primeira Frota Trissolariana, a anos-luz de distância, a conversa dela com Tianming estava sendo reproduzida e examinada. A luz vermelha da morte poderia se acender a qualquer momento, e não haveria nenhuma luz amarela de advertência.

Na superfície esférica aberta do sófon, Cheng Xin viu o próprio reflexo e o do escaler. A metade do escaler virada para o sófon estava completamente transparente, como um medalhão intrincado pendurado em um colar, e ela era o retrato guardado dentro desse medalhão. Ela usava um traje espacial leve, branco como a neve, e parecia pura, jovial, bela. Ficou surpresa com os próprios olhos: límpidos, plácidos, sem qualquer sinal do turbilhão que se debatia dentro de si. Ela se sentiu reconfortada ao imaginar aquele belo medalhão pendurado no coração de Tianming.

Depois de um período indeterminado, o sófon desapareceu. A luz vermelha não se acendeu. O espaço fora da nave estava como antes: a Terra azul reapareceu ao longe e, atrás dela, o Sol. Eles presenciaram tudo.

Ela voltou a sentir a hipergravidade. O propulsor da nave estava acelerando, e ela voltaria para casa.

Durante as horas da viagem de volta, Cheng Xin ajustou o casco do escaler para a opacidade total. Ela se isolou ali dentro e se transformou em uma máquina de memorização. Várias vezes, repetiu para si mesma as palavras e as histórias de Tianming. A aceleração parou; o escaler flutuou; o propulsor virou para o outro lado; o escaler desacelerou — ela não percebeu nada. Finalmente, depois de uma série de tremores, a porta se abriu, e a luz do porto da estação terminal invadiu a nave.

Ela foi recebida por dois dos representantes que a haviam acompanhado até a estação. Seus rostos estavam impassíveis. Após um cumprimento simples, eles levaram Cheng Xin pelo porto até uma porta lacrada.

— Dra. Cheng, você precisa descansar. Não se prenda ao passado. Nós nunca alimentamos esperanças de que você fosse conseguir algo de útil — disse o representante do CDP. Ele então gesticulou para que Cheng Xin entrasse pela porta lacrada que havia acabado de se abrir.

Cheng Xin tinha imaginado que aquela seria a saída do porto, mas viu que estava em uma sala muito pequena. Todas as paredes eram feitas de algum metal escuro. Quando a porta se fechou, ela não conseguiu ver nenhuma fresta. Aquele não era um espaço de repouso. A mobília era simples, com uma mesa pequena e uma cadeira. Em cima da mesa havia um microfone. Naqueles tempos, microfones eram uma raridade, usados apenas para gravações de alta fidelidade. O ar dentro da sala tinha um odor pungente, quase sulfúrico, e ela sentiu a pele arrepiar-se — o ar estava nitidamente carregado de eletricidade estática.

A sala estava cheia de gente: todos os integrantes da equipe especial estavam lá. Assim que os dois representantes que a receberam entraram, a expressão em seus rostos se transformou. Eles agora pareciam tão ansiosos e preocupados quanto os demais.

— Esta é uma zona opaca para os sófons — disse alguém para Cheng Xin. Só então ela se deu conta de que os humanos finalmente haviam desenvolvido uma tecnologia para se protegerem dos espiões onipresentes, embora só fosse possível em espaços extremamente confinados como aquele.

— Por favor, repita toda a sua conversa — disse o chefe do estado-maior. — Não omita nenhum detalhe que conseguir lembrar. Cada palavra pode ser importante.

E então, todos da equipe especial saíram da sala, um de cada vez. O último a sair foi um engenheiro que explicou a Cheng Xin que as paredes da sala antissófon eram eletrificadas, então ela precisava tomar cuidado para não tocá-las.

Só Cheng Xin continuou no cômodo. Ela se sentou atrás da mesa e começou a gravar tudo o que conseguiu lembrar. Depois de uma hora e dez minutos, terminou. Bebeu um pouco de água e leite, descansou um pouco e começou a gravar pela segunda vez, e depois pela terceira. Quando estava pronta para gravar uma quarta vez, pediram-lhe que contasse tudo de trás para a frente, começando pelas últimas coisas que aconteceram. A quinta gravação foi feita com o auxílio de uma equipe de psicólogos. Eles a drogaram com algo para mantê-la em estado semi-hipnótico, e Cheng Xin nem soube o que falou. Quando se deu conta, haviam se passado mais de seis horas.

Depois de terminar a última gravação, a equipe especial voltou a encher a sala. Eles abraçaram Cheng Xin e apertaram sua mão. Caíram lágrimas calorosas, e lhe disseram que ela havia realizado um feito heroico. Mas Cheng Xin continuava entorpecida, como uma máquina de memorização.

Só quando estava de volta à cabine confortável no elevador espacial que a máquina de memorização em seu cérebro se desligou. Ela se tornou uma pessoa de novo. Foi tomada pela exaustão extrema e por ondas de emoção e, ao contemplar a esfera azul da Terra, cada vez mais próxima, começou a chorar. Só uma voz ecoava em sua mente:

Nossa estrela. Nossa estrela...

Naquele momento, na superfície terrestre a mais de trinta mil quilômetros de distância, a casa de Sófon foi engolida pelas chamas. O robô que servira de avatar também se incendiou. Antes disso, ela havia proclamado ao mundo que os sófons no Sistema Solar seriam recolhidos.

As pessoas não acreditaram totalmente. Era provável que apenas o robô tivesse sido destruído, mas ainda restassem alguns sófons na Terra e no Sistema Solar. No entanto, também era possível que ela estivesse falando a verdade. Sófons eram recursos preciosos. O que restava da civilização trissolariana ocupava uma frota de naves espaciais, e demoraria muito, muito tempo até eles poderem construir novos sófons. Além disso, já não havia muita utilidade em ficar vigiando o Sistema Solar e a Terra. Se a frota entrasse em uma região opaca antissófons, eles poderiam perder para sempre os que estavam no Sistema Solar.

Se isso acontecesse, todo contato entre os trissolarianos e a humanidade seria desfeito de vez, e os dois mundos voltariam a ser estranhos cósmicos. Trezentos anos de guerra e ressentimento se transformariam em uma história de efemeridades no universo. Mesmo se o destino quisesse que as raças se reencontrassem — como Sófon havia previsto —, seria em um futuro distante. Mas nenhum dos mundos sabia se tinha futuro.

ERA DA TRANSMISSÃO, ANO 7
OS CONTOS DE FADAS DE YUN TIANMING

A primeira reunião da Comissão de Decodificação de Informações (CDI) também foi realizada em uma sala antissófons. Essa precaução foi tomada embora a maioria das pessoas defendesse a ideia de que os sófons já tinham ido embora, e de que o Sistema Solar e a Terra estavam "limpos". Se os sófons ainda estivessem por perto, todos receavam que Yun Tianming corresse perigo.

A conversa entre Tianming e Cheng Xin foi divulgada, mas as informações concretas que Tianming havia transmitido, o conteúdo dos três contos de fadas, foram mantidas sob sigilo absoluto. Em uma sociedade moderna tão transparente, manter o segredo em torno de informações de tamanha importância foi difícil tanto para a ONU quanto para a Frota Internacional. Mas as nações logo chegaram a um consenso: se os contos de fadas fossem divulgados, a população mundial se entregaria ao entusiasmo de tentar decifrá-los, o que exporia Tianming. A segurança dele não era importante só para o próprio Tianming; até o momento, ele era o único humano inserido em uma sociedade alienígena. Sua posição era insubstituível para a sobrevivência da humanidade no futuro.

A decodificação sigilosa da mensagem de Tianming era outro indicativo da autoridade e da competência operacional da ONU; era mais um passo rumo a um governo planetário.

A sala antissófons era maior do que a usada por Cheng Xin na estação terminal, ainda que não pudesse ser considerada uma sala de reuniões espaçosa. O campo de força necessário para impedir o acesso dos sófons só tinha capacidade para conter um volume limitado.

Havia cerca de trinta pessoas presentes. Além de Cheng Xin, outros dois indivíduos da Era Comum também estavam lá: Bi Yunfeng, o engenheiro de aceleradores de partículas, e o físico Cao Bin — ambos ex-candidatos a Portador da Espada.

Todos usavam roupas de proteção contra altas voltagens porque as paredes metálicas da sala antissófons eram eletrificadas. Era preciso usar principalmente luvas de proteção, para o caso de alguém tentar tocar uma parede pelo hábito de abrir janelas de informações. Nenhum equipamento eletrônico funcionava dentro do campo de força, então não haveria dessas janelas. Para facilitar a distribuição uniforme do campo de força, a sala era equipada com o mínimo possível. Só havia cadeiras, e nenhuma mesa. Como as roupas de proteção tinham sido obtidas com engenheiros eletricistas, a sessão dentro daquela sala metálica lembrava uma reunião geral em uma fábrica de antigamente.

Ninguém reclamou da falta de espaço e conforto, nem do odor pungente e do formigamento na pele que o ar eletrificado provocava. Depois de quase trezentos anos sob a vigilância constante dos sófons, a ausência de bisbilhoteiros alienígenas inspirava um alívio súbito e revigorante. A capacidade de gerar espaços protegidos fora desenvolvida pouco depois do Grande Reassentamento. Dizia-se que ao entrarem no primeiro ambiente antissófons, as pessoas foram acometidas de algo chamado "síndrome de filtro": falaram sem parar como se estivessem bêbadas e revelaram todos os segredos umas às outras. Um repórter descreveu a condição da seguinte maneira: "Neste pequeno pedaço de paraíso, as pessoas abriram o coração. Nossos olhares já não estavam mais encobertos".

A CDI foi um esforço mútuo da Frota Internacional e do CDP da ONU para decifrar a mensagem de Yun Tianming. A comissão supervisionava o trabalho de vinte e cinco grupos de estudo, que se concentravam em disciplinas e campos de conhecimento diferentes. Os membros da CDI que se encontravam na sala lideravam os grupos de estudo, apesar de não serem especialistas nem cientistas.

Antes de mais nada, o presidente da CDI agradeceu a Yun Tianming e a Cheng Xin em nome da Frota Internacional e da ONU. Ele falou que Tianming era o guerreiro mais valoroso da história da humanidade, o primeiro ser humano a sobreviver em um mundo alienígena. Sozinho, cercado pelo inimigo, situado em um ambiente inimaginável, ele seguia lutando e trazia esperança para uma Terra em crise. E Cheng Xin, por sua vez, havia conseguido obter as informações de Tianming graças a uma combinação de astúcia e coragem.

Em um tom delicado, Cheng Xin pediu a palavra. Ela se levantou e observou todos os presentes.

— Tudo isso é resultado do Projeto Escadaria. É impossível falar dessa iniciativa sem destacar a atuação de um homem em especial. Há três séculos, a determinação, a liderança decisiva e a criatividade incomparável dele permitiram que o Projeto Escadaria superasse diversos obstáculos e se tornasse uma realidade. O homem a quem me refiro é Thomas Wade, chefe da Agência de Inteligência Estratégica do CDP. Creio que precisamos agradecer a ele também.

A sala de reuniões mergulhou no silêncio. Ninguém apoiou a sugestão de Cheng Xin. Para a maioria das pessoas, Wade era o símbolo máximo da natureza sombria do ser humano da Era Comum, a verdadeira antítese daquela bela mulher à sua frente — que Wade quase matara. Sentiram calafrios só de pensar nele.

O presidente — que por acaso também era o atual chefe da AIE, um sucessor de Wade, embora houvesse um intervalo de trezentos anos entre os dois — nada falou em resposta à sugestão de Cheng Xin. Apenas prosseguiu com a pauta da reunião.

— A comissão estabeleceu o princípio básico e a expectativa do processo de decodificação. Acreditamos que a mensagem provavelmente não terá nenhuma informação técnica, mas indicará a direção certa para as pesquisas. Ela pode nos fornecer o arcabouço teórico correto para tecnologias desconhecidas, como viagens espaciais na velocidade da luz ou o aviso de segurança cósmica. Se conseguirmos progredir a esse ponto, a humanidade terá grandes esperanças.

"Reunimos, ao todo, dois conjuntos de informações: a conversa entre a dra. Cheng e Yun Tianming e as três histórias que ele contou. Uma análise preliminar indica que as três histórias encerram todas as informações importantes. No futuro, não daremos muita atenção à conversa, mas segue um resumo de nossas conclusões sobre ela.

"Em primeiro lugar, sabemos que, para enviar essa mensagem, foi preciso muito esforço preparatório por parte de Yun Tianming. Ele criou mais de cem contos de fadas e incluiu três histórias com informações secretas. Ele as contou e as publicou ao longo de um extenso período, para que os trissolarianos se acostumassem... o que não seria fácil. Se, durante esse processo, os trissolarianos não descobrissem os segredos ocultos por trás das histórias, era provável que no futuro as considerassem inofensivas. Mas, ainda assim, Tianming tentou acrescentar mais uma camada de proteção em torno das histórias."

O presidente se virou para Cheng Xin.

— Tenho uma pergunta. Vocês se conheceram mesmo quando pequenos, como Tianming disse?

Cheng Xin balançou a cabeça.

— Não. Nós só nos conhecemos na faculdade. Éramos da mesma cidade, mas não frequentamos as mesmas escolas no ensino fundamental e no médio.

— Maldito! A mentira dele podia ter matado Cheng Xin! — gritou AA, que estava sentada ao lado dela. As outras pessoas lhe lançaram olhares irritados. AA não fazia parte da CDI, mas teve permissão para participar por insistência de Cheng Xin, que a levou como assistente. No passado, AA havia sido uma astrônoma competente, mas, como seu currículo não era muito extenso, os outros presentes a desprezavam. Todos achavam que Cheng Xin devia ter um assessoramento técnico mais qualificado, e até ela às vezes esquecia que AA era uma cientista.

— A mentira não foi um risco muito grande — disse um oficial da AIE. — A infância deles aconteceu antes da Era da Crise, antes de os sófons chegarem à Terra. E, na época, eles não teriam sido alvo da vigilância dos sófons.

— Mas os trissolarianos poderiam conferir os arquivos da Era Comum.

— Não é fácil achar informações sobre duas crianças de antes da Era da Crise. E, mesmo se conseguissem verificar históricos escolares ou arquivos de registro domiciliar e constatassem que os dois não tinham frequentado as mesmas escolas, não poderiam descartar a possibilidade de terem se conhecido. E há mais um detalhe que você não está considerando. — O oficial da AIE nem se deu ao trabalho de disfarçar seu desdém pela falta de experiência profissional de AA. — Tianming podia controlar os sófons. Ele já devia ter conferido os arquivos.

O presidente prosseguiu:

— Foi um risco necessário. Ao atribuir as três histórias a Cheng Xin, ele convenceu o inimigo de que os contos eram inócuos. Durante uma hora, enquanto ele contava essas histórias, a luz amarela não se acendeu em nenhum momento. Também descobrimos que, quando Tianming terminou a última, o prazo estipulado por Sófon já havia vencido. Os trissolarianos, por compaixão, estenderam a duração do encontro em seis minutos para que Tianming pudesse terminar a história. Isso confirma que eles de fato achavam que elas eram inofensivas. Tianming deu o crédito a ela por um motivo específico: para nos mostrar que as três histórias continham informações sérias. Não conseguimos extrair muito mais da conversa. Mas concordamos que as últimas palavras de Tianming foram muito importantes.

O presidente acenou a mão direita no ar por hábito, tentando abrir uma janela de informações. Como não houve resposta, ele prosseguiu, constrangido.

— "Então vamos escolher um lugar para o reencontro, algum lugar que não seja a Terra, algum lugar na Via Láctea." Dessa forma, ele quis dizer duas coisas: em primeiro lugar, indicou que nunca conseguiria voltar ao Sistema Solar. A outra... — O presidente hesitou e gesticulou de novo com a mão, em um gesto desdenhoso. — Não tem importância. Vamos seguir em frente.

O clima dentro da sala ficou pesado. Todo mundo sabia o que o presidente ia falar: *Yun Tianming tinha muito pouca esperança de que a Terra sobrevivesse.*

Um documento com capa azul foi distribuído aos presentes. Naqueles tempos, era muito raro ver documentos de papel. Via-se apenas um número de série, sem título.

— Este documento só pode ser lido aqui dentro. Não saiam desta sala com ele, e não o reproduzam de forma alguma. Esta é a primeira vez que muitos de vocês o lerão. Comecemos.

A sala caiu no silêncio. Todos começaram a ler os três contos de fadas que poderiam salvar a civilização humana.

O PRIMEIRO CONTO DE YUN TIANMING "O NOVO PINTOR REAL"

Muito tempo atrás, havia um reino chamado Reino Sem Histórias.

Esse reino não tinha histórias. Para um reino, era bom não ter nenhuma história. O povo desse reino era mais feliz. Histórias tinham reviravoltas e catástrofes.

O Reino Sem Histórias tinha um rei sábio, uma rainha bondosa, um grupo de ministros justos e competentes, e um povo honesto e trabalhador. A vida no reino era plácida como um espelho: ontem era igual a hoje, e hoje é igual a amanhã; o ano passado era igual a este ano, e este ano é igual ao ano que vem. Nunca havia qualquer história.

Até que os príncipes e a princesa cresceram.

O rei tinha dois filhos: o príncipe Água Profunda e o príncipe Areia de Gelo. E ele tinha também uma filha: a princesa Orvalho.

Quando criança, o príncipe Água Profunda foi à Ilha Túmulo no meio do mar dos Glutões e nunca voltou. O motivo é o assunto de outra história.

O príncipe Areia de Gelo cresceu junto do rei e da rainha, e eles se preocupavam muito com ele. O menino era inteligente, mas, desde cedo, exibia um traço de crueldade. Ele mandava os criados reunirem pequenos animais de fora do palácio e fingia ser o imperador deles. Os "súditos" eram seus escravos e, se qualquer um desobedecesse minimamente, ele ordenava que fosse decapitado. Muitas vezes, no fim da brincadeira, todos os animais estavam mortos e ele acabava no meio de uma poça de sangue, rindo histericamente...

Ao crescer, o príncipe se tornou mais contido. Era um homem de poucas palavras, e seu olhar era sombrio. Mas o rei sabia que o lobo só havia escondido os dentes, e o coração do príncipe Areia de Gelo era uma serpente venenosa em hibernação, esperando o momento certo de ressurgir. No fim, o rei decidiu não transferir a coroa para ele, declarando que a princesa Orvalho seria sua herdeira. O Reino Sem Histórias viria a ser governado por uma rainha.

Se o rei e a rainha tivessem uma quantidade fixa de bom caráter para repassar aos filhos, então a princesa Orvalho tinha recebido a cota do príncipe Areia de Gelo. Ela era esperta, gentil e de beleza incomensurável. Quando caminhava durante o dia, o sol refreava a própria luz, envergonhado pela comparação; quando passeava à noite, a lua arregalava os olhos para ver melhor; quando ela falava, os pássaros paravam de cantar para ouvir; e, quando ela pisava solo estéril, flores nasciam. O povo adorou a ideia de vê-la coroada como rainha, e os ministros decerto se dedicariam a ajudá-la. Nem o príncipe Areia de Gelo expressou qualquer objeção, embora seu olhar tenha ficado ainda mais sombrio e frio.

Assim, a história chegou ao Reino Sem Histórias.

O rei anunciou o novo plano sucessório no dia de seu aniversário de sessenta anos. Naquela noite, o reino comemorou: fogos de artifício fizeram do céu um maravilhoso jardim, e as intensas luzes por toda parte transformaram o palácio em um lugar cristalino e mágico. Por todos os lados se ouviam risos e conversas animadas, e o vinho fluía como um rio...

Todos estavam felizes, e até o coração frio do príncipe Areia de Gelo parecia ter derretido. Contrariando seu silêncio soturno habitual, ele desejou humildemente um feliz aniversário ao pai e expressou o desejo de que o rei vivesse tanto quanto o sol, banhando o reino com sua luz. E também declarou apoio à decisão dele, dizendo que Orvalho de fato seria mais adequada no trono. Ele felicitou a irmã caçula dizendo esperar que ela aprendesse ainda mais com o pai as habilidades necessárias para o governo, de modo que pudesse cumprir satisfatoriamente suas obrigações no futuro. A sinceridade e a generosidade de suas palavras comoveram todos os presentes.

— Meu filho, me traz grande alegria vê-lo assim — disse o rei, acariciando a cabeça do príncipe. — Gostaria que este momento durasse para sempre.

Um ministro sugeriu que fosse feita uma grande pintura da ocasião, para pendurar no palácio e relembrar aquela noite.

O rei balançou a cabeça.

— O pintor real está velho. O mundo diante de seus olhos está encoberto por um véu, e suas mãos tremem tanto que ele já não é capaz de apreender a alegria em nosso rosto.

— Eu estava prestes a dizer isso. — O príncipe Areia de Gelo curvou-se em uma reverência profunda. — Pai, permita-me apresentar-lhe um novo pintor.

O príncipe se virou e assentiu, e o novo pintor entrou. Era um rapaz de catorze ou quinze anos. Coberto por um manto cinza de frade, com capuz, ele parecia um rato apavorado em meio aos convivas ornamentados no esplendor do palácio. Ao se aproximar, encolheu-se e recurvou o corpo já magro para parecer ainda menor, como se estivesse tentando se esquivar de espinheiros invisíveis à volta.

O rei ficou um pouco decepcionado.

— Ele é tão jovem! Será que tem a habilidade necessária?

O príncipe fez outra reverência.

— Pai, este é Olho de Agulha, de He'ershingenmosiken. É o melhor pupilo do grande pintor Mestre Etéreo. Começou a estudar com o mestre aos cinco anos e, em dez, aprendeu tudo o que o grande homem pôde ensinar. Sente as cores e as formas do mundo com a mesma intensidade com que nós sentimos um ferro de marcar incandescente. Toda essa sensibilidade então é fixada e expressa pelo pincel. Com a exceção do Mestre Etéreo, não há mais ninguém no mundo com tal habilidade. — O príncipe se virou para Olho de Agulha. — Como pintor real, você pode olhar diretamente para o rei sem incorrer em falta de etiqueta.

Olho de Agulha observou o rei e voltou a baixar o rosto.

O rei ficou surpreso.

— Menino, seu olhar é penetrante como uma espada desembainhada perto de uma grande chama. Não corresponde à sua juventude.

Olho de Agulha falou pela primeira vez.

— Vossa Majestade, venerado soberano, por favor, perdoe este simples pintor se houve qualquer ofensa. Meus olhos são os de um pintor. Um pintor precisa antes de mais nada pintar no coração. Já tracei em meu coração uma imagem do senhor, e de sua dignidade e sabedoria. É isso que transferirei à tela.

— Você também pode olhar a rainha — disse o príncipe.

Olho de Agulha observou a rainha e abaixou o rosto.

— Vossa Majestade, honrada rainha, por favor, perdoe a falta de decoro deste simples pintor. Já tracei em meu coração uma imagem da senhora, e de sua nobreza e elegância. É isso que transferirei à tela.

— Olhe a princesa, futura rainha. Você também a pintará.

Olho de Agulha levou menos tempo ainda observando a princesa. Após um rápido olhar, ele abaixou a cabeça e disse:

— Vossa Alteza Real, amada princesa do povo, por favor, perdoe minha falta de habilidade para a corte. Sua beleza me aflige como o sol do meio-dia e, pela primeira vez, sentirei a insuficiência de meu pincel. Mas já tracei em meu coração uma imagem da senhora, e de sua formosura sem igual. É isso que transferirei à tela.

Em seguida, o príncipe pediu que Olho de Agulha observasse cada ministro. Ele obedeceu, repousando os olhos só por um instante em cada face. Depois, abaixou o rosto.

— Vossas Excelências, por favor, perdoem a ofensa deste simples pintor. Já tracei em meu coração uma imagem dos senhores, e de seus talentos e intelectos. É isso que transferirei à tela.

A comemoração prosseguiu, e o príncipe Areia de Gelo puxou Olho de Agulha para um canto.

— Memorizou todos eles? — perguntou ele, aos sussurros.

Olho de Agulha manteve a cabeça baixa, e seu rosto estava totalmente oculto sob a sombra do capuz. O manto parecia vazio, contendo apenas sombras, e nenhuma substância.

— Sim, meu rei.

— Tudo?

— Tudo, meu rei. Agora posso pintar cada fio de cabelo no corpo e na cabeça deles, e será uma réplica perfeita do original.

A comemoração terminou depois da meia-noite. As luzes no palácio se apagaram, uma a uma. Era o momento de maior escuridão antes da alvorada: a lua já se havia posto, e nuvens escuras cobriam o céu de leste a oeste, como uma cortina. A terra estava imersa em nanquim. Vento frio soprou, e pássaros estremeceram nos ninhos enquanto flores apavoradas recolhiam suas pétalas.

Como fantasmas, dois cavalos saíram do palácio e correram para o oeste. Os cavaleiros eram Olho de Agulha e o príncipe Areia de Gelo. Eles chegaram a um abrigo subterrâneo a alguns quilômetros do palácio. O lugar parecia mergulhado nas profundezas do mar da noite: úmido, sinistro, como as entranhas de um monstro de sangue frio adormecido. As sombras dos dois dançavam e tremiam à luz das tochas, e seus corpos eram meros pontos escuros na extremidade delas. Olho de Agulha tirou um pergaminho de um saco de pano e o desenrolou: um quadro, mais ou menos do tamanho de um homem. Era o retrato de um velho. Cabelo e barba branca cercavam aquele rosto como chamas prateadas, e aquele olhar penetrante era muito parecido com o de Olho de Agulha, mas dotado de mais profundidade. O retrato atestava a habilidade do pintor — realista, perfeito nos mínimos detalhes.

— Meu rei, este é... era... meu professor, Mestre Etéreo.

O príncipe assentiu.

— Excelente. Foi inteligente pintá-lo antes.

— Sim, foi preciso, para que ele não me pintasse primeiro. — Com muito cuidado, Olho de Agulha pendurou o retrato na parede úmida. — Tudo bem, agora posso começar o trabalho nos quadros novos para o senhor.

De um canto do abrigo, Olho de Agulha pegou um pergaminho de algo branco como a neve.

— Meu rei, este é um pedaço do tronco de uma árvore onda-de-neve, de He'ershingenmosiken. Quando a árvore atinge cem anos, seu tronco pode ser desenrolado como papel, uma base perfeita para a pintura. Minha magia só funciona quando pinto nesse tipo de papel. — Ele apoiou o pergaminho em uma mesa de pedra, abriu uma parte e a pressionou sob uma placa de obsidiana. Depois, pegou uma faca afiada e cortou o papel ao longo da margem da placa. Quando levantou-a, o pedaço de papel cortado estava liso sobre a mesa. A superfície perfeitamente branca parecia brilhar com luz própria.

O pintor tirou os instrumentos do saco de pano e os espalhou.

— Meu rei, veja estes pincéis, feitos com os pelos das orelhas dos lobos de He'ershingenmosiken. As tintas também são de lá: o vermelho é feito com o sangue de morcegos gigantes; o preto é a tinta de lulas pescadas no fundo do mar; o azul e o amarelo são extraídos de meteoritos... Todas as tintas precisam ser misturadas com as lágrimas de uma espécie de ave gigante chamada manta-de-lua...

— Comece logo — disse o príncipe.

— Claro, claro. Quem devo pintar primeiro?

— O rei.

Olho de Agulha pegou o pincel. Trabalhou com tranquilidade, um toque aqui, uma pincelada ali. Aos poucos, uma variedade de cores surgiu no papel, mas não era possível distinguir nenhuma forma. Era como se o papel tivesse sido aberto sob uma chuva multicolorida, e gotas de todas as tonalidades caíssem constantemente na superfície. Com o tempo, o papel se encheu de cores — uma mistura caótica, como um jardim pisoteado por uma manada de cavalos. O pincel deslizou por esse labirinto de cores, como se não estivesse mais sendo guiado pela mão do pintor, mas a guiasse. Intrigado, o príncipe observou. Ele queria fazer perguntas, porém os movimentos das cores que emergiam e se agrupavam produziam um efeito hipnótico, e ele estava em transe.

Então, de repente, como se uma superfície ondulada se congelasse, todos os pontos aleatórios se juntaram, e todas as cores adquiriram sentido. Formas apareceram e logo se tornaram perfeitamente nítidas.

O príncipe viu um retrato do rei, vestido como antes no palácio: uma coroa dourada na cabeça e um manto cerimonial magnífico sobre o corpo. Mas a expressão em seu rosto era outra: seus olhos já não exibiam dignidade e sabedoria. No lugar, havia uma mistura complexa de emoções: despertar de um sonho, confusão, choque, tristeza... e, por trás de tudo, um terror que não podia ser expressado plenamente, como se seu companheiro mais próximo o tivesse atacado com uma espada.

— O retrato do rei está pronto — disse Olho de Agulha.

— Muito bom. — O príncipe assentiu com satisfação. Seus olhos refletiam a luz das tochas, como se sua alma ardesse no fundo de dois poços.

A quilômetros dali, no palácio, o rei desapareceu de sua alcova. Em sua cama, sustentada por colunas esculpidas com o formato de quatro deuses, os cobertores preservavam o calor de seu corpo, e os lençóis mantiveram a impressão de seu peso. Mas não havia sinal de seu corpo.

O príncipe pegou o retrato finalizado e o jogou no chão.
— Vou mandar emoldurar e pendurar nesta parede. E virei até aqui de vez em quando para observá-lo. Agora, pinte a rainha.
Olho de Agulha alisou outra folha de papel de onda-de-neve com a placa de obsidiana e começou a pintar o retrato da rainha. Dessa vez, o príncipe não quis observar, ficou andando pelo abrigo. O cômodo vazio ecoava seus passos contínuos. A pintura foi terminada na metade do tempo que o pintor levou para finalizar a primeira.
— Meu rei, o retrato da rainha está pronto.
— Muito bom.

No palácio, a rainha desapareceu de sua alcova. Em sua cama, sustentada por colunas esculpidas com o formato de quatro anjos, os cobertores preservavam o calor de seu corpo, e os lençóis mantiveram a impressão de seu peso. Mas não havia sinal de seu corpo.
No jardim do lado de fora do palácio, um cachorro pareceu detectar algo e latiu alto algumas vezes. Mas os sons foram engolidos imediatamente pela escuridão infinita, e o cão se calou, com medo. Tremendo, ele se escondeu e se fundiu à noite.

— A próxima é a princesa? — perguntou Olho de Agulha.
— Não, primeiro pinte os ministros. Eles são mais perigosos. E, claro, pinte apenas os que são leais ao meu pai. Você se lembra deles?
— Claro, eu me lembro de tudo. Posso pintar cada fio de cabelo do corpo e da cabeça deles...
— Faça logo. Rápido. Você precisa terminar antes do amanhecer.
— Não será problema, meu rei. Antes do amanhecer, eu terei pintado um retrato de cada ministro leal ao antigo rei, e da princesa.
Olho de Agulha alisou algumas folhas do papel de onda-de-neve e começou a pintar freneticamente. Sempre que terminava um retrato, o modelo desaparecia de sua cama. A noite passou, e os inimigos do príncipe Areia de Gelo, um a um, transformaram-se em retratos na parede do abrigo.

* * *

A princesa Orvalho foi despertada por batidas fortes e insistentes. Ninguém jamais se atrevera a bater à sua porta daquele jeito antes. Ela se levantou, mas Tia Larga acabara de abrir a porta.

Tia Larga havia sido a ama de leite de Orvalho, e cuidara dela desde pequena. A princesa se sentia mais próxima dela do que da própria mãe, a rainha. Tia Larga fitou o capitão da guarda do lado de fora, cuja armadura ainda projetava o ar frio da noite.

— Você ficou louco? Como ousa acordar a princesa? Ela não tem dormido bem ultimamente.

O capitão ignorou Tia Larga e fez uma ligeira reverência para Orvalho.

— Princesa, uma pessoa gostaria de vê-la.

Então ele deu um passo para o lado, revelando um homem idoso.

O cabelo e a barba brancos do homem envolviam seu rosto como chamas prateadas. Seu olhar era ao mesmo tempo afiado e profundo. Era o homem do primeiro retrato que Olho de Agulha mostrara ao príncipe. Seu rosto e o manto estavam imundos, as botas, cheias de lama, e ele trazia um saco de pano grande nas costas; era evidente que viera de longe.

Mas, curiosamente, ele estava segurando um guarda-chuva. Mais estranho ainda era o jeito como o segurava: o guarda-chuva girava constantemente em sua mão. Ao observar mais atentamente o objeto, o motivo ficava mais claro: o cabo e o tecido eram totalmente pretos, e na ponta de cada haste havia uma pequena esfera feita com uma pedra pesada e translúcida. Os suportes das hastes sob o guarda-chuva estavam quebrados e não mantinham o tecido aberto. A única maneira de o guarda-chuva ficar expandido era girando-o constantemente, pois dessa forma as pedras subiam.

— Como você permitiu a entrada de um desconhecido aqui? Ainda por cima um velho tão estranho — disse Tia Larga.

— Os guardas o barraram, claro, mas ele disse... — o capitão lançou um olhar ansioso para a princesa — ... que o rei já desapareceu.

— Do que você está falando? Você ficou *mesmo* louco! — gritou Tia Larga.

Mas a princesa não falou nada. Manteve as mãos cruzadas na frente da camisola.

— Mas o rei está de fato desaparecido, assim como a rainha. Meus homens disseram que as duas alcovas estão vazias.

A princesa deu um grito e se apoiou em Tia Larga para não cair.

O velho falou:

— Vossa Alteza, por favor, permita-me explicar.

— Mestre, por favor, entre — disse a princesa. Então, ela se voltou para o capitão. — Guarde esta porta.

Ainda girando o guarda-chuva, o velho fez uma reverência para a princesa, um gesto respeitoso diante da tranquilidade com que ela geria uma crise.

— Por que você está girando esse guarda-chuva feito um palhaço? — perguntou Tia Larga.

— Preciso manter este guarda-chuva aberto para não desaparecer como aconteceu com o rei e a rainha.

— Então entre com o guarda-chuva — disse a princesa. Tia Larga abriu mais a porta para que o velho pudesse entrar girando o objeto.

Depois de entrar, o homem soltou o saco de pano pendurado nas costas e deu um suspiro exausto. Mas o guarda-chuva nunca parou de rodar em sua mão, e as pequenas pedras redondas penduradas na borda do tecido cintilavam à luz das velas, cobrindo as paredes com pontos brilhantes como uma corrida de estrelas.

— Meu nome é Etéreo e sou um pintor de He'ershingenmosiken. O novo pintor real, Olho de Agulha, é... era... meu pupilo.

— Eu o conheci — disse a princesa.

— Ele olhou para você? — perguntou Etéreo, ansioso.

— Sim, claro.

— Que notícia terrível, princesa. Terrível! — Etéreo suspirou. — Ele é um demônio. Com sua arte demoníaca, ele cria quadros das pessoas.

— Que perda de tempo — disse Tia Larga. — O trabalho de um pintor não é criar quadros das pessoas?

— Você não entendeu — disse Etéreo. — Depois que ele pinta um retrato, o modelo desaparece. Uma pessoa viva se torna um quadro morto.

— Então precisamos enviar homens para matá-lo imediatamente.

O capitão colocou a cabeça para dentro do quarto.

— Já enviei todos os guardas. Não conseguimos encontrá-lo. Eu pensei em encontrar o ministro da Guerra para pedir que ele mobilizasse a guarnição da capital. Mas o Mestre Etéreo disse que o ministro da Guerra provavelmente já desapareceu também.

Etéreo balançou a cabeça.

— Mandar mais soldados não adiantará nada. O príncipe Areia de Gelo e Olho de Agulha certamente já estão muito longe do palácio. Olho de Agulha pode estar pintando em qualquer lugar do mundo, e ainda assim vai matar todos aqui.

— Você disse o príncipe Areia de Gelo? — perguntou Tia Larga.

— Sim. O príncipe quer usar Olho de Agulha como arma e eliminar o rei, e quem mais for leal a ele, para assumir o trono.

Etéreo viu que a princesa, Tia Larga e o capitão da guarda não ficaram surpresos com a revelação.

— Temos que nos preocupar com a questão mais urgente! Olho de Agulha pode começar a pintar a princesa a qualquer momento... Talvez já tenha começado. — Tia Larga envolveu a princesa com os braços, como se pudesse protegê-la.

— Só eu posso impedir Olho de Agulha — continuou Etéreo. — Ele já me pintou, mas este guarda-chuva impede que eu desapareça. Se eu o pintar, ele vai sumir.

— Então comece a pintar! — disse Tia Larga. — Eu seguro o guarda-chuva para você.

Etéreo balançou a cabeça de novo.

— Não. A magia só funciona se eu pintar em papel de onda-de-neve. Mas o papel que eu tenho não foi alisado e não serve para pintar.

Tia Larga abriu o saco de pano do mestre pintor e pegou um pedaço de árvore onda-de-neve. A casca já havia sido removida, revelando o rolo de papel por baixo. Tia Larga e a princesa desenrolaram uma parte, e foi como se o papel branco iluminasse o quarto. Elas tentaram alisar o papel no chão, mas, por mais que apertassem, a folha voltava a se enrolar assim que elas soltavam.

— Não adianta — disse o pintor. — Só uma placa de obsidiana de He'ershingenmosiken é capaz de alisar papel de onda-de-neve. Esse tipo de obsidiana é muito raro, e eu só tinha uma placa, que Olho de Agulha roubou de mim.

— E nada mais pode alisar isto?

— Não. Só a obsidiana de He'ershingenmosiken funciona. Eu tinha esperança de recuperar a placa que está com Olho de Agulha.

— He'ershingenmosiken? Obsidiana? — Tia Larga deu um tapa na própria testa. — Eu tenho um ferro que uso para passar os melhores vestidos de gala da princesa. Ele foi feito em He'ershingenmosiken e é de obsidiana!

— Talvez funcione!

Tia Larga saiu correndo do quarto e voltou logo depois com um ferro preto lustroso. Ela e a princesa desenrolaram de novo um pedaço do papel de onda-de-neve, e a ama pressionou um dos cantos com o ferro por alguns segundos. Quando a levantou, o canto continuou liso.

— Segure o guarda-chuva para mim, por favor, enquanto eu aliso o papel — disse Etéreo para Tia Larga. Ao entregar o guarda-chuva, ele disse: — Continue girando! Se ele se fechar, eu vou desaparecer. — Ele ficou olhando até se contentar com o modo como Tia Larga girava o guarda-chuva. Depois, agachou-se e começou a alisar o papel, um pouco de cada vez.

— Não dá para consertar os suportes das hastes? — perguntou a princesa, olhando para o guarda-chuva giratório.

— O guarda-chuva tinha suportes — respondeu o pintor, sem parar de passar o papel. — Esse guarda-chuva tem uma história peculiar. No passado, outros pintores em He'ershingenmosiken tinham a mesma habilidade que eu e Olho de Agulha. Sabiam capturar também animais e plantas, além de pessoas. Um dia, um dragão abismal veio à nossa terra. O dragão era preto e voava tão bem quanto nadava no mar profundo. Três pintores o pintaram, mas ele continuou voando e nadando. Então, os pintores juntaram dinheiro e contrataram um guerreiro mágico, que finalmente conseguiu matar o dragão com uma espada de fogo. A luta foi tão intensa que o mar perto de He'ershingenmosiken ferveu. A maior parte do corpo do dragão abismal foi carbonizada, mas consegui reunir um pouco do que sobrou entre as cinzas para construir este guarda-chuva. A cobertura é feita com a membrana da asa do dragão, e o cabo, o punho e as hastes são todos de osso. As pedras que você vê nas pontas das hastes saíram das cinzas dos rins do dragão. O guarda-chuva tem o poder de proteger quem o usa de ser transformado em quadro.

"Com o tempo, os suportes se quebraram, e tentei consertar com varetas de bambu, mas percebi que a magia do guarda-chuva desapareceu. Tirei o bambu, e a magia voltou. Depois, tentei manter a cobertura aberta com a mão, e também não deu certo. Aparentemente, não é possível usar nenhum outro material no guarda-chuva. Mas não tenho mais ossos do dragão, e esta é a única maneira de manter o guarda-chuva aberto..."

O relógio no canto do quarto badalou. Etéreo levantou o rosto e viu que já era quase manhã. Ele baixou os olhos e viu que o papel de onda-de-neve alisado no chão só tinha cerca de um palmo de largura, e não era suficiente para pintar. Ele soltou o ferro e suspirou.

— Não dá tempo. Vou demorar muito para pintar o retrato de Olho de Agulha, e ele pode terminar o quadro da princesa a qualquer momento. Vocês dois. — Ele apontou para Tia Larga e o capitão. — Olho de Agulha viu vocês?

— Tenho certeza de que não me viu — disse Tia Larga.

— Eu o vi de longe quando ele veio ao palácio — respondeu o capitão. — Mas tenho certeza de que ele não me viu.

— Ótimo. — Etéreo se levantou. — Por favor, acompanhem a princesa até o mar dos Glutões e encontrem o príncipe Água Profunda na Ilha Túmulo.

— Mas... mesmo se conseguirmos chegar ao mar dos Glutões, não podemos ir para a Ilha Túmulo. Você sabe que o mar tem...

— Preocupem-se com isso quando for a hora. É a única maneira. Ao amanhecer, todos os ministros leais ao rei terão se transformado em quadros, e o príncipe Areia de Gelo assumirá o controle da guarnição da capital e da guarda palaciana. Ele tomará o trono, e só o príncipe Água Profunda pode impedi-lo.

— Se o príncipe Água Profunda voltar ao palácio, Olho de Agulha não vai transformá-lo em quadro também? — perguntou a princesa.

— Não se preocupe. Olho de Agulha não conseguirá pintar o príncipe Água Profunda. O príncipe é a única pessoa do reino que não pode ser pintada por ele. Felizmente, só o ensinei a pintar no estilo ocidental, nunca lhe ensinei pintura oriental.

A princesa e os outros dois não sabiam do que o mestre pintor estava falando, mas Etéreo não explicou. Ele continuou:

— Vocês precisam trazer Água Profunda de volta ao palácio e matar Olho de Agulha. Depois, encontrem e queimem a pintura da princesa. É a única forma de protegê-la.

— E se acharmos os quadros do rei e da rainha...

— Alteza, já é tarde demais. Eles se foram. Agora, são apenas pinturas. Se os encontrar, não os queime. Guarde-os como lembranças.

A princesa Orvalho ficou arrasada pela tristeza e caiu ao chão, chorando.

— Princesa, agora não é hora para luto. Se quiser vingar seu pai e sua mãe, é melhor se apressar. — O velho mestre se virou para Tia Larga e o capitão. — Lembrem-se, enquanto não encontrarem e destruírem o retrato da princesa, vocês precisam manter o guarda-chuva aberto sobre ela. Ela não pode ficar sem esta proteção, nem por um segundo. — Ele pegou o guarda-chuva das mãos de Tia Larga e continuou girando. — Não girem devagar demais, ou ele se fecha; mas não girem rápido demais, porque o guarda-chuva é velho e pode se desintegrar. De certa forma, este guarda-chuva está vivo. Se girarem muito devagar, ele vai cantar como um pássaro. Escutem... — Ele diminuiu a velocidade até as pedras na borda da cobertura começarem a descer, e o guarda-chuva emitiu um som parecido com o canto de um rouxinol. Quanto mais devagar o guarda-chuva girava, mais alto era o ruído. O velho mestre voltou a girar mais rápido. — Se vocês girarem rápido demais, ele vai tinir como um sino. Assim... — O velho mestre aumentou ainda mais a velocidade, e o guarda-chuva começou a tilintar como um sino de vento, só que mais rápido e alto. — Tudo bem. Agora, protejam a princesa. — Ele devolveu o guarda-chuva para Tia Larga.

— Mestre Etéreo, vamos fugir juntos — disse a princesa Orvalho, encarando-o com olhos cheios de lágrimas.

— Não. O guarda-chuva de dragão só pode proteger uma pessoa. Se dois indivíduos que tiverem sido pintados por Olho de Agulha tentarem usá-lo ao mesmo tempo, os dois vão sofrer uma morte terrível: metade de cada pessoa vai se transformar no quadro, e a outra metade continuará debaixo do guarda-chuva... Agora, mantenham o guarda-chuva sobre a princesa e vão! A cada instante perdido, o perigo aumenta. Olho de Agulha pode terminar o retrato a qualquer momento!

Tia Larga continuou girando o guarda-chuva sobre o velho mestre. Ela olhou para a princesa, e de novo para o pintor, hesitante.

— Eu ensinei aquela criatura vil a pintar. A morte é o que eu mereço. O que você está esperando? Quer ver a princesa desaparecer diante dos seus olhos?

Tia Larga estremeceu e virou o guarda-chuva para cobrir a princesa.

O velho pintor afagou a barba e sorriu.

— Está tudo bem. Fui pintor a vida inteira. Transformar-me em um quadro não é um jeito ruim de morrer. Confio na técnica do meu pupilo. O retrato será excelente...

Enquanto ele falava, seu corpo aos poucos se tornou transparente, até desaparecer como um fiapo de neblina.

A princesa Orvalho olhou para o espaço vazio onde o pintor estivera e murmurou:

— Vamos embora. Ao mar dos Glutões.

— Você pode segurar o guarda-chuva um pouco? — perguntou Tia Larga ao capitão. — Preciso fazer as malas.

O capitão assumiu.

— Rápido! Os homens do príncipe Areia de Gelo estão por toda parte. Vai ser difícil escapar depois do amanhecer.

— Mas eu preciso fazer as malas! A princesa nunca saiu do palácio. Tenho que levar o manto e as botas de viagem, e muitas roupas, e a água, e... também o sabonete de He'ershingenmosiken. Ela não consegue dormir sem tomar banho com ele... — Tia Larga saiu sem parar de falar.

Meia hora depois, sob a luz fraca do amanhecer, uma carruagem ligeira saiu do palácio por um portão lateral. O capitão a conduzia. Dentro da carruagem estavam a princesa e Tia Larga, que girava o guarda-chuva. Os três estavam vestidos como plebeus, e o veículo logo desapareceu na neblina.

Naquele distante abrigo subterrâneo, Olho de Agulha tinha acabado de terminar o retrato da princesa Orvalho.

— Este é o retrato mais bonito que eu já pintei — disse ele ao príncipe Areia de Gelo.

O SEGUNDO CONTO DE YUN TIANMING
"O MAR DOS GLUTÕES"

Fora do palácio, o capitão fez os cavalos galoparem o mais rápido possível. Todos estavam ansiosos. Em meio à escuridão que se dissipava, eles pressentiam o perigo em cada arvoredo sombrio e plantação por que passavam. Quando o céu estava ainda mais claro, a carruagem chegou ao topo de uma colina, onde o capitão parou para olhar a estrada atrás deles. O reino se estendia sob a colina, e a estrada parecia uma linha reta que cortava o mundo ao meio. No fim dessa linha estava o palácio, que a distância parecia uma pilha de blocos de montar esquecidos no horizonte. Ninguém os perseguia; aparentemente, o príncipe Areia de Gelo achava que a princesa não existia mais, que tinha sido capturada pelo pincel de Olho de Agulha.

Eles seguiram a um ritmo mais tranquilo. À medida que o céu clareava e iluminava tudo à sua volta, o mundo lembrava um quadro sendo pintado. A princípio, havia apenas contornos indistintos e cores difusas; mais tarde, os contornos ganharam definição, e as cores, vida e substância. Foi só um momento antes de o sol nascer que o quadro ficou pronto.

A princesa, que sempre havia morado no palácio, nunca vira tantas extensões de cor vibrante: o verde das florestas, dos pastos e dos campos, o vermelho intenso e o amarelo luminoso das flores silvestres, o prateado do céu refletido em lagos e poças, o branco nevado dos rebanhos de ovelha... Conforme o sol subia, era como se o pintor daquele quadro-mundo espalhasse com ousadia um punhado de pó de ouro pela superfície da pintura.

— É tão bonito aqui fora — disse a princesa. — É como se já estivéssemos dentro do quadro.

— É verdade — disse Tia Larga, girando o guarda-chuva. — Mas você está viva *neste* quadro. No outro, você já está morta.

A princesa se lembrou dos pais falecidos. Reprimiu a vontade de chorar. Sabia que já não era mais uma menina, e sim uma rainha, com obrigações a cumprir.

Eles conversaram sobre o príncipe Água Profunda.

— Por que ele foi exilado na Ilha Túmulo? — perguntou a princesa.

— Dizem que ele é um monstro — respondeu o capitão.

— O príncipe Água Profunda não é um monstro! — retrucou Tia Larga.

— Dizem que ele é um gigante.

— Ele não é um gigante. Eu o segurei no colo quando era bebê. Eu sei.

— Quando chegarmos ao mar, você vai ver. Muitas outras pessoas o viram. Ele realmente é um gigante.

— Mesmo se for, ainda é o príncipe — disse a princesa. — Por que ele foi exilado na ilha?

— Ele não foi exilado. Quando era pequeno, ele foi de barco pescar na Ilha Túmulo. Foi quando os peixes-glutões apareceram no mar. Ele não conseguiu voltar, então teve que crescer na ilha.

Agora era pleno dia, e a estrada aos poucos se encheu de pedestres e carruagens. Como a princesa raramente havia pisado fora do palácio antes, as pessoas não a reconheceram. Ela também estava usando um véu que só exibia seus olhos, mas qualquer um que a visse ainda se espantava com sua beleza. As pessoas também admiravam o belo e jovem condutor da carruagem e riam da mãe idosa e boba que segurava o guarda-chuva para a filha bonita — e que jeito estranho de manter o guarda-chuva aberto! Era um belo dia de sol, e todos acharam que aquilo fosse uma sombrinha.

Era meio-dia, e o capitão caçou duas lebres com o arco. Os três comeram na beira da estrada, em uma clareira entre algumas árvores. A princesa Orvalho acariciou a grama macia ao seu lado, inspirou a fragrância das ervas e das flores, observou a luz do sol colorir o chão, ouviu o canto dos pássaros entre as árvores e algum pastor distante tocando sua flauta — ela estava curiosa e encantada com aquele mundo novo.

Mas Tia Larga suspirou.

— Ah, princesa, lamento que você esteja fora do palácio, sofrendo.

— Acho que fora do palácio é melhor do que lá dentro.

— Garota boba, como é que aqui fora pode ser melhor do que no palácio? Você não sabe como é aqui fora. Agora, é primavera. Mas, no inverno, faz frio, e no verão, faz calor. Aqui fora há tufões, e tempestades, e todo tipo de gente diferente...

— Eu nunca soube nada daqui antes. No palácio, estudei música, pintura, poesia, matemática e duas línguas que ninguém mais fala. Mas ninguém me contou o que havia do lado de fora. Como é que eu posso governar este reino?

— Princesa, seus ministros vão ajudá-la.

— Todos os ministros que me ajudariam foram transformados em quadros... Ainda acho que o lado de fora é melhor.

O palácio e o mar estavam separados por um dia de viagem. Mas eles evitaram as estradas e cidades principais, então só chegaram ao mar à meia-noite.

Orvalho nunca tinha visto um céu tão vasto e cheio de estrelas, e pela primeira vez sentiu como a noite podia ser *escura* e *silenciosa*. A tocha da carruagem iluminava apenas uma pequena área em torno da princesa, e o mundo ao redor era de veludo preto. O barulho dos cascos dos cavalos era alto o bastante para sacudir as estrelas do céu. A princesa puxou o braço do capitão e pediu para ele parar.

— Escute! O que é isso? Parece um gigante respirando.

— É o som do mar, princesa.

Eles avançaram um pouco mais, e a princesa conseguiu distinguir formas dos dois lados — bananas gigantes?

— O que é aquilo?

O capitão parou os cavalos, desceu ao chão e aproximou a tocha de um dos objetos.

— Princesa, você deve reconhecer isto.

— Barcos?

— Sim, barcos.

— Por que os barcos estão... em terra?

— Porque o mar tem peixes-glutões.

A luz da tocha do capitão revelou um velho barco abandonado. Estava parcialmente enterrado na areia, e o lado exposto parecia o esqueleto de algum monstro.

— Olhe aquilo! — A princesa apontou para a frente. — Uma cobra branca enorme!

— Não tenha medo, princesa. Não é uma cobra, só a espuma das ondas. Chegamos ao mar.

A princesa e Tia Larga, que mantinha o guarda-chuva aberto, desceram da carruagem. Orvalho só vira o mar em pinturas, e aqueles mares pintados eram ondas azuis sob um céu azul. Mas o mar que ela estava vendo ali era um oceano negro à noite, cheio da grandiosidade e do mistério das estrelas, como um segundo céu em estado líquido. A princesa avançou na direção da água, como que atraída por alguma força. O capitão e Tia Larga a seguraram.

— É perigoso chegar perto demais — disse o capitão.

— Acho que a água não é muito funda. Vou me afogar?

— Os peixes-glutões vão destroçá-la e devorá-la! — disse Tia Larga.

O capitão pegou uma tábua solta de madeira caída no chão e jogou-a ao mar. A tábua boiou por um tempo, até uma sombra escura aparecer na superfície e ir na direção dela. Como a maior parte daquela criatura sombria estava submersa, era difícil ver seu tamanho. As escamas daquele corpo brilharam à luz da tocha. Surgiram mais três ou quatro sombras, que também nadaram até a tábua. Houve briga, e, na agitação da água, dava para ouvir o som de dentes afiados serrando e quebrando a madeira. Em questão de instantes, as sombras e a tábua desapareceram.

— Eles conseguem destruir até um grande navio — disse o capitão.

— Onde é a Ilha Túmulo? — perguntou Tia Larga.

— Naquela direção. — O capitão apontou para o horizonte. — Mas não podemos ver agora. Temos que esperar o amanhecer.

Eles acamparam na praia. Tia Larga passou o guarda-chuva giratório ao capitão e pegou uma pequena bacia de madeira na carruagem.

— Princesa, receio que você não poderá tomar banho hoje à noite. Mas ao menos poderá lavar o rosto.

O capitão devolveu o guarda-chuva para Tia Larga e pegou a bacia para buscar água. Seu vulto desapareceu na noite.

— Que bom rapaz. — Tia Larga bocejou.

O capitão voltou com a bacia cheia de água. Tia Larga pegou o sabonete da princesa e o molhou. Com um estalo, a superfície da água se encheu de espuma, e um pouco dela se esparramou pelas bordas.

O capitão olhou a espuma e se virou para Tia Larga.

— Posso ver o sabonete?

Tia Larga entregou-lhe cuidadosamente o sabonete perfeitamente branco.

— Segure firme! Ele é mais leve que uma pluma. Se você soltar, ele vai sair flutuando.

O capitão sentiu o peso do sabonete; parecia não pesar nada, era como se estivesse segurando uma sombra branca.

— Isto é mesmo de He'ershingenmosiken! É incrível que o tenhamos.

— Acho que só restam dois sabonetes em todo o palácio... não, no reino todo. Guardei um há anos para a princesa. Tudo que vem de He'ershingenmosiken é superior, mas há cada vez menos desses objetos hoje em dia.

Tia Larga pegou o sabonete de volta e o guardou com cuidado.

Enquanto observava a espuma branca, a princesa relembrou sua vida no palácio pela primeira vez desde o começo da viagem. Todas as noites, ela entrava com seu elegante e ornado traje de banho na piscina, que ficava coberta daquela espuma. À luz das diversas lamparinas, as bolhas às vezes pareciam alvas como uma nuvem retirada do céu, e outras vezes eram iridescentes como uma montanha de joias. Quando se banhava no meio das bolhas, ela sentia o corpo amolecer como macarrão, se *derreter* nas bolhas. Era tão confortável que ela não queria se mexer, então as criadas precisavam tirá-la da água, enxugá-la e carregá-la até a cama para dormir. Aquela sensação maravilhosa durava até a manhã seguinte.

Tendo lavado o rosto com o sabonete de He'ershingenmosiken, a princesa o sentiu relaxado e macio, mas seu corpo continuou cansado e tenso. Após uma refeição rápida, ela se deitou na praia — tentou se deitar sobre um cobertor, mas percebeu que seria mais confortável dormir diretamente na areia, que preservava um pouco do calor do dia e causava a sensação de estar suspensa em uma mão gigantesca e cálida. As batidas ritmadas das ondas pareciam uma canção de ninar, e ela logo adormeceu.

Depois de um período indeterminado, a princesa Orvalho acordou com o barulho de um sino. O som vinha do guarda-chuva preto que girava acima dela. Tia Larga dormia ao seu lado, e quem girava o guarda-chuva era o capitão da guarda. As tochas já estavam apagadas, e a noite cobria tudo como um manto de veludo preto. O capitão era só uma silhueta diante do céu estrelado, e sua armadura refletia a luz das estrelas enquanto seu cabelo se agitava ao vento. O guarda-chuva girava a um ritmo constante em sua mão, uma pequena redoma que ocultava metade do céu. Ela não conseguia ver seus olhos, mas sentia que eles a observavam junto com as inúmeras estrelas cintilantes.

— Sinto muito, princesa. Girei um pouco rápido demais — sussurrou o capitão.

— Que horas são?

— É bem tarde.

— Parece que o mar está mais distante.

— A maré está baixa. Amanhã de manhã a água vai voltar.

— Vocês estão se alternando com o guarda-chuva?

— Estamos. Tia Larga ficou girando o dia inteiro. Eu a rendi, e vou girar um pouco mais hoje à noite.

— Mas você conduziu a carroça o dia inteiro. Deixe que eu faço isso. Descanse um pouco.

A princesa Orvalho ficou um pouco surpresa com as próprias palavras. Pelo que podia lembrar, essa era a primeira vez que ela pensava nas necessidades de outras pessoas.

— Não, princesa. Suas mãos são macias e delicadas; vão ficar com bolhas se girarem o guarda-chuva. Permita-me continuar.

— Como você se chama?

Embora eles tivessem viajado durante um dia inteiro, ela nunca havia pensado em perguntar o nome dele. Antes, teria achado uma atitude perfeitamente normal. Mas agora estava se sentindo um pouco culpada.

— Meu nome é Longa Vela.

— Vela? — A princesa olhou à sua volta. Eles estavam acampados ao lado de um barco grande na praia, que os protegia do vento. Ao contrário dos outros barcos encalhados na areia, aquele ainda tinha mastro, como uma espada apontada para as estrelas. — Não é vela que se chama o tecido pendurado na vara comprida?

— É. Aquilo é um mastro. Prende-se uma vela a ele para que o vento possa impulsionar o barco.

— As velas são muito brancas no mar. Muito bonitas.

— Só nos quadros. Velas de verdade não são tão brancas.

— Você era de He'ershingenmosiken, não é?

— Era, sim. Meu pai era arquiteto em He'ershingenmosiken. Ele trouxe nossa família toda para cá quando eu era pequeno.

— Você já pensou em voltar para casa? Quer dizer, para He'ershingenmosiken?

— Não muito. Eu era tão jovem quando saí que não me lembro de muita coisa. E, mesmo que lembrasse, não adianta. Nunca poderei sair do Reino Sem Histórias.

As ondas quebraram na praia, a alguma distância, como se repetissem as palavras de Longa Vela sem parar: *nunca poderei sair, nunca poderei sair...*

— Conte algumas histórias sobre o mundo exterior. Eu não sei nenhuma — disse a princesa.

— Você não precisa saber. É a princesa do Reino Sem Histórias, e é natural que o reino não tenha histórias para contar a você. Na verdade, fora do palácio as pessoas também não contam nenhuma história para os filhos. Mas meus pais eram diferentes. Eles eram de He'ershingenmosiken, então me contaram algumas.

— Meu pai me falou que, muito tempo atrás, o Reino Sem Histórias também tinha histórias.

— É verdade... Princesa, você sabe que o reino é cercado pelo mar? O palácio fica no centro. Se você sair em qualquer direção, vai chegar ao litoral após algum tempo. O Reino Sem Histórias é uma grande ilha.

— Claro, eu sabia.

— Antigamente, o mar em volta do reino não se chamava mar dos Glutões. Na época, não havia peixes-glutões, e os navios viajavam livremente pelas águas. Todos os dias, inúmeros navios iam e voltavam entre o Reino Sem Histórias e He'ershingenmosiken... bom, naquela época, este era o Reino Historioso, e a vida era muito diferente.

— É?

— A vida era cheia de histórias, com muitas mudanças e surpresas. Havia várias cidades grandes e movimentadas no reino, e o palácio não era cercado de florestas e campos, e sim de uma próspera capital. Nas cidades, era possível achar em todo canto os artigos preciosos e as ferramentas e os utensílios peculiares de

He'ershingenmosiken. E os produtos do Reino Sem Histórias, quer dizer, do Reino Historioso, atravessavam o mar e chegavam de He'ershingenmosiken constantemente. A vida das pessoas era imprevisível, como um cavalo rápido correndo pelas montanhas: um dia ele estava em um cume, no outro caía em um vale. Havia oportunidade e perigo: uma pessoa pobre podia ficar rica da noite para o dia, e uma pessoa abastada também podia perder tudo em um instante. Quando acordavam, as pessoas nunca sabiam o que ia acontecer, nem quem conheceriam. A vida era estimulante e incrível.

"Mas um dia um navio mercante de He'ershingenmosiken trouxe um estoque de pequenos peixes raros em barris de ferro fundido. Os peixes eram do tamanho de um dedo, pretos, e pareciam perfeitamente comuns. O comerciante se apresentava ao público nos mercados: ele enfiava uma espada no barril de ferro e, depois de uma barulheira estridente, puxava a espada de volta para mostrar que ela tinha sido mordida até ficar serrilhada. Aquela espécie se chamava peixe-glutão, um peixe de água doce que habitava lagos escuros nas profundezas das cavernas de He'ershingenmosiken.

"Os peixes-glutões fizeram sucesso no reino. Embora seus dentes fossem muito pequenos, eram duros como diamantes e podiam ser usados como brocas. As barbatanas também eram muito afiadas, e podiam servir de pontas de flecha ou facas pequenas. Assim, cada vez mais peixes-glutões foram trazidos de He'ershingenmosiken para o reino. Certa vez, um tufão causou o naufrágio de um desses navios mercantes perto do litoral, e mais de vinte barris de peixes-glutões se perderam no mar.

"Descobriu-se que os peixes-glutões viviam bem no mar, e eles cresceram até ficarem do tamanho de um homem, muito maiores que a espécie de água doce. Também se reproduziram depressa, então a população se multiplicou. Eles começaram a comer tudo que flutuava na superfície. Navios e barcos que não fossem puxados para a praia a tempo eram devorados. Quando os peixes-glutões cercavam um navio, abriam buracos enormes no fundo. Mas o navio nem tinha tempo de afundar e logo era mastigado até desaparecer, como se tivesse derretido. Os cardumes de peixes-glutões nadaram em volta do reino e acabaram formando uma barreira no mar.

"Foi assim que os peixes-glutões sitiaram o Reino Historioso e o litoral se tornou uma terra de morte. Não havia mais navios nem velas, e o reino foi isolado, perdendo todo o contato com He'ershingenmosiken e o resto do mundo. O reino regrediu à condição de terra agrária autossuficiente. As cidades movimentadas desapareceram e se tornaram pequenos vilarejos e ranchos. A vida se tornou calma e monótona, sem mudanças, sem estímulos e surpresas. Ontem era como hoje, e hoje é como amanhã. Aos poucos, as pessoas se acostumaram e pararam de desejar algo diferente. As lembranças do passado, assim como os produtos exóticos de He'ershingenmosiken, tornaram-se mais e mais raras a cada dia. As pessoas até tentavam esquecer o passado de propósito, e também o presente. Em geral, elas não queriam mais histórias, então passaram a levar vidas sem histórias. E assim o Reino Historioso se transformou no Reino Sem Histórias."

A princesa Orvalho estava fascinada pelo conto. Foi só muito depois de Longa Vela parar de falar que ela perguntou:

— Ainda existem peixes-glutões em todo o mar?

— Não. Eles habitam só o litoral do Reino Sem Histórias. Quem tem boa visão às vezes consegue enxergar aves marítimas flutuando ao longe na superfície do mar, caçando. Não há peixes-glutões por lá. O oceano é imenso e infinito.

— Então existem outros lugares no mundo além do Reino Sem Histórias e de He'ershingenmosiken?

— Princesa, você achou mesmo que no mundo só teria dois lugares?

— Foi isso que o tutor real me disse quando eu era pequena.

— Nem ele acredita nessa mentira. O mundo é muito, muito vasto. O oceano não tem limite, e nele há inúmeras ilhas. Algumas são menores do que o reino, e outras são maiores. Existem até continentes.

— O que são continentes?

— São terras vastas como o mar. Ainda que usasse um cavalo rápido, você levaria muitos meses para ir de uma ponta à outra.

— Tão grande assim? — A princesa suspirou. Então, perguntou de repente: — Você está me vendo?

— Só vejo seus olhos. Eles estão cheios de estrelas.

— Então deve poder ver meu anseio. Quero navegar um barco a vela pelo mar e ir a lugares distantes.

— Impossível. Não podemos sair do Reino Sem Histórias, princesa, nunca... Se você estiver com medo do escuro, podemos acender as tochas.

— Tudo bem.

As tochas foram acesas. A princesa Orvalho olhou para o capitão Longa Vela, mas ele estava olhando para outro lugar.

— O que você está vendo? — perguntou ela, delicadamente.

— Ali, princesa... olhe para lá.

Longa Vela estava apontando para um pequeno trecho de grama na areia. Algumas gotas brilhavam nas folhas sob a luz das tochas.

— Aquilo se chama orvalho — disse Longa Vela.

— Ah, como eu. E se parece comigo?

— Parece. Vocês são cheios de beleza, como cristais.

— De dia, ele vai ficar mais bonito ainda com o sol.

O capitão deu um longo suspiro. Não fez nenhum barulho, mas a princesa sentiu.

— Qual é o problema?

— O orvalho evapora e desaparece debaixo do sol.

A princesa assentiu. Seus olhos ficaram sombrios.

— Então ele é mais parecido ainda comigo. Se este guarda-chuva se fechar, eu vou desaparecer. Vou ser o orvalho debaixo do sol.

— Não deixarei que desapareça.

— Você e eu sabemos que não vamos chegar à Ilha Túmulo, e não vamos conseguir trazer o príncipe Água Profunda de volta.

— Nesse caso, eu vou segurar o guarda-chuva para sempre.

O TERCEIRO CONTO DE YUN TIANMING
"PRÍNCIPE ÁGUA PROFUNDA"

Quando a princesa Orvalho acordou de novo, já estava claro. O mar preto agora era azul, mas a princesa ainda o achava completamente diferente dos quadros que tinha visto. A vastidão que a noite havia ocultado agora estava à mostra. Ao sol matinal, a superfície do mar estava totalmente vazia. Mas, na imaginação da princesa, os peixes-glutões não eram a causa desse vazio; para ela, o mar estava tão vazio quanto os cômodos do palácio, à sua espera. O anseio do qual ela havia falado para Longa Vela à noite ficou mais intenso. Imaginou uma vela branca que pertencesse a ela surgindo no mar, indo embora com o vento, até sumir.

Tia Larga estava segurando o guarda-chuva. O capitão as chamou para a praia mais à frente. Quando elas o alcançaram, ele apontou para o mar.

— Lá está a Ilha Túmulo.

A primeira coisa que a princesa viu não foi a ilha, e sim o gigante que havia nela. Era claramente o príncipe Água Profunda. Ele parecia uma montanha solitária: a pele bronzeada pelo sol, os músculos firmes e salientes como projeções rochosas, o cabelo ao vento como árvores perto do cume. Era parecido com Areia de Gelo, mas não era melancólico ou soturno; na verdade, seu olhar e sua expressão davam-lhe a impressão de ser aberto como o mar. O sol ainda não tinha terminado de nascer, mas a cabeça do gigante já estava banhada pela luz dourada, como se estivesse em chamas. Ele protegeu os olhos com a mão imensa, e por um instante a princesa achou que seus olhares se encontraram, e ela gritou:

— Irmão! Sou Orvalho, sua irmã caçula! Sou sua irmãzinha Orvalho! Estamos aqui!

O gigante não exibiu nenhum sinal de ter ouvido. Seu olhar passou direto por onde eles estavam e foi para outro lado. Depois, ele baixou a mão, balançou a cabeça com uma expressão pensativa e se virou.

— Por que ele não está prestando atenção em nós? — perguntou a princesa, ansiosa.

— Quem repararia em três formigas distantes? — O capitão se virou para Tia Larga. — Eu falei que o príncipe Água Profunda era um gigante.

— Mas ele era só um bebezinho quando eu o peguei no colo! Como ficou tão grande? Mas é bom ele ser um gigante. Ninguém pode pará-lo. Ele pode castigar aqueles malvados e recuperar o retrato da princesa.

— Nós ainda temos que avisá-lo do que aconteceu — disse o capitão.

— Temos que ir para lá! Vamos para a Ilha Túmulo!

A princesa agarrou o braço de Longa Vela.

— Não podemos. Em todos esses anos, ninguém nunca conseguiu chegar à Ilha Túmulo. E ninguém pode vir de lá para cá.

— É impossível mesmo? — Lágrimas caíram dos olhos da princesa. — Nós viemos para cá atrás dele! Você deve saber o que fazer.

Longa Vela se sentiu incapaz diante da princesa em prantos.

— Eu realmente não sei. Vir aqui foi a decisão certa, porque você precisava sair do palácio... caso contrário, sua morte seria só questão de tempo. Mas eu sabia desde o começo que não conseguiríamos chegar à Ilha Túmulo. Talvez... possamos enviar uma mensagem por pombo-correio.

— Ótima ideia! Vamos achar um pombo-correio agora mesmo.

— Mas de que vai adiantar? Mesmo se ele receber a mensagem, não poderia vir para cá. Ele pode ser um gigante, mas seria destroçado pelos peixes-glutões no mar... Vamos tomar café antes de decidir o que fazer. Eu preparo.

— Ah, não, minha bacia! — gritou Tia Larga.

A maré estava alta, e as ondas tinham alcançado a bacia de madeira que a princesa usara na noite anterior para lavar o rosto. O objeto já havia flutuado por uma boa distância. Estava de cabeça para baixo, e a água ensaboada lá dentro produzira uma espuma branca na superfície do mar. Eles viram alguns peixes-glutões nadando na direção da bacia, as barbatanas afiadas cortando a água como facas. Seus dentes transformariam a bacia em serragem em um segundo.

Mas então aconteceu algo incrível: os peixes-glutões não chegaram à bacia. Assim que alcançaram a espuma, pararam de nadar e flutuaram até a superfície. Os peixes ferozes pareciam ter perdido a motivação e ficaram inertes. Alguns movimentavam lentamente as caudas de um lado a outro — sem nadar, relaxados. Outros até decidiram boiar com a barriga branca para cima.

Os três observaram a cena em silêncio, chocados.

— Acho... — disse a princesa, enfim. — Acho que sei como eles se sentem. A gente fica tão confortável com a espuma que é como se nossos ossos sumissem. Eles não querem se mexer.

— O sabonete de He'ershingenmosiken é mesmo maravilhoso — disse Tia Larga. — Mas é uma pena só restarem dois.

— Até em He'ershingenmosiken, esse tipo de sabonete é muito precioso — disse o capitão Longa Vela. — Você sabe como ele é feito? Em He'ershingenmosiken, existe uma floresta mágica formada por bolheiras milenares, todas muito altas. Normalmente, as bolheiras não têm nada de especial, mas, sempre que sopra um vento forte, as árvores soltam bolhas de sabão. Quanto mais forte for o vento, mais bolhas surgem. O sabonete de He'ershingenmosiken é feito com essas bolhas, mas elas não são nada fáceis de colher. As bolhas flutuam muito rápido no vento, e, como são transparentes, é muito difícil vê-las. O único jeito é correr igualmente rápido, de modo que pareçamos em repouso em relação às bolhas. Isso só é possível cavalgando com os cavalos mais velozes, e em toda He'ershingenmosiken só existem dez assim. Sempre que as bolheiras começam a soprar bolhas, os saboneteiros cavalgam esses cavalos para perseguir o vento e tentar colhê-las com uma rede de gaze fina. As bolhas têm tamanhos variados, mas até mesmo a maior de todas, ao cair na rede, estoura e fica invisível de tão pequena. É preciso colher centenas de milhares de bolhas, às vezes até milhões, para fazer um único sabonete.

"Mas, quando o sabonete encosta na água, cada bolha da bolheira se transforma em milhões de bolhas novas. É por isso que esse tipo de sabonete gera tanta espuma. As bolhas não têm peso, e dessa forma os sabonetes puros autênticos de He'ershingenmosiken não pesam nada. É a substância mais leve do mundo, mas extremamente preciosa. Os sabonetes de Tia Larga provavelmente foram presentes do embaixador de He'ershingenmosiken para a coroação do rei. Depois disso..."

Longa Vela parou de falar de repente e olhou para o mar, perdido em pensamentos. Aqueles poucos peixes-glutões continuavam flutuando tranquilamente na espuma branca. A bacia de madeira diante deles permanecia intacta.

— Acho que talvez haja uma forma de chegarmos à Ilha Túmulo! — Longa Vela apontou para a bacia. — E se usarmos aquilo como um pequeno barco?

— De jeito nenhum! — disse Tia Larga. — Como a princesa vai se arriscar desse jeito?

— Eu não estava falando da princesa.

Ao ver o olhar determinado do capitão, a princesa percebeu que ele já havia decidido.

— Se você for sozinho, como vai convencer o príncipe Água Profunda? — O rosto da princesa estava corado de agitação. — Eu também vou. Preciso ir!

— Mesmo se você conseguir chegar à ilha, como vai provar a sua identidade? — O capitão lançou um olhar significativo aos trajes de plebeia.

Tia Larga não falou nada. Ela sabia que havia um jeito.

— Meu irmão e eu podemos provar nossa relação se testarmos nosso sangue — disse a princesa.

— Mesmo assim, a princesa não pode ir. É perigoso demais!

Mas o tom de Tia Larga já não era irredutível.

— Você acha que ficar aqui vai ser seguro para mim? — A princesa apontou para o guarda-chuva preto que girava na mão dela. — Vamos chamar atenção demais, e Areia de Gelo vai nos seguir. Se eu ficar aqui, o exército de Areia de Gelo vai me alcançar, mesmo que eu não morra em um quadro. É mais seguro ir para a Ilha Túmulo.

Então eles decidiram ir.

O capitão encontrou o menor barco da praia e usou os cavalos para arrastá-lo até onde pudesse ser molhado pelas ondas. Não achou nenhuma vela aproveitável, mas conseguiu um par de remos velhos nos outros navios. Ele ajudou a princesa e Tia Larga, que levava o guarda-chuva, a subirem primeiro no barco. Depois, espetou o sabonete de He'ershingenmosiken na espada e a entregou à princesa.

— Assim que o barco entrar na água, mergulhe o sabonete.

A princesa assentiu.

Ele empurrou o barco para o mar e continuou andando até a água bater na cintura. Só então embarcou também. Ele remou com todas as forças, e o barco seguiu em direção à Ilha Túmulo.

As barbatanas pretas dos peixes-glutões começaram a aparecer ao redor do barco e se aproximar. A princesa estava sentada na proa e mergulhou a espada com o sabonete. Imediatamente, a espuma brotou no mar e as bolhas se acumularam até ficarem da altura de uma pessoa, em seguida se espalharam na esteira do barco. Quando os peixes-glutões alcançavam as bolhas, começavam a boiar, deliciando-se com a sensação incomparável de aconchego de um cobertor fofo de pelúcia branca. Pela primeira vez, a princesa teve a chance de dar uma boa olhada nos peixes-glutões: com exceção da barriga branca, eram completamente pretos, como máquinas de aço e ferro — e agora estavam preguiçosos e dóceis na espuma.

O barco avançou pelo mar sereno, deixando para trás uma longa esteira de espuma como se fosse um pedaço de nuvem caído do céu. Os peixes-glutões se aproximavam pelos dois lados e entravam na espuma como peregrinos reunidos em um rio de nuvens. De vez em quando, alguns deles vinham pela frente do barco e chegavam a dar algumas mordidas no fundo — um até conseguiu arrancar um pedaço do remo na mão do capitão. Mas, em pouco tempo, até esses foram atraídos para a espuma atrás do barco, e os danos foram pequenos. A cena do rio-nuvem perfeitamente branco atrás do barco e das massas de peixes-glutões inebriados trouxe à princesa a imagem do Paraíso descrito pelos sacerdotes.

A praia ficou cada vez mais distante, e o barco se aproximou da Ilha Túmulo.

— Olhem! — gritou Tia Larga. — Parece que o príncipe Água Profunda está encolhendo.

A princesa olhou. Tia Larga tinha razão. O príncipe ainda era um gigante, mas estava nitidamente menor do que visto da praia. O príncipe ainda estava de costas, olhando em outra direção.

A princesa se virou de novo para Longa Vela, que remava o barco. Ele parecia a encarnação da força: seus músculos se flexionavam pelo corpo todo, e os remos em suas mãos se moviam em sincronia como um par de asas, levando o barco adiante. O homem parecia ter nascido para o mar; seus gestos eram mais livres e confiantes do que quando estava em terra.

— O príncipe nos viu! — gritou Tia Larga.

Na Ilha Túmulo, o príncipe Água Profunda se virou. Uma das mãos estava apontada para eles, e seus olhos exibiam uma expressão surpresa. A boca se preparou para um grito. Claro que ele estava surpreso. Naquele barco, o único naquele mar de morte, quanto maior a distância, mais larga ficava a esteira de espuma. De onde ele observava, o mar de repente parecia ter sido tomado por um cometa de cauda longa.

Os três logo perceberam que o príncipe não estava gritando para eles. Indivíduos de tamanho normal surgiram aos pés do príncipe. Daquela distância, os homens pareciam minúsculos, e era difícil distinguir seus rostos. Mas todos eles olhavam na direção do barco, e alguns acenavam.

No passado, a Ilha Túmulo não era habitada. Vinte anos antes, quando Água Profunda fora pescar lá, ele havia levado um guardião do palácio, um tutor real e alguns guardas e criados. Assim que eles desembarcaram na ilha, os cardumes de peixes-glutões tomaram as águas e os impediram de voltar para casa.

A princesa e os outros perceberam que o príncipe parecia cada vez menor. Quanto mais eles se aproximavam da ilha, menor ficava.

O barco estava quase lá. Eles viram mais cerca de oito pessoas de altura normal, e a maioria usava roupas toscas feitas de tecido grosseiro, incluindo o próprio príncipe. Dois deles usavam mantos cerimoniais do palácio, muito velhos e desgastados. A maioria também carregava espadas. Eles correram para a praia, deixando o príncipe para trás. Agora, o príncipe tinha só o dobro da altura dos demais, já não era um gigante.

O capitão remou com mais força, e o barco avançou rapidamente. As ondas o empurravam como as mãos de um gigante, e o casco se sacudiu quando a parte de baixo tocou a areia, quase lançando a princesa para fora. As pessoas na praia hesitaram, aparentemente preocupadas com os peixes-glutões, mas quatro delas foram até a água para ajudar a estabilizar o barco e segurar a princesa quando ela desembarcou.

— Cuidado! A princesa tem que ficar embaixo do guarda-chuva — gritou Tia Larga. Ela já estava muito habilidosa e conseguia girá-lo sobre a princesa com uma só mão.

O comitê de boas-vindas não se deu ao trabalho de disfarçar a surpresa. Seus olhos foram do guarda-chuva preto giratório para a esteira atrás do barco: a espuma branca do sabonete de He'ershingenmosiken e os inúmeros peixes-glutões formavam uma trilha salpicada de preto e branco no mar, ligando o reino à Ilha Túmulo.

O príncipe Água Profunda se aproximou. Ele agora tinha o tamanho de uma pessoa normal — na verdade, era menor que dois de seus seguidores. Ele sorriu para os recém-chegados como um pescador gentil, mas a princesa percebeu traços do pai deles em seus movimentos. Com olhos cheios de lágrimas quentes, ela gritou:

— Irmão! Sou sua irmã, Orvalho!

— Você parece mesmo a minha irmã. — O príncipe sorriu e estendeu os braços para ela. Mas alguns guardas barraram a princesa e separaram os recém-chegados do príncipe. Outros chegaram a sacar a espada e observavam o capitão com desconfiança. Longa Vela os ignorou, mas pegou a espada que a princesa soltara e a examinou. Para tranquilizar os guardas nervosos do príncipe, ele segurou a espada pela ponta. Viu que o trajeto até a Ilha Túmulo só consumira cerca de um terço do sabonete de He'ershingenmosiken que fora espetado na lâmina.

— Vocês precisam comprovar a identidade da princesa — disse um velho. Seu uniforme, mesmo desgastado e remendado, continuava limpo. O rosto exibia as provações de muitos anos, mas sua barba estava bem aparada. Era evidente que, até mesmo naquela ilha desolada, ele havia tentado manter a dignidade de seu cargo como autoridade do palácio.

— Vocês não me reconhecem? — disse Tia Larga. — Você é o guardião Floresta Ensombrecida, e aquele ali é o tutor real Campo Aberto.

Os dois fizeram que sim com a cabeça.

— Tia Larga — disse Campo Aberto —, mesmo depois de tantos anos, você manteve sua aparência de saúde e vigor.

— E vocês também envelheceram bem.

Tia Larga enxugou os olhos com a mão livre.

O guardião Floresta Ensombrecida manteve a expressão grave.

— Já faz vinte anos, e não fazemos a menor ideia do que aconteceu na nossa terra. Precisamos insistir que a princesa comprove sua identidade. — Ele se virou para a princesa. — Está disposta a testar o sangue?

A princesa assentiu.

— Não acho que seja necessário — disse o príncipe. — Eu sei que ela é a minha irmã.

— Alteza — disse o guardião. — Precisamos fazer isso.

Alguém ofereceu duas adagas minúsculas. Uma foi entregue ao guardião Floresta Ensombrecida, e a outra para o tutor real Campo Aberto. Ao contrário das espadas enferrujadas dos homens do príncipe, as adagas ainda brilhavam como novas. A princesa estendeu uma das mãos, e Floresta Ensombrecida espetou de leve o seu dedo indicador com a adaga e colheu uma gota de sangue na ponta da lâmina. Campo Aberto fez o mesmo com o príncipe. Então, Floresta Ensombrecida pegou as duas adagas e juntou cuidadosamente as duas gotas de sangue. O sangue vermelho imediatamente ficou azul.

— Ela é mesmo a princesa Orvalho — anunciou o guardião, solenemente. Em seguida, ele e o tutor real fizeram uma reverência para a princesa. Os outros seguidores do príncipe também se ajoelharam. Em seguida, todos se levantaram e recuaram, para que os irmãos reais pudessem se abraçar.

— Eu a segurei no colo quando você era pequena — disse o príncipe. — Na época, você era pequena assim.

A princesa, aos soluços, contou ao príncipe tudo o que havia acontecido no Reino Sem Histórias. O príncipe segurou sua mão e ouviu-a sem interromper. Seu rosto, marcado pelas tribulações de vinte anos, mas ainda jovial, permaneceu calmo e firme do começo ao fim.

Todos se juntaram em torno do príncipe e da princesa para ouvir a história, mas o capitão Longa Vela começou a fazer algo curioso. Ele saiu correndo pela praia para olhar o príncipe de longe, voltou, depois correu de novo. Tia Larga finalmente o puxou para um lado.

— Já falei: o príncipe Água Profunda não é um gigante — sussurrou Tia Larga.

— Ele *é* e *não* é — sussurrou de volta o capitão. — Quando a gente olha para qualquer pessoa, quanto mais longe, menor ela parece aos nossos olhos, não é? Mas o príncipe não é assim. Por mais longe que ele esteja, sempre parece ter o mesmo tamanho. É por isso que, de longe, ele parece um gigante.

Tia Larga assentiu.

— Também reparei nisso.

Depois que a princesa terminou sua história, o príncipe Água Profunda disse apenas:

— Vamos voltar.

Eles usaram dois barcos. O príncipe se juntou ao grupo da princesa no menor; os outros oito usaram um barco grande, o mesmo que havia levado o príncipe e sua comitiva à Ilha Túmulo vinte anos antes. O barco maior estava furado, mas era seguro o bastante para uma viagem curta. Eles tomaram o cuidado de voltar pela esteira que o barco da princesa havia deixado. Embora a espuma tivesse se dissipado um pouco, os peixes-glutões continuavam à deriva sem se mexer muito. De vez em quando, um dos barcos ou remos acertava um peixe flutuante, mas o animal só se afastava com movimentos lânguidos, sem fazer grande esforço.

A vela do barco maior ainda era relativamente funcional, então ele tomou a dianteira, abrindo caminho para o barco menor por entre os cardumes flutuantes de peixes-glutões.

— Acho melhor você mergulhar o sabonete de novo, para garantir. E se eles acordarem?

Tia Larga observou preocupada a massa de peixes-glutões à deriva.

— Eles estão acordados. Só não se mexem muito porque estão muito confortáveis. Não sobrou muito do sabonete, e não quero desperdiçá-lo. E também não pretendo me banhar com ele no futuro.

— O exército! — gritou alguém no barco grande à frente.

Um destacamento da cavalaria surgiu na praia do reino. Os homens corriam pela praia como uma onda escura. As armaduras e armas dos guerreiros montados brilhavam ao sol.

— Continuem — disse o príncipe Água Profunda.

— Eles vieram nos matar! — O sangue se esvaiu do rosto da princesa.

— Não tenha medo — disse o príncipe, tocando de leve a mão dela.

Orvalho olhou para o irmão mais velho. Ela percebeu que ele era ainda mais adequado ao trono do que ela.

Como o vento soprava atrás deles, a viagem de volta levou muito menos tempo, apesar dos peixes-glutões que boiavam e batiam nos barcos. Quando os dois chegaram à praia, a cavalaria os cercou como uma muralha sólida. Tanto a princesa quanto Tia Larga ficaram apavoradas, mas o capitão Longa Vela, mais experiente, pareceu relaxado. Ele viu que todos os soldados mantiveram as espadas na bainha e as lanças na vertical. E, principalmente, reparou nos olhos dos homens: como eles usavam armadura pesada, só os olhos eram visíveis, mas estavam voltados para a trilha de espuma no mar cheio de peixes-glutões atrás dos fugitivos. Longa Vela viu apenas admiração naqueles olhos.

Um oficial desmontou e correu até os barcos na areia. Todos desceram das embarcações, e os seguidores do príncipe desembainharam suas espadas e se interpuseram entre o oficial e o príncipe e a princesa.

— Estes são o príncipe Água Profunda e a princesa Orvalho. Escolha bem suas palavras e ações! — gritou o guardião Floresta Ensombrecida para o oficial.

O oficial se ajoelhou e baixou a cabeça.

— Nós sabemos. Mas temos ordens para perseguir e matar a princesa.

— A princesa Orvalho é a legítima herdeira do trono! Mas Areia de Gelo é um traidor, regicida e patricida! Como vocês podem seguir as ordens dele?

— Também sabemos, e é por isso que não as cumpriremos. Mas o príncipe Areia de Gelo subiu ao trono ontem à tarde. Nós... não sabemos bem a quem devemos obedecer.

Floresta Ensombrecida estava prestes a responder, mas o príncipe Água Profunda deu um passo à frente e o conteve. Em seguida, o príncipe se voltou para o oficial.

— E se a princesa e eu voltarmos ao palácio com vocês? Vamos confrontar Areia de Gelo lá e resolver isso de uma vez por todas.

O recém-coroado rei Areia de Gelo comemorava no salão mais luxuoso do palácio com os ministros que haviam lhe jurado lealdade quando mensageiros chegaram com a notícia de que o príncipe Água Profunda e a princesa Orvalho se aproximavam depressa à frente de um exército. Eles chegariam em uma hora. O salão ficou silencioso.

— Água Profunda? Como ele atravessou o mar? Ele criou asas? — murmurou Areia de Gelo para si mesmo, mas seu rosto não exibiu o terror e a surpresa evidentes no dos demais. — Não se preocupem. O exército não vai obedecer àqueles dois enquanto eu estiver vivo... Olho de Agulha!

Olho de Agulha emergiu das sombras. Ele continuava vestido com seu manto cinza e parecia mais frágil ainda do que antes.

— Pegue o papel de onda-de-neve e seus pincéis e vá até Água Profunda. Quando o vir, pinte-o. Vai ser fácil. Não será preciso chegar muito perto. Assim que ele aparecer no horizonte, vai conseguir vê-lo bem.

— Sim, meu rei. — Olho de Agulha saiu silenciosamente, como um rato.

— Quanto a Orvalho, o que uma reles menina poderia fazer? Vou arrancar aquele guarda-chuva dela. — Areia de Gelo ergueu seu jarro.

O banquete comemorativo terminou em um clima pesado. Os ministros saíram preocupados, e só Areia de Gelo permaneceu no salão vazio.

Após um tempo indefinido, Areia de Gelo viu Olho de Agulha voltar. O coração do príncipe se acelerou — não por causa de suas mãos vazias, nem por causa da aparência: ele estava tão sensível e cuidadoso como antes. Mas Areia de Gelo ouvira os passos de Olho de Agulha. Antes, o pintor sempre se movimentara no mais absoluto silêncio, como um esquilo deslizando pelo chão, mas agora Areia de Gelo ouvira os ecos de passos ruidosos, como batimentos cardíacos que não podiam ser contidos.

— Vi o príncipe Água Profunda — disse Olho de Agulha, com os olhos baixos. — Mas não consegui pintá-lo.

— Ele estava com asas? — A voz de Areia de Gelo foi frígida.

— Se tivesse, ainda assim eu poderia capturá-lo. Eu poderia pintar cada uma das penas na asa e fazê-las parecerem vivas. Mas, meu rei, a verdade é mais assustadora do que se ele tivesse criado asas: ele não obedece às leis da perspectiva.

— O que é perspectiva?

— Os princípios da perspectiva determinam que objetos mais distantes pareçam menores do que objetos próximos. Como pintor, fui treinado nas tradições ocidentais, e a pintura ocidental segue as regras da perspectiva. Não posso pintá-lo.

— Existem escolas de pintura que não seguem as regras da perspectiva?

— Sim. Meu rei, veja aquelas pinturas orientais. — Olho de Agulha apontou para uma pintura de paisagem em uma das paredes do salão. Era uma paisagem elegante, etérea, onde o espaço negativo, o vazio, parecia água e neblina. O estilo fazia um grande contraste com as coloridas pinturas a óleo ali perto. — Dá para ver que esta não obedece às leis da perspectiva. Mas eu nunca estudei o estilo oriental. O Mestre Etéreo se recusou a me ensinar... Talvez tenha previsto o dia de hoje.

— Pode ir embora. — O rosto de Areia de Gelo estava impassível.

— Claro. Água Profunda chegará ao palácio em breve. Ele vai me matar, e vai matar o senhor. Mas não vou esperar passivamente a morte. Pintarei uma obra-prima para tomar minha própria vida. — Olho de Agulha saiu, e seus movimentos não emitiram ruído.

Areia de Gelo chamou os guardas.

— Tragam-me minha espada.

O barulho de muitos cascos ressoou no salão vindo de fora: a princípio, praticamente imperceptíveis, mas aumentando até parecerem uma trovoada. Os sons pararam de repente diante do palácio.

Areia de Gelo se levantou e saiu do salão com a espada. Viu que Água Profunda estava subindo a escadaria diante do palácio, e Orvalho vinha atrás dele, junto de Tia Larga, que segurava o guarda-chuva. No pátio ao fim da escada, o exército parou em formação cerrada. Os soldados esperavam em silêncio, sem evidenciar qualquer apoio para nenhum dos lados. Quando Areia de Gelo viu Água Profunda pela primeira vez, ele parecia duas vezes mais alto que uma pessoa comum. Mas, ao se aproximar, seu corpo pareceu encolher ao tamanho normal.

A mente de Areia de Gelo voltou subitamente à sua infância, mais de vinte anos antes. Ele sabia que a população de peixes-glutões estava crescendo em torno da Ilha Túmulo, mas convencera Água Profunda a pescar lá mesmo assim. Na época, o pai deles estava padecendo de alguma doença, e ele falou para Água Profunda que na Ilha Túmulo havia um tipo especial de peixe cujo fígado produzia um óleo capaz de curar a enfermidade do rei. Água Profunda, geralmente muito cuidadoso, acreditou e, conforme Areia de Gelo desejava, saiu e nunca mais voltou. Esse tinha sido um dos planos de que Areia de Gelo mais se orgulhava na vida, e ninguém no reino sabia a verdade.

Os pensamentos de Areia de Gelo voltaram ao presente. Água Profunda já estava no alto da escadaria, diante da porta do palácio. Seu tamanho agora era normal.

— Irmão — disse Areia de Gelo. — Fico feliz por vê-lo junto com Orvalho. Mas você precisa entender que este é o meu reino, e eu sou o rei. Vocês precisam me jurar lealdade imediatamente.

Água Profunda estava com uma das mãos no punho de sua espada enferrujada, e a outra apontou para Areia de Gelo.

— Você cometeu crimes imperdoáveis.

Areia de Gelo gargalhou.

— Pode ser que Olho de Agulha não consiga pintá-lo, mas eu posso perfurar seu coração. — Ele desembainhou a espada.

Areia de Gelo e Água Profunda eram espadachins igualmente habilidosos, mas, como Água Profunda não seguia as leis da perspectiva, era muito difícil para Areia de Gelo determinar com precisão a que distância seu adversário estava. A luta acabou em pouco tempo, quando a espada de Água Profunda atravessou o peito do irmão. Areia de Gelo caiu pela escadaria, deixando um longo rastro de sangue nos degraus de pedra.

O exército comemorou e declarou lealdade ao príncipe Água Profunda e à princesa Orvalho.

Enquanto Água Profunda e Areia de Gelo lutavam, o capitão Longa Vela foi procurar Olho de Agulha. Alguém o informou de que o pintor tinha ido para o próprio ateliê, que ficava em um canto afastado do palácio. Só um guarda estava postado à porta. Ele havia servido sob o comando de Longa Vela.

— Ele veio para cá há uma hora — disse o guarda. — Está lá dentro desde então.

O capitão derrubou a porta e entrou.

O ateliê não tinha nenhuma janela. As velas nos dois candelabros de prata estavam quase no fim, e o ateliê estava tão escuro quanto um abrigo subterrâneo. O lugar estava vazio.

Mas Longa Vela viu um quadro no cavalete. Tinha acabado de ficar pronto, e a tinta ainda nem havia secado: um autorretrato de Olho de Agulha. Era realmente uma obra-prima. Parecia uma janela para outro mundo, e Olho de Agulha contemplava este mundo a partir de lá. Embora um canto solto do papel branco demonstrasse que aquilo era só um quadro, o capitão se sentiu obrigado a evitar o olhar penetrante do homem retratado.

Longa Vela olhou à volta e viu outros retratos pendurados na parede: o rei, a rainha e seus ministros leais. Viu o quadro da princesa Orvalho, e a bela senhora no retrato parecia deixar aquele ateliê escuro luminoso como o paraíso. Os olhos no retrato apreenderam sua alma, e ele se sentiu cada vez mais inebriado. Mas, por fim, Longa Vela voltou a si. Pegou o quadro, jogou fora a moldura e ateou fogo no papel usando uma das velas.

Assim que as chamas consumiram a pintura, a porta do ateliê se abriu e a verdadeira princesa Orvalho entrou. Ela continuava com os trajes de plebeia e segurava o guarda-chuva sozinha.

— Cadê Tia Larga?

— Falei para ela esperar lá fora; tem algo que eu gostaria de dizer... só para você.

— Seu retrato foi destruído. — Longa Vela apontou para as cinzas ainda incandescentes no chão. — Você não precisa mais do guarda-chuva.

A princesa girou mais devagar, e o guarda-chuva começou a cantar como um rouxinol. Conforme a cobertura caía, o canto ficou mais alto e rápido, até parecer o grasnido de uma gralha — o último aviso antes do advento da morte. O guarda-chuva então se fechou, e as esferas de pedra na borda colidiram com uma série de estalos ríspidos.

A princesa continuou ilesa.

O capitão olhou para ela e deu um grande suspiro aliviado. Ele se virou para as cinzas.

— É uma pena. O retrato era lindo, e eu queria que você o tivesse visto. Mas não me atrevi a esperar... era muito, muito bonito.

— Mais do que eu?

— Era você.

A princesa pegou os dois sabonetes de He'ershingenmosiken. Ela os soltou, e os blocos brancos sem peso flutuaram como plumas no ar.

— Vou sair do reino e navegar pelos mares. Quer vir comigo? — perguntou a princesa.

— O quê? Mas o príncipe Água Profunda anunciou que sua coroação é amanhã. Ele jurou ajudá-la com todo o coração.

A princesa balançou a cabeça.

— Meu irmão é mais apto para reinar do que eu. E, se não tivesse ficado preso na Ilha Túmulo, ele seria o herdeiro. Quando for rei, pode ficar em algum lugar alto no palácio, e o reino inteiro o verá. Mas não quero ser rainha. Gosto mais do mundo lá fora do que do palácio. Não quero passar o resto da vida no Reino Sem Histórias. Quero ir para lugares que têm histórias.

— Essa vida é cheia de perigo e dificuldades.

— Não tenho medo. — Os olhos da princesa brilharam com a centelha da vida à luz dos candelabros. Longa Vela sentiu tudo à sua volta se iluminar de novo.

— Eu também não tenho medo. Princesa, eu a seguirei até o fim do mar, até o fim do mundo.

— Então nós dois seremos os últimos a sair do reino. — A princesa estendeu a mão e pegou os dois sabonetes flutuantes.

— Vamos sair em um veleiro.
— Sim, com velas brancas como a neve.

Na manhã seguinte, em alguma praia no reino, as pessoas viram uma vela branca surgir no mar. Atrás da vela havia um longo rastro de espuma nebulosa. O veleiro se afastou do reino à luz do sol nascente.

Desde então, ninguém no reino soube o que aconteceu com a princesa Orvalho e Longa Vela. Para falar a verdade, o reino nunca recebeu nenhuma notícia do mundo exterior. A princesa havia levado os últimos sabonetes de He'ershingenmosiken, e ninguém podia atravessar as barreiras formadas pelos cardumes de peixes-glutões. Mas ninguém reclamou. O povo estava acostumado àquela vida serena. Depois dessa história, nunca mais houve outras no Reino Sem Histórias.

Mas, às vezes, tarde da noite, algumas pessoas contavam histórias que não eram histórias: vidas imaginadas da princesa Orvalho e de Longa Vela. Cada um imaginava coisas diferentes, mas todos concordavam que eles viajaram para muitos reinos exóticos e misteriosos, incluindo continentes vastos como o mar. Eles viveram para sempre vagando e perambulando, e, aonde quer que fossem, foram felizes juntos.

ERA DA TRANSMISSÃO, ANO 7
OS CONTOS DE FADAS DE YUN TIANMING

Dentro da sala antissófon, quem já tinha acabado a leitura começou a conversar, mas a maioria ainda estava imersa no mundo do Reino Sem Histórias, do mar, da princesa e dos príncipes. Alguns deles ficaram pensativos; alguns encaravam o documento como se tentassem extrair mais significados da capa.

— A princesa se parece muito com você — disse AA para Cheng Xin.

— Tente se concentrar no que é importante aqui... e eu sou mesmo delicada assim? Eu teria segurado o guarda-chuva sozinha. — Cheng Xin era a única que não se dera ao trabalho de ler o documento. As histórias estavam gravadas a ferro em sua memória. Evidentemente, ela havia se perguntado muitas vezes se a princesa Orvalho fora inspirada nela, em alguma medida. Mas o capitão da guarda não lembrava Yun Tianming.

Será que ele acha que vou navegar para longe de alguma forma? Com outro homem?

Quando percebeu que todos os presentes tinham terminado de ler, o presidente quis saber opiniões — especialmente, sugestões de caminho para os próximos passos que os diversos grupos de estudo coordenados pela CDI deveriam tomar.

O representante do grupo de análise literária foi o primeiro a pedir a palavra. Esse grupo tinha sido uma inclusão de última hora, composto principalmente por escritores e estudiosos da literatura da Era Comum. Pensava-se que havia uma chance mínima — por mais improvável que fosse — de que eles pudessem ser úteis.

Quem falou primeiro foi um autor de livros infantis.

— Sei que, a partir de agora, meu grupo provavelmente não vai oferecer nenhuma contribuição aproveitável. Mas, antes, eu gostaria de dizer algumas palavras. — Ele ergueu o documento de capa azul. — Lamento, mas creio que esta mensagem seja indecifrável.

— Por que você diz isso? — perguntou o presidente.

— A verdade é que estamos tentando determinar a direção estratégica que os esforços da humanidade devem adotar para o futuro. Se essa mensagem existir de fato, qualquer que seja, precisa ter um sentido concreto. Não podemos partir de informações vagas e ambíguas para inferir direções estratégicas. Mas a ambiguidade é um elemento crucial da expressão literária. Por questões de segurança, tenho certeza de que o significado verdadeiro por trás dessas três histórias está muito bem escondido, e é por isso que as interpretações serão ainda mais vagas e ambíguas. O problema diante de nós não é a dificuldade de extrair qualquer coisa de útil destas três histórias, mas o excesso de interpretações plausíveis que elas permitem, e não podemos ter certeza de nenhuma.

"E quero acrescentar algo que não tem relevância direta aqui. Como escritor, eu gostaria de expressar meu respeito pelo autor. Em matéria de contos de fadas, estes são muito bons."

No dia seguinte, o trabalho de decodificação da mensagem de Yun Tianming começou a sério na CDI. Em pouco tempo, todos compreenderam a advertência do autor de histórias infantis.

Os três contos de Yun Tianming eram cheios de metáforas e simbolismo; cada detalhe podia ser interpretado de várias formas, e cada interpretação tinha algum sentido, mas era impossível identificar qual correspondia à mensagem que o autor havia pensado, então era impossível tomar qualquer interpretação como dado estratégico.

Por exemplo, o consenso geral era de que a ideia de criar quadros com as pessoas era uma metáfora bastante óbvia. Mas especialistas de áreas diversas não conseguiam entrar em acordo quanto a uma interpretação específica. Alguns acreditavam que os quadros faziam referência à tendência de digitalização do mundo moderno, portanto esse detalhe da história sugeria que os humanos também deviam se digitalizar para evitar ataques de floresta sombria. Os estudiosos que defendiam esse entendimento também observavam que as pessoas transformadas em quadro já não eram capazes de prejudicar outras no mundo real, então a humanidade digitalizada talvez pudesse promulgar o aviso de segurança cósmica.

Por outro lado, havia quem defendesse que os quadros sugeriam dimensões especiais. O mundo real e o mundo das pinturas eram de dimensionalidades distintas, e, quando alguém era pintado, a pessoa desaparecia do espaço tridimensional. Isso remetia às experiências da *Espaço Azul* e da *Gravidade* no fragmento tetradimensional, então talvez a intenção de Tianming tivesse sido sugerir que a humanidade poderia se refugiar no espaço tetradimensional ou de algum modo transmitir o aviso de segurança cósmica por ele. Alguns estudiosos afirmaram que a violação das regras da perspectiva pelo príncipe Água Profunda era uma referência ao espaço tetradimensional.

Outro exemplo era a discussão em torno do significado dos peixes-glutões. Algumas pessoas se concentraram na grande quantidade de peixes, no hábito que tinham de ficar escondidos e em sua agressividade terrível, e chegaram à conclusão de que eles eram um símbolo para a civilização cósmica como um todo no estado de floresta sombria. O sabonete que deixava os peixes-glutões confortáveis a ponto de se esquecerem de atacar representava alguns princípios desconhecidos por trás do aviso de segurança cósmica. No entanto, outras pessoas chegaram à conclusão oposta: acreditavam que os peixes-glutões representavam máquinas inteligentes que a humanidade precisava construir. Essas máquinas seriam de pequeno porte e capazes de autorreplicação. Após serem lançadas ao espaço, usariam a matéria disponível no Cinturão de Kuiper ou na Nuvem de Oort para se autorreplicar em grande quantidade até formar uma barreira inteligente ao redor do Sistema Solar. A barreira teria várias funções, como interceptar fotoides disparados contra o Sol ou alterar a aparência do Sistema Solar para um observador distante, de modo a cumprir o propósito de um aviso de segurança cósmica.

Essa explicação, intitulada Interpretação Cardume, recebeu mais atenção do que outras. Em comparação com outras hipóteses, a Interpretação Cardume oferecia um arcabouço técnico relativamente claro e se tornou uma das primeiras interpretações a serem tratadas como campo de pesquisa aprofundada pela Academia Mundial de Ciências. Mas a CDI nunca chegou a criar muita expectativa em relação à Interpretação Cardume — embora a ideia parecesse tecnicamente viável, estudos posteriores revelaram que levaria dezenas de milhares de anos para que o "cardume" autorreplicante formasse uma barreira em torno do Sistema Solar. Ademais, devido às limitações operacionais das máquinas com inteligência artificial, as funções de proteção e aviso de segurança da barreira eram, no máximo, visões pouco práticas. No fim, a Interpretação Cardume teve que ser descartada.

Houve também inúmeras interpretações para o guarda-chuva giratório, o misterioso papel de onda-de-neve e a placa de obsidiana, o sabonete de He'ershingenmosiken...

Tal como o escritor de literatura infantil avisara, todas essas explicações pareciam justificáveis, mas era impossível determinar sua intenção verdadeira.

Mas nem todo o conteúdo das três histórias era tão vago e ambíguo. Os especialistas da CDI tinham certeza de que pelo menos um detalhe na história oferecia alguma informação concreta e talvez fosse a chave para desvendar os segredos da mensagem de Yun Tianming.

Eles se referiam ao topônimo estranho das histórias: *He'ershingenmosiken*.

Tianming havia contado as histórias a Cheng Xin em chinês. As pessoas perceberam que a maioria dos lugares e personagens tinha sentido claro em chinês: Reino Sem histórias, mar dos Glutões, Ilha Túmulo, princesa Orvalho, príncipe Areia de Gelo, príncipe Água Profunda, Olho de Agulha, Mestre Etéreo, capitão Longa Vela, Tia Larga etc. No entanto, a transliteração do nome de algum lugar estrangeiro havia sido acrescentada. Não só era um nome foneticamente estranho em chinês, mas também muito comprido. E se repetia várias vezes ao longo da história, de um jeito que sugeria claramente algo incomum: Olho de Agulha e o Mestre Etéreo tinham vindo de He'ershingenmosiken; o papel de onda-de-neve que eles usavam também era de He'ershingenmosiken; a placa e o ferro de obsidiana usados para alisar o papel também eram de He'ershingenmosiken; o capitão Longa Vela tinha nascido em He'ershingenmosiken; o sabonete de He'ershingenmosiken; os peixes-glutões de He'ershingenmosiken... O autor parecia querer enfatizar repetidamente a importância daquele nome, mas não havia nenhuma descrição em detalhes de He'ershingenmosiken. Era outra ilha grande como o Reino Sem Histórias? Um continente? Um arquipélago?

Os especialistas nem mesmo sabiam de que língua o nome vinha. Quando Yun Tianming fora enviado na sonda do Projeto Escadaria, seu domínio do inglês não era excepcional, e ele não conhecia um terceiro idioma — mas era possível que tivesse aprendido outra língua depois. O nome não parecia inglês, e também não dava para saber se vinha de alguma língua românica. É claro que não podia ser um nome trissolariano, pois o idioma de Trissolaris não era falado ou expressado por meio de sons.

Os pesquisadores tentaram transcrevê-lo em todas as línguas conhecidas do mundo, procuraram ajuda em todos os campos de estudo, fizeram buscas na internet e em todo tipo de banco de dados especializado, mas os esforços não renderam frutos. Diante desse nome, as mentes mais geniais da humanidade em diversas áreas de estudo se viram impotentes.

Os líderes dos vários grupos de estudo perguntaram a Cheng Xin: ela estava certa de ter se lembrado bem da pronúncia do nome? Cheng Xin foi categórica: havia reparado imediatamente no estranhamento que o nome causava e prestara atenção especial para memorizá-lo corretamente. O nome também aparecia repetidamente na história, e era impossível que ela o tivesse entendido errado.

A análise da CDI não fez progresso algum. Tal dificuldade não foi uma surpresa completa: se as informações estratégicas por trás das histórias de Yun Tianming pudessem ser decifradas facilmente pela humanidade, os trissolarianos também as decifrariam. As informações deviam estar de fato muito ocultas. Os especialistas das várias equipes estavam exaustos, e a eletricidade estática e o odor pungente dentro da sala antissófons deixavam todos irritados. Cada grupo se dividiu em facções diversas, que discutiam a respeito de interpretações conflitantes sem chegar a um consenso.

Quando o esforço de decodificação atingiu um impasse, o coração dos membros da CDI começou a se encher de dúvida. Será que as três histórias tinham mesmo alguma informação de valor estratégico? A desconfiança se voltava sobretudo para Yun Tianming. Afinal, ele só tinha um diploma de graduação da época da Era Comum, o que correspondia a menos conhecimento do que o dominado por um aluno moderno de ensino fundamental. Durante sua vida antes da missão, ele havia trabalhado principalmente com atividades básicas de rotina e não acumulara experiência com pesquisas científicas avançadas ou estudos relacionados a teorias científicas de base inovadoras. Era verdade que, depois de ser capturado e clonado, ele tivera ampla oportunidade para estudar, mas os especialistas duvidavam de que fosse capaz de compreender a supertecnologia dos trissolarianos, especialmente as teorias fundamentais que embasavam essa tecnologia.

Para piorar, conforme os dias passavam, algumas complexidades inevitáveis começaram a se infiltrar na CDI. A princípio, os esforços para solucionar a charada do futuro da humanidade eram realizados em conjunto pelo mundo todo. Mas, com o tempo, a influência de forças políticas e grupos de interesse começou a se fazer sentir: a Frota Internacional, a ONU, os diversos países, corporações multinacionais, religiões etc. Todos esses grupos tentaram interpretar as histórias de acordo com seus próprios interesses e objetivos políticos e trataram o esforço de interpretação como mais uma oportunidade para disseminar propaganda sobre determinados estilos de política. As histórias se transformaram em cestos vazios capazes de transportar qualquer tipo de mercadoria. O trabalho da CDI mudou, e os debates entre as diversas facções se tornou político e utilitário, o que prejudicou o moral.

Mas a falta de progresso da CDI também produziu um efeito positivo: as pessoas foram obrigadas a abandonar a ilusão de milagre. Na realidade, o público já havia parado de acreditar no milagre muito tempo antes, pois nem sabia da existência da mensagem de Yun Tianming. A pressão política da população obrigou a Frota Internacional e a ONU a investir menos na mensagem e se concentrar em maneiras de preservar a civilização terrestre com base em tecnologias já conhecidas.

Considerando a escala cósmica, a destruição de Trissolaris acontecera bem ao lado do Sistema Solar, o que proporcionava à humanidade a chance de observar em detalhes todo o processo de extinção estelar e coletar uma imensa quantidade de dados. Como a estrela destruída era muito semelhante ao Sol em termos de massa e posição na sequência principal, a humanidade talvez pudesse criar um modelo matemático preciso de colapso catastrófico do Sol em caso de ataque de floresta sombria. Na verdade, essa pesquisa havia adquirido contornos sérios assim que as pessoas na Terra presenciaram o fim de Trissolaris. O resultado direto desse campo de estudo foi o Projeto Casamata, que assumiu o lugar da mensagem de Yun Tianming no centro da atenção internacional.

TRECHO DE *UM PASSADO ALÉM DO TEMPO*
PROJETO CASAMATA: UMA ARCA PARA A CIVILIZAÇÃO TERRESTRE

I. Prazo estimado para a exposição das coordenadas da Terra a um ataque de floresta sombria contra o planeta: Hipótese otimista, cem a cento e cinquenta anos. Hipótese mediana: cinquenta a oitenta anos. Hipótese pessimista: dez a trinta anos. Os planos para a sobrevivência da raça humana usaram setenta anos como referência.

II. Número total de indivíduos que precisariam ser salvos: Com base na taxa de redução da população mundial, o número seria de seiscentos a oitocentos milhões em setenta anos.

III. Projeção de rota do ataque de floresta sombria previsto: Com dados obtidos na destruição da estrela trissolariana, foi desenvolvido um modelo matemático da explosão resultante caso o Sol fosse atingido da mesma forma. Simulações a partir desse modelo demonstraram que, se o Sol fosse atingido por um fotoide, todos os planetas terrestres até a órbita de Marte seriam destruídos. Imediatamente após o ataque, Mercúrio e Vênus seriam vaporizados. A Terra manteria parte de sua massa e continuaria com formato esférico, mas uma camada superficial de quinhentos quilômetros, incluindo toda a crosta e parte do manto terrestre, desapareceria. Marte perderia uma camada de cerca de cem quilômetros de espessura. Mais tarde, todos os planetas terrestres remanescentes perderiam velocidade devido ao material arremessado pela explosão e cairiam no que sobrasse do núcleo solar.

O modelo indica que a força destrutiva da explosão do Sol — incluindo radiação e impacto de material solar — seria inversamente proporcional ao quadrado da distância do astro. Isto é, a força destrutiva diminuiria depressa para objetos situados a uma distância suficiente do Sol. Isso permitiria que os planetas jupiterianos sobrevivessem à explosão.

Durante a primeira fase do ataque, a superfície de Júpiter sofreria grandes perturbações, mas a estrutura geral do planeta permaneceria intacta, incluindo seus satélites. A superfície de Saturno, Urano e Netuno também sofreria perturbações, embora sem danos graves. O material solar expelido se dissiparia e reduziria parcialmente a velocidade dos planetas, e com o tempo, à medida que o material solar formasse uma nebulosa espiralada, a velocidade angular da rotação se igualaria à translação dos planetas jupiterianos e não comprometeria mais suas órbitas.

Os quatro gigantes gasosos — Júpiter, Saturno, Urano e Netuno — sobreviveriam relativamente ilesos a um ataque de floresta sombria. Essa previsão era a premissa básica do Projeto Casamata.

iv. **Planos abandonados para a sobrevivência da raça humana**
1. Plano de Fuga Estelar: tecnicamente impossível. A humanidade não desenvolveria capacidade de navegação estelar em larga escala no prazo necessário. Só um milésimo da população total poderia ser alocado em arcas de fuga estelar. Além disso, era altamente improvável que essas arcas conseguissem alcançar exoplanetas habitáveis antes que o combustível se esgotasse e os sistemas de ciclagem ecológica e de manutenção da vida de longo prazo sofressem panes permanentes.

Como qualquer plano dessa natureza só poderia garantir a sobrevivência de uma parcela extremamente reduzida da população total, seria uma violação dos valores e princípios morais básicos da raça humana. Politicamente, também era inviável, pois poderia levar a gravíssimas revoltas sociais e ao total colapso da sociedade.
2. Plano de Evasão a Distância: viabilidade extremamente baixa. Este plano envolveria a construção de um hábitat humano situado a uma distância suficiente do Sol a fim de evitar a força destrutiva de sua explosão. Com base nas estimativas e simulação do desenvolvimento das técnicas de engenharia aplicadas ao reforço de cidades espaciais no futuro próximo, a distância mínima de segurança seria sessenta UA do Sol, ou seja, além do Cinturão de Kuiper. A essa distância, poucos recursos no espaço estariam disponíveis para a construção de uma cidade espacial. Com a falta de recursos, mesmo se essa cidade fosse construída, sua manutenção para uso humano seria quase impossível.

v. **Projeto Casamata:** Os quatro planetas jupiterianos poderiam ser usados como barreira para escapar da explosão solar após um ataque de floresta sombria. À sombra dos quatro planetas, no lado oposto ao Sol, seria construída uma quantidade suficiente de hábitats espaciais para abrigar toda a população humana. Essas cidades espaciais ficariam perto dos planetas, mas não seriam seus satélites.

Elas orbitariam o Sol em sincronia com os planetas, mantendo-se à sua sombra. O plano exigia um total de cinquenta cidades espaciais, cada uma capaz de abrigar cerca de quinze milhões de indivíduos. Vinte cidades seriam protegidas por Júpiter, vinte por Saturno, seis por Urano, e quatro por Netuno.

VI. Desafios técnicos do Projeto Casamata: A tecnologia necessária para botá-lo em prática já havia sido dominada pela humanidade. A Frota Internacional possuía vasta experiência com a construção de cidades espaciais, e já havia uma base de tamanho considerável em torno de Júpiter. Havia alguns desafios técnicos que poderiam ser superados no prazo estipulado, como o ajuste de posição das cidades espaciais. Como essas cidades não seriam satélites dos planetas jupiterianos e teriam que permanecer a uma curta distância dos planetas, tenderiam a cair neles, a menos que fossem instalados sistemas de propulsão para se contrapor à gravidade e preservar a distância. A princípio, o plano situava as cidades espaciais nos pontos de Lagrange L2, de modo que o período orbital delas pudesse se equiparar ao de seus respectivos planetas jupiterianos sem grandes gastos de energia. No entanto, depois descobriu-se que os pontos de Lagrange L2 eram distantes demais para que os planetas oferecessem proteção suficiente.

VII. A sobrevivência da raça humana no Sistema Solar após um ataque de floresta sombria: Com a destruição do Sol, as cidades espaciais dependeriam de fusão nuclear como fonte de energia. Nesse estágio, o Sistema Solar teria o aspecto de uma nebulosa espiralada, e o material solar dispersado forneceria um estoque inesgotável e facilmente coletável para a fusão. Provavelmente também seria possível obter mais combustível de fusão a partir dos restos do núcleo solar, o bastante para satisfazer as necessidades energéticas de longo prazo da humanidade. Toda cidade espacial seria equipada com um sol artificial próprio, que geraria o equivalente em energia ao que teria chegado à superfície da Terra antes do ataque. Em termos de eficiência energética, na realidade o estoque de energia disponível para a raça humana seria inúmeras vezes maior do que no período pré--ataque, porque o consumo de combustível das cidades espaciais seria apenas um bilionésimo do consumo do Sol. Nesse sentido, a extinção do Sol seria um avanço, pois acabaria com o extremo desperdício de material de fusão no Sistema Solar.

Quando a nebulosa estivesse relativamente estabilizada depois do ataque de floresta sombria, todas as cidades espaciais poderiam abandonar a barreira de seus planetas e encontrar locais mais adequados no Sistema Solar. Talvez fosse aconselhável para elas sair do plano da eclíptica a fim de poder extrair recursos da nebulosa sem se expor às perturbações que ela produzisse. Como a explosão solar destruiria os planetas terrestres, os recursos minerais do Sistema Solar ficariam espalhados pela nebulosa, facilitando a coleta. Isso permitiria a construção de mais cidades espaciais. O único recurso limitado que restringiria a quantidade de cidades espaciais era a água, mas Europa estava coberta por um oceano de cento e sessenta quilômetros de profundidade, o que forneceria um volume de água muito maior do que os oceanos da Terra e permitiria abastecer mil cidades espaciais com populações de dez a vinte milhões de pessoas. Também seria possível obter mais água na própria nebulosa.

Portanto, a nebulosa do Sistema Solar pós-ataque seria capaz de sustentar mais de dez bilhões de pessoas com conforto, o que deixaria à civilização humana bastante espaço para se desenvolver.

VIII. **Impacto do Projeto Casamata nas relações internacionais:** A construção de um mundo novo era um plano sem precedente algum em toda a história da humanidade. Seu maior empecilho não era de ordem técnica, mas de política internacional. O público receava que o Projeto Casamata exaurisse os recursos da Terra e revertesse o progresso global feito nas áreas de bem-estar social, política e economia, resultando, possivelmente, em uma segunda Grande Ravina. Contudo, tanto a Frota Internacional quanto a ONU acreditavam ser possível evitar esse perigo. O Projeto Casamata seria planejado exclusivamente com recursos do Sistema Solar fora da Terra, sobretudo os satélites dos quatro planetas jupiterianos e os anéis de Saturno, Urano e Netuno. Não se esperava impacto algum na economia ou nos recursos da Terra. Na realidade, a certa altura do desenvolvimento de recursos espaciais, era possível até que o projeto aquecesse a economia da Terra.

IX. **Programação geral do Projeto Casamata:** A elaboração da infraestrutura industrial para a extração e exploração de recursos dos planetas jupiterianos levaria vinte anos, e as cidades espaciais seriam construídas em sessenta. Os dois estágios seriam concomitantes durante dez anos.

X. **A possibilidade de um segundo ataque de floresta sombria:** Os resultados do primeiro ataque de floresta sombria possivelmente iriam convencer a maioria dos observadores distantes de que o Sistema Solar não tinha mais vida. Ao mesmo tempo, devido à destruição do Sol, o Sistema Solar deixaria de conter uma fonte de energia capaz de sofrer um ataque remoto econômico. Portanto, a possibilidade de um segundo ataque de floresta sombria parecia mínima. As condições da 187J3x1 após sua destruição também fundamentavam essa opinião.

ERA DA TRANSMISSÃO, ANO 7
OS CONTOS DE FADAS DE YUN TIANMING

Com os preparativos para o Projeto Casamata, Yun Tianming com o tempo desapareceu da consciência do público. A CDI continuou o trabalho de decodificação da mensagem, que era tratado como apenas mais um dos vários projetos do CDP. A esperança de obter informações estratégicas importantes a partir das histórias era menor a cada dia. Alguns integrantes da CDI chegaram a associar o Projeto Casamata aos contos de fadas de Yun Tianming e conceberam diversas interpretações que indicassem que aquele era o plano certo. Por exemplo, o guarda-chuva, obviamente, foi considerado uma referência a alguma estrutura defensiva. Algumas pessoas destacaram que as esferas de pedra na borda da cobertura podiam simbolizar os planetas jupiterianos, mas o Sistema Solar tinha apenas quatro planetas com capacidade de servir como barreiras. As histórias de Tianming não mencionavam a quantidade de hastes na cobertura, mas, em termos racionais, quatro era um número bastante pequeno para um guarda-chuva. Claro, poucas pessoas acreditavam de fato nessa interpretação, mas, de certa forma, as histórias de Tianming haviam adquirido um status análogo às da Bíblia. Sem se darem conta, em vez de buscarem informações estratégicas genuínas, as pessoas tinham passado a procurar garantias de que já estavam adotando o caminho certo.

E então veio o avanço inesperado na interpretação das histórias.

Um dia, 艾 AA foi visitar Cheng Xin. Fazia muito tempo que ela havia parado de acompanhá-la nas sessões da CDI, e agora AA dedicava suas energias a inserir o Grupo Halo no Projeto Casamata. A construção de um mundo novo além da órbita de Júpiter representava uma oportunidade inestimável para uma empreiteira espacial. E não era um feliz acaso que a empresa se chamasse Grupo Halo e que os "halos" dos planetas jupiterianos forneceriam grande parte dos recursos necessários para a construção das cidades espaciais?

— Quero um sabonete — disse AA.

Cheng Xin a ignorou. Ela não tirou os olhos do e-book que estava lendo e perguntou algo sobre física de fusão. Após a reanimação, Cheng Xin tinha se dedicado ao estudo da ciência moderna. Àquela altura, todas as tecnologias de voo espacial da Era Comum já haviam desaparecido, e até uma nave pequena utilizava propulsão por fusão nuclear. Cheng Xin precisou rever a física de base, mas progrediu rapidamente. Na verdade, a lacuna dos anos não foi uma barreira muito alta para seus estudos: a maioria das mudanças na teoria de base só havia ocorrido após o início da Era da Dissuasão. Com um pouco de diligência, os cientistas e engenheiros da Era Comum poderiam se readaptar às suas profissões.

AA desligou o livro de Cheng Xin.

— Eu quero um sabonete!

— Não tenho nenhum. Você sabe que os sabonetes de verdade não têm a magia daqueles contos de fadas, certo? — O que Cheng Xin queria dizer era que AA tinha que parar de criancice.

— Eu sei. Mas gosto de bolhas. Quero tomar um banho de espuma como a princesa!

Os banhos modernos não tinham nada de espuma. Sabonetes e outros artigos semelhantes de higiene pessoal já não existiam havia mais de um século. As práticas de banho contemporâneas se reduziam a dois métodos: ondas supersônicas e agentes de limpeza. Os agentes de limpeza eram nanorrobôs invisíveis a olho nu. Eles podiam ser usados com ou sem água e limpavam instantaneamente a pele e outras superfícies.

Cheng Xin teve que sair com AA para comprar sabonete. No passado, sempre que estava deprimida, AA saía com ela para animá-la.

Diante da floresta gigante que era a cidade, elas consideraram suas opções e decidiram que, afinal de contas, o lugar mais provável para achar um sabonete era um museu. A missão foi concluída com sucesso no museu de história da cidade, em uma mostra dedicada às necessidades cotidianas da vida na Era Comum: eletrodomésticos, roupas, móveis etc. Todos esses objetos estavam bem preservados, e alguns até pareciam perfeitamente novos. Cheng Xin mal conseguia aceitar que aqueles eram artefatos com séculos de idade; para ela, era como se tivesse sido ontem. Embora muito tivesse acontecido desde que Cheng Xin saíra da hibernação, aquela nova era ainda lhe parecia um sonho. Seu espírito se recusava a sair do passado.

O sabonete estava em um mostruário com outros produtos de limpeza, como detergentes e sabões. Cheng Xin olhou para a barra translúcida e observou a logomarca familiar de águia gravada na superfície: produto da Nice Group. Era totalmente branco, como o sabonete da história.

A princípio, o diretor do museu alegou que o sabonete era um artefato precioso e não estava à venda, em seguida propôs um preço absurdo por ele.

— Com esse dinheiro, dá para montar uma pequena fábrica de produtos de limpeza — disse Cheng Xin para AA.

— E daí? Eu trabalho para você como CEO há anos. Mereço um presente. E, quem sabe? Talvez ele fique mais valorizado no futuro.

Então, elas compraram o sabonete. Cheng Xin havia sugerido que, se AA quisesse de fato tomar banho de espuma, seria melhor comprar o frasco de sabonete líquido. Mas AA insistiu na barra de sabonete porque foi o que a princesa usou. Quando o sabonete foi retirado cuidadosamente do mostruário, Cheng Xin o segurou e reparou que, apesar de terem se passado mais de dois séculos, ele ainda exalava uma fragrância suave.

Quando voltaram para casa, AA rasgou a embalagem e foi para o banheiro com o sabonete. Depois, veio o barulho da banheira enchendo.

Cheng Xin bateu na porta.

— Sugiro que você não tome banho com ele. O sabonete é alcalino. Como você nunca usou, pode ser que sua pele reaja mal.

AA não respondeu. Muito tempo depois, quando o som da água caindo já tinha cessado, a porta do banheiro se abriu. Cheng Xin viu que AA ainda estava de roupa. Balançando uma folha de papel branco para ela, AA perguntou:

— Você sabe fazer um barco de origami?

— Isso também é uma arte perdida? — perguntou Cheng Xin ao pegar a folha.

— Óbvio. É raro achar papel hoje em dia.

Cheng Xin se sentou e começou a dobrar. Sua mente voltou àquela tarde de garoa na época da faculdade. Ela e Tianming estavam sentados na represa e olhavam o barquinho de papel que ela havia feito flutuar na água sob a névoa e a garoa. Depois ela pensou na vela branca do fim das histórias de Tianming...

AA pegou o barquinho de papel e o admirou. Então indicou para que Cheng Xin a seguisse até o banheiro. Com um canivete, ela cortou um pedacinho no canto do sabonete, fez um furo na popa do barco e enfiou o fragmento de sabão no buraco. Com um sorriso misterioso para Cheng Xin, por fim depositou o barco na água tranquila da banheira.

O barco começou a se mexer sozinho, indo de uma borda até a outra da banheira.

Cheng Xin entendeu na mesma hora. Conforme se dissolvia, o sabão reduzia a tensão de superfície da água atrás do barco. Mas, como a tensão na frente continuava a mesma, isso impulsionava o barco.

Foi como se os pensamentos de Cheng Xin se iluminassem por um relâmpago. Aos seus olhos, a superfície serena da água na banheira se transformou na escuridão do espaço, e o barco de papel branco navegava por aquele mar sem fim à velocidade da luz...

Então Cheng Xin se lembrou de algo mais: a segurança de Tianming.

Sua linha de raciocínio parou de avançar imediatamente, como se uma mão a tivesse segurado. Cheng Xin se obrigou a tirar os olhos do barco, mantendo, na medida do possível, uma expressão de tédio e indiferença. O barco já alcançara a outra margem da banheira e parara. Ela o tirou da água, sacudiu-o e o largou na pia. Quase o jogou no vaso e deu descarga, mas achou que pareceria excessivo. Porém, decidiu não colocar o barco na água de novo.

Perigo.

Embora Cheng Xin também tendesse a acreditar que não havia mais sófons no Sistema Solar, era melhor tomar cuidado.

Ela e AA se entreolharam. Viram a mesma coisa nos olhos uma da outra: a empolgação do esclarecimento. Cheng Xin desviou o olhar.

— Não posso perder tempo com brincadeiras bobas. Se você quer tomar banho de espuma, divirta-se.

Ela saiu do banheiro.

AA foi atrás. Elas serviram duas taças de vinho e começaram a conversar sobre assuntos diversos. Primeiro, falaram do futuro do Grupo Halo no Projeto Casamata. Depois, relembraram seus tempos de faculdade em séculos diferentes. Finalmente, falaram da vida no presente. AA perguntou por que Cheng Xin não havia encontrado um homem de que gostasse depois de tanto tempo naquela nova era, e Cheng Xin respondeu que ainda não podia levar uma vida normal. E então destacou que o problema de AA era que ela saía com homens demais — claro que ela podia levar os namorados para visitar Cheng Xin, mas era melhor levar um de cada vez. Elas também conversaram sobre a moda e os gostos das mulheres de suas respectivas eras, semelhanças e diferenças...

A linguagem era apenas o veículo com o qual as duas expressaram sua empolgação. Elas não se atreviam a parar, para que o silêncio não as privasse de sua alegria secreta. Finalmente, em um intervalo da conversa que passaria despercebido por alguém de fora, Cheng Xin disse:

— Curvatura...

Ela terminou a frase com os olhos: *propulsão por curvatura?*

AA assentiu. Seus olhos diziam: *Sim, propulsão por curvatura!*

TRECHO DE *UM PASSADO ALÉM DO TEMPO* MOVIMENTO MEDIANTE DOBRAS NO ESPAÇO

O espaço não era plano, e sim curvo. Partindo da imagem do universo como uma membrana grande e fina, a superfície teria o formato de uma tigela. Como um todo, a membrana talvez até fosse uma bolha fechada. Embora, em uma escala localizada, ela parecesse plana, a curvatura do espaço era onipresente.

Durante a Era Comum, foram propostas muitas ideias ambiciosas para o voo espacial. Uma delas envolvia dobrar o espaço. A ideia era imaginar um aumento na curvatura do espaço e dobrá-lo como uma folha de papel para que dois pontos separados por dezenas de milhões de anos-luz pudessem se encostar. A rigor, esse plano não era para voar no espaço, mas para "arrastar o espaço". A questão não era navegar até o destino, mas dobrar o espaço para trazer o destino até si.

Só Deus teria conseguido concretizar tal plano — e, quando se consideravam as restrições da teoria de base, talvez nem Deus.

Mais tarde, uma proposta mais moderada e delimitada pretendia tirar vantagem da curvatura do espaço para a navegação. Partindo do princípio de que uma nave espacial pudesse, de alguma forma, alisar o espaço atrás de si e diminuir sua curvatura, o espaço mais curvo à frente a puxaria adiante. Esse era o conceito da propulsão por curvatura.

Ao contrário das dobras espaciais, a propulsão por curvatura não faria uma nave chegar instantaneamente ao destino, mas era possível conduzi-la em proporção assimptótica em relação à velocidade da luz.

Antes da interpretação correta da mensagem de Yun Tianming, a propulsão por curvatura era apenas um sonho, como outras centenas de propostas de deslocamento à velocidade da luz. Ninguém sabia se era possível, nem na teoria nem na prática.

ERA DA TRANSMISSÃO, ANO 7
OS CONTOS DE FADAS DE YUN TIANMING

— Antes da Era da Dissuasão — disse AA, em júbilo, para Cheng Xin —, as roupas com imagens animadas estavam na moda. Na época, todo mundo parecia uma árvore de Natal iluminada, mas agora só as crianças se vestem assim. Os trajes clássicos estão em voga de novo.

Mas os olhos de AA diziam outra coisa. Seu olhar escureceu. *Essa interpretação parece muito boa, mas ainda é impossível ter certeza. Nunca vamos conseguir confirmar.*

— O que mais me surpreende é que não existam mais metais e pedras preciosas! — disse Cheng Xin. — O ouro agora é um metal comum, e estas duas taças são de diamante... Você sabia que, de onde... bom, de quando... eu vim, um diamante minúsculo, deste tamanho, teria sido um sonho inalcançável para a maioria das pessoas?

Seus olhos diziam: *Não, AA, agora é diferente. Podemos ter certeza.*

— Bom, pelo menos vocês tinham alumínio barato. Antes da invenção da eletrólise, o alumínio também era um metal precioso. Ouvi falar que alguns reis tinham até coroas de alumínio.

Como podemos ter certeza?

Cheng Xin não podia expressar só com os olhos o que queria dizer. A CDI lhe oferecera instalar um cômodo antissófons em seu apartamento, mas, como isso teria envolvido o uso de muitos equipamentos barulhentos, ela recusara. Agora, estava arrependida dessa decisão.

— Papel de onda-de-neve — sussurrou ela.

Os olhos de AA se iluminaram de novo. A chama da empolgação ardeu com ainda mais intensidade.

— *E nada mais pode alisar isto?*

— Não. Só a obsidiana de He'ershingenmosiken funciona. Eu tinha esperança de recuperar a placa que está com Olho de Agulha.

O relógio no canto do quarto badalou. Etéreo levantou o rosto e viu que já era quase manhã. Ele baixou os olhos e viu que o papel de onda-de-neve alisado no chão só tinha cerca de um palmo de largura, e não era suficiente para pintar. Ele soltou o ferro e suspirou.

Um pergaminho era uma folha de papel com curvatura; uma parte estava puxada e alisada, o que diminuía a curvatura.

Isso era nitidamente uma pista para a diferença entre o espaço anterior e o posterior de uma nave com propulsão por curvatura. Só podia ser isso.

— Vamos — disse Cheng Xin, se pondo de pé.

— É — disse AA. Elas precisavam ir para a sala antissófons mais próxima.

Dois dias depois, o presidente da CDI anunciou em sessão que os líderes de todos os grupos de estudo tinham apoiado com unanimidade a interpretação da propulsão por curvatura.

Yun Tianming estava dizendo à Terra que as naves trissolarianas usavam motores de curvatura espacial.

Essa informação estratégica era extremamente importante. De todos os rumos de pesquisa possíveis sobre viagem espacial à velocidade da luz, a propulsão por curvatura tinha viabilidade confirmada. Como um farol em uma noite escura, isso indicou a direção certa para o desenvolvimento da tecnologia humana de viagens espaciais.

O fato de que essa interpretação fornecia o modelo que Tianming havia usado para esconder sua mensagem nas três histórias também era importante. Ele empregara dois métodos básicos: metáforas de dois níveis e metáforas bidimensionais.

As metáforas de dois níveis nas histórias não chegavam a apontar diretamente para o significado verdadeiro, mas para algo muito mais simples. O teor de uma primeira metáfora se tornava o veículo para uma segunda, que apontava para a informação de fato. Nesse exemplo, o barco da princesa, o sabonete de He'ershingenmosiken e o mar dos Glutões formavam uma metáfora para um barco de papel impulsionado por sabão. E isso, por sua vez, apontava para a propulsão por curvatura. Até então, os esforços de decodificação não haviam tido sucesso sobretudo devido à premissa habitual das pessoas de que as histórias só usavam um nível de metáforas para esconder a mensagem verdadeira.

As metáforas bidimensionais eram uma técnica aplicada a fim de resolver as ambiguidades introduzidas pelo uso de recursos literários para transmitir informações estratégicas. Após uma metáfora de dois níveis, acrescentava-se uma metáfora secundária de um nível para confirmar o sentido da metáfora de dois níveis. Nesse mesmo exemplo, o papel de onda-de-neve curvo e o trabalho de alisamento necessário serviam de metáfora para o espaço curvo, confirmando a interpretação do barco movido a sabonete. Vendo as histórias como um plano bidimensional, a metáfora de dois níveis só fornecia uma coordenada; a metáfora secundária de um nível dava a segunda coordenada, que situava essa interpretação no plano. Portanto, essa metáfora de um nível também foi chamada de coordenada de direção. Por si só, a coordenada de direção parecia irrelevante, mas, ao se combinar com a metáfora de dois níveis, ela resolvia as ambiguidades inerentes à linguagem literária.

— Um sistema sutil e sofisticado — disse um especialista da AIE, admirado.

Todos os integrantes da comissão parabenizaram Cheng Xin e AA. AA, que sempre havia sido tratada com desdém, viu sua reputação crescer imensamente diante da comissão.

Os olhos de Cheng Xin se encheram de água. Ela estava pensando em Tianming, o homem que lutava sozinho na longa noite do espaço sideral, no meio de uma sociedade alienígena sinistra e perturbadora. Para transmitir sua mensagem importante à raça humana, ele devia ter quebrado a cabeça a fim de elaborar um sistema metafórico e depois gastado uma eternidade daquela existência solitária para criar mais de cem contos de fadas e disfarçar cuidadosamente o relatório de inteligência em três dessas histórias. Três séculos antes, ele dera a Cheng Xin uma estrela; agora, trazia esperança à humanidade.

A partir daí, a decodificação da mensagem progrediu a um ritmo constante. Além da descoberta do sistema metafórico, o esforço se fundamentou também em outra hipótese que era consenso geral, ainda que não fosse confirmado: enquanto a primeira parte da mensagem a ser decifrada com sucesso tinha a ver com a fuga do Sistema Solar, o restante provavelmente se referia ao aviso de segurança.

Os analistas logo perceberam que, em comparação com o primeiro fragmento de informação, o restante da mensagem oculta nas três histórias era muito mais complexo.

Na sessão seguinte da CDI, o presidente levou um guarda-chuva feito sob encomenda que parecia uma réplica exata do que aparecia nos contos. O guarda-chuva preto tinha oito hastes, e na ponta de cada uma havia uma pequena esfera de pedra. Os guarda-chuvas já não eram mais artigos de uso comum. Para evitar a chuva, os modernos usavam um objeto chamado para-chuva, um aparelho mais ou menos do tamanho de uma lanterna que soprava uma rajada de ar para o alto, formando uma cobertura invisível. As pessoas certamente conheciam os guarda-chuvas e os viam em filmes, mas poucos tinham experiência de fato com o objeto. Curiosas, elas brincaram com o guarda-chuva do presidente e observaram que, tal como nas histórias, a cobertura só permanecia aberta se o guarda-chuva fosse girado. Um movimento mais rápido ou lento produzia os alarmes sonoros correspondentes.

— Isto é muito cansativo — reclamou alguém ao girar o guarda-chuva.

Todos sentiram um respeito renovado pela ama de leite da princesa, que havia conseguido girar o guarda-chuva sem parar por um dia inteiro.

AA pegou o guarda-chuva. Suas mãos não eram tão fortes, e a cobertura começou a cair. Todos ouviram o canto de pássaro de advertência.

Cheng Xin não tirara os olhos do guarda-chuva desde que o presidente o abrira. De repente ela gritou para AA:

— Não pare!

AA girou mais rápido, e o canto de pássaro parou.

— Mais rápido — disse Cheng Xin.

AA girou com todas as forças, e o sino de vento começou a retinir. Cheng Xin então pediu que ela fosse mais devagar, até começar o canto de pássaro. Isso se repetiu algumas vezes.

— Isso não é um guarda-chuva! — disse Cheng Xin. — Mas agora eu sei o que é.

Bi Yunfeng, que estava ao seu lado, assentiu.

— Eu também. — Então, ele se virou para Cao Bin. — Provavelmente só nós três reconhecemos esse objeto.

— É — disse Cao, entusiasmado. — Mas, mesmo na nossa época, isso era muito raro.

Alguns dos presentes olharam para aqueles três indivíduos do passado; outros olharam para o guarda-chuva. Todos estavam confusos, mas cheios de expectativa.

— É um regulador centrífugo — disse Cheng Xin. — Para máquinas a vapor.

— O que é isso? Um circuito de controle?

Bi Yunfeng balançou a cabeça.

— O mundo não tinha eletricidade na época em que isso foi inventado.

Cao Bin explicou:

— Era uma peça do século XVIII usada para regular a velocidade de máquinas a vapor. É formada por duas ou quatro alavancas equipadas com massas esféricas nas extremidades e um eixo central com um anel. É exatamente como esse guarda-chuva, só que com menos hastes. A atividade do motor gira o eixo. Quando ele gira rápido demais, as bolas de metal erguem as alavancas devido à força centrífuga, o que levanta o anel e reduz a abertura da válvula de controle ligada a ele, de forma a reduzir a injeção de fluido no cilindro e a velocidade do motor. Por outro lado, quando o eixo gira muito devagar, as alavancas descem com o peso das bolas de metal, como um guarda-chuva se fechando, e o anel é levado para baixo, aumentando a abertura da válvula de controle e a velocidade do motor... Esse foi um dos primeiros sistemas industriais de controle automático.

Foi assim que se decodificou o primeiro estágio da metáfora de dois níveis. Mas, ao contrário do barco movido a sabão, o regulador centrífugo não apontava claramente para nada. Esse segundo nível da metáfora podia ser interpretado de várias formas, e as duas opções consideradas mais prováveis eram controle automático de retorno negativo ou velocidade constante.

Os analistas começaram a procurar a coordenada de direção correspondente a essa metáfora de dois níveis. Logo se concentraram no príncipe Água Profunda. A altura do príncipe não mudava aos olhos de um observador, qualquer que fosse a distância. Isso também podia ser interpretado de várias maneiras, havendo duas alternativas mais óbvias: um método de transmissão de informações em que a força do sinal não decaía com a distância, ou uma quantidade física que permanecia constante independentemente do ponto de referência utilizado.

Considerando os significados metafóricos do guarda-chuva, o sentido verdadeiro surgiu imediatamente: uma velocidade constante que não se alterava em função do ponto de referência.

Era uma referência clara à velocidade da luz.

Naquele momento, os analistas encontravam mais uma coordenada de direção para a metáfora do guarda-chuva.

O sabonete de He'ershingenmosiken é feito com essas bolhas, mas elas não são nada fáceis de colher. As bolhas flutuam muito rápido no vento [...]. O único jeito é correr igualmente rápido, de modo que pareçamos em repouso em relação às bolhas. Isso só é possível cavalgando com os cavalos mais velozes [...]. Os saboneteiros cavalgam esses cavalos para perseguir o vento e tentar colhê-las com uma rede de gaze fina. [...] As bolhas não têm peso, e dessa forma os sabonetes puros autênticos de He'ershingenmosiken não pesam nada. É a substância mais leve do mundo...

Os mais velozes; não têm peso, ou massa — era nitidamente uma metáfora de um nível para a luz.

Tudo indicava que o guarda-chuva representava a luz, mas havia duas interpretações possíveis para a colheita de bolhas da bolheira: a colheita da energia da luz ou a redução da velocidade da luz.

A maioria dos analistas não acreditava que a primeira interpretação tivesse muito a ver com os objetivos estratégicos da humanidade, então foi a segunda que recebeu a maior parte da atenção.

Embora ninguém soubesse dizer exatamente o que a mensagem significava, os analistas debateram a segunda interpretação, concentrando-se na relação entre a redução da velocidade da luz e o aviso de segurança cósmica.

— E se fosse possível reduzir a velocidade da luz no Sistema Solar? E se pudéssemos, até o Cinturão de Kuiper ou a órbita de Netuno, produzir um efeito observável de longe... na escala cósmica?

A empolgação foi geral.

— Se reduzirmos a velocidade da luz em dez por cento dentro do Sistema Solar... será que um observador cósmico acharia que somos mais seguros?

— Sem dúvida. Se a humanidade tivesse naves espaciais capazes de viajar à velocidade da luz, seria preciso mais tempo para sair do Sistema Solar. Mas isso não seria *tão* importante.

— Para indicar de verdade ao universo que somos seguros, uma redução de dez por cento não é suficiente. Talvez tenhamos que reduzir a velocidade da luz para dez por cento do valor original, ou talvez até um por cento. Qualquer observador veria que nós nos envolvemos em uma zona de abafamento que impediria nossas naves de sair depressa do Sistema Solar. Isso deve aumentar a sensação de segurança.

— Mas, seguindo esse raciocínio, não bastaria reduzir a velocidade da luz a um décimo de um por cento. Pensem só: mesmo a trezentos quilômetros por segundo, ainda assim não seria tão demorado sair do Sistema Solar. Além disso, se os humanos fossem capazes de modificar uma constante física dentro de uma região do espaço com raio de cinquenta unidades astronômicas, seria o mesmo que declarar que a humanidade possui uma tecnologia muito avançada. Em vez de aviso de segurança cósmica, esse seria um alerta de perigo cósmico!

A partir da metáfora de dois níveis do guarda-chuva e das coordenadas de direção do príncipe Água Profunda e da bolheira, os analistas conseguiram determinar o teor geral do significado, mas não a informação estratégica específica. A metáfora já não tinha só duas dimensões, mas três. Começou-se a especular sobre a existência de mais uma coordenada de direção, e os analistas vasculharam exaustivamente as histórias, mas não encontraram nada.

Foi então que o misterioso nome He'ershingenmosiken finalmente foi decifrado.

A CDI acrescentou um grupo de estudo formado por linguistas especificamente para lidar com He'ershingenmosiken. Um filólogo especializado em história das línguas chamado Palermo entrou para o grupo porque sua formação diferia da dos demais. Em vez de se concentrar em uma única família linguística, ele conhecia os idiomas antigos de muitas delas. Mas nem Palermo pôde fornecer qualquer luz a respeito daquele nome estranho. Seu sucesso resultou de um golpe de sorte inesperado e teve pouco a ver com sua competência profissional.

Um dia, quando Palermo acordou de manhã, sua namorada, uma escandinava loura, perguntou se ele já visitara o país dela.

— A Noruega? Não, nunca.

— Então por que você fica balbuciando o nome daqueles dois lugares durante o sono?

— Que nomes?

— Helseggen e Mosken.

Palermo achou aqueles nomes vagamente familiares. Como sua namorada não tinha nada a ver com a CDI, era um pouco perturbador ouvir aqueles sons saírem de sua boca.

— Você quer dizer *He'ershingenmosiken*?

— É, mas você está embolando os dois nomes e errando um pouco a pronúncia.

— Esse é o nome de um lugar só. É uma transliteração do chinês, então os sons são parecidos. Se você separar as sílabas em grupos arbitrários, provavelmente vai parecer o nome de muitos lugares em várias línguas.

— Mas esses dois lugares ficam na Noruega.

— É só coincidência.

— Olha, nem a maioria dos noruegueses deve conhecer esses lugares. Esses nomes são antigos, ninguém usa mais. Eu só sei porque sou especialista em história da Noruega. Os dois ficam na província de Nordland.

— Querida, ainda assim, é só uma coincidência. Dá para separar essa sequência de sílabas em qualquer ponto.

— Ah, por favor, não me provoque! Você deve saber que Helseggen é o nome de uma montanha e que Mosken é uma ilhota do arquipélago de Loften.

— Não, eu não sabia. Olhe, existe um fenômeno linguístico em que uma pessoa que não conhece um idioma separa uma série de sílabas de forma arbitrária e quase inconsciente. É isso que está acontecendo agora.

Palermo já vira várias ocorrências de separações arbitrárias em seu trabalho junto à CDI, então não levou a sério a "descoberta" da namorada. Mas o que ela disse em seguida mudou tudo.

— Tudo bem, mas vou falar só mais uma coisa: Helseggen fica bem colada ao mar. Dá para ver Mosken do cume... é a ilha mais próxima de Helseggen!

Dois dias depois, Cheng Xin chegou à ilha Mosken e viu-se olhando para o contorno escarpado de Helseggen. O penhasco era negro, e, sob o céu nublado, o mar também parecia negro. Só uma linha branca da espuma das ondas aparecia na base do penhasco. Antes de ir para lá, Cheng Xin ouvira dizer que, embora aquele lugar ficasse no círculo ártico, correntes marítimas quentes tornavam o clima relativamente brando. No entanto, ela tremia de frio por causa do vento que vinha do mar.

As ilhas Loften, íngremes e escarpadas, tinham sido esculpidas por geleiras e formavam uma barreira de cento e sessenta quilômetros entre o mar do Norte e o profundo Vestfjorden, como uma muralha que separava o oceano Ártico da península escandinava. As correntes entre as ilhas eram fortes e velozes. Antigamente, a população local era pequena, sobretudo pescadores que seguiam ciclos sazonais. Agora que os frutos do mar eram produzidos principalmente com aquacultura, a pesca em mar aberto estava praticamente extinta. As ilhas tinham voltado ao isolamento e provavelmente recuperaram o mesmo aspecto que deviam ter na época dos vikings.

Mosken era só uma pequena ilhota do arquipélago, e Helseggen era uma montanha anônima — esses nomes tinham mudado no fim da Era da Crise.

Mesmo diante da erma desolação no fim do mundo, Cheng Xin sentia o coração sereno. Não fazia muito tempo que ela acreditara que sua vida tinha chegado ao fim, mas agora havia muitos motivos para continuar. Ela viu um fiapo de azul surgir na margem do céu de chumbo, e o sol brotou por essa abertura por alguns minutos, transformando imediatamente aquele mundo gelado. A cena a lembrou de uma frase das histórias de Tianming: ... *como se o pintor daquele quadro-mundo espalhasse com ousadia um punhado de pó de ouro pela superfície da pintura.* Assim era sua vida agora, esperança oculta em meio ao desespero, calor percebido sob o gelo.

AA estava com ela, e também alguns especialistas da CDI, incluindo Bi Yunfeng, Cao Bin e o linguista Palermo.

O único habitante de Mosken era um homem idoso chamado Jason. Ele tinha mais de oitenta anos e nascera na Era Comum. Seu rosto quadrado exibia os sinais dos anos, e Cheng Xin pensou em Fraisse. Quando perguntaram se havia algo de especial nos arredores de Helseggen e Mosken, Jason apontou para a ponta ocidental da ilha.

— Claro. Vejam lá.

Eles viram um farol branco. Embora ainda fosse o entardecer, o farol já estava aceso e piscava ritmadamente.

— Para que serve aquilo? — perguntou AA.

— Rá! Essas crianças de hoje em dia... — Jason balançou a cabeça. — É um antigo sistema de auxílio à navegação. Na Era Comum, eu trabalhava como engenheiro de faróis e sinaleiros. Para falar a verdade, muitos faróis continuaram em atividade até a Era da Crise, mas agora já não há nenhum. Construí aquele ali para que as crianças soubessem que esse tipo de coisa já existiu.

Todos os integrantes da CDI ficaram interessados no farol. Aquilo os fazia lembrar do regulador centrífugo de máquinas a vapor, outra tecnologia ancestral que havia desaparecido. Mas uma rápida investigação revelou que não era o que eles procuravam. O farol tinha sido construído recentemente com materiais de construção modernos, leves e resistentes. Ficara pronto em apenas meio mês. Jason também tinha certeza de que Mosken nunca tivera um farol antes. Assim, com base no tempo, o farol não tinha relação com a mensagem oculta de Tianming.

— Mais alguma coisa interessante ou especial por aqui? — perguntou alguém.

Jason encolheu os ombros diante do frio do céu e do mar.

— O que mais pode haver aqui? Não gosto deste lugar melancólico e sombrio, mas não me deixaram construir o farol em nenhum outro.

Então eles decidiram ir até Helseggen para dar uma olhada. Quando estavam prestes a entrar no helicóptero, de repente AA sugeriu irem com o barquinho de Jason.

— Claro, mas as ondas estão fortes hoje, minha filha. Você vai ficar enjoada — disse Jason.

AA apontou para a montanha do outro lado do estreito.

— É muito perto.

Jason balançou a cabeça.

— Não posso atravessar direto. Hoje não. Temos que dar a volta.

— Por quê?

— O rodamoinho, claro. Ele engole qualquer barco.

As pessoas no grupo de Cheng Xin se entreolharam, e depois todos se viraram para Jason ao mesmo tempo.

— Achei que você tinha dito que não tinha nada de especial aqui — comentou alguém.

— O Mosktraumen não é especial para quem mora aqui. É só parte do mar. Geralmente dá para ver ali.

— Onde?

— Bem ali. Talvez vocês não consigam ver, mas dá para escutar.

Eles fizeram silêncio até ouvirem um ronco vindo do mar, como milhares de cavalos correndo ao longe.

O helicóptero poderia levá-los para investigar o rodamoinho, mas Cheng Xin queria ir de barco, e os outros concordaram. O barco de Jason, o único disponível na ilha, acomodava cinco ou seis pessoas com segurança. Cheng Xin, AA, Bi Yunfeng, Cao Bin e Palermo entraram no barco, e os demais foram de helicóptero.

O barco saiu da ilha Mosken, pulando sobre as ondas. O vento no mar aberto era mais forte e frio, e pingos salgados golpeavam o rosto de todos sem parar. A superfície era de um cinza-escuro e parecia sinistra e misteriosa à luz cada vez mais fraca. O ronco ficou mais alto, mas eles ainda não conseguiam ver o grande turbilhão.

— Ah, lembrei! — gritou Cao Bin.

Cheng Xin também lembrou. Ela imaginara que talvez Tianming tivesse descoberto alguma novidade sobre aquele lugar graças aos sófons, mas a verdade era muito mais simples.

— Edgar Allan Poe — disse Cheng Xin.

— O quê? Quem? — perguntou AA.

— Um escritor do século XIX.

— Isso — disse Jason. — Poe escreveu um conto sobre Mosken: "Descida no Maelström". Eu li quando era mais novo. É muito exagerado. Eu lembro que ele dizia que a superfície do turbilhão formava um ângulo de quarenta e cinco graus. É absurdo.

Fazia mais de um século que a literatura narrativa impressa havia desaparecido. A "literatura" e os "autores" ainda existiam, mas as narrativas eram construídas com imagens digitais. Livros e contos clássicos impressos passaram a ser tratados como artefatos antigos. Durante a Grande Ravina, a obra de muitos escritores antigos, incluindo Poe, se perdera.

O ronco ficou ainda mais alto.

— Cadê o turbilhão? — perguntou alguém.

Jason apontou para a superfície.

— O rodamoinho fica abaixo da superfície aqui. Olhem para aquela linha: vocês têm que atravessá-la para ver o Moskstraumen.

Os passageiros viram uma faixa oscilante de ondas, cujas pontas espumosas formavam um comprido arco esbranquiçado que desaparecia ao longe.

— Então vamos atravessar! — disse Bi Yunfeng.

Jason o encarou de repente.

— Aquela é a linha que separa a vida e a morte. Se um barco a atravessa, não tem volta.

— Por quanto tempo um barco giraria no interior de um rodamoinho até afundar?

— Entre quarenta minutos e uma hora.

— Então não tem problema. O helicóptero vai nos resgatar a tempo.

— Mas meu barco...

— Nós podemos indenizá-lo.

— Mais barato que um sabonete — comentou AA. Jason não sabia do que ela estava falando.

Com cuidado, Jason virou o barco na direção da faixa de ondas e a cruzou. A embarcação se sacudiu com violência, até se estabilizar. Foi como se o barco tivesse sido capturado por alguma força invisível: começou a deslizar na mesma direção das ondas, parecendo navegar sobre trilhos.

— O rodamoinho nos pegou! — exclamou Jason. — Meu Deus, é a primeira vez que eu chego tão perto!

O Moskstraumen se revelou sob eles, como se o grupo estivesse no cume de uma montanha. A monstruosa depressão afunilada tinha cerca de um quilômetro de diâmetro. As laterais inclinadas de fato não chegavam aos quarenta e cinco graus de Poe, mas tinham pelo menos trinta. A superfície do vórtice parecia sólida de tão lisa. Como o barco ainda estava na borda do turbilhão, o movimento não era muito veloz. Mas, conforme eles se aproximassem do centro, o barco ganharia velocidade. No pequeno buraco no meio, o mar se debatia a uma velocidade tremenda e produzia um estrondo devastador, que expressava uma energia insana capaz de destroçar e engolir qualquer coisa.

— Eu me recuso a acreditar que é impossível sair daqui à força — disse AA. E gritou para Jason: — Vá em linha reta com força total!

Jason fez o que ela pediu. O barco era elétrico, e o motor silencioso parecia um mosquito sob o estrondo do turbilhão. O barco se aproximou da faixa de ondas na borda do rodamoinho e pareceu que ia conseguir sair, mas perdeu embalo e se desviou, como uma pedrinha arremessada caindo do ápice da trajetória. Eles tentaram mais algumas vezes, mas sempre voltavam a descer para o rodamoinho.

— Agora vocês entendem: este é o portão do inferno. Nenhum barco normal consegue voltar — disse Jason.

A essa altura, o barco já estava tão fundo no turbilhão que não dava mais para ver a espuma das ondas na borda. Para trás, havia apenas a montanha formada pela água do mar, e eles podiam ver o cume do outro lado do turbilhão. Todos sentiram o pavor de estar à mercê de uma força irresistível. Só o helicóptero pairando no ar lhes dava algum consolo.

— Vamos jantar — disse Jason. O sol ainda não tinha se posto atrás das nuvens, mas, como era verão no Ártico, passava das nove da noite. Jason tirou um pedaço grande de bacalhau do compartimento de carga e explicou que era recém-pescado. Depois, pegou três garrafas de aguardente, depositou o peixe em uma travessa grande de ferro e despejou um pouco de bebida em cima. Com um isqueiro, ele ateou fogo no peixe, explicando que era como se preparava naquela região. Cinco minutos depois, ele começou a arrancar pedaços do peixe ainda em chamas e comê-los. Os passageiros o imitaram, apreciando o peixe, a aguardente e a magnificência do rodamoinho.

— Minha filha, eu a reconheço — disse Jason a Cheng Xin. — Você era a Portadora da Espada. Tenho certeza de que você e o seu pessoal vieram até aqui para alguma missão importante, mas precisam manter a calma. É impossível evitar o apocalipse, então precisamos aproveitar o presente.

— Duvido que você fosse capaz de manter a calma se aquele helicóptero não estivesse ali — disse AA.

— Rá, garota, eu seria capaz. Com certeza. Na Era Comum, eu tinha só quarenta anos quando descobri uma doença em estágio terminal. Mas não fiquei com medo, e nunca pensei em entrar em hibernação. Foi só quando entrei em coma que os médicos me hibernaram. Quando acordei, já estava na Era da Dissuasão. Achei que eu tinha ganhado uma vida nova, mas acabou como uma ilusão. A morte só recuou um pouco para me esperar na estrada adiante...

"Na noite em que terminei o farol, peguei meu barco e fui ao mar vê-lo de longe. E, de repente, me ocorreu uma ideia: a morte é o único farol que nunca se apaga. Aonde quer que a gente vá, no fim, sempre vamos acabar indo na direção dela. Tudo no mundo desaparece, mas a morte persiste."

Fazia vinte minutos desde que eles tinham entrado no rodamoinho, e faltava cerca de dois terços do caminho até o fundo. O barco estava inclinado, mas, devido à força centrífuga, os passageiros não deslizaram para a esquerda. A muralha de água ocupava todo o campo de visão, e eles já não enxergavam mais o cume, nem do outro lado. Todos evitavam olhar para o céu porque, dentro do rodamoinho, o barco acompanhava a muralha giratória de água, e o movimento era quase imperceptível — o casco parecia colado à parede de uma bacia aguada. Mas, se alguém olhasse para cima, o movimento ficava óbvio na mesma hora. O céu nublado girava cada vez mais rápido lá no alto, deixando todos tontos. Como a força centrífuga era mais intensa na parte mais baixa do vórtice, a muralha de água sob o barco ficou mais lisa ainda e parecia mais sólida, como gelo. O estrondo do olho do rodamoinho abafava qualquer outro som, e já não dava mais para conversar. O Sol no oeste espiou dentre as frestas da cobertura de nuvens, e um raio de luz dourada atingiu o vórtice giratório. Mas a luz não tinha como alcançar a trituradora do fundo e só iluminava uma pequena parte da muralha de água, tornando o fundo ainda mais escuro e ameaçador. No olho do centro se projetava uma nuvem de borrifo e nevoeiro, formando um arco-íris com o raio de luz que produzia um traço grandioso sobre o abismo giratório.

— Eu lembro que Poe também descrevia um arco-íris no rodamoinho. Acho até que também foi ao luar. Ele o chamou de ponte entre o Tempo e a Eternidade — gritava Jason, mas ninguém conseguiu ouvir nada.

O helicóptero veio ao resgate deles. Pairando a cerca de dois ou três metros acima do barco, ele lançou uma corda para que todos pudessem subir. Depois, a embarcação vazia seguiu girando pelo vórtice monstruoso. O resto do bacalhau no barco ainda brilhava com os resquícios de uma chama azul.

O helicóptero pairou acima da trituradora do turbilhão, e, quando olharam para o funil giratório, todos ficaram enjoados e tontos. Alguém inseriu comandos no sistema de navegação para fazer o helicóptero girar em sincronia com a rotação do rodamoinho abaixo. Assim, o turbilhão parecia imóvel, mas o mundo acima — o céu, o mar e as montanhas — começou a girar em volta deles. O rodamoinho pareceu se tornar o centro do mundo, e a náusea não ficou nem um pouco menor. AA vomitou todo o peixe que tinha comido.

Quando Cheng Xin observou o turbilhão abaixo, um outro apareceu em sua mente: era formado por cem bilhões de estrelas prateadas girando no mar do universo, levando duzentos e cinquenta milhões de anos para concluir cada revolução — a Via Láctea. A Terra era menor que um floco de poeira nesse turbilhão, e o Mokstraumen, apenas mais um floco de poeira na poeira da Terra.

Meia hora depois, o barco caiu no olho e desapareceu em um instante. No meio do estrondo constante, eles tiveram a impressão de captar o som do barco sendo esmagado.

O helicóptero deixou Jason em Mosken, e Cheng Xin prometeu lhe dar um barco novo o quanto antes. Então se despediram, e o helicóptero seguiu para Oslo, a cidade mais próxima com uma sala antissófons.

Todos permaneceram perdidos em pensamentos durante a viagem, sem se comunicar nem mesmo com os olhos.

O sentido do Mokstraumen era tão óbvio que ninguém precisou pensar.

Mas a questão persistia: o que a redução da velocidade da luz tinha a ver com buracos negros? Qual era a relação dos buracos negros com o aviso de segurança cósmica?

Um buraco negro não podia mudar a velocidade da luz; ele só alterava o comprimento de onda.

Reduzir a velocidade da luz a um décimo, um centésimo ou até um milésimo da velocidade natural seria levá-la respectivamente a trinta mil, três mil, trezentos quilômetros por segundo. Era difícil ver a relação entre isso e os buracos negros.

Era preciso cruzar certo limite — algo difícil para estilos de raciocínio normais, mas não para aquele grupo, que era formado por algumas das mentes mais brilhantes da humanidade. Cao Bin, especialmente, era bom com ideias pouco convencionais. Como físico que havia atravessado três séculos, ele tinha um conhecimento a mais: durante a Era Comum, um grupo de pesquisa em um laboratório conseguira reduzir a velocidade da luz em um meio a dezessete metros por segundo, mais devagar que uma motocicleta. É claro que isso não era o mesmo que reduzir a velocidade da luz no vácuo, mas foi o que fez sua ideia seguinte não parecer tão maluca.

E se a velocidade da luz fosse reduzida ainda mais, para trinta quilômetros por segundo? Isso teria relação com buracos negros? No fundo, parecia o mesmo processo... Espere aí!

— 16,7! — gritou Cao Bin. A chama em seus olhos logo incendiou os das pessoas à sua volta.

A terceira velocidade cósmica do Sistema Solar era 16,7 quilômetros por segundo. Uma espaçonave da Terra só conseguiria sair do Sistema Solar se superasse esse limite.

Acontecia o mesmo com a luz.

Se no Sistema Solar a velocidade da luz no vácuo fosse reduzida a menos de 16,7 quilômetros por segundo, a luz perderia a capacidade de escapar da gravidade do Sol e o sistema se tornaria um buraco negro. Essa era uma consequência inevitável da derivação do raio de Schwarzschild de um objeto, ainda que o objeto fosse o Sistema Solar. Em termos mais exatos, o limite de velocidade necessário seria menor ainda no caso de um raio de Schwarzschild maior.

Como nada podia superar a velocidade da luz, se a luz não conseguisse sair do horizonte de eventos do Sistema Solar, nada mais conseguiria. O Sistema Solar ficaria hermeticamente isolado do resto do universo.

E, portanto, completamente seguro — para o resto do universo.

Como um observador distante veria o buraco negro do Sistema Solar criado pela redução da velocidade da luz? Eram duas as possibilidades: para os observadores com tecnologia primitiva, o Sistema Solar apenas desapareceria; para os de tecnologia avançada, seria possível detectar o buraco negro, e imediatamente se saberia que o sistema era seguro.

Considere uma estrela distante, um ponto praticamente invisível. Qualquer olhar casual revelaria: ah, essa estrela é segura; essa estrela não vai nos ameaçar.

Esse era o aviso de segurança cósmica. O impossível, afinal, era possível.

Os analistas pensaram no mar dos Glutões, pensaram no Reino Sem Histórias isolado do resto do universo pelo mar. Essa coordenada de direção extra não chegava a fazer falta — eles já tinham entendido.

Mais tarde, as pessoas passariam a chamar de "domínio negro" um buraco negro formado pela redução da velocidade da luz. Em comparação com buracos negros em que a velocidade da luz permanecia a mesma, um buraco negro de velocidade reduzida tinha um raio de Schwarzschild muito maior. O interior não era uma singularidade do espaço-tempo, e sim uma região relativamente ampla.

O helicóptero continuou acima das nuvens. Já passava das onze da noite, e o sol se pôs lentamente no oeste, deixando apenas uma faixa visível. À luz dourada do sol da meia-noite, todos tentaram imaginar a vida em um mundo onde a luz viajasse a pouco menos de 16,7 quilômetros por segundo, tentaram imaginar a luz rastejante de um pôr do sol.

A essa altura, a maior parte do quebra-cabeça das histórias de Yun Tianming já estava montada. Mas ainda faltava uma peça: os quadros de Olho de Agulha. Os analistas não conseguiram desvendar a metáfora de dois níveis nem achar uma coordenada de direção. Algumas pessoas acreditavam que os quadros talvez fossem outra coordenada para o Moskstraumen, um símbolo do horizonte de eventos do domínio negro. A ideia era que, pela perspectiva de um observador externo, qualquer coisa que entrasse em um domínio negro ficaria presa para sempre no horizonte de eventos, o que correspondia a se transformar em um quadro. Mas a maioria dos analistas discordava. O significado do Moskstraumen era muito claro, e Tianming havia usado o mar dos Glutões como coordenada de direção. Não havia necessidade de mais uma.

No fim das contas, essa última peça do quebra-cabeça ficou sem solução. Como os braços desaparecidos da *Vênus de Milo*, os quadros de Olho de Agulha permaneceram um mistério. Mas, como esse detalhe constituía a base de todas as três histórias e descrevia uma elegante implacabilidade, uma refinada crueldade, e uma bela morte, ele devia revelar um grande segredo de vida e morte.

TRECHO DE *UM PASSADO ALÉM DO TEMPO*
TRÊS ROTAS PARA A SOBREVIVÊNCIA DA CIVILIZAÇÃO TERRESTRE

I. Projeto Casamata: Esse era o plano com maior expectativa de sucesso, porque se baseava totalmente em tecnologias conhecidas e não envolvia nenhum elemento teórico desconhecido. Em certo sentido, o Projeto Casamata podia ser considerado uma continuação natural do desenvolvimento da raça humana. Mesmo sem a ameaça do ataque de floresta sombria, seria hora de a humanidade começar a colonização do restante do Sistema Solar. O Projeto Casamata só ajudava a esclarecer as metas e concentrar os esforços.

Esse plano também havia sido concebido exclusivamente pela Terra; não fora descrito na mensagem de Yun Tianming.

II. Plano do Domínio Negro: Tinha relação com transformar o Sistema Solar em um buraco negro de velocidade reduzida da luz para transmitir um aviso de segurança cósmica. De todas as opções, era a mais desafiadora em termos técnicos. Era preciso alterar uma constante física em uma região do espaço com raio de cinquenta UA (ou 7,5 bilhões de quilômetros). Foi chamado de Projeto de Engenharia Divina. A quantidade de fatores teóricos desconhecidos era imensa.

Contudo, se o Plano do Domínio Negro funcionasse, seria a melhor proteção possível para a civilização da Terra. Sem levar em conta o efeito de aviso de segurança cósmica, o próprio domínio negro atuaria como uma barreira protetora altamente eficaz. Qualquer projétil externo, como um fotoide, viajaria a uma velocidade muito alta para atingir o potencial destrutivo necessário, dessa forma entraria no domínio negro com uma velocidade muito superior à velocidade modificada da luz. De acordo com a teoria da relatividade, esse objeto teria que seguir à (nova, baixa) velocidade da luz assim que atravessasse a barreira, e a energia cinética excedente seria convertida em massa. A primeira parte do objeto a entrar no domínio negro perderia velocidade de repente e adquiriria uma massa muito maior, enquanto o restante, ainda se deslocando à mesma velocidade da luz, se chocaria com a primeira parte, e o impacto destruiria todo o projétil. Cálculos indicaram que até mesmo objetos feitos de materiais de interação forte, como as gotas, seriam completamente destruídos na fronteira do domínio negro. Por isso, um domínio negro também passou a ser conhecido como um "cofre cósmico".

O Plano do Domínio Negro tinha ainda outra vantagem: de todas as três opções, era a única que permitia que a humanidade continuasse na superfície familiar da Terra e evitasse o exílio no espaço.

Mas a civilização terrestre pagaria um preço alto. O Sistema Solar seria completamente isolado do restante do universo, uma situação equivalente à humanidade encolher o tamanho de dezesseis bilhões de anos-luz do universo para cem UA. Também era impossível saber como seria a vida em um mundo assim. Sem dúvida, computadores eletrônicos e quânticos teriam que operar a uma velocidade extremamente baixa, então talvez a humanidade regredisse a uma sociedade de baixa tecnologia. Isso seria um bloqueio mais absoluto ainda do que o bloqueio tecnológico imposto pelos sófons. Além de atuar como aviso de segurança cósmica, o Plano do Domínio Negro também era uma forma de automutilação tecnológica. A humanidade jamais seria capaz de fugir da armadilha da velocidade reduzida da luz.

III. Plano de Viagem Espacial à Velocidade da Luz: Embora não se conhecesse a fundamentação teórica da propulsão por curvatura, esse era um plano nitidamente mais fácil do que o Plano do Domínio Negro.

No entanto, a viagem à velocidade da luz não poderia fornecer segurança alguma à civilização terrestre. Era apenas um meio de fugir para as estrelas. De todos os três planos, era o que envolvia a maior quantidade de fatores desconhecidos. Mesmo se desse certo, os membros da raça humana que escapassem para a vastidão vazia do espaço enfrentariam perigos imprevisíveis. Sem contar que os perigos do Escapismo representavam diversas barreiras e armadilhas políticas para o plano.

No entanto, uma parcela da humanidade estava obcecada com viagens espaciais à velocidade da luz por motivos alheios à sobrevivência.

Para as pessoas da Era da Transmissão, a única opção sensata era executar os três planos ao mesmo tempo.

ERA DA TRANSMISSÃO, ANO 8
OPÇÃO DO DESTINO

Cheng Xin foi à sede do Grupo Halo.

Era a primeira vez que ia lá. Nunca havia participado das atividades da empresa porque, em seu inconsciente, não chegara a acreditar que sua vasta fortuna era mesmo sua, ou de Yun Tianming. Eles possuíam aquela estrela, mas a riqueza gerada pertencia à sociedade.

Agora, porém, talvez o Grupo Halo pudesse ajudá-la a realizar seu sonho.

A sede administrativa ocupava uma árvore gigante. Curiosamente, todos os edifícios ali eram transparentes. Além disso, como o índice de refração do material usado na construção era quase o mesmo do ar, as estruturas internas eram todas visíveis. Dava para ver funcionários se movimentando pelo interior, assim como inúmeras janelas de informações. Os edifícios suspensos pareciam formigueiros transparentes cheios de formigas coloridas.

Em uma sala de reuniões grande na ponta da árvore, Cheng Xin se encontrou com a maioria dos executivos do alto escalão do Grupo Halo. Eram todos jovens, inteligentes e vivazes. A maioria nunca havia falado com ela antes, e ninguém disfarçou a reverência e a veneração.

Após a reunião, quando ficaram só Cheng Xin e AA na sala grande e vazia, elas começaram a conversar sobre o futuro da empresa. A mensagem de Yun Tianming e o progresso da decodificação continuavam em sigilo. Para protegê-la, a Frota Internacional e a ONU planejavam divulgar os resultados ao público gradualmente e dar a impressão de que eram provenientes de pesquisas na Terra. Seriam incluídos também alguns resultados falsos para disfarçar a verdadeira origem das informações.

Cheng Xin se acostumara ao piso transparente e já não sentia tanto medo de altura. Algumas janelas de informações grandes flutuavam na sala de reuniões exibindo imagens de vídeo ao vivo de alguns dos projetos de construção do Grupo Halo na órbita terrestre, um dos quais era a cruz gigante em órbita geossíncrona. Após o ressurgimento de Tianming, a esperança do público por um milagre minguou gradativamente, e, com o início do Projeto Casamata, o fervor religioso arrefeceu. A Igreja parou de investir na cruz gigante e a obra fora abandonada. Agora, ela estava em processo de desmonte, então só restava um "1" gigante — uma imagem bastante significativa.

— Não gosto de "domínio negro" — disse AA. — Seria mais adequado chamar de "túmulo negro", um túmulo que cavamos para nós mesmos.

Cheng Xin olhou para a cidade lá embaixo pelo piso transparente.

— Não é como eu vejo. Na minha época, a Terra era completamente isolada do resto do universo. Todos viviam na superfície, e era muito raro alguém olhar para as estrelas. As pessoas viveram assim por cinco mil anos, e não dá para dizer que não era uma vida boa. Ainda hoje, o Sistema Solar está basicamente isolado do resto do universo. Os únicos seres humanos no espaço sideral são as mil e poucas pessoas naquelas duas naves espaciais.

— Mas eu tenho a sensação de que, se nos isolarmos das estrelas, os sonhos vão morrer.

— De jeito nenhum. Antigamente, também havia alegria e felicidade, e as pessoas não sonhavam menos do que nós. Além disso, mesmo dentro do domínio negro, ainda poderíamos ver as estrelas, só que... quem sabe qual seria o aspecto delas? Mas eu também não gosto do "domínio negro".

— Eu sei.

— Eu gosto de naves que viajam à velocidade da luz.

— Todo mundo gosta. O Grupo Halo devia construir naves capazes de atingir a velocidade da luz!

— Achei que você não fosse concordar — disse Cheng Xin. — Isso exige um investimento pesado em pesquisa de base.

— Você acha que eu sou só uma capitalista? Bom, não deixa de ser verdade. Eu sou, assim como os membros do conselho. Nós queremos maximizar os lucros. Mas isso não entra em conflito com naves capazes de viajar à velocidade da luz. Politicamente, o governo vai direcionar a maior parte dos recursos ao Projeto Casamata e ao domínio negro, e essas naves vão sobrar para as empresas privadas... Nós devíamos dedicar nossos esforços ao Projeto Casamata e depois usar parte dos lucros para pesquisar naves com capacidade de atingir a velocidade da luz.

— O que eu penso é o seguinte, AA: a propulsão por curvatura e o domínio negro provavelmente partilham alguns conceitos teóricos de base. Podemos esperar que o governo e a Academia Mundial de Ciências concluam essa parte da pesquisa e depois desenvolvê-la rumo à propulsão por curvatura.

— Tudo bem. Devíamos fundar também uma Academia de Ciências do Grupo Halo e recrutar cientistas. Muitos já sonham com viagens espaciais à velocidade da luz, mas não conseguem oportunidades em projetos nacionais ou internacionais...

AA foi interrompida por uma confusão repentina de janelas de informações. Janelas novas de tamanhos variados apareceram por todos os lados, como uma avalanche colorida, soterrando em um instante as poucas que estavam abertas com imagens dos projetos. Uma "avalanche de janelas" daquelas normalmente indicava algum acontecimento importante, mas a sobrecarga de informações acabava confundindo as pessoas, pois ficava difícil descobrir o que de fato havia acontecido. Foi o caso de AA e Cheng Xin. Elas viram que a maioria das janelas estava cheia de textos e números complexos em movimento, e só era possível assimilar as janelas que exibiam apenas imagens. Em uma delas, Cheng Xin viu alguns rostos olhando para cima, e depois a lente aproximou a cena até o quadro todo ser tomado por um par de olhos assustados, junto com uma cacofonia de gritos...

Uma nova janela apareceu em primeiro plano com a imagem da secretária de AA. Ela olhou as duas, cheia de pavor e choque no rosto.

— Um alerta! Um ataque! — gritou ela.

— Algum detalhe? — perguntou AA.

— Ativaram a primeira unidade de observação do sistema de alerta avançado do Sistema Solar e encontraram um fotoide na mesma hora!

— Em que direção? A que distância?

— Não sei. Não sei de nada. Só sei que...

— É um alerta oficial? — perguntou Cheng Xin, tranquila.

— Acho que não. Mas já saiu em todas as mídias. Com certeza é para valer! Vamos para o espaçoporto, fugir para nos salvar! — A secretária sumiu da janela.

Cheng Xin e AA atravessaram a saraivada densa de janelas de informações e chegaram à parede transparente da sala de reuniões. Viram que o pânico já havia tomado conta da cidade logo abaixo. Com a enorme quantidade de carros voadores se acumulando, o lado de fora estava um caos, e cada veículo tentava abrir caminho de qualquer jeito pelo congestionamento em alta velocidade. Um dos carros bateu em um edifício de uma árvore gigante e explodiu em uma bola de fogo. Em pouco tempo, chamas e colunas de fumaça surgiram em outros dois lugares na cidade...

AA selecionou algumas janelas de informações e as examinou com cuidado. Enquanto isso, Cheng Xin tentava entrar em contato com os integrantes da CDI, mas só conseguiu falar com dois. Um deles também não sabia de nada. O outro, um agente do CDP, confirmou que a Unidade de Observação 1 do sistema de alerta avançado do Sistema Solar havia identificado alguma anomalia significativa, mas disse não saber de nenhum detalhe. Ele também confirmou que a Frota Internacional e a ONU não tinham anunciado um alarme formal de ataque de floresta sombria, mas não estavam otimistas.

— Se o alarme não foi dado, das duas, uma: ou nada aconteceu, ou o fotoide está perto demais e o alarme não faria diferença.

A investigação de AA só lhe rendeu uma informação específica: o fotoide estava se aproximando pelo plano da eclíptica. Havia divergências quanto à direção exata do objeto e a distância em relação ao Sol, e as estimativas quanto ao momento do impacto variavam muito: havia quem dissesse que o mundo teria mais um mês de vida; para outros, era questão de horas.

— Nós devíamos ir para a *Halo* — disse AA.

— Dá tempo?

A *Halo* era uma nave que pertencia ao Grupo Halo. Naquele momento, estava estacionada na base geossíncrona da empresa. Se o alarme fosse genuíno, a única esperança delas era levar a nave até Júpiter e se esconder atrás do gigante gasoso antes do impacto do fotoide. Como o planeta estava em oposição e, portanto, posicionado o mais próximo possível da Terra, a viagem levaria de vinte e cinco a trinta dias, o que ficava quase no limite das estimativas para o impacto do fotoide.

— A gente precisa fazer alguma coisa em vez de ficar aqui esperando a morte! — disse AA. Ela arrastou Cheng Xin para fora da sala de reuniões até o estacionamento no alto da árvore. As duas entraram em um carro voador, mas AA pareceu se lembrar de algo e saiu de novo. Alguns minutos depois, voltou com um objeto retangular que parecia um estojo de violino. Ela abriu o estojo, tirou o que estava guardado e entrou no veículo, largando o estojo para trás.

Cheng Xin olhou para a mão dela e reconheceu o objeto: um fuzil que tinha sido adaptado para disparar raios laser em vez de balas.

— Por que você está trazendo isso? — perguntou Cheng Xin.

— Com certeza o espaçoporto vai estar cheio de gente... quem sabe o que pode acontecer? — AA apoiou o fuzil no banco traseiro e deu partida no carro voador.

Todas as cidades tinham um espaçoporto para atender a diversos veículos espaciais pequenos — mais ou menos como os antigos aeroportos.

O carro voador se fundiu à intensa torrente de tráfego aéreo. Todos os inúmeros carros nessa torrente, como um enxame de cigarras, dirigiam-se ao espaçoporto. Eles produziam uma sombra fluida no solo, como se o sangue da cidade se esvaísse.

Mais adiante, cerca de uma dúzia de linhas brancas subiu ao céu azul, rastros produzidos por naves espaciais. Elas subiam direto e depois se viravam para o leste e desapareciam nas profundezas do firmamento. Novas linhas brancas pulavam sem parar do solo e se estendiam pelo ar, cada uma encabeçada por uma bola de fogo mais luminosa até do que o sol: as chamas dos motores por fusão das naves.

Em uma janela de informações dentro do veículo, Cheng Xin viu imagens ao vivo transmitidas da órbita baixa. Incontáveis linhas brancas emergiam do pano de fundo ocre do continente. Foram ficando mais numerosas, mais cerradas, como se a Terra estivesse ficando de cabelos brancos. As bolas de fogo na ponta dessas linhas brancas pareciam vaga-lumes voando ao espaço. Foi a maior fuga coletiva ao espaço em toda a história da humanidade.

O carro delas sobrevoou o espaçoporto. Havia cerca de cem naves enfileiradas abaixo, e outras tantas estavam sendo retiradas do hangar gigantesco ao longe. Os aviões espaciais já haviam caído em desuso muitos anos antes; todas as naves modernas decolavam na vertical. Ao contrário do formato curioso da nave que Cheng Xin vira no porto da estação terminal, todas aquelas tinham perfil aerodinâmico, com três ou quatro estabilizadores de cauda. Estavam espalhadas aleatoriamente pelo estacionamento do espaçoporto, como uma floresta de aço.

AA telefonara antes para o hangar e pedira que uma das naves de transporte do Grupo Halo fosse levada até o estacionamento. Do alto, ela logo viu a nave, e pousou ao lado.

Cheng Xin olhou para as naves à sua volta. Eram de tamanhos variados: as menores tinham poucos metros de altura, como versões gigantes de balas de canhão. Era difícil imaginar que embarcações tão pequenas pudessem escapar do poço gravitacional da Terra. A nave do Grupo Halo era de tamanho médio, com cerca de dez metros de altura, coberta com uma superfície metálica refletora que lembrava as gotas. Estava posicionada em uma plataforma móvel de lançamento para que pudesse ser arrastada até a zona de lançamento imediatamente. Essa nave as levaria até a *Halo* em órbita.

As duas ouviram um ronco alto vindo da área de lançamento, e, curiosamente, Cheng Xin se lembrou do barulho no Mokstraumen. O chão tremeu, e ela ficou de pernas bambas. Um brilho muito intenso surgiu, e uma nave de transporte lançou-se às alturas sobre uma bola de fogo, acrescentando uma nova coluna de fumaça ao céu. Uma nuvem branca impressionante cresceu sobre elas, trazendo também um cheiro estranho de queimado. A nuvem não tinha saído de um motor de nave, e sim da água fervida no tanque de resfriamento debaixo da plataforma de lançamento. A área de lançamento e as naves foram engolidas pelo vapor molhado escaldante, e as pessoas ficaram ainda mais agitadas e ansiosas.

AA e Cheng Xin subiram uma escada estreita até a nave de transporte. Quando a nuvem se dissipou, Cheng Xin viu um grupo de crianças não muito longe. Parecia uma turma de ensino fundamental com menos de dez anos, vestida de uniforme escolar. Uma professora jovem estava com elas. Seu cabelo comprido se sacudia ao vento, e ela olhava para os lados, perdida.

— Podemos esperar um pouco? — perguntou Cheng Xin.

AA olhou para as crianças e entendeu o que Cheng Xin queria.

— Tudo bem. Vá. Temos que esperar a nossa vez na plataforma de lançamento. Ainda vai demorar.

Em princípio, as naves podiam decolar de qualquer superfície plana. No entanto, para evitar danos com a temperatura ultra-alta do plasma gerado pelo motor por fusão, elas usavam uma plataforma de lançamento equipada com um tanque de resfriamento e canais de dispersão para redirecionar o plasma em segurança.

A professora viu Cheng Xin se aproximar, então foi até ela e a agarrou.

— Essa nave é sua? Por favor, por favor, salve as crianças. — A franja da professora estava colada à testa, e seu rosto estava molhado com lágrimas e a condensação do vapor. Ela encarou Cheng Xin com uma expressão intensa, como se quisesse capturá-la com o olhar. — Elas vieram para a colônia de férias espacial e estavam com a passagem comprada para entrar em órbita. Mas, depois do alerta, não nos deixaram entrar e deram nossas vagas para outras pessoas.

— Onde está a sua nave? — perguntou AA ao se aproximar.

— Foi embora. Por favor, por favor!

— Vamos levá-las — disse Cheng Xin para AA.

AA a encarou por alguns segundos. *Existem bilhões de pessoas na Terra. Você acha que pode salvar todo mundo?*

O olhar de Cheng Xin não vacilou.

AA balançou a cabeça.

— Só podemos levar mais três.

— Mas nossa nave de transporte tem capacidade para dezoito pessoas!

— A *Halo* só acomoda cinco passageiros na aceleração máxima, porque só tem cinco cápsulas de estado de mar profundo. Quem não ficar em estado de mar profundo vai virar carne moída.

Cheng Xin ficou surpresa com a resposta. O fluido de aceleração em mar profundo só era necessário em naves estelares. Mas ela sempre havia imaginado que a *Halo* fosse uma nave planetária, sem capacidade para sair do Sistema Solar.

— Tudo bem. Então levem três! — A professora soltou Cheng Xin e agarrou AA, morrendo de medo de perder aquela chance.

— Escolha três, então — disse AA.

A professora a soltou e a encarou, mais apavorada ainda.

— Como é que eu posso escolher? Como... — Ela olhou para os lados, sem coragem sequer de ver os olhos das crianças. Parecia arrasada de dor, como se estivesse sendo queimada pelo olhar das crianças.

— Certo. Eu escolho — disse AA. Ela se virou para as crianças e sorriu. — Pessoal, prestem atenção. Vou fazer três perguntas. Quem responder certo primeiro vem com a gente. — Ela ignorou a expressão chocada da professora e de Cheng Xin e levantou o dedo. — Primeira pergunta: imaginem uma lâmpada apagada. Depois de um minuto, ela pisca. Meio minuto depois, ela pisca de novo. Quinze segundos depois, ela pisca pela terceira vez. Continua no mesmo padrão, piscando sempre a um intervalo que é metade do intervalo anterior. Quero saber quantas vezes ela vai piscar antes de chegar a dois minutos.

— Cem! — gritou uma das crianças.

AA balançou a cabeça.

— Errado.

— Mil!

— Não. Pensem com cuidado.

Depois de algum tempo, uma voz tímida se sobressaiu. Veio de uma menininha delicada e quieta, e era difícil escutá-la no meio de todo aquele barulho.

— Infinitas vezes.

— Venha cá — disse AA, apontando para a menina. Quando ela obedeceu, AA a puxou para deixá-la atrás de si. — Segunda pergunta: imaginem uma corda de grossura irregular. Ela leva uma hora para queimar de uma ponta à outra. Como fazer para medir a passagem de quinze minutos com ela? Lembrem-se de que a grossura é irregular!

Dessa vez, nenhuma criança respondeu com pressa, e todas começaram a pensar. Pouco depois, um menino levantou a mão.

— Tem que dobrar a corda ao meio e botar fogo nas duas pontas ao mesmo tempo.

AA assentiu.

— Venha. — Ela o puxou para ficar atrás de si, junto com a menina. — Terceira pergunta: oitenta e dois, cinquenta, vinte e seis. Qual é o próximo número?

— Dez! — gritou uma menina.

AA fez sinal de positivo com o polegar.

— Muito bem. Venha.

Ela então fez um gesto com a cabeça para Cheng Xin, pegou as três crianças e foi para a nave de transporte.

Cheng Xin a seguiu até a escada de embarque. Olhou para trás. A professora e as crianças que ficaram a encaravam como se ela fosse um sol que nunca mais nasceria. A cena ficou borrada pelas lágrimas em seus olhos, e, subindo os degraus, ela ainda sentia os olhares de desespero às suas costas, como dez mil flechas atravessando seu coração. Já havia sentido aquilo antes, nos últimos instantes de sua breve carreira como Portadora da Espada, e também na Austrália, quando Sófon anunciara o plano de extermínio da raça humana. Era uma dor pior que a morte.

A cabine interna da nave de transporte era espaçosa; tinha dezoito assentos dispostos em duas colunas. Como a cabine era vertical, como um poço, todos tiveram que subir uma escada para chegar aos assentos. Cheng Xin teve a mesma sensação de quando entrara na nave esférica antes de encontrar Yun Tianming — a nave parecia apenas uma casca, e ela não sabia onde ficava o espaço para o motor e os sistemas de controle. Pensou nos foguetes químicos da Era Comum, cada um do tamanho de um arranha-céu, mas cuja carga útil de fato era só uma cápsula minúscula perto da ponta.

Ela não viu nenhuma superfície de controle dentro da nave, e só havia algumas janelas de informações flutuando no ar. Aparentemente, a inteligência artificial da nave reconheceu AA. Assim que ela entrou, as janelas se reuniram à sua volta e a acompanharam enquanto ela afivelava os cintos de segurança das crianças e de Cheng Xin.

— Não olhe para mim desse jeito. Eu dei uma chance a elas. A competição é uma necessidade para a sobrevivência — sussurrou AA para Cheng Xin.

— Tia, eles vão morrer na superfície? — perguntou o menino.

— Todo mundo morre. É só uma questão de tempo. — AA se sentou ao lado de Cheng Xin. Ela não prendeu seu cinto de segurança, mas continuou observando as janelas de informações. — Droga. Ainda faltam vinte e nove lançamentos na nossa frente.

O espaçoporto tinha oito plataformas ao todo. Depois de cada lançamento, a plataforma levava dez minutos para se resfriar antes do lançamento seguinte, porque os tanques precisavam ser reabastecidos com água.

A espera não afetaria as chances de sobrevivência delas. A viagem até Júpiter levaria um mês. Se o ataque de floresta sombria acontecesse antes disso, não faria a menor diferença a nave estar em solo ou no espaço. No entanto, o problema agora era que qualquer atraso poderia impedi-las de decolar de vez.

A sociedade já havia sucumbido ao pandemônio. Movidos pelo instinto de sobrevivência, os mais de dez milhões de habitantes da cidade tinham avançado na direção do espaçoporto. As naves de transporte, tal como acontecia com os aviões comerciais do passado, só podiam levar uma pequena quantidade de gente em pouco tempo. Ter uma embarcação espacial era o mesmo que ter um jatinho particular, um sonho impossível para a maior parte da população. Mesmo com o elevador espacial, só um por cento da humanidade conseguiria entrar em órbita baixa em uma semana. E só um décimo desse um por cento conseguiria chegar a Júpiter.

A nave de transporte não tinha escotilhas, mas algumas janelas de informações exibiam a cena do lado de fora. As duas viram uma massa escura invadir a área do estacionamento. Havia uma multidão de gente em volta de todas as embarcações, gritando, de punhos erguidos, na esperança de conseguir espaço em alguma. Ao mesmo tempo, do lado de fora do espaçoporto, carros voadores que tinham pousado decolaram de novo. Todos os carros, vazios, estavam sendo pilotados por controle remoto para tentar impedir outros lançamentos. Havia cada vez mais carros no ar, formando uma barreira flutuante escura acima das plataformas de lançamento. Em pouco tempo, ninguém mais conseguiria sair.

Cheng Xin minimizou a janela de informações e se virou para acalmar as três crianças sentadas às suas costas. AA deu um grito. Cheng Xin se virou de novo e viu uma janela ampliada preencher a cabine toda. Na janela, surgiu uma poderosa bola de fogo na floresta de naves.

Alguém tinha começado a decolar com o estacionamento cercado de gente!

O plasma emitido pelo motor de fusão nuclear era dez vezes mais quente do que a emissão dos antigos foguetes químicos. Se o lançamento acontecesse sobre uma superfície plana, o plasma derreteria o solo no mesmo instante e se espalharia por todas as direções. Qualquer um que estivesse em um raio de trinta metros morreria. O vídeo na janela exibia muitos pontos escuros arremessados pela bola de fogo. Um desses pontos acertou uma nave que estava perto e deixou uma marca preta: um corpo carbonizado. Outras naves perto da que decolou caíram, provavelmente porque suas plataformas de lançamento tinham derretido.

A multidão se calou. Todos olharam para cima e viram que a nave que provavelmente havia acabado de matar dezenas de pessoas subira do estacionamento, rugindo, produzindo aquele rastro branco até chegar bem alto e virar para o leste. A multidão parecia incrédula. Alguns segundos depois, outra nave também decolou do estacionamento, mais perto ainda delas. O estrondo, as chamas e as ondas de ar superaquecido provocaram pânico absoluto na multidão chocada. Depois uma terceira deu a partida, uma quarta... as naves de transporte no estacionamento começaram a decolar, uma após outra. Em meio às bolas de fogo, cadáveres queimados eram arremessados pelo ar, transformando o estacionamento em um crematório.

AA viu a cena pavorosa e mordeu o lábio inferior. Depois, fez um gesto para fechar a janela e começou a digitar em outra janela pequena.

— O que você está fazendo? — perguntou Cheng Xin.

— Vamos decolar.

— Não.

— Olhe.

AA empurrou outra janela pequena na direção de Cheng Xin, com a imagem das naves em volta delas. Havia um aro de resfriamento bem acima do exaustor de cada veículo. Os aros eram usados para dissipar o calor dos reatores de fusão. Cheng Xin viu que os aros de todas as naves em volta delas tinham começado a brilhar com uma luminosidade avermelhada, indicando que os reatores tinham sido ligados em preparação para a decolagem.

— É melhor decolarmos antes dos outros — disse AA. Se alguma daquelas naves decolasse, o plasma provavelmente derreteria a plataforma de lançamento das outras, derrubando-as no chão queimado.

— Não. Pare — disse Cheng Xin, com a voz calma, mas firme. Já havia passado por catástrofes piores, e aquela ela enfrentaria com serenidade.

— Por quê? — A voz de AA estava igualmente calma.

— Porque tem gente em volta.

AA parou de digitar e se virou para Cheng Xin.

— Daqui a pouco, você, eu, a multidão e o planeta, tudo vai ser despedaçado. Você sabe dizer quem é honrado e quem é desprezível nessa bagunça?

— Nossos valores permanecem, pelo menos por enquanto. Eu sou a presidente do Grupo Halo. Esta nave pertence ao Grupo Halo, e você é funcionária da empresa. Tenho autoridade para tomar essa decisão.

AA ficou olhando para Cheng Xin por alguns instantes e então assentiu e fechou a janela de controle. Ela também desligou todas as janelas de informações, isolando a cabine do caos e do barulho do mundo exterior.

— Obrigada — disse Cheng Xin.

AA não disse nada. Mas, de repente, ela pulou para fora do assento, como se tivesse se lembrado de algo. Pegou o fuzil de laser que estava em um dos assentos vazios e desceu a escada.

— Não soltem o cinto. A nave pode cair a qualquer momento.

— O que você vai fazer? — perguntou Cheng Xin.

— Se nós não podemos sair, elas também não podem. Foda-se.

Ela abriu a porta da cabine, saiu e fechou-a imediatamente, trancando-a para que ninguém mais tentasse entrar. Depois, desceu a escada e começou a atirar no estabilizador da nave mais próxima. Saiu fumaça do estabilizador, deixando um pequeno buraco do tamanho de um dedo. Era o bastante. O sistema de monitoramento da nave identificaria o dano no estabilizador e a inteligência artificial se recusaria a iniciar o programa de lançamento. Era uma medida de segurança que não podia ser cancelada pelos ocupantes da nave. O aro de resfriamento começou a se apagar, indicando o desligamento do reator. AA furou o estabilizador de todas as oito naves nos arredores da sua. Com o pânico total na multidão, ninguém percebeu o que ela estava fazendo entre as ondas de calor e fumaça e poeira.

A porta de uma das naves se abriu e uma mulher vestida com elegância saiu. Ela rodeou a cauda da nave e logo achou o buraco. Começou a chorar histericamente e então se jogou no chão. Tentou bater com a cabeça na plataforma de lançamento, mas ninguém lhe deu atenção. A multidão só estava interessada na porta de sua nave, que ela deixara aberta. As pessoas subiram a escada e tentaram se enfiar na nave que não podia mais decolar.

AA subiu de novo e empurrou Cheng Xin, que colocara a cabeça para fora. Então, ela entrou e fechou a porta atrás de si. E começou a vomitar.

— Está fedendo a... churrasco lá fora — disse ela, finalmente, quando as convulsões pararam.

— A gente vai morrer? — perguntou uma das meninas, sua pequena cabeça surgindo no corredor acima delas.

— Vamos contemplar uma cena magnífica do cosmo — disse AA, com uma expressão misteriosa no rosto.

— Que cena?

— A mais impressionante de todas. O Sol vai se transformar em um rojão gigantesco.

— E depois?

— Depois... nada. O que resta quando não existe nada? — AA subiu e tocou a cabeça de cada uma das crianças. Ela não ia mentir para ninguém. Se as crianças tinham conseguido responder suas perguntas, sem dúvida eram inteligentes o suficiente para entender a situação.

AA e Cheng Xin voltaram a se sentar lado a lado. Cheng Xin pôs a mão na de AA.

— Sinto muito.

AA sorriu. Era um sorriso que Cheng Xin conhecia. Aos seus olhos, AA sempre havia parecido jovem, pouco abatida pela escuridão do mundo que Cheng Xin conhecera. Ela se sentia mais madura em comparação com AA, mas também impotente.

— Não se preocupe. Era só perda de tempo. No fim das contas, o resultado vai ser o mesmo. Pelo menos agora podemos relaxar. — AA suspirou.

Se a *Halo* era de fato uma nave estelar, seria possível chegar a Júpiter muito mais rápido do que ela tinha imaginado. Embora a distância entre a Terra e Júpiter não fosse grande o bastante para a aceleração chegar à potência máxima, a viagem toda levaria só cerca de duas semanas.

Aparentemente, AA percebeu o que Cheng Xin estava pensando.

— Mesmo com um sistema de alerta avançado totalmente concluído, teríamos ficado sabendo com no máximo um dia de antecedência... Mas, agora que parei para pensar um pouco, acho que provavelmente foi alarme falso.

Cheng Xin não sabia se havia sido por isso que AA acatara sua autoridade tão depressa.

A teoria de AA logo se confirmou. O agente do CDP que também fazia parte da CDI ligou para Cheng Xin e avisou que a Frota Internacional e a ONU tinham feito uma declaração conjunta de que o alarme era falso. Não fora detectado nenhum sinal de ataque de floresta sombria. AA abriu algumas janelas de informações, e a maioria estava transmitindo o pronunciamento da Frota Internacional e da ONU.

Do lado de fora da nave, os lançamentos não autorizados pararam. Ainda havia caos, mas pelo menos a situação não ficaria pior.

Quando o lado de fora estava um pouco mais calmo, Cheng Xin e AA saíram da nave. O cenário que viram parecia um campo de batalha. Havia corpos queimados por toda parte, enegrecidos, alguns ainda em chamas. Muitas naves tinham caído, e algumas estavam reclinadas sobre outras. Ao todo, nove embarcações tinham decolado do estacionamento, e os rastros continuavam nítidos no céu, como feridas abertas. A multidão não estava mais frenética. Algumas pessoas se sentaram no chão ainda quente, outras estavam em pé, chocadas, e havia quem vagasse sem rumo... e ninguém parecia saber se o que todos estavam vivendo era a realidade ou um pesadelo. A polícia tinha chegado para manter a ordem, e havia operações de resgate e salvamento em curso.

— Talvez o próximo alerta seja real — disse AA para Cheng Xin. — Você devia vir comigo para atrás de Júpiter. O Grupo Halo vai construir uma cidade espacial para o Projeto Casamata.

Em vez de responder, Cheng Xin perguntou:

— Que história é essa com a *Halo*?

— Não é a nave corporativa principal; é uma mininave estelar com o mesmo nome. Ela acomoda vinte pessoas para viagens interplanetárias e cinco para viagens interestelares. O conselho aceitou construir uma para você poder usar como escritório móvel em Júpiter.

As naves planetárias estavam para as estelares como uma balsa fluvial de remo estava para um navio porta-contêiner oceânico com tonelagem na faixa de dezenas de milhares. É claro que, em termos de naves espaciais, a diferença não se reduzia simplesmente a volume — também havia naves estelares pequenas. Ao contrário das naves planetárias, as estelares tinham um sistema de propulsão mais avançado, eram equipadas com sistemas de ciclagem ecológica, e cada subsistema contava com três ou quatro unidades de redundância. Se Cheng Xin fosse mesmo com a nova *Halo* até a sombra de Júpiter, a nave poderia preservá-la pelo resto da vida, quaisquer que fossem as circunstâncias.

Cheng Xin balançou a cabeça.

— É melhor você ir. Leve a *Halo*. Eu não participo das atividades cotidianas da empresa, então não tem problema eu ficar na Terra.

— Você só não quer estar entre os poucos sobreviventes.

— Estou aqui com bilhões de pessoas. Haja o que houver, se acontecer com bilhões de pessoas ao mesmo tempo, não vai ser assustador.

— Eu me preocupo com você — disse AA, segurando Cheng Xin pelos ombros. — A questão não é que você morra junto com bilhões de pessoas, mas que acabe sofrendo algo pior que a morte.

— Já passei por isso.

— Se você continuar indo atrás do sonho das viagens espaciais na velocidade da luz, vai passar por muitas outras situações assim. Você consegue mesmo suportar tudo isso?

O alarme falso foi a maior comoção social desde o Grande Reassentamento. Por mais que tenha sido breve e limitado em termos de danos, produziu uma marca permanente na psique no mundo.

Em quase todos os milhares de espaçoportos do mundo houve casos de naves de transporte decolando no meio da multidão, e mais de dez mil pessoas morreram nas chamas dos motores por fusão. Também houve confrontos armados nas estações de base dos elevadores espaciais. Ao contrário dos espaçoportos, os enfrentamentos nos elevadores espaciais ocorreram entre nações. Alguns países tentaram ocupar a base do elevador internacional em águas tropicais, e a confirmação de que o alarme era falso chegou a tempo de impedir que se deflagrasse uma guerra de fato. Na órbita terrestre, e até em Marte, houve conflitos para disputar naves espaciais.

Além dos degenerados que estavam dispostos a matar para garantir a própria sobrevivência, o alarme falso revelou ao público mais uma descoberta repugnante: existiam dezenas de pequenas naves estelares e semiestelares secretas em construção em órbita geossíncrona e na face oculta da Lua. Naves semiestelares eram equipadas com os sistemas de ciclagem ecológica das naves estelares, mas seus sistemas de propulsão só tinham capacidade para viagens interplanetárias. Alguns desses iates luxuosos pertenciam a grandes empresas, e outros eram de indivíduos extremamente ricos. Todas as naves eram pequenas, e seus sistemas de ciclagem ecológica acomodavam poucas pessoas. Elas serviam a um único propósito: abrigo prolongado atrás dos planetas gigantes.

O sistema de alerta avançado ainda em construção só tinha condições de avisar com cerca de vinte e quatro horas de antecedência. Se acontecesse mesmo um ataque de floresta sombria, nenhuma nave espacial teria tempo de ir da Terra até Júpiter, a barreira planetária mais próxima. Na verdade, a Terra se dependurava sobre um mar de morte. No fundo, todos compreendiam isso, e os confrontos vergonhosos ocorridos durante o alarme falso não passaram de loucura coletiva insignificante provocada por um instinto de sobrevivência que inviabilizava qualquer raciocínio lógico. No momento, havia cerca de cinquenta mil indivíduos em Júpiter — a maioria, integrantes da força espacial na base jupiteriana, assim como algumas pessoas trabalhando nos preparativos para o Projeto Casamata. A presença deles era mais do que justificada, e o público não se ressentia. Mas, quando essas naves estelares secretas fossem concluídas, seus proprietários ricos poderiam se esconder à sombra de Júpiter por tempo indeterminado.

Legalmente — pelo menos por enquanto —, não havia nenhuma restrição internacional ou nacional à construção de naves estelares por organizações ou indivíduos, e ir para um esconderijo atrás dos gigantes gasosos não era o mesmo que Escapismo. No entanto, essa foi considerada a maior desigualdade de todos os tempos: a desigualdade perante a morte.

Ao longo da história, a desigualdade geralmente se manifestava em áreas como economia ou posição social, mas a morte tratava todos mais ou menos do mesmo jeito. De fato, essa igualdade não era absoluta: por exemplo, não havia acesso universal a atendimento médico, os ricos eram menos afetados por desastres naturais do que os pobres, o índice de sobrevivência entre soldados e civis era diferente em tempos de guerra. Mas nunca houvera uma situação semelhante a esta: menos de 0,001% da população poderia se esconder em segurança, deixando bilhões de pessoas para morrer na Terra.

Tamanha desigualdade explícita seria intolerável até nos tempos antigos, que dirá no atual.

Um resultado direto disso foi o ceticismo com que a comunidade internacional encarou o plano de naves capazes de atingir a velocidade da luz.

Embora o refúgio permanente atrás de Júpiter ou Saturno permitisse a sobrevivência a um ataque de floresta sombria, a vida nessas naves não seria nada invejável. Por mais que os sistemas de ciclagem ecológica deixassem a vida a bordo confortável, seus ocupantes habitariam a fria desolação da região externa do Sistema Solar em completo isolamento. No entanto, as observações da Segunda Frota Trissolariana revelaram que naves equipadas com propulsão por curvatura eram capazes de atingir a velocidade da luz quase instantaneamente. Assim, seria possível ir da Terra a Júpiter em menos de uma hora, e o sistema de alerta avançado seria mais do que suficiente. Indivíduos poderosos e ricos que tivessem naves capazes de viajar à velocidade da luz poderiam viver com conforto na Terra e só fugir no último segundo, deixando bilhões de pessoas para trás. Era uma possibilidade francamente intolerável para a sociedade. As cenas horríveis do alarme falso continuaram vívidas na mente do público, e a maioria das pessoas chegou ao consenso de que o mundo inteiro sucumbiria ao caos se houvesse naves capazes de alcançar a velocidade da luz. Portanto, o plano de desenvolvimento dessas naves enfrentou resistência sem precedentes.

O alarme falso resultou do potencial explosivo de ampliação de uma sociedade de hiperinformação diante de notícias delicadas. Tudo se originou quando a primeira unidade de observação do sistema de alerta avançado detectou uma anomalia. A anomalia foi real, mas não teve nada a ver com fotoides.

TRECHO DE *UM PASSADO ALÉM DO TEMPO*
SENTINELAS ESPACIAIS: O SISTEMA DE ALERTA AVANÇADO DO SISTEMA SOLAR

A Terra só havia observado fotoides em duas ocasiões no passado: na destruição da 187J3x1 e na do sistema trissolariano. Portanto, as informações sobre o fenômeno eram limitadas. Só se sabia que um fotoide se deslocava quase à velocidade da luz, mas não existia dado algum sobre volume, massa em repouso ou massa relativística ao se aproximar da velocidade da luz. Com certeza, um fotoide era a arma mais primitiva que podia ser usada para atacar uma estrela, visto que danificava o alvo apenas com a imensa quantidade de energia cinética gerada pela grande massa relativística. Para uma civilização com a tecnologia necessária para acelerar um objeto quase à velocidade da luz, uma "bala" com massa muito pequena possuía um vasto poder destrutivo. Isso era de fato "econômico".

Os dados mais cruciais a respeito dos fotoides foram obtidos logo antes da aniquilação do sistema trissolariano. Os cientistas fizeram uma descoberta importante: devido à velocidade ultra-alta, o fotoide emitia uma radiação intensa, desde luz visível até raios gama, ao colidir com os átomos dispersos no espaço e em poeira interestelar. A radiação exibia características específicas. Como os fotoides eram extremamente pequenos, seria impossível realizar qualquer observação direta, mas a radiação característica era detectável.

À primeira vista, parecia impossível fornecer qualquer alerta avançado em caso de fotoides, já que eles viajavam quase à velocidade da luz. Isto é, viajavam quase tão rápido quanto a radiação que geravam e atingiam o alvo quase ao mesmo tempo. Em outras palavras, o observador se encontrava fora do cone de luz do evento.

Mas a realidade era um pouco mais complexa. Nenhum objeto com massa em repouso seria capaz de atingir a velocidade da luz. Embora um fotoide se aproximasse, ainda era uma velocidade ligeiramente inferior. Com essa diferença, a radiação do fotoide se deslocava um pouco mais rápido. Se o fotoide precisasse percorrer uma grande distância, essa diferença se ampliaria. Fora isso, a trajetória do fotoide até o alvo não era uma linha reta perfeita. Como ele não era desprovido de massa, não teria como evitar a atração gravitacional de corpos celestes próximos, e a rota acabava ficando ligeiramente curva. Essa curvatura era muito maior do que a da luz afetada pelo mesmo campo gravitacional. Para o fotoide atingir o alvo, sua trajetória precisava levar esse efeito em conta. Assim, ele percorria uma rota maior do que a de sua radiação.

Por esses dois motivos, a radiação do fotoide chegaria antes ao Sistema Solar. O período de vinte e quatro horas de antecedência tinha sido calculado com base na distância máxima com que as emissões de fotoide poderiam ser observadas. Quando essa radiação chegasse à Terra, o fotoide ainda estaria a cerca de cento e oitenta UA do planeta.

Mas essa era apenas a melhor das hipóteses. Se o fotoide fosse disparado de uma nave próxima, não haveria praticamente nenhum aviso — era o que tinha acontecido com Trissolaris.

Foram planejadas trinta e cinco unidades de observação para o sistema de alerta avançado do Sistema Solar. Elas monitorariam o céu em todas as direções em busca de emissões de fotoide.

ERA DA TRANSMISSÃO, ANO 8
ESCOLHA DO DESTINO

Dois dias antes do alarme falso; Unidade de Observação 1

A Unidade de Observação 1, na verdade, era só a Estação Ringier-Fitzroy, do fim da Era da Crise. Mais de setenta anos antes, essa estação tinha sido a primeira a descobrir as sondas espaciais de interação forte — as gotas. A unidade continuava situada na periferia externa do cinturão de asteroides, mas todo o equipamento fora atualizado. Como o telescópio de luz visível, por exemplo: as lentes eram ainda maiores, e o diâmetro da primeira tinha aumentado de mil e duzentos para dois mil metros, grande o bastante para comportar uma cidade pequena. Essas lentes gigantescas eram feitas com matérias-primas extraídas diretamente no cinturão de asteroides. A primeira tinha sido uma lente média de quinhentos metros de diâmetro. Quando ficou pronta, concentrou a luz do sol nos asteroides para derretê-los e produzir vidro puro, usado para fabricar lentes adicionais. Ao todo, havia seis lentes ao longo de uma coluna de dez quilômetros suspensa no espaço, separadas por uma grande distância. A estação de observação propriamente dita ficava na extremidade dessa coluna e só acomodava duas pessoas.

A tripulação ainda era composta por um cientista e um militar. O oficial era responsável pelo monitoramento de emissões de fotoide, enquanto o cientista realizava pesquisas astronômicas e cosmológicas. Assim continuava a tradicional disputa por tempo de observação iniciada três séculos antes entre o general Fitzroy e o dr. Ringier.

Quando esse telescópio, o maior de todos os tempos, concluiu os testes finais e produziu sua primeira imagem — uma estrela a quarenta e sete anos-luz de distância —, o astrônomo Widnall estava tão empolgado que foi como se um filho tivesse acabado de nascer. Os leigos não compreendiam que os telescópios anteriores só podiam ampliar a luminosidade de estrelas fora do Sistema Solar, mas não chegavam a revelar formatos. Por maior que fosse a potência deles, as estrelas sempre pareciam minúsculos pontos de luz, só um pouco mais brilhantes que as imagens obtidas com telescópios inferiores. Mas, agora, na imagem daquele telescópio ultrapotente, pela primeira vez uma estrela aparecia como um disco. Embora o disco fosse pequeno, como uma bola de pingue-pongue vista a dezenas de metros de distância, e não exibisse nenhum detalhe, ainda assim era um marco na história da antiga ciência da astronomia de luz visível.

— Os olhos da astronomia foram curados das cataratas! — disse Widnall, dramático, secando as lágrimas.

Mas o primeiro-tenente Vasilenko não ficou impressionado.

— Acho que você precisa se lembrar da nossa função aqui: somos sentinelas. Nos velhos tempos, ficaríamos em cima de uma torre de vigia na fronteira, no meio de um deserto desolado ou da neve. De pé, na brisa gelada, ficaríamos olhando na direção do inimigo. Assim que os tanques surgissem no horizonte, ou homens a cavalo, usaríamos o rádio ou sinais de fumaça para avisar à pátria que a invasão inimiga tinha começado... Você precisa entrar nesse estado de espírito. Não pense que está em um observatório.

Os olhos de Widnall desviaram por um instante do terminal que exibia a imagem do telescópio e se viraram para a escotilha da estação. Ele viu algumas rochas de formato irregular flutuando ao longe: fragmentos de asteroides que sobraram do processo de fabricação de vidro. As rochas giravam lentamente à luz fria do Sol e pareciam destacar a desolação do espaço. A cena de fato passava a ideia daquele "estado de espírito" que o tenente tinha descrito.

— Se realmente descobrirmos um fotoide — disse Widnall —, seria melhor não emitir nenhum alerta. De nada adiantaria. Morrer de repente sem saber de onde veio o tiro pode ser um destino afortunado. Mas você prefere torturar bilhões de pessoas por vinte e quatro horas. Acho que isso pode ser considerado um crime contra a humanidade.

— Seguindo essa lógica, você e eu seríamos as pessoas mais azaradas da Terra, pois saberíamos nosso destino por mais tempo do que o resto do mundo.

A estação de observação recebeu do Comando da Frota ordens para ajustar o telescópio e observar os restos do sistema trissolariano. Widnall não discutiu com Vasilenko dessa vez, porque também tinha muito interesse naquele mundo devastado.

Os propulsores de plasma instalados nas bordas das lentes flutuantes cuspiram chamas azuladas conforme elas se movimentaram para ajustar a posição. Só então as lentes distantes se revelaram, delineando com as chamas azuis o contorno geral do telescópio. A coleção de dez quilômetros de lentes se virou lentamente, parando quando o telescópio apontava na direção de Trissolaris. Em seguida, as lentes se deslocaram ao longo do eixo para focar. Por fim, a maioria das chamas se apagou, e restaram só alguns vaga-lumes aqui e ali conforme as lentes faziam um ajuste fino do foco.

Na imagem não processada obtida pelo telescópio, o sistema trissolariano parecia muito comum, só uma mancha branca no espaço, como uma pluma. Mas, depois que a imagem foi processada e ampliada, o sistema emergiu como uma nebulosa magnífica que tomava a tela inteira. A estrela havia explodido sete anos antes, então o que eles estavam vendo era a cena de três anos após a explosão. Devido à gravidade e ao momento angular da estrela explodida, a nebulosa perdera o formato radial distinto e se tornara um aglomerado brando de nuvens, achatado pela força centrífuga da rotação até virar uma espiral. Acima da nebulosa, estavam as duas estrelas restantes. Uma delas parecia um disco, enquanto a outra, mais distante, ainda era um ponto de luz visível apenas graças a seu movimento em relação às outras estrelas ao fundo.

As duas estrelas que tinham sobrevivido à catástrofe alcançaram o sonho de inúmeras gerações trissolarianas e formaram um sistema duplo estável, mas nenhum ser vivo poderia apreciar sua luz, já que o sistema todo se encontrava inabitável. Agora estava evidente que o ataque de floresta sombria só destruíra uma das três estrelas não apenas por economia, mas também para atingir um objetivo mais sinistro: enquanto o sistema continuasse com uma ou duas estrelas, o material na nebulosa seria absorvido constantemente por elas, o que produziria uma quantidade poderosa de radiação. O sistema trissolariano agora era uma fornalha radioativa, um domínio de morte para a vida e a civilização. Era a radiação poderosa que fazia a nebulosa brilhar e parecer tão nítida e luminosa no telescópio.

— Isso me faz lembrar das nuvens vistas do topo do monte Emei — disse Vasilenko. — É uma montanha na China. A vista da lua no topo é maravilhosa. Na noite em que estive lá, o cume flutuava em um mar de nuvens sem fim, pintado de prata pura pelo luar. Era muito parecido com isto.

Aquele cemitério prateado a mais de quarenta trilhões de quilômetros de distância inspirou o espírito filosófico de Widnall.

— Cientificamente falando, "destruir" não é um termo exato. Nada desapareceu. Toda a matéria que estava lá antes continua, assim como todo o momento angular. A única coisa que mudou foi a disposição da matéria, como se alguém tivesse embaralhado as cartas. Mas a vida é como um *straight flush* no pôquer: depois de embaralhar as cartas, desaparece.

Widnall examinou um pouco mais a imagem e fez uma descoberta importante.

— O que é *isto*? — Ele apontou para um ponto um pouco afastado da nebulosa. Considerando a escala, ficava a umas trinta UA do centro dela.

Vasilenko olhou para o ponto. Ele não tinha o olhar treinado do astrônomo, então a princípio não viu nada. Mas, com o tempo, distinguiu um contorno circular vago contra o fundo completamente negro, como se fosse uma bolha de sabão no espaço.

— É muito grande. O diâmetro é de mais ou menos... dez unidades astronômicas. É poeira?

— De jeito nenhum. Poeira não tem nada a ver com isso.

— Você nunca viu isso antes?

— Ninguém poderia ter visto. O que quer que seja, é transparente, com uma periferia muito sutil. Isso seria indetectável até para os maiores telescópios do passado.

Widnall afastou um pouco a imagem para ter uma noção melhor da posição daquele estranho novo objeto em relação às estrelas duplas e tentar observar a rotação da nebulosa. Na tela, a nebulosa se transformou outra vez em uma pequena mancha branca no meio do abismo negro do espaço.

A cerca de seis mil UA do sistema trissolariano, ele encontrou outra "bolha de sabão". Essa era muito maior que a primeira, com cerca de cinquenta UA de diâmetro, espaço suficiente para conter quase todo o sistema trissolariano ou o Sistema Solar.

— Meu Deus! — exclamou Vasilenko. — Você sabe onde fica isso?

Widnall ficou olhando a tela por um tempo e depois respondeu, hesitante:

— É onde a Segunda Frota Trissolariana atingiu a velocidade da luz, não é?

— Exato.

— Tem certeza?

— Antigamente, meu trabalho era observar essa parte do espaço. Eu conheço esse lugar melhor do que a palma da minha mão.

A conclusão era inevitável: naves movidas a propulsão por curvatura produziam rastros ao acelerar até a velocidade da luz. Aparentemente, em vez de se dissipar com o tempo, esses rastros se expandiam e alteravam a natureza do espaço à sua volta.

A primeira bolha, a menor, estava dentro do sistema trissolariano. Havia algumas explicações possíveis para sua existência. Talvez, no começo, os trissolarianos não soubessem que a propulsão por curvatura produzia esses rastros e a bolha fosse um acidente resultante de testes de motor ou de voo; talvez soubessem, mas os tivessem produzido dentro do sistema por engano. O que se sabia com certeza era que eles tinham tentado evitar que esses rastros fossem produzidos deliberadamente. Onze anos antes, a Segunda Frota Trissolariana percorrera um ano-luz inteiro com propulsão convencional e só ativara os motores por curvatura a seis mil UA do mundo de origem para atingir a velocidade da luz. O objetivo era produzir os rastros o mais longe possível de casa, embora já fosse tarde demais.

Na época, as pessoas ficaram intrigadas com o comportamento da Segunda Frota Trissolariana. A explicação mais convincente era que estavam tentando evitar causar efeitos adversos no mundo natal com a aceleração de quatrocentos e quinze naves até a velocidade da luz. No entanto, agora estava evidente que a ideia era evitar expor a localização de Trissolaris com os rastros de propulsão por curvatura. A Segunda Frota Trissolariana havia saído da velocidade da luz ainda a seis mil UA do Sistema Solar pelo mesmo motivo.

Widnall e Vasilenko se encararam, e um viu o terror crescer nos olhos do outro. Eles tinham chegado à mesma conclusão.

— Precisamos enviar um aviso imediatamente — disse Widnall.

— Mas está cedo para nosso relatório periódico. Um aviso agora seria tratado como alerta.

— Mas é um alerta! Temos que avisar as pessoas a não nos exporem.

— Você está exagerando um pouco. Acabamos de começar a pesquisar naves com capacidade de atingir a velocidade da luz. Seria impressionante se conseguíssemos construir alguma em meio século.

— Mas e se algum teste inicial gerar um rastro como esse? Talvez já estejam fazendo testes em algum ponto do Sistema Solar!

Assim, a informação foi transmitida ao Comando da Frota via feixe de neutrinos com uma classificação de alarme e, depois, encaminhada ao CDP. Dali, a história vazou e foi tomada como alerta de ataque de fotoide, o que levou ao pânico global dois dias depois.

Os rastros de curvatura foram produzidos quando as naves atingiram a velocidade da luz, tal como um foguete que queima o solo ao decolar de uma plataforma. Quando a nave atingia tal velocidade, seguia viagem em inércia e não produzia mais rastros. Era razoável supor que sair da velocidade da luz provocaria marcas semelhantes. Ainda não se sabia por quanto tempo tais rastros persistiam no espaço. Estimava-se que representassem alguma forma de distorção causada pela propulsão por curvatura, e que poderia durar muito tempo — talvez até para sempre.

Chegou-se à conclusão razoável de que Sófon estava se referindo ao rastro de dez UA de diâmetro produzido no sistema trissolariano ao alegar que Trissolaris parecia mais perigosa a distância do que o Sistema Solar, e que por isso o ataque de floresta sombria tinha acontecido tão rápido. O rastro e a transmissão da localização de Trissolaris forneceram confirmação mútua e elevaram às alturas o nível de perigo do sistema trissolariano.

Ao longo do mês seguinte, a Unidade de Observação 1 descobriu mais seis rastros de propulsão por curvatura em outras regiões do espaço. Todos tinham formato aproximadamente esférico, embora os tamanhos variassem bastante, de quinze a duzentas UA. Uma dessas bolhas estava a apenas seis mil UA do Sistema Solar, aparentemente a marca produzida pela Segunda Frota Trissolariana ao sair da velocidade da luz. No entanto, pela direção e distância dos outros rastros, eles pareciam não ter nada a ver com a Segunda Frota Trissolariana. Aparentemente, rastros de propulsão por curvatura eram comuns no universo.

Junto com a descoberta da *Espaço Azul* e da *Gravidade* dentro do fragmento de espaço tetradimensional, essa revelação forneceu mais provas diretas de que o cosmo continha uma grande quantidade de civilizações extremamente avançadas.

Um dos rastros ficava a apenas 1,4 ano-luz do Sol, perto da Nuvem de Oort. Aparentemente, uma nave espacial havia parado ali por algum tempo e depois partira à velocidade da luz. Ninguém sabia quando isso tinha acontecido.

Com a descoberta do rastro de propulsão por curvatura, finalmente a viagem espacial à velocidade da luz, vista com cada vez mais ceticismo, foi descartada como plano viável. A Frota Internacional e a ONU logo promulgaram leis para proibir esforços de pesquisa e desenvolvimento de propulsão por curvatura, e os governos nacionais as incluíram em suas próprias legislações. Essa foi a restrição legal mais severa contra uma tecnologia desde os acordos de não proliferação nuclear de três séculos antes.

Agora só restavam duas alternativas à humanidade: o Projeto Casamata e o Plano do Domínio Negro.

TRECHO DE *UM PASSADO ALÉM DO TEMPO*
TERROR DA NOITE SEM FIM

Oficialmente, a pesquisa e o desenvolvimento de naves espaciais capazes de alcançar a velocidade da luz acabaram por motivos óbvios: evitar gerar rastros de propulsão por curvatura e diminuir a exposição da civilização terrestre, além de não aumentar o nível de perigo do Sistema Solar para qualquer observador no cosmo, já que qualquer dessas situações poderia antecipar um ataque de floresta sombria. Mas também havia outros motivos mais profundos.

Desde a Era Comum até o fim da Era da Crise, a humanidade sempre olhou para as estrelas com esperança. Mas os primeiros passos em direção a elas resultaram em fracasso e sofrimento. A tragédia da Batalha do Fim dos Tempos revelou a dimensão da fragilidade da raça humana no cosmo, e a devastação da Batalha da Escuridão também havia ferido o espírito humano. Circunstâncias posteriores, como o julgamento da *Era de Bronze* e a tomada da *Gravidade* pela *Espaço Azul*, acarretando na transmissão universal, agravaram todos esses ferimentos e elevaram o sofrimento ao nível da filosofia.

Na realidade, a maior parte do público geral nutria relativa indiferença à busca por naves capazes de atingir a velocidade da luz. Acreditava-se que, mesmo se fosse possível construir essas naves no futuro próximo, ninguém teria chance de usá-las.

As pessoas se interessavam muito mais pelo Projeto Casamata, que parecia o caminho mais prático para a sobrevivência. Claro, elas também tinham interesse pelo Plano do Domínio Negro, porque três séculos de horror incutira nelas um forte desejo de levar uma vida serena, e o Plano do Domínio Negro prometia exatamente isso. Embora a perspectiva de se isolar do resto do universo fosse decepcionante, o Sistema Solar era grande o bastante para que a decepção fosse tolerável. Mas o interesse pelo Projeto Casamata era maior porque até os leigos percebiam quão extrema seria a dificuldade técnica de reduzir a velocidade da luz, e era um consenso que o ser humano provavelmente não conseguiria concluir o Projeto de Engenharia Divina.

Por outro lado, tanto os opositores ferrenhos quanto os defensores fervorosos das viagens à velocidade da luz faziam parte da elite da sociedade.

A parcela a favor das pesquisas acreditava que a segurança definitiva da raça humana demandava a expansão pela Via Láctea e a colonização das estrelas. No insensível cosmo, só as civilizações que se voltavam para fora tinham alguma chance de sobreviver, e o isolacionismo só levava à aniquilação. Quem pensava assim geralmente não se opunha ao Projeto Casamata, mas sentia absoluto desprezo pelo Plano do Domínio Negro, considerando-o um esforço da humanidade de cavar o próprio túmulo. Embora se reconhecesse que um domínio negro garantiria a sobrevivência da humanidade a longo prazo, para essas pessoas uma vida assim seria a morte da civilização.

A parcela contrária à pesquisa de naves capazes de chegar à velocidade da luz se opunha por motivos políticos. Essas pessoas acreditavam que a civilização humana havia sofrido muitas tribulações até atingir uma sociedade democrática quase ideal, mas, quando a humanidade se lançasse ao espaço, o retrocesso social seria inevitável. O espaço era como um espelho mágico que ampliava ao máximo o lado sombrio da humanidade. Uma frase de Sebastian Schneider, um dos réus da *Era de Bronze*, virou slogan:

Quando os seres humanos se perdem no espaço, leva apenas cinco minutos para chegar ao totalitarismo.

Para essas pessoas, a perspectiva de que a democrática civilização da Terra lançasse inúmeras sementes de totalitarismo pela Via Láctea era intolerável.

A criança que era a civilização humana abrira a porta de casa e olhara para fora. A noite sem fim a deixara tão apavorada que ela tremeu diante da vasta e profunda escuridão e fechou a porta com força.

ERA DA TRANSMISSÃO, ANO 8
PONTO DE LAGRANGE SOL-TERRA

Cheng Xin voltou ao ponto no espaço onde a gravidade do Sol e a da Terra se equilibravam. Fazia um ano desde seu encontro com Yun Tianming, e dessa vez ela estava muito mais relaxada. Estava ali como voluntária para o teste de simulação do Projeto Casamata.

O teste foi uma operação conjunta da Frota Internacional com a ONU. O objetivo era avaliar a eficácia dos planetas gigantes como barreira em caso de explosão solar.

Uma imensa bomba de hidrogênio faria o papel do Sol explodido. A potência das bombas nucleares já não era medida em função da equivalência com TNT, mas aquela bomba corresponderia a aproximadamente trezentos megatons. A fim de simular com mais realismo as condições físicas da explosão do Sol, a bomba foi envolvida por uma carapaça espessa que imitaria o material solar. Os oito planetas foram reproduzidos com fragmentos de asteroides. Os quatro que representavam os planetas terrestres tinham cerca de dez metros de diâmetro; os que representavam os gigantes gasosos eram muito maiores, cada um com cerca de cem metros de diâmetro. Os oito fragmentos foram posicionados em volta da bomba de hidrogênio a distâncias proporcionais às distâncias relativas dos planetas, de modo a constituir uma miniatura do Sistema Solar. "Mercúrio", o mais próximo, ficava a cerca de quatro quilômetros do "Sol", e "Netuno", o mais afastado, estava a cerca de trezentos quilômetros. O teste foi realizado no ponto de Lagrange para minimizar os efeitos causados pela gravidade do Sol e dos planetas e estender a estabilidade do sistema.

Esse experimento não chegava a ser cientificamente necessário. Simulações por computador eram mais do que capazes de usar dados preexistentes para produzir resultados confiáveis. Mesmo se fosse preciso realizar testes físicos, bastaria um laboratório. Embora a escala fosse menor, um planejamento cuidadoso teria proporcionado uma precisão considerável. Em termos de experimento científico, essa simulação em grande escala no espaço era idiota de tão espalhafatosa.

Mas os responsáveis pela concepção, pelo planejamento e pela execução do experimento entendiam que o principal objetivo da simulação não era a ciência. Na verdade, era tudo um caro esforço de propaganda para estabilizar a fé internacional no Projeto Casamata. O teste tinha que ser direto e visualmente impactante para que pudesse ser transmitido ao mundo.

Após a rejeição completa das pesquisas sobre viagens à velocidade da luz, as condições na Terra ficaram parecidas com o início da Era da Crise. Na época, a defesa global contra a invasão trissolariana concentrou seus esforços em duas áreas: a primeira foi o plano principal de construção das defesas do Sistema Solar, e a segunda foi o Projeto Barreiras. Agora, o principal plano de sobrevivência da humanidade era o Projeto Casamata, e o Plano do Domínio Negro, assim como o Projeto Barreiras, era uma aposta cheia de incertezas. Os planos foram executados paralelamente, mas, como a única pesquisa possível em domínios negros era no âmbito da teoria, o investimento de recursos foi limitado. Já o Projeto Casamata produzia um impacto considerável em toda a sociedade humana, e foi preciso realizar grandes esforços para conquistar o apoio do público.

Para testar os efeitos dos "gigantes gasosos", teria bastado posicionar sensores atrás dos fragmentos rochosos, talvez cobaias animais. Mas, a fim de garantir uma reação sensacional, os organizadores decidiram enviar cobaias humanas vivas, por isso foi feito um esforço global para recrutar voluntários.

Foi 艾 AA quem sugeriu que Cheng Xin se candidatasse. AA acreditava que seria uma excelente oportunidade de marketing gratuito para reforçar a imagem do Grupo Halo antes de ingressar no Projeto Casamata. Tanto ela quanto Cheng Xin sabiam que o teste tinha sido planejado cuidadosamente. Podia parecer perturbador, mas o perigo era praticamente nulo.

A nave de Cheng Xin parou à sombra do fragmento que representava Júpiter. O asteroide irregular tinha forma de batata, com cerca de cento e dez metros de comprimento e largura média de setenta metros. Ele tinha sido conduzido ao longo de um mês do cinturão de asteroides até ali. Durante a viagem, algum engenheiro com veia artística e muito tempo livre pintou faixas coloridas semelhantes às do planeta verdadeiro, incluindo a Grande Mancha Vermelha. Porém, de modo geral, o asteroide pintado não parecia Júpiter, só um monstro espacial com um olho vermelho ciclópico.

Como na outra viagem de Cheng Xin, sua nave sobrevoou o brilho do Sol, mas, ao entrar na sombra do asteroide, tudo ficou escuro imediatamente, porque o espaço não tinha ar para dispersar luz. Era como se o Sol do outro lado do asteroide nem existisse. Cheng Xin se sentia ao pé de um penhasco à meia-noite.

Mesmo sem a barreira do asteroide, teria sido impossível ver a bomba de hidrogênio que simularia o Sol, a cinquenta quilômetros de distância. Mas, na outra direção, ela via a réplica de Saturno. Pela escala, o pedregulho estava a aproximadamente cem quilômetros do "Sol" e cinquenta de "Júpiter". Era mais ou menos do mesmo tamanho daquele fragmento de asteroide e, iluminado pelo verdadeiro Sol, destacava-se do pano de fundo do espaço o suficiente para que Cheng Xin conseguisse discernir seu formato. Ela também conseguia ver "Urano", a uns duzentos quilômetros de distância, embora fosse só um pontinho de luz, difícil de distinguir entre as estrelas. O resto dos "planetas" estava invisível.

Além do escaler de Cheng Xin, havia outras dezenove naves espaciais estacionadas atrás de "Júpiter". O conjunto simulava as vinte cidades espaciais jupiterianas que estavam planejadas. As naves estavam distribuídas em três filas atrás do asteroide, e Cheng Xin estava na primeira, a cerca de dez metros dele. Elas continham mais de cem voluntários. AA pretendera estar com Cheng Xin, mas não pôde ir por causa de compromissos da empresa. Portanto, seu escaler talvez fosse a única nave escondida atrás de "Júpiter" com uma só passageira.

Todos viam nitidamente a Terra azul a 1,5 milhão de quilômetros. Mais de três bilhões de pessoas assistiam à transmissão ao vivo do teste.

A contagem regressiva indica que faltavam cerca de dez minutos para o início da detonação. Os canais de comunicação silenciaram. De repente, uma voz masculina soou.

— Oi. Estou do seu lado.

Cheng Xin estremeceu ao reconhecer a voz. Seu escaler estava na ponta da primeira fileira de cinco naves. Quando olhou para a direita, viu um escaler esférico muito parecido com o que havia usado um ano antes. Quase metade do casco estava transparente, e ela viu cinco passageiros lá dentro. Thomas Wade estava sentado no lado mais próximo e a cumprimentou com um aceno. Cheng Xin o reconheceu imediatamente porque, ao contrário dos outros passageiros, ele não usava um traje espacial leve; estava apenas com o paletó de couro preto, como se quisesse demonstrar seu desdém pelo espaço. A manga continuava vazia, indicando que ele ainda não havia adquirido uma prótese para a mão.

— Vamos atracar, quero ir praí — disse Wade.

Sem esperar a resposta de Cheng Xin, ele iniciou a sequência de atracação. O escaler dele ativou os propulsores de manobra e se aproximou lentamente do de Cheng Xin. Com relutância, ela iniciou também o processo de atracação. Após um ligeiro tremor, as duas naves se ligaram, e as portas se abriram sem barulho. Quando a pressão entre as duas naves se igualou, Cheng Xin sentiu os ouvidos estalarem.

Wade flutuou até ela. Ele provavelmente não tinha muita experiência com o espaço, mas, como Cheng Xin, se movimentava como se tivesse nascido para aquilo. Mesmo com uma só mão, ele se deslocava com firmeza e estabilidade, como se não fosse afetado pela gravidade zero. O interior da cabine estava escuro. A Terra refletia a luz do sol, que era rebatida de novo pelo asteroide para dentro do escaler. Nessa fraca iluminação, Cheng Xin observou Wade e percebeu que ele não havia mudado muito nos últimos oito anos. Tinha quase a mesma aparência daquele dia na Austrália.

— O que você está fazendo aqui? — perguntou Cheng Xin, tentando manter a voz equilibrada. Mas ela sempre tivera alguma dificuldade para manter a compostura diante daquele homem. Depois de tudo que vivera nos últimos anos, seu coração fora polido até ficar liso como o asteroide diante dela, mas Wade ainda era uma ponta aguda.

— Terminei de cumprir minha pena há um mês. — Wade tirou meio charuto do bolso do paletó, ainda que não pudesse acendê-lo. — Foi reduzida. Um assassino, livre depois de onze anos... Eu sei que não é justo... para você.

— Todo mundo precisa seguir a lei. Não tem nada de injusto nisso.

— Seguir a lei em tudo? Incluindo propulsão à velocidade da luz?

Como antes, Wade foi direto à questão sem perder tempo. Cheng Xin não respondeu.

— Por que você quer naves capazes de atingir a velocidade da luz? — perguntou Wade, encarando-a com uma expressão insolente.

— Porque é a única alternativa que faz com que a humanidade seja grandiosa — respondeu Cheng Xin. Ela sustentou seu olhar sem medo.

Wade assentiu e tirou o charuto da boca.

— Muito bom. Você é grandiosa.

Cheng Xin o encarou, e seus olhos fizeram a pergunta implícita.

— Você sabe o que é o certo, e você tem coragem e ideia de dever para agir. Por isso, você é extraordinária.

— Mas? — sugeriu Cheng Xin.

— Mas você não tem habilidade nem vontade para concluir essa tarefa. Nós partilhamos do mesmo ideal. Também quero que sejam construídas naves capazes de atingir a velocidade da luz.

— O que você está tentando dizer?

— Dê para mim.

— Dar o quê?

— Tudo o que você tem. Sua empresa, sua fortuna, sua autoridade, sua posição... e, se possível, sua reputação e sua glória. Vou usar tudo isso para construir naves capazes de atingir a velocidade da luz, em nome dos seus ideais, e em nome da grandeza do espírito humano.

Os propulsores do escaler se ativaram de novo. Embora a gravidade do asteroide fosse pequena, já era o bastante para fazer o escaler cair lentamente na direção dele. Os propulsores afastaram a nave da rocha até ela voltar à posição estabelecida. O exaustor de plasma iluminou a superfície do asteroide, e a mancha vermelha pintada nele de repente pareceu um olho aberto. Cheng Xin sentiu o coração ficar tenso, talvez por causa daquele olho ou pelas palavras de Wade. Ele encarou o olho gigante, com uma expressão feroz e fria, e um toque de deboche.

Cheng Xin não falou nada. Não conseguiu pensar em nada.

— Não cometa o mesmo erro duas vezes — disse Wade. Cada palavra foi como uma marretada no coração dela.

Era hora. A bomba de hidrogênio explodiu. Sem a obstrução de uma atmosfera, quase toda a energia foi liberada em forma de radiação. No vídeo transmitido ao vivo de um ponto a cerca de quatrocentos quilômetros de distância, surgiu uma bola de fogo ao lado do Sol. Em pouco tempo, o brilho e o tamanho dessa bola superaram o próprio astro, e os filtros da câmera logo escureceram a luminosidade. Quem olhasse diretamente daquela distância ficaria permanentemente cego. Quando o brilho da bola de fogo chegou ao ápice, não havia nada além do branco puro na imagem da câmera. A chama parecia prestes a engolir o universo inteiro.

Abrigados à sombra do pedregulho gigante, Cheng Xin e Wade não contemplaram a cena. A transmissão ao vivo estava desligada no interior da cabine, mas eles viram o brilho de "Saturno" atrás deles aumentar abruptamente. Depois, a lava derretida do lado de "Júpiter" que estava de frente para o "Sol" foi lançada em volta deles. A lava escorria vermelha das bordas do asteroide, mas, depois de se afastar um pouco, a luz refletida da detonação nuclear superou o brilho vermelho, e os esguichos finos de lava se transformaram em intensos fogos de artifício. A vista de dentro do escaler parecia o alto de uma catarata de prata que despencava rumo à Terra. Àquela altura, os quatro fragmentos menores que simulavam os planetas terrestres tinham sido incinerados, e os quatro fragmentos de asteroides maiores que representavam os gigantes gasosos pareciam quatro bolas de sorvete aquecidas por um maçarico em um dos lados. O lado que estava de frente para a detonação derreteu e virou um hemisfério liso, e todos os "planetas" deixavam escorrer uma cauda prateada de lava. Mais de dez segundos depois de a radiação alcançar "Júpiter", o material estelar simulado composto por pedaços da carapaça explodida da bomba atingiu o imenso fragmento de asteroide, fazendo-o tremer e se afastar lentamente do "Sol". Os propulsores do escaler se ativaram e mantiveram a distância do fragmento.

A bola de fogo persistiu por cerca de trinta segundos e se apagou. Foi como se o espaço fosse um salão onde alguém de repente tivesse apagado a luz. O Sol verdadeiro, a cerca de uma UA de distância, parecia fraco. Quando a bola de fogo desapareceu, a luz emitida pela metade incandescente do asteroide ficou visível.

A princípio, a luz era muito intensa, como se a rocha pegasse fogo, mas a frigidez do espaço logo a reduziu a um brilho vermelho sutil. A lava solidificada na borda do fragmento formou uma coroa de longas estalactites.

As cinquenta naves espaciais abrigadas atrás dos quatro fragmentos gigantes de asteroides ficaram ilesas.

A transmissão ao vivo alcançou a Terra cinco segundos depois, e o mundo irrompeu em vivas. A esperança pelo futuro explodiu por todos os lados, como a bomba de hidrogênio. O objetivo da simulação do Projeto Casamata se concretizara.

— Não cometa o mesmo erro duas vezes — repetiu Wade, como se tudo o que acabara de acontecer não passasse de um barulho interrompendo a conversa.

Cheng Xin olhou para o escaler de onde Wade tinha saído. Os quatro homens nos trajes espaciais não haviam tirado os olhos deles, completamente alheios à cena magnífica recém-concluída. Cheng Xin sabia que dezenas de milhares de pessoas tinham se candidatado para participar do teste, e só pessoas famosas ou importantes foram escolhidas. Embora Wade tivesse acabado de sair da cadeia, ele já contava com seguidores poderosos — aqueles quatro homens, pelo menos —, e o escaler provavelmente também era dele. Ele já tinha muitos seguidores fiéis onze anos antes, quando disputara a vaga de Portador da Espada, e recebera o apoio de mais gente ainda. Corria o boato de que ele havia fundado uma organização secreta, que talvez tivesse sobrevivido. Ele parecia um pedaço de combustível nuclear. Mesmo isolado em um recipiente de chumbo, ainda era possível sentir seu poder e ameaça.

— Preciso pensar — disse Cheng Xin.

— É claro que precisa. — Wade fez um gesto com a cabeça e, em seguida, saiu flutuando sem ruído algum de volta para sua própria nave. A porta da cabine se fechou, e as duas naves se desacoplaram.

Na direção da Terra, os pedaços de lava resfriada pairavam languidamente diante da cortina estrelada, como um campo de poeira. Cheng Xin notou a tensão no coração relaxar, e se sentiu como um floco de poeira flutuando pelo cosmo.

No caminho de volta, quando o escaler estava a menos de trezentos mil quilômetros da Terra e a comunicação era praticamente instantânea, Cheng Xin ligou para AA e falou sobre a conversa com Wade.

— Faça o que ele quer — disse AA, sem hesitar. — Dê tudo o que ele pediu.

— Você... — Cheng Xin a encarou pela janela de informações, chocada. Ela havia imaginado que AA seria o maior obstáculo.

— Ele tem razão. Você não tem capacidade para isso. Vai se destruir tentando! Mas ele consegue. É um maldito, demônio, assassino, carreirista, um bandido político, um maluco tecnófilo... ele vai conseguir. Tem força de vontade e competência para isso, então deixe-o fazer! É o inferno, então abra caminho para ele se jogar de cabeça.

— E você?

AA sorriu.

— Eu jamais trabalharia para ele, claro. Desde que as naves capazes de atingir a velocidade da luz foram proibidas, também fiquei com medo. Vou retirar a parte que me cabe e fazer algo de que eu goste. Espero que você faça o mesmo.

Dois dias depois, na sala de reuniões transparente do último andar da sede do Grupo Halo, Cheng Xin recebeu Wade.

— Posso lhe dar tudo o que você quer.

— Então você precisa entrar em hibernação — respondeu Wade. — Porque sua presença pode afetar nosso trabalho.

Cheng Xin assentiu.

— Sim. É a minha intenção.

— Nós a despertaremos no dia em que tivermos sucesso, e o sucesso será seu também. Nesse dia, se as naves capazes de alcançar a velocidade da luz ainda forem ilegais, aceitaremos toda a responsabilidade. Se o mundo as receber de braços abertos, a honra será sua... Vai demorar pelo menos meio século, ou mais. Nós estaremos velhos, mas você continuará jovem.

— Tenho uma condição.

— Diga.

— Se em algum momento esse projeto apresentar um potencial nocivo à raça humana, vocês me despertarão. A palavra final será minha, e tenho o direito de retirar toda a autoridade que eu lhe der.

— Não posso aceitar.

— Então não temos mais nada a tratar. Não lhe darei nada.

— Cheng Xin, você deve saber que caminho vamos seguir. Às vezes, é preciso...

— Esqueça. Iremos cada um para seu lado.

Wade a encarou. Em seus olhos, surgiram emoções que ele raramente exibia: hesitação, até impotência. Era tão surpreendente ver isso nele quanto ver água no fogo.

— Preciso pensar.

Ele se virou, foi até uma das paredes transparentes e ficou olhando a floresta metropolitana do lado de fora. Três séculos antes, naquela noite na praça diante da ONU, Cheng Xin também observara as costas daquele vulto negro contra as luzes de Nova York.

Depois de poucos minutos, Wade se virou de novo. Ainda diante da parede transparente, ele olhou para Cheng Xin do outro lado da sala.

— Tudo bem. Aceito.

Cheng Xin lembrou que, três séculos antes, ele lhe dissera: "Vamos enviar só um cérebro". Aquelas palavras tinham mudado os rumos da história.

— Não tenho muitas garantias para fazer valer nosso acordo. Só posso confiar na sua palavra.

Aquele sorriso, uma rachadura no gelo, se abriu no rosto de Wade.

— Você sabe muito bem que, se eu não cumprir minha promessa, vai ser uma bênção para você. Mas, infelizmente, eu vou cumpri-la.

Wade se aproximou de novo e ajeitou o paletó de couro, o que no fim o fez parecer mais amarrotado. Ele parou diante de Cheng Xin e disse, solenemente:

— Prometo que, se durante as pesquisas sobre viagens à velocidade da luz descobrirmos qualquer possibilidade de prejudicar a raça humana, qualquer que seja o perigo, nós a despertaremos. Você terá a palavra final e poderá retirar toda a minha autoridade.

Depois de tomar conhecimento da reunião com Wade, AA disse para Cheng Xin:

— Então preciso entrar em hibernação com você. Nós temos que estar preparadas para retomar o Grupo Halo a qualquer momento.

— Você acredita que ele vai cumprir a promessa? — perguntou Cheng Xin.

AA olhou fixamente para um ponto à sua frente, como se estivesse encarando um fantasma de Wade.

— Acredito. Acho que o demônio vai manter a palavra. Mas é o que ele disse: isso não é necessariamente bom para você. Você poderia ter se salvado, Cheng Xin, mas, no fim das contas, não se salvou.

Dez dias depois, Thomas Wade se tornou o presidente do Grupo Halo e assumiu todas as atividades.

Cheng Xin e AA entraram em hibernação. A consciência delas mergulhou gradualmente no frio. Foi como se tivessem passado muito tempo à deriva em um rio. Exaustas, elas subiram à margem, pararam e observaram o rio seguir seu curso, observaram aquelas águas conhecidas correrem rumo ao horizonte.

Enquanto saíam por um instante do rio do tempo, a história da humanidade seguia em frente.

PARTE IV

ERA DA CASAMATA, ANO 11
MUNDO CASAMATA

> Número 37 813, sua hibernação está no fim. Você hibernou por 62 anos, 8 meses, 21 dias e 13 horas. Sua cota restante de hibernação é de 238 anos, 3 meses, 9 dias. Aqui é o Centro Asiático de Hibernação 1. Data: Era da Casamata, ano 11, 9 de maio, 14h17.

A pequena janela de informações flutuou por menos de um minuto na frente da Cheng Xin recém-reanimada e sumiu. Ela olhou para o teto liso de metal. Por força do hábito, ficou observando um ponto específico da superfície. Na era em que ela entrara em hibernação, o teto teria reconhecido seu olhar e abriria uma janela de informações. Mas o teto não reagiu. Embora ainda não tivesse forças para virar a cabeça, ela conseguia ver parte do cômodo: todas as paredes eram de metal, e não havia nenhuma janela de informações. Também não havia nada flutuando no ar, nenhuma tela holográfica. O metal das paredes parecia familiar: aço inoxidável ou alumínio, sem decoração.

Uma enfermeira surgiu em seu campo de visão. Era muito jovem e não olhou para ela; se limitou a trabalhar em algo em volta da cama, provavelmente soltando os equipamentos médicos ligados ao corpo de Cheng Xin. Não sentia o que a moça estava fazendo, mas a enfermeira lhe parecia familiar — por causa do uniforme. Na última era em que Cheng Xin estivera acordada, as pessoas usavam roupas autolimpantes que sempre pareciam novas em folha, mas o uniforme branco dessa enfermeira tinha sinais de uso. Ainda estava limpo, mas dava para ver indícios de que era velho, indícios da passagem do tempo.

O teto começou a se mexer. A cama de Cheng Xin estava sendo empurrada para fora do quarto de reanimação. Ela ficou impressionada ao perceber que era a enfermeira empurrando — a cama realmente só se mexia se alguém empurrasse.

O corredor também era de paredes metálicas vazias. Exceto por algumas lâmpadas no teto, também não havia decoração. As lâmpadas pareciam comuns, e Cheng Xin percebeu que o suporte em volta de uma delas estava solto e pendurado do teto. Entre o suporte e o teto, ela viu... fios.

Cheng Xin tentou se lembrar da janela de informações que tinha visto assim que acordou, mas não teve certeza de que aquilo havia surgido mesmo. Agora, parecia uma alucinação.

Havia muitos pedestres no corredor, e ninguém deu a menor atenção a ela. Ela se concentrou nas roupas que as pessoas usavam. Algumas eram da equipe médica, uniforme branco, e o resto usava roupas simples que pareciam macacões de trabalho. Cheng Xin teve a impressão de que muita gente ali parecia vir da Era Comum, mas logo percebeu que tinha se enganado. Fazia muito tempo desde a Era Comum, e a humanidade já havia mudado de era quatro vezes. Era impossível ter uma concentração tão grande de gente daquela época.

Essa impressão se devia ao fato de que alguns homens tinham a aparência com que ela estava acostumada.

Os homens que haviam desaparecido durante a Era da Dissuasão tinham voltado. Esse era outro tempo capaz de produzir homens.

Parecia que todo mundo estava com pressa. Era como outro movimento do pêndulo: o ócio e o conforto da última era haviam sumido, e agora mais uma vez havia uma sociedade inquieta. Nessa era, a maioria das pessoas não fazia mais parte da classe ociosa e precisava trabalhar para ganhar a vida.

A cama de Cheng Xin foi empurrada para dentro de um cômodo pequeno.

— A número 37 813 foi reanimada sem irregularidades — falou a enfermeira. — Ela está na sala de recuperação vinte e oito. — E então saiu e fechou a porta. Cheng Xin reparou que foi preciso puxar a porta para fechá-la.

Ela ficou sozinha no quarto. Por um bom tempo, ninguém apareceu para vê-la, uma situação completamente distinta das outras duas ocasiões em que havia sido reanimada e tratada com grande cuidado e atenção. Ela teve duas certezas: a primeira foi que, nessa era, hibernação e reanimação eram ocorrências corriqueiras. A segunda, que pouca gente sabia que ela fora reanimada.

Quando recobrou um pouco de controle motor, Cheng Xin virou a cabeça e viu a janela. Lembrou-se de como o mundo era antes de ela hibernar: o centro de hibernação era uma árvore gigante na periferia da cidade, e ela estivera em uma das folhas mais próximas do topo, de onde dava para ver a imensa cidade-floresta. Mas agora, do outro lado da janela, ela via apenas alguns edifícios comuns construídos no chão, todos do mesmo formato e estilo. Com base na luz do sol refletida por eles, eram também de metal. Os edifícios lhe davam a sensação de ter voltado à Era Comum.

De repente, ela se perguntou se tinha acabado de acordar de um grande sonho. A Era da Dissuasão, a Era da Transmissão... foi tudo um sonho. Embora as lembranças fossem nítidas, elas pareciam muito surreais, fantásticas. E se ela nunca tivesse saltado pelo tempo em três ocasiões, e se nunca tivesse saído da Era Comum?

Uma janela holográfica surgiu ao lado da cama e acabou com qualquer dúvida. A janela continha só alguns botões simples que poderiam ser usados para chamar o médico e a enfermeira. O lugar parecia muito ajustado ao processo de recuperação pós-hibernação: a janela tinha aparecido assim que Cheng Xin recuperou a capacidade de levantar a mão. Mas era só uma janela pequena; a sociedade da hiperinformação em que cada superfície era cheia de janelas de informações não existia mais.

Diferentemente das duas reanimações anteriores, Cheng Xin se recuperou muito rápido. Quando escureceu, ela já conseguia sair da cama e caminhar um pouco. Logo descobriu que o centro só oferecia serviços básicos. Um médico entrou uma vez para fazer um exame superficial e foi embora; para todo o resto, ela teve que se virar por conta própria. Teve que tomar banho sozinha enquanto ainda se sentia fraca. Quanto a refeições, não teria comido nada se não tivesse pedido pela telinha holográfica. Ela não se incomodou com essa falta de solicitude, já que nunca chegara a se adaptar plenamente àquela era de generosidade excessiva que atendia a toda e qualquer necessidade. No fundo, ela ainda era uma mulher da Era Comum, então se sentiu em casa.

Na manhã seguinte, recebeu um visitante. Reconheceu Cao Bin na mesma hora. O físico tinha sido o mais novo candidato a Portador da Espada, mas agora estava muito mais velho, e alguns fios brancos já apareciam em seu cabelo. Mas Cheng Xin teve certeza de que ele não envelhecera sessenta e dois anos.

— O sr. Thomas Wade me pediu para vir buscá-la.

— O que aconteceu? — Cheng Xin sentiu o coração apertado ao lembrar as condições para sua reanimação.

— Vamos conversar sobre isso quando chegarmos lá. — Depois, Cao Bin acrescentou: — Antes, vou levá-la para ver este mundo novo, para que você possa tomar a decisão certa com base em fatos.

Cheng Xin olhou para os edifícios uniformes do outro lado da janela; ela não tinha a sensação de que aquele era um mundo novo.

— O que aconteceu com você? — perguntou Cheng Xin. — Você não ficou acordado nos últimos sessenta anos.

— Entrei em hibernação mais ou menos na mesma época que você. Dezessete anos depois, o acelerador de partículas circunsolar entrou em operação, e fui reanimado para pesquisar teorias de base. Levei quinze anos fazendo isso. Depois, o trabalho de pesquisa deu lugar a aplicações técnicas, e não precisavam mais de mim, então hibernei de novo até dois anos atrás.

— Como vai o projeto de propulsão por curvatura?

— Há novidades... Vamos falar disso mais tarde. — Era nítido que Cao Bin não gostava de tocar no assunto.

Cheng Xin olhou para fora de novo. Passou uma brisa, e uma árvore pequena balançou diante da janela. Uma nuvem pareceu atravessar o céu, e o brilho dos prédios metálicos diminuiu. O que um lugar tão banal quanto aquele podia ter a ver com naves espaciais capazes de viajar à velocidade da luz?

Cao Bin seguiu o olhar de Cheng Xin e deu risada.

— Você deve estar sentindo a mesma coisa que eu quando acordei... bastante decepcionada com esta era, não é? Se estiver se sentindo disposta, vamos lá para fora dar uma olhada.

Meia hora depois, Cheng Xin, vestida com um traje branco adequado para a época, saiu com Cao Bin em uma varanda do centro de hibernação. A cidade se abriu diante dela, e mais uma vez ela teve a sensação de que o tempo havia andado para trás. Quando foi reanimada pela primeira vez, na Era da Dissuasão, o impacto ao ver a gigantesca cidade-floresta foi indescritível. Depois disso, ela nunca teria imaginado ver uma paisagem urbana tão familiar: a malha da cidade era muito regular, como se todos os prédios tivessem sido construídos ao mesmo tempo. Eram todos monótonos e uniformes, como se o único interesse do projeto arquitetônico fosse a utilidade, sem qualquer atenção à estética; retangulares, sem decoração nas fachadas, e todos exibiam o mesmo exterior cinza-metálico — uma lembrança estranha das lancheiras de alumínio da juventude de Cheng Xin. No horizonte, o solo subia como a encosta de uma montanha, e a cidade se estendia pelo aclive.

— Onde estamos? — perguntou Cheng Xin.

— Hmm, por que está nublado de novo? Não dá para ver o outro lado. — Cao Bin não respondeu, mas balançou a cabeça para o céu, decepcionado, como se o clima tivesse alguma influência na compreensão de Cheng Xin daquele mundo novo. Mas ela logo reparou em como o céu era estranho.

O sol estava embaixo das nuvens.

As nuvens começaram a se dissipar, revelando uma abertura grande. Por ali, Cheng Xin não viu um céu azul; o que ela viu foi... mais chão.

O chão no céu era tomado por prédios de uma cidade muito parecida com a que a cercava, só que agora ela estava vendo tudo de "cima" — ou de "baixo". Cao Bin devia estar se referindo àquilo quando falou de "outro lado". Cheng Xin se deu conta de que a "encosta" ao longe não tinha nada de montanha, e que subia até encontrar o "céu". O mundo era um cilindro gigante, e ela estava do lado de dentro.

— Esta é a Cidade Espacial Ásia I, na sombra de Júpiter — disse Cao Bin.

O mundo novo que logo antes parecera tão comum agora a deixava atordoada. Cheng Xin sentiu que finalmente, realmente, tinha acordado.

À tarde, Cao Bin levou Cheng Xin ao terminal de acesso na extremidade norte da cidade.

Por uma questão de costume, o eixo central da cidade espacial era tratado como se tivesse orientação de norte a sul. Eles entraram em um ônibus na frente do centro de hibernação — era um ônibus de verdade que se movimentava pelo chão; provavelmente movido a eletricidade, mas parecia idêntico aos antigos ônibus urbanos. O veículo estava cheio, e Cheng Xin e Cao Bin ocuparam os dois últimos assentos no fundo, de modo que os passageiros que entraram depois tiveram que ficar de pé. Cheng Xin pensou na última vez em que andara de ônibus — já fazia muito tempo que não usava transportes públicos lotados, mesmo na Era Comum.

O ônibus ia devagar, então ela pôde ver os arredores com tranquilidade. Agora, tudo parecia ganhar um novo significado. Ela viu massas de prédios passando pela janela, intercalados por parques verdes e lagoas; viu duas escolas com pátios de exercícios pintados de azul; viu solo marrom cobrindo o chão nas margens da rua, nada diferente do solo na Terra. A rua era cercada de árvores com folhas largas que faziam lembrar parassóis-da-china, e de vez em quando apareciam outdoors de propaganda — Cheng Xin não reconheceu a maioria dos produtos e das marcas, mas o estilo das propagandas lhe era familiar.

A principal diferença daquela cidade em relação a uma da Era Comum era que tudo parecia feito de metal. Os edifícios eram metálicos, e a parte de dentro do ônibus também era quase toda de metal. Ela não viu nada de plástico, nem de compósito.

Cheng Xin concentrou a atenção nos outros passageiros do ônibus. Do outro lado do corredor havia dois homens: um cochilava com uma valise preta no colo, e o outro usava um macacão amarelo com manchas pretas de graxa. Aos pés dele, havia uma bolsa de ferramentas, e Cheng Xin viu um instrumento que não reconhecia: era como uma antiga furadeira elétrica, só que translúcida. O rosto do homem exibia a exaustão e o embotamento de quem fazia trabalho braçal. A última vez que Cheng Xin vira esse tipo de expressão fora no rosto de trabalhadores migrantes em cidades da Era Comum. Na frente dela, havia um casal jovem. O homem cochichava algo no ouvido da mulher, e ela dava risadinhas de vez em quando, enquanto usava uma colher para comer algo rosa em um copo de papel — sorvete; Cheng Xin captou a fragrância adocicada, nada diferente do que ela se lembrava de três séculos antes. Duas mulheres de meia-idade estavam de pé no corredor — eram um tipo que Cheng Xin reconhecia: a labuta cotidiana desbastara todo o glamour, e elas já não tomavam mais cuidado com a aparência nem ligavam para elegância. Esse tipo de mulher havia desaparecido durante a Era da Dissuasão e a Era da Transmissão. Aquelas tinham sido épocas em que as mulheres mantinham a pele lisa e delicada, e, por mais idosas que fossem, pareciam belas e refinadas, de acordo com a idade. Cheng Xin escutou a conversa:

— Você não entendeu. O preço no mercado é o mesmo de manhã e à noite. Deixe de preguiça. Vá ao atacado no lado oeste.

— Eles não têm quantidade suficiente, e não me venderiam a preço de atacado de qualquer jeito.

— Você tem que ir mais tarde, depois das sete. As barracas de hortaliças não vão estar mais lá, e aí vão vender a preço de atacado.

Ela também escutou fragmentos de outras conversas no ônibus.

— O governo da cidade é diferente do sistema atmosférico, muito mais complexo. Quando você chegar lá, preste atenção à política corporativa. Não fique íntimo demais de ninguém, no começo, mas também não se isole.

— Não é correto cobrar o aquecimento à parte; devia estar incluído na conta de luz.

— Se tivessem substituído aquele mané antes, não teriam perdido tão feio.

— Não fique tão chateado. Eu estou aqui desde que a cidade foi construída, e quanto você acha que eu ganho por ano?

— Aquele peixe não está mais fresco. Nem pense em cozinhar no vapor.

— Outro dia, quando tiveram que fazer um ajuste orbital, a água do Parque Quatro transbordou de novo e inundou uma área grande.

— Se ela não gosta dele, é melhor ele desistir. Vai ser se esforçar à toa.

— De jeito nenhum isso é autêntico. Acho que nem é uma imitação de qualidade. Está de brincadeira? Por esse preço?

Cheng Xin sentiu o coração se aquecer e sorrir. Ela buscava essa sensação desde que despertara pela primeira vez, na Era da Dissuasão. Tinha imaginado que nunca a encontraria. Absorveu as conversas à sua volta como se tentasse saciar a sede e não prestou muita atenção aos comentários de Cao Bin sobre a cidade.

A Cidade Espacial Ásia 1 foi uma das primeiras a serem construídas no Projeto Casamata. Era um cilindro regular que simulava a gravidade com a força centrífuga gerada pela rotação. Com quarenta e cinco quilômetros de comprimento e oito de diâmetro, a área interna tinha uma superfície útil de 659 quilômetros quadrados, mais ou menos metade do tamanho da antiga Beijing. Houve um tempo em que a cidade chegara a abrigar vinte milhões de pessoas, mas, após a conclusão de outras cidades, a população caíra para cerca de nove milhões, então o lugar não estava mais tão abarrotado...

Cheng Xin viu outro sol surgir no céu à sua frente. Cao Bin explicou que a cidade espacial tinha três sóis artificiais, todos flutuando ao longo do eixo central a intervalos de cerca de dez quilômetros. Eles produziam energia por fusão nuclear e ajustavam a iluminação seguindo um ciclo de vinte e quatro horas.

Ela sentiu uma série de solavancos. O ônibus estava parado em um sinal, e parecia que os tremores tinham se originado nas profundezas do chão. Notou uma força empurrando-a para trás, mas o ônibus continuava imóvel. Pela janela, ela viu as sombras das árvores e dos prédios se deslocarem de repente para um ângulo novo quando os sóis artificiais mudaram de posição abruptamente. Mas, pouco depois, os sóis voltaram ao lugar. Cheng Xin reparou que nenhum dos passageiros demonstrou surpresa pelo que tinha acontecido.

— A cidade espacial estava ajustando a posição — disse Cao Bin.

O ônibus chegou ao ponto final depois de mais ou menos meia hora. Assim que desceu do veículo, ela observou que as cenas do cotidiano que a deixaram tão inebriada haviam desaparecido. Diante dela havia uma muralha imensa que a deixou sem fôlego. Era como se ela estivesse parada no fim do mundo — e, de fato, *estava*. Aquela era a extremidade "norte" da cidade, um disco circular grande com oito quilômetros de diâmetro. Cheng Xin não conseguia enxergar o disco inteiro dali, mas percebia que o chão subia para os dois lados. O topo do disco — o outro lado da cidade — era quase tão alto quanto o pico do Everest. Havia muitas hastes radiais ligando a borda do disco ao centro, a quatro quilômetros de altitude. Cada haste era um poço de elevador, e o centro era o terminal de acesso da cidade espacial.

Antes de entrar no elevador, Cheng Xin lançou um olhar demorado para aquela cidade que já lhe era muito familiar. Daquele ponto, todos os três sóis estavam visíveis em uma linha que apontava para o outro lado da cidade. Era fim de tarde, e os sóis diminuíram a luminosidade, passando de um intenso alaranjado para um vermelho suave, banhando a cidade com um brilho dourado. Cheng Xin viu algumas meninas de uniforme escolar branco conversando e rindo em um gramado não muito longe, e os cabelos delas balançavam na brisa, inundados pela luz dourada do sol do entardecer.

O elevador era muito espaçoso, como se fosse um grande saguão. O lado virado para a cidade era transparente, e o elevador servia de mirante. Cada assento era equipado com cinto de segurança porque, durante a subida, a gravidade diminuía rapidamente. Do lado de fora, o chão foi ficando cada vez mais distante, enquanto o "céu", outro chão, ganhou nitidez. Quando o elevador chegou ao centro do círculo, a gravidade desapareceu de vez, assim como a sensação de "cima" e "baixo" ao se olhar para fora. Como aquele era o eixo em torno do qual a cidade girava, eles estavam cercados pelo chão em todas as direções. Dali, a vista da cidade era magnífica.

O brilho dos três sóis diminuíra até o nível do luar, e as cores assumiram um tom prateado. Vistos dali, os três sóis — ou luas — pareciam empilhados. Todas as nuvens estavam concentradas na zona sem gravidade, formando um eixo de névoa branca que se estendia pelo centro da cidade até a outra extremidade. A ponta "sul", a quarenta e cinco quilômetros de distância, era perfeitamente visível. Cao Bin disse a Cheng Xin que era lá que ficavam os propulsores da cidade. As luzes tinham acabado de se acender. Aos olhos de Cheng Xin, foi como se ela tivesse sido cercada por um mar de luz que se estendia até o horizonte. Parecia que ela estava olhando para dentro de um poço gigantesco com a parede revestida por um tapete brilhante.

Por acaso, Cheng Xin fixou o olhar em determinado ponto da cidade e teve a impressão de que a disposição dos edifícios era muito parecida com a região residencial de sua casa na Era Comum. Ela imaginou certo prédio comum naquela região e certa janela no segundo andar: uma luz fraca vazava por entre cortinas azuis, e, por trás dessas cortinas, sua mãe e seu pai a esperavam...

Não conseguiu conter as lágrimas.

Desde que fora reanimada pela primeira vez, na Era da Dissuasão, Cheng Xin nunca conseguira se integrar às eras novas, sentia-se sempre uma estrangeira de outro tempo. Mas jamais teria imaginado que voltaria a se sentir em casa meio século depois, ali, atrás de Júpiter, a mais de oitocentos milhões de quilômetros da Terra. Era como se tudo o que ela conhecia de mais de três séculos antes tivesse sido recolhido por um par de mãos invisíveis, enrolado como um quadro gigante e colocado ali na forma de um mundo novo, girando lentamente à sua volta.

Cheng Xin e Cao Bin entraram em um corredor de gravidade zero. Era um tubo por onde as pessoas se deslocavam por argolas presas em cabos. Os passageiros de todos os elevadores que desembocavam na borda do eixo se concentravam ali para sair da cidade, e o corredor estava tomado por um grande fluxo de gente. Havia uma fileira de janelas de informações ao longo da parede circular do corredor, e as imagens animadas traziam principalmente notícias e comerciais. Mas eram poucas janelas, e bem organizadas, diferente da profusão caótica da era anterior.

Já fazia bastante tempo que Cheng Xin percebera o aparente fim da esmagadora era da hiperinformação. Nesse mundo, as notícias apareciam de forma controlada, direcionada. Seria um resultado de mudanças no sistema político e econômico do Mundo Casamata?

Ao sair do corredor, a primeira coisa que Cheng Xin percebeu foi o mar de estrelas girando acima dela. A rotação era muito rápida e ela ficou tonta. O panorama à sua volta se abriu drasticamente. Eles estavam em uma praça circular com oito quilômetros de diâmetro "em cima" da cidade espacial. Era o espaçoporto da cidade, e havia muitas naves estacionadas ali. A maioria dos veículos tinha um formato parecido com o que Cheng Xin vira mais de sessenta anos antes, mas quase todos pareciam menores. Muitos eram do tamanho de antigos automóveis. Cheng Xin reparou que as chamas no exaustor das naves que decolavam eram muito menos intensas do que ela se lembrava de mais de meio século antes. O brilho agora tinha um tom azul-escuro e não era mais tão forte. Isso provavelmente era sinal de que os motores por fusão em miniatura estavam muito mais eficientes.

Cheng Xin viu um círculo vermelho chamativo em volta da saída, com mais ou menos cem metros de raio. Ela logo compreendeu o que aquilo significava: a cidade espacial estava em rotação, e, fora daquele círculo, a força centrífuga era muito intensa. Quem saía do círculo de advertência estava sujeito a um aumento drástico de força centrífuga; as naves estacionadas ali precisavam ser ancoradas, e os pedestres tinham que usar botas magnéticas para não serem arremessados para fora.

Fazia muito frio ali. Cheng Xin só sentiu calor por um instante quando um veículo próximo ativou o motor e decolou. Ela estremeceu — não só por causa da temperatura, mas porque se deu conta de que estava completamente exposta ao espaço! Mas o ar à sua volta e a pressão atmosférica eram reais, e ela conseguia sentir brisas frias. Aparentemente, a tecnologia usada para conter uma atmosfera sem necessidade de isolamento tinha evoluído mais ainda, ao ponto de ser possível manter uma atmosfera em espaço totalmente aberto.

Cao Bin reparou no espanto dela e disse:

— Ah, agora só conseguimos manter uma atmosfera a até dez metros do "solo".

Também não fazia muito tempo que ele estava naquele mundo, mas já havia se acostumado à tecnologia, que para Cheng Xin parecia mágica. Ele queria lhe mostrar cenas muito mais impressionantes.

Diante das estrelas giratórias, Cheng Xin viu o Mundo Casamata.

Dali, era possível ver a maioria das cidades espaciais atrás de Júpiter. Ela viu vinte e duas (incluindo a dela), e havia outras quatro escondidas atrás da cidade em que estavam. Todas as vinte e seis (seis a mais do que o planejado) estavam ocultas à sombra de Júpiter, dispostas vagamente em quatro fileiras, e Cheng Xin se lembrou das naves alinhadas atrás do pedregulho gigantesco no espaço, mais de sessenta anos antes. Em um dos lados de Ásia I estavam América do Norte I e Oceania I, e do outro estava Ásia III. Havia um intervalo de apenas cinquenta quilômetros entre Ásia I e suas vizinhas imediatas, e Cheng Xin conseguia sentir a imensidão delas, como se fossem dois planetas. A fileira seguinte com outras quatro cidades ficava a cento e cinquenta quilômetros de distância, e era difícil determinar o tamanho só de olhar. As cidades espaciais mais distantes ficavam a cerca de mil quilômetros dali e pareciam brinquedos delicados.

Cheng Xin imaginou as cidades espaciais como um cardume de peixinhos minúsculos parados atrás de uma pedra enorme para evitar a correnteza do rio.

América do Norte I, a mais próxima de Ásia I, era uma esfera perfeita. Ela e o cilindro de Ásia I representavam os dois extremos em termos de projetos de cidades espaciais. A maioria das outras tinha formato ovalado, embora variassem de proporção entre o eixo maior e o menor. Algumas tinham formatos atípicos: uma roda com hastes radiais, um fuso etc.

Atrás dos outros três gigantes gasosos, havia mais aglomerados de cidades espaciais, com outras trinta e oito estações ao todo. Eram vinte e seis atrás de Saturno, quatro atrás de Urano e oito atrás de Netuno. Essas cidades estavam em locais mais seguros, embora o entorno fosse ainda mais desolado.

Uma delas, logo adiante, emitiu uma luz azul. Foi como se um pequeno sol aparecesse no espaço, projetando sombras compridas das pessoas e das naves na praça. Cao Bin explicou para Cheng Xin que os propulsores daquela cidade espacial tinham sido ativados para um ajuste de posição. Elas giravam em torno do Sol paralelamente a Júpiter, pouco além da órbita do planeta. A gravidade jupiteriana puxava as cidades gradualmente, então elas precisavam ativar os propulsores com frequência para ajustar suas posições. Essa operação consumia uma grande quantidade de energia. Certa vez, alguém sugerira que as cidades se tornassem satélites de Júpiter e só entrassem na órbita nova em torno do Sol após um alerta de ataque de floresta sombria. Mas, enquanto o sistema de alerta avançado não fosse refinado e tivesse a eficácia comprovada, nenhuma cidade espacial queria arriscar.

— Que sorte a sua! Agora você vai poder ver um acontecimento que ocorre só uma vez a cada três dias. — Cao Bin apontou para o espaço. Cheng Xin viu um pontinho branco minúsculo ao longe, que cresceu gradualmente. Em pouco tempo, o ponto virou uma esfera branca do tamanho de uma bola de pingue-pongue.

— Europa?

— Isso mesmo. Estamos muito perto da órbita dela agora. Cuidado com os pés e não se assuste.

Cheng Xin tentou entender o que Cao quis dizer. Ela sempre tinha imaginado que o movimento de corpos celestes era lento, quase imperceptível — como era o caso na maioria das observações feitas na Terra. Mas então ela lembrou que a cidade espacial não era um satélite jupiteriano, mas se mantinha em posição estacionária em relação ao planeta. Por sua vez, Europa era um satélite de movimento muito rápido. Ela lembrou que o corpo se movia a cerca de catorze quilômetros por segundo. Se a cidade espacial estava muito perto da órbita de Europa, então...

A esfera branca se expandiu rapidamente — foi tão rápido que parecia irreal. Europa logo ocupou quase todo o céu, e a bola de pingue-pongue se transformou em um planeta gigante. A sensação de "cima" e "baixo" mudou em um instante, e Cheng Xin ficou com a impressão de que Ásia 1 estava caindo para o mundo branco. Em seguida, a lua de três mil quilômetros de diâmetro passava voando e ocupava todo o céu por um instante. A cidade espacial deslizava pelos oceanos gelados de Europa, e Cheng Xin viu nitidamente as linhas entrecruzadas naquela paisagem congelada, como linhas na palma de uma mão gigante. O ar, abalado pela passagem de Europa, se agitou em volta de Cheng Xin, e ela sentiu uma força invisível arrastá-la da esquerda para a direita — se não estivesse usando botas magnéticas, definitivamente teria sido arrancada do chão. Por perto, tudo que não estava preso ao chão saiu voando, e alguns cabos ligados a naves também começaram a flutuar. Ela sentiu uma trepidação assustadora sob os pés — era a estrutura imensa da cidade espacial reagindo ao deslocamento acelerado do campo gravitacional de Europa. O satélite levou apenas três minutos para passar voando por Ásia 1 e, quando chegou ao outro lado da cidade, começou a encolher depressa. As oito cidades espaciais nas duas fileiras da frente ativaram os propulsores para ajustar suas posições depois das perturbações provocadas. Oito bolas de fogo iluminaram o céu.

— A que... a que distância foi aquilo? — perguntou Cheng Xin, abalada.

— A aproximação máxima, como a que você viu agora, foi de cento e cinquenta quilômetros, praticamente raspando. Mas não temos alternativa. Júpiter tem treze luas, e as cidades espaciais não podem evitar todas. A órbita de Europa é ligeiramente inclinada em relação ao equador, por isso se aproxima muito destas cidades aqui. É a principal fonte de água para as cidades jupiterianas, e instalamos muitas fábricas nela. Mas, quando acontecer o ataque de floresta sombria, isso tudo vai ter que ser sacrificado. Depois da explosão solar, a órbita de todas as luas jupiterianas vai mudar drasticamente. O trabalho de manobra das cidades espaciais para se esquivar delas vai ser muito complicado.

Cao Bin achou o escaler que tinha usado para chegar até ali. Era minúsculo, com o formato e o tamanho de um automóvel antigo, e acomodava só duas pessoas. Por instinto, Cheng Xin não se sentiu segura com a ideia de ir para o espaço em um veículo tão pequeno, mesmo sabendo que seu receio era irracional. Cao Bin instruiu o computador para levá-los a América do Norte 1, e o escaler decolou.

Ela viu o chão se afastar depressa, e o escaler voou ao longo da tangente da cidade giratória. Em pouco tempo, a praça de oito quilômetros de largura ficou visível, e logo depois toda a Ásia 1. Atrás do cilindro havia uma vasta amplitude amarelo-escura. Foi só quando a borda dessa amplitude amarela surgiu que Cheng Xin se deu conta de que estava olhando para Júpiter. Ali, à sombra do gigante gasoso, tudo era frio e escuro, e o Sol parecia nem existir. A fosforescência da superfície líquida de hélio e hidrogênio no planeta, difundida pela atmosfera espessa, formava trechos de luminosidade suave dançando como os olhos de uma pessoa que sonha atrás de pálpebras fechadas. A imensidão de Júpiter deixou Cheng Xin estarrecida. Dali, ela só conseguia ver uma pequena parcela da borda do planeta, e a curvatura era minúscula. Júpiter era uma barreira escura que bloqueava tudo, e mais uma vez Cheng Xin teve a sensação de que estava diante de uma muralha gigantesca no fim do mundo.

Por três dias, Cao Bin levou Cheng Xin para visitar outras quatro cidades espaciais.

A primeira foi América do Norte I, a mais próxima de Ásia I. A maior vantagem do formato esférico era que bastava um único sol artificial no centro para iluminar a cidade toda, mas a desvantagem também era óbvia: a gravidade variava de acordo com a latitude. No equador, era mais forte, mas a cada latitude que se percorria ela ficava menor. As regiões polares tinham gravidade zero. Os habitantes de regiões distintas precisavam se adaptar à vida em diversas condições de gravidade.

Diferentemente do que acontecia em Ásia I, ali as naves pequenas podiam entrar na cidade pelo acesso no polo norte. Quando o escaler entrou, o mundo inteiro passou a girar em torno dele, e foi preciso igualar a rotação da cidade antes de pousar. Cheng Xin e Cao Bin pegaram um trem de alta velocidade para ir às regiões de baixa latitude, e o foi mais veloz do que o ônibus em Ásia I. Cheng Xin observou que os edifícios ali eram mais altos e próximos, como em uma metrópole. Em especial nas regiões de alta latitude e pouca gravidade, a altura dos edifícios era apenas limitada pelo volume da esfera. Perto dos polos, alguns edifícios chegavam a até dez quilômetros, como espinhos compridos projetando-se do chão até o sol.

América do Norte I tinha sido uma das primeiras cidades espaciais a ficar pronta. Com raio de vinte quilômetros e vinte milhões de habitantes, era a maior em termos de população. E servia de próspero centro comercial para todas as cidades jupiterianas.

Ali, Cheng Xin teve a chance de ver uma paisagem incrível que não existia em Ásia I: o oceano-anel equatorial. Na verdade, a maioria das cidades espaciais tinha oceanos-anéis de larguras variadas, e o fato de Ásia I não ter um era peculiar. Em cidades esféricas ou ovaladas, o equador era o ponto mais baixo da gravidade simulada, por isso toda a água da cidade se acumulava naturalmente ali, formando um cinturão cintilante e ondulado. Do litoral, dava para ver o oceano subir nas duas direções e dividir o "céu" atrás do sol. Cheng Xin e Cao Bin pegaram um barco rápido e navegaram pelo mar — uma viagem de cerca de sessenta quilômetros. A água do mar vinha de Europa, límpida, fria, lançando reflexos dançantes de luz nos arranha-céus dos dois lados. Os diques na margem mais próxima de Júpiter eram mais altos, para evitar que a água vazasse durante a aceleração da cidade para os reajustes de posição. Ainda assim, quando a cidade precisava realizar manobras imprevistas, às vezes aconteciam pequenas inundações.

Depois, Cao Bin levou Cheng Xin para Europa IV, que era construída no típico formato ovalado. Sua característica mais marcante era a falta de sol artificial de uso comum. Cada distrito tinha seu próprio minissol de fusão, e esses soizinhos pairavam a cerca de duzentos ou trezentos metros de altura para fornecer iluminação. Esse método tinha a vantagem de permitir um aproveitamento mais eficiente do eixo de gravidade zero. O eixo de Europa IV era ocupado pelo edifício mais longo — ou mais alto — de todas as cidades espaciais. Era uma construção com quarenta quilômetros de comprimento e ligava os polos norte e sul da cidade ovalada. Como não havia gravidade no interior desse edifício, ele era usado principalmente como espaçoporto e centro de comércio e entretenimento.

A população de Europa IV era a menor de todas, só 4,5 milhões de pessoas. Era a cidade mais rica do Mundo Casamata. Cheng Xin ficou impressionada com as belas casas à luz dos minissóis. Cada uma tinha a própria piscina, e algumas possuíam amplos gramados. A paisagem serena do mar equatorial era decorada por pequenas velas brancas, e nas margens as pessoas relaxavam e pescavam. Ela viu um iate passar lentamente, e parecia tão luxuoso quanto qualquer iate na Terra de antigamente. Estava acontecendo uma festa, com música ao vivo... Cheng Xin ficou admirada ao ver que era possível transferir aquele estilo de vida para a sombra de Júpiter, a oitocentos milhões de quilômetros da Terra.

Pacífico I, por sua vez, era o oposto de Europa IV. Foi a primeira cidade a ser concluída no Projeto Casamata e, como América do Norte I, era uma esfera. Ao contrário de todas as outras cidades jupiterianas, ela girava em torno do planeta como um satélite.

Nos primeiros anos do Projeto Casamata, milhões de trabalhadores tinham morado em Pacífico I. Conforme o projeto avançava, a cidade passou a ser usada como armazém para materiais de construção. Mais tarde, à medida que essa cidade experimental em estágio mais primitivo revelava seus defeitos, foi abandonada. Mas, quando o reassentamento no Mundo Casamata foi concluído, as pessoas começaram a voltar para lá e acabaram formando uma cidade também, com governo e força policial. No entanto, as autoridades só mantinham a infraestrutura pública mais básica, e a sociedade era deixada praticamente à própria sorte. Pacífico I era a única cidade para onde as pessoas podiam migrar sem necessidade de tirar uma licença residencial. A maior parte da população era formada por desempregados e sem-teto, pobres que haviam perdido o direito à seguridade social por algum motivo, e artistas boêmios. Com o tempo, a cidade se tornou uma base para organizações políticas extremistas.

Pacífico I não tinha propulsores, nem sol artificial. Ela também não girava, então não havia gravidade alguma no interior.

Ao entrar na cidade, Cheng Xin viu um mundo de conto de fadas. Era como se uma cidade próspera arruinada tivesse perdido a gravidade de repente e tudo passasse a flutuar. Em Pacífico I a noite era permanente, e cada edifício era iluminado por uma bateria nuclear. Assim, seu interior era cheio de luzes flutuantes. Quase todas as construções na cidade eram barracos simples feitos com materiais descartados. Como não havia noção de "cima" e "baixo", a maior parte dos barracos tinha formato cúbico, com janelas (que também funcionavam como portas) nas seis faces. Alguns barracos eram esféricos e tinham a vantagem de serem mais resistentes, já que colisões entre os edifícios flutuantes eram inevitáveis.

Não havia conceito de propriedade imobiliária em Pacífico I, porque todos os edifícios ficavam à deriva, sem localização permanente. Em princípio, cada residente tinha o direito de usar qualquer espaço. E a cidade possuía uma grande quantidade de indivíduos sem-teto que não tinham sequer um barraco. Para evitar que seus pertences se espalhassem pelo ar, eles os guardavam dentro de uma rede grande e os carregavam pela cidade. O método de transporte era simples: não havia carros, cabos ou propulsores individuais para a gravidade zero. Os residentes se deslocavam flutuando e empurrando-se entre as construções. Como elas ficavam muito próximas umas das outras, era possível chegar a qualquer ponto desse jeito, mas esse método de locomoção demandava muita habilidade. Quando Cheng Xin observou os residentes voando por entre as aglomerações de edifícios flutuantes, pensou na imagem de gibões pulando tranquilamente de galho em galho.

Cheng Xin e Cao Bin pairaram até se aproximarem de um grupo de homens desabrigados reunidos em volta de uma fogueira. Seria proibido manter uma fogueira daquelas em qualquer uma das outras cidades. Aparentemente, o combustível usado era algum material de construção inflamável. Devido à falta de gravidade, as chamas não subiam, só formavam uma bola de fogo imóvel. O jeito como eles bebiam também era peculiar. Jogavam a bebida para fora das garrafas, formando esferas de líquido no ar. Depois, com barba por fazer e roupas esfarrapadas, os sujeitos flutuavam até essas esferas, pegavam-nas com a boca e engoliam. Um dos bêbados vomitou, e o vômito que saiu da boca o empurrou para trás, fazendo-o rodopiar...

Cheng Xin e Cao Bin chegaram a um mercado. Todos os produtos flutuavam no ar, formando uma balbúrdia heterogênea iluminada por um punhado de lâmpadas à deriva, enquanto fregueses e vendedores pairavam entre os objetos. Nesse caos, parecia difícil saber o que era de quem, mas, se um freguês parasse para examinar algo, um vendedor chegava perto para negociar. Vendiam-se roupas, eletrônicos, comida e bebida, baterias nucleares de potências diversas, armas de pequeno porte, entre outros produtos. Havia também antiguidades exóticas. Em um lugar, alguns fragmentos metálicos estavam sendo oferecidos a preços muito altos. O vendedor alegava que eram detritos de naves destruídas durante a Batalha do Fim dos Tempos — era impossível confirmar se estava dizendo a verdade.

Cheng Xin ficou surpresa ao ver um vendedor de livros antigos. Folheou alguns volumes — para ela, não eram velhos. Todos os livros flutuavam em uma nuvem, e muitos estavam com as páginas abertas. Àquela luz, pareciam um bando de pássaros de asas brancas... Cheng Xin viu uma caixa pequena de madeira pairando à sua frente, identificada como sendo de charutos. Ela pegou a caixa, e na mesma hora um menino pequeno se impulsionou para mais perto e jurou de pés juntos que eram autênticos charutos antigos de Havana, preservados por quase duzentos anos. Como os charutos estavam um pouco ressecados, ele estava disposto a dar um bom desconto, pois ela não conseguiria encontrar aquilo em nenhum outro lugar no Sistema Solar. Ele até abriu a caixa para deixar Cheng Xin ver o que ia levar. Ela aceitou e comprou.

Cao Bin a levou até a periferia da cidade — a superfície interna do casco esférico. Não havia nenhum edifício preso, e não havia terra — estava tudo tão exposto quanto no dia em que a cidade fora construída. Era impossível determinar a curvatura em uma área pequena, e parecia que eles estavam em uma grande praça plana. A aglomeração cerrada de edifícios flutuava acima deles, e o bruxulear das luzes se projetava sobre a "praça". Cheng Xin viu que o casco estava marcado com grafites de todos os tipos, até onde a vista alcançava. Eram imagens vibrantes, caóticas, desregradas, irreverentes e cheias de energia. Àquela luz inconstante, incerta, elas pareciam ganhar vida, como se fossem sonhos depositados da cidade acima.

Cao Bin não foi com Cheng Xin mais para o centro da cidade. Segundo ele, lá era caótico e relativamente violento. Havia confrontos entre gangues, e, alguns anos antes, um dos conflitos provocara uma ruptura no casco, o que resultou em um incidente de descompressão grave. Aparentemente, as gangues depois chegaram ao acordo tácito de resolver suas diferenças no centro, longe do casco.

Cao Bin também disse a Cheng Xin que o Governo Federal havia dedicado uma quantidade imensa de recursos à construção de um sistema de bem-estar social ali em Pacífico I. A maioria dos cerca de seis milhões de habitantes da cidade espacial estava desempregada, mas pelo menos eles podiam receber as necessidades básicas para a vida.

— O que vai acontecer aqui em caso de ataque de floresta sombria?

— Só aniquilação. A cidade não tem propulsores, e, mesmo se tivesse, seria impossível deslocá-la até a sombra de Júpiter e mantê-la ali. Observe... — Ele apontou para os edifícios flutuantes. — Se a cidade se acelerasse, tudo cairia e arrebentaria o casco. Depois, a cidade pareceria um saco com o fundo rasgado. Se recebermos um alerta de ataque de floresta sombria, a única ação possível é evacuar essa população para as outras cidades.

Quando eles saíram da cidade flutuante de noite eterna, Cheng Xin a observou pela escotilha do escaler. Era um lugar de pobres e desabrigados, mas também possuía sua própria riqueza de vida, como uma versão sem peso da famosa pintura *Qingming Shanghe Tu*, da Dinastia Song.

Ela compreendeu que, em comparação com a era anterior, o Mundo Casamata estava longe de ser uma sociedade ideal. A migração até a periferia do Sistema Solar tinha levado ao ressurgimento de algumas condições sociais tóxicas que já haviam sido eliminadas. Não era exatamente um retrocesso, mas uma espécie de ascensão em espiral, uma condição necessária para a exploração e ocupação de novas fronteiras.

Depois disso, Cao Bin levou Cheng Xin para ver algumas outras cidades espaciais com formatos peculiares. Uma delas, relativamente perto de Pacífico 1, era uma roda com hastes radiais, não muito diferente de uma versão ampliada da estação terminal do elevador espacial que ela visitara mais de sessenta anos antes.

Cheng Xin ficou um pouco intrigada com a arquitetura das cidades. Em termos de engenharia, o formato de roda parecia o ideal. Era muito mais fácil de construir do que os cascos amplos e ocos das outras cidades, e, ao ser concluída, a roda era mais robusta e capaz de resistir a desastres, e também era mais fácil de expandir.

A resposta sucinta de Cao Bin à pergunta de Cheng Xin foi "sensação de mundo".

— O quê?

— A sensação de estar dentro de um mundo. Uma cidade espacial precisa ter um volume interno grande e panoramas abertos amplos para que os habitantes tenham a impressão de que estão dentro de um mundo. Embora o espaço útil interno não seja muito diferente de uma arquitetura de casca oca, em uma roda as pessoas sempre sabem que estão morando apertadas dentro de um tubo ou de uma série de tubos.

Havia algumas outras cidades com formatos ainda mais estranhos. Muitas eram centros industriais ou agrícolas sem habitantes permanentes. Por exemplo, uma cidade se chamava Recurso 1. Essa tinha cento e vinte quilômetros de comprimento, mas só três de diâmetro, como um graveto fino. Em vez de girar ao longo do longo eixo, ela rodopiava em torno do centro. O interior era dividido em níveis, e em cada um deles a gravidade variava drasticamente. Só alguns tinham condições de ser habitados, e o restante era dedicado a indústrias diversas adaptadas para as gravidades específicas. Segundo Cao Bin, perto de Saturno e Urano havia situações em que duas ou mais cidades em forma de gravetos se combinaram em cidades maiores em forma de cruz ou estrela.

Os primeiros aglomerados de cidades do Projeto Casamata foram construídos perto de Júpiter e Saturno. Depois, com a instalação de outras perto de Urano e Netuno, foram surgindo novos conceitos arquitetônicos. A ideia mais importante era de atracação. Naqueles dois aglomerados nos limites do Sistema Solar, cada cidade era equipada com pelo menos um ponto de atracação padronizado para que elas pudessem se anexar umas às outras. A atracação aumentava o espaço de habitação disponível e criava uma sensação de mundo melhor ainda, proporcionando um grande incentivo ao desenvolvimento econômico. Além disso, após a atracação, as atmosferas e os sistemas ecológicos das diversas cidades se mesclavam, o que ajudava a estabilizar o funcionamento e a manutenção.

No momento, a maioria das cidades se atracava ao longo do eixo de rotação. Assim, após a atracação, as cidades podiam continuar girando do mesmo jeito sem mudar a distribuição da gravidade. Havia também propostas de atracação paralela ou perpendicular, que permitiriam a expansão das cidades combinadas em várias direções, e não só ao longo do eixo. Mas a rotação dessas combinações alteraria drasticamente a distribuição interna de gravidade, e essas propostas ainda não haviam sido testadas.

A maior cidade combinada até o momento ficava em Netuno, onde quatro das oito cidades estavam ligadas pelo eixo de rotação, formando uma cidade combinada de duzentos quilômetros de comprimento. Se necessário — como em caso de ataque de floresta sombria —, a cidade combinada poderia ser desmontada rapidamente para aumentar a mobilidade de cada módulo. A esperança era que, algum dia, todas as cidades em cada aglomerado pudessem formar uma única cidade combinada, de modo que a humanidade pudesse morar em quatro mundos completos.

Ao todo, atrás de Júpiter, Saturno, Urano e Netuno, havia sessenta e quatro cidades espaciais grandes e quase cem cidades médias e pequenas, além de várias estações espaciais. Quase novecentos milhões de pessoas moravam no Mundo Casamata.

Esse número correspondia a quase toda a raça humana. Antes mesmo do ataque de floresta sombria, a civilização terrestre tinha apertado o cinto.

Em termos de política, cada cidade espacial equivalia a um Estado. Os quatro aglomerados formavam a Federação do Sistema Solar, e a antiga ONU se transformara no Governo Federal. A maior parte das principais civilizações antigas da Terra tinha passado por uma fase de cidades-Estado — agora, as cidades-Estado tinham ressurgido na periferia do Sistema Solar.

A Terra estava praticamente desabitada. Restavam só cerca de cinco milhões de pessoas lá. Eram indivíduos que não queriam abandonar o mundo natal e não temiam a perspectiva da morte a qualquer momento. Muitos homens e mulheres de coragem do Mundo Casamata também viajavam à Terra como turistas, embora cada viagem fosse uma aposta com a própria vida. Com o tempo, o ataque de floresta sombria previsto se tornou uma presença cada vez mais imponente, e aos poucos as pessoas se adaptaram à vida no Mundo Casamata. A saudade do mundo natal diminuiu conforme as pessoas se ocupavam em seus novos lares, e houve cada vez menos visitas à Terra. O público já não se importava muito com notícias do mundo natal e só tinha uma vaga noção de que a Natureza estava passando por um renascimento. Florestas e pradarias recobriam todos os continentes, e as pessoas que ficaram para trás precisavam andar armadas para se proteger contra animais selvagens sempre que saíam, mas dizia-se que elas viviam como reis, com vastas propriedades, florestas e lagos particulares. A Terra havia se tornado uma única cidade da Federação do Sistema Solar.

O pequeno escaler de Cheng Xin e Cao Bin chegou à periferia externa das cidades jupiterianas. Diante da imensidão escura de Júpiter, aquelas cidades pareciam minúsculas, solitárias, como um punhado de barracos ao pé de um despenhadeiro gigantesco. De longe, elas emitiam fracas luzes de velas. Por menores que fossem, aqueles eram os únicos sinais de calor, de refúgio, naquela frigidez desolada sem fim, o objetivo de todo viajante cansado. A mente de Cheng Xin resgatou um pequeno poema que ela havia lido na escola, uma composição de um poeta chinês da era republicana há muito esquecido:

O sol se pôs.
Montanha, árvore, rocha, rio...
Toda grande construção, sepultada nas sombras.
As pessoas acendem as luzes com vivo interesse,
Iluminam-se com tudo o que veem,
Anseiam achar o que querem.*

---

* O poema é de Xu Yunuo (1894-1958), um poeta moderno chinês tipicamente associado ao Movimento de Quatro de Maio. (N. T.)

ERA DA CASAMATA, ANO 11
VELOCIDADE DA LUZ II

O destino final de Cheng Xin e Cao Bin era a Cidade Halo, uma cidade espacial de tamanho médio. As cidades médias tinham área interna de menos de duzentos quilômetros quadrados e mais de cinquenta. Em geral, se misturavam com formações de cidades grandes, mas duas cidades médias — Cidade Halo e Velocidade da Luz II — ficavam distantes do aglomerado jupiteriano, quase fora da proteção da sombra do planeta.

Antes de chegar, o escaler passou por Velocidade da Luz II. Cao Bin disse a Cheng Xin que aquela tinha sido uma cidade científica, um dos dois centros de pesquisa que estudavam formas de reduzir a velocidade da luz para produzir um estado de domínio negro, mas fora abandonada. Cheng Xin ficou muito interessada e quis fazer uma visita. Com relutância, Cao Bin virou o escaler naquela direção.

— Que tal só darmos uma olhada por fora? — disse ele. — É melhor não entrarmos.

— É perigoso?

— É.

— Mas nós entramos em Pacífico I, que também era perigosa.

— Não é a mesma coisa. Não tem ninguém em Velocidade da Luz II. É... uma cidade fantasma. Pelo menos é o que todo mundo fala.

Conforme o escaler se aproximava, Cheng Xin percebeu que a cidade realmente estava em ruínas. Ela não girava, e o exterior parecia quebrado e rachado. Em algumas partes, a superfície da cidade tinha sido rasgada, revelando o esqueleto estrutural interno. Ao examinar as ruínas gigantes iluminadas pelos holofotes do escaler, Cheng Xin sentiu admiração e terror. Para ela, aquelas ruínas lembravam uma baleia encalhada. A carcaça havia permanecido ali por uma eternidade, até que só restassem a pele rachada e os ossos e todo sinal de vida tivesse desaparecido. Ela teve a impressão de estar olhando para algo mais antigo do que a própria Acrópole de Atenas, e com mais segredos ainda.

Eles se aproximaram lentamente de uma rachadura grande, tão larga que conseguiria acomodar alguns escaleres como o deles lado a lado. As vigas estruturais também estavam retorcidas, abrindo um acesso ao interior. O feixe do holofote estava direcionado de um jeito que Cheng Xin pôde ver o "chão" distante, que era completamente vazio. Quando o escaler desceu um pouco pelo interior da cidade espacial, parou para virar o foco do holofote pelos arredores. Cheng Xin viu que o "chão" estava vazio em todas as direções. Não só não havia edifício algum, como tampouco se percebia qualquer sinal de que as pessoas tivessem morado ali em algum momento. O esqueleto estrutural de vigas entrecruzadas da cidade era visível no "chão".

— É só uma carcaça vazia? — perguntou Cheng Xin.

— Não.

Cao Bin olhou para ela por uns segundos, como se avaliasse sua coragem. Então, estendeu a mão e desligou os holofotes.

A princípio, Cheng Xin só conseguiu enxergar escuridão. A luz das estrelas vazava pela rachadura diante deles, como se estivesse olhando para o céu por um telhado quebrado. Com o tempo, seus olhos se acostumaram à escuridão, e ela se deu conta de que o interior da cidade espacial em ruínas não era um breu absoluto, havia uma luz sutil, azulada e bruxuleante. Cheng Xin estremeceu. Ela se obrigou a se acalmar e procurou a origem da luz. O brilho vinha do centro da cidade espacial.

A fonte de luz piscava de forma aleatória, como um olho com tique nervoso. O chão vazio estava coberto de sombras estranhas, como um deserto desolado iluminado por clarões de relâmpagos no horizonte noturno.

— A luz é produzida pela queda de poeira espacial dentro do buraco negro — disse Cao Bin, apontando na direção da fonte luminosa. Ele estava tentando atenuar um pouco o terror de Cheng Xin.

— Tem um buraco negro ali?

— Tem. Fica a... no máximo cinco quilômetros daqui. Um buraco negro microscópico com raio de Schwarzschild de vinte nanômetros e massa equivalente à lua jupiteriana Leda.

Naquele brilho azul fosforescente, Cao Bin contou para Cheng Xin a história de Velocidade da Luz II e de 高 Way.*

As pesquisas para reduzir a velocidade da luz no vácuo começaram mais ou menos junto com o Projeto Casamata. Como o Plano do Domínio Negro era a segunda via

---

* Como "艾AA", o nome "高 Way" é uma mistura de chinês e inglês ("高" é o sobrenome e se pronuncia "Gao").

para a sobrevivência da raça humana, a comunidade internacional dedicou uma enorme quantidade de recursos a isso, e o Projeto Casamata chegou até a construir uma grande cidade espacial para servir de centro de pesquisa — a Velocidade da Luz I, localizada no aglomerado de Saturno. No entanto, sessenta anos de intensa atividade de pesquisa não renderam avanços, nem sequer em termos de base teórica.

Não era particularmente difícil reduzir a velocidade da luz em um meio. Já em 2008 E.C., os pesquisadores haviam conseguido reduzi-la em um meio a incríveis dezessete metros por segundo, em laboratório. Mas havia uma diferença fundamental entre fazer isso e reduzir a velocidade da luz no vácuo. Para baixar a velocidade, bastava fazer os átomos do meio absorverem e reemitirem os fótons — a luz mantinha sua velocidade normal entre os átomos. Isso não servia para o Plano do Domínio Negro.

A velocidade da luz no vácuo era uma das constantes fundamentais do universo. Alterá-la era o mesmo que alterar as leis da física. Portanto, para reduzir a velocidade da luz era preciso haver avanços na física de base — e uma dose considerável de sorte. Depois de sessenta anos, o único resultado concreto da pesquisa de base foi a criação do acelerador de partículas circunsolar. E a consequência disso foi o sucesso do maior projeto do Plano do Domínio Negro: o Projeto Buraco Negro.

Os cientistas haviam experimentado todas as técnicas extremas possíveis em seus esforços para alterar a velocidade da luz. Uma vez, chegaram a usar um campo magnético artificial absurdamente forte. Mas a melhor maneira de influenciar a luz no vácuo era usando um campo gravitacional. Como era extremamente difícil gerar um campo gravitacional localizado em laboratório, parecia que a única opção seria um buraco negro. O acelerador de partículas circunsolar era capaz de criar buracos negros microscópicos.

O líder do Projeto Buraco Negro era 高 Way. Cao Bin trabalhara com ele por alguns anos. Ao descrevê-lo para Cheng Xin, ele não conseguiu disfarçar a complexidade de sentimentos que nutria pelo sujeito.

— O homem sofria de autismo grave... Não, não estou falando de um gênio solitário que preferia se manter isolado, e sim de um distúrbio mental de verdade. Ele era extremamente retraído e tinha dificuldade para se comunicar, e nunca sequer chegou perto de uma mulher. Seu sucesso profissional extraordinário só seria possível nesta era, mas, apesar de todas as realizações dele, a maioria dos superiores e colegas o encarava como uma bateria de inteligência muito potente. Ele era torturado pela doença e tentava mudar a si mesmo, e, nesse aspecto, era diferente de outros gênios.

"A partir... hm, acho que do oitavo ano da Era da Transmissão, ele se dedicou ao estudo da teoria em torno da redução da velocidade da luz. Com o tempo, acho que começou a desenvolver uma relação estranha entre a velocidade da luz e sua própria personalidade... Se ele conseguisse mudar a velocidade da luz, seria como mudar a si mesmo.

"Mas a velocidade da luz no vácuo era de fato o fator mais estável do cosmo. As pesquisas sobre a redução da velocidade da luz pareciam sessões de tortura com a luz sem qualquer consideração pelas consequências. As pessoas tentaram fazer de tudo com ela: açoitar, retorcer, quebrar, dissecar, esticar, esmagar e até destruir... mas o máximo que conseguiram foi mudar a frequência dela no vácuo. A velocidade continuou intacta, como uma muralha intransponível. Depois de todas essas décadas, tanto os pesquisadores teóricos quanto os experimentais ficaram desesperados. Havia um ditado: se existe mesmo algum Criador, a única coisa que Ele trancou a sete chaves em toda a Criação foi a velocidade da luz.

"Para 高 Way, o desespero vinha com mais uma camada. Quando eu entrei em hibernação, ele tinha quase cinquenta anos. Ainda não havia se relacionado com nenhuma mulher e acreditava que sua sina era tão resistente quanto a velocidade da luz; acabou se tornando mais retraído e solitário ainda.

"O Projeto Buraco Negro começou no ano 1 da Era da Casamata e durou onze anos. Os responsáveis pelo planejamento não tinham muitas esperanças. Cálculos teóricos e observações astronômicas já haviam indicado que nem mesmo buracos negros seriam capazes de alterar a velocidade da luz. Esses demônios do universo só podiam usar seus campos gravitacionais para alterar a trajetória e a frequência da luz, mas não afetavam nem um pouco a velocidade no vácuo. No entanto, para prosseguir com as pesquisas para o Plano do Domínio Negro, era preciso criar condições experimentais com campos gravitacionais superpoderosos, e isso dependia de buracos negros. Além disso, como em essência um domínio negro é um buraco negro de velocidade da luz reduzida em larga escala, talvez observações de curta distância de um buraco negro microscópico de velocidade da luz normal proporcionassem ideias inusitadas.

"O acelerador de partículas circunsolar podia produzir buracos negros microscópicos rapidamente, mas esses buracos negros minúsculos também evaporavam muito rápido. Para produzir um buraco negro estável, eles retiraram um buraco negro microscópico do acelerador assim que foi criado e o injetaram em Leda.

"Leda era a menor lua de Júpiter, com raio médio de apenas oito quilômetros. Não passava de um pedregulho grande. Antes de produzir o buraco negro, eles aproximaram a lua de Júpiter e a puseram em órbita paralela ao planeta em torno do Sol, como o aglomerado de cidades. Porém, diferente do aglomerado, ela ficou no ponto de Lagrange L2 do Sol e Júpiter, que é onde estamos agora. Com isso, foi possível manter uma distância estável de Júpiter sem necessidade de ajustes de posição constantes. Na época, foi o corpo mais massivo que os humanos haviam conseguido deslocar pelo espaço até então.

"Depois que foi injetado em Leda, o buraco negro microscópico começou a absorver massa e crescer depressa. Ao mesmo tempo, a intensa radiação gerada pelos materiais que caíam no buraco negro derreteu a rocha no entorno. Não demorou até os oito quilômetros de raio de Leda derreterem completamente e o pedregulho em forma de batata se tornar uma bola de lava incandescente. A bola de lava encolheu aos poucos, mas brilhava mais e mais, até por fim desaparecer com um clarão intenso. Observações indicaram que, exceto por uma pequena quantidade de matéria expelida pela radiação, a maior parte da massa de Leda tinha sido absorvida pelo buraco negro. Ele permaneceu estável, e o raio de Schwarzschild, ou raio do horizonte de eventos, que antes era do tamanho de uma partícula fundamental, chegou a vinte e um nanômetros.

"Uma cidade espacial foi construída em volta do buraco negro, a Velocidade da Luz II. O buraco negro estava suspenso no centro da cidade espacial, que era vazia, sem rotação, e cujo interior era um vácuo ligado ao espaço. Era, na prática, um recipiente gigante para o buraco negro. Pesquisadores e equipamentos podiam ser trazidos até a cidade para estudá-lo.

"As pesquisas continuaram por muitos anos. Foi a primeira vez que os humanos puderam estudar um exemplar de buraco negro em condições de laboratório, e foram feitas muitas descobertas importantes para o desenvolvimento da física teórica e da cosmologia fundamental. Mas nenhum desses resultados ajudou no objetivo de reduzir a velocidade da luz no vácuo.

"Seis anos após o início dos estudos com o exemplar de buraco negro, 高 Way morreu. Segundo o relatório oficial da Academia Mundial de Ciências, ele foi 'sugado pelo buraco negro' acidentalmente durante um experimento.

"Qualquer pessoa com conhecimento básico de ciência sabia que a probabilidade de Way ser 'sugado' pelo buraco negro era praticamente nula. Os buracos negros são armadilhas de onde nem sequer a luz consegue escapar, mas não por terem uma força gravitacional geral extraordinária, ainda que um buraco negro grande formado pelo colapso de uma estrela possua de fato uma gravidade geral imensa, e sim por causa da densidade de seu campo gravitacional. De longe, a gravidade total de um buraco negro não é diferente da gravidade de uma quantidade de matéria normal de massa equivalente. Se o Sol implodisse e se tornasse um buraco negro, a Terra e os outros planetas continuariam em suas órbitas e não seriam sugados. Só quando se chega muito perto do buraco negro que a gravidade dele apresenta um comportamento estranho.

"Dentro de Velocidade da Luz II, o buraco negro era cercado por uma rede de proteção com raio de cinco mil metros. Os pesquisadores eram proibidos de entrar nela. Como o raio original de Leda era de só oito mil metros, a essa distância a gravidade do buraco negro não era muito maior do que a gravidade na superfície da lua original. Não é uma atração muito forte... uma pessoa em pé na superfície não pesaria praticamente nada, e seria fácil escapar com propulsores no traje espacial. Portanto, Way não poderia ter sido 'sugado'.

"Desde que o exemplar de buraco negro estável foi obtido, 高 Way ficou fascinado. Depois de tantos anos se debatendo com a velocidade da luz sem conseguir alterar um dígito sequer dos muitos dessa constante de quase trezentos mil, Way estava se sentindo inquieto e fracassado. Como a qualidade constante da velocidade da luz era uma das leis fundamentais da natureza, ele passara a desprezar essas leis, e também a temê-las. Mas ali, diante de seus olhos, estava algo que havia comprimido Leda até um raio de vinte e um nanômetros. Dentro desse horizonte de eventos, naquela singularidade do espaço-tempo, as leis conhecidas da natureza não tinham efeito.

"Way costumava passar horas junto à rede de proteção, olhando para o buraco negro a cinco quilômetros de distância. Ficava observando a luminescência, como nós estamos fazendo agora, e às vezes dizia que o buraco negro estava falando com ele, que podia decifrar a mensagem daquela luz inconstante.

"Ninguém viu o processo de desaparecimento dele, e, se existe alguma gravação, nunca foi divulgada. Ele era um dos principais físicos do Projeto Buraco Negro e tinha a senha para abrir a rede de proteção. Tenho certeza de que entrou e flutuou na direção do buraco negro até chegar perto demais para voltar... Provavelmente queria dar uma olhada de perto naquele objeto de sua fascinação, ou talvez sua intenção fosse entrar naquela singularidade onde as leis da natureza já não importavam mais, para poder escapar de tudo.

"O que aconteceu depois que Way foi sugado foi quase estranho demais para descrever. Os cientistas observaram o buraco negro com microscópios de controle remoto e descobriram no horizonte de eventos, que é a superfície daquela esfera minúscula de vinte e um nanômetros de raio, a silhueta de uma pessoa. Era Way passando pelo horizonte de eventos.

"De acordo com a relatividade geral, um observador distante veria um relógio andar mais devagar perto do horizonte de eventos, então o processo de queda de Way também ficaria mais lento e se estenderia infinitamente.

"Mas, pela perspectiva do próprio Way, ele já havia passado pelo horizonte de eventos.

"O mais estranho é que as proporções da silhueta eram normais. Talvez fosse por causa do tamanho tão diminuto do buraco negro, mas parecia que as forças de maré não estavam exercendo nenhum efeito. Ele tinha sido comprimido até a escala nanométrica, mas o espaço ali também era extremamente curvo. Mais de um físico acreditava que a estrutura física de Way não fora afetada no horizonte de eventos. Em outras palavras, ele provavelmente ainda está vivo.

"Por isso, a seguradora se recusou a pagar o seguro de vida, mesmo que Way tivesse passado pelo horizonte de eventos por sua própria perspectiva e devesse estar morto. Mas a apólice tinha sido feita pela perspectiva do nosso mundo, e, para nós, é impossível provar que Way morreu. Não foi possível nem começar o processo de liquidação. A seguradora alegou que só pode haver liquidação depois da conclusão de um acidente, mas, como Way ainda está caindo na direção do buraco negro, o acidente não acabou, e não vai acabar nunca.

"Depois disso, uma mulher processou a Academia Mundial de Ciências e exigiu que todas as pesquisas em torno desse exemplar de buraco negro fossem interrompidas. A essa altura, observações distantes provavelmente já não renderiam mais resultados. Para ter alguma utilidade, as pesquisas posteriores precisariam manipular o buraco negro de alguma forma, com o envio de objetos experimentais até ele, o que produziria um enorme volume de radiação e talvez perturbasse o espaço-tempo nas proximidades do horizonte de eventos. Se Way ainda estivesse vivo, esses experimentos poderiam representar um perigo. A mulher não venceu o processo, mas, por diversos motivos, as pesquisas no buraco negro foram encerradas, e Velocidade da Luz II foi abandonada. Agora, só podemos esperar até o buraco negro evaporar, o que se estima que vai levar mais meio século.

"Mas agora sabemos que pelo menos uma mulher amou Way, embora ele não soubesse. Depois, essa mulher continuou vindo aqui regularmente e tentou enviar mensagens de rádio ou neutrino para o buraco negro. Ela até declarou seu amor em letras garrafais e as colocou na rede de proteção, com a esperança de que Way conseguisse ver em sua queda. Mas, pela perspectiva dele, ele já havia passado do horizonte de eventos e caído na singularidade... É complicado."

Cheng Xin olhou para a fosforescência azul distante em meio à escuridão. Agora ela sabia que havia um homem ali, um homem caindo para sempre, no horizonte de eventos onde o tempo parava. Esse homem ainda estava vivo para este mundo, mas já havia morrido no dele... Tantas sinas estranhas, tantas vidas inimagináveis...

Ela ficou com a sensação de que o buraco negro realmente estava enviando alguma mensagem, como se alguém estivesse piscando. Ela desviou o olhar, sentindo o coração vazio como aquela ruína no espaço. Com uma voz delicada, ela disse a Cao Bin:

— Vamos para a Cidade Halo.

ERA DA CASAMATA, ANO 11
CIDADE HALO

Ao se aproximar da Cidade Halo, o escaler de Cheng Xin e Cao Bin se deparou com o bloqueio da Frota da Federação. Cidade Halo estava cercada por mais de vinte belonaves estelares, e já fazia duas semanas desde o começo do bloqueio.

As belonaves eram imensas, mas, em comparação com a cidade espacial, pareciam barquinhos minúsculos em volta de um transatlântico gigantesco. A Frota da Federação enviara o grosso da esquadra para sitiar o local.

Quando as duas Frotas Trissolarianas desapareceram nas profundezas do espaço e os trissolarianos perderam todo contato com a humanidade, as ameaças extraterrestres assumiram uma forma totalmente nova. A Frota Internacional, que havia sido constituída para combater a invasão de Trissolaris, já não tinha mais razão de ser e, aos poucos, foi perdendo relevância até ser dissolvida de vez. A Frota do Sistema Solar, que antes fazia parte da Frota Internacional, foi assimilada pela Federação do Sistema Solar. Pela primeira vez na história, um governo mundial unificado controlava a maior parte das forças armadas da humanidade. Como já não era mais necessário manter uma força espacial grande, a frota passou por uma redução drástica. Após o início do Projeto Casamata, muitas das mais de cem belonaves estelares que ainda existiam foram convertidas para uso civil. Com a remoção dos armamentos e dos sistemas de ciclagem ecológica, elas se tornaram naves de transporte industrial interplanetário para o Projeto Casamata. Restavam apenas cerca de trinta belonaves estelares em operação. Nenhuma fora construída nos últimos sessenta e tantos anos, pois belonaves grandes eram extremamente caras. Duas ou três custavam o mesmo que uma cidade espacial grande. E também não havia necessidade de mais. A Frota da Federação concentrou a maior parte de seus esforços na construção do sistema de alerta avançado.

O escaler parou de avançar quando recebeu a ordem do bloqueio. Uma nave-patrulha militar veio na direção deles. Era muito pequena, e daquela distância Cheng Xin só conseguia enxergar o brilho dos propulsores — o casco só ficou visível quando ela se aproximou. Quando a patrulha atracou ao lado do escaler, Cheng Xin viu os homens de uniforme lá dentro. As fardas eram muito diferentes das usadas na era anterior e pareciam remeter ao estilo de outro tempo. Os uniformes tinham menos características inspiradas no espaço e se pareciam mais com os uniformes dos antigos exércitos terrestres.

O homem que veio flutuando até eles era de meia-idade e usava terno. Mesmo na gravidade zero, ele se deslocava com elegância e tranquilidade, aparentemente nem um pouco desconfortável no espaço apertado projetado para acomodar duas pessoas.

— Bom dia. Meu nome é Blair, enviado especial do presidente da Federação. Estou prestes a fazer uma última tentativa de negociação com o governo municipal da Cidade Halo. Eu poderia ter falado com vocês da minha nave, mas, em respeito aos costumes da Era Comum, decidi vir pessoalmente.

Cheng Xin observou que até os políticos daquela era tinham mudado. A postura firme e eloquente da era anterior dera lugar a prudência, continência e educação.

— O Governo Federal anunciou um bloqueio total da Cidade Halo, e ninguém tem permissão para entrar ou sair. No entanto, sabemos que a passageira aqui é a dra. Cheng Xin. — O enviado fez um gesto com a cabeça na direção dela. — Daremos permissão para que vocês passem e auxiliaremos sua entrada na Cidade Halo. Esperamos que você possa usar sua influência para persuadir o governo municipal a cessar a resistência destemperada ilegal e evitar que a situação se agrave. Esses são os desejos do presidente da Federação.

O enviado especial acenou e abriu uma janela de informações. O presidente da Federação apareceu nela. No escritório atrás dele viam-se as bandeiras das várias cidades do Mundo Casamata, e Cheng Xin não reconheceu nenhuma. Tanto as nações quanto suas bandeiras haviam desaparecido. O presidente era um homem oriental de aparência comum. Seu rosto parecia cansado, e, depois de cumprimentar Cheng Xin, ele disse:

— O enviado Blair tem razão. Essa é a vontade do Governo Federal. O sr. Wade disse que a decisão final cabe a você, uma afirmação na qual não acreditamos plenamente. Mas nós lhe desejamos sucesso. Fico feliz de ver que você ainda parece muito jovem. No entanto, para a presente situação, talvez seja jovem demais.

Quando o presidente desapareceu na janela de informações, Blair disse a Cheng Xin:

— Sei que você já tem alguma ideia da situação, mas, ainda assim, eu gostaria de lhe dar uma explicação geral. Tentarei ser objetivo e justo.

Cheng Xin percebeu que tanto o enviado quanto o presidente falaram só com ela, ignorando a presença de Cao Bin, uma omissão que indicava a profunda antipatia que nutriam em relação a ele. Na verdade, Cao Bin já explicara os detalhes da situação, e o relato do enviado não foi muito diferente.

Depois que Thomas Wade assumiu o controle do Grupo Halo, a empresa se tornara uma das principais contratadas do Projeto Casamata. Em oito anos, ela aumentara em dez vezes e se tornara uma das maiores entidades econômicas do mundo. O próprio Wade não era um empreendedor extraordinário; na verdade, ele nem sequer se igualava a 艾 AA na administração das atividades da empresa. O crescimento foi resultado da nova equipe de gestores que ele formou. Pessoalmente, não participava da gestão e tinha pouco interesse pelo trabalho, mas grande parte do lucro era reservada e reinvestida no desenvolvimento de naves capazes de atingir a velocidade da luz.

Assim que começou o Projeto Casamata, o Grupo Halo construiu a Cidade Halo para servir de centro de pesquisa. O ponto de Lagrange L2 do Sol e Júpiter foi selecionado como o local perfeito para instalar a cidade a fim de eliminar a necessidade de propulsores e o consumo de recursos para ajustes de posição. Cidade Halo era a única cidade científica espacial fora da jurisdição do Governo Federal. Durante sua construção, Wade também começou a construir o acelerador de partículas circunsolar, um projeto que recebeu o apelido de "Grande Muralha do Sistema Solar" porque envolvia o Sol como um anel.

Por meio século, o Grupo Halo se dedicou à pesquisa de base em viagens à velocidade da luz. Desde a Era da Dissuasão, muitas empresas grandes haviam trabalhado com pesquisa de base. No novo sistema econômico, pesquisas assim podiam gerar um volume enorme de lucros. Portanto, a postura do Grupo Halo não era tão incomum. O objetivo final do Grupo Halo, de construir naves capazes de viajar à velocidade da luz, era um segredo conhecido, mas, desde que eles não saíssem das pesquisas de base, o Governo Federal não os acusaria de atos ilícitos. No entanto, o governo ficou desconfiado, e a empresa foi investigada várias vezes. Durante meio século, o relacionamento com o governo foi basicamente cordial. Como naves capazes de atingir a velocidade da luz e o Plano do Domínio Negro exigiam uma quantidade considerável de pesquisa em comum, o Grupo Halo e a Academia Mundial de Ciências mantiveram um bom relacionamento de cooperação profissional. O Projeto Buraco Negro da Academia, por exemplo, usou o acelerador de partículas circunsolar para produzir o exemplar de buraco negro.

No entanto, seis anos antes, o Grupo Halo anunciara de repente o plano de desenvolver naves com propulsão por curvatura. A declaração explicitamente desafiadora provocou grande comoção na comunidade internacional. A partir de então, o relacionamento entre o Grupo Halo e o Governo Federal se tornou conflituoso. Depois de diversas rodadas de negociação, o Grupo Halo prometeu que, quando o motor de propulsão por curvatura estivesse pronto, os testes seriam realizados a pelo menos quinhentas UA do Sol, de modo a evitar que os rastros revelassem a localização da civilização terrestre. Mas o Governo Federal acreditava que o próprio desenvolvimento de naves capazes de atingir a velocidade da luz já era uma violação explícita das leis e da Constituição federal. Essas naves eram perigosas não só por causa dos rastros, mas também por afetar a nova estabilidade social do Mundo Casamata, uma possibilidade inaceitável. Foi promulgada uma resolução para autorizar o governo a assumir o controle da Cidade Halo e do acelerador de partículas circunsolar, e para cessar completamente as pesquisas teóricas e o desenvolvimento técnico da propulsão por curvatura feito pelo Grupo Halo. Depois, as atividades da empresa seriam submetidas a monitoramento rigoroso.

O Grupo Halo respondeu declarando independência da Federação do Sistema Solar. Com isso, o conflito entre o Grupo Halo e a Federação se agravou mais ainda.

A comunidade internacional não levou a sério a declaração de independência do Grupo Halo. Na realidade, após o início da Era Casamata, os conflitos entre as cidades espaciais e o Governo Federal não eram incomuns. Por exemplo, as cidades espaciais África II e Oceano Índico I, nos distantes aglomerados perto de Urano e Netuno, já haviam declarado independência antes, mas essas iniciativas acabaram não dando em nada. Embora o tamanho da Frota da Federação não chegasse aos pés do que já havia sido, ainda representava um poderio insuperável contra cidades individuais. A lei proibia as cidades espaciais de possuírem forças armadas independentes — só tinham direito a guardas nacionais limitadas sem capacidade para guerra espacial. Além disso, a economia do mundo Casamata era altamente integrada, e nenhuma cidade espacial poderia resistir por mais de dois meses a um bloqueio.

— Nesse aspecto, eu também não entendo Wade — disse Cao Bin. — Ele é um homem de visão, sabe enxergar o quadro geral e nunca dá um passo sem considerar todas as consequências. Então por que declarar independência? Parece idiotice dar ao Governo Federal uma desculpa para tomar a Cidade Halo à força.

O enviado já tinha ido embora, e o escaler, agora ocupado apenas por Cheng Xin e Cao Bin, dirigiu-se à Cidade Halo. Uma estrutura em forma de anel surgiu no espaço adiante, e Cao Bin fez o escaler se aproximar e desacelerar. A superfície metálica lisa do anel refletia a luz das estrelas em forma de riscos compridos e distorcia a imagem do escaler, remetendo ao Anel que a *Espaço Azul* e a *Gravidade* tinham encontrado no espaço tetradimensional. O escaler parou e ficou pairando perto do anel. Cheng Xin estimou que a estrutura tinha cerca de duzentos metros de diâmetro, e a espessura da faixa era de por volta de cinquenta metros.

— Você está olhando para o acelerador de partículas circunsolar — disse Cao Bin, em tom de admiração.

— É... meio pequeno.

— Ah, desculpe; não fui claro. Esta é só uma das bobinas do acelerador de partículas. São três mil e duzentas bobinas iguais, dispostas a intervalos de mais ou menos 1,5 milhão de quilômetros, formando um círculo grande em torno do Sol perto da órbita de Júpiter. As partículas passam pelo centro de cada bobina, gerando um campo de força que as acelera na direção da bobina seguinte, onde elas são aceleradas de novo... Uma partícula pode viajar em torno do Sol várias vezes nesse processo.

Quando Cao Bin falara do acelerador de partículas circunsolar, Cheng Xin sempre tinha imaginado uma rosca gigantesca boiando no espaço. Mas, na realidade, a construção de uma "Grande Muralha" sólida em torno do Sol teria sido impossível, mesmo na órbita de Mercúrio, quase no nível do Projeto de Engenharia Divina. Cheng Xin finalmente se deu conta de que, enquanto aceleradores de partículas terrestres precisavam de um anel tubular isolado para manter o vácuo, isso não era necessário no espaço. As partículas aceleradas podiam simplesmente voar, sendo aceleradas por uma bobina de cada vez. Cheng Xin não resistiu ao impulso de olhar atrás da bobina para procurar a seguinte.

— A próxima bobina fica a 1,5 milhão de quilômetros de distância, quatro ou cinco vezes a distância entre a Terra e a Lua. Não dá para ver daqui — disse Cao Bin. — Isto é um supercolisor capaz de acelerar uma partícula ao nível de energia do Big Bang. Nenhuma nave tem permissão de chegar nem perto da órbita do acelerador. Alguns anos atrás, um cargueiro perdido entrou na órbita por engano e foi atingido por um feixe de partículas aceleradas, que produziram feixes secundários energizados que vaporizaram em um instante a nave e sua carga de milhões de toneladas de minérios.

Cao Bin também falou para Cheng Xin que o engenheiro-chefe do acelerador de partículas circunsolar foi Bi Yunfeng. Dos últimos sessenta e poucos anos, ele havia trabalhado por trinta e cinco nesse projeto e passara o resto em hibernação. Fora reanimado no ano anterior, mas já estava muito mais velho que Cao Bin.

— Mas o velho é sortudo. Ele havia trabalhado em um acelerador terrestre durante a Era Comum, e agora, três séculos depois, pôde construir um acelerador de partículas circunsolar. Eu diria que foi uma carreira de sucesso, não? Mas ele é um pouco extremista, um defensor fanático da independência da Cidade Halo.

Embora o público e os políticos se opusessem às naves capazes de atingir a velocidade da luz, muitos cientistas aprovavam o esforço. A Cidade Halo se tornou uma terra santa para os cientistas que ansiavam pelas viagens espaciais à velocidade da luz e atraiu muitos pesquisadores excelentes. Até cientistas que atuavam no meio acadêmico da Federação faziam colaborações frequentes com a Cidade Halo — abertamente ou em segredo. Isso a lançou à vanguarda de muitas áreas de pesquisa científica.

O escaler saiu da bobina e seguiu viagem. A Cidade Halo estava logo adiante. A cidade espacial tinha o raro formato de roda. A estrutura era robusta, mas tinha pouco volume interno e não proporcionava uma "sensação de mundo". Dizia-se que os habitantes não precisavam de sensação de mundo porque, para eles, o mundo era o universo.

O escaler entrou no eixo da roda colossal, e Cheng Xin e Cao Bin precisaram entrar na cidade por uma haste de oito quilômetros. Esse era um dos aspectos menos convenientes da estrutura em roda. Cheng Xin se lembrou da experiência de mais de sessenta anos antes, na estação terminal do elevador espacial, e pensou naquele grande saguão que parecia uma ferroviária antiga. Mas a sensação ali era diferente. A Cidade Halo era mais de dez vezes maior que a estação terminal, e seu interior era bastante espaçoso e não parecia abandonado.

Na escada rolante da haste, a gravidade aos poucos se fez sentir. Quando chegou a 1 G, eles já estavam na cidade propriamente dita. A cidade científica era composta de três partes: a Academia de Ciências Halo, a Academia de Engenharia Halo e o Centro de Controle do acelerador de partículas circunsolar. Na verdade, o local era um túnel anelar com cerca de trinta quilômetros de comprimento. Embora não fosse tão aberto ou espaçoso quanto as enormes cascas ocas das outras cidades, também não era claustrofóbico.

A princípio, Cheng Xin não viu veículos motorizados na cidade. A maioria dos residentes se deslocava com bicicletas, muitas das quais ficavam estacionadas na beira da rua para quem quisesse usar. Mas um veículo motorizado conversível pequeno chegou para buscar Cheng Xin e Cao Bin.

Como a gravidade artificial do anel puxava na direção da margem externa, a cidade era construída nessa superfície. Uma imagem holográfica de céu azul com nuvens brancas estava projetada na superfície da margem interna, o que compensava um pouco a falta de sensação de mundo. Um bando de pássaros passou piando acima deles, e Cheng Xin percebeu que eram pássaros de verdade, não hologramas. Ali, Cheng Xin teve uma sensação de acolhimento que não havia experimentado nas outras cidades espaciais. Havia muitas árvores e gramados por todos os lados. Nenhum dos edifícios era muito alto. Os que faziam parte da Academia de Ciências eram brancos, e os da Academia de Engenharia eram azuis, mas cada edifício era distinto. As construções delicadas estavam parcialmente escondidas por plantas verdes, e Cheng Xin se sentiu em um campus universitário.

Ela viu algo interessante no trajeto de carro: uma ruína parecida com um templo grego antigo. Em uma plataforma de pedra, havia algumas colunas gregas quebradas cobertas de trepadeira. No meio das colunas, um chafariz jorrava uma plácida coluna de água límpida à luz do dia. Alguns homens e mulheres com trajes casuais estavam recostados às colunas ou deitados no gramado perto do chafariz, relaxando à vontade. Eles pareciam não se incomodar com o fato de que a cidade estava sitiada pela Frota da Federação.

Havia algumas estátuas espalhadas pelo gramado perto da ruína. A atenção de Cheng Xin foi atraída por uma delas: uma mão com manopla usava uma espada para recolher coroas de flores entrelaçadas com estrelas dentro de um lago, e a água gotejava das coroas sem parar. Aquela imagem ativou alguma lembrança profunda de Cheng Xin, mas ela não sabia dizer onde exatamente tinha visto aquilo. Ela ficou olhando de dentro do veículo até a estátua desaparecer.

O carro parou diante de um edifício azul. Era um laboratório identificado com a placa: "Academia de Engenharia, Tecnologia de Base 021". Cheng Xin viu Wade e Bi Yunfeng no gramado na frente do laboratório.

Wade nunca entrara em hibernação desde que assumira o Grupo Halo, então estava com cento e dez anos. Ele usava cabelo e barba curtos, que agora eram brancos feito neve. Ele não tinha bengala e caminhava com passos firmes, mas suas costas estavam um pouco curvadas, e uma das mangas continuava vazia. Assim que seus olhares se cruzaram, Cheng Xin compreendeu que o tempo não havia derrotado aquele homem. A passagem dos anos não desgastara o cerne de seu ser, apenas o deixara mais proeminente — como uma pedra que se revela depois que a neve e o gelo derretiam.

Bi Yunfeng devia ser muito mais novo do que Wade, mas parecia mais velho. Ele ficou animado ao ver Cheng Xin e parecia ansioso para mostrar algo.

— Olá, garotinha — disse Wade. — Eu agora sou três vezes mais velho que você. — Seu sorriso ainda não aquecia Cheng Xin, mas já não parecia mais frio como água gelada.

Ela contemplou os dois velhos com emoções conflitantes. Eles haviam lutado por seus ideais durante mais de sessenta anos e agora estavam no fim da jornada de suas vidas. E ela, por outro lado, havia passado por muitas tribulações desde a primeira vez em que fora reanimada, na Era da Dissuasão — mas, na realidade, só passara no máximo quatro anos fora de hibernação. Agora tinha trinta e três, ainda uma mulher jovem naquela era em que a expectativa de vida média era de cento e cinquenta.

Cheng Xin cumprimentou os dois, e depois ninguém perdeu tempo falando mais nada. Wade a conduziu laboratório adentro, e Bi Yunfeng e Cao Bin os seguiram. Eles entraram em um salão espaçoso sem janelas. O odor pungente e familiar de estática informou a Cheng Xin que estavam em uma sala antissófons. Após mais de sessenta anos, as pessoas ainda não tinham como saber com certeza se os sófons haviam saído do Sistema Solar, e talvez nunca soubessem. Provavelmente fazia pouco tempo que aquele salão estava cheio de equipamentos e instrumentos científicos, mas agora todos os aparelhos do laboratório amontoavam-se de forma caótica junto das paredes, como se tudo tivesse sido afastado às pressas para liberar espaço no centro. No meio do salão havia uma única máquina. O caos circundante e o vazio no centro exibiam um entusiasmo irreprimível, como se uma equipe de caçadores de tesouros tivesse encontrado de repente um artefato de valor incalculável, deixado as ferramentas de lado e levado o prêmio com cuidado até o meio do espaço aberto.

Para Cheng Xin, a estrutura complexa da máquina lembrava uma versão em miniatura dos *tokamaks* da Era Comum. O corpo principal da máquina consistia em uma esfera seccionada no plano horizontal por uma placa metálica achatada preta que se prolongava até alguns metros depois da esfera. A placa, que sustentava a esfera mais ou menos na altura da cintura, também servia de bancada. A superfície dessa bancada estava quase vazia, exceto por algumas ferramentas e manipuladores telescópicos.

O hemisfério de metal embaixo da bancada estava cravejado de tubos de diversas espessuras, todos apontados para o centro invisível da esfera de modo que a máquina parecia uma mina marítima coberta de pinos. Aparentemente, o equipamento fora projetado para concentrar alguma forma de energia.

Já o hemisfério acima da bancada era de vidro transparente. Em conjunto, os dois formavam um todo dividido pela chapa de metal, contrastando a transparência simples com a opacidade complexa.

Pela redoma de vidro, Cheng Xin viu uma pequena plataforma retangular de metal com só alguns centímetros de lado, mais ou menos do tamanho de um maço de cigarros, de superfície lisa e reflexiva como um espelho. Essa plataforma sob a redoma parecia um palco minúsculo e singelo; o complicado mecanismo debaixo da chapa era a orquestra que acompanharia o espetáculo, embora fosse impossível imaginar o que tal espetáculo seria.

— Vamos permitir que uma parte física sua viva este momento grandioso — disse Wade.

Bi Yunfeng ergueu a redoma de vidro enquanto Wade ia até Cheng Xin com uma tesoura na mão. Ela ficou tensa, mas não recuou. Cuidadosamente, com o auxílio de uma ferramenta na plataforma, Wade ergueu um fio do cabelo dela e cortou um pedaço pequeno da ponta. Ele levantou o pedaço do fio com a ferramenta, examinou-o e concluiu que ainda era longo demais. Então, cortou o pedaço ao meio, para que o fio tivesse só dois ou três milímetros de comprimento, quase invisível. Wade foi até a lateral da redoma de vidro aberta e, cuidadosamente, colocou o fio na plataforma metálica lisa. Apesar de ter mais de cem anos e apenas uma das mãos, ele se movia com gestos precisos e firmes, sem tremer.

— Venha, observe com atenção — disse Wade.

Cheng Xin se inclinou para olhar pela redoma de vidro. Viu seu cabelo apoiado no palco liso. Uma linha vermelha atravessava o meio do palco, e o fio estava de um lado da linha.

Wade assentiu para Bi Yunfeng, que abriu uma janela de controle no ar e ativou a máquina. Cheng Xin olhou para baixo e viu que alguns tubos começaram a ficar vermelhos, o que a lembrou da imagem que havia captado de relance do interior da nave trissolariana. Ela ouviu um murmúrio, mas não sentiu nenhum calor. Voltou a olhar para a pequena plataforma e notou uma perturbação invisível se expandir a partir dela, tocando-lhe o rosto como uma brisa suave. Não deu para saber com certeza se tinha sido só ilusão.

Ela reparou que o fio havia passado para o outro lado da linha, mas não chegara a ver o movimento.

Depois de mais uma série de murmúrios, a máquina parou.

— O que você viu? — perguntou Wade.

— Você passou meio século tentando fazer um fio de cabelo de três milímetros se mover dois centímetros — respondeu Cheng Xin.

— Isso foi propulsão por curvatura — disse Wade.

— Se continuássemos acelerando o fio com a mesma técnica, ele chegaria à velocidade da luz depois de dez metros — disse Bi Yunfeng. — É claro que não conseguimos fazer agora, e não ousaríamos tentar aqui. Se tentássemos, este pedaço de fio, movendo-se à velocidade da luz, destruiria a Cidade Halo.

Cheng Xin ponderou sobre o fio de cabelo que se deslocara por dois centímetros mediante o curvamento do espaço.

— Vocês estão dizendo que inventaram a pólvora e conseguiram fazer um rojão, mas que o objetivo final é construir um foguete espacial. Pode ser que haja um espaço de mil anos entre as duas conquistas.

— Sua analogia é falha — disse Bi Yunfeng. — Nós inventamos a equação que relaciona energia e massa e descobrimos o princípio da radioatividade. O objetivo final é fazer a bomba atômica. O espaço entre essas duas conquistas é de apenas algumas décadas.

— Em cinquenta anos, é possível que consigamos construir naves espaciais com propulsão por curvatura capazes de viajar à velocidade da luz. Para isso, será necessária uma quantidade imensa de testes técnicos e desenvolvimento. Precisamos abrir o jogo agora para que o governo recue e nos conceda o ambiente necessário para realizarmos essas tarefas.

— Mas sua postura atual vai lhe custar tudo.

— Tudo depende da sua decisão — disse Wade. — Você deve achar que estamos perdidos contra o poder daquela frota lá fora. Não estamos. — Ele gesticulou na direção da porta. — Entrem.

Um grupo de quarenta ou cinquenta homens armados entrou e preencheu o salão. Eram todos rapazes vestidos com trajes pretos de camuflagem no espaço, e a presença deles pareceu escurecer o ambiente. Eles usavam trajes espaciais militares leves que não pareciam diferentes de uniformes militares comuns, mas poderiam sair ao espaço assim que pusessem um capacete e uma mochila com sistema de manutenção de vida. No entanto, Cheng Xin ficou impressionada ao ver as armas que portavam: fuzis da Era Comum. Talvez fossem de construção recente, mas a arquitetura era antiga e totalmente mecânica, com ferrolhos e gatilhos manuais. A munição que eles traziam confirmou: todos usavam um par de bandoleiras cruzadas cheias de cartuchos amarelos reluzentes.

Ver homens armados daquele jeito nessa época era o mesmo que ver um grupo de homens armados com arcos e espadas durante a Era Comum. Mas isso não excluía o fato de que os soldados pareciam visualmente intimidantes. Cheng Xin sentiu a presença do passado não apenas naquelas armas antigas, mas também na aparência deles. Os homens exibiam um senso de união treinado: eram uniformes não apenas nas roupas e nos equipamentos, mas também em espírito. Pareciam fortes e resistentes, com músculos salientes sob o tecido fino do traje espacial. O olhar e a expressão naqueles rostos determinados e rígidos eram muito semelhantes: uma severidade indiferente e metálica que não dava o menor valor à vida.

— Esta é nossa força de defesa. — Wade fez um gesto com a mão para indicar os homens reunidos. — São tudo o que temos para proteger a Cidade Halo e o ideal da viagem à velocidade da luz. A maioria está aqui. Tem mais alguns lá fora, mas o efetivo total não passa de cem. Quanto ao equipamento... — Wade pegou um fuzil de um dos soldados e puxou o ferrolho. — Pode acreditar nos seus olhos: armas antigas construídas com materiais modernos. As balas não usam pólvora como carga de projeção e têm alcance e precisão muito maior do que as versões antigas. No espaço, estes fuzis conseguem atingir uma nave a dois mil quilômetros de distância, mas, em essência, são armas primitivas. Talvez você ache ridículo, e eu também acharia, não fosse por um detalhe. — Ele devolveu o fuzil ao soldado e tirou um dos cartuchos da bandoleira dele. — Como eu disse, a arquitetura dos cartuchos é essencialmente antiga, mas as balas são novas. Na verdade, são tão novas que poderiam ter vindo do futuro. Cada bala é um recipiente supercondutor, e no interior há um vácuo absoluto. Um campo magnético mantém em suspensão uma bolinha no meio para evitar o contato com a parede da bala. Essa bolinha é feita de antimatéria.

A voz de Bi Yunfeng estava cheia de orgulho.

— O acelerador de partículas circunsolar não era usado só para experimentos relacionados às pesquisas de base, mas também para produzir antimatéria. Ao longo dos últimos quatro anos, nós o usamos para fazer antimatéria praticamente sem parar. Agora, temos quinze mil balas deste tipo.

O cartucho aparentemente primitivo na mão de Wade provocou calafrios em Cheng Xin. Ela começou a se preocupar com a confiabilidade do campo magnético de contenção dentro daquela bala supercondutora: bastaria um único defeito para destruir a Cidade Halo em uma explosão luminosa. Ela olhou para as bandoleiras douradas penduradas nos ombros de cada soldado: aquelas eram as correntes do deus da morte. Uma única bandoleira detinha poder suficiente para destruir todo o Mundo Casamata.

— Não precisamos nem sair ao espaço para atacar — continuou Wade. — Só temos que esperar até a frota se aproximar da cidade. Podemos disparar dezenas ou até centenas de balas contra cada uma das vinte e tantas naves, e um único acerto já basta para destruí-las. Embora seja uma tática primitiva, é eficaz e flexível. Um único soldado armado é uma unidade de combate capaz de ameaçar uma belonave inteira. Além disso, temos agentes em outras cidades espaciais com armas de pequeno porte. — Ele colocou o cartucho de volta na bandoleira do soldado. — Não queremos guerra. Durante a última rodada de negociações, mostraremos nossas armas ao enviado da Federação e explicaremos nossa tática. Nossa esperança é que o Governo Federal avalie os custos da guerra e abandone a ameaça contra a Cidade Halo. Não estamos pedindo muito, só queremos construir um centro de pesquisa a centenas de UA do Sol para conduzir testes em propulsão por curvatura.

— Mas, se entrarmos em guerra, você garante a vitória? — perguntou Cao Bin. Ele não falara nada ainda. Ao contrário de Bi Yunfeng, parecia se opor à guerra.

— Não — respondeu Wade, com calma. — Mas eles também não. Só podemos tentar.

Assim que viu a bala de antimatéria na mão de Wade, Cheng Xin soube o que precisava fazer. Não estava muito preocupada com a Frota da Federação — acreditava que eles dariam um jeito de enfrentar aquela tática. Sua mente se concentrava em apenas uma coisa.

Além disso, temos agentes em outras cidades espaciais com armas de pequeno porte.

Se houvesse uma guerra, qualquer um dos guerrilheiros escondidos nas outras cidades espaciais poderia disparar uma das balas de antimatéria no chão, e a explosão da aniquilação de matéria com antimatéria destruiria imediatamente a carapaça fina da cidade e incineraria todo o interior. Depois, a cidade espacial giratória se despedaçaria, e milhões de pessoas morreriam.

Cidades espaciais eram frágeis como ovos.

Wade não tinha falado explicitamente que atacaria as cidades espaciais, mas também não dissera que não. Cheng Xin voltou a ver Wade com uma arma apontada para ela, cento e trinta e três anos antes — uma imagem que ficara gravada a fogo em seu coração. Ela não sabia quanta frieza um homem precisaria ter para tomar uma decisão dessas, mas o coração de Wade abrigava a absoluta loucura e a frieza resultantes de uma racionalidade extrema. Ela teve a impressão de ver de novo o jovem Wade de três séculos antes, gritando como uma fera ensandecida: "Vamos adiante! Adiante! Vamos adiante e não paramos por nada!".

Mesmo se Wade não quisesse atacar as cidades espaciais, e se outros membros de sua força atacassem?

Como se quisesse confirmar o medo de Cheng Xin, um soldado falou:

— Dra. Cheng, por favor, tenha certeza de que lutaremos até o fim.

— Não estamos lutando por você, pelo sr. Wade ou pela cidade — disse outro soldado. Ele apontou para cima, e foi como se uma chama iluminasse seus olhos. — Você sabe o que eles estão tentando tirar de nós? Não a cidade, nem as naves que chegam à velocidade da luz, mas todo o universo além do Sistema Solar! Existem bilhões e bilhões de mundos novos lá fora, mas não querem nos deixar ir; querem que nós e nossos descendentes fiquemos confinados nesta prisão, uma prisão com raio de cinquenta unidades astronômicas chamada Sistema Solar. Estamos lutando pela liberdade, por uma chance de vivermos como homens livres no universo. Nossa causa é a mesma de todas as lutas do passado pela liberdade. Nós vamos lutar até o fim. Falo por todos da força de defesa.

Os outros soldados assentiram, com olhares sérios e frios.

Anos depois, Cheng Xin se lembraria inúmeras vezes das palavras desse soldado. Mas, naquele momento, elas não a comoveram. Ela sentiu o mundo escurecer e foi tomada pelo terror. Foi como se tivesse voltado à sede da ONU, segurando aquele bebê de mais de cento e trinta anos antes. Sentiu como se o bebê estivesse diante de uma matilha de lobos famintos, e ela precisava proteger a criança a qualquer custo.

— Você vai cumprir sua promessa? — perguntou ela a Wade.

Ele assentiu.

— Claro. Por que mais eu pediria para você vir aqui?

— Então abandone todos os preparativos para a guerra e pare de resistir. Entregue as balas de antimatéria ao Governo Federal. Diga para os agentes que você ordenou que as outras cidades façam o mesmo imediatamente.

Os soldados encararam Cheng Xin como se quisessem incinerá-la com os olhos. A diferença de poder entre os dois lados era extraordinária. Ela estava diante de uma máquina fria de guerra. Cada homem tinha mais de cem bombas de hidrogênio, e, sob o comando de um líder forte e louco, formavam uma roda assustadora com poder de esmagar toda e qualquer resistência. Ela era uma mera folha de grama na frente dessa roda gigantesca, incapaz sequer de retardar seu avanço. Mas precisava fazer o que pudesse.

No entanto, a situação não seguiu o curso que ela esperava. Um a um, os soldados transferiram o olhar dela para Wade. A pressão sufocante pareceu ceder gradualmente, mas ainda era difícil respirar. Wade continuou olhando para a plataforma de propulsão por curvatura sob a redoma de vidro que cobria o cabelo de Cheng Xin, como se contemplasse um altar sagrado. Ela imaginou que Wade em algum momento reuniria seus guerreiros em torno daquele altar para preconizar a guerra.

— Que tal você pensar um pouco mais? — disse Wade.

— Não preciso. — A voz de Cheng Xin parecia de ferro. — Já me decidi. Pare de resistir e entregue toda a antimatéria que houver na Cidade Halo.

Wade ergueu a cabeça e a encarou com uma rara expressão de impotência e súplica. E falou devagar:

— Se perdermos nossa natureza humana, vamos perder muito, mas se perdermos nossa natureza bestial, perderemos tudo.

— Eu escolho a natureza humana — disse Cheng Xin, passando os olhos pelas pessoas ao redor. — Acredito que vocês também escolherão.

Bi Yunfeng estava prestes a falar, mas Wade o impediu. Seus olhos escureceram. Algo havia se apagado neles, para sempre. De repente, o peso dos anos o esmagou, e ele pareceu exausto. Apoiou-se na plataforma de metal com a única mão e se sentou devagar em uma cadeira que alguém ofereceu. Depois, ergueu a mão e apontou para a plataforma à sua frente, com os olhos baixos.

— Desarmem-se. Deixem toda a munição aqui.

A princípio, ninguém se mexeu. Mas Cheng Xin sentiu algo se amaciar. Aquela força sombria estava se dispersando. Os soldados tiraram os olhos de Wade e já não se concentravam em nenhum ponto específico. Por fim, alguém se adiantou e depositou duas bandoleiras na plataforma. Apesar do movimento suave, o som metálico dos cartuchos ao rasparem na plataforma fez Cheng Xin estremecer. As bandoleiras repousavam inertes como duas serpentes douradas. Um segundo homem se aproximou e depositou suas bandoleiras, e depois outros. Em pouco tempo, a plataforma ficou coberta por uma montanha dourada. Depois que todos os cartuchos foram reunidos, os barulhos metálicos pararam, e tudo voltou a ficar em silêncio.

— Deem ordem para que todos os nossos agentes no Mundo Casamata entreguem as armas e se rendam ao Governo Federal — disse Wade. — O governo da Cidade Halo vai colaborar com a frota para entregar a cidade. Não tomem nenhuma medida drástica.

— Tudo bem — respondeu alguém. Sem suas bandoleiras, aqueles homens com trajes espaciais pretos deixavam o salão ainda mais escuro.

Wade gesticulou para que a força de defesa saísse. Eles partiram em silêncio, e o salão se iluminou como se uma nuvem escura tivesse se dissipado. Wade se levantou com dificuldade, contornou a pilha de cartuchos de antimatéria e abriu, lentamente, a redoma de vidro. Ele soprou a plataforma de propulsão por curvatura, e o fio de cabelo de Cheng Xin desapareceu. Fechou a redoma, virou-se para Cheng Xin e sorriu.

— Viu, garotinha, cumpri minha promessa.

Após o Incidente da Cidade Halo, o Governo Federal não anunciou imediatamente a existência de armas de antimatéria. A comunidade internacional achou que a situação havia sido encerrada de acordo com as expectativas, e não houve muita reação. Tendo criado o acelerador de partículas circunsolar, o Grupo Halo gozava de grande prestígio internacional, e a opinião pública geral foi complacente, sugerindo que não havia motivo para qualquer medida judicial, e que a Cidade Halo devia ter permissão para recuperar a autonomia assim que possível. Desde que o Grupo Halo prometesse nunca mais se envolver com pesquisa e desenvolvimento de propulsão por curvatura e se submetesse a monitoramento pela Federação, a empresa poderia seguir com suas atividades.

Mas, uma semana depois, o Comando da Frota da Federação revelou ao mundo as balas de antimatéria capturadas. A pilha de morte dourada deixou todos chocados.

O Grupo Halo foi declarado uma organização ilegal, e o Governo Federal confiscou todas as propriedades da empresa e assumiu o controle do acelerador de partículas circunsolar. A Frota da Federação começou uma ocupação prolongada da Cidade Halo, e as academias de Ciências e de Engenharia foram desmanteladas. Mais de trezentas pessoas, incluindo Wade, os outros líderes do Grupo Halo e a força de defesa da cidade, foram presas.

No julgamento no tribunal da Federação, Thomas Wade foi considerado culpado de crimes contra a humanidade e crimes de guerra e de infringir as leis contra pesquisas sobre propulsão por curvatura. Ele foi condenado à morte.

Cheng Xin foi até o centro de detenção localizado perto da Suprema Corte da Federação, em Terra I, a capital da Federação do Sistema Solar, para visitar Wade pela última vez. Eles se olharam por uma barreira transparente e não falaram nada. Cheng Xin viu que aquele homem idoso, de cento e dez anos, estava plácido como um punhado de água no fundo de um poço prestes a secar. Não haveria mais nenhuma onda.

Cheng Xin passou-lhe a caixa de charutos que ela havia comprado em Pacífico I por uma abertura na barreira. Wade abriu a caixa, tirou três dos dez charutos e devolveu a caixa pela abertura.

— Não vou poder usar o resto — disse ele.

— Conte-me mais sobre você. Seu trabalho, sua vida. Quero falar de você para os próximos que vierem — disse Cheng Xin.

Wade balançou a cabeça.

— Sou só mais um dentre inúmeras pessoas que já morreram e que vão morrer. O que há para contar?

Cheng Xin sabia que eles não só estavam separados por aquela barreira transparente, mas pelo abismo mais profundo do mundo, um abismo que jamais poderia ser atravessado.

— Você gostaria de me dizer alguma coisa? — perguntou Cheng Xin. Ela se surpreendeu pelo próprio interesse de ouvir a resposta.

— Obrigado pelos charutos.

Ela demorou bastante até entender que era isso que Wade queria lhe dizer. Suas últimas palavras. Todas as suas palavras.

Eles ficaram sentados em silêncio, sem olhar um para o outro. O tempo se transformou em uma poça estagnada que os afogava. E então, os tremores do ajuste de posição da cidade espacial trouxeram Cheng Xin de volta à realidade. Ela se levantou devagar e, em tom baixo, se despediu.

Fora do centro de detenção, pegou um dos charutos e pediu emprestado o isqueiro de um guarda. Pela primeira vez na vida, ela deu uma baforada. Curiosamente, não tossiu. Viu a fumaça branca subir à luz do dia na capital, viu-a se dissipar diante de seus olhos cheios de lágrimas como os três séculos que ela e Wade haviam atravessado.

Três dias depois, um laser poderoso vaporizou Thomas Wade em um décimo de milésimo de segundo.

Cheng Xin voltou ao centro de hibernação em Ásia I e reanimou 艾 AA. Elas voltaram para a Terra.

Viajaram na *Halo*. Após a dissolução do Grupo Halo e o confisco de todas as propriedades da empresa, o Governo Federal devolveu uma pequena parcela da vasta fortuna do grupo a Cheng Xin. A quantia era mais ou menos equivalente ao que o Grupo Halo valia na época em que Wade assumira o controle. Ainda era uma boa quantia, embora pequena em comparação com a fortuna total da empresa desfeita. A *Halo* fazia parte dos ativos devolvidos — embora fosse a terceira nave a ser batizada com esse nome. Era um pequeno iate estelar com acomodação para três pessoas. O sistema de ciclagem ecológica de bordo era confortável e refinado, como um pequeno e bonito jardim.

Cheng Xin e AA vagaram pelos continentes praticamente desabitados da Terra. Elas sobrevoaram florestas sem fim, trotaram em cavalos por pastos, relaxaram em praias vazias. A maioria das cidades fora encoberta de florestas e cipós, restando apenas pequenos focos de civilização para os últimos residentes. A população total na Terra era aproximadamente a mesma do final do Neolítico.

Quanto mais tempo elas passavam na Terra, mais a história da civilização parecia um sonho.

Elas voltaram à Austrália. A única cidade ainda habitada era Canberra, e um pequeno governo de lá se intitulava Governo Federal da Austrália. A Câmara Parlamentar onde Sófon havia proclamado o plano de extermínio da raça humana ainda existia, mas suas portas estavam bloqueadas por uma grossa camada de vegetação, e trepadeiras escalavam o mastro de oitenta metros. Elas encontraram a ficha de Fraisse nos arquivos do governo. Ele vivera até os cento e cinquenta anos, mas o tempo finalmente o derrotara. Já fazia mais de dez anos que falecera.

As duas foram à ilha Mosken. O farol construído por Jason continuava lá, mas não estava mais aceso. A região estava completamente desabitada. Elas ouviram mais uma vez o estrondo do Moskstraumen, mas só conseguiram enxergar o mar vazio à luz do pôr do sol.

O futuro delas estava igualmente vazio.

— E se formos para o mundo depois do ataque, o mundo depois que o Sol desaparecer? — disse AA. — Só então encontraremos uma vida de serenidade.

Cheng Xin também queria ir para essa época, mas não para uma vida de serenidade. Ela havia impedido uma guerra catastrófica e estava se tornando o objeto de adoração de milhões de pessoas. Não podia mais viver nessa era. Queria ver a civilização da Terra sobreviver ao ataque de floresta sombria e prosperar depois — era a única esperança a acalentar seu coração. Ela imaginou a vida naquela nebulosa pós-ataque. Ali, encontraria uma tranquilidade verdadeira, talvez até a felicidade. Aquele seria o último porto na jornada de sua vida.

Ela tinha apenas trinta e três anos.

Cheng Xin e AA voltaram com a *Halo* para o aglomerado de cidades jupiteriano e entraram de novo em hibernação em Ásia I. O período determinado foi duzentos anos, mas elas incluíram uma cláusula no contrato para que fossem reanimadas caso acontecesse um ataque de floresta sombria antes disso.

E então elas dormiram. Sem sonhos.

PARTE V

ERA DA CASAMATA, ANO 67
BRAÇO DE ÓRION DA VIA LÁCTEA

O trabalho de Cantor era examinar os dados; o prazer de Cantor era avaliar a sinceridade das coordenadas.

Cantor entendia que seu trabalho não era importante — só preenchia as peças. Mas era preciso fazer isso, e a tarefa era prazerosa.

Falando de prazer, quando essa semente saíra do mundo natal, aquele ainda era um lugar cheio de divertimento. Mas, depois, quando o mundo natal começou a guerrear com o mundo marginal, a diversão diminuiu. Agora, já haviam se passado mais de dez mil grãos de tempo. Não havia muito prazer no mundo natal ou nessa semente. A felicidade do passado foi registrada em melodias clássicas, e cantar aquelas canções era um dos poucos prazeres que ainda existiam.

Cantor cantou uma daquelas melodias clássicas enquanto analisava os dados.

Vejo meu amor;
Voo junto dela;
Dou-lhe meu presente,
Um pedacinho de tempo sólido.
Belos desenhos gravados no tempo
Macios ao toque como a lama em mar raso.

Cantor não reclamava muito. A sobrevivência exigia muito pensamento, muita energia mental.

A entropia aumentava no universo, e a ordem diminuía. O processo era como as asas infinitas do gigantesco pássaro do equilíbrio pressionando toda a existência. Mas entidades de baixa entropia eram diferentes. Elas diminuíam a entropia e aumentavam a ordem, como colunas de fosforescência elevando-se acima do negrume do mar. Isso era significado, o maior de todos, maior do que prazer. Para mantê-lo, entidades de baixa entropia precisavam continuar existindo.

Quanto a qualquer significado maior, era inútil pensar. Pensar no assunto não levava a lugar nenhum e era perigoso. Era mais inútil ainda pensar no ápice da torre de significado — talvez nem existisse um.

De volta para as coordenadas. Muitos conjuntos de coordenadas voavam pelo espaço, como os insetos matriciais atravessando o céu do mundo natal. Captar coordenadas era o trabalho do núcleo principal, que engolia todas as mensagens no espaço: membrana média, membrana longa, membrana leve, e talvez, algum dia, até membrana curta. O núcleo principal se lembrava da posição de todas as estrelas. Ao comparar os dados recebidos com diversas projeções de mapa e planos de posição, ele selecionava as coordenadas da origem das mensagens. Dizia-se que o núcleo principal era capaz de comparar planos de posição de quinhentos milhões de grãos de tempo passados. Cantor nunca tentara nada do tipo — não haveria significado naquilo. Naquele tempo distante, os aglomerados de baixa entropia no espaço eram raros e esparsos e não haviam evoluído o gene de ocultação e o gene de purificação. Mas agora...

Oculte-se bem; purifique bem.

De todas as coordenadas, só algumas eram sinceras. Acreditar em coordenadas insinceras significava purificar mundos vazios. Isso seria um desperdício. E havia outros danos também. Esses mundos vazios poderiam ser úteis no futuro. Era incompreensível por que alguém enviaria coordenadas insinceras — algum dia eles receberiam o que mereciam.

Coordenadas sinceras obedeciam a certos padrões. Por exemplo, uma concentração massiva de coordenadas costumava ser insincera. Mas todos esses padrões eram só heurística. Para avaliar com eficácia a sinceridade das coordenadas, era preciso intuição. O núcleo principal dessa semente não era capaz da tarefa, nem o supernúcleo no mundo natal conseguiria fazer isso. Era um dos motivos por que entidades de baixa entropia não podiam ser substituídas.

Cantor tinha essa habilidade, essa intuição, mas não era um dom ou instinto; na verdade, era algo aperfeiçoado pela experiência acumulada de dezenas de milhares de grãos de tempo. Aos olhos de um leigo, um conjunto de coordenadas não parecia nada além de uma matriz simples, mas, para Cantor, era algo vivo. Cada detalhe era expressivo. Por exemplo, quantos pontos de referência foram tomados? Qual foi o método para marcar a estrela-alvo? E muitos outros detalhes sutis além. O núcleo principal podia fornecer algumas informações, como dados históricos relacionados ao conjunto de coordenadas, a direção da fonte de transmissão, o tempo de transmissão, entre outras. Tudo isso junto formava um todo orgânico, e o que surgia na consciência de Cantor era uma noção do próprio transmissor das coordenadas. O espírito de Cantor atravessava o abismo do espaço e do tempo, se unia ao espírito do transmissor e sentia o terror e a ansiedade dele, misturados a outras emoções que o mundo natal não conhecia, como ódio, inveja, cobiça, entre outras. Mas, principalmente, terror. Terror era o que conferia sinceridade a um conjunto de coordenadas. O terror garantia a existência para todas as entidades de baixa entropia.

Nesse momento, Cantor percebeu um conjunto sincero de coordenadas perto do curso da semente. Ele foi transmitido por membrana longa, e nem o próprio Cantor sabia dizer com certeza por que era sincero — intuição nem sempre tem explicação. Ele decidiu purificá-lo. Não estava ocupado, e a tarefa não o impediria de cantar. Mesmo se errasse, não tinha problema. A purificação não era um trabalho de precisão e não exigia um grau de correção absoluto. E também não era urgente. Ele só precisava fazer isso em algum momento. Era mais um motivo por que sua posição não era de prestígio.

Cantor pegou um ponto de massa do paiol da semente e se virou para procurar a estrela indicada pelo conjunto de coordenadas. O núcleo principal orientou seu olhar, como uma lança voando pelo céu estrelado. Cantor capturou o ponto de massa com pinçadores de campo de força e se preparou para jogá-lo. Mas então viu o local indicado pelo conjunto de coordenadas, e relaxou os pinçadores.

Das três estrelas, faltava uma. No lugar dela havia uma nuvem branca de poeira, como as fezes de uma baleia-abismal.

Já foi purificado. Nada mais a fazer.

Cantor guardou o ponto de massa de volta no paiol.

Foi rápido.

Ele ativou o processo do núcleo principal para rastrear a fonte do ponto de massa que tinha matado aquela estrela. Era uma tarefa vã com quase nenhuma chance de sucesso, mas era uma exigência do protocolo estabelecido. O processo terminou logo, e, como em todas as outras vezes, não teve resultado.

Cantor logo entendeu por que a purificação tinha acontecido tão rápido. Ele viu uma névoa lenta ao redor daquele mundo destruído. A névoa lenta ficava a mais ou menos meio comprimento de estrutura daquele mundo. Vista isoladamente, não estava claro de onde tinha vindo, mas, associada às coordenadas transmitidas, era óbvio que a névoa pertencia àquele mundo. A névoa lenta indicava que o mundo era perigoso, e por isso a purificação acontecera tão rápido. Aparentemente, havia outras entidades de baixa entropia com intuição mais aguçada ainda que ele; mas isso não era estranho. Era como o Ancião dizia: *No cosmo, por mais rápido que você seja, sempre vai haver alguém mais rápido; por mais lento que você seja, sempre vai haver alguém mais lento.*

Com o tempo, todo conjunto de coordenadas acabava sendo purificado; era só uma questão de cedo ou tarde. Uma entidade de baixa entropia talvez considerasse um conjunto de coordenadas insincero, mas, nos milhões de milhões de mundos de baixa entropia, havia bilhões de bilhões de encarregados de purificação — alguém acharia que era sincero. Todas as entidades de baixa entropia possuíam o gene da purificação, e purificação era um instinto. Além disso, purificação era algo muito simples. O cosmo estava cheio de fontes de energia potencial — era preciso apenas ativá-las para completar a tarefa. O esforço era muito pequeno e nem atrapalhava o canto.

Se Cantor tivesse paciência, todas as coordenadas sinceras acabariam sendo purificadas por outras entidades desconhecidas de baixa entropia. Mas isso não era bom para o mundo natal, nem para a semente. Como Cantor havia recebido o conjunto de coordenadas e até dera uma olhada no mundo que as coordenadas apontavam, tinha um vínculo com aquele mundo. Teria sido ingenuidade achar que esse vínculo era unidirecional. Lembre a grande lei da descoberta reversível: se você consegue ver um mundo de baixa entropia, esse mundo de baixa entropia também consegue ver você — era só questão de tempo. Portanto, esperar até outros completarem a purificação era perigoso.

A tarefa seguinte era inserir o conjunto de coordenadas agora inúteis no banco de dados chamado de túmulo. Isso também era exigido pelo protocolo estabelecido. É claro que todas as outras informações que tinham relação com o local precisavam ir para o banco de dados também, como artigos pessoais sepultados com o corpo, tal como era o costume no mundo natal.

Entre os "artigos pessoais" havia algo que chamou a atenção de Cantor. Era um registro de três comunicações do mundo morto com outro local, por membrana média. Membrana média era a membrana de comunicação menos eficiente de todas, também chamada de membrana primitiva. A maioria das comunicações preferia membrana longa, embora dissessem que até membrana curta poderia ser usada para transmitir mensagens. Se fosse verdade, os comunicadores seriam considerados deuses. Mas Cantor gostava de membrana primitiva. Ele achava que membrana primitiva tinha uma beleza simples, simbolizava uma era cheia de alegria. Muitas vezes, fazia canções com mensagens em membrana primitiva. Ele achava que soavam bonitas, mesmo sem entendê-las. Mas entendê-las não era necessário; com exceção das coordenadas, mensagens em membrana primitiva não tinham muitas informações úteis. Bastava apreciar a música.

Mas, dessa vez, Cantor conseguiu entender parte da mensagem, porque alguns trechos continham um sistema de autodecodificação! Embora só tenha conseguido entender um pouco, as linhas gerais, foi o suficiente para ver uma história incrível.

Primeiro, o outro local havia transmitido uma mensagem via membrana primitiva. As desajeitadas entidades de baixa entropia daquele mundo dedilharam sua estrela — Cantor decidiu chamá-los de Dedilhadores —, como antigos bardos do mundo natal que dedilhavam as cordas da rústica cítara campestre, para enviar a mensagem. Essa mensagem continha o sistema de autodecodificação.

Embora o sistema de autodecodificação fosse primitivo e desajeitado, foi o bastante para permitir que Cantor visse que uma mensagem subsequente transmitida pelo mundo morto de três estrelas seguia o mesmo plano de codificação — aparentemente, uma resposta à primeira mensagem enviada pelos Dedilhadores! Isso já era praticamente inconcebível, mas, depois, os Dedilhadores responderam de novo!

Interessante. Muito interessante!

Cantor de fato havia ouvido falar de mundos de baixa entropia que não possuíam o gene de ocultação nem o instinto, mas era a primeira vez que ele via um. É claro que as três comunicações entre esses dois mundos não revelavam suas coordenadas absolutas, mas expunham a distância entre eles. Se a distância fosse relativamente grande, também não seria nada de mais; mas a distância era muito curta, só quatrocentos e dezesseis estruturas — os dois mundos estavam praticamente em cima um do outro. Isso significava que, se as coordenadas de um mundo fossem expostas, as do outro também seriam — era só questão de tempo.

Foi assim que as coordenadas dos Dedilhadores foram reveladas.

Nove grãos de tempo depois das três primeiras comunicações, surgiu outro registro: os Dedilhadores dedilharam a estrela de novo para enviar outra transmissão... um conjunto de coordenadas! O núcleo principal tinha certeza de que era um conjunto de coordenadas. Cantor procurou a estrela indicada pelas coordenadas e viu que ela também havia sido purificada, mais ou menos trinta e cinco grãos de tempo atrás.

Cantor achou que talvez tivesse se enganado. Os Dedilhadores deviam possuir o gene de ocultação. Era óbvio que eles tinham o gene de purificação, então era impossível que não tivessem também o de ocultação. Mas, como a maioria dos transmissores de coordenadas, não tinham a capacidade de purificar por conta própria.

Interessante. Muito interessante.

Por que quem quer que tivesse purificado o mundo morto de três estrelas não purificara também o mundo dos Dedilhadores? Muitas possibilidades. Talvez não tivessem percebido essas três comunicações — mensagens em membrana primitiva raramente recebiam muita atenção. Mas, considerando os milhões de milhões de mundos que existiam, *alguém* perceberia — Cantor foi só o primeiro. Mesmo sem ele, alguma outra entidade de baixa entropia teria percebido; era só questão de tempo. Ou talvez *tenham* percebido, mas decidiram que um grupo de baixa entropia sem o gene de ocultação não era nenhuma grande ameaça, e que a purificação não valia o esforço.

Mas isso seria um erro, um erro terrível! Em linhas gerais, se entidades de baixa entropia como aqueles Dedilhadores realmente não tivessem o gene de ocultação, eles não teriam medo de expor a própria presença, e se expandiriam e atacariam sem receios.

Pelo menos até serem mortos.

No entanto, nesse caso específico, a situação era mais complicada. Nove grãos de tempo depois das três primeiras comunicações, houve uma transmissão de coordenadas. Depois, passados mais sessenta grãos de tempo, houve outra transmissão de coordenadas em membrana longa a partir de algum outro lugar, apontando para o mundo morto de três estrelas. A sequência de acontecimentos formava um retrato incômodo, um retrato que indicava perigo. A purificação contra o mundo morto de três estrelas tinha acontecido há doze grãos de tempo, então os Dedilhadores deviam ter percebido que sua posição também fora revelada. A única opção deles seria se esconder em névoa lenta para que parecessem perfeitamente seguros e ninguém os incomodasse.

Mas não tinham feito isso. Será que não tinham a capacidade? Mas, desde que tinham conseguido dedilhar a estrela para enviar uma mensagem de membrana primitiva, já havia se passado tempo mais que suficiente para eles possuírem a capacidade.

Talvez eles não quisessem se esconder.

Se fosse o caso, os Dedilhadores eram muito perigosos; muito mais perigosos que o mundo morto.

Oculte-se bem; purifique bem.

Cantor observou o mundo dos Dedilhadores. Uma estrela comum que ainda tinha pelo menos mais um bilhão de grãos de tempo de vida. Ela possuía oito planetas: quatro planetas líquidos gigantes e quatro sólidos. A experiência de Cantor lhe dizia que as entidades de baixa entropia que haviam feito a transmissão em membrana primitiva viviam em um dos planetas sólidos.

Ele ativou o processo do olho grande — quase nunca fazia isso; estava indo além de sua autoridade.

— O que você está fazendo? — perguntou o Ancião da semente. — O olho grande está ocupado.

— Eu gostaria de olhar melhor um dos mundos de baixa entropia.

— Seu trabalho não exige exames aproximados.

— Só estou curioso.

— O olho grande precisa observar alvos mais importantes. Não tem tempo para sua curiosidade. Volte a cuidar do seu trabalho.

Cantor não insistiu na solicitação. Agentes de purificação ocupavam a posição mais baixa na semente. Todos o tratavam com desdém, tratavam seu trabalho como algo fácil e trivial. Mas os outros esqueciam que, muitas vezes, coordenadas transmitidas indicavam muito mais perigo do que a vasta maioria entre as que se mantinham bem ocultas.

Só restava a purificação. Cantor tirou um ponto de massa do paiol de novo, mas logo percebeu que não podia usar um ponto de massa para purificar os Dedilhadores. O sistema planetário deles tinha uma estrutura diferente da do mundo morto: tinha pontos cegos. Um ponto de massa poderia deixar algo para trás, o que seria um desperdício de esforço. Ele precisava usar uma lâmina bivetorial. No entanto, Cantor não tinha autoridade para retirar uma lâmina bivetorial do paiol; precisava pedir a aprovação do Ancião.

— Preciso de uma lâmina bivetorial para purificação.

— Permissão concedida — disse o Ancião.

A lâmina bivetorial pairou diante de Cantor. Estava isolada no invólucro, cristalina. Embora fosse um objeto comum, Cantor gostava bastante dela. Não gostava muito das ferramentas caras; eram violentas demais. Ele gostava da suavidade implacável que a lâmina bivetorial exibia, uma estética que conseguia transformar a morte em canção.

Mas Cantor ficou um pouco incomodado.

— Por que você me concedeu isso sem nem perguntar?

— Não custa muito.

— Mas se usarmos demais...

— Ela está sendo usada em todo canto no cosmo.

— É verdade. Mas, no passado, sempre nos contivemos. Agora...

— Você ouviu algo? — O Ancião começou a folhear os pensamentos de Cantor, que estremeceu. Muito depressa, o Ancião encontrou o boato na mente dele. Não era um pecado grave... o boato era um segredo conhecido na semente.

Era um boato sobre a guerra entre o mundo natal e o mundo marginal. Antes, as notícias da guerra eram frequentes, mas depois os relatos pararam de chegar, indicando que a guerra não estava indo bem, talvez até se encaminhasse para uma crise. Mas o mundo natal não podia coexistir com o mundo marginal. O mundo marginal precisava ser destruído, para que não destruísse o mundo natal. Se a guerra não podia ser vencida, então...

— O mundo natal decidiu se transformar em duas dimensões? — perguntou Cantor. É claro que o Ancião já sabia a pergunta.

O Ancião não respondeu, o que também era uma resposta.

Se o boato fosse verdadeiro, então seria uma grande pena. Cantor não conseguia imaginar uma vida assim. Na torre de valores, a sobrevivência estava acima de tudo. Quando a sobrevivência era ameaçada, todas as entidades de baixa entropia só podiam optar pelo menor dos males.

Cantor removeu esses pensamentos de seu órgão de cogitação. Não eram pensamentos que devia ter, e só provocariam uma perturbação inútil. Tentou se lembrar de onde tinha parado na canção. Demorou um pouco até achar o ponto. Continuou a cantar:

Belos desenhos gravados no tempo
Macios ao toque como a lama em mar raso.
Ela cobre o corpo com tempo,
E me puxa para voar aos limites da existência.
É um voo espiritual:
Aos olhos as estrelas são fantasmas;
Aos olhos das estrelas, nós somos fantasmas.

Enquanto cantava, Cantor pegou a lâmina bivetorial com pinçadores de campo de força e a jogou tranquilamente nos Dedilhadores.

ERA DA CASAMATA, ANO 67
HALO

Cheng Xin acordou e percebeu que não estava pesando nada.

Hibernação não era como um sono comum. Um hibernante não sentia a passagem do tempo. No processo todo, só dava para sentir a hora que levava até o corpo entrar em hibernação e a hora que levava para sair. Qualquer que fosse o período da hibernação, a percepção subjetiva do hibernante era de ter dormido no máximo duas horas. Assim, a reanimação sempre acarretava um choque súbito, uma sensação de haver passado por uma porta no tempo e saído em um mundo novo.

Cheng Xin se viu dentro de um espaço esférico. Ela percebeu 艾 AA flutuando perto dela, vestida com o mesmo traje colante de hibernação. O cabelo dela estava molhado, e seus membros estavam estendidos, sem forças; nitidamente, ela também havia acabado de ser reanimada. Quando seus olhares se encontraram, Cheng Xin tentou falar, mas o embotamento do frio ainda não tinha passado, e ela não conseguiu emitir nenhum som. AA balançou a cabeça, indicando que estava no mesmo estado e não sabia de nada.

Cheng Xin reparou que o espaço estava cheio de uma luz dourada, como o pôr do sol. A luz entrava por uma janela circular — uma escotilha. Do outro lado, havia apenas riscos borrados e linhas curvas. As linhas formavam faixas paralelas de azul e amarelo, revelando um mundo coberto por furiosas tempestades e torrentes, nitidamente a superfície de Júpiter. Cheng Xin viu que parecia muito mais luminosa do que ela se lembrava.

Curiosamente, a faixa larga de nuvens no meio a lembrava do rio Amarelo. Ela sabia, claro, que a maré alta daquele "rio Amarelo" era grande o bastante para conter a Terra. Diante dessa imagem ao fundo, Cheng Xin viu um objeto. Seu corpo principal era uma coluna comprida com seções de diâmetros variados. Havia três cilindros perpendiculares ligados em pontos diferentes da coluna principal. A estrutura toda girava lentamente em torno do eixo da coluna. Ela concluiu que estava olhando para uma cidade espacial combinada formada por oito cidades espaciais atracadas umas nas outras.

E descobriu mais um fato incrível: o lugar onde elas estavam permanecia em repouso em relação à cidade espacial combinada, mas Júpiter se deslocava lentamente ao fundo. Com base na luminosidade de Júpiter, elas agora estavam de frente para o Sol, e conseguiu distinguir a sombra da cidade espacial combinada na superfície gasosa do planeta. Depois de um tempo, o terminadouro jupiteriano surgiu e dividiu o planeta em noite e dia, e ela viu o olho monstruoso da Grande Mancha Vermelha flutuando. Tudo confirmava o fato de que tanto o lugar onde elas estavam quanto a cidade espacial combinada não se encontravam à sombra de Júpiter e não giravam em torno do Sol em órbita paralela à do planeta; eram satélites de Júpiter e giravam em torno do gigante gasoso.

— Onde estamos? — perguntou Cheng Xin. Ela finalmente conseguiu falar com voz rouca, mas ainda não tinha forças para mexer o corpo.

AA balançou a cabeça de novo.

— Não faço ideia. Acho que em uma nave espacial.

Elas continuaram flutuando à luz dourada de Júpiter, como um cenário idílico.

— Vocês estão na *Halo*.

A voz saiu de uma janela de informações que tinha acabado de surgir perto delas. Na janela havia um homem velho de cabelos brancos. Cheng Xin reconheceu Cao Bin. Com base na idade dele, ela percebeu que havia pulado mais um longo intervalo de anos. Cao Bin lhe disse que agora era 19 de maio do ano 67 da Era da Casamata. Ela se deu conta de que haviam se passado outros cinquenta e seis anos desde o último período em que fora reanimada.

Ela evitara a vida mantendo-se fora do tempo e vira outras pessoas envelhecerem, aparentemente em um instante. Seu coração se encheu de remorso e culpa. Decidiu que, o que quer que acontecesse dali para a frente, ela nunca mais hibernaria.

Cao Bin lhes disse que elas estavam na última nave a ser batizada com o nome *Halo*. Fazia apenas três anos que havia sido construída. Depois do Incidente da Cidade Halo, mais de meio século antes, tanto ele quanto Bi Yunfeng tinham sido condenados, mas os dois cumpriram penas curtas e foram soltos. Já fazia mais de dez anos que Bi Yunfeng morrera, e Cao Bin transmitiu suas lembranças para Cheng Xin e AA. Os olhos de Cheng Xin se encheram de lágrimas.

Cao Bin também falou que agora havia cinquenta e duas cidades espaciais grandes no aglomerado de Júpiter, e que a maioria tinha se combinado em cidades maiores. O que elas estavam vendo era a Combinação de Júpiter II. Como o sistema de alerta avançado tinha sido aprimorado vinte anos antes, todas as cidades decidiram se tornar satélites do planeta. Só depois da emissão de um alerta as cidades mudariam de órbita e se esconderiam.

— A vida nas cidades voltou a ser paradisíaca. É uma pena que vocês não vão poder ver, porque não há tempo. — Cao Bin se calou. Cheng Xin e AA trocaram olhares ansiosos. Elas perceberam que toda a loquacidade de Cao Bin até então tivera como objetivo adiar aquele momento.

— Houve um alerta de ataque?

Cao Bin assentiu.

— Sim, houve um alerta. Durante meio século, aconteceram dois alarmes falsos, e em cada ocasião nós quase as reanimamos. Mas agora é de verdade. Crianças... já tenho cento e doze anos, então acho que posso chamá-las assim... o ataque de floresta sombria finalmente chegou.

O coração de Cheng Xin se apertou. Não foi por causa da chegada do ataque — a humanidade tinha passado mais de um século se preparando para esse momento. Mas ela sentia que havia algo de errado. Ela e AA tinham sido reanimadas de acordo com o contrato. Elas teriam levado pelo menos quatro ou cinco horas para se recuperar até aquele ponto, o que significava que o alerta tinha sido emitido algum tempo antes. Mas, do lado de fora da escotilha, a Combinação de Júpiter II não havia se desagrupado nem mudara de órbita, e continuava a pairar como um satélite jupiteriano, como se nada tivesse acontecido. Elas se viraram para Cao Bin: a expressão do homem centenário era plácida demais, como se disfarçasse um desespero absoluto.

— Onde você está agora? — perguntou AA.

— Estou no centro de alerta avançado — disse Cao Bin, apontando para trás.

Cheng Xin viu um salão atrás dele que parecia um centro de controle. Quase todos os espaços estavam cobertos com janelas de informações que flutuavam pelo salão, mas outras janelas novas continuavam se abrindo diante delas, e logo eram cobertas por outras mais novas ainda — como uma inundação após a ruptura de uma barragem. Mas as pessoas no salão pareciam não estar fazendo nada. Metade usava uniforme militar, mas todos estavam sentados ou recostados em alguma mesa. Todo mundo tinha o olhar perdido, todos com a mesma expressão de calma sinistra do rosto de Cao Bin.

Não devia ser assim.

Aquilo não parecia um mundo encolhido dentro de uma casamata, certo de que sobreviveria ao ataque. Parecia que elas tinham voltado para três séculos antes — não, quatro séculos antes —, no início da Crise Trissolariana. Na época, nos escritórios da AIE e do CDP, Cheng Xin vira aquele clima e aquela expressão por todos os lados. Desespero ante uma força superpoderosa no universo, uma espécie de embotamento e indiferença que dizia: *desistimos*.

A maioria das pessoas no centro de controle estava em silêncio, mas algumas cochichavam entre si com uma expressão séria. Cheng Xin viu um homem sentado, inerte. Uma xícara tinha caído da mesa na frente dele, e um líquido azul se derramou em suas calças, mas ele ignorou. Do outro lado, diante de uma janela de informações grande que parecia exibir alguma situação complicada em curso, um homem de uniforme militar abraçava uma mulher com trajes civis. O rosto da mulher parecia úmido...

— Por que não estamos entrando na sombra de Júpiter? — AA apontou para a cidade combinada do outro lado da escotilha.

— Não adianta. A casamata é inútil — disse Cao Bin, baixando os olhos.

— A que distância o fotoide está do Sol? — perguntou Cheng Xin.

— Não há nenhum fotoide.

— Então o que vocês encontraram?

Cao Bin deu uma risada angustiada.

— Um pedaço de papel.

ERA DA CASAMATA, ANO 66
FORA DO SISTEMA SOLAR

Um ano antes da reanimação de Cheng Xin, o sistema de alerta avançado descobriu um objeto voador desconhecido passando pela periferia da Nuvem de Oort quase à velocidade da luz. No ponto de maior aproximação, o objeto chegou a apenas 1,3 ano-luz do Sol. Tinha um volume imenso e, devido à velocidade, produzia radiação intensa ao colidir com a poeira e os átomos dispersos pelo espaço. O sistema de alerta avançado também observou que o objeto fez uma pequena alteração de curso durante o voo para evitar uma região de poeira interestelar, depois retomou o curso anterior. Era quase certo que se tratava de uma nave espacial inteligente.

Pela primeira vez, os humanos do Sistema Solar — não os humanos galácticos — observavam outra civilização extraterrestre além dos trissolarianos.

Após as lições aprendidas com os três alarmes falsos anteriores, o Governo Federal não anunciou a descoberta. No máximo mil pessoas em todo o Mundo Casamata sabiam. Nos poucos dias de aproximação máxima dessa nave ao Sistema Solar, esses indivíduos viveram um período de ansiedade e terror extremos. Nas dezenas de unidades de observação espacial que integravam o sistema de alerta avançado, no centro de alerta avançado (uma cidade espacial no aglomerado de Júpiter), no centro de batalha do Comando da Frota da Federação e no gabinete da presidente da Federação do Sistema Solar, as pessoas prenderam a respiração e acompanharam o curso da nave como um cardume tremendo no fundo de um lago, esperando a rede de arrasto passar. Com o tempo, o terror alcançou níveis absurdos: eles se recusavam a se comunicar pelo rádio, andavam sem fazer barulho, falavam só aos sussurros... Na realidade, todos sabiam que nada disso fazia o menor sentido, principalmente porque o que o sistema de alerta avançado estava observando havia acontecido um ano e quatro meses antes. A nave já havia partido.

Quando a nave se afastou, esses indivíduos não relaxaram. O sistema de alerta avançado fez mais uma descoberta preocupante. A nave estranha não disparou um fotoide no Sol, mas lançou outra coisa. O objeto também foi disparado na direção do Sol à velocidade da luz, mas não produzia nenhuma das emissões associadas a fotoides e era completamente invisível em termos de radiação eletromagnética. O sistema de alerta avançado só conseguiu descobri-lo ao captar ondas gravitacionais. O objeto apresentava uma emissão sutil de ondas gravitacionais de intensidade e frequência constantes. As ondas nitidamente não continham mensagem alguma; o mais provável era que resultassem de alguma característica física do projétil. Quando o sistema de alerta avançado descobriu essas ondas gravitacionais, imaginaram que viessem da nave extraterrestre, mas logo se constatou que o ponto de origem não era o mesmo e se aproximava do Sistema Solar à velocidade da luz.

Análises posteriores dos dados observados revelaram que o projétil não estava apontado diretamente para o Sol. De acordo com a trajetória atual, ele passaria pelo Sol por fora da órbita de Marte. Se o alvo pretendido fosse o Sol, era um erro relativamente grande. Isso indicava outro fator que distinguia o projétil de um fotoide: todos os dados coletados nos dois ataques de fotoide anteriores demonstravam que, após o lançamento, o fotoide seguia uma trajetória precisa e direta até a estrela-alvo (levando em conta o deslocamento da estrela) e não exigia nenhuma correção de curso. Depreendia-se que um fotoide era, em essência, uma pedra voando em inércia na velocidade da luz. O monitoramento da fonte das ondas gravitacionais revelou que o projétil não fez nenhuma correção de curso, o que aparentemente indicava que o alvo não era o Sol. Isso proporcionou alguma dose de consolo para todos os envolvidos.

Quando o projétil chegou a cerca de cento e cinquenta UA do Sol, as ondas gravitacionais que ele emitia começaram a apresentar uma rápida redução de frequência. O sistema de alerta avançado descobriu que isso se devia à desaceleração do objeto. Em poucos dias, a velocidade do projétil baixou até um milésimo da velocidade da luz e continuou diminuindo. Uma velocidade baixa assim sinalizava que ele não chegava a ameaçar o Sol, o que foi outro consolo. Além do mais, a essa velocidade, naves humanas poderiam acompanhá-lo. Em outras palavras, era possível enviar naves para interceptá-lo.

A *Revelação* e a *Alasca* saíram do aglomerado de Netuno e voaram em formação para investigar o projétil desconhecido.

As duas naves eram equipadas com sistemas de recepção de ondas gravitacionais e podiam formar uma rede de posicionamento para determinar a localização precisa da fonte transmissora a curto alcance. Desde a Era da Transmissão, tinham sido construídas novas naves com capacidade de transmissão e recepção de ondas gravitacionais, mas a arquitetura delas era muito diferente das naves-antenas anteriores. Uma das principais inovações era a separação da antena de ondas gravitacionais do corpo da nave propriamente dito, de modo a formar duas unidades independentes. Com isso, a antena podia ser ligada a outras naves, e podia ser substituída após o esgotamento resultante da degradação. A *Revelação* e a *Alasca* eram naves de médio porte, mas o volume total era quase o mesmo das naves grandes, porque a antena de ondas gravitacionais constituía uma parte considerável da estrutura. As duas lembravam os dirigíveis de hélio da Era Comum: pareciam imensas, mas a carga útil de fato era só a pequena gôndola pendurada embaixo dos balões de gás.

Dez dias após a partida das naves, o almirante Vasilenko e 白 Ice,* usando trajes espaciais leves e botas magnéticas, saíram para uma caminhada na antena de ondas gravitacionais da *Revelação*. Eles gostavam de fazer isso porque o lado de fora era muito mais espaçoso em comparação com o interior da nave, e andar pela antena era como andar em terra firme. Eles eram os líderes da primeira equipe de exploração: Vasilenko era o comandante, e 白 Ice era o encarregado dos aspectos técnicos.

Alexei Vasilenko tinha sido um observador do sistema de alerta avançado na Era de Transmissão. Junto com Widnall, ele descobrira os rastros que as naves trissolarianas haviam produzido ao atingir a velocidade da luz, o que resultou no primeiro alarme falso. Depois do incidente, o primeiro-tenente Vasilenko serviu como um dos bodes expiatórios e acabou expulso da força. Mas ele não achou o castigo justo, e tinha esperança de que a história limpasse seu nome, então entrou em hibernação. Com o tempo, a descoberta dos rastros de velocidade da luz ganhou importância, e aos poucos os danos do primeiro alarme falso foram esquecidos. Vasilenko foi reanimado no ano 9 da Era da Casamata e restituído à patente original, e agora já era almirante da Força Espacial da Federação do Sistema Solar. No entanto, estava com quase oitenta anos. Ao olhar para 白 Ice, caminhando ao seu lado, ele refletiu sobre a injustiça da vida: aquele homem tinha nascido oitenta anos antes dele e vinha da Era da Crise; com a hibernação, ele tinha só pouco mais de quarenta.

O nome original de 白 Ice era Bai Aisi.** Ao ser reanimado, ele quis parecer mais integrado e não tão antiquado, então escolheu um nome moderno mais comum que combinava elementos em inglês e chinês. Ele havia sido aluno de Ding Yi no doutorado e hibernara perto do fim da Era da Crise, e só fazia vinte e dois anos desde sua reanimação. Normalmente, após um salto longo como esse no tempo, o hibernante tinha dificuldade para se acostumar à nova época, mas no caso da física teórica era diferente. Com a trava dos sófons, os físicos da Era

---

* O sobrenome "白" se pronuncia "Bai".
** Essa é a romanização em *pinyin* do nome chinês original: "白艾思".

Comum ainda podiam ser considerados profissionalmente relevantes na Era da Dissuasão, e o acelerador de partículas circunsolar subverteu todos os pressupostos da física teórica de base, como se alguém tivesse reembaralhado as cartas.

Na Era Comum, a teoria das supercordas havia sido considerada avançada, a física do século XXI. Com a criação do acelerador de partículas circunsolar, ela pôde ser confirmada por meio de experimentos. Porém o resultado foi desastroso. A quantidade de conceitos que precisaram ser rejeitados era muito superior à de previsões confirmadas. Muitos dos resultados que os trissolarianos haviam fornecido eram falsos. Com base no nível tecnológico elevado que os trissolarianos atingiram mais tarde, seria impossível que tivessem cometido tantos erros na teoria fundamental. A única conclusão era que eles tinham mentido para os humanos até nas áreas de teoria de base.

白 Ice propusera alguns dos poucos modelos teóricos que foram confirmados pelo acelerador de partículas circunsolar. Quando ele foi reanimado, a física tinha regredido praticamente ao ponto de partida. Ele logo se destacou e conquistou muitas honrarias e, depois de cerca de dez anos, voltou a representar a vanguarda de sua área.

— Parece familiar? — Vasilenko indicou o ambiente ao redor.

— Realmente. Mas a autoconfiança e a arrogância da humanidade desapareceram — disse 白 Ice.

Vasilenko se identificava com isso. Ele olhou para o lugar de onde a nave tinha saído. Netuno era apenas um pontinho azul minúsculo, e o Sol, um foco de luz fraco, incapaz sequer de projetar a sombra deles na superfície da antena. Onde estavam aquelas duas mil belonaves estelares que haviam formado uma falange magnífica tantos anos antes? Agora, eram só aquelas duas naves solitárias com tripulação de no máximo cem pessoas. A *Alasca* estava a cerca de cem mil quilômetros de distância, mas não era possível vê-la. Essa nave não apenas era a outra ponta da rede de posicionamento, mas também transportava outra equipe de exploração organizada como a equipe a bordo da *Revelação*. O Comando da Frota designou a tripulação da *Alasca* como reforço, um indicativo de que a liderança militar desejava se preparar bem para os riscos e o perigo inerentes àquela expedição. Ali, na gélida e desolada fronteira do Sistema Solar, a antena sob seus pés parecia uma ilha solitária no universo. Vasilenko quis suspirar, mas mudou de ideia. Tirou algo do bolso do traje espacial e deixou o objeto flutuar no espaço entre eles, girando lentamente.

— Dê uma olhada nisso.

O objeto parecia um osso de animal. Na verdade, era um componente metálico; a luz frígida das estrelas se refletia na superfície lisa.

Vasilenko apontou para o objeto rodopiante.

— Há umas cem horas, detectamos uma porção de detritos metálicos flutuando perto do curso da nave. Um veículo não tripulado recolheu alguns itens, e este é um deles: um pedaço do sistema de resfriamento do reator de fusão nuclear de uma belonave estelar construída no fim da Era da Crise.

— É da Batalha do Fim dos Tempos? — perguntou 白 Ice, fascinado.

— É. Encontramos também um braço de cadeira e um fragmento de anteparo.

Eles tinham passado nas proximidades do antigo campo de batalha de quase dois séculos antes. Com o início do Projeto Casamata, as pessoas começaram a encontrar com frequência os restos de naves antigas. Alguns foram colocados em museus, e outros foram comprados e vendidos no mercado negro. 白 Ice segurou o componente e sentiu um calafrio atravessar a luva de seu traje e subir até a medula. Ele o soltou, e o componente continuou girando devagar, como se movido por alguma alma em seu interior. 白 Ice desviou os olhos e os deixou se perderem na distância. Só conseguiu ver um abismo vazio sem fim. Duas mil naves e milhões de corpos haviam flutuado à deriva naquela região de espaço desolado por quase dois séculos. Já havia muito tempo que o sangue dos mortos sacrificados se sublimara de gelo para gás e se dissipara.

— O alvo da nossa exploração desta vez pode ser ainda mais perigoso do que as gotas — disse 白 Ice.

— É verdade. Na época, nós já tínhamos alguma familiaridade com os trissolarianos. Mas não sabemos nada do mundo que criou e enviou isto... Dr. Bai, você tem alguma hipótese para o que vamos encontrar?

— Só um objeto massivo pode emitir ondas gravitacionais, então acho que o objeto deve ser grande tanto em massa quanto em volume; talvez seja até uma nave espacial... Bom, neste ramo, devemos esperar o inesperado.

As duas naves da expedição seguiram em curso por mais uma semana, até que a distância entre elas e a origem das ondas gravitacionais era de apenas um milhão de quilômetros. A expedição desacelerou até a velocidade chegar a zero e começou a acelerar rumo ao Sol. Assim, quando o projétil alcançasse a expedição, elas o acompanhariam em paralelo. A maior parte da exploração a curta distância seria conduzida pela *Revelação*; a *Alasca* observaria a cerca de cem mil quilômetros.

A distância continuou diminuindo; o projétil já estava a cerca de apenas dez mil quilômetros da *Revelação*. As emissões de ondas gravitacionais eram muito nítidas e podiam ser aproveitadas para o posicionamento preciso. Mas, mesmo daquela distância, o radar não exibia nenhum eco, e nada surgia na faixa da luz visível. Quando a distância caiu para mil quilômetros, ninguém ainda conseguia enxergar nada no local de origem das ondas gravitacionais.

Os tripulantes da *Revelação* estavam entrando em pânico. Antes de saírem, eles haviam imaginado todo tipo de situação, mas a ideia de não conseguirem ver o alvo quando estivessem praticamente em cima dele nunca lhes ocorrera. Vasilenko entrou em contato com a base em Netuno para pedir instruções e, quarenta minutos depois, recebeu a ordem de se aproximar do alvo até a distância de cento e cinquenta quilômetros.

Finalmente, os sistemas de detecção de luz visível captaram algo: um pequeno ponto branco na origem das ondas gravitacionais, visível até com um telescópio comum da nave. A *Revelação* enviou um veículo não tripulado para investigar. O veículo voou até o alvo, e a distância diminuiu depressa: quinhentos quilômetros, cinquenta, quinhentos metros... Por fim, o veículo parou a cinco metros do alvo. O vídeo holográfico nítido transmitido permitiu que a tripulação das duas naves visse aquele objeto extraterrestre que tinha sido disparado para o Sol.

Um pedaço de papel.

Era impossível descrever melhor. O nome formal que ele recebeu foi objeto membranoso retangular. Comprimento: 8,5 centímetros; largura: 5,2 centímetros; ligeiramente maior que um cartão de crédito. A superfície era totalmente branca, igual a um pedaço de papel.

A equipe de exploração era formada por alguns dos melhores oficiais e profissionais do mundo, e todos tinham cabeça fria, racional. Mas o instinto era mais forte. Eles haviam se preparado para objetos invasores gigantescos. Alguns imaginaram que veriam uma nave espacial do tamanho de Europa — uma hipótese nada improvável, considerando a intensidade das emissões de ondas gravitacionais.

Diante daquele pedaço de papel — foi assim que eles chamaram —, todos suspiraram de alívio. Racionalmente, as pessoas continuaram com o pé atrás. O objeto podia definitivamente ser uma arma com poder suficiente para destruir as duas naves. Mas a ideia de que ele poderia ser uma ameaça para todo o Sistema Solar era inconcebível. O objeto tinha uma aparência delicada, inofensiva, como uma pluma branca flutuando no ar da noite. Já fazia muito tempo que as pessoas não escreviam cartas em papel, mas elas conheciam o conceito a partir de filmes de época sobre o mundo antigo, então aquele pedaço lhes pareceu quase romântico.

Investigações adicionais demonstraram que o pedaço de papel não refletia radiação eletromagnética em nenhum comprimento de onda. A cor branca não era luz refletida, e sim uma luminosidade emitida pelo próprio objeto. Toda radiação eletromagnética, incluindo luz visível, passava direto pelo papel, que, portanto, era completamente transparente. Imagens obtidas de perto exibiam as estrelas atrás do objeto, mas, devido à interferência da luz branca que ele emitia e ao fundo escuro do espaço, de longe o branco parecia opaco. Pelo menos na superfície, o objeto parecia inofensivo.

Seria mesmo uma carta?

Como o veículo não tripulado não dispunha de instrumentos de coleta adequados, foi preciso enviar outro veículo com braço mecânico e coletor isolável para capturar o papel. Quando o braço mecânico estendeu o coletor aberto até ele, todos nas duas naves ficaram com o coração na boca.

Aquela era outra cena que parecia familiar.

O coletor se fechou em volta do papel, e o braço recuou.

Mas o papel continuou no mesmo lugar.

Foram feitas novas tentativas, todas com o mesmo resultado. Os operadores do veículo a bordo da *Revelação* tentaram manobrar o braço mecânico para encostar no papel. O braço passou direto pelo objeto, e nenhum dos dois pareceu ter sofrido qualquer dano. O braço não sentiu nenhuma resistência, e o papel não mudou de posição. Por fim, o operador fez o veículo se aproximar lentamente do papel, com a intenção de empurrá-lo. Quando o casco do veículo entrou em contato com o papel, o objeto desapareceu dentro dele, e, quando o veículo continuou avançando, o papel reapareceu atrás, intacto. Enquanto o papel esteve dentro do veículo, os sistemas internos não detectaram nenhuma anomalia.

A essa altura, os membros da expedição já sabiam que o pedaço de papel não era um objeto comum. Era como uma ilusão que não interagia com nada no mundo físico. Também parecia um pequeno plano de referência cósmica que se mantinha em posição, imóvel. Nenhum contato era capaz de alterar sua posição — ou, mais precisamente, a trajetória estabelecida.

白 Ice decidiu investigar pessoalmente. Vasilenko insistiu em acompanhá-lo. A ideia de os dois líderes da primeira equipe de exploração irem juntos era polêmica, e eles precisaram esperar quarenta minutos para receber a aprovação da base em Netuno. O pedido foi aceito com relutância, pois Vasilenko não quis dar o braço a torcer, e não havia outra equipe para enviar.

Os dois seguiram em um bote espacial até o pedaço de papel. Conforme a *Revelação* e sua imensa antena de ondas gravitacionais se encolhiam com a distância, 白 Ice teve a sensação de que estava abandonando o único ponto de apoio no universo, e seu coração se encheu de medo.

— Seu orientador, o dr. Ding, deve ter se sentido do mesmo jeito anos atrás — disse Vasilenko. Ele parecia perfeitamente calmo.

白 Ice concordou em silêncio. Ele realmente se sentia espiritualmente ligado ao Ding Yi de dois séculos antes. Os dois tinham seguido rumo a um grande desconhecido, para destinos igualmente incógnitos.

— Não se preocupe. Desta vez, podemos confiar na nossa intuição. — Vasilenko deu um tapa no ombro de 白 Ice, que não se sentiu muito reconfortado.

O bote se aproximou do pedaço de papel. Depois de conferir os trajes, eles abriram a escotilha e ficaram expostos ao espaço. Fizeram ajustes finos na posição do bote até o pedaço de papel pairar a meio metro de suas cabeças. O plano branco minúsculo era perfeitamente liso, e foi possível ver as estrelas através dele, confirmando que o objeto de fato era transparente e tinha brilho próprio. A luz branca que ele emitia fazia as estrelas por trás parecerem um pouco embaçadas.

Eles se ergueram no bote até os olhos ficarem alinhados com a borda do plano. Tal como a câmera havia exibido, o papel não tinha nenhuma espessura. Visto de lado, ele desaparecia completamente. Vasilenko estendeu a mão na direção do papel, mas 白 Ice o conteve.

— O que você está fazendo? — perguntou em tom severo. Seus olhos disseram o resto. *Pense no que aconteceu com meu professor.*

— Se for mesmo uma carta, talvez a mensagem só seja liberada quando um corpo inteligente fizer contato direto. — Vasilenko afastou a mão de 白 Ice.

Tocou no papel com a luva. Sua mão passou pelo papel e não sofreu dano. E Vasilenko também não recebeu nenhuma mensagem mental. Ele passou a mão de novo e parou, permitindo que o plano branco dividisse sua mão em duas. Mesmo assim, não sentiu nada. Na parte onde a mão o penetrava, o papel exibia um contorno do corte transversal dela: o papel nitidamente não havia se partido, só passara ileso pela mão. Vasilenko recolheu a mão, e o papel continuou flutuando do mesmo jeito — ou melhor, continuou deslocando-se em direção ao Sistema Solar a duzentos quilômetros por segundo.

白 Ice também tentou encostar no papel, e depois recolheu a mão.

— É como se fosse uma projeção de outro universo que não tem nada a ver com o nosso.

Vasilenko estava preocupado com questões de ordem mais prática.

— Se nada consegue afetar isto, então não temos como trazê-lo para a nave para analisar melhor.

白 Ice riu.

— Esse problema é simples de resolver. Você já esqueceu a história que Francis Bacon contava? "Se a montanha não vai a Maomé, então Maomé vai à montanha."

Assim, a *Revelação* aproximou-se lentamente do pedaço de papel, fez contato e permitiu que ele entrasse na nave. Mais devagar ainda, ela ajustou a posição até o papel pairar no meio da cabine do laboratório. O único jeito de movimentar o papel durante os estudos era movimentando a própria nave. Esse método estranho de manipulação do objeto estudado foi um pouco desafiador no início, mas, felizmente, a *Revelação* havia sido projetada para investigar pequenos objetos espaciais no Cinturão de Kuiper e tinha excelente condição de manobra. A antena de ondas gravitacionais era equipada com doze propulsores de alta precisão.

Quando o sistema de inteligência artificial da nave se acostumou com os ajustes necessários, a manipulação passou a ser rápida e precisa. Se o mundo não era capaz de afetar o pedaço de papel de forma alguma, a única solução era deixar que o mundo cercasse o papel e se movimentasse em torno dele.

E assim ocorreu uma situação inusitada: o papel estava localizado no centro da *Revelação*, mas a nave não tinha nenhuma relação dinâmica com ele. Os dois simplesmente ocupavam o mesmo espaço enquanto se deslocavam rumo ao Sistema Solar à mesma velocidade.

Dentro da nave, devido à iluminação mais forte, a transparência do objeto ficou mais evidente. Ele agora não parecia mais um pedaço de papel, e sim uma película transparente cujo único indicativo de sua presença era a luz fraca que emitia. Mas as pessoas continuaram se referindo àquilo como um pedaço de papel. Quando a luz ambiente era forte demais, às vezes era possível perdê-lo de vista, então os pesquisadores tiveram que diminuir a iluminação no laboratório para ver melhor o papel.

A primeira coisa que os pesquisadores tentaram fazer foi determinar a massa. O único método aplicável era medir a gravidade que ele gerava. No entanto, mesmo no nível máximo de precisão, o medidor de gravidade não registrou nada, sugerindo que a massa do papel era extremamente pequena, próxima a zero. Com base nessa possibilidade, alguns supuseram que o objeto poderia ser um fóton ou neutrino em forma macro, mas o formato geométrico sugeria que era um objeto artificial.

A análise do papel não teve nenhum progresso, porque as ondas eletromagnéticas de todos os comprimentos passaram direto por ele sem sofrer difração. Campos magnéticos, por mais fortes que fossem, não pareciam exercer efeito. O objeto parecia não ter estrutura interna.

Vinte horas depois, a equipe de exploração ainda não sabia quase nada sobre o pedaço de papel. Mas foi possível observar uma coisa: a intensidade da luz e das ondas gravitacionais emitidas estava diminuindo. Isso sugeria que provavelmente eram uma forma de evaporação. Como esses dois fatores eram as únicas indicações da existência do papel, o desaparecimento deles seria o mesmo que o desaparecimento do papel em si.

A base informou à equipe de exploração que a *Amanhã*, uma nave científica grande, havia saído do aglomerado de Netuno e encontraria a expedição em sete dias. A *Amanhã* possuía equipamentos de análise mais avançados e poderia estudar o papel de forma mais aprofundada.

Com o tempo, a tripulação da *Revelação* acabou se acostumando com o papel, baixou a guarda e parou de tomar o cuidado de manter uma distância respeitosa. As pessoas sabiam que o objeto não interagia com o mundo real e não emitia nenhuma radiação nociva. Eles o tocavam de forma displicente, permitindo que atravessasse seus corpos. Alguém até deixou o plano passar pelos olhos e pelo cérebro e pediu que um amigo tirasse uma foto da cena.

白 Ice ficou furioso ao ver isso.

— Parem! Isso não é brincadeira — gritou ele. Depois de trabalhar sem descanso por mais de vinte horas, ele saiu do laboratório e voltou para o próprio camarote.

白 Ice apagou a luz e tentou dormir. Mas, na escuridão, se sentiu inquieto; imaginou que o pedaço de papel flutuaria para dentro do camarote, com aquela luz branca, a qualquer momento. Então acendeu a luz e mergulhou na luminosidade suave e nas lembranças.

Tinham se passado cento e noventa e dois anos desde que ele se despedira de seu professor.

Era fim de tarde, e ele e Ding Yi tinham ido até a superfície sobre a cidade subterrânea e saído de carro para o deserto. Ding Yi gostava de caminhar e pensar no deserto e, às vezes, até dava aulas ali. Seus alunos detestavam a experiência, mas ele explicava a excentricidade da seguinte forma: "Eu gosto de lugares desolados. A vida é uma distração para a física".

O tempo estava bom naquele dia. Não tinha vento nem tempestade de areia, e o ar do início da primavera trazia um aroma fresco. Os dois, professor e aluno, estavam recostados contra uma duna. O deserto do Norte da China banhava-se com a luz do pôr do sol. Normalmente, Bai Aisi imaginava aquelas dunas suaves como o corpo de uma mulher — talvez a comparação tivesse sido ideia do próprio Ding Yi —, mas agora as imaginava como um cérebro exposto. À luz dourada do entardecer, o cérebro revelava sua profusão de fendas e dobras. Ele olhou para o céu. Nesse dia, o ar poeirento deixava entrever um pedaço do saudoso azul, como uma mente prestes a ser esclarecida.

— Aisi, quero lhe contar algumas coisas que você não pode repetir para mais ninguém — disse Ding Yi. — Se eu não voltar, não fale para ninguém. Não há nenhuma razão especial. Só não quero ser motivo de chacota.

— Professor Ding, por que não esperar para me contar na volta?

Bai Aisi não estava tentando tranquilizar Ding Yi. Ele foi sincero. Ainda estava embriagado com o êxtase e a visão da grande vitória iminente da humanidade sobre a Frota Trissolariana, e não achava que a viagem de Ding Yi até a gota seria muito perigosa.

— Responda-me algo antes. — Ding Yi ignorou a pergunta de Bai Aisi e apontou para o deserto iluminado pelo poente. — Esqueça o princípio de incerteza por um instante e suponha que tudo seja determinável. Se você conhece as condições iniciais, pode calcular e derivar as condições de qualquer momento posterior no tempo. Suponha que um cientista extraterrestre tenha recebido todos os dados sobre a Terra há bilhões de anos. Você acha que ele conseguiria prever a existência deste deserto apenas com base em cálculos?

Bai Aisi refletiu um pouco.

— Não. Este deserto não foi resultado da evolução natural da Terra, e sim de ações humanas. As leis da física não podem dar conta do comportamento de civilizações.

— Muito bem. Então por que nós e nossos colegas tentamos explicar as condições do cosmo hoje, e prever o futuro, baseando-nos em deduções a partir das leis da física?

As palavras de Ding Yi surpreenderam Bai Aisi. O homem nunca revelara esses pensamentos antes.

— Acho que vai além da física — disse Bai Aisi. — O objetivo da física é descobrir as leis fundamentais da natureza. Embora a desertificação da Terra não possa ser calculada diretamente pela física, mesmo assim ela segue regras. As leis universais são constantes.

— He he he he. — A risada de Ding Yi não tinha nada de alegre. Como ele recordaria tempos depois, Bai Aisi achou que nunca tinha ouvido uma risada tão sinistra. Havia um toque de prazer masoquista, um entusiasmo por ver tudo despencar para o abismo, um esforço para usar a alegria como disfarce para o terror, até que o terror mesmo se tornasse um luxo. — Sua última frase! Eu já me consolei muitas vezes assim. Sempre me obriguei a acreditar que neste banquete cheio de pratos existe pelo menos uma mesa em que ninguém meteu a porra da mão... Eu repito isso para mim mesmo várias vezes. E vou falar mais uma vez antes de morrer.

Bai Aisi achou que Ding Yi estava com a cabeça em outro lugar, e que falava como se estivesse sonhando. Não sabia o que responder.

— No começo da crise — continuou Ding Yi —, quando os sófons interferiam com os aceleradores de partículas, algumas pessoas se suicidaram. Na época, achei que isso não fazia o menor sentido. Os teóricos deviam ficar animados com aqueles dados experimentais! Mas agora eu entendo. Aquelas pessoas sabiam mais do que eu. Veja Yang Dong, por exemplo. Ela sabia muito mais do que eu, e pensava além. Ela provavelmente sabia de coisas que não sabemos nem mesmo agora. Você acha que só os sófons criam ilusões? Acha que as únicas ilusões estão nos terminais dos aceleradores de partículas? Que o resto do universo é puro e virginal, à espera da nossa exploração? É uma pena que ela tenha ido embora com tudo o que sabia.

— Se ela tivesse conversado mais com você na época, talvez não tivesse decidido ir embora.

— Talvez eu tivesse ido com ela.

Ding Yi cavou um buraco no chão e observou a areia nas bordas caírem para dentro como uma cascata.

— Se eu não voltar, tudo que está no meu quarto é seu. Eu sei que você sempre gostou daquelas coisas que eu trouxe da Era Comum.

— É verdade, especialmente aqueles cachimbos... Mas duvido que eu vá ficar com eles.

— Espero que você tenha razão. Também tenho algum dinheiro...

— Professor, por favor!

— Quero que você o use para hibernar. Quanto mais tempo, melhor... claro, desde que seja o seu desejo. Tenho dois motivos para isso: o primeiro é que eu quero que você veja o final para mim, o final da física. O segundo... como eu posso dizer? Não quero que você desperdice sua vida. Depois que outras pessoas decidirem que a física existe de fato, ainda haverá muito tempo para você estudar.

— Isso... parece algo que Yang Dong diria.

— Talvez seja besteira.

Bai Aisi observou que o buraco que Ding Yi tinha cavado no deserto estava se expandindo rapidamente. Eles se levantaram e recuaram conforme o buraco continuava a crescer, ficando mais profundo e mais largo. Em pouco tempo, o fundo desapareceu em meio às sombras. A areia corria para o interior em torrentes, e logo o diâmetro do buraco era de quase cem metros, e uma duna próxima foi engolida. Bai Aisi correu para o carro e se sentou atrás do volante; Ding Yi foi para o banco do carona. Bai Aisi reparou que o carro estava se movendo lentamente na direção do buraco, arrastado pela areia no chão. Ele deu partida no motor, e as rodas começaram a girar, mas o carro continuou deslizando para trás.

Ding Yi deu aquela risada sinistra de novo.

— He he he he...

Bai Aisi engatou a potência máxima do motor elétrico, e as rodas giraram freneticamente, jogando areia para todos os lados. Mas o carro continuou recuando para o buraco como um prato sendo puxado pela toalha da mesa.

— Cataratas do Niágara! He he he he...

Bai Aisi olhou para trás, e a cena que viu fez seu sangue gelar: o buraco agora ocupava todo o campo de visão. O deserto inteiro fora engolido, e o mundo parecia um poço gigantesco cujo fundo se perdia no abismo. Nas bordas, a areia fluida caía para dentro e formava uma queda amarela espetacular. A descrição de Ding Yi não foi exatamente correta: as cataratas do Niágara eram minúsculas em comparação com aquela cascata arenosa de terror que se estendia da borda mais próxima do buraco até a outra extremidade no horizonte, formando um imenso anel de quedas de areia. As torrentes rugiam como se o próprio mundo estivesse se desfazendo. O carro continuou deslizando rumo ao buraco, cada vez mais rápido. Bai Aisi pisou fundo no acelerador e botou todo o peso do corpo no pedal, mas não adiantou.

— Idiota. Você acha mesmo que vamos conseguir escapar? — disse Ding Yi, ainda dando risadas sinistras. — Velocidade de escape! Que tal você calcular a velocidade de escape? Está pensando com a bunda? He he he he...

O carro caiu pela borda e despencou na cascata. A areia à sua volta pareceu ficar imóvel enquanto tudo mergulhava no abismo. Bai Aisi deu um grito de absoluto terror, mas não conseguiu se ouvir. Só ouvia a risada ensandecida de Ding Yi.

— Hahahahaha... Não há nenhuma mesa intacta no banquete, e nenhuma virgem intacta no universo... uahihihihi... uahahahaha...

白 Ice acordou do pesadelo e percebeu que estava suando frio. À sua volta, viu mais gotas de suor pairando no ar. Ele flutuou um pouco, com o corpo rígido, e então saiu às pressas do camarote e foi até o de Vasilenko. Demorou um pouco até a porta se abrir, pois Vasilenko também estava dormindo.

— Almirante! Não deixe aquela coisa, aquela coisa que estão chamando de pedaço de papel, dentro da nave! Não, quer dizer, não deixe que a *Revelação* fique flutuando em volta dela. Nós precisamos sair imediatamente e ficar o mais longe possível!

— O que você descobriu?

— Nada. É a minha intuição.

— Você não parece muito bem. Exaustão? Acho que está se preocupando demais. Aquela coisa... acho que não é nada. Não tem nada dentro. Deve ser inofensiva.

白 Ice agarrou os ombros de Vasilenko e o encarou.

— Não seja arrogante!

— O quê?

— Não seja arrogante. Fraqueza e ignorância não são barreiras para a sobrevivência, mas a arrogância é. Lembre-se da gota!

A última frase de 白 Ice fez efeito. Vasilenko o encarou em silêncio por alguns segundos, depois assentiu com um gesto lento de cabeça.

— Tudo bem, dr. Bai, vou seguir seu conselho. A *Revelação* vai se afastar do papel e recuar mil quilômetros. Deixaremos apenas um bote para monitorá-lo... Talvez dois mil quilômetros?

白 Ice soltou Vasilenko e enxugou a testa.

— Você decide. Na minha opinião, quanto mais longe, melhor. Vou escrever um relatório oficial assim que possível e informar ao Comando as minhas teorias. — Ele foi embora flutuando, aos tropeços.

A *Revelação* se afastou do pedaço de papel. O objeto passou pelo casco da nave e voltou a ficar exposto ao espaço. Diante do fundo escuro, voltou a parecer um pedaço opaco de papel branco. A *Revelação* recuou até ficar a dois mil quilômetros de distância e continuou voando em paralelo, esperando a chegada da *Amanhã*. Um bote espacial com dois tripulantes continuou a dez metros do objeto, para monitorá-lo constantemente.

As ondas gravitacionais emitidas pelo pedaço de papel continuavam diminuindo, e a luz perdia intensidade gradualmente.

Na *Revelação*, 白 Ice se trancou no laboratório. À sua volta, abriu mais de uma dúzia de janelas de informações, todas conectadas ao computador quântico da nave, que processava uma quantidade imensa de cálculos. As janelas estavam cheias de equações, curvas e matrizes. Cercado por elas, 白 Ice estava ansioso e arisco como um animal encurralado.

Cinquenta horas depois da separação da nave, as ondas gravitacionais emitidas pelo pedaço de papel sumiram de vez. A luz branca piscou duas vezes e também se apagou. O pedaço de papel desapareceu.

— Evaporou? — perguntou Vasilenko.

— Acho que não. Mas não podemos mais enxergá-lo. — 白 Ice balançou a cabeça, cansado, e fechou as janelas de informações à sua volta, uma de cada vez.

Depois de mais uma hora sem qualquer sinal do pedaço de papel, Vasilenko ordenou que o bote espacial voltasse à *Revelação*. Mas os dois tripulantes a bordo do bote não responderam à ordem; o rádio só transmitiu uma conversa apressada entre os dois.

— Cuidado, ali embaixo! O que está acontecendo?
— Está subindo!
— Não encoste! Para fora!
— Minha perna! Ahhh...

Depois de um grito, o terminal de monitoramento na *Revelação* exibiu a imagem de um dos tripulantes saindo do bote e ativando os propulsores em seu traje espacial para tentar fugir. Uma luz forte surgiu; a fonte era a parte inferior do bote, que estava derretendo! O bote parecia uma bola de sorvete jogada sobre uma placa de vidro escaldante: a parte inferior estava derretendo e se espalhando para todos os lados. O "vidro" era invisível, e o único indicativo de que o plano existia era a poça que se expandia com o material derretido do bote e se abria em uma lâmina extremamente fina, emitindo luzes coloridas fascinantes, como fogos de artifício espalhados por uma placa de vidro.

O tripulante fugitivo voou por alguma distância, mas parecia estar sendo puxado pela gravidade daquele plano marcado pelo bote derretido. Seus pés tocaram o plano e imediatamente derreteram em uma poça brilhosa. O resto do corpo dele também começou a se espalhar, e ele só teve tempo de dar um grito, que foi interrompido abruptamente.

— Toda a tripulação para os assentos de hipergravidade! Força total à frente!

Vasilenko deu a ordem assim que viu os pés do tripulante encostarem no plano invisível. A *Revelação* não era uma nave estelar, então, quando a aceleração máxima fosse ativada, a tripulação não precisaria se proteger com o estado de mar profundo. Mas a hipergravidade era suficiente para empurrar todos em seus assentos. Como a ordem foi dada às pressas, algumas pessoas não conseguiram se acomodar a tempo e caíram até a popa da nave, feridas. Os exaustores da *Revelação* emitiram um fluxo de plasma de quilômetros de comprimento que varou a noite escura do espaço. Ao longe, onde o bote continuava derretendo, as pessoas viram o brilho fosforescente de um fogo-fátuo na selva.

Pela imagem ampliada do terminal de monitoramento, eles viram que só restava a ponta de cima do bote, que logo desapareceu também no plano brilhante. O corpo do tripulante morto se mesclou com o plano como um brilho gigante em forma de gente. Havia se transformado em um segmento do plano sem espessura. Embora tivesse uma área grande, o plano não tinha nenhum volume.

— Não estamos nos mexendo — disse o piloto da *Revelação*. Era difícil falar com a hipergravidade. — A nave não está acelerando.

— Que bobagem é essa? — Vasilenko tentou gritar, mas, com a hipergravidade, só saiu um sussurro.

O piloto devia estar enganado. Todo mundo na nave estava sendo empurrado contra seus assentos pela hipergravidade, o que indicava um processo de aceleração extrema. Para um passageiro, era visualmente impossível determinar se a nave estava se deslocando pelo espaço, porque todos os corpos celestes que podiam servir de pontos de referência estavam longe demais, então não dava para ver a paralaxe em um intervalo curto. No entanto, o sistema de navegação da nave era capaz de detectar até mesmo valores mínimos de movimento e aceleração; não tinha como haver erro.

A *Revelação* estava sob a hipergravidade, mas não tinha aceleração. Alguma força a prendera àquele ponto no espaço.

— Isto *é* aceleração — disse 白 Ice, com a voz fraca. — Mas o espaço nesta região está fluindo na direção contrária, cancelando nosso movimento.

— O espaço está fluindo? Para onde?

— Para lá, claro.

白 Ice não conseguiu levantar a mão, que estava pesada demais. Mas todos entenderam o que ele quis dizer. A *Revelação* mergulhou em um silêncio mortal. Geralmente, a hipergravidade passava uma sensação de segurança para as pessoas, como se estivessem escapando do perigo sob a proteção de algum poder. Mas agora ela parecia opressiva e sufocante como um túmulo.

— Abra um canal para o Comando — disse 白 Ice. — Não temos tempo, então esse vai ser nosso relatório oficial.

— Canal aberto.

— Almirante, você falou "acho que não é nada; não tem nada dentro". Você tinha razão. Aquele pedaço de papel realmente não era nada, e não continha nada. Era só espaço, tal como o espaço à nossa volta, que não é nada e não contém nada. Mas há uma diferença: ele é bidimensional. Não é um bloco, e sim uma fatia. Uma fatia sem espessura.

— Aquilo não evaporou?

— O campo de proteção em volta evaporou. O campo de força servia de envoltório que separava o espaço bidimensional do espaço tridimensional. Mas agora os dois estão em contato direto. Vocês se lembram do que a *Espaço Azul* e a *Gravidade* viram?

Ninguém respondeu, mas todos se lembravam: o espaço tetradimensional caindo em três dimensões, como uma cachoeira em um penhasco.

— Assim como o espaço tetradimensional cai em três dimensões, o espaço tridimensional pode cair em duas, enquanto uma dimensão se fecha e se encolhe para o domínio quântico. A área daquela fatia de espaço bidimensional, que só tem área, vai se expandir rapidamente, fazendo mais espaço cair... Agora estamos em um espaço que está caindo rumo a duas dimensões, e, no final, todo o Sistema Solar vai cair também. Em outras palavras, o Sistema Solar vai se transformar em uma pintura sem espessura.

— É possível escapar?

— Escapar disso é o mesmo que subir uma cachoeira remando num barco. Se não ultrapassarmos certa velocidade de escape, vamos cair no precipício. É como jogar uma pedra para o alto: por maior que seja a força do arremesso, a pedra vai cair de novo. O Sistema Solar inteiro está na zona de colapso, e quem quiser fugir tem que atingir a velocidade de escape.

— Qual é a velocidade de escape?

— Já calculei quatro vezes. Tenho certeza de que a conta está certa.

— E qual é?

Todos a bordo da *Revelação* e da *Alasca* prenderam a respiração e, em nome da humanidade inteira, aguardaram o resultado.

白 Ice anunciou com calma sua conclusão:
— A velocidade da luz.

O sistema de navegação indicou que a *Revelação* estava se movendo na direção contrária à proa. A nave começou a se deslocar devagar para o espaço bidimensional, mas acelerou gradualmente. O motor ainda estava em Força Total. Pelo menos isso refrearia a queda da nave e postergaria o inevitável.

No plano a dois mil quilômetros de distância, a luz emitida pelo bote e pelos tripulantes bidimensionalizados já se apagara. Em comparação com o colapso de quatro para três dimensões, a emissão de energia durante a queda de três dimensões para duas era muito menor. Duas estruturas bidimensionais se revelaram nitidamente à luz das estrelas. No bote bidimensional, era possível distinguir os detalhes de estruturas tridimensionais abertas em duas dimensões — a cabine da tripulação, o reator de fusão etc. — e a figura encolhida do tripulante dentro do bote. Na figura do outro tripulante, os ossos e vasos sanguíneos apareciam nitidamente, assim como todos os órgãos. No processo de queda para duas dimensões, cada ponto de um objeto tridimensional era projetado no plano de acordo com princípios geométricos rigorosos, então aquelas duas figuras se revelaram imagens extremamente completas e precisas do bote e das pessoas tridimensionais. Todas as estruturas internas estavam dispostas lado a lado em duas dimensões, tudo à mostra. No entanto, o processo de projeção era muito diferente do usado em plantas de engenharia, por isso era difícil reimaginar visualmente a estrutura original das formas em três dimensões. A maior diferença em relação às plantas de engenharia era o fato de que a abertura bidimensional acontecia em todas as escalas: todo detalhe, toda estrutura tridimensional ficavam expostos paralelamente em duas dimensões, e o resultado remetia em parte ao efeito visual de um mundo tridimensional observado a partir do espaço tetradimensional. O aspecto era muito semelhante a desenhos de fractais: por mais que se ampliasse um segmento da imagem, a complexidade nunca diminuía. No entanto, fractais eram conceitos teóricos — representações concretas sempre ficavam limitadas pela resolução e, depois de algumas ampliações, perdiam a natureza fractal. Já a complexidade de objetos tridimensionais bidimensionalizados era real: a resolução chegava ao nível das partículas fundamentais. Pelo terminal de monitoramento da *Revelação*, os olhos só eram capazes de enxergar uma resolução limitada, mas a complexidade e a quantidade de detalhes já deixavam qualquer um tonto. Aquela era a imagem mais complicada do universo; quem a olhasse por tempo demais enlouqueceria.

Claro, o bote e os tripulantes já não possuíam espessura alguma.

Não se sabia até que ponto o plano havia se expandido; os únicos indícios de sua existência eram aquelas duas imagens.

A *Revelação* deslizou mais rápido em direção ao plano, em direção àquele abismo de profundidade zero.

— Pessoal, não fiquem tristes. Ninguém vai conseguir escapar do Sistema Solar, nem sequer bactérias e vírus. Todos vamos nos tornar parte deste grande retrato. — 白 Ice parecia calmo e estoico.

— Pare de acelerar — disse Vasilenko. — Que diferença alguns minutos vão fazer? Que pelo menos possamos respirar melhor no fim.

O motor da *Revelação* foi desativado. A coluna de plasma na popa desapareceu, e a nave pairou, inerte, pelo espaço. Na realidade, ela ainda estava acelerando em direção ao espaço bidimensional, mas, como seu movimento acompanhava o espaço que a cercava, do lado de dentro ninguém sentiu a gravidade da aceleração. As pessoas aproveitaram a falta de peso e respiraram fundo.

— Sabe no que estou pensando? Nos quadros de Olho de Agulha, dos contos de fadas de Yun Tianming — disse 白 Ice.

Só algumas pessoas a bordo da *Revelação* sabiam da mensagem secreta de Yun Tianming. Agora, de repente, todos entendiam o significado daquele detalhe nas histórias. Era uma metáfora simples, e não havia nenhuma coordenada de direção porque era muito explícita. Yun devia ter imaginado que seria muito arriscado incluir uma metáfora tão óbvia nas histórias, mas, com a importância da mensagem, ele tinha que tentar.

Provavelmente achara que, com as descobertas da *Espaço Azul* e da *Gravidade*, a raça humana entenderia a metáfora. Infelizmente, ele havia superestimado a capacidade de compreensão dela.

Foi por não conseguir decifrar essa informação crucial que a humanidade depositou todas as esperanças no Projeto Casamata.

De fato, os dois ataques de floresta sombria que os humanos haviam presenciado tinham sido feitos com fotoides, mas eles ignoraram um fato relevante: os dois sistemas planetários atingidos tinham uma estrutura diferente da do Sistema Solar. A estrela conhecida como 187J3x1 tinha três planetas jupiterianos gigantes, mas a órbita deles era extremamente próxima do sol. A distância média deles em relação à estrela era de apenas três por cento da distância entre Júpiter e o Sol, menos até do que a órbita de Mercúrio. Como eles estavam praticamente colados ao astro, a explosão solar os destruiu completamente, e eles não teriam servido como barreiras. E o sistema trissolariano, por sua vez, só tinha um planeta, Trissolaris.

A estrutura do sistema planetário ao redor de uma estrela era uma característica observável de longe. Para uma civilização suficientemente avançada, bastava uma olhada rápida.

Se os seres humanos tinham conseguido pensar no plano de usar os gigantes gasosos como barreiras, os observadores dessas civilizações avançadas também não conseguiriam?

Fraqueza e ignorância não são barreiras para a sobrevivência, mas a arrogância é.

A *Revelação* já estava a menos de mil quilômetros do plano; caía cada vez mais rápido.

— Obrigado, pessoal, por cumprirem com seu dever. Embora não tenhamos passado muito tempo juntos, trabalhamos bem — disse Vasilenko.

— Eu também agradeço a todos os membros da raça humana — disse 白 Ice. — Houve um momento em que vivemos juntos no Sistema Solar.

A *Revelação* caiu no espaço bidimensional. Em poucos segundos, foi achatada. A escuridão do espaço mais uma vez foi iluminada por um espetáculo de fogos de artifício. A imagem dimensional imensa podia ser vista claramente da *Alasca*, a cem mil quilômetros de distância. Era possível distinguir cada indivíduo na *Revelação*: estavam todos lado a lado, de mãos dadas, e cada célula de seus corpos se encontrava exposta ao espaço em duas dimensões.

Eles foram os primeiros a formar esse vasto quadro de aniquilação.

ERA DA CASAMATA, ANO 68
PLUTÃO

— Vamos voltar para a Terra — disse Cheng Xin, em voz baixa. Essa foi a primeira ideia que emergiu do caos e da escuridão de seus pensamentos confusos.

— A Terra não é um lugar ruim para esperarmos o fim. Uma folha cai do galho e tenta voltar à raiz. Mas esperamos que a *Halo* vá para Plutão — disse Cao Bin.

— Plutão?

— Plutão está no apogeu de sua órbita, bem longe do espaço bidimensional. O Governo Federal está prestes a anunciar um alerta oficial de ataque ao mundo, e muitas naves vão sair para lá. Embora isso não vá afetar o resultado final, pelo menos haverá mais tempo.

— Quanto?

— Todo o Sistema Solar dentro do Cinturão de Kuiper vai cair em duas dimensões daqui a oito ou dez dias.

— Isso não é tempo suficiente para valer a pena. Vamos voltar para a Terra — disse AA.

— O Governo Federal gostaria de pedir que vocês fizessem algo.

— O que nós poderíamos fazer agora?

— Não é nada importante. Agora não existe mais nada importante. Mas alguém veio com a ideia de que, teoricamente, pode ser que exista algum software de processamento de imagens capaz de partir da imagem bidimensional de um objeto tridimensional para recriar esse objeto em três dimensões. Esperamos que, no futuro distante, alguma civilização inteligente possa recriar uma representação tridimensional do nosso mundo a partir da imagem bidimensional. Embora não passe de uma representação morta, pelo menos a civilização humana não seria esquecida.

"O Museu da Civilização da Terra fica em Plutão. Uma grande quantidade de artefatos preciosos produzidos pela humanidade foi armazenada lá. Mas o museu fica abaixo da superfície, e receamos que, no processo de queda até o plano, esses artefatos se misturem aos estratos da crosta e as estruturas sejam danificadas. Gostaríamos de pedir para vocês usarem a *Halo* para tirar alguns artefatos de Plutão e espalhá-los pelo espaço para que possam cair em duas dimensões isoladamente. Assim, as estruturas deles seriam preservadas em duas dimensões sem prejuízos. Acho que isso conta como uma missão de resgate... Claro, admito que a ideia é quase ficção científica, mas fazer alguma coisa agora é melhor do que não fazer nada.

— Além do mais, Luo Ji está em Plutão. Ele quer ver você.

— Luo Ji? Ele está vivo? — gritou AA.

— Está. Tem quase duzentos anos.

— Tudo bem. Vamos para Plutão — disse Cheng Xin. No passado, essa teria sido uma viagem extraordinária. Mas, agora, nada mais importava.

Uma voz masculina agradável falou.

— Vocês gostariam de ir para Plutão?

— Quem é? — perguntou AA.

— Eu sou a *Halo*, ou a inteligência artificial da *Halo*. Vocês gostariam de ir para Plutão?

— Sim. O que devemos fazer?

— Só precisam confirmar o pedido. Não é preciso fazer mais nada. Concluirei a viagem para vocês.

— Sim, queremos ir para Plutão.

— Autorização confirmada. Processando. A *Halo* acelerará a 1 G em três minutos. Por favor, prestem atenção à direção da gravidade.

— Ótimo — disse Cao Bin. — É melhor irem logo. Quando o alerta de ataque for anunciado, pode ser que o caos se espalhe. Tomara que tenhamos chance de nos falarmos de novo. — Ele fechou a conexão da janela antes que AA e Cheng Xin pudessem se despedir. Nesse momento, AA, Cheng Xin e a *Halo* não eram mais prioridade para ele.

Do outro lado da escotilha, elas viram alguns reflexos azuis surgirem no casco da cidade combinada — reflexos dos exaustores da *Halo*. Cheng Xin e AA caíram para um dos lados do salão esférico e sentiram o corpo ficar mais pesado. A aceleração logo chegou a 1 G. Quando as duas — ainda debilitadas pela hibernação — se esforçaram para se levantar e olhar pela escotilha de novo, viram todo o contorno de Júpiter. Ainda era imenso e encolhia a um ritmo lento demais para ser perceptível.

O computador da nave as conduziu pela nave para que elas a conhecessem melhor. Como a antecessora, a nova *Halo* também era um pequeno iate estelar com capacidade máxima para quatro pessoas. A maior parte do espaço interno era ocupada pelo sistema de ciclagem ecológica. Em termos convencionais, o sistema de ciclagem ecológica era extremamente redundante — um volume de espaço que teria acomodado quarenta pessoas era usado para atender apenas quatro. O sistema era dividido em quatro subsistemas idênticos, interligados e servindo de backup uns para os outros. Se qualquer um dos quatro sofresse pane acidental, os outros três conseguiriam reativá-lo. Outra característica peculiar da *Halo* era a capacidade de pousar diretamente em um planeta sólido de tamanho médio. Era uma opção de projeto rara entre naves estelares — geralmente, naves semelhantes usavam veículos de transporte para levar grupos de exploração a um planeta. Para descer diretamente no profundo poço de gravidade de um planeta, a nave precisava ter um casco muito forte, o que aumentava em muito o custo. Além disso, a necessidade de voo atmosférico exigia um perfil aerodinâmico, que também era muito raro entre naves estelares. Com todas essas características, se a *Halo* encontrasse algum planeta como a Terra no espaço sideral, poderia servir de base habitável para a tripulação na superfície por um período considerável. Talvez essas características da *Halo* tivessem levado à sua escolha para a missão de resgate de artefatos em Plutão.

O iate tinha vários outros detalhes atípicos. Por exemplo, contava com seis pátios pequenos, e cada um media de vinte a trinta metros quadrados. Cada pátio ajustava automaticamente a direção da gravidade sob aceleração e, quando em inércia, girava de maneira independente dentro da nave para gerar gravidade artificial. Cada pátio exibia um cenário natural diferente: um gramado verde com um riacho borbulhante correndo por entre as plantas; um bosque pequeno com uma nascente no meio; uma praia com ondas de água transparente e espuma... Esses cenários eram pequenos, mas lindos, como um colar de pérolas feito com as melhores partes da Terra. Em uma nave estelar pequena, essa arquitetura era extremamente luxuosa.

Cheng Xin sentiu um misto de inquietação e pesar pela *Halo*. Esse mundinho perfeito logo se transformaria em uma fatia sem espessura. Ela tentou não pensar em todas as outras coisas maiores que aguardavam a destruição iminente — a aniquilação cobria o céu de seus pensamentos como um par gigantesco de asas negras, e ela não se atrevia a olhar diretamente para cima.

Duas horas após a partida, a *Halo* recebeu o alerta oficial de ataque de floresta sombria enviado pelo governo da Federação do Sistema Solar. O anúncio foi feito pela presidente, uma bela mulher que parecia muito jovem. Ela estava diante da bandeira azul da Federação e falou com o rosto inexpressivo. Cheng Xin reparou que a bandeira azul lembrava a antiga bandeira da ONU, mas o diagrama da Terra tinha sido substituído por um do Sol. Aquele documento extremamente importante, que marcava o fim da história da humanidade, era muito curto:

>Cinco horas atrás, o sistema de alerta avançado confirmou que foi iniciado um ataque de floresta sombria contra nosso mundo.
>Isso acontece sob a forma de ataque dimensional, que fará o espaço em torno do Sistema Solar cair de três dimensões para duas. O resultado será a destruição absoluta de toda a vida.
>Estima-se que o processo leve de oito a dez dias para se completar. Neste momento, o colapso encontra-se em andamento, e a velocidade e extensão estão crescendo rapidamente.
>Confirmamos que a velocidade de escape para a região em colapso é a velocidade da luz.
>Uma hora atrás, o Governo Federal e o Parlamento promulgaram uma nova resolução que revoga todas as leis relativas ao Escapismo. No entanto, o governo gostaria de lembrar a todos os cidadãos que a velocidade de fuga é muito superior à capacidade máxima de todos os veículos espaciais humanos. A probabilidade de fuga é zero.
>O Governo Federal, o Parlamento, a Suprema Corte e a Frota da Federação seguirão cumprindo suas responsabilidades até o fim.

AA e Cheng Xin não se deram ao trabalho de acompanhar as notícias. Era possível que, tal como Cao Bin dissera, o Mundo Casamata tivesse se tornado quase paradisíaco. Elas queriam ver como era um paraíso, mas não se atreveram a olhar. Se tudo estivesse se encaminhando para a aniquilação, quanto maior fosse a beleza, pior seria a dor. De qualquer forma, era um paraíso desmoronando sob o terror da morte.

A *Halo* parou de acelerar. Atrás da nave, Júpiter se tornou um pequeno ponto amarelo. Passaram os dias seguintes da viagem em um repouso ininterrupto produzido pela máquina de sono. Nessa viagem solitária pela noite antes do fim, só as fantasias destemperadas inevitáveis já bastariam para arruinar qualquer um.

O computador da *Halo* despertou AA e Cheng Xin do sono sem sonhos quando a nave se aproximou de Plutão.

Pela escotilha e pelo monitor, elas viram todo o contorno. A impressão inicial que tiveram do planeta-anão foi de escuridão, como um olho eternamente fechado. Àquela distância do Sol, a luz era extremamente fraca. Foi só quando a *Halo* entrou em órbita baixa que elas viram as cores na superfície do planeta: a crosta de Plutão parecia formada com porções de azul e preto. As partes pretas eram rochas — não necessariamente pretas de fato, mas a luz estava fraca demais para ter certeza. O azul era nitrogênio e metano em estado sólido. Dois séculos antes, quando Plutão estava perto do perigeu e dentro da órbita de Netuno, a superfície teria parecido muito diferente. A cobertura de gelo teria se derretido parcialmente e produzido uma atmosfera rala. De longe, pareceria de um tom escuro de amarelo.

A *Halo* continuou descendo. Na Terra, reentrar na atmosfera abalaria suas estruturas, mas a *Halo* seguiu voando pelo vácuo silencioso, desacelerando com o poder de seus próprios propulsores. No chão azul e preto abaixo, apareceu uma linha de texto branco chamativa:

CIVILIZAÇÃO DA TERRA

O texto estava escrito em estilo moderno, combinando elementos latinos e chineses. Depois dele, havia mais algumas linhas com letras menores repetindo a mesma coisa em alfabetos diferentes. Cheng Xin reparou que nenhuma delas dizia "museu". O iate ainda estava a cerca de cem quilômetros da superfície, o que indicava que o texto era gigantesco. Ela não tinha como estimar com exatidão o tamanho dos caracteres, mas tinha certeza de que eram os maiores que a humanidade jamais escrevera, cada um grande o bastante para conter uma cidade. Quando a *Halo* chegou a apenas dez mil metros de altitude, um dos grandes caracteres preenchia todo o campo de visão. A nave finalmente tocou o solo no amplo campo de pouso, que era o ponto mais alto no caractere chinês *qiu* (球), uma parte da palavra *Terra*.

Sob a orientação do computador da nave, Cheng Xin e AA vestiram trajes espaciais leves e saíram da *Halo* para a superfície de Plutão. Devido ao ambiente frígido que as cercava, os sistemas de aquecimento estavam funcionando em potência máxima. O campo de pouso era deserto, branco, e parecia brilhar à luz das estrelas. As diversas marcas de queimadura no solo indicavam que muitas naves haviam pousado e decolado ali, mas, naquele momento, a *Halo* era a única presente.

Durante a Era da Casamata, Plutão era análogo à Antártida na antiga Terra. Ninguém estabelecia residência permanente ali, e poucos o visitavam.

No céu, uma esfera preta se movia rapidamente entre as estrelas. Era grande, mas a superfície estava oculta na escuridão: Caronte, a lua de Plutão. Sua massa era um décimo da de Plutão, e os dois formavam quase um sistema planetário duplo, girando em torno de um centro de massa em comum.

A *Halo* ligou os holofotes. Devido à falta de atmosfera, não surgiu um feixe visível de luz. Eles produziram um círculo em um objeto retangular distante.

Aquele monólito preto era a única forma que se projetava acima do solo branco. Passava uma sensação sinistra de simplicidade, como se fosse uma abstração do mundo real.

— Aquilo parece um pouco familiar — disse Cheng Xin.

— Não sei o que é, mas não estou com um bom pressentimento.

Cheng Xin e AA foram até o monólito. A gravidade de Plutão era só um décimo da terrestre, então elas avançaram aos saltos. No caminho, perceberam uma série de flechas apontando para o monólito no chão. Foi só quando chegaram à estrutura que a imensidade daquilo as marcou. Olharam para cima, e foi como se um pedaço tivesse sido arrancado do céu estrelado. Elas olharam ao redor e viram que séries de flechas vinham de outras direções, todas apontando para o monólito. Na base dele havia outra protuberância saliente: uma roda de metal com cerca de um metro de diâmetro. Para a surpresa delas, a roda precisava ser operada manualmente. Acima da roda havia um diagrama de linhas brancas sobre a superfície preta do monólito. Duas flechas curvas indicavam as direções em que a roda podia ser girada. Perto de uma das flechas havia o desenho de uma porta semiaberta, enquanto a outra trazia a imagem de uma porta fechada. Cheng Xin se virou para examinar as flechas no chão que apontavam para o monólito. Todas aquelas instruções simples, claras e silenciosas lhe causaram uma sensação estranha, que AA traduziu em palavras.

— Estas coisas... acho que não foram pensadas para seres humanos.

Elas giraram a roda em sentido horário. Estava dura, mas, com o tempo, uma porta surgiu na superfície do monólito. Escapou um pouco de gás, e o vapor de água que havia dentro logo formou cristais de gelo que brilharam à luz dos holofotes. Elas entraram e viram outra porta à sua frente, também operada por uma roda. Dessa vez, havia instruções simples escritas acima, informando-lhes que estavam em uma câmara de escape e precisavam fechar a primeira porta antes de abrir a segunda. Isso era estranho, visto que já no fim da Era da Crise havia edifícios pressurizados capazes de abrir suas portas diretamente ao vácuo sem necessidade de câmara de escape.

Cheng Xin e AA giraram a roda do lado de dentro da porta. Os holofotes foram bloqueados. Elas estavam prestes a acender a luz de seus trajes espaciais para afastar o terror da escuridão quando perceberam uma pequena lâmpada no teto daquela câmara apertada. Foi o primeiro sinal de eletricidade que elas viram. Começaram a girar a roda para abrir a segunda porta. Cheng Xin tinha certeza de que teriam conseguido abrir a segunda porta mesmo se não tivessem fechado a primeira. A única coisa que impedia o ar de escapar eram as instruções. Naquele ambiente de baixa tecnologia, não havia nenhum mecanismo automático de prevenção de erros.

Elas quase caíram com a lufada de ar, e a temperatura subiu tão rápido que embaçou suas viseiras. Mas os trajes espaciais indicaram que a pressão atmosférica e a composição do ar externo eram respiráveis; elas podiam abrir o capacete.

Viram um túnel iluminado por uma série de lâmpadas fracas que desciam para o subterrâneo. As paredes escuras engoliam a luz fraca, então, entre os cones de luz, a escuridão era total. O piso do túnel era um declive liso. Embora tivesse um ângulo íngreme, de quase quarenta e cinco graus, não havia degraus. A arquitetura provavelmente se devia a dois fatores: não havia necessidade de escadas em um ambiente de baixa gravidade, ou o caminho não fora pensado para seres humanos.

— Não tem nenhum elevador? — perguntou AA. Ela estava com medo da rampa íngreme.

— Um elevador pode apresentar defeito com o tempo. Esta construção foi projetada para durar eras geológicas. — A voz emergiu da outra ponta do túnel, onde um homem idoso apareceu. Sob a iluminação fraca, o cabelo e a barba branca flutuavam na gravidade baixa. Elas pareciam emitir uma luminosidade própria.

— Você é Luo Ji? — gritou AA.

— Quem mais? Crianças, minhas pernas já não funcionam tão bem, então me perdoem por não subir para recebê-las. Desçam até aqui.

Cheng Xin e AA seguiram pela rampa aos saltos. Devido à baixa gravidade, não era uma ação perigosa. Ao se aproximarem do velho, viram que realmente era Luo Ji. Ele usava um *changshan* branco comprido, um tipo de túnica chinesa, e se apoiava em uma bengala. Suas costas estavam ligeiramente encurvadas, mas sua voz era firme e forte.

Na base da rampa, Cheng Xin fez uma reverência profunda.

— Respeitável senhor, olá.

— Haha, não precisa fazer isso. — Luo Ji gesticulou com as mãos. — Nós éramos... colegas. — Ele olhou para Cheng Xin, e seus olhos exibiram uma satisfação surpresa que quase parecia incoerente com sua idade. — Você ainda é muito jovem. Houve uma época em que eu só a via como a Portadora da Espada, mas depois, aos poucos, você se tornou uma bela moça. Haha...

Aos olhos de Cheng Xin e AA, Luo Ji também estava diferente. O imponente Portador da Espada havia desaparecido. Elas não sabiam que aquele Luo Ji cínico e brincalhão era um retorno do Luo Ji de quatro séculos antes, quando ele ainda não era uma Barreira. Aquele Luo Ji voltara como se tivesse sido reanimado da hibernação, mas a passagem do tempo lhe proporcionara certa moderação, mais transcendência.

— Você sabe o que aconteceu? — perguntou AA.

— Claro, criança. — Ele apontou para trás com a bengala. — Todos aqueles idiotas foram embora em naves espaciais. Eles sabiam que não conseguiriam escapar de qualquer jeito, mas tentaram fugir mesmo assim. Bobagem.

Ele estava se referindo aos outros funcionários do Museu da Civilização da Terra.

— Você e eu nos preocupamos a troco de nada — disse Luo Ji para Cheng Xin.

Ela demorou um pouco para entender o que ele quis dizer, mas a torrente de emoções e lembranças foi interrompida pelas palavras seguintes de Luo Ji.

— Deixe para lá. *Carpe diem* sempre foi o caminho certo. É claro que agora não tem muito mais *diem* para *carpe*, mas não precisamos correr atrás de problemas. Vamos lá. Não precisam me ajudar a levantar. Vocês ainda não aprenderam a andar direito por aqui.

Pela idade de quase duzentos anos de Luo Ji, a dificuldade de locomoção naquela gravidade baixa tinha a ver com o receio de andar rápido demais, não devagar. A bengala não servia tanto como apoio, mas como freio.

Depois de um tempo, o espaço se abriu diante deles. Cheng Xin e AA perceberam que tinham saído para um túnel muito maior e mais largo — uma caverna. O teto era alto, mas o espaço ainda era iluminado por uma fileira de lâmpadas fracas. A caverna parecia muito comprida, e não dava para ver a outra extremidade.

— Esta é a seção principal do museu — disse Luo Ji.

— Cadê os artefatos?

— Nos salões do outro lado. Eles não são tão importantes. Quanto tempo duram? Dez mil anos? Cem mil? Um milhão, no máximo. A essa altura, praticamente todos já vão ter virado poeira. Mas estes — Luo Ji indicou o entorno — foram feitos para ser preservados por centenas de milhões de anos. Ora, vocês ainda acham que isto aqui é um museu? Não, ninguém vem visitar. Este lugar não é para visitantes. É tudo uma lápide... a lápide da raça humana.

Cheng Xin passou os olhos pela caverna vazia e escura e pensou em tudo que já vira. Realmente, podia identificar o toque da morte.

— Como foi que essa ideia surgiu? — AA olhou para os lados.

— Você pergunta porque é jovem demais. — Luo Ji apontou para Cheng Xin e para si mesmo. — Na nossa época, era comum as pessoas planejarem suas próprias sepulturas enquanto ainda estavam vivas. Achar um cemitério para a humanidade não é tão fácil, mas erigir uma lápide é possível. — Ele se virou para Cheng Xin. — Você se lembra da secretária-geral Say?

Cheng Xin fez que sim.

— Claro.

Quatro séculos antes, quando trabalhava na AIE, Cheng Xin havia se encontrado algumas vezes com Say, a secretária-geral da ONU. A última fora em uma reunião na AIE. Wade também estava presente. Em um telão, Cheng Xin exibira uma apresentação de PowerPoint sobre o Projeto Escadaria. Say acompanhara em silêncio o tempo inteiro, sem perguntar nada. Depois, ela foi até Cheng Xin, inclinou-se e sussurrou: "Precisamos que mais pessoas pensem como você".

— Ela era uma verdadeira visionária. Pensei muito nela com o passar dos anos. Como é possível que tenha morrido há quase quatrocentos anos? — Luo Ji se apoiou com as duas mãos na bengala e suspirou. — Ela foi a primeira a pensar nisto. Queria fazer algo para que a humanidade deixasse um legado que pudesse ser preservado por muito tempo após nossa civilização desaparecer. O plano incluía uma nave não tripulada cheia de artefatos culturais e informações sobre nós, mas foi considerado uma forma de Escapismo, e quando ela morreu o projeto foi interrompido. Três séculos depois, durante o Projeto Casamata, as pessoas lembraram. Era uma época em que as pessoas tinham medo de que o mundo acabasse a qualquer momento. O novo Governo Federal decidiu erigir uma lápide enquanto o Projeto Casamata estivesse sendo construído, mas deram o nome de Museu da Civilização da Terra para não passar a impressão de pessimismo. E me designaram presidente da comissão da lápide.

"A princípio, investimos em um projeto de pesquisa grande para estudar formas de preservar informações por eras geológicas. A meta inicial era de um bilhão de anos. Rá! Um bilhão. Aqueles idiotas acharam que seria fácil... afinal, se conseguimos construir o Mundo Casamata, não seria muito difícil fazer isto, né? Mas eles logo perceberam que os dispositivos de armazenamento quântico, ainda que pudessem armazenar uma biblioteca inteira em um grão de arroz, só eram capazes de preservar informações sem perda por cerca de dois mil anos. Mais que isso, e a degradação inviabilizava qualquer decodificação. Para falar a verdade, isso só se aplicava aos dispositivos de maior qualidade. Dois terços das versões mais comuns dariam problema depois de quinhentos anos. Com isso, de repente, o projeto deixou de ser uma questão contemplativa, abstrata, e se tornou um problema prático interessante. Quinhentos anos era um intervalo real... você e eu viemos de apenas quatrocentos anos atrás, não é? Então o governo interrompeu todos os trabalhos no museu e nos instruiu a estudar formas de armazenar dados importantes sobre o mundo moderno para que pudessem ser lidos quinhentos anos depois, hehe... Com o tempo, foi preciso estabelecer um instituto especial para investigar esse problema, e o resto de nós pôde se concentrar no museu, ou na lápide.

"Os cientistas perceberam que, em termos de longevidade de dados, os dispositivos de armazenamento da nossa época eram melhores. Eles encontraram *pen drives* e discos rígidos da Era Comum, e em alguns ainda era possível recuperar os dados! Experimentos demonstraram que, em dispositivos de alta qualidade desse tipo, as informações resistiriam por cerca de cinco mil anos. Os discos ópticos da nossa época eram especialmente robustos. Se fossem feitos de um metal especial, poderiam preservar os dados de maneira confiável por cem mil anos. Mas nada disso se comparava a materiais impressos. Tintas especiais impressas em papel composto continuariam legíveis por duzentos mil anos. Mas esse era o limite. Nossas técnicas convencionais de armazenamento de dados podiam preservar informações por duzentos mil anos, mas precisávamos chegar a um bilhão!

"Nós informamos ao governo que, com a tecnologia atual, seria impossível preservar por um bilhão de anos dez gigabytes de imagens e um gigabyte de texto, que era o requisito básico de informações para o museu. Não quiseram acreditar, então tivemos que mostrar provas. No fim, aceitaram diminuir a exigência para cem milhões de anos.

"Mas ainda era um trabalho extremamente difícil. Procuramos informações que tivessem sobrevivido por tanto tempo. Desenhos feitos em cerâmica pré-histórica sobreviveram cerca de dez mil anos. Pinturas rupestres encontradas na Europa tinham cerca de quarenta mil anos. Se considerarmos também as marcações feitas em pedra quando nossos ancestrais hominídeos construíram as primeiras ferramentas, então os exemplares mais antigos ocorreram durante o Plioceno, há 2,5 milhões de anos. E realmente encontramos informações que resistiram por cem milhões de anos, mas não foram produzidas por seres humanos: eram pegadas de dinossauros.

"As pesquisas continuaram, mas não houve progresso. Os outros especialistas obviamente tinham chegado a alguma conclusão, mas não quiseram falar nada. Eu disse: 'Não se preocupem. Qualquer que seja a conclusão de vocês, por mais bizarra ou absurda, vamos ter que aceitar se não houver alternativa'. Prometi que nada poderia ser mais bizarro e absurdo do que tudo o que eu havia vivido, e que eu não daria risada. Então eles me contaram que, com base nas teorias e técnicas mais avançadas em todos os campos, e fundamentados por muita pesquisa teórica e experimentação, por análise e comparação de diversas propostas, eles descobriram uma forma de preservar informações por cerca de cem milhões de anos. E enfatizaram que era o único método de viabilidade comprovada. E é... — Luo Ji levantou a bengala acima da cabeça, e, quando seu cabelo e barba branca dançaram no ar, ele pareceu Moisés dividindo o mar Vermelho. Com um tom solene, ele enunciou: — ... esculpir palavras em pedra."

AA riu. Mas Cheng Xin não achou graça. Ela estava chocada.

— Esculpir palavras em pedra. — Luo Ji apontou para as paredes da caverna.

Cheng Xin foi até uma delas. Sob a luz fraca, viu que a superfície estava coberta com linhas densas de texto esculpido e imagens em relevo. A parede não era a rocha original, mas parecia infundida de metal, ou talvez estivesse revestida com ouro ou alguma liga durável de titânio. Porém, em essência, não havia nenhuma diferença entre aquilo e palavras esculpidas em pedra. O texto esculpido não era pequeno: cada caractere ou letra tinha cerca de um centímetro quadrado. Era outro fator que objetivava estender a longevidade das informações, já que textos menores tendiam a ser mais difíceis de preservar.

— É claro que, por isso, a capacidade de armazenamento seria muito menor, permitindo menos de um décimo de milésimo da quantidade prevista. Mas eles foram obrigados a aceitar essa limitação — disse Luo Ji.

— Essas lâmpadas são muito estranhas — disse AA.

Cheng Xin olhou para a lâmpada na parede da caverna. A primeira coisa que percebeu foi o formato: um braço saindo da parede e segurando uma tocha. Ela achou que era um traço familiar, mas obviamente não era a isso que AA se referia. A lâmpada em forma de tocha parecia muito estranha. O tamanho e a estrutura lembravam um holofote antigo, mas a luz que ela emitia era muito fraca, mais ou menos equivalente a uma antiga lâmpada incandescente de vinte watts. Depois de passar pela redoma espessa, a luz não era muito mais forte do que uma vela.

— Naquela direção tem um equipamento dedicado a fornecer eletricidade para este complexo, como uma usina — disse Luo Ji. — Esta lâmpada é uma realização incrível. Não tem nenhum filamento ou gás excitável, e não sei qual é o elemento luminoso, mas ela vai brilhar continuamente por cem mil anos. As portas por onde vocês entraram devem permanecer operáveis em condições normais por quinhentos mil anos. Depois, as portas vão se deformar, e quem quiser entrar aqui vai ter que arrombá-las. A essa altura, estas lâmpadas já vão estar apagadas há mais de quatrocentos mil anos, e a escuridão vai ser total. Mas esse vai ser só o início da jornada de cem milhões de anos.

Cheng Xin tirou uma das luvas do traje espacial e alisou os caracteres esculpidos na rocha fria. Depois, apoiou-se à parede da caverna e olhou fixamente para as lâmpadas. Ela se deu conta de onde já vira aquele formato: o Panteão de Paris. Uma mão segurando uma tocha, idêntica à da tumba de Rousseau. As luzes amarelas fracas diante dela já não pareciam elétricas, e sim pequenas chamas prestes a se apagar.

— Você não é de falar muito — disse Luo Ji. A voz dele estava carregada com uma solicitude que fazia muita falta a Cheng Xin.

— Ela sempre foi assim — disse AA.

— Ah, eu adorava falar, e depois esqueci como se fazia. Mas já reaprendi. Não consigo parar de tagarelar, feito uma criança. Espero que não esteja incomodando.

Cheng Xin se esforçou para sorrir.

— Nem um pouco. É só que... olhando para tudo isso, não sei o que dizer.

De fato. O que ela poderia dizer? A civilização era como uma corrida desenfreada que durou cinco mil anos. O progresso levou a mais progresso; milagres sem conta geraram mais milagres; a humanidade parecia possuir o poder dos deuses; mas, no fim, o poder de fato estava nas mãos do tempo. Deixar uma marca era mais difícil do que criar um mundo. No fim da civilização, a única coisa que restou foi fazer a mesma coisa que havia sido feita no passado distante, quando a humanidade era apenas um bebê:

Esculpir palavras em pedra.

Cheng Xin examinou cuidadosamente as marcações na parede. Começavam com uma imagem em relevo de um homem e uma mulher, talvez com a intenção de mostrar aos futuros descobridores como eram os humanos. Mas, ao contrário das posturas eretas das imagens de um homem e uma mulher na placa de metal das sondas Pioneer na Era Comum, aquelas duas esculturas tinham expressões e posturas vívidas que evocavam Adão e Eva.

Cheng Xin andou junto à parede. Depois do homem e da mulher surgiram hieróglifos e escritas cuneiformes, provavelmente copiados de artefatos antigos — era possível que alguns não fossem decifráveis nem para homens e mulheres modernos, então como qualquer descobridor extraterrestre no futuro poderia compreender? Mais adiante, Cheng Xin viu poemas chineses — ou, pelo menos, identificou as marcações como poemas com base na disposição dos caracteres. Mas não reconheceu nenhum; só sabia que eram do estilo do grande selo.

— Esse é o *Livro dos cantares*, de um milênio antes de Cristo — disse Luo Ji. — Se você continuar andando, vai ver fragmentos de filosofia grega clássica. Para as letras e caracteres que consegue ler, vai ter que andar dezenas de metros.

Debaixo das letras gregas, Cheng Xin viu outra imagem em relevo, que parecia exibir pensadores antigos com mantos simples debatendo em uma ágora, cercados por colunas de pedra.

Ela teve uma ideia estranha. Virou-se e olhou perto do começo das esculturas na caverna, mas não achou o que estava procurando.

— Você está tentando ver uma Pedra de Rosetta? — perguntou Luo Ji.

— Estou. Não tem nenhum sistema para ajudar a interpretação?

— Criança, estamos falando de gravações em pedra, não computadores. Como poderíamos fazer algo assim caber aqui?

AA olhou para a parede da caverna e se virou para Luo Ji.

— Quer dizer que gravamos coisas aqui que nem nós entendemos na esperança de que, algum dia, algum extraterrestre possa ler?

De fato, para os descobridores extraterrestres do futuro remoto, os clássicos humanos deixados naquelas paredes provavelmente pareceriam escrita linear A, hieróglifos cretenses e outros sistemas ancestrais que ninguém conseguia decifrar.

Talvez não houvesse uma esperança realista de que alguém tentasse. Quando as pessoas que construíram aquele monumento compreenderam de fato o poder do tempo, já não acreditavam mais que uma civilização desaparecida pudesse realmente deixar qualquer rastro capaz de resistir por eras geológicas. Como Luo Ji tinha falado, aquilo não era um museu.

Um museu era feito para visitantes; uma lápide era construída para seus construtores.

Os três continuaram em frente, e a bengala de Luo Ji produzia batidas ritmadas no chão.

— Eu costumo passear bastante por aqui, pensando nas minhas ideias malucas. — Ele parou e apontou para uma gravura em relevo de um soldado antigo com armadura e lança. — Isto é sobre as conquistas de Alexandre, o Grande. Se ele tivesse continuado um pouco mais para o leste, teria encontrado a Dinastia Qin no fim do Período dos Reinos Combatentes... o que teria acontecido depois? E que rumo a história teria tomado? — Eles caminharam um pouco mais, e Luo Ji apontou para a parede da caverna outra vez. Ali, os caracteres esculpidos na parede passaram do estilo do pequeno selo para o estilo clerical. — Ah, chegamos à Dinastia Han. A partir daqui, a China passou por duas unificações completas. Será que um território unificado e um sistema de pensamento unificado são aspectos bons para a civilização como um todo? A Dinastia Han acabou promovendo o confucianismo acima de tudo, mas, se a multiplicidade de escolas de pensamento durante os períodos da Primavera e do Outono tivesse continuado, o que aconteceria depois? De que maneira o presente teria mudado? — Ele traçou um círculo com a bengala. — Em cada momento da história, a gente encontra incontáveis oportunidades perdidas.

— Como na vida — disse Cheng Xin, em voz baixa.

— Ah, não, não, não. — Luo Ji balançou a cabeça vigorosamente. — Pelo menos não para mim. Acho que não perdi nada, haha. — Ele olhou para Cheng Xin. — Criança, você acha que perdeu alguma coisa? Então não deixe outras oportunidades passarem no futuro.

— Agora não existe mais futuro — disse AA, com frieza. Ela se perguntou se Luo Ji estava sofrendo de demência.

Eles chegaram ao fim da caverna. Luo Ji se virou para examinar aquela lápide subterrânea e deu um suspiro.

— Nós tínhamos projetado este lugar para durar cem milhões de anos, mas ele não vai resistir nem cem.

— Quem sabe? Talvez alguma civilização plana bidimensional consiga ver tudo isto — disse AA.

— Interessante! Espero que você tenha razão... Olhem, é aqui que ficam os artefatos. Temos três salões ao todo.

Cheng Xin e AA viram o espaço se abrir diante delas outra vez. O lugar não parecia muito com uma sala de exibição, estava mais para um armazém. Todos os artefatos estavam posicionados dentro de caixas idênticas de metal, e cada caixa era identificada em detalhes.

Luo Ji bateu em uma das caixas próximas com a bengala.

— Como eu disse, estes não são tão importantes. Com a maioria desses objetos, a longevidade é de menos de cinquenta mil anos, embora algumas das estátuas possam chegar a um milhão. Mas sugiro que vocês não arrastem as estátuas. Pode ser fácil arrastá-las com esta gravidade, mas elas ocupam muito espaço... Tudo bem, peguem o que quiserem.

AA passou os olhos à volta, animada.

— Sugiro levarmos quadros. Podemos deixar os velhos clássicos e os manuscritos antigos para lá... ninguém vai entendê-los. — Ela foi até uma das caixas de metal e apertou o que parecia um botão em cima, mas a caixa não se abriu sozinha, e não havia instruções. Cheng Xin se aproximou e levantou a tampa com dificuldade. AA tirou uma antiga pintura a óleo.

— Acho que quadros também ocupam bastante espaço — disse AA.

Luo Ji pegou um macacão sobre outra caixa e tirou dos bolsos uma faca pequena e uma chave de fenda.

— A moldura ocupa muito espaço. Podem tirar.

AA pegou a chave de fenda, mas, antes de ter a chance de começar, Cheng Xin gritou.

— Não!

O quadro era *Noite estrelada*, de Van Gogh.

Ela não ficou surpresa só por causa do valor do quadro. Já o vira. Quatro séculos antes, logo depois de começar a trabalhar na AIE, ela visitara o Museu de Arte Moderna de Nova York em um fim de semana e vira alguns quadros de Van Gogh. A representação dele do espaço causara uma impressão forte nela. No inconsciente do pintor, o espaço parecia ter estrutura. Cheng Xin não era especialista em física teórica na época, mas sabia que, pela teoria das cordas, o espaço, assim como objetos materiais, era composto por muitas cordas vibratórias microscópicas. Van Gogh havia pintado essas cordas: em seus quadros, o espaço — como montanhas, trigais, casas e árvores — era cheio de vibrações diminutas. *Noite estrelada* marcara para sempre sua mente, e ela ficou impressionada de ver o quadro de novo quatro séculos depois, em Plutão.

— Joguem fora a moldura. Assim, vocês podem levar mais. — Luo Ji agitou a bengala de um lado para o outro. — Vocês acham que esses objetos ainda valem o peso deles em ouro? Agora, nem o ouro vale nada.

Assim, eles arrancaram aquela moldura que devia ter cerca de quinhentos anos de idade, mas mantiveram o chassi duro para evitar danificar a pintura. Fizeram o mesmo com outros quadros a óleo, e em pouco tempo o chão ficou cheio de molduras vazias. Luo Ji se aproximou e pôs a mão em um quadro pequeno.

— Vocês poderiam deixar esta para mim?

Cheng Xin e AA separaram o quadro e o deixaram em cima de uma caixa perto da parede. Ficaram surpresas ao ver que era a *Mona Lisa*.

As duas continuaram desmontando as molduras.

— Velho esperto — sussurrou AA. — Ele escolheu ficar com a obra mais cara.

— Não acho que seja por isso.

— Será que em algum momento ele se apaixonou por uma garota chamada Mona Lisa?

Luo Ji se sentou ao lado da *Mona Lisa* e acariciou a moldura antiga com uma das mãos.

— Eu não sabia que você estava aqui — murmurou ele. — Se soubesse, teria vindo vê-la com frequência.

Cheng Xin viu que ele não estava olhando para o quadro. Seus olhos estavam fixos mais além, como se fitassem as profundezas do tempo. Ela viu que seus olhos velhos se encheram de lágrimas, e não sabia se estava enganada.

Dentro do vasto túmulo sob a superfície de Plutão, iluminado pelas lâmpadas fracas que brilhariam por cem mil anos, o sorriso da Mona Lisa parecia sumir e reaparecer. O sorriso que intrigara a humanidade por quase nove séculos agora parecia ainda mais misterioso e sinistro, como se significasse tudo e nada, como a morte iminente.

ERA DA CASAMATA, ANO 67
O SISTEMA SOLAR BIDIMENSIONAL

Cheng Xin e AA levaram a primeira remessa de artefatos até a superfície. Além de mais ou menos uma dúzia de quadros sem moldura, levaram também dois recipientes ritualísticos de bronze do Período Zhou do Oeste e alguns livros antigos. Não teriam conseguido carregar tudo aquilo na gravidade normal de 1 G, mas, como a gravidade de Plutão era fraca, não precisaram fazer muito esforço. Ao passarem pela câmara de escape, tomaram o cuidado de fechar a porta interna antes de abrir a externa, para evitar que elas e os artefatos acabassem arremessados para o lado de fora pela corrente de ar. Assim que abriram a porta externa, o pouco ar que havia dentro da câmara se tornou uma nuvem de cristais de gelo. A princípio, elas acharam que os cristais estavam sendo iluminados pelos holofotes da *Halo*, mas, depois que a nuvem baixou, perceberam que as luzes da nave já haviam se apagado. Alguma fonte de luz no espaço estava iluminando a superfície de Plutão, e a *Halo* e o monólito preto projetavam longas sombras no solo branco. Elas olharam para cima e deram dois passos para trás, em choque.

Duas ovais luminosas pairavam no espaço, exatamente como olhos. O "globo" desses olhos era branco ou amarelo-claro, e as íris eram escuras.

— Aquele é Netuno, e o outro é Ura... ah, não, é Saturno! — disse AA.

Os dois gigantes gasosos tinham sido bidimensionalizados. A órbita de Urano ficava fora da de Saturno, mas, como naquele momento Urano estava do lado oposto do Sol, Saturno caiu no plano bidimensional antes. Os planetas gigantes deviam virar círculos após o colapso, mas, devido ao ângulo de visão a partir de Plutão, eles pareciam ovalados. Os dois planetas bidimensionais tinham um aspecto de anéis concêntricos nítidos. Netuno consistia em três anéis principais: o externo era azul, claro e vívido, como cílios e sombra nas pálpebras — era a atmosfera de hidrogênio e hélio. O anel intermediário era branco — o manto de vinte mil quilômetros de espessura, que os astrônomos acreditavam ser um oceano de água e amônia. O centro escuro era o núcleo, formado de rochas e gelo, com massa equivalente a todo o planeta Terra. A estrutura de Saturno era semelhante, só não tinha o anel azul externo.

Cada anel grande era composto de muitos anéis menores, cheios de estruturas detalhadas. Conforme elas examinavam melhor os planetas, os dois olhos gigantes passaram a parecer os anéis de uma árvore recém-cortada. Em volta de cada planeta bidimensional havia mais ou menos uma dúzia de círculos pequenos — luas que também tinham sido achatadas. Em volta de Saturno havia outro círculo grande e sutil — os anéis do planeta. Elas ainda conseguiam ver o Sol no céu, um disco diminuto emitindo uma luz amarela fraca. Como os dois planetas ainda estavam do outro lado do astro, a área deles após caírem para duas dimensões era de tirar o fôlego.

Nenhum dos dois planetas tinha mais espessura.

Sob a luz daqueles planetas bidimensionais, Cheng Xin e AA levaram os artefatos pelo campo de pouso branco, até a *Halo*. A superfície lisa e aerodinâmica da nave era como a de um espelho convexo, e o reflexo dos planetas bidimensionais parecia esticado em formatos compridos e fluidos. O perfil do iate remetia naturalmente a uma gota e transmitia uma sensação reconfortante de força e leveza. Durante a viagem até Plutão, AA tinha falado para Cheng Xin que achava que boa parte do casco da *Halo* provavelmente era feita com materiais de interação forte.

Quando elas se aproximaram, a porta na base da nave se abriu sem barulho. Elas subiram com os artefatos pela escada da câmara de escape e entraram na cabine, tiraram o capacete e respiraram fundo dentro daquele mundinho confortável. Seus corações se encheram de alívio — mesmo sem ter consciência disso, já consideravam o iate um *lar*.

Cheng Xin perguntou ao computador da nave se havia chegado alguma transmissão de Netuno e Saturno. No mesmo instante, janelas de informações surgiram aos borbotões como uma avalanche colorida prestes a enterrá-las. A cena lembrava aquele primeiro alarme falso de cento e dezoito anos antes. Na época, a maior parte das informações tinha vindo de reportagens, mas agora parecia que os canais de notícias tinham desaparecido. A maioria das janelas não continha nenhuma imagem reconhecível — algumas estavam embaçadas, outras eram tremidas, e muitas exibiam closes incompreensíveis. Mas algumas janelas estavam cheias de blocos de cores exuberantes que dançavam e fluíam, revelando estruturas complexas e detalhadas. Provavelmente imagens do universo bidimensional.

AA pediu para o computador filtrar as cenas. O computador perguntou que tipo de informação elas queriam. Cheng Xin pediu notícias das cidades espaciais. A torrente de janelas sumiu e deu lugar a uma dúzia de janelas novas dispostas em ordem. Uma delas se ampliou e passou à frente das outras. O computador explicou que aquilo havia sido obtido doze horas antes em Europa VI, no aglomerado de Netuno, que antes fazia parte de uma cidade combinada e tinha se separado depois do alerta de ataque.

A imagem era estável, e o campo de visão, amplo. A câmera provavelmente ficava em uma das extremidades da cidade, e era possível ver quase toda a construção.

A eletricidade tinha sido desativada em Europa VI, e só um punhado de holofotes projetava círculos inconstantes de luz no outro lado da cidade. Os três sóis artificiais ao longo do eixo da cidade tinham se transformado em luas prateadas, fornecendo apenas iluminação, sem calor. A cidade tinha um formato ovalado padrão, mas seus edifícios eram muito diferentes do que Cheng Xin vira meio século antes. O Mundo Casamata havia prosperado, e os edifícios já não eram monótonos e uniformes. Eram muito mais altos, e cada um tinha uma arquitetura específica. A ponta de alguns dos arranha-céus quase encostava no eixo da cidade. As construções em forma de árvore também ressurgiram, e pareciam quase tão altas quanto as que existiam na Terra, só que com uma organização mais concentrada de folhas. Dava para imaginar a beleza e a magnificência da cidade iluminada à noite. Mas agora a única iluminação era do frio luar, e os edifícios-árvores projetavam sombras enormes que faziam o resto da cidade parecer uma ruína abrigada sob uma floresta gigante.

A cidade tinha parado de girar, e tudo flutuava sem peso. Incontáveis objetos pairavam no ar — veículos, produtos diversos, e até prédios inteiros.

Um cinturão preto de nuvens surgiu ao longo do eixo da cidade, ligando os dois polos. O computador da nave traçou um contorno retangular na imagem e ampliou, criando uma janela de informações nova. Cheng Xin e AA ficaram chocadas ao ver que a nuvem preta era formada por pessoas flutuando no meio da cidade! Alguns dos indivíduos sem peso tinham se concentrado em um bloco; outros estavam de mãos dadas e formavam uma corrente; mas a maioria das pessoas flutuava sozinha. Todo mundo usava capacete e roupas que cobriam o corpo inteiro — provavelmente trajes espaciais. Na última vez em que Cheng Xin hibernara, já era difícil distinguir roupas do dia a dia e trajes espaciais. Parecia que todo mundo tinha um sistema portátil de manutenção de vida — alguns o levavam nas costas, outros carregavam na mão. Mas a maioria estava com a viseira aberta, e dava para perceber uma brisa leve soprando pela cidade, indicando que ainda havia atmosfera respirável lá dentro. Muitos tinham se reunido em torno dos sóis, talvez tentando conseguir mais luz e um pouco de calor, mas a luz emitida pelos sóis de fusão era fria. A luminosidade prateada vazava pelos espaços vazios na nuvem de gente e formava sombras pontilhadas na cidade ao redor.

Segundo o computador da nave, dos seis milhões de habitantes de Europa VI, metade já havia saído da cidade em veículos espaciais. Dos três milhões que ficaram para trás, alguns não tinham condições de sair, mas a maioria entendia que qualquer tentativa de fuga seria inútil. Mesmo se por um milagre algumas naves conseguissem escapar da zona de colapso e chegassem ao espaço sideral, a maioria delas não tinha sistemas de ciclagem ecológica capazes de manter a vida por muito tempo. O acesso a naves estelares que pudessem sobreviver por tempo indeterminado no espaço sideral ainda era um privilégio para poucos. Aquelas pessoas tinham escolhido esperar o fim em um lugar que conheciam.

A transmissão não estava com o som desativado, mas Cheng Xin não escutava nada. Um silêncio sombrio cercava tanto a nuvem de gente quanto a cidade. Todos olhavam para a mesma direção. Aquela parte da cidade não parecia diferente do resto, cheia de ruas, cruzamentos e fileiras de prédios. Todos esperavam. Sob o brilho bruxuleante e frio do luar, o rosto das pessoas parecia pálido como o de fantasmas. A cena fez Cheng Xin pensar naquela alvorada sangrenta na Austrália, cento e vinte e seis anos antes. De novo ela teve a sensação de que estava observando um formigueiro, e a nuvem preta de gente lembrava muito uma multidão de formigas à deriva.

Alguém gritou na nuvem de gente. Um ponto de luz apareceu em um lugar no equador da cidade, o mesmo lugar para onde todos olhavam. Foi como se um buraco pequeno tivesse se aberto no teto de uma casa escura e deixado entrar a luz do sol.

Aquele foi o primeiro ponto de contato de Europa VI com o espaço bidimensional.

O brilho aumentou rapidamente e se tornou uma oval luminosa. A luz emitida foi separada em inúmeros feixes pelos edifícios altos à volta e iluminou a nuvem de gente no eixo. A cidade espacial agora parecia um navio gigantesco cujo fundo tinha rachado e começara a afundar em um mar achatado. O plano de espaço bidimensional subia como água, e tudo que entrava em contato com a superfície se transformava de imediato em duas dimensões. Grupos de edifícios foram recortados, e suas imagens bidimensionais se expandiram no plano. Como o corte transversal da cidade era apenas uma pequena parte da cidade achatada inteira, a maioria dos edifícios bidimensionalizados se expandira para além da oval marcada pelo casco da cidade. No plano que subia e se alargava, cores exuberantes e estruturas complicadas brotavam e se expandiam em todas as direções, como se o plano fosse uma lente que mostrasse animais coloridos em debandada. Como a cidade ainda tinha ar, elas conseguiram ouvir o som do mundo tridimensional caindo em duas dimensões: uma série ríspida e penetrante de estalos, como se os prédios e a própria cidade fossem uma escultura muito elaborada de vidro sendo esmagada por um rolo compressor gigante.

Conforme o plano continuava subindo, a nuvem de gente começou a se espalhar na direção contrária, como uma cortina que se erguia por alguma mão invisível. A cena trouxe à mente de Cheng Xin a imagem de uma revoada imensa com milhões de pássaros que ela vira uma vez. A revoada parecia um único organismo mudando de forma no céu do entardecer.

O plano logo engoliu um terço da cidade e continuou faiscando incessantemente em sua subida inexorável até o eixo. Algumas pessoas já haviam começado a cair no plano. Ou os propulsores de seus trajes espaciais sofriam alguma pane, ou elas haviam desistido de fugir. Como gotas de tinta colorida, elas se abriam no plano em um instante, e cada pessoa parecia uma figura individual em duas dimensões. Em uma das imagens ampliadas que o computador exibiu, elas viram um casal abraçado saltando para o plano. Mesmo depois do achatamento, ainda era possível ver as figuras abraçadas lado a lado — as posturas pareciam estranhas, como se tivessem sido desenhadas por uma criança sem jeito que não entendia o conceito de perspectiva. Perto delas, uma mãe ergueu seu bebê para o alto ao cair no plano, só para que o bebê pudesse sobreviver por mais um décimo de segundo. A mãe e a criança também apareceram como retratos vívidos naquele quadro gigantesco. Conforme o plano continuava subindo, a chuva de pessoas caindo nele se avolumou. Figuras humanas bidimensionais inundaram o plano, e a maioria extrapolava os limites da cidade espacial.

Quando o espaço bidimensional se aproximou do eixo, a maioria da população ainda viva estava agrupada no chão do outro lado da cidade. Metade da Europa VI já havia desaparecido, e as pessoas que olhavam para "cima" não enxergavam mais a cidade que elas conheciam do outro lado, apenas um céu caótico de duas dimensões pesando sobre as partes que continuavam com três dimensões. Já não era mais possível escapar pelo terminal de acesso principal no polo norte, então as pessoas se agruparam em torno do equador, onde havia três saídas de emergência. A multidão sem peso se acumulou aos montes em torno das saídas.

O espaço bidimensional passou pelo eixo e engoliu os três sóis, mas a luz emitida pelo processo de bidimensionalização deixou o mundo ainda mais iluminado.

Um chiado baixo começou a soar: a cidade perdia ar para o espaço. As três saídas de emergência ao longo do equador estavam escancaradas, cada uma do tamanho de um campo de futebol; do lado de fora, o espaço ainda tinha três dimensões.

O computador da nave colocou em destaque outra janela de informações. Era um vídeo de Europa VI vista do espaço. A parte bidimensional da cidade estava espalhada pelo plano invisível, e a parte ainda tridimensional que se encolhia rapidamente parecia minúscula em comparação, como as costas de uma baleia emergindo do vasto oceano. Três massas de fumaça preta saíram da cidade e se dissiparam no espaço; a "fumaça" era formada pelas pessoas expelidas pela força do ar na descompressão da cidade espacial. Aquela ilha tridimensional solitária continuou a afundar e se derreter no mar bidimensional. Em menos de dez minutos, Europa VI tinha se transformado totalmente em uma pintura.

A pintura de Europa VI era tão imensa que era difícil estimar sua área exata. A cidade estava morta, mas talvez fosse mais correto dizer que aquilo era um desenho em tamanho real dela. O desenho refletia todos os detalhes, incluindo cada parafuso, cada fibra, cada ácaro, e até cada bactéria. A precisão do desenho chegava ao nível atômico. Cada átomo no antigo espaço tridimensional se projetava no espaço correspondente de duas dimensões em conformidade com leis rigorosas. Os princípios básicos que regiam o desenho determinavam que não podia haver qualquer parte sobreposta ou escondida, e cada detalhe individual precisava aparecer no plano. Ali, grandeza dava lugar a complexidade. Não era fácil interpretar o desenho — era possível ver o plano geral da cidade e reconhecer algumas estruturas grandes, como as árvores gigantes, que ainda pareciam árvores em duas dimensões. Mas os edifícios tinham uma aparência diferente depois de achatados: era quase impossível usar só a imaginação para deduzir a estrutura original de três dimensões a partir do desenho bidimensional. No entanto, com certeza um software de processamento de imagens equipado com o modelo matemático certo conseguiria.

Na janela de informações, ao longe, também dava para ver outras duas cidades espaciais achatadas. Pareciam continentes totalmente achatados flutuando no espaço escuro, olhando uma para a outra pelo plano. Mas a câmera — talvez em um veículo não tripulado — também estava caindo no plano, e logo a tela se preencheu com as duas dimensões de Europa VI.

Quase um milhão de pessoas haviam escapado de Europa VI pelas saídas de emergência; agora, capturadas pelo espaço tridimensional que caía em duas dimensões, elas mergulhavam no plano como formigas levadas por uma cachoeira. Uma tempestade majestosa de gente caiu no plano, e as figuras bidimensionais na cidade se multiplicaram. As pessoas achatadas ocuparam uma área enorme — ainda que minúscula em comparação com os imensos edifícios bidimensionais — e pareciam marcas diminutas com um vago formato de gente na pintura colossal.

A janela de informações exibiu mais objetos no espaço tridimensional: os botes e escaleres espaciais que tinham saído de Europa VI. Seus reatores de fusão funcionavam na potência máxima, mas ainda assim eles caíram no plano inexorável. Por um instante, Cheng Xin achou que a chama azul dos motores por fusão penetrou aquele plano sem profundidade, mas o plasma apenas tinha sido bidimensionalizado. Nessas áreas, os edifícios bidimensionais foram distorcidos e transformados pelas chamas bidimensionais. Em seguida, os botes e escaleres entraram para o desenho gigante. Mantendo o princípio de não sobreposição, a cidade bidimensional se expandiu para abrir espaço para os objetos novos, e a cena toda fez lembrar ondas espalhando-se pela superfície de um lago.

A câmera continuou caindo em direção ao plano. Cheng Xin ficou olhando para a cidade bidimensional, na esperança de achar algum sinal de movimento. Mas não: fora a distorção causada pelas chamas de plasma, tudo na cidade achatada estava imóvel. E os corpos bidimensionais tampouco se mexiam, nem exibiam qualquer sinal de vida.

Era um mundo morto. Uma pintura morta.

A câmera se aproximou mais ainda do plano, caindo na direção de um corpo bidimensional. Os membros do corpo logo preencheram toda a tela, e depois vieram os traçados complexos de fibras musculares e vasos sanguíneos. Talvez fosse só ilusão, mas Cheng Xin teve a impressão de enxergar sangue vermelho bidimensional correndo em veias bidimensionais. Em um instante, a imagem desapareceu.

Cheng Xin e AA começaram a voltar em busca de mais artefatos. As duas achavam que a missão provavelmente seria inútil. Depois de observar as cidades bidimensionalizadas, compreenderam que o processo preservava a maior parte das informações do mundo tridimensional. Qualquer perda aconteceria apenas na escala atômica. Pensando no princípio de não sobreposição, a superfície achatada de Plutão não se misturaria aos artefatos no museu, então as informações nos artefatos provavelmente seriam preservadas. Mas, como haviam aceitado a missão, elas a terminariam. Como Cao Bin dissera, fazer alguma coisa era melhor do que não fazer nada.

Elas saíram da *Halo* e viram os dois planetas achatados ainda suspensos no espaço, mas agora estavam muito mais escuros. Com isso, aquele cinturão novo e comprido que brilhava abaixo deles ficava mais nítido ainda. O cinturão de luz ia de uma ponta do céu até a outra, como um colar formado por vários pontos luminosos.

— Aquilo é o cinturão de asteroides? — perguntou Cheng Xin.
— É. Marte vai ser o próximo — disse AA.
— Marte está deste lado do Sol agora.

As duas se calaram. Sem olhar para o cinturão de asteroides achatado, elas andaram na direção do monólito preto.

A Terra viria em seguida.

No amplo salão do museu, elas viram que Luo Ji já preparara vários outros artefatos. Muitos eram pinturas chinesas em rolo. AA abriu uma delas: *Qingming Shanghe Tu*.

Cheng Xin e AA já não sentiam mais a mesma admiração e felicidade de antes ao observar obras de arte tão preciosas — em comparação com a grandeza da destruição em processo do lado de fora, aquilo era só pintura velha. Quando exploradores do futuro chegassem à colossal pintura que era o Sistema Solar achatado, dificilmente imaginariam que aquele retângulo de cinco metros por vinte e quatro centímetros já havia sido muito importante.

Elas pediram que Luo Ji as acompanhasse até a *Halo*. Luo Ji disse que gostaria de ver, então foi buscar um traje espacial.

Quando os três carregaram os artefatos para fora do monólito, foram recebidos pela imagem da Terra plana.

A Terra foi o primeiro planeta sólido a cair em duas dimensões. Em comparação com Netuno e Saturno, os "três anéis" da Terra bidimensionalizada eram mais repletos ainda de pequenos detalhes — o amarelo do manto se tornava gradualmente um vermelho-escuro do núcleo de níquel e ferro —, mas a área total era muito menor do que a dos gigantes gasosos.

Ao contrário do que eles imaginaram, não havia sinal de azul.

— O que aconteceu com os nossos oceanos? — perguntou Luo Ji.

— Deviam estar perto da periferia... Mas água bidimensionalizada é transparente, então não dá para ver — respondeu AA.

Os três levaram os artefatos até a *Halo* em silêncio. Ainda não conseguiam sentir tristeza, da mesma forma que um corte com uma faca afiada não dói imediatamente.

Mas a Terra achatada tinha, sim, suas maravilhas. Na borda externa, aos poucos foi aparecendo um anel branco. A princípio, era quase invisível, mas logo o contraste com o fundo preto do espaço cresceu. O anel branco era puro, impecável, mas parecia ter um formato irregular, como se fosse composto por infinitos grãos brancos pequenos.

— Aquele é o nosso oceano! — disse Cheng Xin.

— A água congelou no espaço bidimensional — disse AA. — É frio.

— Ah... — Luo Ji tentou cofiar a barba, mas a viseira atrapalhou.

Os três levaram as caixas de artefatos para dentro da *Halo*. Luo Ji parecia familiarizado com a arquitetura da nave, indo para o compartimento de carga sem precisar de orientação de Cheng Xin e AA. O computador também o reconheceu e aceitou suas ordens. Depois de prender os artefatos, os três foram à parte residencial do iate. Luo Ji pediu uma xícara de chá ao computador, e logo um robozinho que Cheng Xin e AA nunca tinham visto veio trazê-la. Era nítido que Luo Ji tinha alguma história com aquela nave que as duas mulheres não conheciam. Elas ficaram curiosas, mas, antes, precisavam cuidar de questões mais urgentes.

Cheng Xin pediu para o computador exibir notícias da Terra, mas o sistema respondeu que só havia recebido algumas transmissões do planeta, e o conteúdo de vídeo e áudio era praticamente incompreensível. Eles olharam para as poucas janelas de informações abertas e viram só imagens borradas obtidas com câmeras automáticas. O computador acrescentou que podia apresentar o vídeo obtido pelo sistema de monitoramento de espaçonaves perto da Terra. Uma nova janela grande se abriu, e a Terra achatada ocupava toda a tela.

Os três pensaram imediatamente que a imagem parecia irreal, e até desconfiaram que tinha sido fabricada pelo computador para enganá-los.

— Que diabos é isto? — gritou AA.

— É a Terra há cerca de sete horas. A câmera se encontra a cinquenta unidades astronômicas de distância, e a magnificação angular é de quatrocentos e cinquenta vezes.

Eles olharam mais detidamente para o vídeo holográfico obtido pela lente telescópica. O corpo da Terra achatada aparecia com muita clareza, e os "três anéis" eram ainda mais densos do que vistos a olho nu. O colapso provavelmente já havia acabado, e a Terra bidimensional estava escurecendo. Mas o mais chocante foi o oceano bidimensional congelado — o anel branco em volta da borda da Terra. Eles conseguiam distinguir nitidamente os grãos que formavam o anel: flocos de neve! Eram flocos de tamanho inconcebível, hexagonais, mas cada um tinha hastes de cristal inigualáveis — incríveis, de beleza indescritível. A visão de flocos de neve a cinquenta unidades astronômicas de distância já era extremamente surreal, e a disposição lado a lado daqueles flocos imensos no plano, sem qualquer sobreposição, aumentava ainda mais a sensação de irrealidade. Pareciam reproduções estritamente artísticas de flocos de neve, intensamente decorativas, transformando o mar bidimensional congelado em uma obra de arte cenográfica.

— De que tamanho são esses flocos de neve? — perguntou AA.

— Na maioria, o diâmetro varia de quatro a cinco mil quilômetros — o computador da nave, incapaz de assombro, continuava falando em tom sereno.

— Maiores que a lua! — disse Cheng Xin.

O computador abriu algumas outras janelas, e cada uma exibia um floco de neve ampliado. Nessas imagens, a noção de escala sumiu, e os flocos pareciam espíritos diminutos vistos sob uma lupa, cada floco prestes a se tornar uma pequena gotinha assim que caísse na palma de alguma mão.

— Ah... — Luo Ji levantou a mão para cofiar a barba de novo, e dessa vez ele conseguiu.

— Como eles se formaram?

— Não sei — respondeu o computador. — Não estou encontrando informações sobre cristalização de água em escala astronômica.

No espaço tridimensional, a formação de flocos de neve seguia as leis de crescimento de cristais. Em tese, essas leis não restringiam o tamanho dos flocos. O maior floco já registrado na história tinha trinta e oito centímetros de diâmetro.

Ninguém sabia quais leis regiam o crescimento de cristais de gelo em espaço bidimensional. Quaisquer que fossem, elas permitiam que chegassem a cinco mil quilômetros.

— Netuno e Saturno têm água, e amônia também pode formar cristais. Por que não vimos flocos de neve grandes neles? — perguntou Cheng Xin.

O computador disse que não sabia.

Luo Ji apertou os olhos e apreciou a versão bidimensional da Terra.

— Vocês não acham que os oceanos parecem bem bonitos assim? Só a Terra merece uma coroa tão linda.

— Eu gostaria muito de saber como são as florestas, como são as pradarias, como são as cidades antigas — disse Cheng Xin, lentamente.

O luto finalmente os atingiu, e AA começou a soluçar. Cheng Xin desviou os olhos do oceano de flocos de neve e não emitiu nenhum som enquanto as lágrimas começavam a fluir. Luo Ji balançou a cabeça, suspirou e continuou bebericando o chá. O luto foi moderado até certo ponto pela consciência de que, no fim, eles também iriam para aquele espaço bidimensional.

Repousariam para sempre junto da Mãe Terra naquele plano.

Os três decidiram começar a terceira viagem de carregamento. Saíram da *Halo*, olharam para o céu e viram os três planetas bidimensionais. Netuno, Saturno e a Terra tinham ficado maiores ainda, e o cinturão de asteroides estava mais largo. Não era nenhuma alucinação. Eles perguntaram ao computador da nave.

— O sistema de navegação detectou uma divisão no referencial de navegação do Sistema Solar. O referencial um continua inalterado. Os marcadores de navegação nesse sistema ainda atendem aos critérios de reconhecimento: o Sol, Mercúrio, Vênus, Marte, Júpiter, Urano, Plutão e alguns asteroides e objetos no Cinturão de Kuiper. No entanto, o referencial dois se transformou drasticamente. Netuno, Saturno, a Terra e alguns asteroides perderam suas características como marcadores de navegação. O referencial um está se deslocando em direção ao referencial dois, o que resulta no fenômeno observado.

No céu, muitos pontos de luz em movimento surgiram diante das estrelas na direção contrária — a frota de naves tentando fugir do Sistema Solar. Algumas das luzes azuladas produziam caudas compridas. Algumas das naves passaram voando relativamente perto dos três. Com a luminosidade intensa dos motores funcionando em potência máxima, os três observadores perceberam sombras em movimento no chão. Nenhuma nave tentou pousar em Plutão.

Mas era impossível escapar da zona de colapso. O que o computador da *Halo* tentara dizer é: o espaço tridimensional do Sistema Solar era como um tapete grande sendo puxado por mãos invisíveis para um abismo de duas dimensões. Essas naves eram meras minhocas se arrastando no tapete — não conseguiriam estender seu tempo já limitado.

— Vão vocês sozinhas — disse Luo Ji. — Peguem só mais alguns objetos. Quero esperar aqui. Não quero perder. — Cheng Xin e AA sabiam a que ele se referia, mas não tinham nenhuma vontade de presenciar a cena.

Depois de voltar ao salão subterrâneo, as duas, sem ânimo para escolher, juntaram uma coleção aleatória de artefatos. Cheng Xin quis levar um crânio de Neandertal, mas AA o jogou fora.

— Já vamos ter muitos crânios nesse quadro — disse ela.

Cheng Xin admitiu que ela tinha razão. Os Neandertais mais antigos haviam vivido há no máximo algumas centenas de milhares de anos. Na melhor das hipóteses, o Sistema Solar achatado só receberia visitantes dali a mais algumas centenas de milhares. Aos olhos deles, os Neandertais e os humanos modernos pertenceriam à mesma espécie. Cheng Xin olhou para outros artefatos, mas não ficou empolgada com nenhum. Fosse para elas no presente ou para os observadores inimagináveis do futuro distante, nada ali importava tanto quanto o mundo que morria lá fora.

Elas deram uma última olhada pelo salão escuro e saíram com os artefatos. Mona Lisa as observou irem embora, com seu sorriso sinistro e misterioso.

Na superfície, elas viram que mais um planeta bidimensional surgira no céu: Mercúrio (Vênus estava do outro lado do Sol). Parecia menor que a Terra bidimensional, mas a luz gerada pelo colapso recente o deixou muito luminoso.

Depois de guardarem os artefatos no compartimento de carga, Cheng Xin e AA saíram da *Halo*. Luo Ji, que estava esperando do lado de fora, apoiado na bengala, disse:

— Tudo bem. Acho que já deu. Não adianta nada levar mais, de qualquer jeito.

As mulheres concordaram. Elas ficaram com Luo Ji na superfície plutoniana e esperaram a cena mais magnífica do espetáculo: o achatamento do Sol.

Naquele momento, Plutão estava a quarenta e cinco unidades astronômicas do Sol. Antes, como tanto o Sol quanto o planeta-anão estavam na mesma região de espaço tridimensional, a distância continuara a mesma. Porém, quando o Sol entrou em contato com o plano, ele parou de se movimentar, mas Plutão continuou caindo em sua direção, fazendo a distância entre os dois diminuir rapidamente.

Quando o Sol começou a cair em duas dimensões, a única mudança visível a olho nu foi um aparente aumento súbito de brilho e tamanho. O aumento de tamanho se devia à expansão acelerada da parte achatada do Sol no plano, mas, de longe, parecia que o próprio Sol estava crescendo. O computador da *Halo* projetou uma janela de informações grande do lado de fora da nave para exibir uma imagem holográfica obtida por uma lente telescópica, mas, conforme Plutão se aproximava do Sol, era possível ver até a olho nu o incrível espetáculo de uma estrela caindo em duas dimensões.

Assim que o Sol começou a se bidimensionalizar, um círculo se expandiu no plano. Em pouco tempo, o diâmetro do Sol plano superou o diâmetro do que restava do astro. Esse processo levou apenas trinta segundos. Com base no raio solar médio de setecentos mil quilômetros, a borda do Sol bidimensional cresceu a um ritmo de vinte mil quilômetros por segundo. O Sol plano continuou crescendo, formando um mar de fogo, e todo o Sol tridimensional naufragou lentamente nesse oceano vermelho-sangue de chamas.

Quatro séculos antes, Ye Wenjie subira ao topo da Base Costa Vermelha e contemplara um pôr do sol parecido nos últimos momentos de sua vida. Seu coração se esforçara para bater, como uma corda de cítara prestes a se romper, e uma névoa negra começara a obscurecer sua visão. No horizonte ocidental, o Sol que caía no mar de nuvens parecia derreter, e o sangue do Sol encharcava as nuvens e o céu, criando uma vasta mancha carmesim. Ela havia chamado aquilo de ocaso da humanidade.

Agora, o Sol realmente estava derretendo, e seu sangue encharcava o plano mortífero. Aquele era o último ocaso.

Ao longe, uma neblina branca emergiu do solo ao redor do campo de pouso. O nitrogênio e a amônia em estado sólido na superfície de Plutão se sublimaram, e a nova atmosfera rala começou a dispersar a luz solar. O céu já não parecia todo preto e exibia toques de roxo.

Enquanto o Sol tridimensional se punha, o Sol de duas dimensões nascia. Uma estrela achatada ainda irradiava luz para dentro do plano, então o Sistema Solar bidimensional recebeu a primeira iluminação. Os lados dos quatro planetas bidimensionais voltados para o Sol — Netuno, Saturno, a Terra e Mercúrio — brilharam com uma aura dourada, mas a luz só atingiu uma borda curva unidimensional. Os flocos de neve gigantescos em torno da Terra derreteram e viraram vapor branco, que foi espalhado pelo vento solar bidimensional no espaço bidimensional. Parte do vapor absorveu a luz dourada, e foi como se a Terra tivesse uma cabeleira que se sacudia ao vento.

Uma hora depois, o colapso do Sol em duas dimensões já estava completo.

Visto de Plutão, o Sol parecia uma oval gigantesca. Os planetas bidimensionais eram fragmentos minúsculos em comparação. Ao contrário dos planetas, o Sol não exibiu "três anéis" claros, mas se separou em três porções concêntricas em torno de um núcleo. O centro era muito luminoso, e não dava para distinguir nenhum detalhe — provavelmente correspondia ao núcleo do Sol original. O anel largo em torno do núcleo devia corresponder à zona radiativa original — um oceano vermelho brilhante fervendo em duas dimensões onde inúmeras estruturas celulares se formavam, se dividiam, se combinavam e desapareciam em rápida sucessão de um jeito aparentemente caótico e frenético no âmbito localizado, mas seguindo um padrão e ordem em uma escala maior, se visto como um todo. Fora desse anel ficava a zona convectiva. Como no Sol original, correntes de material solar transferiam calor para o espaço. Mas, ao contrário do caos na zona radiativa, a nova zona convectiva revelava uma estrutura nítida, com muitos aros de convecção de tamanho e formato semelhante dispostos lado a lado de maneira bem ordenada. A camada externa era a atmosfera solar. Correntezas douradas saltavam da borda circular e formavam grande quantidade de proeminências bidimensionais, uma imagem que lembrava bailarinas graciosas brincando sensualmente em torno do Sol. Algumas das "bailarinas" até chegavam a escapar do Sol e mergulhar longe no universo bidimensional.

— O Sol continua vivo em duas dimensões? — perguntou AA. Ela deu voz à esperança de todos três. Eles queriam que o Sol continuasse fornecendo luz e calor para o Sistema Solar plano, mesmo que não houvesse mais vida.

Mas sua esperança logo foi esmagada.

O Sol achatado começou a ficar escuro. A luz do núcleo diminuiu rapidamente, e logo foi possível distinguir sutis estruturas anelares dentro dele. A zona radiativa também estava se acalmando, e a ebulição arrefeceu, transformando-se em um movimento peristáltico viscoso. As revoluções na zona convectiva se distorceram, desintegraram-se e logo sumiram. As bailarinas douradas na periferia do Sol murcharam como folhas secas e perderam a vivacidade. Agora era possível perceber que pelo menos a gravidade continuava funcionando no universo bidimensional. As proeminências solares dançantes perderam o vigor da radiação solar e começaram a ser arrastadas de volta à borda do Sol pela gravidade. As bailarinas enfim cederam à gravidade e caíram, letárgicas, até que a atmosfera solar se tornou apenas um anel fino e liso em volta do Sol. À medida que o Sol se apagava, os arcos dourados na borda dos planetas também escureceram, e a cabeleira bidimensional da Terra, formada pelo oceano sublimado, perdeu o brilho dourado.

Tudo no mundo tridimensional morreu após cair em duas dimensões. Nada sobrevivia em um quadro sem profundidade.

Talvez um universo bidimensional pudesse ter seu próprio sol, planetas, vida, mas tudo precisaria surgir e funcionar de acordo com princípios completamente novos.

* * *

Enquanto os três prestavam atenção ao achatamento do Sol, Vênus e Marte também caíram no plano. Mas, em comparação com o Sol, a bidimensionalização desses dois planetas terrestres não foi nada impressionante. As versões achatadas de Marte e Vênus eram muito parecidas com a Terra em termos de estrutura de "três anéis". Havia muitas áreas ocas perto da borda de Marte, regiões da crosta marciana que continham água, o que indicava que o planeta tinha muito mais água do que se imaginava. Depois de um tempo, a água também assumiu uma coloração branca opaca, mas não surgiu nenhum floco de neve gigante. Havia flocos gigantes em torno do achatamento de Vênus, mas em muito menos quantidade do que os da Terra, e os flocos venusianos eram amarelados, indicando que não eram cristais de água. Pouco depois, os asteroides desse lado do Sol também acabaram achatados, completando a outra metade do colar do Sistema Solar.

Pequenos flocos de neve — com três dimensões — começaram a cair do céu plutoniano roxo-claro. Eram o nitrogênio e a amônia que tinham sido sublimados pela onda de energia emitida durante o achatamento do Sol e agora estavam sendo congelados e virando neve com a queda da temperatura após a extinção da estrela. A neve aumentou e logo acumulou uma camada grossa sobre o monólito e a *Halo*. Embora não houvesse nuvens, a neve pesada escurecia o céu de Plutão, e o Sol e os planetas bidimensionais pareciam difusos atrás de uma cortina. O mundo parecia menor.

— Você não se sente em casa? — AA levantou as mãos e girou na neve.

— Eu estava pensando a mesma coisa — disse Cheng Xin, assentindo. Ela também havia imaginado que neve seria um elemento exclusivo da Terra, e os flocos gigantes em volta do planeta achatado haviam confirmado essa impressão. A neve que caía naquele mundo frio e escuro nos limites do Sistema Solar proporcionou um resquício surpreendente do aconchego de casa.

Luo Ji observou AA e Cheng Xin tentando pegar a neve.

— Ei, vocês duas! Nem pensem em tirar as luvas!

Cheng Xin realmente sentira o impulso de pegar a neve com as mãos nuas. Ela queria sentir o frio ligeiro e ver os flocos cristalinos derreterem com o calor de seu corpo... mas é claro que tinha presença de espírito suficiente para não ceder ao impulso. Os flocos de nitrogênio e amônia estavam a duzentos e dez graus Celsius negativos. Se ela tirasse as luvas, sua mão ficaria frágil e dura como vidro, e a sensação de estar na Terra desapareceria em um instante.

— Nossa casa não existe mais — disse Luo Ji, balançando a cabeça, apoiado na bengala. — Nossa casa agora é só uma pintura.

A neve de nitrogênio e amônia não durou muito. Os flocos rarearam, e a tonalidade arroxeada da atmosfera de nitrogênio e amônia se dissipou. O céu voltou a ficar todo transparente e escuro. Eles viram que o Sol e os planetas tinham crescido mais ainda, indicando que Plutão estava cada vez mais perto daquele abismo bidimensional.

Quando a neve parou, uma luz forte surgiu perto do horizonte. Ela ganhou intensidade rapidamente e logo engoliu o Sol bidimensional. Embora não desse para ver os detalhes, eles sabiam que era Júpiter, o maior planeta do Sistema Solar, caindo no plano. Plutão girava lentamente, e parte do Sistema Solar achatado havia caído sob o horizonte, então eles tinham achado que não conseguiriam testemunhar o colapso de Júpiter, mas, aparentemente, o ritmo da queda em duas dimensões estava se acelerando.

Eles pediram para o computador da *Halo* procurar transmissões de Júpiter. Havia muito poucas transmissões de imagens e vídeos, e a maioria estava indecifrável. Quase todas as mensagens que eles receberam eram só de áudio. Todos os canais de comunicação estavam cheios de ruído, sobretudo vozes humanas, como se o resto do espaço no Sistema Solar tivesse sido tomado por um mar enlouquecido de pessoas. As vozes choravam, gritavam, soluçavam, riam histericamente... e algumas até cantavam. Com o ruído caótico ao fundo, era impossível entender o que estava sendo cantado, mas dava para perceber que muitas vozes cantavam em harmonia. A música era solene, lenta, como um hino. Cheng Xin perguntou ao computador se seria possível receber alguma transmissão oficial do Governo Federal. O computador respondeu que todas as comunicações oficiais do governo tinham sido encerradas com o achatamento da Terra. O Governo Federal não conseguiu cumprir a promessa de continuar em operação até o fim do Sistema Solar, afinal de contas.

As naves que estavam tentando fugir continuavam passando perto de Plutão.

— Crianças, é hora de vocês irem — disse Luo Ji.

— Vamos juntos — disse Cheng Xin.

— Para quê? — Luo Ji balançou a cabeça e sorriu. Ele apontou para o monólito com a bengala. — Vou ficar mais confortável aqui.

— Tudo bem. Vamos esperar até Urano ser achatado para passar mais tempo com você — disse AA.

De fato, parecia não adiantar nada insistir. Mesmo se Luo Ji entrasse na *Halo*, só protelaria o inevitável por mais uma hora. Ele não precisava desse tempo. Na verdade, se Cheng Xin e AA não estivessem em missão, também não dariam a mínima para esse tempo.

— Não. Vocês precisam sair agora! — disse Luo Ji. Ele bateu a bengala no chão com força, o que o fez flutuar na gravidade baixa. — Ninguém sabe até que ponto o colapso se acelerou a esta altura. Cumpram sua missão! Podemos continuar em contato, e não vai fazer diferença se estamos juntos ou não.

Cheng Xin hesitou por um instante, depois assentiu.

— Tudo bem. Vamos embora. Mantenha contato!

— Claro. — Luo Ji levantou a bengala em um gesto de despedida e se virou para andar até o monólito. Na gravidade fraca, ele quase flutuava acima da neve no chão e tinha que usar a bengala como freio. Cheng Xin e AA ficaram observando até a figura envelhecida da Barreira, do Portador da Espada, do último coveiro da humanidade desaparecer atrás da porta do monólito.

As duas voltaram para dentro da *Halo*. O iate decolou imediatamente, espalhando neve para todos os lados com os propulsores. Em pouco tempo atingiu velocidade de escape suficiente para entrar em órbita — apenas um pouco mais de um quilômetro por segundo. Pela escotilha e pelo monitor, elas viram manchas brancas junto das porções de preto e azul na superfície de Plutão. As palavras gigantes "Civilização da Terra", escritas em diversos idiomas e alfabetos, tinham sido cobertas pela neve e estavam quase ilegíveis. A *Halo* passou pelo vão entre Plutão e Caronte como se sobrevoasse um vale, de tão próximos que os corpos celestes estavam.

Nesse "vale", havia muitas outras estrelas em movimento — as naves tentando fugir. Todas estavam voando muito mais rápido que a *Halo*. Uma passou por elas a menos de cem quilômetros de distância, e o brilho dos exaustores iluminou a superfície lisa de Caronte. Elas enxergaram nitidamente o casco triangular e a chama azul de quase dez quilômetros de comprimento que saía dos exaustores.

— Aquela é *Mycenae* — explicou o computador —, uma nave planetária sem sistema de ciclagem ecológica. Depois de sair do Sistema Solar, um passageiro não resistiria cinco anos, mesmo se todos os recursos da nave fossem dedicados apenas para preservá-lo.

O computador não sabia que a *Mycenae* não conseguiria sair do Sistema Solar. Como todas as outras naves em fuga, ela só existiria por no máximo três horas em espaço tridimensional.

A *Halo* saiu do vale de Plutão e Caronte e trocou os dois mundos escuros pelo espaço aberto. Elas viram toda a área bidimensional do Sol e de Júpiter, cujo processo de achatamento já estava quase acabando. Agora, com exceção de Urano, a vasta maioria do Sistema Solar já havia caído no plano.

— Ah, céus! Noite estrelada! — gritou AA.

Cheng Xin sabia que ela estava se referindo ao quadro de Van Gogh. Realmente, o universo parecia mesmo o quadro. Em sua memória, a obra era quase uma cópia perfeita do Sistema Solar bidimensional diante de seus olhos. O espaço estava tomado por planetas gigantescos, e a área deles parecia superar até as lacunas entre eles. Mas a imensidão dos planetas não proporcionava nenhuma substancialidade. Na verdade, eles pareciam turbilhões no espaço-tempo. No universo, cada parte do espaço fluía, se revolvia, tremia entre a loucura e o horror como labaredas de fogo que só emitiam frio. O Sol e os planetas e toda substância e existência pareciam apenas alucinações produzidas pela turbulência do espaço-tempo.

Cheng Xin se lembrou de ter uma sensação estranha sempre que olhava para o quadro de Van Gogh. Todo o resto do quadro — as árvores que pareciam em chamas, e o vilarejo e as montanhas à noite — exibia perspectiva e profundidade, mas o céu estrelado acima não tinha absolutamente nenhuma tridimensionalidade, como uma pintura suspensa no espaço.

Porque a noite estrelada era bidimensional.

Como Van Gogh podia ter pintado aquilo em 1889? Será que ele, após um segundo colapso mental, realmente saltara cinco séculos e vira a noite diante delas apenas por meio de seu espírito e de sua consciência delirante? Ou talvez fosse o contrário: ele havia visto o futuro, e aquele cenário do Juízo Final fora o responsável por seu colapso e, com o tempo, seu suicídio.

— Crianças, está tudo bem? O que vocês vão fazer agora? — Luo Ji surgiu em uma janela nova. Ele havia tirado o traje espacial, e o cabelo e a barba branca flutuavam na gravidade baixa como se estivessem dentro da água. Atrás dele estava o túnel que havia sido projetado para durar cem milhões de anos.

— Oi! Vamos jogar os artefatos no espaço — disse AA. — Mas queremos ficar com *Noite estrelada*.

— Acho que vocês deviam ficar com todos. Não joguem nada. Fiquem com eles e vão embora.

Cheng Xin e AA se entreolharam.

— Ir para onde? — perguntou AA.

— Para onde quiserem. Podem ir para qualquer lugar na Via Láctea. Vocês provavelmente conseguiriam chegar à galáxia de Andrômeda. A *Halo* é capaz de atingir a velocidade da luz. Ela é equipada com o único motor de propulsão por curvatura do mundo.

Choque total. AA e Cheng Xin não conseguiam falar nada.

— Eu fiz parte do grupo de cientistas que trabalhou clandestinamente em propulsão por curvatura — disse Luo Ji. — As pessoas que tinham trabalhado na Cidade Halo não desistiram depois da morte de Wade. Quando os que haviam sido presos foram soltos, eles construíram outra base de pesquisa secreta, e seu grupo Halo foi revivido e se desenvolveu o bastante para continuar o trabalho. Sabem onde ficava essa base? Em Mercúrio, outro lugar do Sistema Solar onde poucas pessoas botavam os pés. Quatro séculos atrás, um homem chamado Manuel Rey Diaz, outra Barreira, usou bombas de hidrogênio gigantes para abrir uma cratera lá. A base foi instalada nessa cratera, e a construção levou mais de trinta anos. A base toda era coberta por uma redoma. Os responsáveis alegaram que era um instituto de pesquisa dedicado a estudar a atividade solar.

Um clarão surgiu pela escotilha. AA e Cheng Xin o ignoraram, mas o computador da nave explicou que Urano também havia começado a passar por uma "alteração de estado", o que significava que também havia caído em duas dimensões. Agora, não havia mais nada entre elas e Plutão.

— Trinta e cinco anos depois da morte de Wade, as pesquisas em propulsão por curvatura foram retomadas na base de Mercúrio. Os cientistas começaram a partir do ponto em que foi possível deslocar um segmento de dois milímetros do seu cabelo por dois centímetros. As pesquisas prosseguiram por meio século, com algumas interrupções por motivos variados, e com o tempo o trabalho de pesquisa teórica deu lugar ao desenvolvimento tecnológico. Nas últimas fases do processo de desenvolvimento, eles precisaram conduzir experimentos com propulsão por curvatura em larga escala. Isso era um problema para a base de Mercúrio, porque os recursos lá eram limitados, e um experimento produziria rastros imensos, que revelariam o verdadeiro objetivo da base. Na realidade, com base no tráfego na base durante mais de cinquenta anos, era inconcebível que o Governo Federal não fizesse a menor ideia do que estavam fazendo de verdade, mas, devido à pequena escala dos experimentos e ao fato de que todas as pesquisas foram conduzidas sob o disfarce de outros projetos, o governo havia tolerado as atividades. Porém, experimentos em larga escala demandavam a colaboração do governo. Nós pedimos, e a colaboração correu muito bem.

— Eles revogaram as leis que proibiam naves capazes de alcançar a velocidade da luz? — perguntou Cheng Xin.

— Não, de jeito nenhum. O governo colaborou porque... — Luo Ji bateu com a bengala no chão e hesitou. — Depois a gente fala disso. Alguns anos atrás, terminamos três motores por curvatura e realizamos três testes não tripulados. O Motor Um atingiu a velocidade da luz a cerca de cento e cinquenta unidades astronômicas do Sol e voltou para cá depois de algum tempo de voo. Para o motor, o experimento durou só uns dez minutos, mas, para nós, ele só voltou depois de três anos. O segundo teste foi com os motores Dois e Três simultaneamente. Agora, estão ambos fora da Nuvem de Oort e devem voltar ao Sistema Solar daqui a seis anos. O Motor Um, que já foi testado, está instalado na *Halo*.

— Mas como é que eles só mandaram nós duas? — gritou AA. — Tinha que ter pelo menos outros dois homens também.

Luo Ji balançou a cabeça.

— Não deu tempo. A colaboração entre o Grupo Halo e o Governo Federal foi sigilosa. Muito pouca gente sabia da existência dos motores por curvatura, e eram menos ainda os que sabiam onde estava o último motor que restava no Sistema Solar. E era perigoso demais. Quem sabe o que as pessoas são capazes de fazer quando o fim está próximo? Todo mundo lutaria pela *Halo*, e talvez acabasse não sobrando nada. Então tivemos que tirar a *Halo* do Mundo Casamata antes de anunciar o alerta de ataque de floresta sombria ao público. Não deu tempo mesmo. Cao Bin mandou a *Halo* para Plutão porque queria que vocês me levassem junto. Mas ele devia ter feito a *Halo* sair de Júpiter na velocidade da luz.

— Por que você não veio com a gente? — gritou AA.

— Já vivi muito. Mesmo se eu estiver na nave, não vou durar muito mais tempo. Prefiro ficar aqui como coveiro.

— Nós podemos voltar e buscá-lo! — disse Cheng Xin.

— Não se atrevam! Não dá tempo!

O espaço tridimensional em que elas estavam acelerava rumo ao plano bidimensional. O Sol de duas dimensões, já totalmente apagado e apenas um vasto mar morto vermelho-escuro, preenchia quase todo o campo de visão da *Halo*. Cheng Xin e AA repararam que o plano não era completamente achatado, mas ondulava! Uma onda comprida se deslocava lentamente por ele. Lembrava uma onda do espaço tridimensional que havia permitido que a *Espaço Azul* e a *Gravidade* encontrassem pontos de distorção para entrar no espaço tetradimensional. O movimento era perceptível até em lugares onde o plano não tinha objetos bidimensionais. As ondas eram uma visualização do espaço bidimensional em três dimensões e só aconteciam quando o espaço bidimensional era grande o bastante.

Na *Halo*, a distorção do espaço-tempo provocada pela queda acelerada começara a ficar perceptível, à medida que o espaço se esticava na direção da queda. Cheng Xin reparou que as escotilhas redondas começavam a parecer ovaladas, e a esbelta AA estava baixa e atarracada. Mas Cheng Xin e AA não sentiram desconforto algum, e os sistemas da nave funcionavam normalmente.

— Volte para Plutão! — disse Cheng Xin para o computador. Então se virou para a janela de Luo Ji. — Vamos voltar. Dá tempo... Urano ainda está sendo achatado.

— De todas as pessoas autorizadas em alcance dos sistemas de comunicação — respondeu o computador, com frieza —, Luo Ji é o que detém o nível mais alto de permissão. Só ele pode ordenar que a *Halo* volte a Plutão.

Luo Ji sorriu diante do túnel.

— Se eu quisesse ir, teria entrado na nave com vocês antes. Estou velho demais para viajar para longe de casa. Não se preocupem comigo, crianças. Como eu disse, não acho que perdi nada. Preparar propulsão por curvatura!

As últimas palavras de Luo Ji foram dirigidas ao computador da nave.

— Parâmetros de curso? — perguntou o computador.

— Siga na direção presente. Não sei aonde querem ir, e duvido que vocês saibam. Se pensarem em algum destino, é só apontá-lo no mapa estelar. A nave é capaz de navegação automática em um raio de cinquenta mil anos-luz.

— Confirmado — disse o computador. — Iniciando propulsão por curvatura em trinta segundos.

— Nós precisamos ficar imersas em fluido de mar profundo? — perguntou AA. Mas, racionalmente, ela sabia que, em uma propulsão convencional, aquela aceleração a transformaria em panqueca com ou sem fluido.

— Não é preciso nenhum preparativo para vocês. Esse método de propulsão se baseia na manipulação do espaço, e dessa forma não ocorre hipergravidade. Motor de propulsão por curvatura ativado. Sistema operando em condições normais. Curvatura do espaço local: 23,8. Proporção de curvatura adiante: 3,41:1. A *Halo* atingirá a velocidade da luz em sessenta e quatro minutos e dezoito segundos.

Para Cheng Xin e AA, o anúncio do computador foi como uma ordem de parada total, porque, de repente, tudo ficou em silêncio. Elas entenderam que o silêncio resultara da desativação do motor por fusão nuclear, mas a vibração do reator de fusão e dos propulsores desapareceu e não foi substituída por nenhum outro barulho. Era difícil acreditar que algum outro motor tinha sido ativado.

Mas houve sinais de propulsão por curvatura. A distorção no espaço sumiu gradualmente: as escotilhas voltaram a ser círculos, e AA estava esbelta de novo. Pelas escotilhas, elas ainda conseguiam ver outras naves fugitivas passando pela *Halo*, mas agora passavam muito mais devagar.

O computador da nave começou a reproduzir algumas das mensagens que passavam entre as naves fugitivas — talvez porque as mensagens tivessem a ver com a *Halo*.

— Olhem aquela nave! Como ela consegue acelerar tanto? — gritou uma mulher.

— Ah! As pessoas lá dentro devem ter virado carne moída — disse um homem.

— Idiotas. Até a própria nave seria esmagada por essa aceleração. Mas olhem lá: está em condições perfeitas. Aquilo não é um motor por fusão, é algo bem diferente.

— Propulsão por curvatura? Velocidade da luz? Aquela nave chega à velocidade da luz!

— Então os boatos estavam certos. Construíram naves secretas com capacidade de atingir a velocidade da luz para conseguirem fugir...

— Aaahhhhh...

— Ei, alguma nave na frente? Parem aquela nave! Batam nela. Se todos nós vamos morrer, ninguém mais pode viver!

— Eles vão atingir velocidade de escape! Vão conseguir fugir e viver! Ahhhh! Quero aquela nave! Segurem-na; segurem-na e matem todos lá dentro!

Outro grito — desta vez de AA, dentro na nave.

— Como é que agora são dois Plutões?

Cheng Xin se virou para a janela de informações que AA estava observando. Uma imagem de Plutão obtida pelo sistema de monitoramento da nave estava sendo exibida. Embora Plutão estivesse a certa distância, era nítido que tanto ele quanto Caronte tinham sido duplicados, e os gêmeos estavam lado a lado. Cheng Xin percebeu que alguns dos objetos achatados no espaço bidimensional também tinham sido duplicados. O efeito foi o mesmo de usar um software para selecionar um pedaço de uma imagem, copiá-lo e colar ao lado da original.

— Isso se deve ao fato de que a luz desacelera no rastro produzido pela *Halo* — disse Luo Ji. Sua imagem estava ficando cada vez mais distorcida, mas a voz ainda soava com clareza. — Plutão ainda está se movendo. Um dos Plutões que vocês estão vendo é resultado da luz lenta. Quando Plutão saiu do rastro da *Halo*, a luz viajando à velocidade normal forneceu uma segunda imagem. É por isso que vocês estão vendo duplicado.

— A luz desacelera? — Cheng Xin pressentiu a revelação de um grande segredo.

Luo Ji continuou:

— Eu soube que vocês chegaram à ideia de propulsão por curvatura a partir de um barquinho impelido por um sabonete. Deixem-me perguntar: depois que o barco chegou ao outro lado da banheira, vocês o recolocaram de volta e tentaram de novo?

Não. Com medo dos sófons, Cheng Xin jogara o barquinho de papel fora. Mas era fácil imaginar o que teria acontecido.

— A nave não se mexeria, ou pelo menos só andaria muito devagar — disse Cheng Xin. — Depois da primeira viagem, a tensão da superfície da água na banheira já havia sido reduzida.

— Exato. Vale o mesmo princípio para naves capazes de chegar à velocidade da luz. A própria estrutura do espaço é alterada pelo rastro de uma nave impelida por curvatura. Se outra nave com propulsão fosse colocada no rastro da primeira, ela mal se deslocaria. No rastro de uma nave assim, é preciso usar um motor de propulsão por curvatura mais potente. Ainda seria possível usar esse método de propulsão para chegar à velocidade máxima atingível nesse espaço, mas essa velocidade seria muito menor do que a velocidade máxima da primeira nave. Em outras palavras, a velocidade da luz no vácuo reduz no rastro dessas naves.

— Até quanto?

— Em tese, poderia cair para zero, mas isso não é factível. No entanto, se a proporção de curvatura do motor da *Halo* fosse ativada com força total, seria possível reduzir a velocidade da luz no rastro a exatamente o que estávamos tentando: 16,7 quilômetros por segundo.

— E aí teríamos... — disse AA, olhando para Luo Ji.

O domínio negro, pensou Cheng Xin.

— O domínio negro — disse Luo Ji. — É claro que uma única nave não basta para produzir um domínio negro capaz de conter toda uma estrela e seu respectivo sistema planetário. Pelos nossos cálculos, seria preciso mais de mil naves com propulsão por curvatura para isso. Se todas essas naves partissem de perto do Sol em todas as direções à velocidade da luz, os rastros produzidos se expandiriam e se aglutinariam, formando uma esfera que engoliria todo o Sistema Solar. A velocidade da luz nessa esfera seria de 16,7 quilômetros por segundo... um buraco negro de velocidade da luz reduzida, ou um domínio negro.

— Então domínios negros podem ser um subproduto de naves que viajam à velocidade da luz...

No cosmo, o rastro de um motor de propulsão por curvatura poderia indicar perigo, mas também serviria de aviso de segurança. Um rastro distante de um mundo era sinal de perigo; um rastro que envolvia um mundo, de segurança. Era como uma corda de forca, indicando perigo e agressão caso estivesse na mão de alguém, mas segurança se estivesse no pescoço dessa mesma pessoa.

— Certo, mas descobrimos isso tarde demais. Quando estavam estudando a propulsão por curvatura, os cientistas experimentais se adiantaram aos teóricos. Vocês devem saber que o estilo de Wade era assim. Muitas descobertas experimentais não puderam ser explicadas pela teoria, mas, sem um arcabouço teórico, alguns fenômenos acabaram sendo ignorados. Nos primeiros anos das pesquisas, quando a maior conquista foi deslocar seu cabelo, os rastros produzidos pela propulsão por curvatura eram finos e diminutos, e quase ninguém reparou, embora houvesse muitos sinais de que havia algo estranho: por exemplo, depois que o rastro se expandia, a velocidade baixa da luz provocava panes nos circuitos integrados quânticos de computadores próximos, mas ninguém parou para investigar. Mais tarde, quando a escala dos experimentos aumentou, as pessoas finalmente descobriram o segredo dos rastros de velocidade da luz. Foi por causa dessa descoberta que o Governo Federal aceitou colaborar conosco. Na verdade, eles colocaram todos os recursos disponíveis no desenvolvimento de naves capazes de atingir a velocidade da luz, mas já não dava mais tempo. — Luo Ji balançou a cabeça e suspirou.

Cheng Xin disse o que ele não teve forças para falar.

— Passaram-se trinta e cinco anos entre o Incidente da Cidade Halo e a conclusão da base em Mercúrio. Trinta e cinco anos preciosos se perderam.

Luo Ji assentiu. Cheng Xin achou que a expressão dele ao observá-la já não estava mais carregada de simpatia, mas parecia as chamas do Juízo Final. Era como se aquele olhar dissesse: *Criança, veja só o que você fez.*

Cheng Xin compreendeu que, das três rotas para a sobrevivência diante da humanidade — o Projeto Casamata, o Plano do Domínio Negro e as naves capazes de atingir a velocidade da luz —, só as naves eram a opção certa.

Yun Tianming indicara isso, mas ela o bloqueara.

Se não tivesse impedido Wade, Cidade Halo poderia ter se tornado independente. Ainda que fosse uma independência breve, eles poderiam ter descoberto os efeitos dos rastros da velocidade da luz e convencido o governo a mudar de opinião a respeito dessas naves. A humanidade talvez tivesse tido tempo de construir mil naves para formar o domínio negro, evitando aquele ataque dimensional.

A humanidade poderia ter se dividido em duas partes: os que queriam voar para as estrelas e os que queriam ficar no domínio negro e viver em tranquilidade. Todos teriam conseguido o que queriam.

No fim, ela havia cometido outro erro grave.

Em duas ocasiões ela havia sido posta em posição de autoridade inferior apenas a Deus, e em ambas ela lançara o mundo no abismo em nome do amor. Dessa vez, ninguém poderia consertar seu erro.

Ela começou a odiar uma pessoa: Wade. Ela o odiava por ter cumprido a promessa. Por quê? Pelo orgulho masculino, ou por ela? Cheng Xin sabia que Wade não conhecia os efeitos dos rastros da propulsão por curvatura. Seu objetivo na pesquisa de naves capazes de atingir a velocidade da luz fora declarado com eloquência por aquele soldado anônimo da Cidade Halo: uma luta pela liberdade, por uma chance de viver como pessoas livres no cosmo, pelos bilhões e bilhões de mundos novos que existiam lá fora. Ela acreditava que ele não teria cumprido a promessa se soubesse que a viagem espacial à velocidade da luz era a única opção para a vida da humanidade.

Não fazia muito tempo desde que, em Plutão, Cheng Xin vivenciara um dos momentos mais tranquilos de sua vida. Realmente, era fácil enfrentar o fim do mundo. Todas as responsabilidades desapareciam, assim como todas as preocupações e ansiedades. A vida era simples e pura como no instante em que a criança saía do útero da mãe. Cheng Xin só precisava esperar em paz pelo fim artístico, poético, por sua vez de se unir à pintura gigante do Sistema Solar.

Mas, agora, tudo havia sido revirado. No passado, a cosmologia apresentara um paradoxo: se o universo era infinito, então todos os pontos do universo sentiriam o efeito cumulativo da gravidade infinita produzida por uma quantidade infinita de corpos celestes. Cheng Xin de fato estava sentindo uma gravidade infinita. A força vinha de todos os cantos do universo, rasgando sua alma sem misericórdia.

O horror de seus últimos instantes como Portadora da Espada, cento e vinte e sete anos antes, voltou à tona à medida que quatro bilhões de anos de história se impunham sobre ela e a sufocavam. O céu estava cheio de olhos que a encaravam: os olhos de dinossauros, trilobitas, formigas, pássaros, borboletas, bactérias... Só a quantidade de homens e mulheres que haviam vivido na Terra continha cem bilhões de pares de olhos.

Cheng Xin viu os olhos de AA e compreendeu o que eles diziam: *Você finalmente sofreu algo pior que a morte.*

Ela sabia que sua única opção era continuar viva. Ela e AA eram as duas últimas sobreviventes da civilização humana. Sua morte seria a morte de metade de tudo o que restava da humanidade. Continuar viva era o castigo adequado para seu erro.

Mas o caminho adiante estava vazio. No coração dela, o espaço já não era preto, mas incolor. De que adiantava ir para qualquer lugar?

— Para onde vamos? — murmurou Cheng Xin.

— Vá encontrá-los — disse Luo Ji. Sua imagem parecia mais embaçada ainda, e agora estava em preto e branco.

Suas palavras iluminaram os pensamentos sombrios de Cheng Xin como um relâmpago. Ela e AA se entreolharam e entenderam imediatamente a quem ele se referia.

— Eles ainda estão vivos — continuou Luo Ji. — O Mundo Casamata recebeu uma transmissão de ondas gravitacionais deles cinco anos atrás. Era uma mensagem curta e não indicava nenhuma localização. A *Halo* vai enviar chamados periódicos com ondas gravitacionais. Talvez vocês os encontrem; talvez eles encontrem vocês.

A imagem em preto e branco de Luo Ji desapareceu também, mas elas ainda ouviam sua voz. Ele disse uma última coisa.

— Ah, chegou a hora de eu entrar na pintura. Boa viagem, crianças.

A transmissão de Plutão foi interrompida.

No monitor, elas viram Plutão se iluminar e se expandir em duas dimensões. A parte dele que continha o museu foi a primeira a tocar o plano.

O efeito Doppler da velocidade da *Halo* já era perceptível. A luz das estrelas adiante se deslocou para o azul, enquanto a luz das estrelas atrás se deslocou para o vermelho. O deslocamento de cor era visível no Sistema Solar bidimensional.

Do lado de fora, não se via nenhuma outra nave em fuga; a *Halo* havia ultrapassado todas. Todas as naves fugitivas estavam caindo no espaço bidimensional como gotas de chuva em uma vidraça.

A *Halo* recebeu muito poucas transmissões na direção do Sistema Solar. Devido ao efeito Doppler, as vozes súbitas e breves pareciam estranhas, como se cantassem.

— Estamos muito perto! Vocês estão atrás de nós?

— Não faça isso! Não!

— Não dói. Estou falando, vai acabar em um instante.

— Você ainda não acredita em mim, depois de tudo? Então tudo bem, não acredite.

— Sim, querida, vamos ficar muito magros.

— Vem cá. Vamos ficar juntos.

Cheng Xin e AA escutaram. As vozes foram ficando mais raras, e separadas por intervalos cada vez maiores. Depois de trinta minutos, elas ouviram a última voz a sair do Sistema Solar:

— Ahhhhhhhhh...

A voz foi interrompida. O quadro gigante chamado de Sistema Solar estava completo.

A *Halo* continuou caindo em direção ao plano. A velocidade em que já estava reduzia o ritmo da queda, mas a nave ainda não atingira velocidade de escape. Àquela altura, a *Halo* era o único objeto tridimensional humano no Sistema Solar, e Cheng Xin e AA eram as únicas pessoas fora do quadro. Estava muito perto do plano, e, visto daquele ângulo, o Sol bidimensional parecia o mar visto da praia: a superfície vermelho-escura se estendia ao longe sem fim. O disco recém-achatado de Plutão já estava muito grande, e ainda se expandia a um ritmo perceptível a olho nu. Cheng Xin examinou os belos "três anéis" de Plutão e tentou encontrar sinais do museu, mas não achou nada — era pequeno demais. A cascata gigante que era o espaço tridimensional despencando rumo ao plano achatado parecia inexorável. Cheng Xin começou a duvidar de que o motor de propulsão por curvatura realmente seria capaz de lançar a nave à velocidade da luz. Ela torceu para que tudo acabasse.

Mas, então, o computador da nave falou.

— A *Halo* atingirá a velocidade da luz em cento e oitenta segundos. Por favor, selecione um destino.

— Não sabemos para onde ir — disse AA.

— Vocês podem selecionar um destino depois de atingirmos a velocidade da luz. No entanto, subjetivamente, não vão ficar muito tempo nessa velocidade, e é fácil errar o ponto de destino. É melhor selecionar agora.

— Não sabemos onde encontrá-los — disse Cheng Xin. A existência deles dava alguma luz ao futuro, mas ela ainda se sentia perdida.

AA segurou as mãos dela.

— Você esqueceu? Além deles, *ele* também existe no universo.

É, ele ainda existe. Cheng Xin sentiu um pesar arrebatador. Nunca houvera ninguém que ela quisesse tanto ver.

— Você tem um encontro — disse AA.

— Sim, temos um encontro — repetiu Cheng Xin, mecanicamente. A torrente de emoções a deixou entorpecida.

— Então vamos para a sua estrela.

— É, vamos para a nossa estrela! — Ela se virou para o computador da nave. — Pode encontrar a DX3906? Esse era o número com que ela era identificada no começo da Era da Crise.

— Sim. A estrela agora é chamada S74390E2. Favor confirmar.

Um grande mapa estelar holográfico apareceu diante delas. Ele exibia tudo que havia a até quinhentos anos-luz do Sistema Solar. Uma das estrelas ficou bem vermelha, e uma seta branca apontou para ela. Cheng Xin a conhecia muito bem.

— É essa. Vamos lá.

— Curso estabelecido e confirmado. A *Halo* atingirá a velocidade da luz em cinquenta segundos.

O mapa estelar holográfico desapareceu. Na verdade, todo o casco da nave desapareceu, e foi como se Cheng Xin e AA flutuassem no próprio espaço. O computador nunca usara aquele modo de exibição antes. Diante delas estava o mar estrelado que era a Via Láctea, agora totalmente azul, como um mar de verdade. Atrás delas estava o Sistema Solar bidimensional, encharcado em um vermelho sangrento.

O universo tremeu e se transformou. Todas as estrelas diante delas saltaram à frente, como se metade do universo tivesse se tornado uma vasilha preta e as estrelas caíssem no fundo. Elas se aglomeraram na frente da nave e se fundiram em um único foco de luz, como uma safira gigante que não permitia mais que se distinguissem estrelas separadas. De tempos em tempos, algumas estrelas individuais pulavam para fora da safira e corriam pelo espaço totalmente preto até cair para trás da nave, mudando de cor ao longo do caminho: do azul para o verde, e amarelo, e ficando vermelhas assim que ficavam para trás. Olhando para a retaguarda, o Sistema Solar bidimensional e as estrelas se fundiram em uma bola vermelha, como uma fogueira no fim do universo.

A *Halo* voou à velocidade da luz em direção à estrela que Yun Tianming dera a Cheng Xin.

PARTE VI

ERA DA GALÁXIA, ANO 409
NOSSA ESTRELA

A *Halo* desativou o motor por curvatura e seguiu em inércia à velocidade da luz.

Durante a viagem, AA tentou consolar Cheng Xin, embora soubesse que seus esforços seriam em vão.

— É ridículo você se culpar pela destruição do Sistema Solar. Quem você pensa que é? Você acha que, se plantar bananeira no chão, vai segurar o planeta Terra nas mãos? Mesmo se não tivesse impedido Wade, seria difícil prever o resultado daquela guerra.

"Cidade Halo teria mesmo se tornado independente? Nem Wade tinha certeza. O Governo Federal e a Frota realmente seriam impedidos por um punhado de balas de antimatéria? Talvez Cidade Halo tivesse conseguido destruir algumas naves, ou até uma cidade espacial, mas acabaria sendo exterminada pela Frota da Federação. E, nessa versão da história, não haveria nenhuma base em Mercúrio, nenhuma segunda chance.

"Mesmo se Cidade Halo tivesse conseguido conquistar a independência, continuasse as pesquisas em propulsão por curvatura, descobrisse o efeito de desaceleração dos rastros e, no fim, colaborasse com o Governo Federal para construir mais de mil naves a tempo, você acha que as pessoas teriam aceitado formar o domínio negro? Lembre-se de que as pessoas estavam crentes que o Mundo Casamata sobreviveria a um ataque de floresta sombria... Por que elas aceitariam se isolar no domínio negro?"

As palavras de AA deslizaram pelos pensamentos de Cheng Xin como gotas de água em uma vitória-régia, sem deixar rastros. Cheng Xin só pensava em encontrar Yun Tianming e lhe contar tudo. Ela imaginava que uma viagem de duzentos e oitenta e sete anos-luz levaria muito tempo, mas o computador da nave a informou de que o trajeto levaria apenas cinquenta e duas horas pela perspectiva da nave. Tudo parecia irreal para Cheng Xin, como se já tivesse morrido e ido para outro mundo.

Ela passou muito tempo olhando o espaço pelas escotilhas. Sabia que cada estrela que saltava do aglomerado azul à frente, voava pela nave e se juntava ao aglomerado vermelho na popa era uma estrela que a *Halo* deixava para trás. Ela as contou e as observou passar do azul para o vermelho. Com o tempo, acabou adormecendo.

Quando acordou, a *Halo* já estava perto do destino. A nave girou cento e oitenta graus e ativou o motor por curvatura para desacelerar — na prática, a nave se impulsionava contra seu próprio rastro. Conforme foi desacelerando, o aglomerado azul e o vermelho começaram a se dispersar como dois focos de rojões explodindo, e logo se tornaram um mar de estrelas distribuídas uniformemente em torno da nave. A redução da velocidade também dissipou gradualmente os deslocamentos ao vermelho e ao azul. Cheng Xin e AA viram que a Via Láctea à frente delas ainda parecia mais ou menos igual, mas, atrás, elas não reconheciam nenhuma das estrelas. O Sistema Solar era uma distante lembrança.

— Agora estamos a 286,5 anos-luz do Sistema Solar — disse o computador.

— Então já se passaram duzentos e oitenta e seis anos lá? — perguntou AA. Ela estava com cara de quem tinha acabado de acordar de um sonho.

— Sim, na perspectiva de lá.

Cheng Xin deu um suspiro. Na situação atual do Sistema Solar, fazia diferença terem se passado duzentos e oitenta e seis ou 2,86 milhões de anos? Mas ela pensou em algo.

— Quando o colapso em duas dimensões acabou?

A pergunta também deixou AA sem palavras. É: quando acabou, se é que acabaria? Aquela pequena lâmina bidimensional continha alguma instrução para interromper o processo em algum momento? Cheng Xin e AA não possuíam noção teórica alguma de como um espaço tridimensional poderia cair em duas dimensões, mas tinham uma impressão instintiva de que o conceito de espaço bidimensional com uma instrução embutida para interromper a expansão infinita era mágico demais, o tipo de magia que parecia impossível.

O colapso não acabaria nunca?

Era melhor não pensar nisso.

A estrela chamada DX3906 era mais ou menos do tamanho do Sol. No começo da desaceleração da *Halo*, ela ainda parecia uma estrela comum, mas, quando o motor por curvatura foi desativado, a estrela já parecia um disco de luz mais vermelho que o do Sol.

A *Halo* ativou o reator de fusão, e o silêncio na nave se desfez. O zumbido do motor tomou todo o local, e cada superfície vibrava ligeiramente. O computador analisou os dados obtidos pelo sistema de monitoramento e confirmou os fatos básicos sobre aquele sistema solar: a DX3906 tinha dois planetas, ambos sólidos.

O que ficava mais distante da estrela era aproximadamente do tamanho de Marte, mas não tinha atmosfera e parecia cinzento — então Cheng Xin e AA decidiram chamá-lo de Planeta Cinza. O outro, mais perto da estrela, era mais ou menos do tamanho da Terra, e a superfície parecia a da Terra: uma atmosfera que continha oxigênio e muitos sinais de vida, mas sem sinais de agricultura ou indústria. Como era azul como a Terra, elas decidiram chamá-lo de Planeta Azul.

AA ficou feliz ao conseguir confirmar suas pesquisas. Mais de quatrocentos anos antes, ela havia descoberto o sistema planetário da estrela. Antes, as pessoas acreditavam que fosse uma estrela solitária sem planetas. Foi por meio desse trabalho que AA conheceu Cheng Xin. Sem essa coincidência, sua vida teria tomado um rumo completamente distinto. O destino era muito peculiar: quatro séculos antes, quando ela observara aquele mundo distante pelo telescópio, AA jamais teria imaginado que chegaria ali algum dia.

— Você conseguiu ver esses dois planetas na época? — perguntou Cheng Xin.

— Não. Era impossível percebê-los no espectro de luz visível. Talvez aqueles telescópios do sistema de alerta avançado do Sistema Solar conseguissem, mas só pude deduzir a existência deles por meio dos dados obtidos com a lente gravitacional solar... Mas cheguei a teorizar a respeito da aparência dos planetas, e parece que não errei muito.

A *Halo* tinha levado apenas cinquenta e duas horas (pela perspectiva da nave) para percorrer os duzentos e oitenta e seis anos-luz entre o Sistema Solar e o sistema planetário em volta da DX3906, mas foram oito dias inteiros para transpor as sessenta UA da periferia do sistema até o Planeta Azul a uma velocidade menor que a da luz. À medida que a *Halo* se aproximava, Cheng Xin e AA descobriram que a semelhança com a Terra era apenas superficial. A tonalidade azul do planeta não era resultado de nenhum oceano, e sim da cor da vegetação que cobria os continentes. Os oceanos do Planeta Azul eram amarelo-claros e cobriam só um quinto da superfície. O Planeta Azul era um mundo frio; cerca de um terço da superfície continental era coberto pela vegetação azul, e o restante estava imerso em neve. A maior parte do oceano estava congelada, e apenas pequenas regiões perto do equador estavam em forma líquida.

A *Halo* entrou em órbita em torno do Planeta Azul e começou a descer, mas o computador da nave anunciou uma nova descoberta.

— Foi detectada uma transmissão inteligente de rádio na superfície. É uma sinalização de pouso que usa formatos de comunicação originários do início da Era da Crise. Vocês desejam que eu siga essas instruções?

Cheng Xin e AA trocaram um olhar de entusiasmo.

— Sim! — disse Cheng Xin. — Siga as instruções para pousar.

— A hipergravidade será de quase 4 G. Por favor, assumam posição de pouso seguro. O procedimento de pouso será iniciado quando vocês estiverem prontas.

— Você acha que é ele? — perguntou AA.

Cheng Xin balançou a cabeça. Em sua vida, os momentos de felicidade eram apenas lacunas entre catástrofes colossais. Ela agora tinha medo da felicidade.

Elas se acomodaram nos assentos de hipergravidade, que as envolveram e as apertaram como mãos gigantes. A *Halo* desacelerou e desceu, entrando na atmosfera do Planeta Azul depois de uma série de solavancos violentos. Elas viram os continentes de azul e branco se sacudirem nas imagens captadas pelo sistema de monitoramento da nave.

Vinte minutos depois, a *Halo* pousou perto do equador. O computador sugeriu que Cheng Xin e AA esperassem dez minutos antes de sair dos assentos para permitir que o corpo se adaptasse à gravidade do Planeta Azul, que era parecida com a da Terra. Pela escotilha e pelos terminais do sistema de monitoramento, elas viram que o iate havia pousado no meio de uma pradaria azul. Não muito longe, viram montanhas suaves cobertas de neve — o local do pouso ficava quase no sopé da cordilheira. O céu era amarelo-claro, como o oceano visto do espaço. Um sol vermelho-claro brilhava no céu. Era meio-dia no Planeta Azul, mas a cor do céu e do sol lembrava o crepúsculo na Terra.

Cheng Xin e AA não examinaram o ambiente à sua volta com muito cuidado. Sua atenção se concentrou em outro veículo pequeno parado perto da *Halo*. Era uma embarcação minúscula, de quatro ou cinco metros de altura, com uma superfície cinza-escura. Tinha um perfil aerodinâmico, mas os estabilizadores de cauda eram muito pequenos. Não parecia uma aeronave, e sim uma nave de transporte solo-espaço.

Havia um homem parado ao lado da nave, de paletó branco e calça escura. A turbulência do pouso da *Halo* bagunçara seu cabelo.

— É ele? — perguntou AA.

Cheng Xin balançou a cabeça. Ela soube imediatamente que não era Yun Tianming.

O homem atravessou o mar azul de grama e veio andando na direção da *Halo*. Andava devagar, e sua postura e os movimentos indicavam certa exaustão. Ele não exibia nenhum sinal de surpresa ou entusiasmo, como se a chegada da *Halo* fosse um acontecimento perfeitamente normal. Parou a algumas dezenas de metros e esperou pacientemente na grama.

— É bonito — disse AA.

O homem parecia ter quarenta e poucos anos. Tinha feições orientais, e era de fato mais bonito do que Yun Tianming, com testa ampla e olhos sábios e gentis. Aquele olhar passava a impressão de que ele estava sempre pensando, como se não houvesse nada no universo, incluindo a *Halo*, capaz de surpreendê-lo, que tudo apenas o faria pensar mais. Ele levantou as mãos e as moveu em volta da cabeça, indicando um capacete. Em seguida, balançou a cabeça e acenou com uma das mãos, indicando que elas não precisavam usar traje espacial ali.

O computador da nave concordou.

— Composição da atmosfera: trinta e cinco por cento de oxigênio, sessenta e três por cento de nitrogênio, dois por cento de dióxido de carbono, com traços de gases inertes. Respirável. Mas a pressão atmosférica é de apenas 0,53% do padrão da Terra. Não realizem atividades extenuantes.

— O que é aquela entidade biológica parada perto da nave? — perguntou AA.

— Ser humano comum — respondeu o computador.

Cheng Xin e AA saíram da nave. Elas ainda não haviam se adaptado à gravidade, então tropeçaram um pouco ao andar. Do lado de fora, respiraram facilmente, sem sentir o ar rarefeito. Uma brisa fria soprava e trazia a fragrância refrescante do mato. A paisagem aberta exibia as montanhas azuis e brancas e a terra, o céu amarelo-claro e o sol vermelho. A cena toda parecia uma fotografia da Terra em cor falsa. Exceto pelas cores estranhas, tudo parecia familiar. Até as folhas de grama pareciam idênticas às da Terra, fora a tonalidade azul. O homem veio até a base da escada.

— Esperem um instante. A escada é íngreme demais. Vou ajudá-las a descer. — Ele subiu os degraus com facilidade e ajudou Cheng Xin. — Vocês deviam ter descansado mais antes de sair. Não há urgência. — Cheng Xin percebeu um nítido sotaque da Era da Dissuasão.

Ela achou a mão dele quente e forte, e o corpo largo a protegeu do vento frio. Sentiu um impulso de pular para os braços dele, o primeiro homem que via depois de viajar até mais de duzentos anos-luz do Sistema Solar.

— Vocês vieram do Sistema Solar? — perguntou o homem.

— Viemos. — Ela se apoiou nele e desceu os degraus. Sentiu a confiança crescer e apoiou mais o peso.

— O Sistema Solar não existe mais — disse AA, ao se sentar no alto da escada.

— Eu sei. Mais alguém escapou?

Cheng Xin já estava no chão. Ela afundou os pés na grama macia e se sentou no primeiro degrau.

— Provavelmente não.

— Ah... — O homem assentiu e subiu de novo para ajudar AA. — Meu nome é Guan Yifan. Eu estava esperando por vocês aqui.

— Como você sabia que viríamos? — perguntou AA, dando a mão a ele.

— Recebemos sua transmissão de ondas gravitacionais.

— Você é da *Espaço Azul*?

— Rá! Se você tivesse feito essa pergunta para as pessoas que acabaram de ir embora, elas a teriam achado muito estranha. Mas sou mesmo antigo. Fui astrônomo civil a bordo da *Gravidade*. Estive em hibernação por quatro séculos e só acordei há cinco anos.

— Onde estão a *Espaço Azul* e a *Gravidade* agora? — Cheng Xin se esforçou para ficar de pé, usando o corrimão da escada. Yifan continuou descendo com AA.

— Em museus.

— Onde ficam os museus? — perguntou AA. Ela passou o braço em volta do ombro de Yifan, e ele praticamente a carregou para baixo.

— No Mundo I e no Mundo IV.

— Existem quantos mundos?

— Quatro. E outros dois estão sendo abertos para colonização.

— Onde ficam esses mundos todos?

Guan Yifan depositou AA com cuidado no chão e riu.

— Um conselho: no futuro, se encontrarem mais alguém, humano ou não, nunca perguntem a localização do mundo dele ou dela. É uma questão de etiqueta básica no cosmo, assim como seria falta de educação perguntar a idade de uma dama... De qualquer forma, se me permitem a pergunta, quantos anos vocês têm agora?

— Temos a idade que aparentamos — disse AA, sentando-se na grama. — Ela tem setecentos, e eu, quinhentos.

— A dra. Cheng parece igual a quatro séculos atrás.

— Você a conhece? — AA olhou para Guan Yifan.

— Já vi fotos nas transmissões da Terra. Quatro séculos atrás.

— Quantas pessoas estão neste planeta? — perguntou Cheng Xin.

— Só nós três.

— Então os seus mundos devem ser melhores do que este — disse AA.

— Você se refere ao ambiente natural? Nem um pouco. Em alguns lugares, o ar é praticamente irrespirável, mesmo depois de um século de terraformação. Este é um dos melhores planetas que já vimos para colonização. Embora você seja bem-vinda aqui, dra. Cheng Xin, não reconhecemos seu título.

— Já desisti disso há muito tempo — disse Cheng Xin. — Então por que as pessoas não colonizaram aqui?

— É perigoso demais. Forasteiros vêm aqui com frequência.

— Forasteiros? Extraterrestres? — perguntou AA.

— Sim. Estamos perto do centro do Braço de Órion. Duas rotas comerciais movimentadas passam por aqui.

— Então o que você está fazendo aqui? Só esperando a gente?

— Não. Vim com uma expedição exploratória. Eles já foram embora, mas fiquei para esperá-las.

* * *

Cerca de doze horas depois, os três receberam o anoitecer no Planeta Azul. Não havia lua, mas, em comparação com a Terra, as estrelas eram muito mais luminosas. A Via Láctea parecia um mar de chamas de prata que projetavam a sombra dos três no solo. Aquele lugar não ficava muito mais perto do centro da galáxia do que o Sistema Solar. No entanto, o espaço entre o sistema e o Sol era cheio de poeira interestelar, então a Via Láctea parecia muito menos nítida lá.

Sob a claridade das estrelas, eles viram a grama ao redor se mexer. A princípio, Cheng Xin e AA acharam que fosse uma ilusão provocada pelo vento, mas depois se deram conta de que a grama sob os pés delas também se retorcia e fazia um barulho de movimento. Yifan disse que a grama azul de fato se mexia. As raízes serviam também como pés, e, com a mudança das estações, a grama migrava pelas latitudes, principalmente à noite. Assim que AA escutou isso, jogou no chão os caules com que estava brincando. Yifan explicou que as folhas eram realmente plantas, realizavam fotossíntese, mas eram dotadas de uma sensibilidade básica ao toque. As outras plantas naquele mundo também eram capazes de se mexer. Ele apontou para as montanhas, e elas viram as florestas se deslocando à luz das estrelas. As árvores eram muito mais rápidas que a grama e lembravam um exército em marcha noturna.

Yifan apontou para um lugar no espaço com concentração ligeiramente menos densa de estrelas.

— Alguns dias atrás, foi possível ver o Sol naquela direção, com muito mais nitidez do que dava para ver esta estrela da Terra. É claro que o que vimos foi o Sol de duzentos e oitenta e sete anos atrás. O Sol se apagou no dia em que a expedição me deixou aqui.

— O Sol não emite mais luz, mas sua área é imensa. Talvez ainda dê para ver com um telescópio — disse AA.

— Não, vocês não vão conseguir ver nada. — Yifan balançou a cabeça e apontou para aquela região do céu de novo. — Não conseguiriam ver nada nem se voltassem lá agora. Aquela parte do espaço está vazia. Na verdade, o Sol e os planetas bidimensionais que vocês viram eram só o resultado da energia liberada durante o processo de colapso da matéria tridimensional em duas dimensões. Vocês não viram matéria bidimensional, apenas a refração de radiação eletromagnética na interface entre o espaço tridimensional e o bidimensional. Após a liberação da energia, nada mais fica visível. O Espaço Solar bidimensional não tem contato algum com o espaço tridimensional.

— Como isso é possível? — perguntou Cheng Xin. — Dá para ver o mundo tridimensional pelo espaço tetradimensional.

— É verdade. Eu mesmo pude ver o espaço tridimensional de um espaço tetradimensional, mas não é possível ver o mundo bidimensional a partir de três dimensões. Isso se deve ao fato de que o espaço tridimensional tem espessura, o que significa que existe uma dimensão para conter e dispersar a luz do espaço tetradimensional, tornando-o visível a partir de quatro dimensões. Mas o espaço bidimensional não tem espessura, então a luz do espaço tridimensional passa direto, sem obstáculos. O mundo bidimensional é completamente transparente e invisível.

— Não tem nenhum jeito? — perguntou AA.

— Não. Em tese, não há nada que permita.

Cheng Xin e AA ficaram algum tempo em silêncio. O Sistema Solar havia desaparecido completamente. A única esperança que elas ainda tinham pelo mundo natal morrera. Mas Guan Yifan pôde consolá-las um pouco.

— Só existe uma forma de detectar a presença do Sistema Solar bidimensional a partir do espaço tridimensional: gravidade. A gravidade do Sistema Solar ainda exerce efeito, então naquele espaço vazio deve ser possível detectar uma fonte de gravidade invisível.

Cheng Xin e AA trocaram um olhar pensativo.

— Parece matéria escura, não? — Yifan riu. Depois, mudou de assunto. — Que tal conversarmos sobre o encontro para o qual vocês vieram?

— Você conhece Yun Tianming? — perguntou AA.

— Não.

— E a Frota Trissolariana? — perguntou Cheng Xin.

— Não sabemos muito a respeito. A Primeira e a Segunda Frota Trissolariana nunca se juntaram. Mais de sessenta anos atrás, houve uma batalha espacial grande perto de Touro. Foi brutal, e os destroços resultantes formaram uma nuvem de poeira interestelar nova. Sabemos que um dos lados da batalha foi a Segunda Frota Trissolariana, mas não sabemos com quem estavam lutando. Também não sabemos como a batalha acabou.

— O que aconteceu com a Primeira Frota? — perguntou Cheng Xin. Seus olhos cintilaram com a luz das estrelas.

— Não recebemos nenhuma informação deles... De qualquer forma, é melhor vocês não ficarem muito tempo aqui. Não é um lugar seguro. Que tal virem comigo para o nosso mundo? A terraformação já acabou lá, e a vida está melhorando.

— Concordo! — disse AA. Ela pegou o braço de Cheng Xin. — Vamos com ele! Mesmo se você passar a vida inteira esperando aqui, provavelmente nunca vai ouvir nada. A vida não deve ser só expectativa.

Cheng Xin assentiu em silêncio. Ela sabia que estava perseguindo um sonho.

Eles decidiram esperar mais um dia no Planeta Azul antes de ir embora.

Guan Yifan tinha uma nave pequena esperando em órbita geossíncrona. Era minúscula e não tinha nome, só um número. Mas Yifan a chamava de *Hunter*, e explicou que era uma homenagem à memória de um amigo que tinha vivido na *Gravidade* mais de quatrocentos anos antes. A *Hunter* não era equipada com sistema de ciclagem ecológica, e, para viagens longas, os passageiros precisavam entrar em hibernação. Embora o volume da *Hunter* fosse apenas uma fração do da *Halo*, a nave também possuía um motor por curvatura e era capaz de atingir a velocidade da luz. Eles decidiram que Yifan iria com elas na *Halo* e controlaria a *Hunter* remotamente. Cheng Xin e AA não perguntaram a rota, e Yifan se recusou a responder até sobre a duração da viagem prevista. Ele era extremamente cuidadoso com informações a respeito da localização dos mundos humanos.

Durante o dia, os três fizeram passeios curtos pelos arredores da *Halo*. Era um dia cheio de novidades para Cheng Xin, AA e todos os humanos do Sistema Solar que haviam desaparecido com o mundo natal: a primeira viagem a um sistema planetário extrassolar; os primeiros passos na superfície de um exoplaneta; a primeira viagem a um mundo com vida fora do Sistema Solar.

Em comparação com a Terra, a ecologia do Planeta Azul era relativamente simples. Além da vegetação azul móvel e de algumas espécies de peixes no oceano, não havia muita vida por ali. Em terra, não havia nenhum animal complexo, só insetos simples. O mundo parecia uma versão simplificada da Terra. Plantas terrestres poderiam sobreviver ali, então os humanos seriam capazes de viver no planeta mesmo sem tecnologia avançada.

Guan Yifan ficou cheio de admiração pela arquitetura da *Halo*. Ele disse que, para os humanos galácticos, as pessoas que tinham feito da Via Láctea um lar, havia uma qualidade dos humanos do Sistema Solar que eles não herdaram e jamais aprenderiam: apreciação da vida. Ele passou muito tempo nos belos pátios, e se deliciou com projeções holográficas de paisagens grandiosas da antiga Terra. Ainda parecia pensativo como sempre, mas seus olhos estavam úmidos.

Nesse tempo, 艾 AA lançou vários olhares amorosos para Yifan. Com o passar do dia, o relacionamento entre eles se transformou aos poucos. AA inventava várias desculpas para ficar perto de Yifan, e ouvia atentamente sempre que ele falava, gesticulando com a cabeça de vez em quando e sorrindo. Ela nunca havia se comportado assim antes com outros homens. Nos séculos desde que Cheng Xin a conhecia, AA tivera inúmeros namorados, e muitas vezes havia dois ou mais ao mesmo tempo, mas Cheng Xin sabia que ela nunca se apaixonara de fato. No entanto, era nítido que estava arrebatada por aquele cosmólogo da Era da Dissuasão. Cheng Xin ficou feliz por ver isso. AA merecia uma vida nova e feliz naquele mundo novo.

Quanto a ela, sabia que estava espiritualmente morta. A única esperança que mantinha era encontrar Tianming, e agora essa esperança parecia um sonho impossível. Na verdade, ela sempre soubera que um encontro marcado para quatro séculos depois e a duzentos e oitenta e seis anos-luz de distância era um sonho impossível. Ela continuaria mantendo o corpo vivo, mas era apenas para cumprir sua obrigação de evitar a morte de metade da população que sobrevivera à destruição da civilização da Terra.

A noite voltou. Eles decidiram dormir a bordo da *Halo* e sair ao amanhecer.

À meia-noite, Guan Yifan foi despertado pelo comunicador de pulso. Era um chamado da *Hunter* em órbita geossíncrona. A nave transmitiu as informações captadas pelos três pequenos satélites de monitoramento que a expedição deixara — dois em órbita em torno do Planeta Azul, e o último, no Planeta Cinza. O alerta tinha vindo do Planeta Cinza.

Trinta e cinco minutos antes, cinco naves não identificadas haviam pousado no Planeta Cinza. Vinte minutos depois, as naves haviam decolado e desaparecido sem nem entrar em órbita. O satélite estava sofrendo forte interferência, e as imagens transmitidas chegaram borradas.

A expedição de Yifan era responsável por buscar e examinar traços deixados por outras civilizações naquele sistema planetário. Depois de receber o alerta do satélite, ele decidiu subir imediatamente até a *Hunter* com a nave de transporte para investigar. Cheng Xin insistiu em ir junto. A princípio, Yifan se recusou, mas acabou aceitando depois que AA conversou com ele.

— Deixe-a ir com você. Ela quer saber se isso tem a ver com Yun Tianming.

Antes da saída, Yifan lembrou a AA que ela só devia se comunicar com a *Hunter* em caso de emergência. Ninguém sabia que outros sistemas de monitoramento extraterrestres poderiam estar à espreita no sistema, e qualquer comunicação poderia expô-los ao perigo.

Naquele mundo solitário de apenas três pessoas, até mesmo uma breve separação era motivo de ansiedade. AA abraçou Cheng Xin e Guan Yifan e lhes desejou uma viagem segura. Antes de embarcar na nave de transporte, Cheng Xin olhou para trás e viu AA acenar para eles à luz aquosa das estrelas. A grama azul dançava à sua volta, e o vento frio levantava seu cabelo curto e produzia ondas no mato.

A nave decolou. Pela tela do sistema de monitoramento, Cheng Xin viu a grama ser incendiada pelas chamas do propulsor, e a vegetação azul se espalhou para todos os lados. Conforme a nave subia, a porção luminosa no solo escureceu rapidamente, e em pouco tempo a superfície voltou a afundar na luz das estrelas.

Uma hora depois, a nave de transporte atracou com a *Hunter* em órbita geossíncrona. A *Hunter* tinha forma de tetraedro, como uma pequena pirâmide.

O interior era muito apertado e simples, e a câmara de hibernação, com capacidade máxima de quatro pessoas, ocupava a maior parte do espaço.

Como a *Halo*, a *Hunter* era equipada com um motor por curvatura e um motor por fusão. Durante viagens entre planetas em um mesmo sistema, só se usava o motor por fusão, pois com o motor por curvatura a nave não teria tempo de desacelerar e acabaria ultrapassando o alvo. A *Hunter* saiu de órbita e seguiu para o Planeta Cinza, que parecia um pequeno ponto de luz. Em consideração por Cheng Xin, Guan Yifan começou limitando a aceleração a 1,5 G, mas ela disse que ele não precisava se preocupar, e que era melhor a viagem ser mais rápida. Ele aumentou a aceleração, a chama azul dos exaustores dobrou de tamanho, e a hipergravidade subiu para 3 G. A essa altura, só podiam esperar sentados no abraço acolhedor dos assentos de aceleração. Não conseguiam se mexer muito, então Yifan ativou o modo de exibição da nave para entorno holográfico, e o casco desapareceu. Suspensos no espaço, eles viram o Planeta Azul recuar. Cheng Xin imaginou a gravidade de 3 G vindo do planeta, de modo a separar o espaço entre cima e baixo, e assim eles subiram para a galáxia.

Era possível falar em 3 G sem grande dificuldade, então eles começaram a conversar. Cheng Xin perguntou a Yifan por que ele havia hibernado por tanto tempo. Ele explicou que não tivera nenhum trabalho a fazer durante a longa viagem em busca de mundos habitáveis. Quando as duas naves descobriram o Mundo I, grande parte da vida era preparar o mundo para colonização e desenvolvimento básico. A primeira colônia lembrava um vilarejo de uma época agrária, e as condições difíceis não permitiam nenhuma pesquisa científica. O governo do mundo novo aprovou uma resolução que deixaria os cientistas entrarem ou continuarem em hibernação, para serem reanimados só quando as condições permitissem pesquisas de base. Ele era o único cientista de base na *Gravidade*, mas a *Espaço Azul* tinha outros sete. Ele foi o último dos hibernantes a ser reanimado. Haviam se passado dois séculos desde a chegada das duas naves ao Mundo I.

Cheng Xin estava fascinada pelo relato de Yifan sobre os novos mundos humanos. Mas ela percebeu que, embora ele falasse dos Mundos I, II e IV, nada foi dito sobre o Mundo III.

— Nunca estive lá. E mais ninguém. Bom, é mais certo dizer que quem vai para lá não pode voltar. O mundo está lacrado dentro de um túmulo de luz.

— Túmulo de luz?

— É um buraco negro de velocidade reduzida da luz, produzido pelos rastros de naves com motor por curvatura. Aconteceu algo no Mundo III que os fez pensar que suas coordenadas tinham sido expostas. Eles foram obrigados a transformar o mundo em um buraco negro desses.

— Nós chamamos isso de domínio negro.

— Ah, bom nome. Para falar a verdade, antigamente as pessoas do Mundo III chamavam de cortina de luz, mas quem era de fora chamava de túmulo de luz.

— Como uma mortalha?*

— Isso. Pessoas diferentes têm opiniões diferentes. Os habitantes do Mundo III diziam que era um paraíso feliz... mas não sei se ainda pensam assim. Depois que o túmulo de luz foi concluído, ficou impossível enviar qualquer mensagem de lá para fora. Mas acho que as pessoas são bem felizes lá. Tem gente que acha que segurança é uma condição sine qua non para a felicidade.

Cheng Xin perguntou a Yifan quando o mundo novo desenvolveu naves capazes de atingir a velocidade da luz, e ele respondeu que fazia um século. Com base nisso, a interpretação que ela havia feito da mensagem secreta de Tianming permitira que os humanos do Sistema Solar alcançassem esse estágio mais ou menos dois séculos antes dos humanos galácticos. Mesmo levando em conta o tempo que levou para preparar os mundos para colonização, Tianming acelerara o progresso em pelo menos um século.

— Ele é um grande homem — disse Yifan, depois de ouvir a história de Cheng Xin.

Mas a civilização do Sistema Solar não conseguira aproveitar a oportunidade. Trinta e cinco preciosos anos tinham sido perdidos, provavelmente por causa de Cheng Xin. O coração dela não sentia mais dor ao pensar nisso; sentia apenas o embotamento de um coração morto.

— As viagens à velocidade da luz foram um marco incrível para a humanidade — disse Yifan. — Foi um novo Iluminismo, um novo Renascimento. Causaram uma transformação fundamental no pensamento humano e revolucionaram nossa civilização e nossa cultura.

— Eu entendo. Assim que cheguei à velocidade da luz, senti que também me transformei. Percebi que poderia, ainda em vida, saltar pelo espaço-tempo e chegar ao limite do cosmo e ao fim do universo. De repente, questões que antes pareciam só filosóficas se tornaram concretas e práticas.

— É. Questões como o destino e o objetivo do universo eram só elucubrações etéreas dos filósofos, mas agora qualquer indivíduo comum precisa pensar nisso.

— Alguém do mundo novo já pensou em ir até o fim do universo?

— Claro. Cinco naves definitivas já foram lançadas.

— Naves definitivas?

— Há quem chame de naves do fim dos tempos. Essas naves viajam à velocidade da luz sem nenhum destino. Elas ativam o motor por curvatura na potência

---

* Isso é um jogo de palavras em chinês. 幕 (*mu*), ou "cortina", faz trocadilho com 墓 (*mu*), ou "túmulo".

máxima e aceleram loucamente, aproximando-se infinitamente da velocidade da luz. O objetivo delas é saltar pelo tempo com a relatividade até atingir a morte térmica do universo. Pelos cálculos que fizeram, dez anos na perspectiva dessas naves seriam o mesmo que cinquenta bilhões de anos para nós. Para falar a verdade, a gente nem precisa planejar para fazer isso. Se depois que a nave acelera até a velocidade da luz acontece alguma pane que a impeça de desacelerar, ela também vai chegar ao fim do universo ainda em vida.

— Tenho pena dos humanos do Sistema Solar — disse Cheng Xin. — Mesmo no fim, a maioria das pessoas vivia confinada a uma porção minúscula do espaço-tempo, que nem aqueles velhinhos que nunca saíam da cidade natal na Era Comum. O universo continuou um mistério para eles até o fim.

Yifan levantou a cabeça para olhar para Cheng Xin. Em 3 G, foi um exercício muito cansativo. Mas ele persistiu por algum tempo.

— Você não precisa ter pena deles. De verdade, escute o que eu digo: não sinta. A realidade do universo não é nada invejável.

— Por quê?

Yifan levantou uma das mãos e apontou para as estrelas da galáxia. Depois, deixou que a força de 3 G puxasse seu braço de volta para junto do peito.

— Escuridão. Só escuridão.

— Você está falando do estado de floresta sombria?

Guan Yifan balançou a cabeça, um gesto que parecia um esforço enorme na hipergravidade.

— Para nós, o estado de floresta sombria é um fator absoluto, mas é só um detalhe no cosmo. Se você pensar no cosmo como um vasto campo de batalha, ataques de floresta sombria são apenas atiradores de elite acertando os descuidados, como mensageiros, cozinheiros etc. No contexto geral da batalha, isso não é nada. Você não viu o que é uma verdadeira guerra interestelar.

— Vocês já?

— Tivemos alguns contatos superficiais. Mas a maior parte do que sabemos é só especulação... Você quer mesmo saber? Quanto mais você adquire desse conhecimento, menos luz resta no seu coração.

— Meu coração já está completamente escuro. Quero saber.

Assim, mais de seis séculos depois que Luo Ji atravessou o gelo daquele lago, outro véu escuro que ocultava a verdade sobre o universo foi removido dos olhos de uma das únicas sobreviventes da civilização terrestre.

— Quer me dizer qual é a arma mais poderosa de uma civilização dotada de domínio tecnológico quase infinito? — perguntou Yifan. — Não pense nisso em termos técnicos. Pense em filosofia.

Cheng Xin refletiu por um tempo e depois, com esforço, balançou a cabeça.

— Não sei.

— Sua experiência de vida pode servir de dica.

Que experiência ela tinha acumulado? Ela vira que um agressor cruel podia reduzir as dimensões do espaço e destruir um sistema solar. *O que são as dimensões?*

— As leis universais da física — disse Cheng Xin.

— Isso mesmo. As leis universais da física são as armas mais assustadoras, e também as defesas mais eficazes. Seja na Via Láctea ou na galáxia de Andrômeda, na escala do Grupo Local ou do Superaglomerado de Virgem, as civilizações beligerantes com tecnologia divina vão usar as leis universais da física como arma sem nem hesitar. Existem muitas leis que podem ser manipuladas para servir de arma, mas o mais comum é se concentrar em dimensões espaciais e na velocidade da luz. Em geral, a redução de dimensões espaciais é uma técnica de ataque, e a redução da velocidade da luz é uma técnica de defesa. Portanto, o ataque dimensional contra o Sistema Solar foi um método de ataque avançado. Um ataque dimensional é sinal de respeito. Neste universo, não é fácil conquistar respeito. Acho que você poderia considerar que foi uma honra para a civilização da Terra.

— Eu queria lhe perguntar algo. Quando o colapso do espaço nos arredores do Sistema Solar em duas dimensões vai parar?

— Não vai parar nunca.

Cheng Xin estremeceu.

— Está com medo? Você acha que, nesta galáxia, neste universo, só o Sistema Solar está caindo em duas dimensões? Haha...

A risada amargurada de Guan Yifan fez o coração de Cheng Xin parar.

— Isso que você está falando não faz sentido — disse ela. — Pelo menos não faz sentido usar a redução de dimensões espaciais como arma. No longo prazo, esse é o tipo de ataque que mataria tanto o alvo quanto o agressor. Com o tempo, o espaço dos que iniciaram o ataque também vai despencar no abismo bidimensional que eles criaram.

Nada além de silêncio. Depois de um bom tempo, Cheng Xin falou:

— Dr. Guan?

— Você é... gentil demais — disse Guan Yifan, delicadamente.

— Não entendi...

— O agressor pode evitar a morte de uma forma. Pense.

Cheng Xin refletiu.

— Não consigo imaginar — disse ela, enfim.

— Eu sei. Porque você é gentil demais. É muito simples. Antes o agressor precisa se transformar em um ser vivo capaz de sobreviver em um universo de menos dimensões. Por exemplo, uma espécie tetradimensional pode se transformar em criaturas tridimensionais, ou uma espécie tridimensional pode se transformar em seres vivos bidimensionais. Depois de uma civilização inteira entrar em menos dimensões, ela pode iniciar um ataque dimensional contra o inimigo sem se preocupar com as consequências.

Cheng Xin ficou em silêncio de novo.

— Isso a faz lembrar de algo? — perguntou Yifan.

Cheng Xin estava pensando em algo de mais de quatrocentos anos antes, quando a *Espaço Azul* e a *Gravidade* haviam encontrado o fragmento tetradimensional. Yifan fizera parte da pequena expedição que se comunicara com o Anel.

> Você construiu este fragmento tetradimensional?
> Vocês me falaram que vieram do mar. Vocês construíram o mar?
> O que você quer dizer é que para você, ou pelo menos para seus criadores, este espaço tetradimensional significa o que o mar significa para nós?
> Mais para poça. O mar secou.
> Por que existem tantas naves, ou tumbas, reunidas em um espaço tão pequeno?
> Quando o mar seca, os peixes precisam se reunir em uma poça. A poça também está secando, e todos os peixes vão desaparecer.
> Todos os peixes estão aqui?
> Os peixes responsáveis pela secagem do mar não estão aqui.
> Sentimos muito. O que você disse é muito difícil de compreender.
> Os peixes que secaram o mar subiram para a terra antes de fazer isto.
> Eles passaram de uma floresta sombria para outra floresta sombria.

— Vale a pena pagar um preço tão grande para vencer uma guerra? — perguntou Cheng Xin.

Ela não conseguia imaginar como seria possível viver em um mundo com uma dimensão a menos. No espaço bidimensional, o mundo visível era composto por alguns segmentos de linha de comprimentos variados. Será que alguém nascido em um espaço tridimensional aceitaria viver em uma folha fina de papel sem espessura? A vida em três dimensões também devia parecer igualmente claustrofóbica e inconcebível para quem nasceu em um mundo tetradimensional.

— É melhor do que a morte — disse Yifan.

Enquanto Cheng Xin se recuperava do choque, ele continuou:

— É comum o uso da velocidade da luz como arma. Não estou falando de túmulos de luz... ou, como você diz, domínios negros. Esses são só mecanismos defensivos usados por vermes fracos como nós. Os deuses não se rebaixam a esse ponto. Na guerra, é possível criar buracos negros de velocidade reduzida da luz para prender o inimigo. Mas o mais típico é essa técnica ser usada para construir o equivalente a fossos e muralhas. Alguns cinturões de velocidade reduzida da luz são grandes o bastante para atravessar um braço inteiro de uma galáxia. Em lugares com grande concentração de estrelas, muitos buracos negros de velocidade reduzida da luz podem ser interligados em cadeias que se estendem por milhões de anos-luz. É uma Grande Muralha na escala do universo. Se fossem capturadas, nem as frotas mais poderosas seriam capazes de escapar. É muito difícil atravessar essas barreiras.

— Qual é o resultado final de toda essa manipulação do espaço-tempo?

— Os ataques dimensionais vão fazer com que o universo se torne progressivamente bidimensional, até que, um dia, todo ele seja bidimensional. Da mesma forma, com o tempo a construção de fortificações vai fazer com que todas as áreas de velocidade reduzida da luz se encontrem, até que todas as várias velocidades reduzidas cheguem a um valor único: esse novo valor vai ser a nova c do universo.

"A essa altura, qualquer cientista de uma civilização infantil, como a nossa, imaginaria que a velocidade da luz no vácuo é de só uma dúzia de quilômetros por segundo, e que isso é uma constante universal imutável, tal como hoje pensamos isso de trezentos mil quilômetros por segundo.

"É claro que dei apenas dois exemplos. Outras leis da física também já foram usadas como arma, mas não conhecemos todas. É bem possível que todas as leis da física tenham sido transformadas em arma. É possível até que, em algumas partes do universo... Deixe para lá, nem eu acredito nisso."

— O que você ia dizer?

— As bases da matemática.

Cheng Xin tentou imaginar, mas era simplesmente impossível.

— Isso é... loucura. — Então ela perguntou: — O universo vai se tornar uma ruína da guerra? Ou talvez seja melhor perguntar: as leis da física vão se tornar ruínas da guerra?

— Talvez elas já sejam... Os físicos e cosmólogos do mundo novo estão se concentrando em tentar recuperar a aparência original do universo antes das guerras há mais de dez bilhões de anos. Eles já elaboraram um modelo teórico relativamente claro para descrever o universo pré-guerra. Era um período muito bonito, quando o próprio universo era um Jardim do Éden. É claro que só foi possível descrever a beleza em termos matemáticos. Não conseguimos formar uma imagem: nosso cérebro não tem dimensões suficientes.

Cheng Xin relembrou a conversa com o Anel.

Você construiu este fragmento tetradimensional?
Vocês me falaram que vieram do mar. Vocês construíram o mar?

— Você está dizendo que o universo da Era do Éden era tetradimensional, e que a velocidade da luz era muito maior?

— Não, de jeito nenhum. O universo da Era do Éden era decadimensional. A velocidade da luz na época não era só muito mais alta... era quase infinita. A luz era capaz de agir a distância e podia ir de uma extremidade do cosmo à outra em um tempo de Planck... Se você tivesse visto o espaço tetradimensional, conseguiria ter uma noção vaga de como o Jardim decadimensional devia ser.

— Você está dizendo...

— Não estou dizendo nada. — Yifan parecia ter acordado de um sonho. — Nós só vimos pequenos indícios; todo o resto é especulação. Você deveria tratar como hipótese, só um mito sombrio que nós inventamos.

Mas Cheng Xin continuou a seguir o raciocínio.

— ... que, durante as guerras após a Era do Éden, as dimensões foram sendo aprisionadas, uma a uma, da escala macroscópica para a microscópica, e a velocidade da luz foi reduzida várias vezes...

— Já falei, não estou dizendo nada, só imaginando. — A voz de Yifan ficou mais baixa. — Mas ninguém sabe se a verdade é mais sombria ainda do que as nossas hipóteses... Só temos uma certeza: o universo está morrendo.

A nave parou de acelerar, e a gravidade zero voltou. Diante dos olhos de Cheng Xin, o espaço e as estrelas se tornaram mais e mais alucinatórios, mais e mais como um pesadelo. Só a hipergravidade de 3 G havia proporcionado alguma noção de solidez. Ela se deixara envolver por aqueles braços poderosos, braços que haviam fornecido alguma proteção contra o terror e a frigidez dos mitos sombrios do universo. Mas a hipergravidade desapareceu, e só restou o pesadelo. A Via Láctea parecia uma faixa de gelo que ocultava corpos sangrentos, e a DX3906, ali perto, parecia um crematório ardendo sobre um abismo.

— Você pode desligar a exibição holográfica? — perguntou Cheng Xin.

Yifan desligou, e ela voltou da vastidão do espaço para o interior apertado do ovo que era a cabine. Ali, ela recobrou um resquício da desejada segurança.

— Eu não devia ter contado tudo aquilo — disse Yifan. Seu remorso era sincero.

— Eu teria descoberto mais cedo ou mais tarde.

— Repito: é só especulação. Não existe nenhuma prova científica concreta. Não pense muito nisso. Concentre-se no que está diante dos seus olhos; na vida que você precisa viver. — Yifan pôs a mão sobre a dela. — Mesmo se o que eu falei for verdade, esses acontecimentos seguem a escala de centenas de milhões de anos. Venha comigo ao nosso mundo, que agora também é o seu. Viva a sua vida e pare de saltar pela superfície do tempo. Desde que você viva nos próximos cem mil anos e dentro de mil anos-luz, não precisa se preocupar com nada disso. Isso deve bastar para qualquer um.

— É, basta, obrigada. — Cheng Xin segurou a mão de Yifan.

Cheng Xin e Guan Yifan passaram o resto do tempo no repouso forçado da máquina de sono. A viagem levou quatro dias. Quando acordaram na hipergravidade da desaceleração, o Planeta Cinza ocupava a maior parte do campo de visão.

O Planeta Cinza era pequeno. Tinha aparência semelhante à da Lua, uma rocha estéril, mas, em vez de crateras, grande parte da superfície do planeta era coberta por planícies desoladas. A *Hunter* entrou em órbita em torno dele. Devido à ausência de atmosfera, a órbita era muito baixa. A nave se aproximou das coordenadas fornecidas pelo satélite de monitoramento, onde as cinco naves não identificadas haviam pousado e depois decolado. Yifan tinha pensado em pousar ali e investigar os rastros deixados, mas ele e Cheng Xin não imaginavam que os visitantes misteriosos deixariam para trás sinais tão grandes a ponto de serem visíveis do espaço.

— O que é *aquilo*?! — exclamou Cheng Xin.

— Linhas de morte. — Yifan as reconheceu imediatamente. — Não se aproxime demais — disse ele para o computador.

Ele estava se referindo a cinco linhas pretas. Cada linha tinha uma extremidade na superfície do planeta e a outra estendida para o espaço, como cinco fios de cabelo preto no Planeta Cinza. Cada uma subia para além da órbita da *Hunter*.

— O que é isso?

— Rastros produzidos por propulsão por curvatura. Aquelas linhas são resultado de uma manipulação extrema de curvatura. A velocidade da luz dentro daqueles rastros é zero.

Em seguida, Guan Yifan e Cheng Xin entraram na nave de transporte e desceram até a superfície. Com a órbita baixa e a ausência de atmosfera, a descida foi tranquila e rápida. A nave pousou a cerca de três quilômetros das linhas de morte.

Eles saltaram pela superfície em 0,2 G. Uma camada fina de poeira recobria a superfície do Planeta Cinza, além de pedrinhas de vários tamanhos. Como não havia atmosfera para dispersar a luz solar, o contraste entre sombras e áreas iluminadas era bem marcado. Quando chegaram a cerca de cem metros das linhas de morte, Yifan fez um gesto para que Cheng Xin parasse. Cada linha tinha cerca de vinte ou trinta metros de diâmetro, e, de onde estavam, elas pareciam colunas de morte.

— Essas provavelmente são as coisas mais escuras do universo — disse Cheng Xin. As linhas de morte não exibiam nenhum detalhe, apenas um negrume excepcional que delineava as fronteiras da região de velocidade zero da luz, sem uma superfície de fato. No alto, as linhas se destacavam até do fundo escuro do espaço.

— São também as coisas mais mortíferas do universo — disse Guan Yifan. — Velocidade zero da luz significa morte absoluta, cem por cento. Ali dentro, cada partícula fundamental está morta, cada *quark*. Não existe vibração. Mesmo sem uma fonte de gravidade no interior, cada linha de morte é um buraco negro. Um buraco negro de gravidade zero. Tudo que cai ali nunca mais sai.

Yifan pegou uma pedra e jogou na direção de uma delas. A pedra desapareceu dentro da escuridão absoluta.

— Suas naves conseguem produzir linhas de morte? — perguntou Cheng Xin.

— Nem pensar.

— Então você já viu isso antes?

— Já, mas é muito raro.

Cheng Xin olhou para as colunas pretas gigantescas que se elevavam ao espaço. Elas erguiam o domo do céu e pareciam transformar o universo em um Palácio de Morte. *Esse é o fim de tudo?*

No céu, Cheng Xin viu as pontas das colunas. Ela apontou naquela direção.

— Então as naves atingiram a velocidade da luz na ponta?

— É. Estas têm só uns cem quilômetros de altitude. Já vimos colunas menores ainda, provavelmente deixadas por naves que atingiram a velocidade da luz de forma quase instantânea.

— Essas são as naves mais avançadas?

— Talvez. Mas essa técnica é rara. Linhas de morte costumam ser produto de Zero-Originários.

— Zero-Originários?

— Também são chamados de Reformatadores. Talvez sejam um grupo de indivíduos inteligentes, ou uma civilização, ou um grupo de civilizações. Não sabemos exatamente quem são, mas confirmamos que existem. Os Zero-Originários querem reformatar o universo e fazê-lo retroceder ao Jardim do Éden.

— Como?

— Fazendo o ponteiro do relógio girar para depois de doze. Pense no exemplo das dimensões espaciais. É praticamente impossível arrastar um universo de menos dimensões de volta para mais dimensões, então talvez seja melhor avançar na outra direção. Se o universo puder ser reduzido para zero dimensões e além, pode ser que o relógio seja reformatado e tudo reinicie. O universo pode voltar a ter dez dimensões macroscópicas.

— Zero dimensões! Você já viu algo assim?

— Não. Só observamos bidimensionalização. Nunca identificamos nem unidimensionalização. Mas, em algum lugar, deve haver Zero-Originários tentando.

Ninguém sabe se já conseguiram. É relativamente mais fácil reduzir a velocidade da luz a zero, então vimos mais sinais dessas tentativas de reduzir a velocidade da luz para além de zero e voltar a infinito.

— E isso é teoricamente possível?

— Não sabemos. Talvez os Zero-Originários tenham teorias que digam que sim, mas acho que não. A velocidade zero da luz é uma barreira intransponível. Velocidade zero da luz é a morte absoluta de toda a existência, a interrupção de todo movimento. Nessas condições, o subjetivo não pode exercer nenhuma influência sobre o objetivo, então como o "ponteiro" pode ser deslocado para além desse ponto? Acho que os Zero-Originários estão praticando alguma religião, alguma arte performática.

Cheng Xin olhou para as linhas de morte com uma combinação de terror e admiração.

— Se elas são rastros, por que não se expandem?

Guan Yifan agarrou o braço de Cheng Xin.

— Eu ia falar isso agora. Temos que sair daqui. Não só do Planeta Cinza, mas do sistema todo. Este lugar é muito perigoso. Linhas de morte não são rastros normais. Se não forem perturbadas, elas vão ficar assim, com diâmetro igual à superfície útil do motor por curvatura. Mas, se houver alguma perturbação, elas vão se expandir muito rápido. Uma linha de morte desse tamanho pode se expandir até cobrir uma região do tamanho de um sistema solar. Os cientistas chamam esse fenômeno de ruptura de linha de morte.

— E uma ruptura de linha de morte faz com que a velocidade da luz seja zero na região toda?

— Não, não. Depois da ruptura, ela se torna um rastro normal. A velocidade da luz no interior aumenta conforme o rastro se dissipa por uma região mais ampla, mas nunca vai ser mais do que uma dúzia de metros por segundo. Depois que essas linhas de morte se expandem, o sistema todo pode se tornar um buraco negro de velocidade reduzida da luz, ou um domínio negro... Vamos.

Cheng Xin e Guan Yifan se viraram para a nave de transporte e começaram a correr e pular.

— Elas se expandem com que tipo de perturbação? — perguntou Cheng Xin. Ela se virou para dar mais uma olhada nas linhas de morte. Atrás deles, as cinco projetavam sombras longas que se estendiam pela planície até o horizonte.

— Não temos certeza. Algumas teorias sugerem que o surgimento de outros rastros de curvatura nas proximidades causaria uma perturbação. Já confirmamos que rastros de curvatura separados por uma distância curta podem influenciar uns aos outros.

— Então, se a *Halo* acelerar...

— Precisaremos ir mais longe só com o motor por fusão antes de ativar o motor por curvatura. Temos que voar... considerando suas unidades de medição... a até pelo menos quarenta unidades astronômicas de distância.

Depois que a nave de transporte decolou, Cheng Xin continuou olhando as linhas de morte que se afastavam.

— Os Zero-Originários me dão um pouco de esperança — disse ela.

— O universo contém multidões — disse Yifan. — Dá para achar todo tipo de "gente" e mundo. Existem idealistas como os Zero-Originários, pacifistas, filantropos, e até civilizações dedicadas exclusivamente à arte e à beleza. Mas esses não são a regra; eles não conseguem alterar a direção do universo.

— É como o mundo dos humanos.

— Pelo menos a missão dos Zero-Originários vai acabar concluída pelo próprio cosmo.

— Você está falando do fim do universo?

— Isso.

— Mas, pelo que eu sei, o universo vai continuar se expandindo, cada vez mais esparso e frio, para sempre.

— Essa é a cosmologia antiga que você conhece, mas já a refutamos. A quantidade de matéria escura foi subestimada. O universo vai parar de se expandir e então implodir com a gravidade, até formar uma singularidade e iniciar outro Big Bang. Tudo vai voltar a zero, ou à origem. E assim a Natureza será a grande vitoriosa.

— O universo novo vai ter dez dimensões?

— Quem sabe? As possibilidades são infinitas. É um universo totalmente novo, e uma vida totalmente nova.

A viagem de volta até o Planeta Azul foi tão tranquila quanto a viagem ao Planeta Cinza. Cheng Xin e Guan Yifan passaram a maior parte do tempo dormindo nas máquinas de sono. Quando foram despertados, a *Hunter* já estava em órbita acima do Planeta Azul. Ao olhar para o mundo azul e branco abaixo, Cheng Xin quase achou que estava em casa.

AA os chamou, e Yifan respondeu.

— Aqui é a *Hunter*. Qual é o problema?

A voz de AA estava agitada.

— Chamei vocês várias vezes, e o computador da nave se recusou a acordá-los.

— Eu falei que não queria comunicação pelo rádio. O que aconteceu?

— Yun Tianming está aqui.

Cheng Xin ficou estarrecida. Os últimos resquícios de sono a abandonaram, e até o queixo de Yifan caiu.

— O quê? — disse Cheng Xin, em voz baixa.

— Yun Tianming está aqui! A nave dele pousou há três horas.

— Ah — respondeu ela, mecanicamente.

— Ele ainda é jovem, que nem você!

— Sério? — A voz de Cheng Xin parecia vir de muito longe, até para ela mesma.

— Ele te trouxe um presente.

— Ele já me deu um presente. Estamos no presente dele agora.

— Isso não é nada. Estou falando, esse presente é incrível, e muito maior... Ele está lá fora agora. Vou chamá-lo.

Yifan a interrompeu.

— Não. Estamos descendo agora. Toda essa comunicação por rádio é perigosa. Vou desligar.

Yifan e Cheng Xin se entreolharam, então começaram a rir.

— Estamos mesmo acordados? — perguntou Cheng Xin.

Mesmo se fosse só um sonho, ela queria continuar sonhando por mais tempo. Ligou a exibição holográfica, e o céu estrelado já não parecia mais escuro e frio — na verdade, estava cheio de uma beleza límpida como o céu depois de uma chuva revigorante. Até a luz das estrelas parecia exalar a fragrância das flores de primavera. Era a sensação de nascer de novo.

— Vamos entrar na nave de transporte e pousar — disse Yifan.

A *Hunter* iniciou o programa de separação da nave de transporte. Dentro da cabine apertada, Yifan usou uma janela de interface para fazer a verificação final antes da reentrada atmosférica.

— Como ele chegou aqui tão rápido? — murmurou Cheng Xin, como se ainda estivesse sonhando.

Yifan já estava totalmente calmo.

— Isso confirma nossa hipótese. A Primeira Frota Trissolariana fundou uma colônia aqui perto, a até cem anos-luz de distância. Eles devem ter recebido o sinal de ondas gravitacionais da *Halo*.

A nave de transporte se separou da *Hunter*. Pelo sistema de monitoramento, os dois viram a pirâmide minúscula que era a *Hunter* recuar.

— Que presente pode ser maior que um sol e seu sistema planetário? — perguntou Yifan, sorrindo.

Cheng Xin balançou a cabeça, empolgada.

O reator de fusão da nave foi ativado, e o aro de resfriamento começou a ficar vermelho. Os propulsores estavam pré-aquecendo, e a janela de interface de controle indicou que a desaceleração começaria em trinta segundos. A nave estava prestes a descer rapidamente ao entrar na atmosfera do Planeta Azul.

Cheng Xin ouviu um barulho abrupto, como se alguma coisa tivesse rasgado a nave de uma ponta à outra. Aconteceram então solavancos duros. Depois, ela passou por um momento sinistro — sinistro porque não sabia se tinha sido só um momento. Foi como se o momento fosse infinitamente curto, mas também infinitamente longo. Ela teve a sensação estranha de atravessar o tempo, mas estar fora do tempo.

Mais tarde, Yifan explicaria que ela havia experimentado um "vácuo temporal". A duração do momento não podia ser mensurada em termos de tempo porque, naquele momento, o tempo não existia.

Simultaneamente, ela se sentiu implodir, como se estivesse se transformando em uma singularidade. Enquanto isso, a massa dela, a de Guan Yifan e a da nave se aproximaram do infinito.

Então tudo foi engolido pela escuridão. A princípio, Cheng Xin achou que havia algum problema com seus olhos. Não conseguia acreditar que pudesse ser tão escuro dentro da nave, tão escuro que era impossível enxergar os próprios dedos diante do rosto. Chamou Guan Yifan, mas no fone do traje espacial só havia silêncio.

Yifan apalpou a escuridão até pegar a cabeça de Cheng Xin. Ela sentiu seu rosto tocar o dele. Não resistiu; só se sentiu reconfortada. Então compreendeu que Yifan só estava tentando falar com ela. O sistema de comunicação dos trajes espaciais fora desativado, e a única maneira de eles falarem entre si era juntando as viseiras dos capacetes para que suas vozes pudessem ser transmitidas pelo contato.

— Não fique com medo. Não entre em pânico. Escute o que eu digo e não se mexa! — Cheng Xin ouviu a voz de Yifan pela viseira. Ela percebeu, pelas vibrações, que ele estava gritando, mas o som que ouviu foi muito fraco, como um sussurro. Sentiu a mão dele se movimentando na escuridão até a cabine se iluminar. A luz vinha de algo que ele estava segurando, uma tira mais ou menos do tamanho de um cigarro. Cheng Xin sabia que era uma fonte luminosa química. A *Halo* era equipada com itens de emergência parecidos. Aquilo emitia uma luz fria ao ser dobrado.

— Não se mexa. Os trajes espaciais não estão mais fornecendo oxigênio. Respire devagar. Vou repressurizar a cabine agora. Não vai demorar! — Yifan passou o bastão de luz para Cheng Xin, abriu um compartimento perto de seu assento e tirou um cilindro metálico que parecia um extintor de incêndio pequeno. Ele girou a boca do cilindro, e um gás branco jorrou para fora com uma rajada forte.

A respiração de Cheng Xin acelerou. Só lhe restava o ar que estava dentro do capacete, e, quanto mais inspirava, mais se sentia sufocar. Sua mão foi instintivamente até a viseira do capacete, mas Yifan a conteve a tempo. Ele a abraçou de novo, dessa vez para acalmá-la. Ela imaginou que ele estivesse tentando impedi-la de se afogar. Naquela luz fria, viu os olhos dele, que pareciam dizer que já estavam quase chegando à superfície. Cheng Xin sentiu a pressão na cabine aumentar, e, quando estava prestes a desmaiar por falta de ar, Yifan abriu a própria viseira e a dela. Os dois engoliram ar.

    Depois de recuperar o fôlego, Cheng Xin examinou o cilindro de metal. Reparou no medidor de pressão perto da boca do cilindro, um mostrador analógico antigo com agulha móvel que agora apontava para a faixa verde.

— O oxigênio disto não vai durar muito — disse Yifan —, e a cabine vai ficar muito fria rápido. Temos que trocar de traje espacial. — Ele se levantou do assento e arrastou duas caixas de metal do fundo da cabine. Abriu uma, e Cheng Xin viu o traje espacial lá dentro.

    Os trajes modernos — tanto ali quanto no Sistema Solar — eram muito leves. Quando não estavam pressurizados, e sem o pequeno equipamento de manutenção de vida, e sem o capacete, um traje espacial moderno era praticamente indistinguível de roupas comuns. Mas os trajes espaciais dentro das caixas eram pesados e desajeitados, como os trajes da Era Comum.

    Já dava para enxergar a respiração deles. Cheng Xin tirou o traje espacial que estava usando e sentiu um frio de gelar os ossos na cabine. O traje pesado era difícil de vestir, e Yifan teve que ajudá-la. Ela se sentia uma criança dependente daquele homem, uma sensação que fazia muito tempo não tinha. Antes de Cheng Xin colocar o capacete, Yifan explicou os recursos do traje em detalhes — o mostrador de oxigênio, o ajustador de pressão, a válvula do controle de temperatura, os botões de comunicação e iluminação, e outros. O traje espacial não tinha nenhum sistema automático, e tudo usava controles manuais.

— Esse traje não tem nenhum circuito eletrônico. Agora, nenhum dos nossos computadores eletrônicos ou quânticos funciona mais.

— Por quê?

— A velocidade da luz agora é de menos de vinte quilômetros por segundo.

Yifan a ajudou a prender o capacete. O corpo dela estava quase congelado. Ele abriu o oxigênio e ligou o aquecedor do traje, e ela se sentiu degelar. Yifan então se virou para vestir o próprio traje. Ele trabalhou com agilidade, mas deu um pouco de trabalho até prender o capacete e os dois trajes serem conectados para permitir comunicação. Eles só conseguiram falar depois que seus corpos frios se recuperaram.

    Os trajes eram tão pesados e desajeitados que Cheng Xin imaginava a dificuldade de se movimentar com eles em 1 G. O que estava usando mais parecia uma casa, o único lugar onde podia se refugiar. A tira de luz que flutuava na cabine estava se apagando, então Yifan acendeu a lâmpada de seu próprio traje. Dentro daquele espaço apertado, Cheng Xin achou que eles pareciam mineradores antigos presos debaixo da terra.

— O que aconteceu? — perguntou ela.

Yifan saiu flutuando do assento e se esforçou para abrir uma das escotilhas — os controles automáticos delas também não estavam funcionando. Ele flutuou até o outro lado da cabine e repetiu a operação com a outra escotilha.

Cheng Xin olhou para o universo transformado do lado de fora.

Ela viu dois aglomerados de estrelas nas duas extremidades do espaço. O aglomerado da frente brilhava com uma luz azul, e o de trás, com uma luz vermelha. Cheng Xin vira uma paisagem semelhante antes, enquanto a *Halo* voava à velocidade da luz, mas os dois aglomerados de estrelas que estava vendo agora não eram estáveis. Eles mudavam de forma bruscamente, como duas bolas de fogo em um vento forte. Em vez de estrelas que saltavam do aglomerado azul para o vermelho de vez em quando, dois cinturões de luz ligavam as extremidades do universo, e só um era visível em cada lado da nave.

O cinturão mais largo ocupava metade do espaço em um dos lados. As duas extremidades dele não encontravam o aglomerado azul e o vermelho; o cinturão terminava em duas pontas arredondadas. Cheng Xin percebeu que aquele "cinturão" na verdade era uma oval extremamente achatada — ou talvez fosse um círculo esticado. Porções de cor de tamanhos diversos dançavam pelo cinturão largo: azul, branco e amarelo-claro. Cheng Xin compreendeu instintivamente que estava olhando para o Planeta Azul.

O cinturão de luz do outro lado da nave era mais estreito, e mais luminoso, e a superfície não exibia nenhum detalhe. Ao contrário do Planeta Azul, a extensão desse cinturão se alternava rapidamente entre uma linha de luz que ligava os dois aglomerados e um círculo de luz. A partir do estado circular periódico do cinturão, Cheng Xin percebeu que estava olhando para a estrela DX3906.

— Nós estamos orbitando o Planeta Azul à velocidade da luz — disse Guan Yifan. — Só que a velocidade da luz agora é muito baixa.

A nave de transporte antes estava muito mais rápida, mas, como a velocidade da luz era um limite absoluto, a velocidade da nave tivera que ser reduzida até ela.

— As linhas de morte se romperam?

— Sim. Elas se expandiram para cobrir o sistema solar todo. Estamos presos aqui.

— Foi por causa da perturbação da nave de Tianming?

— Talvez. Ele não sabia que havia linhas de morte aqui.

Cheng Xin não quis perguntar qual seria o passo seguinte, pois sabia que não havia nada mais a fazer. Nenhum computador funcionaria com a velocidade da luz abaixo de vinte quilômetros por segundo. A inteligência artificial e os sistemas de controle da nave de transporte estavam mortos. Naquelas condições, não era possível sequer acender uma lâmpada dentro da nave — ela era apenas uma lata de metal sem eletricidade nem energia. A *Hunter* estava igual, também morta. Antes de a velocidade da luz cair, a nave ainda não havia começado a desacelerar, então a *Hunter* devia estar perto — mas não faria diferença se ela estivesse do outro lado do planeta. Sem os sistemas de controle, seria impossível abrir as portas.

Cheng Xin pensou em Yun Tianming e 艾 AA. Os dois estavam em solo, e provavelmente em segurança. Mas agora não havia nenhuma forma deles se comunicarem. Ela não pôde sequer cumprimentá-lo.

Algo tocou de leve a viseira de seu capacete: o cilindro de metal. Cheng Xin olhou para o medidor de pressão antigo de novo, e tocou em seu próprio traje espacial. A esperança, antes extinta, se reacendeu como um vaga-lume.

— Vocês se prepararam para este tipo de situação? — perguntou ela.

— Sim. — A voz de Yifan no fone de Cheng Xin parecia distorcida devido aos sinais analógicos antigos. — Não para linhas de morte rompidas, claro, mas nós nos preparamos para encontros acidentais com o rastro de naves com motor por curvatura. As situações são parecidas: a velocidade reduzida da luz paralisa tudo... Depois, temos que ativar os neurônios.

— O quê?

— Computadores neurais. Computadores que funcionam com velocidade reduzida da luz. Tanto a nave de transporte quanto a *Hunter* têm dois sistemas de controle, um dos quais se baseia em computadores neurais.

Cheng Xin ficou impressionada com o fato de que aquelas máquinas existiam.

— O segredo não é a velocidade da luz, mas a arquitetura do sistema. A transmissão de sinais químicos do cérebro acontece a uma velocidade menor ainda, só dois ou três metros por segundo, não muito mais rápido do que uma caminhada. Computadores neurais ainda funcionam porque imitam o processamento altamente paralelo que ocorre no cérebro de animais sofisticados. Todos os circuitos são projetados especificamente para funcionar em condições de velocidade reduzida da luz.

Yifan abriu um anteparo de metal decorado com muitos pontos que formavam uma rede complexa, como tentáculos de um polvo. Do lado de dentro havia um pequeno painel de controle com tela plana, e também interruptores e luzes indicadoras. O conjunto todo usava componentes considerados obsoletos no fim da Era da Crise. Ele virou um interruptor vermelho, e a tela se acendeu: texto subindo. Cheng Xin percebeu que era o processo de inicialização de algum sistema operacional.

— O modo paralelo neural não foi iniciado ainda, então temos que carregar o sistema operacional em série. Você provavelmente não vai acreditar em como é lenta a transmissão seriada de dados em velocidade reduzida da luz: aqui, a taxa de dados é de centenas de bytes por segundo. Não chega nem a um kilobyte.

— Então a inicialização vai demorar muito.

— Isso. Mas, conforme o modo paralelo for carregando, o ritmo vai aumentar. Ainda assim, vai demorar muito para a inicialização terminar. — Yifan apontou para o indicador de progresso, uma linha de texto na parte de baixo da tela.

> Tempo restante para o módulo de inicialização: 68 horas 43 minutos [*piscando*] segundos. Tempo total restante para carregamento do sistema: 297 horas 52 minutos [*piscando*] segundos.

— Doze dias! — exclamou Cheng Xin. — E a *Hunter*?

— Os sistemas dela vão detectar a condição de velocidade reduzida da luz e inicializar automaticamente o computador neural. Mas vai levar mais ou menos o mesmo tempo para terminar.

Doze dias. Eles só conseguiriam acesso aos recursos de sobrevivência da nave de transporte e da *Hunter* em doze dias. Até lá, teriam que contar com o traje espacial primitivo. Se os trajes fossem equipados com baterias nucleares, a eletricidade duraria bastante, mas eles não tinham oxigênio suficiente.

— Temos que hibernar — disse Yifan.

— Nós temos equipamentos de hibernação nesta nave? — Assim que perguntou, Cheng Xin se deu conta do erro. Mesmo se a nave tivesse esses equipamentos, eles seriam controlados por computador, que no momento estava fora de operação.

Yifan abriu o compartimento de onde tinha tirado o cilindro de oxigênio antes e pegou uma caixa pequena. Ele a abriu e mostrou para Cheng Xin algumas cápsulas.

— São medicamentos para hibernação de curto prazo. Ao contrário da hibernação normal, não é preciso ter um sistema externo de manutenção de vida. Quando você hibernar, sua respiração vai ser reduzida até o consumo de oxigênio ficar muito baixo. Uma cápsula é suficiente para quinze dias de hibernação.

Cheng Xin abriu a viseira e engoliu uma das cápsulas. Ela viu Yifan tomar uma também. E então olhou pelas escotilhas.

Fragmentos de cor agora se deslocavam tão rápido sob o Planeta Azul — o cinturão largo que ligava a ponta azul e a vermelha do universo em velocidade da luz em um dos lados da nave — que viraram um borrão.

— Você está vendo as manchas no cinturão se repetirem periodicamente? — Yifan não estava nem olhando para fora. Ele manteve os olhos semicerrados enquanto se prendia no assento de hipergravidade.

— Estão rápidas demais.

— Tente acompanhar o movimento com os olhos.

Cheng Xin tentou seguir com o olhar as manchas ao redor do cinturão. Por um instante, conseguiu ver as manchas azuis, brancas e amarelo-claras, mas elas se misturaram quase imediatamente.

— Não consigo — disse ela.

— Tudo bem. Estão rápidas demais. O movimento pode estar se repetindo centenas de vezes por segundo. — Yifan suspirou. Cheng Xin percebeu a tristeza dele, apesar de seus esforços para disfarçar. E ela sabia por quê.

Ela entendeu que, a cada vez que o movimento se repetia no cinturão largo, a nave completava mais uma volta em órbita em torno do Planeta Azul na velocidade da luz. Mesmo com a velocidade reduzida da luz, as regras demoníacas da teoria da relatividade especial ainda valiam. Pela perspectiva do planeta, o tempo estava passando dezenas de milhões de vezes mais rápido que ali dentro, como sangue jorrando para fora do coração dela.

Um momento ali; eras lá fora.

Cheng Xin tirou os olhos da escotilha e também se prendeu ao assento. A luz piscava na escotilha do outro lado. Do lado de fora, o sol daquele mundo se alternava entre uma linha brilhante que ligava as duas extremidades do universo e uma bola de luz. Ele dançava o ritmo louco da morte.

— Cheng Xin. — Yifan a chamou com voz baixa. — É possível que, quando acordarmos, vejamos um aviso de erro na tela.

Ela se virou e sorriu para ele pela viseira.

— Não tenho medo.

— Eu sei que não. Só quero lhe dizer algo, caso não consigamos... Eu sei da sua experiência como Portadora da Espada. Quero que você saiba que não fez nada de errado. A humanidade a escolheu, o que significa que as pessoas preferiram tratar a vida e tudo o mais com amor, mesmo a um custo imenso. Você cumpriu o desejo do mundo, seguiu seus valores e atendeu a decisão deles. Você realmente não fez nada de errado.

— Obrigada.

— Não sei o que aconteceu com você depois disso, mas, ainda assim, você não fez nada de errado. O amor não é um erro. Um único indivíduo não é capaz de destruir um mundo. Se o mundo foi condenado, então foi resultado da ação de todos, incluindo os vivos e os que já haviam morrido.

— Obrigada — disse Cheng Xin. Seus olhos estavam ardendo, cheios de lágrimas.

— Quanto ao que vai acontecer agora, também não tenho medo. Quando eu estava na *Gravidade*, todas aquelas estrelas no vazio me deixavam assustado e exausto, e eu queria parar de pensar no universo. Mas era uma droga, e eu não conseguia parar. Bom, agora eu posso.

— Que bom. Quer saber? A única coisa que me assusta é a possibilidade de você ficar com medo.

— Para mim também.

Eles ficaram de mãos dadas e, conforme o sol seguia em sua dança louca, foram perdendo a consciência gradualmente e pararam de respirar.

CERCA DE DEZESSETE BILHÕES DE ANOS APÓS O INÍCIO DO TEMPO
NOSSA ESTRELA

Demoraram bastante para acordar.

Cheng Xin recobrou a consciência gradualmente. Quando a memória e a visão voltaram, ela percebeu de imediato que o computador neural tinha sido inicializado com sucesso. O interior da cabine estava iluminado por uma luz suave, e ela ouvia o murmúrio reconfortante de máquinas. O ar estava quente. A nave tinha sido revivida.

Mas logo se deu conta de que as luzes dentro da cabine saíam de instalações diferentes das de antes — talvez fossem lâmpadas de reserva projetadas especificamente para uso em velocidade reduzida da luz. Não havia nenhuma janela de informações no ar. Era possível que as telas holográficas não funcionassem em condições de velocidade reduzida da luz. A interface do computador neural se limitava àquela tela plana, que agora parecia uma tela de *bitmaps* a cores da Era Comum.

Guan Yifan flutuava na frente da tela, tocando-a com a mão sem luva. Ele se virou e sorriu para Cheng Xin, fez um gesto com a mão para indicar que ela podia beber, e lhe entregou uma garrafa de água.

— Passaram dezesseis dias — disse ele.

A garrafa estava morna. Cheng Xin viu que também estava sem luvas. Percebeu que, embora ainda estivesse com o traje espacial primitivo, seu capacete tinha sido removido. A temperatura e a pressão dentro da cabine eram confortáveis.

Como havia se recuperado o bastante para mexer as mãos, Cheng Xin se soltou do assento e flutuou até o lado de Yifan para olhar pela tela também, e os trajes espaciais se encostaram, bem juntos. Havia algumas janelas abertas na tela, e cada uma exibia uma lista de números correndo rapidamente: diagnósticos dos diversos sistemas da nave. Yifan explicou que havia estabelecido contato com a *Hunter*, cujo computador neural, aparentemente, também havia se inicializado com sucesso.

Cheng Xin olhou para cima e viu que as duas escotilhas ainda estavam abertas. Ela flutuou até lá. Guan Yifan diminuiu as luzes da cabine para que ela pudesse olhar para fora sem reflexo. Eles já estavam prevendo as ações um do outro, como se fossem uma só pessoa.

A princípio, o universo parecia o mesmo que ela vira antes: a nave continuava em órbita acima do Planeta Azul à velocidade reduzida da luz; os dois aglomerados de estrelas, o azul e o vermelho, continuavam mudando de forma de maneira errática nas duas extremidades do universo; o sol continuava dançando loucamente entre uma linha e um círculo; e faixas de cor continuavam correndo pela superfície do Planeta Azul. Quando Cheng Xin tentou acompanhar o fluxo rápido da superfície com o olhar, finalmente percebeu uma diferença: as manchas azuis e brancas tinham sido substituídas por outras roxas.

Yifan apontou para a tela.

— O autodiagnóstico do sistema de propulsão terminou. Tudo está mais ou menos em ordem. Podemos sair da velocidade da luz a qualquer momento.

— O motor por fusão ainda funciona? — perguntou Cheng Xin. Essa dúvida a afligira antes de hibernarem. Ela não perguntara porque sabia que a resposta provavelmente seria decepcionante, e não queria deixar Yifan mais preocupado.

— Claro que não. Com uma velocidade da luz tão reduzida, a fusão nuclear produz muito pouca energia. Temos que usar o motor reserva de antimatéria.

— Antimatéria? Mas o campo de contenção não é afetado pela velocidade reduzida da luz?

— Nenhum problema. O motor de antimatéria foi projetado especificamente para condições de velocidade reduzida da luz. Quando saímos em expedições longas como esta, equipamos todas as nossas naves com sistemas de propulsão para velocidade reduzida da luz... Nosso mundo investe muito no desenvolvimento desse tipo de tecnologia. Não é para resolver o problema de entrar sem querer em rastros de propulsão por curvatura; na verdade, é porque temos que nos preparar para a possibilidade de termos que nos esconder dentro de um túmulo de luz, ou domínio negro.

Meia hora depois, a nave de transporte e a *Hunter* ativaram seus motores de antimatéria e começaram a desacelerar. Cheng Xin e Guan Yifan foram empurrados contra o assento pela hipergravidade, e as cobertas das escotilhas subiram para tampar a vista do lado de fora. A nave foi sacudida por solavancos violentos, que aos poucos se estabilizaram. O processo de desaceleração levou menos de vinte minutos. Depois, os motores foram desativados, e eles voltaram a ficar sem peso.

— Saímos da velocidade da luz — disse Guan Yifan. Ele apertou um botão, e as cobertas das duas escotilhas se recolheram.

Por elas, Cheng Xin viu que os aglomerados azul e vermelho de estrelas tinham desaparecido, e o sol estava normal. Mas a imagem do Planeta Azul na outra escotilha a surpreendeu: agora era "Planeta Roxo". Exceto pelo oceano, que ainda tinha um tom amarelo-claro, o resto do planeta estava coberto de roxo — até a neve havia desaparecido. No entanto, o que mais a chocou foi o aspecto do próprio espaço.

— O que são aquelas linhas?! — exclamou Cheng Xin.

— Acho que são... estrelas. — Yifan estava igualmente espantado.

Todas as estrelas no espaço tinham se transformado em linhas finas de luz. Na verdade, aquela cena não era estranha a Cheng Xin: ela vira muitas fotografias de longa exposição do céu estrelado na Terra. Devido à rotação da Terra, todas as estrelas nas fotos viravam arcos concêntricos com aproximadamente o mesmo comprimento. Mas agora as estrelas que ela estava vendo eram segmentos de vários comprimentos e apontavam para todas as direções. As mais longas chegavam a ocupar quase um terço do céu. Aquelas linhas se cruzavam em vários ângulos e deixavam o espaço com uma aparência muito mais confusa e caótica do que antes.

— Acho que são estrelas — repetiu Yifan. — A luz das estrelas precisa passar por duas interfaces antes de nos alcançar: primeiro, ela passa pela interface entre a velocidade normal da luz e a velocidade reduzida, depois, pelo horizonte de eventos do buraco negro. É por isso que as estrelas estão tão estranhas agora.

— Estamos dentro do domínio negro?

— Isso. Estamos dentro do túmulo de luz.

O sistema solar da DX3906 havia se tornado um buraco negro de velocidade reduzida da luz, isolado do resto do universo. O céu estrelado entremeado pela malha de inúmeros fios de prata era um sonho que podia ser observado, mas jamais atingido.

— Vamos descer até a superfície — disse Yifan, depois de um longo silêncio.

A nave de transporte desacelerou mais e foi para uma órbita mais baixa. Com uma série de solavancos fortes, ela entrou na atmosfera do planeta e desceu até a superfície daquele mundo onde os dois estavam condenados a passar o resto da vida.

Os continentes roxos ocupavam a maior parte da tela do sistema de monitoramento. Eles confirmaram que o roxo era resultado da cor da vegetação. A mudança na radiação solar provavelmente fizera as plantas no Planeta Azul se tornarem roxas em sua evolução para se adaptarem à nova luz.

Na realidade, a própria existência do sol intrigava Cheng Xin e Guan Yifan. Como $E = mc^2$, a fusão nuclear sob uma velocidade reduzida da luz produziria pouca energia. Será que no interior do sol a velocidade se mantinha normal?

As coordenadas de pouso da nave de transporte eram as mesmas de onde ela havia decolado e deixado a *Halo*. Ao se aproximarem da superfície, eles viram uma floresta roxa e densa no local de pouso. Quando a nave estava prestes a subir de novo para procurar um espaço mais aberto, as árvores se afastaram rapidamente para fugir das chamas dos propulsores. Em seguida, a nave pousou cuidadosamente no espaço que elas haviam liberado ao escapar.

A tela indicou que o ar exterior era respirável. Em comparação com antes, a concentração de oxigênio tinha aumentado consideravelmente. Além disso, a atmosfera estava mais densa, e a pressão atmosférica era maior do que antes.

Cheng Xin e Guan Yifan saíram da nave e voltaram a pisar na superfície do Planeta Azul. Eles foram agraciados com um ar quente e úmido, e uma camada macia e fofa de húmus cobria o solo. O chão que os cercava estava cheio de vários buracos que as raízes das árvores tinham deixado ao sair do caminho. Aquelas árvores agora estavam agrupadas em torno da clareira, agitando suas folhas largas ao vento, como uma multidão de gigantes cochichando ao redor. A clareira estava completamente coberta pela sombra delas. Com uma vegetação densa daquelas, o Planeta Azul parecia um mundo completamente distinto do que eles tinham visto antes.

Cheng Xin não gostava de roxo. Ela sempre achara que era uma cor doentia e deprimente que a fazia lembrar dos lábios de inválidos cujo coração não fornecia oxigênio suficiente. No entanto, ela agora estava cercada de roxo por todos os lados, e teria que passar o resto da vida naquele mundo.

Não havia sinal algum da *Halo*, nem sinal da nave de Yun Tianming, nem sinal de presença humana.

Guan Yifan e Cheng Xin examinaram o panorama à sua volta e viram que as características geográficas eram completamente diferentes de antes. Eles se lembravam muito bem de montanhas suaves nas redondezas, mas agora a floresta recobria uma planície. Voltaram à nave para confirmar se as coordenadas estavam certas — estavam. Depois, olharam com mais atenção o entorno, mas ainda não conseguiam ver sinal algum de visita anterior de humanos. O local parecia uma terra virgem — era como se a última visita deles tivesse sido em outro planeta, em outro espaço-tempo, que não tinha nada a ver com aquele.

Yifan voltou à nave de transporte e estabeleceu conexão com a *Hunter*, que continuava em órbita baixa. O computador neural da *Hunter* era muito potente, e o sistema de inteligência artificial era capaz de se comunicar verbalmente com naturalidade. Em condições de velocidade reduzida da luz, a conversa entre o solo e o espaço sofria um atraso de transmissão de mais de dez segundos. Depois de sair da velocidade da luz junto com a nave de transporte, a *Hunter* havia examinado a superfície do planeta a partir da órbita. Àquela altura, a maior parte do terreno no Planeta Azul já havia sido analisada, e a nave não descobrira sinal de humanos ou qualquer vida inteligente.

Depois, Cheng Xin e Guan Yifan precisavam cuidar da tarefa que os apavorava, mas era absolutamente necessária: determinar quanto tempo havia se passado naquela perspectiva. Havia uma técnica especial de datação radiométrica em condições de velocidade reduzida da luz: alguns elementos que não se degradavam sob a velocidade normal da luz se degradavam a um ritmo diferente sob velocidade reduzida da luz, e isso podia ser usado para aferir com precisão a passagem do tempo. Devido à missão científica da nave de transporte, ela era equipada com um dispositivo que media degradação atômica, mas o aparelho precisava de um computador para o processamento. Yifan teve um pouco de trabalho para conectar o instrumento ao computador neural da nave. Eles fizeram o instrumento testar as dez amostras de rochas obtidas em partes diferentes do planeta, uma de cada vez, para depois comparar os resultados. A análise levou meia hora.

Enquanto esperavam o resultado dos testes, Cheng Xin e Guan Yifan saíram da nave e sentaram na clareira. A luz do sol atravessava as frestas na copa das árvores. Muitas criaturas pequenas e estranhas iam de um lado para outro: algumas eram insetos com rotores giratórios em cima, como helicópteros; outras pareciam balões minúsculos e transparentes que flutuavam no ar, colorindo-se com um arco-íris ao passar pelos feixes de luz; mas nenhuma tinha asas.

— Talvez tenham se passado dezenas de milhares de anos — murmurou Cheng Xin.

— Ou mais — disse Guan Yifan, fitando as profundezas da mata. — Em nosso estado atual, não tem muita diferença entre dezenas e centenas de milhares de anos.

Eles não falaram mais nada, e ficaram sentados nos degraus fora da nave, recostados um ao outro, consolando-se com as batidas de seus corações.

Meia hora depois, voltaram para dentro da nave para encarar os fatos. A tela no painel de controle apresentou o resultado das dez amostras. Muitos elementos tinham sido analisados, e os gráficos eram complicados. Todas as amostras apresentaram resultados semelhantes. Embaixo, a média do resultado aparecia em uma linha simples:

Resultado da degradação atômica média (margem de erro: 0,4%):
Períodos de tempo estelar decorridos: 6 177 906; anos terrestres decorridos: 18 903 729.

Cheng Xin contou os dígitos no último número três vezes, virou-se e saiu calada da nave. Ela desceu a escada e voltou àquele mundo roxo. Grandes árvores roxas a cercavam, um raio de luz do sol produzia um pequeno círculo de claridade aos seus pés, um vento úmido erguia seu cabelo, balões vivos flutuavam acima, e quase dezenove milhões de anos a seguiram.

Yifan foi até ela. Eles se olharam, e suas almas se abraçaram.

— Cheng Xin, nós os perdemos.

Mais de dezoito milhões de anos após o sistema da DX3906 se transformar em um buraco negro de velocidade reduzida da luz, dezessete bilhões de anos desde o nascimento do universo, um homem e uma mulher se abraçaram com força.

Cheng Xin se acabou de chorar no ombro de Yifan. Pelo que ela lembrava, só havia chorado assim uma vez antes, quando o cérebro de Tianming fora removido do corpo dele. Foi... 18 903 729 anos e seis séculos antes, e esses seis séculos eram um mero detalhe naquela escala geológica. Dessa vez, ela não chorava apenas por Tianming. Chorava por um sentimento de rendição. Finalmente compreendia que não passava de um floco de poeira em um vento prodigioso, uma pequena folha boiando em um rio largo. Cheng Xin se rendeu completamente e permitiu que o vento passasse por ela, que a luz do sol penetrasse sua alma.

Ao se libertar do passado, ela permitiu que sua estima cada vez maior por Guan Yifan dominasse seu coração.

Eles se sentaram no húmus macio e continuaram abraçados, deixando que o tempo passasse. Os pontos de luz do sol deslizaram delicadamente por eles conforme o planeta continuava em sua rotação. Às vezes, Cheng Xin se perguntava: *Será que se passaram mais dez milhões de anos?* Uma pequena parte racional da mente dela sussurrou, estranhamente, que isso era possível: realmente havia mundos onde uma pessoa podia atravessar mil anos à vontade. As linhas de morte, por exemplo: se elas se rompessem e se expandissem só um pouco, a velocidade da luz dentro delas subiria de zero a um número extremamente pequeno, como o ritmo de movimento dos continentes sobre o oceano, um centímetro a cada dez mil anos. Em um mundo assim, se uma pessoa se levantasse ao lado do amante e se afastasse só alguns passos, seria separada dele por dez milhões de anos.

Eles se perderiam um do outro.

Depois de um tempo indeterminado, Yifan perguntou a Cheng Xin, com um tom delicado:

— O que a gente faz?

— Quero olhar mais. Deve haver algum sinal.

— Não vai ter nada. Dezoito milhões de anos apagariam qualquer coisa: o tempo é a força mais cruel de todas.

— Palavras esculpidas em pedra.

Yifan olhou para Cheng Xin, confuso.

— 艾 AA pensaria em esculpir palavras em pedra — murmurou Cheng Xin.

— Não entendi...

Cheng Xin não explicou, apenas pegou Yifan pelos ombros:

— Você pode fazer a *Hunter* conduzir uma análise profunda desta área e ver se tem algo debaixo da superfície?

— O que você está procurando?

— Palavras. Quero ver se são palavras.

Yifan balançou a cabeça.

— Entendo esse desejo, mas...

— Para resistir melhor à passagem das eras, as palavras precisam ser grandes.

Yifan assentiu, mas obviamente foi só para agradá-la. Eles voltaram à nave de transporte. Embora fossem só alguns passos, eles se apoiaram um no outro como se tivéssem medo de que o tempo os separasse se não mantivessem contato físico. Yifan entrou em contato com a *Hunter* e a instruiu a fazer uma análise profunda da área de um círculo com raio de três quilômetros a partir da coordenada deles. A profundidade da análise ficou entre cinco e dez metros, concentrando-se em escrita humana ou outros sinais significativos.

A *Hunter* passou acima deles quinze minutos depois e enviou os resultados depois de cerca de mais dez minutos: nada.

Guan Yifan mandou a nave fazer outra análise a uma faixa de dez a vinte metros de profundidade. Isso demorou mais uma hora, e a maior parte desse tempo foi dedicada a esperar a nave passar no alto de novo. Nada, ainda. Àquela profundidade não havia mais solo, apenas rochas.

Guan Yifan ajustou a faixa para vinte a trinta metros.

— Esta é a última vez — disse ele para Cheng Xin. — Os sensores não conseguem ir mais fundo que isso.

Eles esperaram a nave girar em torno do Planeta Azul mais uma vez. O sol estava se pondo, e o céu estava cheio de belas nuvens flamejantes, enquanto a mata roxa ganhava um revestimento dourado.

Dessa vez, a tela da nave exibiu as imagens transmitidas pela *Hunter*. Após a passagem pelo programa de aprimoramento, eles conseguiram distinguir alguns fragmentos de palavras brancas embutidas na rocha escura: "ó", "viv", "fe", "você", "pequeno", "entro", "Vão". A cor branca era para indicar que as palavras estavam esculpidas na rocha; os caracteres tinham cerca de um metro quadrado e estavam dispostos em quatro linhas. As palavras se encontravam a uma distância de vinte e três a vinte e oito metros abaixo deles, esculpidas em um aclive de quarenta graus.

NÓS VIVEMOS FELIZES JUNTOS
DAMOS A VOCÊ UM PEQUENO
SOBREVIVAM AO COLAPSO DENTRO
VÃO AO NOVO

O computador da *Hunter* executou o sistema especializado em geologia para interpretar os resultados. Eles constataram que os caracteres gigantes tinham sido esculpidos originalmente na superfície de uma grande formação de rocha sedimentar na encosta de uma montanha. A superfície original tinha cerca de cento e trinta metros quadrados. Com o passar das eras, a montanha onde a rocha estava cedeu, e a pedra esculpida acabou embaixo deles. Haviam sido entalhadas mais de quatro linhas de texto, mas a parte inferior da rocha se quebrara durante as transformações geológicas, e o restante se perdeu. O texto que sobrevivera também estava incompleto — faltavam caracteres no fim das três últimas linhas.

Cheng Xin e Guan Yifan se abraçaram de novo. Choraram lágrimas de alegria ao saberem de 艾 AA e Yun Tianming e partilharam da felicidade que eles haviam desfrutado mais de cento e oitenta mil séculos antes. O desespero em seus corações se acalmou.

— Como será que foi a vida deles aqui? — perguntou Cheng Xin, com lágrimas brilhando nos olhos.

— Tudo era possível — disse Yifan.

— Eles tiveram filhos?

— Tudo era possível. Eles podem até ter fundado uma civilização aqui.

Cheng Xin sabia que isso era de fato possível. Mas, mesmo se essa civilização tivesse durado dez milhões de anos, os mais de oito milhões de anos que se passaram depois teriam apagado qualquer rastro dela.

O tempo era mesmo a força mais cruel de todas.

Algo estranho interrompeu a meditação deles: um retângulo cercado por linhas sutis de luz, mais ou menos da altura de uma pessoa, pairava acima da clareira, como o cursor inclinado de seleção ao se arrastar um mouse. Ele se deslocava pelo ar, mas não se afastava muito, depois voltava à posição original. Era possível que aquilo estivesse ali desde o começo, mas o contorno era tão sutil que ficava imperceptível à luz do dia. Quer fosse constituído por um campo de força ou por alguma matéria concreta, não havia a menor dúvida de que era uma criação inteligente. As linhas que formavam o retângulo pareciam remeter às estrelas em linha no céu.

— Você acha que isto é o... presente que deixaram para nós? — perguntou Cheng Xin.

— Acho difícil. Como poderia ter resistido por mais de dezoito milhões de anos?

Mas ele estava enganado. O objeto de fato resistira por dezoito milhões de anos. E, se necessário, resistiria até o fim do universo, pois existia além do tempo.

A porta se lembrava de que, a princípio, tinha sido posicionada perto da rocha com o texto esculpido, e que tinha uma moldura de metal de verdade. Mas o metal havia se desintegrado depois de apenas quinhentos mil anos, embora o objeto tivesse permanecido totalmente novo. Ele não temia o tempo, porque seu próprio tempo ainda não havia começado. Estivera a trinta metros de profundidade, perto da rocha esculpida, mas detectara a presença de humanos e subira à superfície. Nesse processo, moveu-se como um fantasma, sem interagir. E agora confirmava que aqueles dois realmente eram os humanos que esperava.

— Acho que parece uma porta — disse Cheng Xin.

Yifan pegou um graveto e jogou no retângulo. O graveto passou direto e caiu do outro lado. Eles viram um bando luminescente das criaturinhas-balão pairando por perto. Algumas passaram pelo retângulo, e uma até atravessou o contorno luminoso.

Yifan estendeu a mão e tocou a moldura. Seu dedo atravessou a luz e vice-versa, e ele não sentiu nada. Sem nem pensar, estendeu a mão para dentro do espaço cercado pelo retângulo. Cheng Xin deu um grito. Yifan recolheu a mão, e tudo parecia normal.

— Sua mão... Ela não passou. — Cheng Xin apontou para o outro lado do retângulo.

Yifan tentou de novo. Sua mão e o antebraço desapareceram ao entrar no plano do retângulo e não atravessaram. Do outro lado, Cheng Xin viu o corte transversal do antebraço dele, como se fosse uma janela. Dava para ver claramente todos os ossos, músculos e vasos sanguíneos. Ele recolheu a mão e tentou de novo com um graveto. Ele passou direto pela moldura sem problema. Logo depois, dois insetos com rotores giratórios também passaram direto pelo retângulo.

— É mesmo uma porta... uma porta inteligente que reconhece o que a atravessa — disse Yifan.

— Ela deixou você entrar.

— Provavelmente você também.

Cheng Xin tentou cuidadosamente, e seu braço também desapareceu na "porta". Yifan observou o corte transversal do braço dela pelo outro lado e teve um momento de déjà-vu.

— Espere aqui — disse Yifan. — Vou investigar.

— É melhor irmos juntos — disse Cheng Xin, decidida.

— Não, espere aqui.

Ela o segurou pelos ombros, virou-o e o encarou.

— Você quer mesmo que a gente fique separado por dezoito milhões de anos?

Yifan a encarou também por um bom tempo e, por fim, assentiu.

— Talvez seja melhor levarmos algumas coisas conosco.

Dez minutos depois, eles passaram pela porta, de mãos dadas.

ALÉM DO TEMPO
NOSSO UNIVERSO

Escuridão primordial.

Cheng Xin e Guan Yifan estavam de novo imersos em um vácuo temporal. A sensação era parecida com a que tinham vivenciado ao entrar na velocidade reduzida da luz dentro da nave de transporte. O tempo não fluía ali, ou talvez uma descrição mais correta seria dizer que o tempo não existia. Eles perderam toda a noção de tempo e tiveram de novo aquela sensação de saltar por ele, mas existir além dele.

A escuridão desapareceu; o tempo começou.

As línguas humanas não possuíam uma expressão adequada para descrever o momento do início do tempo. Dizer que o tempo começou depois que eles entraram na porta seria errado porque "depois" pressupõe tempo. Não existia tempo ali, e, portanto, não havia antes ou depois. O tempo "depois" de eles entrarem podia ter sido menor que um bilionésimo de bilionésimo de segundo ou maior que um bilhão de bilhões de anos.

O sol clareou. Foi muito gradual: no início, era só um disco, então a luz começou a revelar o mundo. Era como uma canção que começava com notas praticamente inaudíveis, que iam crescendo e crescendo até um refrão prodigioso. Um círculo azul surgiu em torno do sol, expandiu-se, transformou-se em céu azul. Sob o céu azul, uma cena pastoral ganhou forma aos poucos. Havia um campo de terra preta sem plantação; perto dele, uma linda casa branca. Havia também algumas árvores que proporcionavam um toque exótico com suas folhas largas de formato estranho. À medida que o brilho do sol aumentava, o cenário pacífico parecia um abraço acolhedor.

— Tem gente aqui! — Guan Yifan apontou para um ponto distante.

Eles viram dois vultos de costas parados no horizonte: um homem e uma mulher. O homem tinha acabado de abaixar o braço erguido.

— Somos nós — disse Cheng Xin.

Diante daqueles dois vultos, eles viram uma casa branca e árvores ao longe, duplicatas exatas das que estavam perto deles. Por causa da distância, não dava para ver o que havia aos pés dos dois vultos, mas eles imaginaram que fosse outro campo de terra preta. No fim do mundo havia uma duplicata dele, ou talvez uma projeção.

Havia duplicatas ou projeções do mundo em todas as direções. Eles se viraram para os lados e viram uma repetição do mesmo cenário. Eles dois também existiam naqueles mundos, mas só conseguiam enxergar as costas daqueles vultos, que viravam o rosto assim que Cheng Xin e Yifan se voltavam para vê-los. Eles olharam para trás e viram a mesma coisa — só que agora estavam olhando para o mundo da outra direção.

A entrada tinha desaparecido.

Eles seguiram por uma trilha de pedras, e, à sua volta, as cópias deles nas cópias daquele mundo andaram junto. A trilha era interrompida por um córrego sem ponte, mas tão pequeno que era possível atravessá-lo. Só nesse momento eles perceberam que a gravidade era a normal de 1 G. Passaram pelo arvoredo e foram até a casa branca. A porta estava fechada, e as janelas, cobertas por cortinas azuis. Tudo parecia novo em folha, impecável — na realidade, eles também estavam novos em folha, pois o tempo tinha acabado de começar a fluir.

Na frente da casa havia um conjunto de ferramentas agrícolas simples e primitivas: pás, ancinhos, cestos, baldes etc. Embora alguns deles tivessem formatos um tanto peculiares, era fácil determinar para que serviam com base na aparência. Mas o que mais chamou a atenção deles foi uma fileira de colunas de metal erigidas perto das ferramentas. Tinham mais ou menos a mesma altura de uma pessoa, e as superfícies lisas brilhavam à luz do sol. Cada coluna tinha quatro apêndices de metal que pareciam membros dobrados. Provavelmente eram robôs em estado de repouso.

Eles decidiram conhecer melhor o entorno antes de entrar na casa, por isso continuaram andando para além dela. Pouco menos de um quilômetro depois, chegaram ao limite do pequeno mundo e se viram diante do mundo duplicado.

A princípio, imaginaram que fosse só uma imagem refletida do mundo deles, embora não estivesse espelhada. Mas, no meio do caminho, concluíram que não podia ser um reflexo: tudo parecia muito real. Eles deram um passo à frente e entraram na duplicata sem resistência. Ao olhar para os lados, Cheng Xin foi tomada por um ligeiro terror.

Tudo parecia exatamente igual a quando eles entraram no mundo. Estavam na mesma cena pastoral, com duplicatas da cena adiante e para os lados, e, nessas cópias, também havia cópias deles. Eles se viraram para trás e viram suas cópias na outra extremidade do mundo de onde tinham acabado de sair, olhando para trás.

Yifan deu um suspiro profundo.

— Acho que não precisamos continuar andando. Nunca vamos chegar ao fim. — Ele apontou para cima e para baixo. — Aposto que, sem essas barreiras, também veríamos a mesma cena acima e abaixo de nós.

— Você sabe o que é isto?

— Você conhece a obra de Charles Misner?

— Quem era ele?

— Um físico da Era Comum. Ele foi o primeiro a pensar nesse conceito. O mundo em que estamos na verdade é muito simples. É um cubo regular com cerca de um quilômetro de lado. Imagine um cômodo com quatro paredes, teto e piso. Mas o cômodo é feito de tal forma que o teto também é o piso, e cada parede é idêntica à parede oposta. Na realidade, só há duas paredes. Se você atravessar uma, vai reaparecer imediatamente na parede oposta, e vale o mesmo para o piso e o teto. Portanto, este é um mundo completamente fechado onde o fim também é o começo. As imagens que estamos vendo à nossa volta são resultado da luz que volta ao ponto de partida depois de percorrer o mundo. Ainda estamos no mesmo mundo de onde começamos, porque este é o único mundo que existe. Cada cópia que vemos à nossa volta é só uma imagem deste mundo.

— Então isto é...

— Sim! — Yifan fez um gesto amplo com o braço para indicar tudo. — Yun Tianming já lhe deu uma estrela, e agora ele lhe deu um universo. Cheng Xin, isto é um universo inteiro. Pode ser pequeno, mas é um universo completo.

Cheng Xin olhou à sua volta, sem palavras. Yifan se sentou em silêncio em uma saliência no campo e pegou um punhado de terra preta, deixando os grãos escorrerem por entre os dedos. Ele parecia deprimido.

— Que homem ele é, para poder dar à mulher amada uma estrela e um universo. Mas eu não posso lhe dar nada.

Cheng Xin se sentou também e se recostou no ombro dele.

— Você é o único homem neste universo — disse ela, rindo. — Acho que não precisa me dar nada.

A sensação de solidão no universo logo foi interrompida pelo som de uma porta que se abriu. Um vulto vestido de branco saiu da casa e veio andando até eles. O mundo era tão pequeno que dava para ver claramente qualquer pessoa a qualquer distância. Eles viram que a recém-chegada era uma mulher de quimono. O quimono, decorado com pequenas flores vermelhas, lembrava um arbusto florido ambulante e trouxe a sensação de primavera ao universo.

— Sófon! — gritou Cheng Xin.

— Eu a conheço — disse Yifan. — É a robô controlada por sófons.

Eles foram ao encontro da mulher embaixo de uma das árvores. Cheng Xin viu que era mesmo Sófon: a beleza incomparável continuava igual.

Sófon fez uma reverência profunda para Cheng Xin e Guan Yifan. Quando endireitou o corpo, sorriu para ela.

— Eu disse que o universo é grandioso, mas a vida é maior. O destino realmente voltou a nos unir. — Sófon a levou ao passado, a mais de dezoito milhões de anos antes. Mas não era bem isso, porque agora eles estavam em outra corrente de tempo.

Sófon fez outra reverência.

— Bem-vindos ao Universo 647. Eu sou sua gestora.

— Gestora do universo? — Yifan olhou para Sófon, impressionado. — Que título grandioso! Para um cosmólogo como eu, isso parece...

— Ah, não! — Sófon riu e desconsiderou o comentário dele com um gesto da mão. — Vocês são os verdadeiros mestres do Universo 647 e têm autoridade absoluta sobre tudo. Só estou aqui para servi-los.

Sófon fez um gesto para indicar que deviam segui-la. Eles a acompanharam até uma saleta refinada dentro da casa. A saleta era decorada em estilo oriental, com algumas pinturas e pergaminhos de caligrafia tranquilizante nas paredes. Cheng Xin procurou artefatos retirados de Plutão pela *Halo*, mas não viu nenhum. Quando eles se sentaram em torno de uma escrivaninha de madeira antiga, Sófon serviu chá — sem passar pelas etapas complicadas da Cerimônia do Chá. As folhas pareciam ser Longjing e se erguiam do fundo das xícaras como uma pequena floresta verde, exalando sua fragrância agradável.

Para Cheng Xin e Guan Yifan, tudo parecia um sonho.

Sófon falou.

— Este universo é um presente. O sr. Yun Tianming o deu para vocês dois.

— Acho que é para Cheng Xin — disse Yifan.

— Não. Você também é um dos beneficiários pretendidos. Sua autorização foi adicionada ao sistema de reconhecimento posteriormente; caso contrário, você não teria tido permissão para entrar. Era a esperança do sr. Yun que vocês pudessem se esconder neste pequeno universo e evitar o colapso do grande universo, ou Big Crunch, e, depois do Big Bang seguinte, entrar no universo novo e ver a Era do Éden. Neste momento, existimos em uma linha temporal independente. O tempo está passando rápido no grande universo, e vocês certamente viverão para vê-lo terminar. Para ser mais específica, estimo que o grande universo imploda em uma singularidade após cerca de dez anos aqui.

— Se acontecer um novo Big Bang, como vamos saber? — perguntou Yifan.

— Vamos saber. Podemos sentir as condições do grande universo pela supermembrana.

As palavras de Sófon fizeram Cheng Xin se lembrar do que Yun Tianming e 艾AA haviam esculpido na rocha. Mas Guan Yifan também se lembrou de outra coisa. Ele reparou que Sófon falou da "Era do Éden" do universo novo. Esse termo tinha sido inventado pelos humanos galácticos. Eram duas as possibilidades. A primeira era que, por coincidência, os trissolarianos também houvessem pensado no mesmo termo. A segunda era muito mais assustadora: os trissolarianos já haviam descoberto os humanos galácticos. Considerando a rapidez com que Yun Tianming chegara ao Planeta Azul, era nítido que a Primeira Frota Trissolariana estava muito perto dos mundos da humanidade. Agora, a civilização trissolariana havia se desenvolvido ao ponto de conseguirem construir pequenos universos: era uma grande ameaça para a humanidade.

Então ele riu.

— Do que você está rindo? — perguntou Cheng Xin.

— De mim mesmo.

Ele se achou ridículo. Haviam se passado mais de dezoito milhões de anos desde que ele saíra do Mundo II para ir ao Planeta Azul, e isso foi antes de eles entrarem naquele universo pequeno com um tempo próprio. Àquela altura, já deviam ter se passado centenas de milhões de anos no grande universo. Ele estava se preocupando com uma história verdadeiramente antiga.

— Você viu Yun Tianming? — perguntou Cheng Xin.

Sófon balançou a cabeça.

— Não. Nunca o encontrei.

— E 艾 AA?

— A última vez que a vi foi na Terra.

— Então como você veio parar aqui?

— O Universo 647 foi uma encomenda. Estou aqui desde que ele foi concluído. Lembre-se de que sou essencialmente um conjunto de bits digitais, e é possível fazer muitas cópias minhas.

— Você sabia que Tianming levou este universo ao Planeta Azul?

— Não sei o que é um Planeta Azul. Se é um planeta, então o sr. Yun não poderia ter levado o Universo 647 até lá, porque isto é um universo independente que não existe no grande universo. Ele só poderia levar a entrada do universo até lá.

— Por que Tianming e AA não estão aqui? — perguntou Yifan. Era a dúvida que mais atormentava Cheng Xin também. Ela não perguntou antes porque tinha medo de ouvir uma resposta indesejada.

Sófon balançou a cabeça de novo.

— Não sei. O sistema de reconhecimento sempre teve a autorização do sr. Yun.

— O sistema tem a autorização de mais alguém?

— Não. Só vocês três.

Depois de um tempo, Cheng Xin se virou para Yifan.

— AA sempre se importou mais do que eu com o mundo à sua volta. Acho que ela não teria interesse por um universo novo dezenas de bilhões de anos mais tarde.

— Eu tenho — disse Yifan. — Quero muito ver como é um universo novo antes que ele seja distorcido e alterado por vida e civilização. Acho que deve exibir o nível mais elevado de harmonia e beleza.

— Também quero ir para o novo universo. A singularidade e o novo Big Bang vão apagar todas as lembranças do nosso. Quero levar um pouco de memória da humanidade para lá.

Sófon assentiu com solenidade.

— Você estabeleceu um projeto grandioso para si. Existem outros envolvidos com algo semelhante, mas você é a primeira humana do Sistema Solar a fazer isto.

— Você sempre teve aspirações mais elevadas na vida do que eu — sussurrou Yifan para Cheng Xin. Ela não sabia se ele estava brincando ou falando sério.

Sófon se levantou.

— Bem-vindos à sua vida nova no Universo 647. Que tal sairmos e darmos uma olhada lá fora?

Fora da casa, a semeadura da primavera estava a pleno vapor. Todos os robôs colunares lavravam os campos. Alguns usavam os ancinhos para nivelar e aplainar — a terra já estava tão solta que não precisava ser arada; alguns plantavam sementes nas partes já alisadas. As técnicas agrícolas que usavam eram primitivas: não havia rastelos, então os robôs precisavam usar ancinhos pequenos para aplainar uma parte do terreno de cada vez; não havia semeadoras, então cada robô levava uma sacola de sementes e as enterrava no campo uma a uma. A cena toda transmitia uma sensação de simplicidade antiga. Ali, de alguma forma, os robôs pareciam mais naturais que fazendeiros de verdade.

— O estoque de comida que temos aqui só vai durar dois anos — explicou Sófon. — Depois disso, vocês vão precisar se alimentar do que cultivarem. Estas sementes descendem das que Cheng Xin enviou junto com o sr. Yun. Todas foram aprimoradas geneticamente, claro.

Yifan parecia um tanto intrigado pela terra preta.

— Acho que seria mais adequado usar tanques de cultivo sem terra aqui.

— Todos da Terra sentem certa nostalgia em relação ao solo — disse Cheng Xin. — Lembra o que o pai de Scarlett falou para ela em ... *E o vento levou*? "Ora, a terra é a única coisa no mundo pela qual vale trabalhar, lutar, morrer, porque é a única coisa que dura."

— Os humanos do Sistema Solar derramaram até a última gota de sangue para ficar com sua terra... — disse Yifan. — Bom, menos duas gotas: você e AA. Mas de que adiantou? Eles não duraram, e a terra deles também não. Centenas de milhões de anos já se passaram no grande universo, e você acha que alguém ainda se lembra deles? Essa obsessão com o lar e a terra, essa adolescência permanente em que vocês já não são crianças, mas têm medo de sair de casa... esse é o motivo essencial por que sua raça foi aniquilada. Sinto muito se a ofendi, mas é a verdade.

Cheng Xin sorriu para o colérico Yifan.

— Você não me ofendeu. O que você disse é verdade. Nós sabíamos disso, mas não conseguimos resistir. Você provavelmente também não resiste. Não esqueça que você e toda a tripulação da *Gravidade* eram prisioneiros antes de se tornarem humanos galácticos.

— É verdade. — Guan Yifan perdeu um pouco da intensidade. — Nunca me considerei um homem capacitado para o espaço.

Pelo critério do espaço, não existiam muitos homens "capacitados" — e provavelmente Cheng Xin não gostaria de nenhum deles. Mas ela pensou em uma pessoa que provavelmente era capacitada. Sua voz ainda ecoava em seus ouvidos: *Vamos adiante! Adiante! Vamos adiante e não paramos por nada!*

— Não fiquem remoendo o passado — disse Sófon, com sua voz delicada. — Tudo se renova aqui.

Um ano se passou no Universo 647.

O trigo havia sido colhido duas vezes, e Cheng Xin e Guan Yifan já haviam acompanhado em ambas a transformação gradual das mudas verdes em um mar de espigas douradas. Os campos de hortaliças perto do trigo se mantiveram verdes o tempo todo.

Naquele mundo diminuto, todas as outras necessidades da vida eram atendidas. Nenhum dos objetos tinha marca ou logo do fabricante — foram feitos pelos trissolarianos —, mas tinham a aparência exata de produtos humanos.

Às vezes, Cheng Xin e Guan Yifan iam aos campos para trabalhar com os robôs. Às vezes, caminhavam pelo universo — se tomassem o cuidado de não deixar pegadas, eles podiam andar sem parar e ter a sensação de percorrer uma infinidade de mundos.

No entanto, a maior parte do tempo eles passavam diante do computador. Era possível abrir um terminal em qualquer ponto do pequeno universo, mas eles não sabiam onde ficava a unidade de processamento. O computador tinha um banco de dados gigantesco com textos, imagens e vídeos da Terra, e a maior parte era de antes da Era da Transmissão. Os trissolarianos nitidamente haviam coletado as informações enquanto estudavam a humanidade, e o material cobria todas as áreas das ciências exatas e humanas.

Mas o banco de dados tinha uma quantidade maior ainda de informações escritas no idioma trissolariano. Aquele oceano colossal de dados era o que mais os interessava. Como não acharam no computador nenhum programa de tradução para verter os textos trissolarianos a alguma língua humana, tiveram que estudar a própria escrita trissolariana. Sófon atuou como professora, mas eles logo descobriram que a empreitada era extremamente difícil, porque a escrita trissolariana era puramente ideográfica; diferente das escritas humanas, quase todas fonéticas, o alfabeto trissolariano não tinha relação alguma com a fala e expressava diretamente os conceitos. No passado distante, a humanidade também havia usado alfabetos ideográficos — como alguns hieróglifos —, mas a maioria desaparecera com o tempo.* Para os seres humanos, a leitura era um processo de decodificação da fala visível. No entanto, a dificuldade não durou muito. Quanto mais insistiam, mais fácil ficava o processo de aprendizado. Depois de penar por dois meses, eles viram que estavam progredindo rapidamente. Em comparação com as escritas fonéticas, a maior vantagem de uma escrita ideográfica era a velocidade de leitura — Cheng Xin e Guan Yifan liam trissolariano pelo menos dez vezes mais rápido do que escritas humanas.

Eles passaram a ler o material trissolariano no banco de dados — aos tropeços, no começo, e depois mais rápido. Tinham dois objetivos iniciais: primeiro, queriam saber como os trissolarianos haviam registrado o período da história entre a civilização deles e a da Terra. Depois, queriam saber como aquele miniuniverso tinha sido construído. Nesse sentido, eles sabiam que provavelmente não se tornariam especialistas no assunto, mas pelo menos queriam compreendê-lo em linhas gerais. Sófon estimou que, para atingir esses dois objetivos, eles precisariam passar pelo menos um ano aprendendo a ler melhor em trissolariano, e depois mais um ano em leituras aprofundadas.

Os princípios fundamentais que regiam o pequeno universo artificial pareciam inconcebíveis; até mesmo os mistérios mais elementares os intrigaram por muito tempo. Por exemplo, como era possível que um ciclo ecológico completo funcionasse em um espaço fechado de apenas um quilômetro cúbico? O que era o sol? Qual era a fonte de energia? E o mais intrigante: sendo um sistema completamente fechado, para onde ia o calor do miniuniverso?

Eles fizeram essas perguntas a Sófon. Algumas ela sabia responder; para outras, indicava materiais disponíveis no computador.

---

* Alguns leitores ocidentais podem franzir o cenho diante desta afirmativa. A descrição habitual dos caracteres chineses — a escrita usada originalmente neste livro — como "ideogramas" é incorreta. A escrita chinesa é fonética, como quase todas as outras formas de escrita ainda em uso, embora preserve poucos (muito poucos) elementos ideográficos que sobreviveram ao longo do tempo. Para uma introdução ao modo como os caracteres chineses funcionam realmente, vale conferir *Chinese Language: Fact of Fantasy*, de John DeFrancis.

Também queriam saber a resposta a uma pergunta específica: o miniuniverso poderia se comunicar com o grande universo? Sófon disse que não havia maneira de o miniuniverso transmitir qualquer informação ao grande universo, mas era possível para o miniuniverso receber transmissões do grande universo. Ela explicou que todos os universos eram bolhas acima de uma supermembrana — isso era uma imagem conceitual básica da física e cosmologia trissolariana, e ela não sabia explicar melhor. O grande universo tinha energia suficiente para propagar informações pela supermembrana. No entanto, era um processo difícil e demandava o consumo de uma grande quantidade de energia — o grande universo teria que converter em energia pura toda a matéria de uma galáxia do tamanho da Via Láctea. Na realidade, os sistemas de monitoramento do Universo 647 recebiam diversas mensagens de outros grandes universos na supermembrana. Algumas eram fenômenos naturais; algumas eram mensagens de seres inteligentes que não podiam ser decodificadas — mas eles nunca receberam mensagens do grande universo específico de onde tinham vindo.

O tempo passou dia após dia, como a água plácida e tranquila daquele pequeno córrego.

Cheng Xin começou a escrever suas memórias para registrar a história que conhecia. Ela deu ao livro o título de *Um passado além do tempo*.

Às vezes, eles também tentavam imaginar a vida no universo novo. Sófon lhes disse que, de acordo com teorias cosmológicas, esse novo universo certamente possuiria mais de quatro macrodimensões, talvez até mais de dez. Após o nascimento do novo universo, o Universo 647 poderia construir automaticamente uma entrada e examinar as condições internas. Se o novo universo tivesse mais de quatro dimensões, a saída do miniuniverso poderia se deslocar até encontrar um local habitável adequado no grande universo. Ao mesmo tempo, o miniuniverso deles poderia estabelecer contato com os refugiados de outros miniuniversos trissolarianos, ou até com migrantes humanos galácticos. No novo universo, todos os migrantes oriundos do antigo seriam praticamente uma raça nova e talvez fossem capazes de trabalhar juntos para construir um mundo novo. Sófon destacou que havia uma característica que aumentava muito as chances de sobrevivência em um universo de muitas dimensões: de todas as muitas macrodimensões, era provável que mais de uma pertencesse ao tempo.

— Tempo multidimensional? — Cheng Xin não entendeu o conceito imediatamente.

— Mesmo se o tempo tivesse só duas dimensões, ele seria um plano, em vez de uma linha — explicou Yifan. — Haveria uma quantidade infinita de direções, e poderíamos tomar inúmeras decisões simultâneas.

— E pelo menos uma delas seria correta — acrescentou Sófon.

* * *

Certa noite, após a segunda colheita, Cheng Xin acordou e viu que Yifan não estava ao seu lado. Ela se levantou, saiu e viu que o sol já havia se transformado em lua, e que o pequeno mundo estava imerso na luz fria e aquosa. Ela viu Yifan sentado perto do córrego, com uma postura melancólica.

Naquele mundo de dois, eles tinham se tornado especialmente sensíveis aos humores um do outro. Cheng Xin já sabia que Yifan estava incomodado com algo. Antes, ele era animado e otimista. Até alguns dias antes, ele falava do seu sonho de que, se conseguissem achar uma vida pacífica no novo grande universo, talvez seus filhos pudessem recriar a raça humana. Mas, depois, mudou de repente, passou a sair sozinho com frequência para refletir sobre alguma coisa, ou para fazer algum cálculo em um terminal do computador.

Cheng Xin se sentou ao lado de Yifan, e ele a envolveu com os braços. O mundo enluarado estava muito silencioso, e eles só escutavam a água do córrego. A lua revelou um campo de trigo maduro; eles teriam que começar a colheita no dia seguinte.

— Perda de massa — disse Yifan.

Cheng Xin não falou nada. Ela observou o luar dançando no córrego e sabia que Yifan ia explicar.

— Eu estava lendo sobre cosmologia trissolariana e encontrei uma comprovação da elegância da matemática por trás do grande universo de onde nós viemos. A estruturação da massa total no universo foi precisa e perfeita. Os trissolarianos tinham provado que a massa total do universo era exatamente o suficiente para permitir o Big Crunch. Se a massa total tivesse sequer uma redução ínfima, o universo deixaria de ser fechado e se tornaria aberto, expandindo-se infinitamente.

— Mas houve perda de massa — disse Cheng Xin. Ela compreendeu imediatamente o que ele estava pensando.

— Sim. Os trissolarianos já construíram centenas de miniuniversos. Quantos mais foram construídos por outras civilizações para escapar do Big Crunch, ou para algum outro propósito? Cada um desses miniuniversos retirou um pouco de matéria do grande universo.

— Temos que perguntar para Sófon.

— Já perguntei. Ela me disse que, no momento da conclusão do Universo 647, os trissolarianos não haviam observado nenhuma influência causada pela perda de massa no grande universo. Aquele universo estava fechado e certamente implodiria no futuro.

— E depois que o Universo 647 foi construído?

— Ela não fazia a menor ideia, claro. Também comentou que havia um grupo de seres inteligentes no universo parecidos com os Zero-Originários, mas eles se chamavam Regressores. Eles se opunham à construção de miniuniversos e defendiam que a massa deles devia regressar ao grande universo... Mas ela não sabia muito mais sobre isso. Tudo bem, vamos esquecer isso tudo. Não somos Deus.

— Mas há muito tempo fomos convocados a refletir sobre questões que pertencem ao âmbito divino.

Eles continuaram sentados junto ao córrego, até a lua se tornar sol de novo.

Três dias depois da colheita, quando todo o trigo já estava debulhado, joeirado e armazenado, Cheng Xin e Guan Yifan pararam à margem do campo e observaram os robôs lavrarem o campo para preparar para a plantação seguinte. O celeiro estava cheio, então não havia espaço para mais trigo. Antes, eles teriam discutido o que plantar para a estação seguinte. Mas, agora, os dois estavam abalados e não tinham nenhum interesse no assunto. Durante todo o processo de colheita e debulha, eles ficaram dentro da casa e conversaram sobre os futuros possíveis. Perceberam que até suas escolhas de vida pessoais tinham o poder de afetar o destino do universo, ou até o de vários universos. Eles realmente se sentiam como Deus. Ficou difícil respirar sob o peso da responsabilidade, então saíram da casa.

Viram Sófon andar na direção deles ao longo de uma das linhas do campo. Sófon raramente os incomodava e só aparecia quando eles precisavam. Dessa vez, ela estava andando de um jeito diferente — parecia com pressa e não exibia sua elegância e dignidade típicas. A expressão ansiosa em seu rosto também era algo que eles nunca tinham visto antes.

— Recebemos uma transmissão de supermembrana do grande universo! — Sófon abriu uma janela e a ampliou. Para facilitar a visão da janela, ela também escureceu o sol.

Uma torrente de símbolos corria pela tela — o bitmap da transmissão de supermembrana. Os símbolos eram estranhos e indecifráveis. Cheng Xin e Guan Yifan repararam que cada linha de símbolos era diferente: corriam como a superfície de um rio caótico.

— A transmissão começou há cinco minutos e continua acontecendo. — Sófon apontou para a janela. — Na verdade, a mensagem da transmissão é muito simples e curta, mas está durando esse tempo todo porque foi feita em muitos idiomas. Já vimos cem mil línguas até agora!

— A transmissão foi enviada para todos os miniuniversos? — perguntou Cheng Xin.

— Definitivamente. Quem mais deve ter recebido? Eles gastaram tanta energia que a mensagem deve ser importante.

— Você já viu alguma língua trissolariana ou terrestre?

— Não.

Cheng Xin e Guan Yifan perceberam que aquela mensagem era um registro de quais espécies haviam sobrevivido no grande universo.

O rio de símbolos continuou subindo pela tela: duzentas mil línguas, trezentas mil, quatrocentas mil... um milhão. O número não parava de crescer.

Não havia nenhuma língua trissolariana ou terrestre.

— Não tem importância — disse Cheng Xin. — Nós sabemos que existimos; nós vivemos. — Ela e Guan Yifan se recostaram um no outro.

— Trissolariano! — gritou Sófon, apontando para a tela. A essa altura, já haviam sido transmitidas mais de 1,3 milhão de línguas, e uma linha, escrita em trissolariano, correu na tela. Cheng Xin e Guan Yifan não perceberam, mas Sófon sim.

— Terrestre! — gritou Sófon de novo, alguns segundos depois.

Depois de 1,57 milhão de línguas, a transmissão terminou.

A janela agora exibia só a mensagem escrita nas línguas de Trissolaris e da Terra. Cheng Xin e Guan Yifan nem conseguiram ler a mensagem, porque seus olhos estavam cobertos de lágrimas.

No dia do Juízo Final do universo, dois humanos e um robô das civilizações da Terra e de Trissolaris se abraçaram em êxtase.

Eles sabiam que as línguas e formas de escrita evoluíam muito rápido. Se as duas civilizações tivessem sobrevivido muito tempo, ou mesmo se ainda existissem, a escrita delas com certeza seria muito diferente do que estava sendo exibido na tela. Mas, para que os refugiados dos miniuniversos pudessem compreender, a mensagem precisava vir em formas antigas de escrita. Em comparação com a quantidade total de civilizações que haviam existido no grande universo, 1,57 milhão era um número ínfimo.

Na noite eterna do Braço de Órion da galáxia da Via Láctea, duas civilizações haviam disparado pelo céu como duas estrelas cadentes, e o universo se lembrara da luz delas.

Quando Cheng Xin e Guan Yifan já estavam mais calmos, eles leram a mensagem. O conteúdo nas duas escritas era o mesmo, e muito simples:

> Um aviso dos Regressores: a massa total de nosso universo foi reduzida abaixo do limite mínimo. O universo fechado se tornará aberto e sofrerá uma morte lenta de expansão perpétua. Todas as vidas e lembranças também morrerão. Por favor, permitam que toda a massa que vocês retiraram regresse e enviem apenas lembranças ao novo universo.

Cheng Xin e Guan Yifan se encararam. Viram nos olhos um do outro o futuro sombrio do grande universo. Em expansão perpétua, todas as galáxias se afastariam mais e mais até que cada uma deixasse de ser visível por qualquer outra. Nesse momento, qualquer indivíduo que estivesse em qualquer ponto do universo veria apenas escuridão por todos os lados. As estrelas se apagariam, uma a uma, e todos os corpos celestes se transformariam em nuvens de poeira rarefeitas. O frio e a escuridão reinariam absolutos, e o universo se tornaria um túmulo vasto e vazio. Todas as civilizações e todas as lembranças seriam sepultadas nesse túmulo infinito pela eternidade. A morte seria eterna.

A única maneira de evitar esse futuro seria fazer com que a matéria presa em todos os miniuniversos construídos por todas as civilizações regressasse. Mas, com essa decisão, os miniuniversos não sobreviveriam, e os refugiados dos miniuniversos teriam que regressar ao grande universo. Era isso que o nome do movimento dos Regressores significava.

Os dois comunicaram com os olhos tudo o que precisavam dizer e tomaram sua decisão sem trocar uma palavra. Mas, ainda assim, Cheng Xin falou.

— Quero voltar. Mas, se você quiser ficar aqui, eu fico também.

Yifan balançou a cabeça lentamente.

— Eu estudo um universo grandioso que mede dezesseis bilhões de anos-luz. Não quero passar o resto da vida neste universo que tem só um quilômetro em cada direção. Vamos voltar.

— Devo aconselhá-los a reconsiderar — disse Sófon. — Não podemos determinar com precisão a velocidade com que o tempo está correndo no grande universo, mas sei com certeza que já se passaram pelo menos dez bilhões de anos desde o momento em que vocês vieram para cá. O Planeta Azul já desapareceu há eras, e a estrela que o sr. Yun lhe deu se apagou há muito tempo. Não sabemos nada das condições do grande universo, e é possível que ele não tenha sequer três dimensões mais.

— Achei que fosse possível deslocar a saída do miniuniverso à velocidade da luz — disse Yifan. — Não dá para movê-la até achar um local habitável?

— Se vocês insistem, vou tentar. Mas ainda acho que ficar aqui é a melhor opção. Se ficarem, há dois futuros possíveis: se a missão dos Regressores for bem-sucedida, o grande universo implodirá em uma singularidade e levará a um novo Big Bang, e todos poderemos ir para o novo universo. Mas, se a missão dos Regressores fracassar e o grande universo morrer, vocês poderão passar o resto da vida neste miniuniverso. Não é tão ruim.

— Se todo mundo em todos os miniuniversos pensar assim — disse Cheng Xin —, então o grande universo estará condenado.

Sófon olhou para ela sem palavras. Considerando a rapidez com que Sófon pensava, talvez esse período tenha parecido séculos para ela. Era difícil imaginar que algoritmos e softwares seriam capazes de produzir uma expressão tão complexa. Talvez o software de Sófon tivesse resgatado todas as lembranças acumuladas ao longo de quase vinte milhões de anos desde que ela conhecera Cheng Xin. Todas essas lembranças pareciam se sedimentar naquele olhar: tristeza, admiração, surpresa, censura, remorso... muitas emoções complicadas e misturadas.

— Você ainda vive para a sua responsabilidade — disse Sófon.

TRECHO DE *UM PASSADO ALÉM DO TEMPO*
OS DEGRAUS DA RESPONSABILIDADE

Passei toda a vida subindo os degraus de uma escada feita de responsabilidade.

Quando eu era pequena, minha única obrigação era estudar muito e obedecer aos meus pais.

Mais tarde, no ensino médio e na faculdade, a responsabilidade de estudar muito continuou, acrescida à obrigação de me tornar uma pessoa útil, não um fardo para a sociedade.

Quando comecei a trabalhar em meu doutorado, minhas responsabilidades se tornaram mais concretas. Eu precisava contribuir para o desenvolvimento de foguetes químicos, construir foguetes mais potentes e confiáveis de modo que fosse possível colocar mais materiais e alguns homens e mulheres em órbita acima da Terra.

Depois, entrei para a AIE, e minha responsabilidade passou a ser enviar uma sonda ao espaço até um ano-luz de distância para encontrar a Frota Trissolariana invasora. Era uma distância mais ou menos dez bilhões de vezes maior do que a distância com que eu havia trabalhado projetando foguetes.

E, então, recebi uma estrela. Na nova era, ela me trouxe responsabilidades que até então seriam inimagináveis. Tornei-me a Portadora da Espada, encarregada de manter a dissuasão por floresta sombria. Vendo em retrospecto, talvez tenha sido um pouco de exagero supor que eu detinha nas mãos o destino da humanidade; mas eu de fato controlava o rumo do desenvolvimento de duas civilizações.

Mais tarde, minhas responsabilidades ficaram mais complicadas: eu queria dotar a humanidade de asas capazes de impulsioná-la à velocidade da luz, mas também tive que frustrar essa meta para evitar uma guerra.

Não sei até que ponto essas catástrofes e a destruição final do Sistema Solar tiveram a ver comigo. São dúvidas que jamais poderiam receber uma resposta definitiva. Mas tenho certeza de que elas tiveram alguma relação comigo, com minhas responsabilidades.

E, agora, subi ao ápice da responsabilidade: sou responsável pelo destino do universo. É claro que essa responsabilidade não cabe só a mim e Guan Yifan, mas detemos uma parcela dela, uma parcela de algo que eu jamais teria imaginado.

Quero dizer àqueles que acreditam em Deus que não sou a Escolhida. Também quero dizer aos ateus que não sou uma determinadora dos rumos da história. Sou apenas uma pessoa comum. Infelizmente, minha vida não pôde seguir o caminho de uma pessoa comum. Na realidade, meu caminho é a jornada de uma civilização.

E agora sabemos que é a jornada que toda civilização deve fazer: acordar dentro de um berço apertado, engatinhar para fora, alçar voo, voar mais e mais rápido, e, por fim, se fundir ao destino do universo como um todo.

O destino final de todos os seres inteligentes sempre foi tornar-se grandiosos como seus pensamentos.

ALÉM DO TEMPO
NOSSO UNIVERSO

Pelo sistema de controle do Universo 647, Sófon conseguiu deslocar a saída do miniuniverso dentro do grande universo. A porta se movimentou depressa pelo grande universo, em busca de um mundo habitável. A porta podia transmitir uma quantidade muito limitada de informações, e não era possível enviar nenhuma imagem ou vídeo. O único dado possível era uma análise genérica do ambiente. Era um número entre dez e menos dez, indicando a habitabilidade. Os seres humanos só podiam sobreviver se esse número fosse maior que zero.

A porta saltou dezenas de milhares de vezes pelo grande universo. Depois de três meses, o único planeta habitável encontrado tinha uma classificação de três. Sófon precisou admitir que provavelmente esse seria o melhor resultado que obteriam.

— Uma classificação de três indica um mundo perigoso e inóspito — alertou Sófon.

— Não temos medo — disse Cheng Xin, resoluta. Yifan assentiu. — Vamos para lá.

A porta apareceu no Universo 647. Como a porta que Cheng Xin e Guan Yifan tinham visto no Planeta Azul, ela também era um retângulo delimitado por linhas de luz. Mas essa porta era muito maior, talvez para facilitar o transporte de materiais. A princípio, a porta não estava conectada ao grande universo, e qualquer coisa poderia passar por ela sem sair do miniuniverso. Sófon ajustou os parâmetros para que qualquer coisa que passasse por ela desaparecesse e ressurgisse no grande universo.

Depois, chegou o momento de a matéria do miniuniverso regressar ao grande universo.

Sófon havia explicado que o miniuniverso não tinha matéria própria. Toda a massa pertencia ao material retirado do grande universo. Das centenas de miniuniversos construídos pelos trissolarianos, o Universo 647 era um dos menores. Ao todo, utilizava cerca de quinhentas mil toneladas de matéria do grande universo, o que era mais ou menos a capacidade de carga de um petroleiro grande. Isso era praticamente nada na escala do universo.

Eles começaram com a terra. Depois da última colheita, o campo havia sido deixado em repouso. Os robôs usaram um carrinho de mão para transportar a terra úmida; na porta, dois deles erguiam o carrinho para jogar a terra para fora; e a terra desaparecia. Foi muito rápido. Em três dias, toda a terra do miniuniverso tinha acabado. Até as árvores em volta da casa regressaram pela porta.

Com a remoção de todo o solo, eles viram o piso metálico do miniuniverso. Era formado por placas lisas de metal que refletiam o sol como um espelho. Os robôs removeram as placas uma a uma e também as passaram pela porta.

Debaixo do piso havia uma nave espacial pequena. Embora a nave tivesse menos de vinte metros de comprimento, ela continha as tecnologias mais avançadas dos trissolarianos. Projetada para transportar seres humanos, acomodava três passageiros e era equipada com um motor por fusão nuclear e um motor por curvatura. Havia um sistema de ciclagem ecológica em miniatura a bordo adequado para as necessidades humanas, e também equipamento de hibernação. Como a *Halo*, ela era capaz de pousar e decolar de superfícies planetárias. Tinha um formato esguio, aerodinâmico, talvez para facilitar a passagem pela porta do miniuniverso. A intenção original era que os habitantes do Universo 647 a usassem para entrar no grande universo novo após o Big Bang seguinte. Ela poderia servir de base por um período considerável, até que fosse encontrado um local adequado no novo universo. Mas, agora, eles a usariam para voltar ao grande universo antigo.

Quando as últimas placas de metal foram removidas, revelaram também mais maquinário por baixo. Eram os primeiros objetos que eles viam no miniuniverso com sinais evidentes da origem trissolariana. Como Cheng Xin havia desconfiado, a arquitetura daquelas máquinas evidenciava uma estética completamente distinta dos ideais humanos. A princípio, os dois nem sequer perceberam que estavam vendo máquinas; os objetos pareciam apenas esculturas estranhas ou formações geológicas naturais. Os robôs começaram a desmontá-las e enviar os pedaços pela porta.

Cheng Xin e Sófon se fecharam em um quarto e não deixaram Yifan entrar. Disseram que estavam trabalhando em um "projeto feminino" e que fariam uma surpresa para ele mais tarde.

Quando alguma máquina debaixo do piso foi desligada, a gravidade desapareceu do miniuniverso. A casa branca começou a flutuar.

Os robôs sem peso desmontaram o céu, que era uma membrana fina capaz de exibir um céu azul e nuvens brancas. Por fim, os resquícios do piso debaixo das máquinas também foram desmontados e enviados.

A água no miniuniverso tinha evaporado, e havia neblina por todos os lados. O sol brilhava por trás de um véu de nuvens, e um arco-íris espetacular atravessou o miniuniverso de uma ponta à outra. A água ainda em estado líquido que restava formou esferas de tamanhos variados e flutuou em volta do arco-íris, refletindo e refratando a luz.

Com o desmonte das máquinas, o sistema de ciclagem ecológica também foi desativado. Cheng Xin e Yifan tiveram que vestir um traje espacial.

Sófon ajustou os parâmetros da porta mais uma vez para permitir a passagem de gás. Um ronco baixo sacudiu o miniuniverso, causado pelo ar que escapava. Debaixo do arco-íris, a nuvem branca formou um imenso rodamoinho em torno da porta, como a imagem de um furacão visto do espaço. Depois, a névoa giratória se transformou em um tornado e emitiu um uivo agudo. As bolas de água flutuantes foram sugadas pelo tornado, se desintegraram e sumiram pela porta. Inúmeros objetos pequenos que flutuavam no ar também foram engolidos pelo ciclone. O sol, a casa, a nave e outros objetos grandes também flutuaram na direção da saída, mas robôs equipados com propulsores se apressaram para segurá-los.

Conforme o ar foi ficando rarefeito, o arco-íris desapareceu, e a névoa se dissipou. O ar se tornou mais transparente, e, aos poucos, o espaço do miniuniverso surgiu. Como o espaço no grande universo, aquele também era escuro e profundo, mas não havia estrelas. Só três objetos flutuavam: o sol, a casa e a nave, junto com mais ou menos uma dúzia de robôs sem peso. Aos olhos de Cheng Xin, aquele mundo simplificado lembrava os desenhos ingênuos e desajeitados que ela havia feito quando criança.

Ela e Guan Yifan ativaram os propulsores de seus trajes e voaram rumo às profundezas do espaço. Depois de um quilômetro, chegaram ao fim do universo e, de repente, se viram de volta ao ponto de partida. Viram a imagem projetada de todos os objetos flutuantes se repetir infinitamente em todas as direções. Como dois espelhos de frente um para o outro, as imagens se estenderam em fileiras até o infinito.

A casa foi desmontada. O último cômodo a ser desfeito foi a saleta decorada com estilo oriental onde Sófon os recebera. Todos os pergaminhos, a mesa de chá e os pedaços da casa foram atravessados pela porta pelos robôs.

O sol finalmente se apagou. Era uma esfera de metal em que um dos hemisférios, a parte que emitia luz, era transparente. Três robôs o empurraram pela porta. Agora o miniuniverso estava iluminado apenas por lâmpadas, e o vácuo que era o espaço logo esfriou. O que restava de água e ar se transformou em fragmentos de gelo que cintilavam à luz das lâmpadas.

Sófon instruiu os robôs a formarem uma fila e passarem pela porta, um de cada vez.

Por fim, só restava a nave esguia no miniuniverso, além das três figuras flutuando ao lado dela.

Sófon segurava uma caixa de metal. Essa caixa ficaria para trás no miniuniverso, uma mensagem na garrafa para o novo universo que nasceria após o Big Bang seguinte. A caixa continha um computador em miniatura cuja memória quântica trazia todas as informações do computador do miniuniverso — era praticamente toda a memória restante das civilizações de Trissolaris e da Terra. Após o nascimento do novo universo, a caixa de metal receberia um sinal da porta e passaria por ela com seus próprios pequenos propulsores para entrar no novo universo. Ela flutuaria pelo espaço de muitas dimensões do novo universo até alguém a recolher e ler. Ao mesmo tempo, transmitiria constantemente sua mensagem com neutrinos — partindo do princípio de que o novo universo também teria neutrinos.

Cheng Xin e Guan Yifan acreditavam que nos outros miniuniversos, pelo menos nos miniuniversos que haviam atendido ao chamado dos Regressores, estava acontecendo a mesma coisa. Se o novo universo nascesse de fato, ele conteria muitas garrafas com mensagens. Era razoável supor que uma quantidade considerável de garrafas possuía mecanismos de armazenamento que continham a memória e os pensamentos de cada indivíduo de sua respectiva civilização, assim como todos os detalhes biológicos deles — talvez as informações permitissem que uma nova civilização do novo universo revivesse essa civilização antiga.

— Podemos deixar mais cinco quilos aqui? — perguntou Cheng Xin.

Ela estava do outro lado da nave, vestida com seu traje espacial. Em sua mão havia uma esfera transparente e brilhante com mais ou menos meio metro de diâmetro, e algumas bolas de água flutuavam dentro dela. Algumas das esferas de água continham peixinhos minúsculos e algas verdes. Havia também dois continentes flutuantes em miniatura, cobertos de grama verde. A luz vinha do alto da esfera transparente, onde havia um pequeno foco de luz, o sol daquele mundo em miniatura. Era uma esfera ecológica completamente isolada, o resultado de mais de dez dias de trabalho de Cheng Xin e Sófon. Enquanto aquele solzinho dentro da esfera emitisse luz, o sistema ecológico em miniatura persistiria. Desde que aquela esfera permanecesse ali, o Universo 647 não seria um mundo escuro e sem vida.

— Claro — disse Guan Yifan. — O grande universo não vai deixar de implodir por causa de cinco quilos. — Ele pensou também em outra coisa, mas não falou: talvez o grande universo de fato deixasse de implodir por causa da massa de um único átomo. A precisão da Natureza às vezes podia ultrapassar a imaginação. Por exemplo, a própria vida exigia a colaboração de diversas constantes universais em uma faixa de um bilionésimo de bilionésimo. Mas Cheng Xin ainda podia deixar sua esfera ecológica para trás. De todos os incontáveis miniuniversos criados pelas incontáveis civilizações, certamente alguns não atenderiam ao chamado dos Regressores. No fim das contas, o grande universo certamente perderia pelo menos algumas centenas de milhões de toneladas de matéria, ou talvez até um milhão de bilhões de bilhões de toneladas.

Na melhor das hipóteses, o grande universo poderia ignorar essa perda.

Cheng Xin e Guan Yifan entraram na nave, e Sófon veio por último. Fazia muito tempo que ela deixara de usar aquele quimono magnífico e voltara a se vestir como uma guerreira ágil e veloz com traje camuflado. Estava equipada com todo tipo de arma e material de sobrevivência, e o que mais se destacava era a *katana* às suas costas.

— Não se preocupem — disse ela para seus dois amigos humanos. — Enquanto eu viver, nenhum mal alcançará vocês.

O motor por fusão se ativou, e os propulsores emitiram uma luz azul fraca. A nave passou lentamente pela porta do universo.

A mensagem na garrafa e a esfera ecológica foram os únicos objetos que restaram no miniuniverso. A garrafa se fundiu à escuridão, então, naquele universo de um quilômetro cúbico, apenas o pequeno sol da esfera ecológica emitia luz. Nesse pequeno mundo de vida, algumas esferas de água límpida flutuavam serenamente no nada. Um peixinho saltou de uma esfera de água e entrou em outra, onde nadou tranquilamente por entre as algas verdes. Em uma folha de grama de um dos continentes em miniatura, uma gota de orvalho saltou da ponta da folha, subiu em uma espiral pelo ar e refratou um raio luminoso pelo espaço.

POSFÁCIO DO TRADUTOR AMERICANO

Ken Liu

Sinto-me em dívida com os seguintes leitores-teste, por sua ajuda inestimável durante o processo de tradução: Anatoly Belilovsky, John Chu, Elías Combarro, Rachel Cordasco, Derwin Mak, Alex Shvartsman e Igor Teper. Quem dera todo tradutor tivesse a mesma sorte.

Agradeço também à assistência especial dos seguintes indivíduos: Wang Meizi, pela ajuda com a transliteração de nomes; Anna Gustafsson Chen, por dicas sobre a geografia escandinava; e Emma Osborne, por encontrar livros para mim do outro lado do globo.

Minha profunda gratidão para David Brin, por promover a série O Problema dos Três Corpos e agir como um avaliador sensacional para mim.

Sigo fascinado pela genialidade de Liu Cixin cada vez que releio algum trecho deste livro. De todos os da trilogia, este terceiro é o meu preferido. Foi uma enorme felicidade poder trabalhar neste livro com Da Liu.

Por fim, quero agradecer aos muitos indivíduos que desempenharam um papel indispensável (ainda que muitas vezes sem o devido reconhecimento) no conto épico da jornada dos Três Corpos rumo ao mundo anglófono: Li Yun e Song Yajuan, na China Educational Publications Import & Export Corporation Ltd., por perceberem o potencial de um público global para a série e encomendarem a tradução; Joel Martinsen, que traduziu *A floresta sombria* ao inglês e me mostrou, com exemplos, como lidar com algumas partes complicadas deste livro; Emily Jiang, Wang Meizi e Chen Qiufan, por construir a ponte que ligou a Tor Books a Liu Cixin; Joe Monti, por me incentivar a assumir este projeto; e os muitos indivíduos maravilhosos na Tor Books que trabalharam bastante para transformar a visão destes livros em uma realidade. Entre eles, estão: Irene Gallo, Stephan Martinière e Jamie Stafford-Hill, pelo trabalho extraordinário de direção de arte, ilustração e arte de capa; Leah Withers e Diana Griffin, pela campanha publicitária excepcional; Joe Bendel, por sua habilidade com vendas e marketing;

Kevin Sweeney, Heather Saunders, Nathan Weaver, Karl Gold e Megan Kiddoo, do departamento de produção da Tor; Christina MacDonald, que tomou o cuidado para que erros e pastéis não sobrevivessem no original; Miriam Weinberg, pelo auxílio com questões editoriais; e, principalmente, Liz Gorinsky, cujo toque editorial inteligente e meticuloso deixou uma marca indelével no texto, melhorando esta tradução em inúmeros aspectos. Espero poder continuar fazendo ótimos livros com todos eles no futuro.

1ª EDIÇÃO [2019] 7 reimpressões

ESTA OBRA FOI COMPOSTA PELA ABREU'S SYSTEM EM CAPITOLINA REGULAR
E IMPRESSA EM OFSETE PELA LIS GRÁFICA SOBRE PAPEL PÓLEN DA
SUZANO S.A. PARA A EDITORA SCHWARCZ EM FEVEREIRO DE 2025

A marca FSC® é a garantia de que a madeira utilizada na fabricação do papel deste livro provém de florestas que foram gerenciadas de maneira ambientalmente correta, socialmente justa e economicamente viável, além de outras fontes de origem controlada.